바람과 함께 사라지다

바람과 함께 사라지다 ㊦

Gone with the Wind

마거릿 미첼 장편소설 안정효 옮김

열린책들

GONE WITH THE WIND
by MARGARET MITCHELL (1936)

이 책은 실로 꿰매어 제본하는 정통적인 사철 방식으로 만들어졌습니다.
사철 방식으로 제본된 책은 오랫동안 보관해도 손상되지 않습니다.

제4부
(계속)
1243
제5부
1497

역자 해설
작은 여인의 크나큰 이야기
1839
마거릿 미첼 연보
1857

제40장

스칼렛은 그날 밤을 거의 뜬눈으로 새웠다. 동틀 녘이 되고 동쪽 언덕의 시커먼 소나무들 너머로 해가 기어오르자 그녀는 뒤숭숭한 잠자리에서 일어나 창가의 동글의자에 앉아서 피곤한 머리를 팔뚝에 얹고 헛간 마당과 타라 농장 너머 목화밭 쪽을 내다보았다. 들판이 온통 신선하고, 이슬에 젖고, 조용하고, 초록빛이었으며, 목화밭 풍경은 그녀의 쓰라린 마음을 조금은 흐뭇하고 평온하게 해주었다. 아침 햇살을 받은 타라 농장은 비록 주인이 죽어 누웠기는 해도 정성을 들여 잘 가꿔서, 평화로워 보였다. 납작한 통나무 닭장은 쥐나 족제비가 들어가지 못하도록 찰흙으로 구멍을 메우고 석회 도료를 발라 말끔했으며, 통나무로 지은 마구간도 마찬가지였다. 줄줄이 옥수수와, 눈부신 노란 빛깔의 스쿼시 호박과, 리마 완두콩과, 무를 심어 놓은 밭은 김을 잘 매주었고 쪼갠 참나무로 울타리를 말끔히 둘러쳤다. 과수원의 잡목은 깨끗하게 솎아 냈으며, 길게 줄을 지어 늘어선 나무들 밑에서는 실국화만 자라도록 내버려 두었다. 사과 알이 햇빛을 받아 희미하게 반짝거렸고, 푸른 잎사귀 속으로 반쯤 숨은 솜털이 난 분홍빛 복숭아도 모습을 드러냈다. 과수원 너머에는 새로운 하루가 시작되는 황금빛 하늘 밑으로 고요한 초록색 목화가 곡선을 그리며 줄줄이 늘어섰다. 밭을 갈아엎은 덤불 밑 부드러운 흙 속에서는 가장 맛있는 굼벵이와 괄태충을 찾아내기가 쉽기 때문에 오리와 닭이 떼를 지어 뒤뚱뒤뚱 어정거리며 몰려 나갔다.

스칼렛의 마음속에서는 이렇게 농장을 가꿔 놓은 윌에 대한 고마움과 애정이 솟아났다. 타라가 만발한 까닭은 귀족 농장주의 솜씨가 아니라, 땅을 사랑하는 〈하찮은 농부〉가 지칠 줄 모르고 근면하게 일했기 때문이었으므로, 아무리 애슐리에 대한 애정에 변함이 없기는 하더라도 스칼렛은 이토록 훌륭한 농장을 가꾸어 놓기 위해 그가 기여한 바가 크리라고는 믿지 않았다. 옛날처럼 목초지에는 노새와 훌륭한 말이 가득하고, 눈길이 닿는 곳은 어디나 목화와 옥수수가 자라는 웅장한 농장이 아니라, 이제는 〈말 두 필짜리 농가〉에 지나지 않았다. 하지만 그나마도 훌륭했으며, 버려둔 광활한 토지는 세월이 좋아지면 다시 개간하겠고, 그러면 땅은 묵혀 두었기 때문에 더욱 비옥하리라.

윌이 한 일은 몇 에이커의 땅에 농사를 지은 데서 그치지를 않았다. 그는 조지아 농장주들의 두 가지 적이었던 자연생 소나무와 나무딸기 덤불을 단호히 물리쳤다. 소나무와 나무딸기는 조지아 주의 수많은 다른 농장에서 그러하듯 슬금슬금 밭과 목초지와 목화밭과 잔디밭을 파먹고 들어와 건방지게 타라의 포치까지 침투하고는 했었다.

스칼렛은 하마터면 타라가 다시 황야로 될 뻔했던 생각을 하면 가슴이 철렁했다. 그녀와 윌은 힘을 모아 훌륭한 일을 해냈다. 그들은 양키들과 카펫배거들과 자연의 잠식을 물리쳤다. 그리고 무엇보다도 흐뭇한 점은, 가을에 목화를 거두어들인 다음부터는 스칼렛이 더 이상, 어느 카펫배거가 타라를 탐내서 세금을 껑충 올려놓기 전에는 더 이상 돈을 보낼 필요가 없으리라고 윌이 해준 얘기였다. 스칼렛은 그녀가 도와주지 않는다면 윌이 분명히 고생을 많이 하리라고 알았지만, 그의 독립심에 감탄하고 존경심을 느꼈다. 고용된 일꾼의 입장이라면 그는 스칼렛의 돈을 받겠지만, 그녀의 동생과 결혼하고 집안의 가장 노릇을 떠맡게 된 지금은 제 힘으로 자립해 보겠다는 각오가 단단했다. 그렇다, 윌은 하느님이 내려 주신 사람이었다.

어젯밤에 엘렌의 무덤 가까이에 새 무덤을 파놓은 일꾼 돼지는 잠시 후에 다시 제자리에 퍼 넣을 축축하고 시뻘건 흙더미 뒤에 삽을 들고 서서 대기했다. 6월 아침나절의 뜨거운 햇살을 받으면서, 삼나무 가지가 드리우는 손바닥만 한 그늘에서 돼지의 뒤에 선 스칼렛은, 앞에 파놓은 시뻘건 구덩이에서 눈을 돌리려고 애썼다. 짐 탈턴과, 어린 휴 먼로와, 알렉스 폰테인과, 맥레이 노인의 막내 손자가 기다란 참나무 말뚝 두 개로 제럴드의 관을 받쳐 메고는, 어색한 걸음걸이로 길을 따라 천천히 내려왔다. 그들의 뒤에는 상당한 거리를 두고 초라한 차림의 이웃들과 친구들이 패잔병처럼 커다란 무리를 이루어 말없이 뒤따라왔다. 그들이 밭을 지나 햇빛이 쏟아지는 길을 내려오니까 일꾼 돼지는 머리를 삽의 손잡이로 숙이고 울었는데, 스칼렛은 몇 달 전 그녀가 애틀랜타로 떠날 때는 그토록 새까맣던 그의 곱슬머리가 이제는 백발이 되었음을 보고는 무관심하면서도 놀랐다.

어젯밤 그녀는 눈물이 다 마를 정도로 한껏 울었기 때문에, 지금은 눈물을 흘리지 않으며 꼿꼿하게 서서 버틸 자신이 생겨서, 피곤해하면서도 하느님에게 감사를 드렸다. 바로 등 뒤에서 들려오는 수엘렌의 울음소리가 참기 어려울 정도로 신경을 자극하자, 그녀는 돌아서서 동생의 퉁퉁 부어오른 얼굴을 후려갈기고 싶은 충동을 참느라고 두 주먹을 꽉 쥐었다. 고의건 아니건 수엘렌은 아버지의 죽음을 초래했고, 그러니까 그녀를 미워하는 이웃들 앞에서는 처신을 자제해서 염치를 보여야 했다. 오늘 아침에는 그녀에게 말을 걸거나 동정하는 시선을 보낸 사람이 단 한 명도 없었다. 그들은 조용히 스칼렛에게 키스나 악수를 하고, 캐린과 심지어는 일꾼 돼지에게도 따뜻한 애도의 말을 나지막이 전했지만, 수엘렌은 마치 눈앞에 존재하지도 않는다는 듯 못 본 체했다.

그들이 판단하기에는 그녀가 아버지를 직접 살해한 것보다도 더 나쁜 짓을 범한 셈이었다. 그녀는 아버지로 하여금 남부에 대한 충성심을 저버리게 만들려고 했었다. 그리고 유대가 밀접하고 엄격한 사회에서는, 그녀가 마치 그들 집단 전체의 명예를 꺾어 버리려고 시도한 셈이었다. 그녀는 세상 사람들 앞에서 카운티가 내세웠던 견실한 방어선을 무너뜨렸다. 양키 정부로부터 돈을 타내려고 함으로써 그녀는 양키 병사들보다도 훨씬 심한 증오의 대상이었던 카펫배거나 스캘라웩과 한패가 되었다. 오랫동안 진실한 남부 동맹 가문이었던 농장주 집안의 한 사람이면서도 그녀는 적에게 넘어갔고, 그럼으로써 그녀는 카운티의 여러 가문에 모욕을 주었다.

문상객들은 화가 나서 속이 부글부글 끓었고, 슬픔으로 마음이 무거웠는데, 그들 중에서도 특히 세 사람 — 그토록 오래전 서배너에서 북쪽으로 올라온 이후 제럴드의 오랜 친구였던 맥레이 노인과, 엘렌의 남편이었기 때문에 그를 사랑했던 폰테인 할머니와, 그녀가 자주 말하듯이 카운티에서는 거세마와 종마를 제대로 구별할 줄 아는 사람이라고는 제럴드 한 사람뿐이었기 때문에 어느 이웃보다도 훨씬 사이가 가까웠던 탈턴 부인이 더욱 그러했다.

장례식이 거행되기 전에 제럴드를 안치한 어두컴컴한 응접실에서 그들 세 사람의 험악한 얼굴을 보고 애슐리와 윌은 조금쯤 불안해져서 엘렌의 사무실로 들어가 의논을 했었다.

「틀림없이 몇 사람은 수엘렌에 대해 무슨 얘기를 꺼내겠죠.」 지푸라기의 중간을 깨물며 윌이 불쑥 말했다. 「그들은 뭔가 비난을 해야 할 정당한 이유가 충분하다고 생각하니까요. 어쩌면 그런지도 모르겠어요. 내가 할 얘기는 아니지만요. 그렇지만 애슐리, 그들의 견해가 옳건 그르건 집안의 남자들인 우리는 그런 태도를 당연히 불쾌하게 받아들여야만 하고, 그러면 골치 아픈 일이 벌어지겠죠. 맥레이 영감님은 귀가 꽉 막힌 귀머거리나 마찬가지여서, 사람들이 입을 다물게 하려고 해도 듣지 못하니까 어떻게 손을 쓸 길도 없어요. 그리고 폰테인 할머니가 마음에 안 드는 내용을 놓고 얘기할 때는 세상의 어느 누구도 말리지 못한다는 건 애슐리도 알잖아요. 그리고 탈턴 부인으로 말하자면 — 수엘렌을 쳐다볼 때마다 분개하여 번득거리는 눈을 보셨겠죠? 그녀는 단단히 벼르며 참아 왔지만, 더 이상 기다리기가 힘들다는 태도예요. 만일 그들이 무슨 소리를 하면 우린 반박해야만 할 텐데, 이웃들과 사이가 지금보다 나빠지지 않더라도 타라에는 벌써부터 골칫거리가 많아요.」

애슐리가 걱정스럽게 한숨을 쉬었다. 그는 이웃들의 기질을 윌보다 훨씬 잘 알았고, 전쟁 전에 일어났었던 말다툼도 기억했다. 세상을 떠난 이웃들의 관을 앞에 놓고 몇 마디 얘기를 하는 카운티의 관습 때문에 벌어졌던 몇 차례의 총질을 그는 기억했다. 일반적으로 이웃들의 조사(弔詞)는 극단적인 찬사로 이루어지기가 보통이었지만, 그렇지 못할 때도 가끔 있었다. 때로는 굉장한 존경심을 나타내려던 말을 지나치게 신경이 과민해진 상가의 친척들이 오해를 해서, 마지막 흙 한 삽을 관 위에 덮자마자 말썽이 벌어지기도 했다.

존즈버러와 파예트빌의 감리교와 침례교 목사들이 듣기 좋은 말로 협조를 거절하는 바람에 성직자를 구하지 못해서, 애슐리는 캐린의 기도서를 가지고 장례식을 집행했다. 언니들보다 훨씬 신앙심이 독실한 천주교도였던 캐린은, 스칼렛이 애틀랜타에서 신부님을 모시고 오지 않았다며 무척 못마땅해했고, 윌과 수엘렌의 결혼식을 집전하기 위해 신부가 오면 그때 제럴드를 위한 기도를 함께해 주리라는 얘기를 들은 다음에야 겨우 마음이 조금 누그러졌다. 근처의 개신교 목사를 데려오자는 제안을 반대했던 캐린은 기도서에 애슐리가 읽어야 할 곳을 일일이 표시해 주고는 그에게 일을 다 맡겼다. 낡은 책상에 몸을 기댄 애슐리는 말썽을 방지하는 책임을 자신이 맡아야 한다고 깨달았으며, 카운티 사람들의 급한 성미를 잘 알았기 때문에 어떻게 끌고 나가야 할지 난처했다.

「별도리가 없겠어요, 윌.」 그는 밝은 빛깔의 머리카락을 손으로 헝클어뜨리며 말했다. 「난 폰테인 할머니나 맥레이 영감님을 때려눕힐 처지도 아니고, 탈턴 부인의 입을 손으로 막을 수도 없어요. 그리고 그들은 아무리 참는다고 해도 수엘렌이 살인자요 반역자이며, 수엘렌만 아니었더라면 오하라 선생님이 아직 살아 계시리라는 얘기만큼은 꼭 하겠죠. 돌아가신 분에 대한 조사를 하는 풍습이 참으로 골치로군요. 야만적이니까요.」

「이봐요, 애슐리.」 윌이 천천히 말했다. 「난 사람들이 어떻게 생각하든 수엘렌에 대해서 누구도 말을 못 하게 막을 생각이에요. 나한테 다 맡겨 두세요. 조사를 읽고 기도를 드리는 예식이 끝난 다음에 〈혹시 몇 마디 말씀을 하고 싶으신 분이 계십니까?〉라는 말을 할 때는 내가 제일 먼저 얘기를 하고 싶으니까, 애슐리는 나를 쳐다봐야 해요.」

묘지의 좁은 입구로 관을 메고 들어오느라고 고생하는 사람들을 지켜보던 스칼렛은, 장례식에 뒤따를 말썽은 전혀 생각조차 못 했다. 그녀는 제럴드가 땅에 묻히는 순간에, 아무런 책임도 없고 행복했던 옛날과 그녀를 연결 지었던 마지막 유대가 땅에 묻힌다는 생각만을 했다.

마침내 사람들이 관을 무덤 근처에 내려놓고 서서는 얼얼해진 손가락을 폈다 쥐었다 하며 풀었다. 애슐리와 멜라니와 윌이 울타리 안으로 들어가서 오하라 댁 세 딸의 뒤에 섰다. 보다 가까운 이웃들도 안으로 들어와 그들 뒤에 촘촘히 늘어섰고, 다른 사람들은 벽돌담 밖에 남았다. 처음으로 그들을 둘러본 스칼렛은 찾아온 문상객의 수에 놀라고 감동했다. 교통이 그토록 불편한데도 이렇게 많은 사람이 와주었다니, 그녀로서는 고맙기 짝이 없었다. 한눈에 봐도 50~60명 정도는 모였는데, 어떤 사람들은 어찌나 먼 곳에서 왔는지, 스칼렛은 어떻게 그들이 소식을 듣고 때맞춰 도착했을까 궁금하기까지 했다. 존즈버러와 파예트빌과 러브조이에서 많은 친척이 찾아왔고, 그들과 함께 흑인 하인도 몇 명 왔다. 강 건너편 멀리서 찾아온 빈농들도 많았고, 오지에서 온 크래커들도 눈에 띄었으며, 늪지대 사람들도 드문드문 보였다. 늪지대 사람들은 호리호리하고 수염을 기른 거인들이었고, 수직물 옷에다 머리에는 너구리 털가죽 모자를 썼으며, 팔뚝에는 소총을 비스듬히 걸치고, 입에는 씹는담배를 물었다. 그들이 데리고 온 여자들은 부드럽고 붉은 흙에 맨발이 푹 파묻혔고, 아랫입술에는 코담배가 잔뜩 붙었다. 나들이 모자를 쓴 그들의 얼굴은 혈색이 나빠 말라리아에 걸린 듯싶었지만 말끔해 보였고, 새로 다리미질을 한 무명옷은 풀을 먹여 반짝거렸다.

가까운 곳에 사는 이웃은 빠짐없이 찾아왔다. 털갈이를 한 늙은 새처럼 누렇고 쪼글쪼글하게 마른 폰테인 할머니는 지팡이에 몸을 의지했고, 그녀의 뒤에는 샐리 먼로 폰테인과 젊은 폰테인 마님이 섰다. 그들은 노부인더러 벽돌담에 올라앉으라고 귀엣말로 애원하며 치마를 끌어당겼지만, 소용이 없었다. 할머니의 남편 노의사는 참석하지 못했다. 그는 두 달 전에 죽었고, 할머니의 늙은 눈에서는 환하고도 악착같은 삶의 기쁨이 많이 사라져 버렸다. 캐슬린 캘버트 힐턴은, 지금의 비극을 초래하는 데 남편이 한몫 끼였다는 데 대한 죄책감 때문에 따로 떨어져 서서, 빛바랜 나들이 모자로 수그린 얼굴을 가렸다. 스칼렛은 그녀의 촘촘한 무명 드레스에 난 얼룩과 주근깨가 앉아 지저분한 그녀의 손을 보고 깜짝 놀랐다. 그녀의 손톱 밑에는 초승달처럼 때가 끼었다. 지금의 캐슬린에게서는 지체 높은 사람의 면모라고는 전혀 보이지가 않았다. 그녀는 크래커나 그보다도 못한 사람 같은 인상이었다. 그녀는 무기력하고 게으르고 하찮은 가난뱅이 백인처럼 보였다.

〈벌써부터 그러는지도 모르겠지만, 캐슬린은 머지않아 코담배까지 가까이하겠구나.〉 스칼렛은 무서운 생각이 들었다. 〈하느님 맙소사! 저렇게까지 몰락하다니!〉

지체 높은 사람과 가난뱅이 백인 사이의 거리가 얼마나 가까운지를 깨닫고 몸을 부르르 떨며 그녀는 캐슬린에게서 시선을 돌렸다.

〈그토록 적극적으로 뛰지만 않았더라면 나도 저런 꼴이 되었겠지.〉 이런 생각이 들자, 패전 이후에 똑같은 입장에서, 그녀와 캐슬린이 머리만 가지고 맨손으로 똑같이 시작했다는 상황을 의식한 그녀의 마음속에서는 자부심이 용솟음쳤다.

〈난 상당히 잘해 나온 셈이야.〉 턱을 들고 미소를 지으며 그녀는 생각했다.

하지만 그녀를 쳐다보는 탈턴 부인의 기가 막히다는 듯한 눈과 시선이 마주치자, 스칼렛은 얼른 미소를 거두었다. 탈턴 부인은 울어서 눈 가장자리가 벌겋게 부어올랐고, 스칼렛에게 꾸짖는 눈초리를 던진 다음에는 나쁜 전조를 드러내는 분노의 사나운 시선을 다시 수엘렌에게로 돌렸다. 탈턴 부인과 그녀의 남편 뒤에 늘어선 탈턴 댁 네 딸은 엄숙한 행사에 어울리지 않게 머리가 요란한 붉은 빛깔이었으며, 적갈색 눈은 기백이 넘쳐 위험할 정도로 활력이 넘치는 젊은 짐승을 닮았다.

캐린의 낡아 빠진 기도서를 들고 애슐리가 앞으로 나서자 사람들은 발놀림을 멈추고, 모자를 벗고, 손을 포갰으며, 부스럭거리며 치맛자락이 스치는 소리도 조용해졌다. 잠깐 멈춰 서서 밑을 내려다보는 그의 황금빛 머리카락이 햇살을 받아 반짝거렸다. 찾아온 문상객들 사이에 깊은 침묵이 깔렸는데, 어찌나 무거운 침묵이었던지 목련 잎사귀를 스치며 바람이 속삭이는 살벌한 소리가 뚜렷하게 들려왔고, 멀리서 반복되는 앵무새의 울음은 견디기 힘들 만큼 요란하고 서글펐다. 애슐리가 기도문을 읽기 시작했고, 모두들 머리를 수그리자 낭랑하고 아름답게 변조된 그의 목소리가 짤막하고도 엄숙한 구절을 낭송했다.

〈오!〉 목구멍이 꽉 잠기며 스칼렛은 생각했다. 〈얼마나 아름다운 목소리인가! 아버지를 위해서 마련된 이런 자리를 애슐리가 맡아 줘서 정말 기뻐. 나는 신부님보다 차라리 애슐리에게 맡기고 싶었으니까. 낯선 사람보다는 가까이 아는 사람이 아버지의 장례식을 치르는 편이 더 좋아.〉

캐린이 애슐리에게 읽으라고 표시해 놓은 기도문 중에서 연옥의 영혼들에 관한 부분에 이르자 애슐리는 갑자기 기도문을 덮었다. 그가 주기도문을 시작하자, 무엇을 빼놓았는지를 눈치챈 유일한 사람인 캐린이 어리둥절해서 머리를 들었다. 애슐리는 장례식에 참석한 사람들 가운데 절반은 연옥(煉獄)[1]이라는 말을 전혀 들어 본 적도 없으며, 연옥의 뜻을 아는 사람들이라면 오하라 씨처럼 훌륭한 분이 곧장 천국으로 가지 못했으리라는 가능성을 비록 기도문을 통해서라도 암시했다가는 개인적인 모욕으로 받아들이리라고 판단했다. 그래서, 여러 사람의 견해를 존중하는 뜻에서, 그는 연옥에 관한 언급은 모두 빼버렸다. 참석한 사람들은 진심으로 주기도문을 우렁차게 다 함께 읊었지만, 애슐리가 성모송을 시작하자 그들의 목소리가 흐지부지 수그러들더니, 어색한 침묵으로 바뀌었다. 성모송을 한 번도 들어 본 적이 없었던 문상객들이 슬그머니 서로 눈치를 살피는 동안 오하라 댁 세 딸과, 멜라니와, 타라 농장의 하인들은 응송(應頌)했다. 「지금과 우리들의 죽음을 맞는 시간에 우리들을 위해 기구하소서. 아멘.」

그러자 애슐리가 머리를 들고는 잠깐 동안 어찌해야 좋을

1 죽은 영혼이 가벼운 죄를 속죄하고 일시적인 벌을 받아 하느님의 마음에 들어 천국으로 들어가게 되는 중간 과정.

지 몰라서 멀거니 서서 침묵 을 지켰다. 사람들은 무엇인가를 기대하는 눈으로 애슐리를 쳐다보며, 긴 열변을 듣기에 보다 편한 자세를 취했다. 그가 천주교 기도문을 다 끝냈다는 사실을 아무도 깨닫지 못했기 때문에 그들은 애슐리가 장례식을 계속하기를 기다렸다. 카운티의 장례식은 언제나 길었다. 장례식을 집행하는 침례파나 감리교 목사들은 일정한 기도문으로 끝내는 대신, 상황에 따라 여자들이 애통해서 통곡하기 전에는 기도를 멈추는 적이 별로 없었다. 사랑하는 친구를 위한 장례식이 이토록 짤막하게 끝난다면 이웃들은 충격을 받고, 슬퍼하고, 분개하리라는 점은 누구보다도 애슐리가 잘 알았다. 앞으로 몇 주일 동안 카운티 사람들은 저녁 식탁에서 오늘의 장례식을 화제에 올리고는, 오하라 댁 세 딸이 아버지에게 제대로 경의를 보여 주지 않았다고 비판하리라.

그래서 그는 사과하는 듯한 표정으로 얼른 캐린에게 곁눈질을 하고는, 다시 머리를 숙이더니, 열두 참나무 집에서 노예들을 매장할 때 자주 읽어 주었던 감독파[2] 장례식 때의 기도를 기억으로 더듬어 읊기 시작했다.

「나는 부활이며 생명일지니…… 누구든…… 나를 믿으면 영생을 얻으리라.」

기억이 잘 나지 않아서 그는 천천히 읊었고, 가끔 어느 구절이 머리에 떠오르기를 기다리느라고 잠깐씩 침묵을 지키고는 했다. 하지만 이렇게 띄엄띄엄 말을 하니까 그의 기도가 훨씬 더 많은 감동을 주었고, 지금까지 눈물을 흘리지 않았던 문상객들은 비로소 손수건을 꺼내기 시작했다. 저마다 독실한 침례교파나 감리교도들이었던 그들은 이것이 진정한

2 영국 성공회에 해당하는 종파.

천주교 예식이라고 생각했으며, 천주교 예식이 냉정하고 오만하다던 선입견을 고쳐먹었다. 스칼렛과 수엘렌도 마찬가지로 영문을 몰랐고, 그냥 기도문 구절이 아름답다고만 생각했다. 독실한 천주교 신자인 아일랜드 사람이 성공회 예식에 따라 매장된다는 사실을 깨달은 사람은 멜라니와 캐린뿐이었다. 그리고 캐린은 애슐리의 배반에 대한 슬픔과 고통으로 하도 기가 막혀 말리지도 못했다.

기도를 마친 애슐리는 슬픈 회색 눈을 크게 뜨고는 사람들을 둘러보았다. 잠깐 침묵을 지킨 다음에 윌과 눈이 마주치자 그가 말했다.「이 자리에 참석하신 분들 가운데 혹시 한마디 하시고 싶은 분 계십니까?」

탈턴 부인이 초조하게 얼른 나서려고 했지만, 미처 그녀가 행동을 취하기도 전에 윌이 앞으로 뚜벅뚜벅 걸어 나오더니, 관의 머리 쪽에 서서 얘기를 시작했다.

「여러분.」그는 단조롭고 활기 없는 목소리로 입을 열었다.「여러분은 오하라 선생님을 20년, 혹은 그보다 더 오래전부터 아시는 사이겠지만, 겨우 1년 전까지만 해도 전혀 이분을 몰랐던 제가, 이렇게 제일 먼저 얘기를 하겠다고 나서니까 아마 저를 주제넘은 놈이라고 생각하실지도 모르겠습니다. 하지만 제게는 이런 변명거리가 있습니다. 만일 한 달쯤만 더 사셨더라면, 저는 이분을 아버님이라고 부를 권리가 생겼을 테니까요.」

사람들이 깜짝 놀라 술렁거렸다. 그들은 워낙 많은 교양을 닦은 사람들이어서 수군거리지는 않았지만, 불안하게 서성거리며 머리를 수그린 캐린을 빤히 쳐다보았다. 그녀에 대한 윌의 말 없는 정성은 누구나 다 알았다. 그들의 시선이 쏠리는 방향을 의식한 윌은 그런 사실을 모르는 체하고는 그냥 말을 이었다.

「그러니까 신부님이 애틀랜타에서 오시기만 하면 당장 미스 수엘렌과 결혼하기로 계획했었던 저로서는 어쩌면 제일 먼저 얘기를 할 권리가 당연한지도 모르겠다는 생각이 들었죠.」

그가 한 말의 마지막 부분은 사람들이 성난 벌 떼처럼 웅성거리는 소리, 희미하게 수군거리는 소리에 파묻혀 들리지 않았다. 그것은 분노와 실망의 소음이었다. 이웃들은 윌을 좋아했고, 그가 타라 농장을 위해서 해놓은 일 때문에 그를 존중했다. 그가 캐린에게 품은 애정에 대해서도 누구나 다 알았기 때문에, 엉뚱하게도 이제는 카운티에서 손꼽히게 된 못된 여자와 결혼한다는 소리를 듣고 그들은 기분이 언짢았다. 착하고 훌륭한 윌이 고약하고 음흉하고 하찮은 수엘렌 오하라와 결혼하다니!

잠깐 동안 긴장감이 감돌았다. 탈턴 부인은 눈이 파르르 떨리기 시작하더니 소리는 나지 않았어도 무엇인가 말을 하느라고 입술이 오므라들었다. 방금 어떤 얘기가 오고 갔는지 궁금해서 얘기해 달라고 손자에게 캐묻는 맥레이 노인의 커다란 음성이 침묵 속에서 더욱 크게 들렸다. 윌은 아직도 차분한 얼굴로 그들 모두와 맞섰는데, 그의 엷은 푸른 눈에서는 무언가 앞으로 그의 아내가 될 여자에 대해서 어느 누구라도 할 말이 있으면 어서 해보라고 도전하는 표정이 드러났다. 그들이 윌에 대해서 느끼는 솔직한 애정과 수엘렌에 대한 그들의 경멸이 잠깐 동안 충돌을 일으켰다. 마침내 윌이 이겼다. 그는 마치 짧게 끝난 침묵이 당연했다는 듯 아무렇지도 않게 얘기를 계속했다.

「여러분하고는 달리, 저는 한창 시절의 오하라 선생님을 전혀 알지 못했습니다. 제 개인적으로 아는 바라고는 그분이 훌륭한 노신사였으며, 약간 정신이 혼미하셨다는 정도였습니다. 하지만 전에 어떤 분이셨다는 얘기를 저는 여러분에게서 많이 전해 들었습니다. 그리고 저는 이렇게 말씀을 드리고 싶어요. 그분은 투쟁적인 아일랜드 사람이고, 남부의 신사였으며, 어느 누구보다도 남부 동맹에 충성을 다하셨습니다. 그토록 보기 드문 여러 자질을 겸비한 분은 또 없겠죠. 그리고 당신 같은 사람들을 배출하던 시대는 당신과 더불어 사라졌기 때문에, 우린 앞으로는 그런 분을 보기가 힘들게 되었어요. 그는 외국에서 태어나셨지만, 우리들이 오늘 이곳에 묻는 사람은 그분의 죽음을 애도하는 우리들 어느 누구보다도 진정한 조지아 사람이라고 하겠습니다. 당신은 우리의 삶을 살았고, 우리의 땅을 사랑하셨고, 정작 따지고 보면, 수많은 병사들이 그랬듯이 당신은 우리의 대의명분을 위해서 목숨을 바치셨습니다. 그분은 우리들과 더불어 살았고, 우리들의 좋은 점과 나쁜 점을 함께 지니셨고, 우리들의 장점과 약점도 역시 함께 지니셨습니다. 일단 결단을 내렸다 하면 무엇으로도 그분을 말릴 길이 없었고, 어떤 인간도 두려워하지 않았다는 점에서 그분은 우리들의 좋은 점을 지니셨습니다. 외적인 어떠한 요소도 그분을 패배시키지 못했습니다.

영국 정부가 교수형에 처하려 했을 때도 당신은 겁내지 않으셨습니다. 당신은 그냥 훌훌 털어 버리고 고향을 떠나셨습니다. 그리고 이곳으로 건너오셔서 가난하게 살아갈 때도 당신은 전혀 두려워하지 않으셨습니다. 당신은 열심히 일하고, 돈을 벌었습니다. 그리고 인디언들을 몰아낸 지도 얼마 안 되었고, 부분적으로는 미개척지였을 때부터, 이곳의 땅과 투쟁을 벌이기를 두려워하시지 않았습니다. 당신은 황야에 대농장을 일으켜 세우셨습니다. 그리고 전쟁이 터져 가진 돈이 없어지기 시작했을 때도 당신은 다시 가난해지기를 두려워하지 않으셨습니다. 그리고 양키들이 타라 농장으로 몰려와 당신을 태워 버리거나 죽이겠다고 위협했어도, 당신은 전혀 당황하지 않으셨고, 물러서지도 않으셨습니다. 당신은 그냥 버티고 서서 땅을 지키셨습니다. 그렇기 때문에 저는 당신이 우리들의 좋은 점을 지니셨다고 말하렵니다. 외적인 어떤 요소도 우리들을 패배시킬 수가 없으니까요.

하지만 당신은 우리들의 모자라는 점도 지니고 계셔서, 내적인 어떤 요소로부터는 패배를 당하셨습니다. 제가 말씀드리려는 점은, 온 세상이 못 하는 무엇인가를 당신의 마음은 했다는 겁니다. 오하라 부인이 돌아가셨을 때는 당신의 마음도 역시 죽었으며, 그래서 당신은 패배했습니다. 그리고 우리들이 보았던 사람, 이곳에서 돌아다니시던 분은 당신이 아니셨습니다.」

윌은 잠깐 말을 멈추었고, 그의 눈은 둘러선 얼굴들을 조용히 둘러보았다. 뜨거운 햇볕을 받으며 둘러선 사람들은 무엇에 홀려 얼어붙은 듯싶었고, 수엘렌에 대해서 느꼈던 분노를 그들은 잠시 잊었다. 윌의 시선이 잠깐 스칼렛에게서 머물렀고, 그녀를 안심시키기 위해 속으로 미소를 짓는 듯 눈꼬리가 약간 치켜 올라갔다. 솟아오르려는 눈물을 억지로 참고 버티던 스칼렛은 아닌 게 아니라 마음이 편해짐을 느꼈다. 더 좋은 다른 세상에서의 재회와 하느님의 뜻에 따른다는 따위 쓸데없는 소리만 잔뜩 늘어놓는 대신에, 윌은 상식적인 얘기를 했다. 스칼렛은 현실적인 얘기에서 항상 힘과 위안을 얻었다.

「그리고 저는 여러분 가운데 어느 누구도, 그렇게 꺾였다고 해서, 그분에 대한 존경심이 줄어들기를 바라지 않습니다. 여러분이나 저도 누구나 다 그분하고 마찬가지니까요. 우리는 똑같은 약점과 결점을 지녔어요. 양키나, 카펫배거나, 고난의 시기나, 막중한 세금이나, 심지어는 혹심한 굶주림에 이르기까지, 무엇도 그분을 패배시키지 못했듯이, 세상의 무엇도 우리들을 패배시키지 못합니다. 하지만 우리들 마음속에 숨겨진 나약함은 눈 깜짝할 사이에 우리들을 거꾸러뜨리기도 합니다. 오하라 선생님의 경우처럼 꼭 사랑하는 누구인지를 잃었기 때문만은 아니죠. 사람들에게는 활력의 원천이 저마다 다릅니다. 그리고 저는 이렇게 말하고 싶습니다. 활력의 원천을 파괴당한 사람은 죽는 편이 오히려 낫다는 얘기를요. 지금 세상에는 그런 사람들이 발을 붙일 곳이 없고, 그래서 그들은 차라리 죽는 편이 훨씬 행복해요. ……그래서 저는 지금 오하라 선생님 때문에 여러분이 슬퍼해야 할 이유가 전혀 없다는 말을 하고 싶습니다. 셔먼이 쳐들어오고 오하라 부인이 돌아가셨던 그때가 우리들이 슬퍼했어야 할 때입니다. 당신의 육체가 마음과 하나가 되려고 떠나간 지금, 우리들이 너무 한심할 정도로 이기적이라면 몰라도, 그렇지 않고서는 슬퍼해야 할 이유가 없다고 저는 생각하며, 그분을 친아버지처럼 사랑했던 제 솔직한 심정이 그러합니다. ……여러분이 개의치 않으신다면 더 이상 아무런 얘기가 없기를 바랍니다. 가족은 워낙 상심해서 아무 얘기도 귀에 들어오지 않겠고, 그들에 대한 도리가 아니라고 생각합니다.」

윌은 얘기를 마치고는 탈턴 부인에게로 돌아서더니 목소리를 낮춰 말했다.「미안합니다. 스칼렛을 집으로 데리고 들어가지 않겠어요, 부인? 이렇게 오랫동안 땡볕에 서 있으면 스칼렛한테 좋지 않으니까요. 그리고, 불손한 소리를 할 생각은 없습니다만, 폰테인 할머니도 별로 기력이 없어 보여요.」

찬사를 계속하다가 불쑥 자기에게로 화제가 바뀌자, 깜짝 놀란 스칼렛은 사람들의 시선을 받고 당황해서 얼굴이 새빨개졌다. 그러지 않아도 누구나 다 아는 임신을 가지고 왜 윌은 광고까지 하는가? 스칼렛은 화가 나고 부끄럽다는 표정으로 그를 쳐다보았지만, 윌의 침착한 눈초리에 고개를 숙이고 말았다.

〈부탁이에요.〉 그의 표정이 말했다. 〈나도 다 생각이 있어서 이러는 거예요.〉

이미 그는 집안의 가장이었고, 꼴불견을 벌이고 싶지 않았던 스칼렛은 어쩔 줄을 몰라서 탈턴 부인에게로 돌아섰다. 윌이 의도했던 대로, 수엘렌에 대한 생각에서 동물이건 인간이건 간에 언제나 그녀에게는 흥미진진했던 번식 문제로 갑자기 관심이 바뀐 탈턴 부인은, 스칼렛의 팔을 잡았다.

「집으로 들어가지, 스칼렛.」

그녀의 얼굴에서는 상냥하고 진지한 관심이 드러났고, 스칼렛은 사람들이 그녀를 위해 비켜 준 좁다란 길을 따라 이끌려 가는 과정이 퍽 괴로웠다. 그녀가 지나가자 사람들이 애도의 말을 중얼거렸고, 몇 사람은 손을 내밀어 위로하느라고 그녀를 토닥거렸다. 폰테인 할머니에게로 갔더니, 노부인은 앙상한 손을 내밀고는 〈얘야, 팔을 이리 주렴〉이라고 말하더니, 샐리와 젊은 마님에게 눈을 사납게 부라리고는 덧붙여 말했다. 「아냐, 너희들은 오지 마라. 난 너희들은 필요 없어.」

그들이 천천히 지나간 다음에 사람들은 다시 몰려들었고, 집으로 뻗어 나간 그늘진 길을 올라가는 동안 탈턴 부인이 힘센 팔로 스칼렛의 팔꿈치를 잡고 얼마나 열심히 부축을 하는지, 그녀는 걸음을 옮길 때마다 공중으로 둥둥 떠오르다시피 했다.

「그런데 왜 윌이 그런 짓을 했는지 모르겠어요.」 남들이 듣지 못할 만큼 멀어진 다음에 스칼렛이 열띤 목소리로 소리쳤다. 「그가 한 말은 〈저 여자를 보시오! 저 여자는 곧 아기를 낳게 됩니다〉라고 선전한 셈이잖아요.」

「글쎄, 따지고 보면 그의 말이 맞아, 안 그래?」 탈턴 부인이 말했다. 「윌이 잘했어. 땡볕에서 오래 있다가 졸도라도 해서 유산을 하면 어쩌려고 그래? 바보처럼.」

「윌은 저 애가 유산이라도 할까 봐 걱정이 돼서 그런 게 아냐.」 층계를 향해 앞마당을 가로질러 가느라고 힘이 들어서 약간 숨이 차 헉헉거리며 할머니가 말했다. 그녀의 얼굴에는 꿍꿍이속을 알겠다는 듯 냉정한 미소가 떠올랐다. 「윌은 똑똑해. 저 총각은 자네하고 내가 무덤가에 남기를 원하지 않았어, 비트리스.[3] 총각은 우리들이 무슨 나쁜 말을 할까 봐 걱정이 되었고, 우리들을 쫓아 버리는 방법이 이것뿐임을 알았지. ……그리고 또 그게 전부가 아니었어. 윌은 관 위에 떨어지는 흙덩어리 소리를 스칼렛이 듣게 하고 싶질 않았겠지. 흙덩어리 소리를 듣기 전에는 누가 죽었다는 실감이 나지 않으니까 말이야, 스칼렛. 하지만 일단 그 소리만 듣고 나면…… 글쎄, 그건 세상에서 가장 끔찍한 최후의 소리니까…… 층계를 올라가게 날 부축해 줘, 얘야, 그리고 손 좀 줘, 비트리스. 스칼렛은 목발이 필요 없듯 자네 팔에도 의지할 필요가 없고, 난 윌이 얘기했듯이 별로 기력이 없지. ……윌은 네가 아버지의 귀여움을 독차지했었다는 걸 알았고, 그러지 않아도 아픈 네 마음을 더욱 아프게 하고 싶지가 않았던 거야. 윌은 네 동생들은 훨씬 잘 견디리라고 생각했겠지. 수엘렌은 수치심 때문에라도 버티겠고, 캐린에게는 하느님이 계시니까. 하지

3 비어트리스의 잘못된 발음.

만 넌 마음을 의지할 곳이 하나도 없잖아, 안 그러냐, 얘야?」

「그래요.」 노부인이 층계를 올라가도록 부축하던 스칼렛은 카랑카랑하고 늙은 목소리에서 들려오는 진실에 어렴풋이 놀라서 대답했다. 「난 어머니 이외에는, 마음을 의지할 곳이 하나도 없었어요.」

「하지만 어머니를 잃고 난 다음에 너는 혼자 힘으로 설 힘을 스스로 찾아냈지, 안 그러냐? 한데 어떤 사람들은 그렇지 못해. 예를 들면 너희 아버지 말이다. 윌의 얘기가 옳아. 슬퍼하지 마라. 아버지는 엘렌 없이는 살아갈 힘도 없었고, 차라리 돌아가신 편이 더 행복할지도 모르니까. 나도 어서 노의사를 뒤따라가야 더 행복하겠지만.」

그녀는 전혀 동정심을 바라지는 않는다는 표정으로 그런 말을 했고, 두 사람은 폰테인 할머니를 조금이라도 동정할 필요성을 느끼지 않았다. 그녀는 마치 남편이 살아서 존즈버러에 볼일을 보러 나갔으며, 이륜마차를 타고 잠깐 가면 다시 만나리라는 듯 쾌활하고 태연하게 말했다. 할머니는 나이가 워낙 많았고, 온갖 세상 풍파를 다 겪었기 때문에 죽음 따위는 두려워하지도 않았다.

「하지만 — 할머니도 혼자 힘으로 꿋꿋하게 일어섰잖아요.」 스칼렛이 말했다.

노부인은 새처럼 밝은 시선을 그녀에게 던졌다.

「그래, 하지만 때로는 굉장히 불편하지.」

「이것 보세요, 할머니.」 탈턴 부인이 말을 가로막았다. 「스칼렛에게 그런 말씀을 하시면 안 돼요. 스칼렛은 그러지 않아도 마음이 아파요. 여기까지 오느라고 고생도 많이 했고, 몸에 꽉 끼는 옷에, 슬픔과 무더위까지 — 그러니까 할머니가 슬픔과 괴로운 얘기를 애써 보태지 않더라도 스칼렛은 유산을 하고도 남겠어요.」

「귀신 속곳 같으니라고!」 스칼렛이 화가 나서 소리쳤다. 「난 아무렇지도 않아요! 그리고 난 유산이나 할 정도로 골골하는 바보도 아니에요!」

「사람의 일이란 전혀 알 길이 없지.」 만사를 다 안다는 듯 탈턴 부인이 말했다. 「난 황소가 우리 농장의 검둥이 한 명을 들이받아 피투성이로 만드는 꼴을 보고 첫아이를 잃었으니까. 내 붉은 암말 넬리 생각나지? 그래, 그렇게 건강해 보이던 암말은 또 없었는데, 그래도 신경이 날카롭고 잔뜩 긴장해서 만일 내가 돌봐 주지 않았다면 ―」

「비트리스, 그만해.」 할머니가 말했다. 「맹세컨대, 스칼렛은 유산 따위는 하지 않아. 우리 여기 시원한 거실에 앉아서 쉬지. 여긴 바람이 잘 통하니까 말이야. 자, 부엌에 가서 혹시 버터밀크가 남았으면 한 잔씩만 갖다 줘, 비트리스. 아니면 혹시 남은 포도주 없는지 찬장에서 찾아보고. 한잔 마셨으면 좋겠어. 사람들이 작별 인사를 하러 올라올 때까지 우린 여기 앉아 숨 좀 돌리자고.」

「스칼렛은 침대에 누워야 해요.」 언제 해산을 하게 될지 임신한 여자에 대해서는 다 아는 사람 같은 노련한 태도로 그녀를 훑어보며 탈턴 부인이 고집했다.

「어서 가보라니까.」 지팡이로 밀어내며 할머니가 말했고, 탈턴 부인은 부엌으로 가서 모자를 찬장 위에 아무렇게나 던지고는, 축축한 붉은 머리카락을 두 손으로 훑어 내렸다.

스칼렛은 의자에 길게 기대고 앉아 몸에 꽉 끼는 가슴 옷의 꼭대기 단추 두 개를 풀었다. 천장이 높아서 거실 안은 서늘하고 침침했으며, 집 뒤쪽에서 들어와 앞으로 나가는 산들바람은 뜨거운 땡볕에 시달린 다음이어서인지 시원하기 그

지없었다. 그녀는 거실 너머로 제럴드를 안치했던 응접실을 들여다보았고, 아버지 생각을 떨쳐 버리고는 벽난로 위에 걸린 로비야르 할머니의 초상화를 올려다보았다. 총검으로 상처가 난 초상화의 여인은 머리를 높이 올렸고, 젖가슴을 반쯤 노출시키고, 냉정한 오만함을 과시했으며, 언제나 그렇듯이, 할머니의 모습은 그녀에게 기운을 북돋아 주었다.

「자식들을 잃은 슬픔하고 말을 잃은 슬픔 가운데 무엇이 더 비트리스 탈턴의 마음을 괴롭게 했는지 모르겠구먼.」 폰테인 할머니가 말했다.「너도 알겠지만, 저 여자는 아들 짐이나 딸들에게는 별로 마음을 쓴 적이 없지. 저 여자도 윌이 얘기하던 그런 사람들 가운데 하나야. 삶의 원동력이 파괴된 여자라고. 가끔 난 비트리스가 너희 아버지처럼 되지나 않을까 걱정이 돼. 비트리스는 바로 눈앞에서 말이나 사람이 새끼를 치는 광경을 보기 전에는 조금도 행복해할 줄 모르는데, 딸이라고는 한 명도 결혼을 하지 않았고, 카운티에서는 남편감을 구할 가능성도 전혀 보이지 않기 때문에 마음을 쓸 일이 하나도 없어. 천성이 숙녀가 아니었더라면 아마 속속들이 천박한 여자가 되었겠지. ……그런데 수엘렌하고 결혼하겠다는 윌의 얘기는 정말이야?」

「그래요.」 노부인을 빤히 마주 쳐다보면서 스칼렛이 대답했다. 맙소사, 그녀는 폰테인 할머니가 몹시 무서웠을 때의 생각이 났다! 하지만 그 후 스칼렛은 나이를 먹었고, 이제 만일 타라 농장의 일에 간섭을 한다면 악마에게 끌려가기나 하라고 당장이라도 쏘아붙일 자신이 생겼다.

「윌 총각은 더 좋은 상대를 구하기가 어렵지도 않았을 텐데.」 할머니가 솔직하게 말했다.

「그런가요?」 스칼렛이 도전적으로 물었다.

「그렇게 콧대를 세우지 말라고.」 노부인이 신랄하게 쏘아붙였다. 「묘지에 그냥 남았더라면 그랬을지도 모르겠지만, 난 지금 네 알량한 동생 욕은 하지 않겠어. 내 얘긴, 근처에 남자들도 귀하고 하니까 윌은 마음대로 여자를 골라잡을 여유가 많았으리라는 뜻이야. 비트리스의 말괄량이 딸년들도 넷이나 되고, 먼로 댁 딸들하고 맥레이 —」

「윌은 수엘렌하고 결혼하기로 되었고, 그건 다 끝난 얘기라고요.」

「그런 남자를 얻다니, 수엘렌은 재수가 좋았어.」

「윌을 얻었으니 타라 농장을 위해서도 다행이에요.」

「넌 이곳을 사랑해. 안 그러냐?」

「그래요.」

「정말로 타라를 사랑하기 때문에 농장을 돌볼 남자만 구하게 된다면 신분이 다른 사람하고 동생이 결혼해도 상관이 없다는 얘기겠지?」

「신분이요?」 깜짝 놀란 스칼렛이 소리쳤다. 「신분이요? 자기를 돌봐 줄 남편을 구했으면 그만이지, 신분은 또 무슨 관계죠?」

「그건 따져 볼 만한 문제야.」 노마님이 말했다. 「어떤 사람들은 네 얘기가 현실적이라고 그러겠지. 또 어떤 사람들은 한치도 물러서서는 안 될 일을 네가 양보한다고 그러겠고. 윌은 확실히 너희 집안의 몇몇 사람들처럼 지체가 높은 사람은 아냐.」

그녀의 날카롭고 늙은 눈이 로비야르 할머니의 초상화로 옮겨 갔다.

스칼렛은 자칫 외양만 보면 대부분의 크래커나 마찬가지로 전체적으로 정력이 없는 인상을 주고, 늘 지푸라기를 씹고, 호리호리하고 온순하며, 강한 인상도 주지 못하는 윌을 생각해 보았다. 그의 배후에는 부유하거나, 유명하거나, 혈통이 뛰어난 조상의 긴 행렬은 없었다. 윌의 집안에서 조지아 땅에 발을 들여놓았던 첫 번째 사람은 오글소프[4]의 채무자나 어느 집의 종이었는지도 모른다. 윌은 대학도 다니지 않았다. 사실은 4년 동안 벽지에서 학교를 다닌 정도가 지금까지 그가 받은 교육의 전부였다. 그는 정직하고 충성스러웠으며, 참을성이 많고 열심히 일했지만, 분명히 명문의 자손은 아니었다. 로비야르 가문의 기준으로 보면 수엘렌은 의심의 여지도 없이 격하되는 셈이었다.

「그러니까 너는 윌을 집안 식구로 맞아들이는 데 찬성한다는 얘기지?」

「그래요.」 듣기 싫은 소리를 꺼내기만 하면 당장이라도 노부인에게 달려들 기세로 스칼렛이 사납게 대답했다.

「너 나한테 키스를 해도 좋아.」 놀랍게도 할머니가 말했고, 지극히 흡족한 태도로 미소를 지었다. 「난 지금까지 널 별로 좋아했던 적이 없어, 스칼렛. 넌 어렸을 때부터 언제나 히코리 호두나무처럼 질긴 애였고, 나 자신은 예외이지만 나는 질긴 여자들을 좋아하지 않아. 하지만 난 네가 일을 처리하는 태도가 마음에 들어. 넌 마음이 내키지 않더라도 불가피한 일에 대해서는 수선을 피우지 않아. 넌 훌륭한 사냥꾼처럼 거침없이 울타리를 넘어 버리지.」

스칼렛은 어리둥절해서 미소를 짓고는 그녀에게로 내민 쪼글쪼글한 뺨에 고분고분 키스를 했다. 비록 할머니의 말이

4 James E. Oglethorpe. 18세기 영국 박애주의자, 조지아의 창건자, 감옥에서 석방된 직업이 없는 채무자들을 미국에 이주시키는 식민 정책을 세웠다. 서배너의 창건자이기도 하다.

무엇을 뜻하는지 별로 납득이 가지는 않았더라도 어쨌든 칭찬하는 말을 다시 듣게 되니 기분이 좋았다.

「다들 아무리 윌을 좋아하기는 해도 — 수엘렌이 크래커하고 결혼하게 네가 그냥 내버려 두었다고 듣기 싫은 소리를 할 사람이 꽤 많겠지. 그들은 한 입으로는 윌이 얼마나 훌륭한 사람이냐는 소리를 하고, 다른 입으로는 오하라 댁 딸이 자기보다 신분이 낮은 남자하고 결혼하다니 얼마나 안타깝냐는 소리를 쉴 새 없이 해댈 거야. 하지만 넌 그런 말에 신경 쓰지 마라.」

「난 사람들이 하는 얘기 따위는 전혀 개의치 않아요.」

「사람들한테서 얘기를 많이 들어서 나도 그건 알아.」 그녀의 늙은 목소리에는 신랄한 어조가 엿보였다. 「어쨌든 사람들이 하는 얘기엔 신경을 쓰지 마. 어쩌면 이건 아주 성공적인 결혼일지도 모르니까. 물론 윌은 영원히 크래커 같은 인상을 탈피하지 못할 테고, 결혼을 한다고 해도 문법 실력이 조금도 향상되지는 않겠지.[5] 그리고 비록 떼돈을 번다고 해도 그는 너희 아버지처럼 타라에 생명력과 광채를 조금도 부여하지 못해. 크래커들은 광채하고는 거리가 머니까. 하지만 윌은 마음만큼은 신사다워. 정신이 제대로 박혔지. 천품이 신사가 아니고서는 아무도 장례식에서 그가 그랬던 만큼 정확하게 우리들이 어디가 잘못되었는지를 지적해 줄 능력이 없어. 온 세상이 다 덤벼도 우리들을 패배시키기는 어려울지 모르지만, 우린 이제는 소유하지 못한 대상들을 너무 심하게 갈망함으로써, 그리고 지나치게 많은 추억 때문에, 우리들 자신에게 패배를 당하지. 그래, 수엘렌하고 타라 농장은 윌

5 윌의 영어는 흑인들처럼 심하지는 않아도 자주 문법이 틀리지만, 번역상으로는 그의 말투를 전달하기가 어려워서 정상적으로 표현했다.

때문에 잘될 거야.」

「그렇다면 윌과 수엘렌이 결혼하도록 내버려 두는 걸 찬성하신다는 말씀인가요?」

「전혀 그렇지 않아!」 그녀의 늙은 목소리는 지치고 씁쓸하면서도 힘찼다. 「크래커들이 오래된 가문 사람들과 결혼하는 걸 내가 찬성한다고? 흥! 잡종 가축을 순종하고 교배시키겠다고 하면 내가 좋아할까? 오, 크래커들이 착하고 견실하고 정직하기는 하지만 —」

「하지만 성공적인 한 쌍이 되리라고 그러셨잖아요!」 영문을 몰라서 스칼렛이 소리쳤다.

「오, 수엘렌은 남편을 필요로 하는 처지니까, 윌하고 결혼한다면 — 그러니까 누구하고라도 결혼한다면 그건 잘된 일이라고 생각해. 아니면 그 애가 어디서 남편을 구하겠니? 그리고 또 타라 농장을 관리할 만큼 훌륭한 사람은 어디서 구하고? 그렇기는 해도 난 너 못지않게 이번 일을 못마땅하게 생각해.」

하지만 난 그들의 결혼을 환영하는데, 노부인이 한 얘기의 의미를 파악하려고 애쓰며 스칼렛은 생각했다. 난 윌이 수엘렌하고 결혼하게 되어서 기쁘다. 왜 할머니는 내가 못마땅해해야 한다고 생각할까? 폰테인 할머니는 자기나 마찬가지로 내가 못마땅하게 생각해야 당연하다고 여긴다.

사람들이 그들 자신이 지닌 감정과 동기를 그녀에게도 부여하면서, 그녀가 그들과 같은 생각을 한다고 간주할 때면 늘 그렇듯, 스칼렛은 얼떨떨하고 약간 창피한 기분이 들었다.

할머니는 종려나무 잎 부채를 부치면서 열심히 얘기를 계속했다. 「그들의 결합을 난 너 못지않게 못마땅해하지만, 나는 현실적인 여자고, 그건 너도 마찬가지야. 그리고 불쾌하지만 어쩔 도리가 없는 문제에 당면하게 되면, 우는소리를 하고 발버둥을 쳐봤자 아무 소용도 없다고 난 생각해. 그건 인생의 우여곡절을 겪어 나가는 올바른 태도가 못 되지. 우리 집안과 노의사의 집안이 엄청난 우여곡절을 많이 겪었기 때문에 난 그런 면은 잘 알아. 그리고 만일 우리 집안 사람들에게 좌우명이 있었다면 그건 이런 식이었겠지. 〈소리를 지르지 말고, 미소를 지으며 때를 기다려라.〉 우린 미소를 짓고 때가 오기를 기다린다는 그런 식으로 수많은 역경을 이겨 냈고, 그러다 보니 극복하는 데는 이력이 났어. 우린 그럴 수밖에 없었으니까. 우린 항상 엉뚱한 말에 돈을 거는 격이었어. 위그노[6]들과 함께 프랑스에서 도망쳐 나왔고, 캐벌리어[7]들과 함께 영국에서 도망쳐 나왔고, 멋쟁이 군주 찰리[8]와 스코틀랜드에서 도망쳐 나왔고, 아이티에서는 깜둥이들에게 쫓겨났고, 이제는 양키들에게 당했어. 하지만 우린 몇 년 후에는 항상 다시 일어섰지. 왜 그런지 알아?」

그녀는 머리를 꼿꼿하게 세웠고, 스칼렛은 할머니가 늙고 잘난 체하는 앵무새를 그대로 닮았다고 생각했다.

「아뇨, 모르겠는데요, 정말로요.」 그녀는 공손하게 대답했다. 하지만 그녀는 무척 따분해졌고, 할머니가 크리크 봉기[9]에 관한 회고담을 늘어놓았던 날만큼이나 따분했다.

「글쎄, 이런 이유 때문이야. 우린 불가항력에는 굴복하지. 우린 밀이 아니라 메밀이니까. 폭풍이 불어오면 잘 영근 밀

6 Huguenot. 프랑스의 칼뱅파 신교도.

7 Cavalier. 17세기 영국 찰스 1세 시대의 왕당원.

8 Bonnie Prince Charlie. 18세기 영국의 군주였던 찰스 에드워드 스튜어트Charles Edward Stuart의 별명으로, 1745년 스코틀랜드에서 봉기를 일으켰다 패했다.

9 중권 제26장 791면 각주 9번 참조.

은 바짝 마르고 바람에 따라 휘지도 않기 때문에 쓰러지고 말아. 하지만 영근 메밀은 물기를 머금어서 잘 휘지. 그리고 바람이 지나가고 나면 메밀은 전과 거의 마찬가지로 곧고 튼튼하게 벌떡 일어서. 우린 목에다 힘이나 주는 족속이 아냐. 우린 유연하면 어떤 대가를 받게 되는지를 알기 때문에 심한 바람이 불 때는 무척 잘 휘지. 어려운 일이 닥치면 우린 그저 묵묵히 불가항력에 순종하고, 일하고, 미소를 짓고, 그러곤 기다려. 때문에 우린 훨씬 열등한 사람들하고도 어울리고, 그들에게서 받을 만한 도움을 얻어 내지. 그리고 힘을 충분히 얻게 되면 우린 신세를 졌던 사람들을 이용만 해먹고 차 버려. 그것이, 얘야, 바로 생존의 비결이란다.」 그리고 잠깐 침묵을 지킨 다음 그녀는 덧붙여 말했다. 「난 우리의 비결을 너한테 전해 주고 싶어.」

노부인은 독을 머금기는 했어도 자신이 한 말이 재미있다는 듯 키득거렸다. 그녀는 마치 스칼렛에게서 무슨 반응이라도 기대하는 눈치였지만, 스칼렛은 노부인의 말이 뜻하는 바를 별로 납득하지 못했고, 할 말도 생각나지 않았다.

「그래, 아무렴.」 노마님이 얘기를 계속했다. 「우리 집안 사람들은 납작하게 쓰러지기는 하지만 다시 일어나는데, 이곳에서 별로 멀리 떨어지지 않은 곳에 사는 많은 사람들에게는 이런 얘기가 적용되질 않아. 캐슬린 캘버트를 보라고. 걔가 어떤 신세가 되었는지는 너도 알잖아. 가난뱅이 백인이라니! 그리고 걔는 결혼한 남자보다도 훨씬 못한 신세가 되었어. 맥레이 집안을 봐. 완전히 몰락하고, 무기력하고, 어떻게 해야 할지를 모르고, 무엇 하나 처리할 능력도 없어. 노력조차 안 하니까. 그들은 좋았던 옛 시절 타령이나 하고 한탄을 늘어놓으며 시간을 보내지. 그리고 또, 그러니까 뭐냐 — 그리고 또 우리 알렉스하고, 샐리하고, 너와 짐 탈턴, 그리고 탈턴 집 딸들하고, 그리고 몇몇 다른 사람을 제외한 거의 모든 카운티 사람들을 보란 말이야. 나머지 사람들은 아무런 유연성이 없기 때문에, 다시 일어서려는 각오가 없었기 때문에 몰락하고 말았어. 그들에게는 돈과 검둥이들 이외엔 아무것도 가진 게 없었고, 이제는 돈과 검둥이가 없어지고 나니까 그들은 다음 세대에 크래커가 되겠지.」

「윌크스 집안은 잊어버리셨잖아요.」

「아냐, 난 그들을 잊어버리지는 않았어. 애슐리가 이곳에 손님으로 와서 지내는 걸 알기 때문에 난 그들 얘기는 하지 않는 편이 올바른 예의라고 생각했을 뿐이야. 하지만 이왕 네가 얘기를 꺼냈으니까 말인데, 그 집안을 좀 보라고! 얘기를 듣자 하니 인디아는 스튜 탈턴이 죽었는데도 그를 잊고 다른 남자를 붙잡으려는 노력을 전혀 하지 않기 때문에 벌써 다 말라비틀어진 노처녀가 되어서는 과부 티만 잔뜩 낸다더구먼. 물론 나이가 많기는 해도 노력만 한다면 걔는 식구가 여럿 달린 홀아비쯤은 찾아내기가 별로 어렵지 않을 텐데. 그리고 한심한 허니는 꿩만큼도 머리가 돌아가지 않아서 항상 남자한테만 미쳐서 지내는 바보야. 그리고 애슐리도 좀 보라고!」

「애슐리는 아주 훌륭한 남자예요.」 스칼렛이 열을 올렸다.

「난 훌륭하지 않다는 소린 한마디도 안 했지만, 어쨌든 애슐리는 발랑 자빠진 거북처럼 무력해. 만일 윌크스 집안이 지금의 고통스러운 시기를 이겨 낸다면, 아마 그건 멜리가 그들을 이끌어 나가는 덕택이겠지. 애슐리의 힘이 아니고 말이야.」

「멜리라뇨! 원 세상에, 할머니! 그게 도대체 무슨 소리예요? 난 멜리하고 오랫동안 같이 살았기 때문에 잘 아는데, 그녀는 병약하고, 겁이 많고, 거위를 쫓아 버리려고 소리를 지를 용기조차 없다고요.」

「도대체 거위는 무엇 하러 쫓아? 난 옛날부터 그건 시간 낭비라고 생각했어. 어쨌든 멜리는 거위를 쫓으려고 소리를 지르지는 못할지언정, 자기가 소중히 아끼는 애슐리나 아들 그리고 그녀가 신봉하는 품위의 개념을 위협하는 세상에는 — 양키 정부나 어떤 다른 위협에는 소리를 질러 대고도 남아. 멜리가 가는 길은 네가 따르는 길하고는 다르고, 스칼렛, 내가 가는 길하고도 달라. 네 어머니가 살아 계셨다면 아마 그런 식으로 처신하셨겠지. 멜리를 보면 난 젊었을 적의 너희 어머니가 생각난단다. ……그리고 아마 윌크스 집안은 앞으로 그 여자가 이끌고 나가게 될지도 몰라.」

「오, 멜리는 마음씨만 착하고 상냥한 멍청이예요. 하지만 애슐리에 대한 할머니 얘기는 정말 온당치 못해요. 애슐리는 —」

「오, 그런 소리 집어치워! 애슐리는 천성이 책이나 읽으면 읽었지 다른 일은 하나도 못해. 그래 가지고서야 지금 우리들이 겪는 어려운 곤경을 이겨 내는 데는 아무런 도움도 안 되지. 내가 듣기에 애슐리는 밭갈이라면 카운티에서 솜씨가 제일 형편없는 남자라고 그러더구나! 그럼 애슐리를 우리 알렉스하고 한번 비교해 봐! 전쟁 전에는 알렉스라면 세상에서 가장 쓸모없는 난봉꾼이었고, 새 넥타이를 구하거나 술에 취하거나 누구에게 총질을 하거나 형편없는 계집들이나 쫓아다니는 짓 이외에는 전혀 다른 생각은 하지도 않았어. 하지만 지금은 알렉스가 어떻게 변했는지 봐! 개는 꼭 배워야만 했기 때문에 농사일을 배웠어. 알렉스는 굶어 죽었을지도 모르고, 우리들도 다 그랬을지 몰라. 이제 알렉스는 카운티에서 최고로 품질이 좋은 목화를 재배하는데, 그래, 아무렴! 타라의 목화보다 훨씬 훌륭하지! — 그리고 돼지도 잘 먹이고 닭도 잘 친단다. 하! 성미가 그렇게 못되기는 했어도 그만하면 아주 훌륭한 아이야. 알렉스는 적당한 때가 오기를 인내하며 기다리고, 달라지는 세상과 함께 달라질 줄도 알고, 재편입에 관련된 지금의 비참한 사태가 지나가고 나면 넌 그 애 아버지나 할아버지 못지않게 부자가 되어 있을 우리 알렉스를 보게 되겠지. 하지만 애슐리는 —」

스칼렛은 애슐리가 굴욕을 당하니까 속이 상했다.

「제가 듣기엔 그런 건 다 쓸데없는 얘기예요.」 그녀는 냉정하게 말했다.

「글쎄, 그렇지 않을 텐데.」 그녀를 날카롭게 노려보면서 할머니가 말했다. 「네가 애틀랜타로 가서 지금까지 취해 온 행동들이 바로 그런 식이었으니까. 오, 그럼! 비록 이곳 시골에 파묻혀 살기는 해도 우린 네가 벌이는 장난들에 대한 얘기는 다 들었어. 넌 변하는 시대와 더불어 함께 변해 왔어. 우린 네가 돈을 긁어내려고 양키들과 백인 쓰레기들과 벼락부자들에게 아첨을 떤다는 얘기도 들었어. 내가 들은 바로는 넌 정말 뻔뻔스럽기도 하더구나. 어쨌든 잘해 보라고 난 말하고 싶어. 그리고 재주껏 한 푼이라도 그들에게서 더 뜯어내야 하지만, 돈을 충분히 모으고 난 다음에는 더 이상 아무짝에도 쓸 데가 없어질 그놈들의 면상을 발로 차주라고. 옷자락에 달라붙은 쓰레기가 너를 파멸시킬지도 모르니까 넌 꼭 그렇게 해야만 하고, 그것도 제대로 잘해 내야 해.」

무슨 얘기인지 이해하기가 힘들어서 이맛살을 찌푸린 채 스칼렛은 할머니를 쳐다보았다. 아직도 어떤 의미인지 알아듣지를 못했으면서도 그녀는 애슐리를 발랑 자빠진 거북에 비유한 말 때문에 화가 치밀었다.

「애슐리에 대한 할머니 얘기는 옳지 않아요.」 스칼렛이 불쑥 말했다.

「스칼렛, 넌 정말 똑똑하질 못하구나.」

「그건 할머니 생각이죠.」 스칼렛은 무례하게 말했고, 노부인의 턱을 후려갈겨도 괜찮다면 얼마나 좋을까 생각했다.

「오, 돈 문제라면야 너도 똑똑하지. 그런 똑똑함은 남자한테나 잘 어울려. 하지만 여자다운 면에서는 넌 전혀 똑똑하질 못해. 넌 대인 관계에서는 조금도 똑똑하질 못하다고.」

스칼렛은 눈에서 불꽃을 튕기기 시작했고, 두 주먹을 쥐었다 폈다 했다.

「넌 내 얘기를 듣고 무척 화가 난 모양이로구나. 안 그러니?」 노부인이 미소를 지으며 물었다. 「하기야 바로 그게 내가 의도한 바이기는 하지만.」

「오, 그래요, 그러셨어요? 도대체 왜 그러셨죠?」

「나에게는 그럴 만한 이유가 충분하니까.」

할머니는 의자에 푹 눌러앉았고, 스칼렛은 그녀가 무척 피곤하고 믿어지지 않을 정도로 늙어 보인다는 사실을 갑자기 깨달았다. 부채 위에 포개 놓은 자그마하고 앙상한 두 손은 송장의 손처럼 핏기가 없어서 마치 밀랍 같았다. 얼핏 무슨 생각이 떠오르자 스칼렛의 마음속에서는 분노가 가라앉았다. 그녀는 허리를 숙이고 할머니의 손을 잡았다.

「할머니는 굉장히 다정하신 거짓말쟁이예요.」 그녀가 말했다. 「이런 횡설수설은 단 한마디도 진담이 아니었어요. 할머니는 제가 아버지 생각을 하지 않도록 관심을 돌리려고 그런 소리를 하셨어요. 안 그래요?」

「나한테 허튼수작 부리지 마!」 손을 휙 잡아 뺍으며 노마님이 심술궂게 말했다. 「부분적으로는 그런 이유도 없지는 않았지만, 또 다른 부분적인 이유는 내가 너한테 한 얘기가 다 진실이지만, 네가 워낙 멍청해서 미처 무엇이 진실인지를 깨닫지 못하기 때문에, 좀 깨우쳐 주고 싶어서 그랬을 뿐이야.」

하지만 그녀는 약간 미소를 지었고, 그녀의 말에서는 독기가 없어졌다. 스칼렛의 마음속에서는 애슐리 때문에 치밀어 올랐던 분노가 저절로 자취를 감추었다. 할머니가 한 얘기는 한마디도 진담이 아니었음을 알고 나니 기분이 좋았다.

「어쨌든 고마워요. 저한테 말동무가 되어 주셔서요. 비록 많은 사람들이 못마땅하게 생각하기는 해도 — 그래도 윌과 수엘렌에 관해서 — 할머니가 저하고 의견이 같다는 걸 알고 나니까 기뻐요.」

버터밀크 두 잔을 들고 탈턴 부인이 거실로 내려왔다. 그녀는 집안 살림이라면 무엇이나 다 엉망이어서, 잔에서 우유가 찔끔찔끔 흘러넘쳤다.

「난 이걸 찾으려고 우물 집[10]까지 몽땅 뒤져야 했어요.」 그녀가 말했다. 「사람들이 묘지에서 올라오니까, 얼른 마시도록 해요. 스칼렛, 정말 수엘렌이 윌하고 결혼하게 그냥 내버려 둘 생각이야? 남자가 수엘렌에게 너무 모자라다는 뜻에서 한 얘기는 아니지만, 어쨌든 스칼렛도 알다시피 윌은 크래커이고 —」

스칼렛과 할머니는 서로 시선을 주고받았다. 스칼렛의 눈에서 해답을 찾아낸 늙은 눈에서는 장난스러운 광채가 빛났다.

10 *spring house.* 샘이나 시내 위에 걸쳐 지은 육류 저장소.

제41장

마지막 작별 인사를 나누고, 마지막 마차 바퀴 소리와 말발굽 소리가 사라진 다음 스칼렛은 엘렌의 사무실로 들어가 어젯밤에 책상의 서류함 속 누렇게 변색한 종이들 사이에 넣어 두었던 반짝거리는 물건을 꺼냈다. 일꾼 돼지가 저녁 식탁을 차리며 식당에서 코를 훌쩍이는 소리를 듣고 스칼렛은 그를 불렀다. 검은 얼굴에 길을 잃고 주인이 없는 사냥개처럼 처량한 표정을 지은 돼지가 그녀에게로 왔다.

「돼지.」 그녀가 근엄하게 말했다. 「돼지가 한 번만 더 울면, 나도 울음이 나오고 말아. 그러니까 울음을 그쳐야 해.」

「예, 마님. 안 울어 하려고 그러지만 제럴드 주인님 생각한다 그러면 —」

「그럼 생각을 하지 마. 다른 사람은 누가 울어도 다 참겠지만 난 돼지의 울음만큼은 못 견디겠어. 보라고.」 그녀는 조용히 울먹이기 시작했다. 「이제 알겠어? 돼지가 아버지를 얼마나 사랑했는지를 알기 때문에 난 돼지의 눈물은 견디지 못해. 어서 코를 풀어, 돼지. 너한테 선물을 줘야 하니까.」

요란하게 코를 풀던 돼지가 조금쯤 솔깃한 듯 눈을 반짝였는데, 그것은 관심이라기보다는 차라리 예의를 갖추려는 태도에 가까웠다.

「어느 집 닭장에서 닭을 훔치려다 총질을 당했던 그날 밤 생각나?」

「원 세상에, 미스 스칼렛! 난 전혀 —」

「어쨌든 틀림없이 넌 그런 짓을 했고, 벌써 오래전 일이니까 새삼스럽게 나한테 거짓말은 하지 마. 그토록 충실했기 때문에 너한테 내가 시계를 주겠다고 했던 얘기 생각나지?」

「예, 마님, 나 생각나요. 마님 잊어버렸다 난 생각했죠.」

「아냐, 난 잊지 않았으니까, 이거 받아.」

그녀는 양각 새김을 하고 장식품이 여러 개 달린 시곗줄에 매달린 큼직한 금시계를 그에게 내밀었다.

「아니 이런, 미스 스칼렛!」 돼지가 소리쳤다. 「그거 제럴드 주인님 시계다 하잖아요! 나 주인님 그 시계 꺼내 본다 백만 번 봤어요!」

「그래, 이건 아버지 시계고, 돼지, 난 이걸 너한테 주고 싶어. 받아.」

「오, 아뇨, 마님!」 돼지가 놀라서 뒷걸음질을 쳤다. 「그거 백인 신사 시계고, 거기다 또 제럴드 주인님 재산이에요. 어떻게 그거 나 주신다 얘기하나요, 미스 스칼렛? 시계 당연하게 어린 웨이드 햄프턴 갖는다 맞아요.」

「이건 돼지가 가져야 해. 웨이드 햄프턴이 아버지를 위해서 한 일이 도대체 뭐야? 아버지가 병들고 기운이 없으실 때 웨이드가 돌봐 드리기라도 했나? 아버지에게 옷을 입혀 드리고, 면도를 해드렸나? 양키들이 왔을 때 아버지 곁에서 지켜 주었나? 아버지를 위해서 도둑질을 했나? 바보 같은 소리 하지 마, 돼지. 시계를 받아 마땅한 사람은 바로 돼지이고, 아버지도 그렇게 생각하시리라고 난 알아. 자.」

스칼렛은 검은 손을 잡고 시계를 쥐여 주었다. 돼지는 겸허하게 시계를 물끄러미 쳐다보았고, 즐거운 표정이 천천히 그의 얼굴로 번져 나갔다.

「정말 나 주신다 하나요, 미스 스칼렛?」

「그래, 정말이야.」

「그렇다면, 마님 — 정말 고맙습니다, 마님.」

「내가 시계를 애틀랜타로 가지고 가서 글을 조각해 줄까?」

「조각 그거 뭐예요?」 돼지의 목소리에서 의혹이 드러났다.

「그건 시계의 뒤에다 그러니까 — 그러니까 〈오하라 집안에서 돼지에게. 착하고도 충실한 하인이었기에〉 — 뭐 그런 글을 파 넣는 거야.」

「아뇨, 마님, 고마워요, 마님. 조각 그거 필요 없어요.」 시계를 꽉 움켜쥐고 돼지가 뒷걸음질을 쳤다.

약간 미소를 짓느라고 그녀의 입술이 경련을 일으켰다.

「왜 그러니, 돼지? 내가 갖다 주지 않을까 봐 못 믿겠어서 그래?」

「아뇨, 마님, 나 마님 믿지만 — 그저, 글쎄요, 마님, 혹시 마님 생각 달라진다 때문에요.」

「난 그런 짓은 안 해.」

「글쎄요, 마님, 혹시 팔아 버릴지 몰라요. 나 생각에 이거 돈 굉장히 준다 해요.」

「돼지는 내가 아버지 시계를 팔아먹으리라고 생각해?」

「그래요, 마님 — 혹시 돈 필요하다 하시면요.」

「너 그런 소리를 했으니 매를 맞아야 되겠구나, 돼지. 난 시계를 도로 빼앗아 버리고 싶은 생각도 나는걸.」

「아뇨, 마님, 그러는 거 없습니다!」 슬픔에 젖은 돼지의 얼굴에 그날 처음으로 희미한 미소가 나타났다. 「나 마님 알아요. 그리고 미스 스칼렛 —」

「왜, 그래, 돼지?」

「혹시 마님 깜둥이들 고맙게 하신다 절반만큼 백인 사람들한테 역시 잘하면, 나 생각에 세상 사람들 마님 더 잘 대해 줄 텐데요.」

「그만하면 세상 사람들은 나한테 잘해 주는 셈이야.」 그녀가 말했다. 「그럼 가서 애슐리 주인님을 찾아서 내가 지금 곧 여기서 만나고 싶어 한다고 전해.」

스칼렛이 제재소의 이익금 절반을 내놓겠다는 제안을 하는 동안 애슐리는 엘렌의 작은 걸상에 앉아 얘기를 들었는데, 연약한 의자는 그의 큰 키에 비해서 왜소해 보였다. 그는 단 한 번도 스칼렛의 눈을 마주 쳐다보지 않았고, 얘기를 중단시키려는 말도 전혀 하지 않았다. 그는 자신의 두 손을 내려다보며 앉아서, 마치 여태껏 그 손을 한 번도 본 적이 없는 듯 처음에는 손바닥을, 그러고는 손등을 뒤집어 가면서 찬찬히 살펴보았다. 힘든 일을 했음에도 불구하고 그의 손은 아직도 가냘프고 민감해 보였으며, 농부의 손치고는 놀랄 만큼 잘 다듬어졌다.

머리를 수그리고 침묵을 지키는 애슐리를 보고 약간 마음이 불편해진 스칼렛은 제재소에 관심을 가지게 하려고 더욱 열심히 얘기했다. 그녀는 또한 자신이 지닌 미모와 눈짓의 온갖 매력도 동원했지만, 애슐리가 쳐다보지도 않았기 때문에 그것도 다 허사였다. 애슐리가 쳐다보기만 한다면 얼마나 좋을까! 스칼렛은 애슐리가 북부로 갈 결심을 했다고 윌이 알려 준 얘기는 입 밖에 꺼내지도 않았고, 그녀의 계획에 애슐리가 동의하는 데 대해서 아무런 장애물이 없다는 듯한 태도를 보이며 얘기했다. 그래도 그는 말이 없었고, 결국 스칼렛은 말끝을 흐리다가 입을 다물어 버리고 말았다. 그의 연약한 어깨는 무슨 결심을 굳힌 단호함을 보여 그녀를 놀라게 했다. 틀림없이 그는 거절하리라! 도대체 무슨 이유로 거절하겠다고 그러는가?

「애슐리.」 그녀는 다시 입을 열었지만, 말이 나오지를 않았다. 스칼렛은 임신했다는 사실을 구실로 삼을 생각은 없었고, 그토록 배가 부르고 추한 그녀의 모습을 애슐리에게 보인다는 생각만 해도 주눅이 들었지만, 다른 설득 방법이 아무런 반응도 얻어 내지 못하는 듯싶었기 때문에 결국은 임신과 무력함을 마지막 핑계로 써먹겠다고 작정했다.

「당신은 꼭 애틀랜타로 와주셔야 해요. 난 제재소 일을 돌볼 여력이 없기 때문에 이제는 당신 도움이 절실히 필요해요. 내가 다시 일하려면 몇 달을 기다려야 하는데, 그 이유는 — 아시겠지만 — 있잖아요, 그 이유는…….」

「제발!」 그가 갑자기 사납게 말했다. 「정말 기가 막혀요, 스칼렛!」

그는 몸을 일으켜 얼른 창문가로 가더니 그녀에게 등을 돌리고 서서, 헛간 마당을 가로질러 엄숙하게 한 줄을 지어 행진하는 오리들을 지켜보았다.

「그렇다면, 그래서 — 그래서 당신은 나를 쳐다보지 않으려고 그러시는 건가요?」 스칼렛이 처량하게 말했다. 「내 꼴이 어떤지는 나도 잘 알지만 —」

그는 몸을 획 돌이켰고, 그녀와 시선이 마주친 그의 회색 눈에서 발산되는 강렬한 감정에 그녀는 두 손이 저절로 목으로 올라갔다.

「당신 모습이 뭐가 어쨌단 말인가요!」 그는 격렬하고 빠른 어조로 말했다. 「내 눈에는 당신이 언제나 아름다워 보인다고요.」

그녀는 행복감에 넘쳐 눈물이 글썽거렸다.

「그런 말을 해주시다니 당신은 정말로 다정하신 분이에요! 당신이 내 모습을 보면 너무나 창피하게 여겨졌기 때문에 —」

「당신이 창피하다고요? 왜 창피하다고 생각하죠? 부끄러움을 느껴야 할 사람은 나고, 난 정말로 창피하게 생각해요. 만일 내가 멍청하게 굴지만 않았더라면 당신은 이런 곤경에 처하지 않았을 테니까요. 당신은 절대로 프랭크하고 결혼하지는 않았겠죠. 난 작년 겨울에 당신이 타라를 떠나게 그냥 내버려 두어서는 절대로 안 되었어요. 오, 내가 그렇게 바보같이 굴다니! 난 당신이 — 절망적이었던 당신의 마음을 알고, 너무나 절망적인 나머지 — 그럴 수밖에 없었겠는데 —. 난 알았어야 — 알았어야 했는데 —」 그의 얼굴이 핼쑥해졌다.

스칼렛의 가슴이 마구 뛰었다. 애슐리는 그녀와 도망쳐야 했었다고 후회했다!

「거지 신세가 된 우리들을 당신이 거두어들였는데, 난 적어도 당신을 위해, 세금 낼 돈을 마련하기 위해, 어디 가서 노상강도질을 하거나 살인 정도는 했어야 옳았겠죠. 오, 난 만사를 다 그르쳐 놓았어요!」

그녀가 듣고 싶어 했던 말은 그것이 아니었기 때문에 스칼렛은 실망감으로 마음이 오그라들었고, 행복감도 조금 사라졌다.

「그래도 어쨌든 난 갔겠죠.」 그녀가 지친 목소리로 말했다. 「난 당신이 그런 짓을 하게 그냥 내버려 두지는 않았을 테니까요. 그리고 아무튼 이제는 다 지나간 일이에요.」

「그래요, 이제는 다 지나간 일이죠.」 서글픈 어조로 그는 느릿느릿 말했다. 「당신은 나하고 내 가족이 굶어 죽지 않도록 내가 무슨 명예롭지 못한 짓을 하려고 했다면 그냥 놔두지도 않았겠고, 사랑하지도 않는 사람에게 자기 몸을 팔고 — 결국 그의 아기를 임신했겠죠. 무기력한 나에게 안식처를 마련해 준 당신이 난 고마웠어요.」

그의 목소리에 담긴 날카로운 모서리는 그의 마음을 괴롭히던 쓰라리고 아물지 않은 상처를 보여 주었고, 그 말을 들은 스칼렛의 눈에는 수치심이 서렸다. 그런 눈치를 챈 애슐리는 재빨리 표정을 부드럽게 바꾸었다.

「내가 당신을 탓한다고 생각하진 않겠죠? 맙소사, 스칼렛! 아니에요. 당신은 지금까지 내가 본 여자들 가운데 가장 용감한 여자였어요. 난 나 자신을 책망할 따름이에요.」

그는 몸을 돌려 다시 창밖을 내다보았고, 그녀가 물끄러미 쳐다본 그의 어깨는 별로 힘차 보이지를 않았다. 스칼렛은 한참 동안 침묵을 지키며 애슐리가 그녀의 아름다움을 얘기하던 순간의 기분으로 되돌아가기를 바랐고, 그녀가 소중하게 간직할 말을 그가 더 해주기를 바랐다. 스칼렛이 그를 본지는 무척 오래되었고, 그녀는 추억이 희미하게 지워질 때까지 마지막 만남을 되새기며 살아왔었다. 그녀는 애슐리가 아직도 자기를 사랑한다고 믿었다. 그의 모든 표정에서, 뼈아프게 자신을 탓하는 모든 말에서, 그녀가 프랭크의 아기를 가졌다는 데 대한 그의 실망에서, 사랑의 진실은 명백하게 드러났다. 스칼렛은 그가 진심으로 느끼는 감정을 말로 표현하는 소리를 듣고 싶어 갈망했고, 고백을 재촉할 만한 말을 그녀 스스로 하고 싶었지만, 감히 그럴 용기가 나지 않았다. 스칼렛은 다시는 그에게 몸을 던지는 일이 없으리라고 작년 겨울 과수원에서 했던 약속이 생각났다. 애슐리를 그녀의 곁에 잡아 두려면 약속을 지켜야만 한다는 슬픈 사실을 스칼렛은 의식했다. 사랑과 그리움이 넘치는 그녀의 외침 한마디, 그의 품에 안기고 싶다고 애원하는 표정 하나로 문제는 영원히 끝장이 나고 말리라. 애슐리는 틀림없이 뉴욕으로 떠나 버리리라. 하지만 그는 가면 안 된다.

「오, 애슐리, 자신을 탓하지는 말아요! 그것이 어떻게 당신 잘못이겠어요? 당신은 애틀랜타로 와서 나를 도와주시겠죠, 안 그래요?」

「싫습니다.」

「하지만 애슐리.」 그녀의 목소리는 고뇌와 실망으로 울먹거리기 시작했다. 「하지만 난 당신에게 기대를 걸었었어요. 난 정말 당신이 절실히 필요해요. 프랭크는 나를 돕기가 힘들어요. 그이는 상점 일로 워낙 바쁘고, 만일 당신이 와주시지 않는다면 난 어디서 사람을 구해야 할지 모르겠어요! 애틀랜타의 똑똑한 사람들은 누구나 다 자기 일로 바쁘고, 나머지 사람들은 어찌나 무능한지 ―」

「그래 봤자 소용없어요, 스칼렛.」

「그렇다면 당신은 애틀랜타로 가기보다는 차라리 뉴욕으로 가서 양키들하고 같이 살겠다는 계획인가요?」

「그 얘기 누구한테서 들었어요?」 약간 짜증이 난 그는 이맛살을 찡그리며 스칼렛을 향해 돌아섰다.

「윌에게서요.」

「그래요, 난 북부로 갈 결심을 했어요. 전쟁 전에 나하고 유럽 일주 여행을 했고 오래전부터 아는 어느 친구가 자기 아버지의 은행에 일자리를 제공했어요. 그렇게 하는 편이 훨씬 좋아요, 스칼렛. 난 당신에게 하나도 도움이 안 될 사람이에요. 난 목재업에 관해서는 아무것도 모르니까요.」

「하지만 당신은 은행 업무라면 더 모르고, 그쪽 일은 훨씬 더 힘들어요! 그리고 당신의 경험 부족에 대해서는 양키들보다 내가 훨씬 너그럽잖아요!」

그는 몸을 움츠렸고, 스칼렛은 자신의 실언을 깨달았다. 그는 돌아서서 다시 창밖을 내다보았다.

「난 너그럽게 봐주는 관용은 원하지 않아요. 난 능력이 닿는 한 내 힘으로 일어서고 싶어요. 지금까지 나는 내 삶을 어떻게 살아왔던가요? 나도 지금쯤은 무엇인가 이룩했거나, 아니면 내 잘못으로 인해서 몰락했어야 옳아요. 난 너무나 오랫동안 당신의 식객 노릇을 했어요.」

「하지만 난 제재소의 이익금 절반을 당신에게 제공하려고 그래요, 애슐리! 맞아요, 이건 당신 자신의 사업이나 마찬가지니까, 당신은 자신의 힘으로 일어서게 되는 셈이에요.」

「결과는 마찬가지예요. 난 이익금 절반을 내 돈으로 사들이는 게 아니죠. 난 그걸 선물로 받는 셈이에요. 그리고 난, 스칼렛, 하루 세 끼 먹을거리와 거처와 심지어는 나와 멜라니, 아기가 입는 옷에 이르기까지, 그러지 않아도 당신에게서 정말로 많은 선물을 받았어요. 그러나 난 당신에게 아무것도 못 해주었고요.」

「오, 하지만 당신은 보답을 해주셨어요! 당신이 없었다면 아마 윌은 ―」

「나도 이제 불쏘시개를 패는 정도의 솜씨는 쓸 만하겠죠.」

「오, 애슐리!」 자신을 조롱하는 그의 목소리에 그녀는 눈물을 글썽거리며 절망적으로 소리쳤다. 「내가 떠난 이후에 당신은 변했군요. 당신 말투가 너무나 괴롭고 딱딱하게 들려요! 전에는 이러시지 않았는데 말이에요.」

「변했다고요? 아주 훌륭한 변화였죠, 스칼렛. 난 많은 생각을 해봤어요. 패전한 이후부터 당신이 이곳을 떠날 때까지 난 정말로 진지하게 생각해 본 시간이 전혀 없었다고 믿어요. 난 가사 상태에 빠졌었고, 먹을거리와 잠자리만 마련되면 그만이었죠. 하지만 당신이 남자가 마땅히 져야 할 짐을 대신 지고 애틀랜타로 간 다음에, 난 남자구실을 제대로 못하는 나 자신 — 사실상 여자만큼의 구실도 못하는 나 자신을 의식하게 되었어요. 그런 진실을 의식하며 살아가기란 유쾌한 일이 못 되고, 난 더 이상 그런 상태로 살아갈 생각은 없어요. 전쟁을 치르고 난 다음 나보다도 못한 처지가 된 사람들도 많은데, 지금은 그들이 어떻게 되었는지 봐요. 그래서 나는 뉴욕으로 가기로 작정했어요.」

「하지만 — 난 이해를 못 하겠어요! 만일 당신이 원하는 바가 일자리라면 왜 애틀랜타는 안 되고 꼭 뉴욕으로 가야만 하나요? 내 제재소로 말하자면 —」

「아니에요, 스칼렛. 나에게는 이것이 마지막 기회입니다. 난 북부로 가겠어요. 만일 애틀랜타로 가서 당신 밑에서 일하게 되면 나는 끝장이에요.」

〈끝장 — 끝장 — 끝장〉이라는 말은 조종(弔鐘)이 울리듯 그녀의 가슴에서 음산하게 진동을 일으켰다. 그녀는 얼른 애슐리의 눈을 살펴보았지만, 크고 투명한 회색인 그의 눈은 그녀를 꿰뚫고 지나가서, 그녀의 눈에는 보이지 않고 그녀가 이해하기 어려운 어떤 운명을 응시했다.

「끝장이라고요? 그렇다면, 혹시 당신은 — 애틀랜타의 양키들에게 쫓길 만한 무슨 일을 저지르기라도 했나요? 내 얘긴, 토니가 피신하도록 도와주었다든가, 아니면 — 아니면 —. 오, 애슐리, 당신 혹시 큐 클럭스에 가입하시진 않았겠죠?」

그의 몽롱한 눈이 재빨리 그녀에게로 돌아왔고, 그는 짤막한 미소를 지었지만, 그것은 눈까지는 전달되지 않는 미소였다.
「난 당신이 피상적으로만 남의 말을 받아들인다는 점을 깜빡했군요. 아니에요, 내가 두려워하는 대상은 양키들이 아니에요. 내 얘긴, 만일 내가 애틀랜타로 가서 다시 당신의 도움을 받는다면 난 혼자 힘으로 서보겠다는 희망을 완전히 잃어버린다 이거예요.」
「오.」 금방 안도감을 느껴 그녀는 한숨을 내쉬었다. 「겨우 그런 얘기로군요!」
「그래요.」 그리고 그는 다시 미소를, 아까보다 훨씬 쓸쓸한 미소를 지었다. 「겨우 그런 얘기죠. 남자로서의 자존심이라는 문제, 스스로 느껴야 하는 자부심의 문제, 이런 표현을 쓰면 어떨지 모르겠지만, 불멸의 영혼이라는 문제에 지나지 않아요.」
「하지만요.」 그녀는 다른 방향에서 측면 공격을 시도했다. 「당신은 단계적으로 제재소를 나에게서 사들여도 되고, 그러면 당신 소유가 되겠고, 그런 다음에는 ―」
「스칼렛.」 그가 불쑥 말을 가로막았다. 「안 된다고 그랬잖아요! 다른 이유들도 있기 때문에 그래요.」
「무슨 이유요?」
「무슨 이유인지는 세상의 어느 누구보다도 당신이 더 잘 알아요.」
「오 ― 그거요? 하지만 ― 그런 걱정은 하지 않아도 될 텐데요.」 그녀는 재빨리 그를 안심시켰다. 「당신도 알다시피, 작년 겨울에 과수원에서 난 약속을 했고, 난 그 약속을 꼭 지키겠고, 또 ―」
「그렇다면 당신은 나보다 훨씬 자신만만한 모양이로군요. 난 그런 약속을 지킬 자신이 없어요. 난 이런 말을 안 해야 옳았겠지만, 당신에게 이해를 시키고 싶어요. 스칼렛, 난 더 이상 이런 얘기는 하지 않겠어요. 그건 다 끝난 일이니까요. 윌과 수엘렌이 결혼하고 나면 난 뉴욕으로 가겠어요.」

격정으로 타오르는 그의 큰 눈이 순간적으로 그녀와 마주쳤고, 그러더니 그는 얼른 방을 가로질러 건너갔다. 그는 문의 손잡이를 잡았다. 스칼렛은 고뇌에 찬 얼굴로 그를 물끄러미 쳐다보았다. 대화는 끝났고, 그녀는 실패했다. 마지막이라는 슬픔과 긴장감, 그리고 현재의 실망 때문에 갑자기 기운이 빠진 그녀는 순식간에 인내심이 무너지며, 〈오, 애슐리!〉 하고 소리쳤다. 그러고는 푹 꺼진 소파로 몸을 던지고 미친 듯 울음을 터뜨렸다.

그녀는 어쩔 줄 몰라서 우물쭈물 문에서 물러나는 발소리와, 머리 위에서 그녀의 이름을 거듭해서 부르는 그의 무기력한 목소리를 들었다. 부엌에서 황급히 복도를 달려 올라오는 분주한 발소리가 났고, 놀라서 눈이 휘둥그레진 멜라니가 방으로 불쑥 뛰어 들어왔다.

「스칼렛…… 혹시 아기가……?」

스칼렛은 먼지가 잔뜩 쌓인 소파 덮개에 머리를 파묻고는 또다시 소리를 질렀다.

「애슐리는 — 정말로 야속해요! 정말로 기가 막히게 야속하고 — 정말로 미워요!」

「오, 애슐리, 당신 스칼렛에게 무슨 짓을 했나요?」 멜라니는 소파 옆 마룻바닥으로 몸을 던지고는 스칼렛을 품에 안았다. 「무슨 몹쓸 소리를 했어요? 어째서 그러셨나요! 당신 때문에 조산을 하게 될지도 몰라요! 자, 우리 스칼렛, 머리를 멜라니의 어깨에 얹어요! 뭐가 잘못되었나요?」

「애슐리는 — 저 사람은 너무나 — 너무나 고집불통이고,

미워요!」

「애슐리, 난 당신 때문에 놀랐어요! 오하라 선생님이 겨우 묻히시고 난 지금, 더구나 몸도 이런데 스칼렛을 이토록 흥분시키시다뇨!」

「애슐리한테 그렇게 화를 내지는 말아요!」 앞뒤가 안 맞는 엉뚱한 소리를 하며 스칼렛은 멜라니의 어깨에서 갑자기 머리를 들었고, 거칠고 검은 머리카락이 망(網)에서 쏟아져 나왔고, 얼굴은 눈물로 얼룩졌다. 「애슐리는 자기 마음대로 할 권리가 있으니까요!」

「멜라니.」 창백한 얼굴로 애슐리가 말했다. 「내가 설명하겠어. 스칼렛이 친절하게도 애틀랜타 제재소에서 나더러 감독으로 일해 달라고 —」

「감독이라뇨!」 스칼렛이 화를 내며 소리쳤다. 「난 이익금의 절반을 제공하겠다고 그랬는데, 애슐리는 —」

「그리고 난 우리들이 북부로 갈 계획이라는 얘기를 했고, 스칼렛은 —」

「오.」 다시금 흐느껴 울기 시작하면서 스칼렛이 소리쳤다. 「난 애슐리가 얼마나 필요하고, 제재소를 운영할 사람을 구하기가 얼마나 힘들고, 곧 아기를 낳게 되리라는 얘기를 하고 또 했지만 — 애슐리는 오지 않겠다고 거절했어요! 그러면 이제는 — 이제는 난 제재소도 팔아 치워야만 하는데, 보나마나 제값을 받고 팔기는 틀렸으니, 난 돈이 떨어지고 우린 굶어 죽게 될지도 모르지만, 그래도 애슐리는 관심도 없어요. 애슐리는 정말로 야비해요!」

스칼렛은 멜라니의 얄팍한 어깨에 다시금 머리를 파묻었고, 희망의 불꽃이 그녀의 마음속에서 깜박이기 시작하자 현실적인 고뇌가 좀 가라앉았다. 그녀는 멜라니의 헌신적인 마음에서 동정심을 구하기가 어렵지 않음을 의식했고, 아무리 사랑하는 남편이라고 해도 스칼렛을 울렸다는 데 대해서 분개한 멜라니가 그를 용서하지 않으리라고 믿었다. 멜라니는 각오를 단단히 한 작은 비둘기처럼 달려들어서 평생 처음으로 그를 쪼았다.

「애슐리, 당신이 어떻게 스칼렛의 청을 거절한다는 말인가요? 우리들을 위해서 그렇게 애써 준 스칼렛한테 말이에요! 당신이 그러면 우리들이 얼마나 배은망덕하게 여겨지겠어요! 그리고 이제는 스칼렛이 아기 때문에 저렇게 꼼짝도 못할 지경인데 — 당신은 정말 기사도 정신이 없군요! 우리들이 곤경에 처했을 때 도와준 스칼렛이 당신을 필요로 한다니까 이제 와서 그렇게 거절하다뇨!」

스칼렛은 애슐리를 슬쩍 곁눈질해서, 화가 난 멜라니의 검은 눈을 들여다보던 그의 얼굴에 역력히 드러난 놀라움과 의아함을 보았다. 멜라니는 남편이라면 아내가 감히 바가지를 긁어서도 안 되고, 그의 결정은 하느님의 결정 다음으로 존중해야 한다고 믿는 여자였으므로, 스칼렛 역시 멜라니의 거센 공격에 놀라고 말았다.

「멜라니…….」 그는 말을 꺼내다 말고 어찌할 바를 모르겠다는 듯 두 손을 저었다.

「애슐리, 도대체 뭘 주저해요? 스칼렛이 우리들을 위해서 — 나를 위해서 해준 일들을 생각해 봐요! 스칼렛이 없었더라면 난 애틀랜타에서 보우를 낳다가 죽었을 거예요! 그리고 스칼렛은 — 그래요, 스칼렛은 우리들을 지켜 주기 위해 양키를 죽였어요. 그걸 알았나요? 우리들을 위해서 사람을 죽였단 말이에요. 그리고 우리들이 굶어 죽지 않게 하려고, 당신하고 윌이 와서 같이 살게 되기 전까지는, 노예처럼 일을 하고 온갖 고생을 다 했어요. 밭을 갈고 목화를 따던 생각만 하면 난 그냥 ―. 오, 여보!」 그러더니 그녀는 왈칵 머리를 숙여 격렬한 충성을 나타내듯 스칼렛의 헝클어진 머리카락에 입을 맞추었다. 「그리고 이제 처음으로 스칼렛이 우리들에게 무슨 일을 해달라고 부탁하는데 ―」

「스칼렛이 우리들을 위해 어떤 일을 했는지는 당신이 얘기하지 않아도 잘 알아요.」

「그렇다면 애슐리, 생각 좀 해봐요! 스칼렛을 도와줘서 좋기도 하지만, 양키들하고 같이 사는 대신, 우리들하고 같은 사람들과 애틀랜타에서 산다면 얼마나 좋을지 생각해 보라고요! 고모님하고, 헨리 큰아버님하고, 우리 친구들도 다 거기 살고, 보우도 친구가 많이 생기고 학교도 다니게 되잖아요. 만일 북부로 간다면, 우린 보우가 학교에 가서 양키 아이들과 사귀고, 검둥이 아이들하고 같은 교실에서 지내도 어쩔 도리가 없어요! 우린 가정 교사를 둬야 할 텐데, 어떻게 그럴 돈을 마련해야 할지도 모르겠고 ―」

「멜라니.」 죽어 가는 듯 조용한 목소리로 애슐리가 말했다. 「당신 정말 그렇게까지 애틀랜타로 가고 싶어? 뉴욕으로 가자는 얘기가 나왔을 때 당신은 전혀 그런 소리를 하지 않았잖아. 전혀 비치지도 ―」

「오, 하지만 뉴욕으로 가자는 얘기를 했을 때는 난 당신이 애틀랜타에서는 할 일이 없다고 생각했을 뿐 아니라, 더구나 내가 뭐라고 왈가왈부할 입장도 아니었잖아요. 마땅히 남편을 따라가는 것이 아내의 의무니까요. 하지만 이제는 스칼렛이 우리들을 그토록 필요로 하고, 당신 아니면 맡을 사람이 없는 자리까지 났으니, 우린 고향으로 돌아가게 되었잖아요! 고향으로요!」 스칼렛의 손을 꼭 움켜쥐던 그녀의 목소리는 환희로 도취되었다. 「그리고 난 파이브 포인츠도 다시 보게 되고, 복숭아나무 거리와 그리고 또 ― 그리고 또 ―. 오, 난 그런 곳들이 얼마나 그리웠는지 몰라요! 그리고 우린 자그마한 우리들만의 집을 장만하게 될는지도 모르죠! 아무리 작고 초라하더라도 ― 우리들의 집이기만 하면 좋겠어요!」

그녀의 눈은 행복감과 열광으로 불타올랐고, 어리둥절하고도 묘한 표정의 애슐리와, 놀라움과 수치심이 뒤섞인 표정의 스칼렛, 두 사람은 멜라니를 물끄러미 쳐다보았다. 스칼렛은 멜라니가 애틀랜타를 그토록 그리워했고, 그곳으로 돌아가기를 그토록 갈망하고, 자기 집을 가질 날을 그렇게 갈망했으리라고는 전혀 생각조차 못했었다. 그녀는 타라 농장의 생활에 만족하는 듯 보였기 때문에 멜라니가 고향을 그리워한다니까 오히려 충격적으로 받아들였다.

「오, 우리들을 위해서 이런 계획을 세워 놓았다니, 스칼렛은 정말로 고마운 사람이에요! 내가 얼마나 고향을 그리워했는지는 잘 알잖아요!」

전혀 그렇지도 않은데 엉뚱하게 훌륭한 동기를 결부시키는 멜라니의 버릇이 튀어나올 때면 흔히 그렇듯이, 스칼렛은 창피스럽고 짜증이 났으며, 갑자기 애슐리나 멜라니의 눈을 똑바로 쳐다보기가 민망해졌다.

「우린 자그마한 집을 하나 장만하게 되겠죠. 우린 결혼한 지가 5년이나 되지만, 집을 한 번도 가져 보지 못했잖아요?」

「피티 고모님 댁에서 우리들하고 같이 지내도 돼요. 거긴 멜라니의 집이기도 하니까요.」 스칼렛이 중얼거리고는, 상황이 그녀에게 유리한 쪽으로 기울자, 피어오르는 승리감을 감추기 위해 눈을 내리깔고는 방석을 만지작거렸다.

「아니에요, 하지만 어쨌든 고마워요, 스칼렛. 함께 살면 정신이 없을 테니까요. 우린 집을 하나 구하겠어요 —. 오, 애슐리, 어서 승낙하세요!」

「스칼렛.」 아무런 감정도 없는 목소리로 애슐리가 말했다. 「나를 쳐다봐요.」

깜짝 놀란 그녀는 머리를 들었고, 쓰라림과 피곤한 체념이 깃든 회색 눈을 보았다.

「스칼렛, 난 애틀랜타로 가겠어요. ……난 한꺼번에 두 사람과 싸움을 벌일 수는 없으니까요.」

그는 몸을 돌려 방에서 나갔다. 어떤 집요한 두려움 때문에 그녀의 마음속에서는 승리감이 약간 수그러졌다. 그가 가겠다고 말을 했을 때 그의 눈에 나타난 표정이 만일 애틀랜타로 간다면 영원히 끝장나리라고 말했을 때의 표정과 똑같았기 때문이었다.

수엘렌과 윌이 결혼하고 캐린은 찰스턴의 수도원으로 떠난 다음, 애슐리와 멜라니와 보우는 부엌일도 시키고 보모로 쓸 요량으로 딜시를 데리고 애틀랜타로 갔다. 프리시와 일꾼 돼지는 윌이 밭일을 도울 다른 검둥이들을 구할 때까지는 타라 농장에 남기로 했는데, 일꾼을 구하면 그들도 도시로 나올 계획이었다.

가족과 함께 살려고 애슐리가 구한 작은 벽돌집은 아이비 거리에 위치했고, 피티 고모의 집 바로 뒤여서 두 집의 뒷마당이 맞붙었으며, 제멋대로 무성하게 자란 쥐똥나무 숲 울타리 하나로 분리되었다. 바로 그런 이유 때문에 멜라니는 특별히 이 집을 골랐다. 애틀랜타로 돌아온 첫날 아침에 웃기도 하고 울기도 하면서 스칼렛과 피티 고모를 껴안던 멜라니는, 사랑하는 사람들로부터 어찌나 오랫동안 떨어져 살았는지 이제는 예전처럼 사이가 가까워지기도 힘들겠다고 말했다.

집은 원래 2층이었지만, 공방전 때 위층은 포격을 당해 파괴되었고, 패전 후에 돌아온 주인은 다시 지을 돈이 없었다. 파괴를 면한 아래층에 편편한 지붕을 올리는 정도로 주인은 만족했고, 그래서 건물은 어린아이가 구두 상자로 지은 장난감 집처럼 납작하고 균형이 안 맞는 인상을 주었다. 널찍한 지하실 위에 지은 건물이 땅 위로 높이 솟아올랐고, 지하에서 집으로 올라가는 시원스럽고 기다란 나선형 층계는 건물의 모습을 오히려 약간 우스꽝스럽게 만들어 놓았다. 하지만 그늘을 드리우는 두 그루의 멋진 떡갈나무 고목과 앞 층계 옆에 여기저기 하얀 꽃이 피고 잎사귀가 푸석푸석한 목련 때문에 납작하고 찌그러진 듯한 건물의 인상은 그나마 부분적으로는 체면이 살아났다. 잔디밭은 넓고 토끼풀이 잔뜩 자라 푸르렀으며, 가장자리에는 달콤한 향기를 풍기는 인동덩굴과 마구 뒤엉킨 어수선한 쥐똥나무 숲 울타리가 둘러섰다. 풀밭에는 여기저기 짓밟힌 장미꽃이 해묵은 줄기에서 삐죽삐죽 사방으로 잔가지를 뻗었고, 분홍색과 흰색 백일홍은 언제 전쟁이 일어났었고 언제 양키들이 타고 온 말이 줄기를 뜯어 먹었냐는 듯 씩씩하게 만발했다.

스칼렛은 그렇게 보기 흉한 집은 또 없으리라고 생각했지만, 멜라니에게는 한껏 화려했던 열두 참나무 집보다도 이곳이 더 아름다웠다. 그곳은 가정이었으며, 그녀와 애슐리와 보우는 마침내 그들의 집에서 함께 살게 되었기 때문이었다.

1864년부터 허니의 집에 얹혀살아온 인디아 윌크스가 메이컨에서 돌아와 오빠와 함께 거처하게 되자, 작은 집이 더욱 비좁아졌다. 하지만 애슐리와 멜라니는 그녀를 환영했다. 시대가 달라졌고 돈이 귀했지만, 가난하거나 결혼하지 않은 여자 친척을 위해 언제라도 기꺼이 자리를 마련하는 남부의 생활 전통은 조금도 변하지 않았다.

허니도 결혼을 했는데, 메이컨에 정착한 미시시피 출신의 세련되지 못한 서부인을 남편으로 맞았기 때문에, 인디아는 여자 쪽에서 손해를 본 결합이라고 생각했다. 그는 얼굴이 붉고, 목소리가 큰 호탕한 남자였다. 인디아는 그들의 결혼을 못마땅하게 생각했었고, 마음이 안 맞다 보니 형부의 집에서 얹혀사는 생활도 마음이 편치를 않아졌다. 그녀는 애쉴리가 이제는 집을 장만했다는 소식을 듣고는, 애틀랜타로 가면 자기보다 훨씬 못한 남자하고 살면서도 정신 나간 여자처럼 행복해하는 언니의 한심한 꼴을 안 봐도 되고, 서먹서먹한 환경도 벗어나게 되었다며 기뻐했다.

킬킬거리기나 하고 멍청하기 짝이 없는 허니가 그나마 아무 남자라도 잡았다는 사실이 신통하다고, 아마도 겉으로 보기보다는 훨씬 재주가 좋은 모양이라고 다른 식구들은 생각했고, 은근히 속으로 감탄했다. 그녀의 남편은 신사이고 재산도 좀 넉넉한 편이었지만, 조지아에서 태어나고 버지니아의 전통 속에서 성장한 인디아는 동부의 해안 지대 출신이 아닌 사람은 누구나 다 야만인이고 촌뜨기라고 생각했다. 그래서 허니에게는 동생 인디아와 같이 살기가 그리 쉬운 일이 아니었으며, 아마도 허니의 남편은 인디아가 형부의 집을 떠나면서 즐거워했던 만큼이나 처제와 같이 지내지 않게 되었다는 사실에 안도감을 느꼈으리라.

이제는 인디아에게서도 노처녀 티가 역력했다. 나이가 스물다섯 살이었고, 그녀의 나이가 온몸에서 그대로 드러났으므로, 이제는 더 이상 남의 눈을 끌려고 애쓸 필요도 없었다. 속눈썹도 별로 없는 엷은 색깔의 푸른 눈은 전혀 양보를 안

하면서 세상을 빤히 노려보았고, 얇은 입술은 언제 보아도 오만하게 꽉 다물었다. 이제는 위엄과 자존심의 분위기가 그녀 주변에 서렸는데, 이상한 일이었지만 그런 분위기가 열두 참나무 집에서 살던 시절에 그녀가 노골적으로 드러내던 소녀 같은 상냥함보다 훨씬 잘 어울렸다. 그녀의 자세는 거의 과부에 가까운 태도였다. 게티즈버그에서 전사하지만 않았더라면 스튜어트 탈턴이 그녀와 결혼했으리라고 누구나 다 알았으므로, 그래서 비록 결혼은 안 했더라도 그녀를 원하는 상대가 있었다는 여자에게 어울리는 존경심을 나타내며 사람들은 인디아를 대했다.

애슐리가 무일푼이어서 외상으로 사야만 했고, 그래서 가장 값싼 물건들 이외에는 그가 거절하고 꼭 필요한 필수품만 샀기 때문에, 아이비 거리의 작은 집 여섯 개의 방은 얼마 후에는 프랭크의 가게에서 들여놓은 가장 값싼 소나무와 떡갈나무 가구로만 허술하게 장식했다. 그의 검약한 태도는 애슐리를 좋아했던 프랭크를 당황하게 만들었고, 스칼렛은 상심했다. 스칼렛과 프랭크는 돈을 하나도 안 받고 상점에 구비한 최고급 마호가니와 조각한 자단 가구를 기꺼이 내주겠다고 했지만, 윌크스 내외는 고집스럽게 거부했다. 그들의 집은 마음이 아플 정도로 흉하고 썰렁했으며, 스칼렛은 양탄자도 안 깔고 커튼도 달지 않은 방에서 애슐리가 사는 꼴은 보고 싶지 않았다. 하지만 그는 주변 사람들의 눈쯤은 의식하지 않는 듯싶었고, 결혼한 후 처음 제 집에서 살게 된 멜라니는 어찌나 행복한지 그런 집을 자랑으로 여겼다. 스칼렛이었다면 커튼과 양탄자와 방석과 제대로 숫자를 맞춘 의자와 찻잔과 숟가락도 없이 살아가는 꼴을 친구들이 알게 된다면 창피해서 괴로워했으리라. 하지만 멜라니는 마치 플러시 커튼과 능라 소파라도 갖춰 놓은 듯 자기 집을 자랑스럽게 생각했다.

눈에 두드러질 정도로 행복감이 넘치기는 했어도 멜라니는 건강이 좋지 않았다. 어린 보우 때문에 몸이 약해졌고, 아들을 낳은 후 타라 농장에서 힘든 일을 했기 때문에 그녀의 기력은 더욱 빠졌다. 어찌나 야위었는지 그녀는 가냘픈 뼈가 하얀 살갗을 뚫고 튀어나올 지경이었다. 뒷마당에서 아이와 뛰노는 그녀를 멀리서 보면 믿어지지 않을 정도로 허리가 가늘고, 몸매라고 할 만한 것도 없었기 때문에, 어린 소녀 같은 인상을 주었다. 그녀는 젖가슴도 없었고, 엉덩이는 어린 보우만큼이나 납작했으며, 코르셋의 뒤쪽에 받침을 붙이거나 가슴 옷의 앞에다 주름 장식을 달 정도로 (스칼렛이 판단하기에는) 자존심도 없고 훌륭한 지각조차 없는 여자였던지라, 멜라니의 야윈 모습은 그대로 빤히 드러났다. 몸매나 마찬가지로 얼굴도 무척 야위고 창백했으며, 나비의 더듬이처럼 반원을 그리던 섬세하고 매끄러운 눈썹은 창백한 피부에서 너무 새까맣게 두드러졌다. 얼굴은 작은데 눈자위가 시커멓게 얼룩져서 엄청나게 커 보이던 눈은, 지나치게 커서 아름다움과는 거리가 멀었지만, 눈에 담긴 표정만큼은 걱정을 모르던 처녀 시절 이후 조금도 달라지지를 않았다. 전쟁과 끊임없는 고통과 고생스러운 삶도 그녀의 눈에 담긴 다정다감한 고요함 앞에서는 무기력했다. 그것은 행복한 여인의 눈, 아무리 옆에서 폭풍우가 휘몰아치더라도 그녀 내면의 차분한 본성은 전혀 파문을 일으키지 않는 여인의 눈이었다.

저런 눈을 어떻게 그대로 간직했을까, 부러운 표정으로 그녀를 쳐다보며 스칼렛은 생각했다. 스칼렛은 그녀의 눈이 가끔 굶주린 고양이 같은 표정을 띤다고 알았다. 언젠가 멜라니의 눈에 대해서 레트가 무슨 얘기를 했는데 — 촛불 같다느니 하는 무슨 한심한 소리였던가? 아, 그렇지, 못된 세상을 밝히는 두 가지의 착한 불빛 같다고 그랬지. 그렇다, 그녀의 눈은 촛불, 온갖 바람을 막아 주는 사람들로부터 보호를 받는 촛불, 고향으로 돌아와서 친구들과 함께 살게 되어 행복감으로 반짝이는 포근한 두 개의 불빛 같았다.

작은 집에는 언제나 손님이 들끓었다. 멜라니는 어릴 적부터 사람들의 호감을 샀고, 고향으로 돌아온 그녀를 환영하려고 시내에서 사람들이 줄지어 몰려왔다. 골동품, 그림, 은수저 한두 개, 아마포 베갯잇, 식탁 수건, 융단, 그리고 셔먼이 쳐들어왔을 때 겨우 건져서 소중히 간직했지만 이제는 그들에게 아무런 쓸모도 없어졌다고 우기면서 가져온 자질구레한 물건 따위, 아무튼 집에서 쓸 선물을 하나씩 들고 찾아왔다.

그녀의 아버지와 함께 멕시코에서 전투에 참가했던 노인들은 그녀를 보려고 찾아와서 같이 온 손님들에게 〈해밀턴 노대령의 귀여운 딸〉을 소개했다. 젊은 사람들이 예절을 몽땅 잊고 사는 듯한 험한 시절에 지체 높은 부인들에게는 무척 흐뭇한 일이었지만, 멜라니는 어른들에 대한 경의와 존경심을 항상 간직했기 때문에, 오래전에 어머니와 알고 지냈던 친구들이 멜라니 주변으로 몰려들었다. 그들이 겪었던 괴로움을 그녀 역시 겪었으면서도 전혀 모질어지지 않은 채, 멜라니는 그들의 얘기에 항상 귀를 기울이고 동정심을 보여 주었다. 따라서 그녀 또래의 사람들과, 젊은 아내들과, 어머니들과 미망인들은 다 같이 멜라니를 사랑했다. 젊은 사람들은 항상 그렇듯이 그녀의 집을 찾아가면 즐거운 시간을 보내고, 만나고 싶은 친구들을 만날 기회가 반가웠기 때문에 찾아왔다.

재치가 많으면서도 중뿔나게 나서지 않는 멜라니의 성품 덕택에, 하나같이 호주머니는 가난하지만 가문을 자랑으로 삼는 사람들과, 가장 용감한 불굴의 사람들, 그리고 남북 전쟁 이전 애틀랜타 사회에서 정수를 이루던 인물들의 잔재를 상징하는 젊거나 나이 많은 사람들의 집단이 빠른 속도로 형성되었다. 마치 전쟁에 의해서 흩어지고 파괴되었으며, 죽음으로 고갈되었고, 변화 때문에 어리둥절해진 애틀랜타 사회가 다시금 형성되기 위한 불굴의 터전을 그녀에게서 발견한 듯한 분위기였다.

멜라니는 젊었지만, 그녀는 이렇게 임전 태세를 갖춘 잔류 병력이 추구하던 갖가지 자질을, 가난과 그 가난을 자랑으로 삼는 자부심과, 불평을 모르는 용기와 쾌활함과 너그러운 인심과 상냥함과, 그리고 무엇보다도 더 중요한 힘이었지만 전통에 대한 충성 따위의 자질을 지닌 여자였다. 멜라니는 달라지기를 거부했고, 변화하는 세계에서 달라져야 할 어떤 이유도 인정하기를 거부했다. 그녀의 집에 가면 옛 시절이 고스란히 되찾아온 듯싶었으며, 사람들은 용기가 생겼고, 카펫배거들과 벼락부자 공화당원[11]들이 빠져든 사치한 생활과 요란한 삶의 물결을 더욱 경멸했다.

멜라니의 젊은 얼굴에서 옛 시절에 대한 굽힐 줄 모르는 충성심을 보면 그들은 분노와, 두려움과, 비애를 유발하는 그들 자신의 계층 내부의 반역자들을 잠시나마 잊게 되었다. 그리고 그런 반역자들은 많았다. 절망과 가난에 쫓겨 식구들이 구걸을 하며 살아가지 않도록 적에게로 넘어가 공화당원이 되어 정복자들이 제공하는 자리를 받아들였던 명문 출신

11 미국의 공화당은 1854년에 창당되었으며, 7년 후 링컨이 최초의 공화당 대통령이 된 다음 지금까지 민주당과 더불어 미국의 2대 정당을 이루었다.

의 남자들도 적지 않았다. 재산을 모으기에 필요한 오랜 세월을 견뎌 낼 용기가 결여된 군인 출신의 젊은이들도 많았다. 이런 젊은이들은 레트 버틀러의 전철을 밟아 카펫배거들과 손을 잡고는 정당하지 못한 방법으로 떼돈을 벌 계략을 꾸몄다.

가장 질이 나쁜 반역자들은 애틀랜타에서 손꼽히는 몇몇 집안의 딸들이었다. 패전 이후에 성숙기를 맞아, 전쟁에 대해서는 어린애로서의 기억밖에 없는 처녀들은 어른들을 괴롭혔던 쓰라림을 겪지 않았다. 그들은 남편이나 연인을 잃는 경험을 겪지 않았기 때문이었다. 그들은 과거의 부유함과 찬란함을 거의 기억하지 못했고, 양키 장교들은 대단한 미남인데다가 차림이 멋있었고, 무척 자유분방했다. 그리고 그들은 화려한 무도회를 열었고, 훌륭한 말을 타고 다녔으며, 남부 처녀라면 무조건 숭배하다시피 했다! 그들은 남부 처녀라면 여왕처럼 섬겼고, 여자들의 민감한 자존심에 상처를 주지 않으려고 퍽 조심했는데, 그러니까 누가 뭐라고 하든 신경을 쓰지 않고 그들과 교제를 계속했다.

차림이 정말로 초라하고, 언제나 심각하고, 열심히 일만 해서 놀 시간이 거의 없는 애틀랜타 총각에 비하면 양키 장교는 훨씬 매력적이었다. 그래서 양키 장교와 뺑소니를 치는 사건이 자주 일어나 애틀랜타의 여러 집안이 창피를 당했고, 길거리에서 만나도 서로 말을 하지 않는 형제들과 자매들도 생겨났고, 딸의 이름을 입에 올리지도 않는 부모들도 늘어났다. 이런 비극이 머리에 떠오를 때면 〈굴복하지 않겠다〉는 신조를 섬겼던 사람들의 핏줄 속으로 싸늘한 두려움이 흘렀는데, 부드러우면서도 굽힐 줄 모르는 멜라니의 얼굴을 보기만 해도 그들의 두려움은 어느 정도 사라졌다. 지체 높은 여자들의 말마따나 그녀는 애틀랜타 처녀들에게는 훌륭하고도 건전한 귀감이었다. 그리고 멜라니가 자신의 덕망을 조금도 과시하지 않았기 때문에 젊은 여자들도 그녀에 대한 반발을 느끼지 않았다.

자신이 새로운 사회의 지도자로 대두되었다는 의식이 멜라니의 머리에는 전혀 떠오르지를 않았다. 그녀는 사람들이 친절해서 그녀를 만나러 찾아왔으며, 그래서 그들의 자그마한 자선 재봉회[12]나, 코티용[13] 무도반이나, 음악 단체에 가입하라고 자꾸 청하는 줄로만 알았다. 비록 남부의 자매 도시들이 이곳을 문화 결핍증에 걸렸다고 비웃기는 했어도 애틀랜타는 벌써부터 음악의 도시였고, 좋은 음악을 사랑했으며, 지금은 열광적인 관심이 부활해서 세상이 점점 험해지고 긴장이 심해질수록 음악에 대한 관심이 더욱 깊어졌다. 음악을 들으면 그들은 길거리의 건방진 흑인들의 얼굴과 주둔군의 푸른 군복을 잊기가 훨씬 쉬웠다.

멜라니는 자기도 모르는 사이에 새로 조직된 토요 야간 음악회의 회장이 되었음을 알고는 약간 당황했다. 그녀는 음치이면서도 이중창을 부르겠다고 나서는 매클루어 댁 딸들까지도 포함해서 누가 노래를 부르든 피아노 반주를 어렵지 않게 해낸다는 사실 이외에는 자기가 왜 이렇게 높은 직책을 맡게 되었는지 알 길이 없었다.

그녀가 회장이 된 참된 이유를 알고 보면, 여성 하프 연주회와, 남성 글리 클럽[14]과, 〈젊은 여성 만돌린·기타 연주회〉를 토요 야간 음악회로 흡수시켜서 이제는 애틀랜타에도 들

12 부인들이 정기적으로 모여서 개최하던 모임.
13 프랑스 춤.
14 거의 반주가 없는 남성 합창단.

을 만한 음악 단체가 생겨나게 된 배경에는 멜라니가 발휘한 외교적인 수완이 큰 역할을 했기 때문이었다. 사실 토요 음악회에서 연주한 「보헤미아 아가씨」는 많은 사람들로부터 뉴욕과 뉴올리언스에서 활동하는 전문적인 악단의 연주보다 훨씬 우수하다는 찬사를 받았다. 메리웨더 부인이 미드 부인과 화이팅 부인에게 토요 야간 음악회를 멜라니에게 맡겨야 되겠다는 제안을 한 것은 그녀가 여성 하프 연주회를 끌어들인 다음의 일이었다. 하프 연주자들과도 사이가 좋다면 멜라니는 누구와도 일을 잘하리라고 메리웨더 부인이 주장했다. 메리웨더 부인 자신은 감리 교회 성가대에서 풍금을 연주했는데, 풍금 연주자이고 보니 하프나 하프 연주자는 별로 신통치 않게 생각하던 터였다.

멜라니는 또한 남부 전몰 용사 묘지 미화 위원회와 남부 동맹 미망인 및 고아 후원 자선 재봉회의 총무 일도 함께 맡았다. 그녀가 이렇게 새로운 명예를 차지하게 된 까닭은, 문제의 두 단체가 개최했던 합동 회의가 폭력으로 끝나고, 옛날부터 맺어진 우호 관계가 단절될 뻔한 위험한 사태를 거쳤기 때문이었다. 회의에서 말썽이 야기된 발단은 남군 장병의 묘지 근처에 위치한 합중국 병사들의 묘지에서도 제초 작업을 하느냐 마느냐 하는 문제였다. 남군 전몰 장병의 묘지를 미화하려는 여성 회원들의 노력은 늘 잡초가 무성한 양키 무덤들 때문에 다 허사가 되었다. 몸에 꽉 끼는 가슴 옷 속에 짓눌려 이글거리던 불꽃이 금방 사납게 타올랐고, 두 단체는 서로 갈라져 적의를 품고 눈을 부라렸다. 자선 재봉회에서는 잡초를 제거하자는 쪽으로 기울었고, 미화 위원회는 맹렬히 반대했다.

미드 부인은 미화 위원회의 견해를 대변하는 뜻에서 이렇게 말했다. 「양키들의 무덤에서 잡초를 뽑아 준다는 말입니까? 차라리 양키들의 유골을 모조리 파내어 시립 쓰레기 처리장에 갖다 버리고 싶어요!」

쩌렁쩌렁 울리는 그녀의 말에 두 단체의 대표들이 자리에서 벌떡 일어났고, 회원들이 저마다 생각하는 바를 얘기했으며, 듣는 사람은 아무도 없었다. 회의는 메리웨더 부인 집의 응접실에서 열렸는데, 부엌으로 추방을 당했던 메리웨더 할아버지가 나중에 전한 바로는, 그들이 떠드는 소리가 어찌나 시끄러웠는지 프랭클린 전투가 시작되었을 때의 포성 소리 같았다고 했다. 그리고 여자들의 회의에 참석하기보다는 프랭클린 전투에 참전하는 편이 어느 모로 보나 훨씬 안전하겠다고 할아버지는 덧붙여 말했다.

어쩌다 보니 멜라니는 흥분한 사람들의 한가운데로 나섰는데, 여느 때처럼 부드러운 목소리였으면서도 그녀의 말이 다른 여자들의 소음보다 더 잘 들렸다. 격분한 사람들에게 감히 얘기를 하려니까 겁이 나서 목이 꽉 막히고 목소리가 떨리기는 했지만, 멜라니는 소란이 가라앉을 때까지 〈여러분! 제발!〉 소리를 되풀이했다.

「제가 말씀드리고 싶은 얘기는 — 그러니까, 오래전부터 제가 생각했던 바인데 — 우린 잡초를 뽑아 주는 데서 그치지 말고 꽃도 심어 줘야 되겠다는 생각이 들었고 —. 저는 — 저는 여러분이 어떻게 생각하든 상관하지 않겠지만, 찰리의 무덤에 꽃을 가져갈 때마다 전 근처 어느 이름도 없는 양키의 무덤에도 꽃 몇 송이를 놓고 옵니다. 옆 무덤이 — 무덤이 퍽 쓸쓸해 보여서요!」

흥분한 여자들이 또다시 더 시끄럽게 떠들었는데, 이번에는 두 단체가 한편이 되어 같은 얘기를 했다.

「양키 무덤에 꽃을 놓다니! 오, 멜리, 어쩌면 그런 짓을 하나요!」「더구나 그들은 찰리를 죽였잖아요!」「그들 때문에 멜라니도 죽을 뻔했어요!」「그래요, 양키들 때문에 보우는 태어나지도 못하고 죽을 뻔했고요!」「그들은 타라 농장에 불을 지르고 멜라니를 몰아내려고 했어요!」

여태까지 겪어 본 적이 없는 심한 반발의 무게에 눌려 쓰러지려는 듯, 몸을 지탱하려고 멜라니는 의자의 등받이를 잡았다.

「오, 여러분!」 그녀가 소리쳐 애원했다. 「제발 제 얘기를 끝까지 들어주세요! 찰리 이외에는 내가 사랑하는 사람들은 아무도 죽지 않았고, 하느님께 감사드려야 마땅한 일이지만, 오빠가 어디에 묻혔는지를 알아냈으니까, 이번 문제에 대해서 저는 얘기를 할 자격이 전혀 없다는 것은 잘 압니다! 하지만 오늘날 우리들 중에는 아들이나 남편이나 오빠나 동생이 어디에 묻혔는지도 모르는 사람이 너무나 많아서 —」

그녀는 목이 메었고, 방 안에는 쥐 죽은 듯 침묵이 흘렀다.

미드 부인의 이글거리던 눈이 우울해졌다. 그녀는 다르시 미드의 시체를 실어 오려고 전투가 끝난 다음 게티즈버그까지 먼 길을 찾아갔었지만, 그가 어디에 묻혔는지 아는 사람이 아무도 없었다. 서둘러 파놓은 적지의 어느 참호 속 어디쯤에 파묻혔으리라. 그리고 앨런 부인은 입에서 경련을 일으켰다. 그녀의 남편과 오빠는 모건이 감행했던 비운의 오하이오 기습 공격에 참가했는데, 그녀가 들은 마지막 소식에 의하면 그들은 양키 기병대가 마구 몰려들 즈음 강둑에서 쓰러졌다고 했다. 그녀는 그들이 어디에 묻혔는지 알 길이 없었다. 앨리슨 부인의 아들은 북부의 포로수용소에서 죽었는데, 집안이 워낙 가난했기 때문에 유해를 고향으로 가져오지 못했다. 사상자 명단에서 〈행방불명 — 전사로 추정됨〉이라는 통지서를 받았으며, 그들이 아끼던 남자들이 행군에서 떠난 이후로는 그것이 마지막 소식이 되어 버린 사람도 여럿이었다.

그들이 멜라니에게로 돌린 시선은 이렇게 말했다. 〈멜라니는 왜 아픈 상처를 다시 건드리나요? 우리들의 상처 — 그들이 어디에 묻혔는지도 모른다는 아픔은 영원히 아물지 않는 그런 상처예요.〉

고요한 방 안에서 멜라니의 목소리가 힘을 냈다.

「양키들의 무덤이 이곳에 생겨났듯이 그들의 무덤은 양키의 땅 어디엔가 있을 텐데, 오, 어떤 양키 여자가 그들의 무덤을 파버리자고 그런다면 얼마나 끔찍하고 —」

미드 부인이 나지막하고 음험한 소리로 불만을 표현했다.

「하지만 선량한 어느 양키 여자가 도와준다면 얼마나 좋을까요 —. 그리고 선량한 양키 여자들도 틀림없이 있습니다. 그들이 하나같이 나쁘기만 할 리는 없으니까, 난 사람들이 뭐라고 하든 개의치 않아요! 비록 적이기는 하지만 우리 장병들의 무덤에 난 잡초를 그들이 뽑아 주고, 꽃을 가져다 놓는다면 얼마나 좋을까요. 만일 찰리가 북부에서 전사를 했다면, 난 누구인가 그랬으리라고 믿으면 마음이 놓일 테고 —. 난 여러분이 나를 어떻게 생각하든 개의치 않아요.」 그녀의 목소리가 다시 울먹거렸다. 「나는 양쪽 단체에서 다 탈퇴하고, 난 — 그리고 난 양키 무덤에 돋아난 잡초를 눈에 띄는 대로 모조리 뽑아 주고, 꽃도 심어 놓고 — 그리고 — 나를 말리려는 사람은 아무도 그냥 두지 않으리라고 다짐합니다!」

마지막 도전의 발언과 더불어 멜라니는 울음을 터뜨리더니 고꾸라지듯 문으로 달려가려고 했다.

한 시간 후, 남자들만 드나드는 〈현대 여성〉 주점의 안전한 밀실에 나타난 메리웨더 노인은, 그 말이 떨어지자마자 여자들이 모두 울음을 터뜨리고는 멜라니를 포옹했으며, 모임은 사랑의 향연[15]으로 끝났고, 멜라니는 양쪽 단체의 총무 자리를 겸임하게 되었다고 헨리 해밀턴 큰아버지에게 전했다.

「그래서 그들은 잡초를 뽑으러 가기로 했어. 한데 고약한 문제가 뭐냐 하면, 별로 할 일도 없을 테니까 제초 작업을 도와주지 않겠느냐고 돌리가 나한테 그러더라 이거야. 난 양키들에 대해서는 감정이 없고, 미스 멜리의 얘기가 옳다고 생각하고, 살쾡이 같은 다른 여편네들의 견해가 틀렸다고 믿어. 하지만 내 나이에, 더구나 요통 때문에 고생하는 몸으로 잡초를 뽑을 생각을 하면 기가 막혀!」

멜라니는 고아의 집 여성 이사진에서도 활약했고, 새로 조직된 청년 도서관 협회를 위해 도서를 수집하는 일도 도와주었다. 한 달에 한 번씩 아마추어 연극을 공연하던 테스피안[16] 극회까지도 그녀를 끌어들이려고 야단이었다. 그녀는 워낙 소심해서 석유 등잔의 투광 조명을 받으며 무대에 나설 용기는 없었지만, 헝겊이라고는 마대밖에 없더라도 의상을 만들어 내는 솜씨가 뛰어났다. 바람기가 상당히 심하다고 멜라니가 은근히 걱정하던 독서회의 어느 젊은 독신자 회원이 제안했던 바이런 경의 시보다도, 디킨스 씨와 불워리턴 씨의 작품을 셰익스피어의 작품들과 함께 추천해서 다양화해야 한다고 셰익스피어 독서회에서 결정적인 표를 던진 사람도 그녀였다.

늦여름 밤이면 불빛을 희미하게 밝힌 자그마한 그녀의 집

15 초기 기독교도가 동포애의 표시로서 베푼 회식인데, 우정의 주연이나 친목회라는 뜻이 있었다.

16 그리스의 시극 시인이었던 테스피스Thespis에서 유래한 이름.

은 항상 손님들로 붐볐다. 언제나 의자가 모자랐기 때문에 여자들은 종종 앞 포치의 층계에 나가 앉았고, 난간이나 아래 잔디밭에는 남자들이 포장용 궤짝을 늘어놓고 무리를 지었다. 윌크스 집안에서 손님 접대를 위해 내놓을 여유가 있는 유일한 품목인 차를 천천히 마시면서 풀밭에 둘러앉은 손님들을 보고, 스칼렛은 가끔 멜라니가 그녀의 가난을 어떻게 저토록 부끄러워할 줄도 모르며 노출시키는지 의아한 생각이 들고는 했다. 피티 고모의 집을 전쟁 전의 모습으로 다시 단장하고, 손님들에게 훌륭한 포도주와 박하 술과 돼지고기 구이와, 사슴 고기의 얼린 엉덩이 살을 대접할 준비가 되기 전에는 스칼렛은 손님들을 — 특히 멜라니가 불러들인 그런 이름난 손님들을 집으로 초청할 엄두를 내지 못했다.

조지아의 위대한 영웅인 존 고든[17] 장군도 자주 가족과 함께 찾아왔다. 남부 동맹의 시인이요 성직자였던 라이언 신부[18]는 애틀랜타에 들르는 기회가 나면 꼭 찾아왔다. 그는 모인 사람들을 재치로 사로잡았고, 누가 부탁을 하지 않아도 그의 작품 「리 장군의 칼」[19]과 불멸의 작품인 「정복당한 깃발」을 낭독해서 여자들의 눈물을 자아내고는 했다. 남부 동맹 말기의 부통령이었던 알렉스 스티븐스도 애틀랜타를 찾아올 때마다 들렀고, 그가 멜라니의 집을 찾아왔다는 말이 퍼지기만 하면 사람들이 잔뜩 몰려와서 집을 가득 채우고, 연약하고 몸은 불구여도 쩌렁쩌렁한 그의 목소리에 도취되어

17 John B. Gordon. 애포마톡스에서 최후의 공격을 시도한 장군으로, 후에 상원 의원과 조지아 주지사를 역임했다.

18 Abram Joseph Ryan. 남군의 군목이었고, 〈남부 동맹의 시인〉이라는 명칭을 들었다.

19 라이언 신부의 대표적인 시집의 제목이기도 한데, 항복의 뜻으로 리가 넘겨준 칼을 링컨 대통령이 되돌려 주었다는 유명한 일화를 담았다.

몇 시간씩 앉아 귀를 기울이고는 했다. 그러면 평상시의 잠자리에 드는 때보다 몇 시간이나 늦어 부모의 품에 안겨 졸려서 꾸벅거리는 아이들이 보통 10여 명은 눈에 띄었다. 훗날, 오랜 세월이 흐른 다음, 위대한 부통령으로부터 키스를 받았다거나 남부의 대의명분을 이끌어 나가도록 도왔던 손과 악수를 했다는 회고담을 하게 될 기회를 그들의 자식이 놓치기를 바라는 집안은 하나도 없었다. 애틀랜타를 찾아오는 유명한 사람은 누구나 윌크스 댁을 방문하게 마련이었으며, 그곳에서 밤을 지내는 일도 많았다. 그러면 지붕이 납작하고 자그마한 집은 잠자리가 모자라 인디아는 보우의 유아실이었던 비좁은 방에서 짚자리를 깔고 잤으며, 딜시는 피티고모 집의 쿠키에게 아침 식사를 장만할 달걀을 꾸어 가려고 뒷마당의 숲 울타리를 분주하게 드나들었지만, 멜라니는 마치 대저택이라도 된다는 듯 태연하게 그들을 맞았다.

그렇다, 낡고 사랑하는 깃발 주변으로 몰려들듯 사람들이 그녀 주위로 열심히 몰려든다는 사실을 멜라니는 미처 깨닫지 못했다. 그랬기 때문에 닥터 미드가 「맥베스」의 대사를 멋지게 읽어 할 바를 다하고는 그녀의 집에서 유쾌하게 저녁을 보낸 다음, 멜라니의 손에 키스를 하면서 전에 남부의 영광된 대의명분에 관한 연설을 할 때의 목소리로 자신이 생각하는 바를 토로했을 때, 그녀는 놀라기도 하고 당황하기도 했다.

「친애하는 미스 멜리, 당신 집을 방문하는 시간이 언제나 큰 기쁨이고 특권인 까닭은 — 당신이 — 그리고 당신 같은 부인들이 우리에게 남은 유산의 정수를 상징하기 때문이죠. 그들은 우리 남성의 꽃과 우리 젊은 여인들의 웃음을 빼앗아 버렸어요. 그들은 우리들의 건강을 파괴하고, 우리 삶의 뿌리를 뽑아 버리고, 우리들의 관습을 뒤흔들어 놓았어요. 그들은 우리들의 번영을 짓밟았고, 우리들을 50년이나 퇴보하게 만들었고, 학교에 다녀야 마땅할 우리들의 자식들과, 양지쪽에서 잠이나 자야 할 노인들의 어깨에 너무나 무거운 짐을 지워 주었어요. 하지만 우리들에게는 기초로 삼아 딛고 일어설 당신 같은 마음이 남았기 때문에, 우린 재건을 시작할 거예요. 그리고 우리들에게 그런 마음만 굳건하다면, 다른 모든 것은 양키들이 가져가도 걱정하지 않아요!」

피티 고모의 큼직하고 검은 목도리로도 감추기 힘들 정도로 몸이 균형을 잃게 되기 전까지는 스칼렛과 프랭크도 자주 뒷마당 숲 울타리로 들어가 멜라니네 포치에 모인 여름밤 손님들과 어울렸다. 스칼렛은 항상 환한 곳을 피해, 남의 눈에 띄지 않을 뿐 아니라, 아무도 모르게 애슐리의 얼굴을 실컷 쳐다보려고 그늘이 가려 주는 구석을 골라 앉았다.

그들의 대화를 들으면 따분하고 슬퍼지기만 했으므로, 그녀가 멜라니의 집을 찾아간 까닭은 순전히 애슐리 때문이었다. 그들의 얘기는 언제나 똑같은 과정을 거쳐서, 처음에는 고생스러운 삶, 그러고는 정치적인 현실, 그러고는 전쟁이 화제에 올랐다. 여자들은 물가가 오른다고 탄식하고는, 혹시 살기 좋은 시절이 언젠가는 돌아오리라고 생각하는지를 남자들에게 물어보았다. 그리고 만물박사인 남자들은 틀림없이 그런 날이 오리라고 했다. 좋은 시절의 도래는 시간문제에 지나지 않았다. 고생도 한때뿐이었다. 여자들은 남자들의 얘기가 거짓말임을 빤히 알았고, 남자들은 그들의 거짓말을 여자들이 빤히 안다고 믿었다. 하지만 그들은 여전히 신이 나서 거짓말을 했고, 여자들은 그들의 말을 믿는 체했다. 고난의 시기가 끝이 없으리라는 진실은 누구나 다 알았다.

한 차례 고생스러운 시절에 관한 얘기를 늘어놓은 다음, 여자들은 점점 심해지는 흑인들의 교만한 태도와, 카펫배거들의 횡포와, 빈둥거리는 양키 군인들이 곳곳에 주둔했다는 굴욕감을 얘기했다. 도대체 양키들이 조지아 재편입을 언제쯤이나 끝내겠느냐고 그들은 남자들에게 물었다. 남자들은 그들을 안심시키느라고 재편입이 당장이라도 — 그러니까 민주당원들이 다시 투표권을 얻게 되면 당장 끝나리라고 말했다. 여자들은 그나마 눈치가 빨랐기 때문에 당장이 구체적으로 언제쯤이냐고는 묻지 않았다. 그리고 정치 얘기도 끝나면 전쟁에 관한 얘기가 뒤따라 나왔다.

남군에서 싸웠던 사람이 어디에서라도 두 명만 만나면 그들의 화제는 꼭 한 가지뿐이었고, 10여 명 이상이 모이면 용감하게 다시 전쟁을 붙어 봐야 한다는 주장이 처음부터 빤한 결론이었다. 그리고 항상 〈만일〉이라는 말이 그들의 대화에서는 가장 두드러진 어휘였다.

「만일 영국이 남부 동맹을 인정하기만 했다면 —」「만일 제프 데이비스가 면화를 모두 신속하게 징발해서 해안 봉쇄선이 강화되기 전에 영국으로 보내기만 했더라면 —」「만일 롱스트리트가 게티즈버그에서 명령을 따르기만 했다면 —」「만일 마아스 바브[20]가 필요로 할 때 제브 스튜어트[21]가 기습 공격을 나가지 않고 대기했더라면 —」「만일 우리 편이 스톤월 잭슨을 잃지만 않았더라면 —」「만일 빅스버그가 함락되지만 않았더라면 —」「만일 우리들이 1년만 더 버틸 힘

20 Marse Bob. 남부 흑인식 방언으로 마스터 밥Master Bob, 즉 〈밥 주인님〉이라는 뜻인데, 밥은 로버트의 애칭이므로 여기서는 로버트 E. 리 장군을 뜻한다.

21 Jeb는 제임스 이웰 브라운James Ewell Brown이라는 본명의 머리글자를 딴 별명이다.

을 비축했었더라면 —」 그리고 늘 나오는 얘기지만, 「만일 존스턴을 후드로 교체시키지만 않았더라면 —」 또는 「만일 존스턴 대신에 후드에게 달턴의 지휘권을 맡겼더라면 —」

만일! 만일! 쓸쓸한 겨울의 황혼 녘에 그들은 지난날 한여름의 맹렬한 열기를 회고하면서, 삶이 끝없는 절정에 이르렀던 시절의 추억을 불러일으키면서 — 보병이니 기병대니 포병이니 밝혀 가며, 조용한 어둠 속에서 얘기를 주고받노라면, 나지막하고 말끝이 늘어지는 목소리들이 옛날의 흥분감에 젖어 빨라졌다.

〈저들은 다른 얘기라고는 통 하지도 않아.〉 스칼렛은 생각했다. 〈전쟁밖에는 아무것도 모르니까. 입만 열었다 하면 전쟁이야. 그리고 그들은 전쟁 이외에는 어떤 얘기도 전혀 하지 않겠지. 그래, 죽을 때까지 말이야.〉

주위를 둘러본 스칼렛은 아버지의 품에 기대 안긴 어린 사내아이들이, 점점 호흡이 빨라지고 눈에서 광채를 내며, 심야의 출동과 용맹한 기병대의 돌진과, 적의 흉벽에 깃발을 꽂는 얘기에 귀를 기울이는 모습을 보았다. 그들의 귀에는 북소리와, 나팔 소리와, 남군의 함성이 들렸고, 찢어진 깃발을 비스듬히 메고 아픈 발을 끌며 빗속으로 걸어가는 병사들이 눈에 선한 듯했다.

〈그리고 저 아이들도 전혀 다른 얘기는 하지 않을 거야. 그들은 양키들과 싸우고는 장님이나 병신이 되어 고향으로 돌아오거나 — 아니면 영원히 돌아오지 못한 용사들이 멋지고 영광스럽다고 생각하겠지. 그들은 누구나 다 전쟁을 회상하고, 전쟁 얘기만 좋아하는가 봐. 하지만 난 안 그래. 난 전쟁은 생각조차 하기 싫으니까. 가능하기만 하다면 — 오, 가능하기만 하다면, 난 전쟁은 완전히 잊어버리고 싶어!〉

멜라니가 스칼렛을 침입자들과 맞서 찰스의 칼을 구한 영웅으로 만들어 가며, 스칼렛이 어떻게 불을 껐는지 자랑하고 타라 농장 얘기들을 늘어놓으면, 그녀는 소름이 끼쳤다. 스칼렛은 그런 사건들을 회상하기가 즐겁지도 않았고, 자랑스럽지도 않았다. 그런 생각은 아예 하기도 싫었다.

〈아, 왜 그들은 잊지 못하는가? 왜 그들은 앞을 내다보지 않고 과거만 생각하는가? 그런 전쟁을 한 우리들이 어리석었지. 그리고 전쟁은 빨리 잊어버릴수록 좋아.〉

하지만 아무도, 그녀 이외에는 아무도 잊고 싶어 하지를 않는 듯싶었고, 그래서 스칼렛은 날이 어두운 다음이라도 사람들 앞에 나서기가 거북하다는 얘기를 멜라니에게 진심으로 얘기할 기회를 얻게 되자 마음이 홀가분했다. 출산 문제에 대해서 지극히 민감했던 멜라니는 그녀의 말을 당장 알아들었다. 멜라니는 아이를 하나 더 낳기를 무척 원했지만, 미드 박사와 폰테인 박사는 아이를 또 낳으려고 했다가는 목숨을 잃을지도 모른다고 했다. 그래서 자신의 운명에 대해 반쯤은 자포자기한 멜라니는, 대신 남의 임신을 즐기며 대부분의 시간을 스칼렛과 함께 보냈다. 곧 낳게 될 아기를 별로 원하지도 않았고, 때를 잘못 맞춘 출산 시기 때문에 화가 난 스칼렛으로서는 멜라니의 그런 태도가 감상적인 우둔함의 극치처럼 여겨졌다. 하지만 그녀는 애슐리와 그의 아내 사이에 어떤 참된 밀착감도 불가능하게 만든 의사들의 명령에 대해서 기쁨과 죄의식을 동시에 느꼈다.

스칼렛은 이제 애슐리를 자주 보았지만, 단둘이 만나는 적은 전혀 없었다. 그는 제재소에서 집으로 가는 길에 매일 저녁에 들러 하루의 업무를 보고했지만, 프랭크와 피티가 자리를 함께하기가 보통이었고, 멜라니와 인디아가 동석하면 더욱 난처했다. 그녀는 사업에 관한 질문이나 제안을 한 다음, 〈와주셔서 고마워요. 안녕히 가세요〉라고 말하는 정도가 고작이었다.

아기만 가지지 않았다면 얼마나 좋았을까! 의혹에 찬 사람들의 눈을 피해 멀리, 전쟁이 일어나기 전 한가했던 시절 카운티의 삶으로 되돌아왔다는 느낌을 주는 외딴 숲을 지나서, 날마다 아침이면 그와 함께 마차를 타고 제재소로 나가도록 하늘이 내려 주신 기회가 찾아왔는데 말이다.

그렇다, 스칼렛은 그가 사랑의 얘기를 단 한마디라도 하도록 만들려고 애쓰지는 않을 작정이었다! 그녀는 어떤 방법으로도 사랑에 관한 말을 하지는 않으리라. 그녀는 절대로 그런 짓은 하지 않으리라고 자신에게 맹세했다. 하지만 애슐리와 그녀가 한 번이라도 단둘만 남게 되면, 혹시 그는 애틀랜타로 온 이후 줄곧 쓰고 있던 냉정한 예절의 가면을 벗어 버릴지도 모른다. 어쩌면 그는 다시 옛날의 자신으로 돌아가고, 바비큐 파티가 열렸던 날 이전으로, 그들이 사랑에 관해서 어떠한 말도 입 밖에 내기 전에 그녀가 알았던 애슐리로 되돌아가게 될지도 모른다. 연인들이 못 될 바에야 그들은 다시 친구가 되어, 춥고 외로운 그녀의 마음을 우정의 불꽃으로 훈훈하게 하리라.

〈어서 아이를 낳았으면 좋겠어.〉 그녀는 짜증스럽게 생각했다. 〈그러면 난 날마다 그와 함께 마차를 타고 다녀도 되고, 우린 얘기를 나누고 —.〉

갇혀 사는 생활이 그녀로 하여금 안타깝고 답답해서 몸부림치게 만든 이유는 애슐리와 같이 지내고 싶다는 욕망 때문만은 아니었다. 그녀는 제재소들을 돌봐야 했다. 휴와 애슐리에게 맡겨 두고 그녀가 직접 운영을 하지 않고 들어앉은 이후로 제재소는 줄곧 손해를 보았다.

무척 열심히 노력하기는 해도 휴는 한심하게 무능했다. 그는 장사 수완이 없었고, 일꾼을 부리는 솜씨는 더욱 엉망이었다. 그는 아무라도 값을 깎아 주고는 했다. 교활한 어느 청부업자가 와서, 목재의 질이 떨어지기 때문에 달라는 값이 지나치게 비싸다는 소리만 하면, 휴는 미안하다고 사과하고는 가격을 깎아 줘야 신사다운 도리라고 느꼈다. 마루 판자 3백 미터의 값으로 그가 받은 액수가 얼마인지 얘기를 듣고, 스칼렛은 화가 나서 울음을 터뜨렸다. 제재소에서 지금까지 생산한 마루 판자 가운데 최고급품이었는데도 그는 사실상 공짜로 주어 버리다시피 했기 때문이었다! 그리고 그는 일꾼들을 거느릴 능력도 없었다. 흑인들은 임금을 일당으로 달라고 고집했으며, 걸핏하면 번 돈으로 몽땅 술을 마셔 버리고는 이튿날 나타나지도 않았다. 그럴 때면 휴는 새로 일꾼을 구하러 돌아다녀야 했고, 제재소는 늦게야 문을 열었다. 이런 어려움 때문에 휴는 며칠씩이나 시내로 목재를 팔러 나가지를 못했다.

벌어야 할 돈이 그의 손에서 빠져나가는 꼴을 보고 스칼렛은 자신의 무력함과 휴의 우둔함 때문에 미칠 지경이었다. 아기를 낳고 다시 일을 하러 나가게 되면 그녀는 당장 휴를 쫓아내고 다른 사람을 고용할 생각이었다. 어떤 사람을 써도 그보다는 나을 터였다. 그리고 다시는 해방 노예를 쓰는 바보 같은 짓도 하지 않으리라. 툭하면 나가 버리는 해방 노예들을 데리고 도대체 무슨 일을 하겠는가?

「프랭크.」 일꾼들이 모자라는 문제를 놓고 휴와 심하게 다툰 다음 그녀가 말했다. 「난 죄수들을 빌려다 제재소 일을 시키기로 결심했어요. 얼마 전에 검둥이들을 데리고는 아무 일도 하기가 어렵다는 골칫거리를 놓고 토미 웰번의 노무자 십장인 조니 갤러거와 얘기를 나눠 봤는데, 왜 죄수들을 쓰지 않느냐고 그가 묻더군요. 내 생각엔 훌륭한 제안 같았어요. 그의 얘기로는 그들을 데려다 쓰면 거의 무보수에다가, 식비도 별로 안 든다고 하더군요. 그리고 조니 갤러거의 얘기를 들어 보니까, 그들을 마음대로 부려도 노예 해방청 사람들이 말벌처럼 떼를 지어 몰려와 남의 일에 이래라저래라 참견하는 꼴은 안 봐도 된다는군요. 그리고 토미와의 계약이 끝나기만 하면 당장 조니 갤러거를 고용해서 휴의 제재소를 맡길 생각이에요. 사나운 아일랜드 일꾼들의 무리를 마음대로 다룰 만큼 유능한 사람이라면 죄수들을 데리고도 일을 잘해 낼 테니까요.」

죄수들이라니! 프랭크는 기가 막혀서 말도 안 나왔다. 죄수들을 빌려다 쓰겠다는 제안은 지금까지 그녀가 내놓았던 어떤 엉뚱한 계획보다도 한심한 소리였고, 술집을 짓겠다는 계획보다도 더 나쁜 짓이었다.

그것은 적어도 프랭크와 그가 함께 활동하는 보수적인 계층의 사람들에게는 더 나쁜 짓으로 여겨졌다. 죄수들을 빌려주는 새로운 제도는 전쟁 후에 조지아 주가 가난해졌기 때문에 생겨났다. 죄수들을 먹여 살릴 능력이 없었던 주에서는 철도 건설이나, 소나무 숲 작업장이나, 벌목장처럼 대규모의 노동력이 필요한 사람들에게 그들을 임대했다. 신앙생활을 하는 조용한 그의 친구들이나 프랭크는 이런 제도의 필요성을 인식하기는 하면서도 못마땅하게 생각했다. 그들 가운데 많은 사람들이 노예 제도까지도 찬성하지 않았었는데, 이것은 어느 노예 제도보다도 더 나쁘다고 프랭크는 믿었다.

스칼렛은 죄수들을 빌려다 쓸 생각이었다! 프랭크는 아내가 그런 짓을 했다가는 다시는 얼굴을 들고 나다니지 못하게 되리라고 믿었다. 이것은 제재소를 소유하고 직접 운영한다거나, 그녀가 저지른 어떤 짓보다도 훨씬 나빴다. 지금까지 그가 무엇인가를 반대할 때는 언제나 〈사람들이 뭐라고 할까?〉라는 의문이 연관되었다. 하지만 이것은 — 이것은 남들의 견해에 대한 두려움보다 훨씬 심각한 문제였다. 프랭크는 그것이 매음과 맞먹는 인신매매이며, 아내가 그런 짓을 하도록 그냥 내버려 둔다면 그의 영혼에 대한 죄악이 되리라고 느꼈다.

이렇듯 잘못이라고 확신하게 된 프랭크는 용기를 내어 스칼렛에게 그런 짓을 하지 못하게 금했고, 그의 말이 어찌나 강력했던지 스칼렛도 깜짝 놀라 입을 다물어 버렸다. 남편을 무마시키기 위해서 그녀는 진담으로 한 얘기가 아니었다고 얌전히 말했다. 그녀는 휴와 해방 노예들 때문에 너무나 당하고 나니까 화가 나서 해본 소리라고 그랬다. 속으로는 아직도 그 생각을 하면 스칼렛은 좀 아쉽다는 기분이 들었다. 죄수의 노동력은 가장 곤란한 문제들 가운데 하나를 해결해 주겠지만, 만일 프랭크가 그렇게까지 강하게 나온다면 —.

그녀는 한숨을 쉬었다. 한쪽 제재소라도 돈을 벌어들였다면 그녀는 참았을지 모른다. 하지만 애슐리도 제재소 운영에서는 휴보다 조금도 나을 바가 없었다.

처음에 스칼렛은, 애슐리가 당장 제재소를 제대로 꾸려 나가고, 자신이 관리할 때보다 수입을 배로 올리지 못했다는 점에 대해서 충격을 받고 실망했다. 그는 무척 똑똑하고 책도 많이 읽었으니까, 눈부신 성공을 거두고 돈을 잔뜩 벌지 못할 이유가 전혀 없었다. 하지만 그는 휴보다 나은 구석이 하나도 없었다. 경험 부족이나, 실수나, 사업상의 철저한 판단력 결여, 그리고 팽팽한 흥정에서 우유부단한 점은 애슐리나 휴나 다 마찬가지였다.

그를 사랑했기 때문에 스칼렛은 그의 잘못에 대해서 서둘러 구실을 찾아냈고, 두 남자를 같은 관점에서 생각하지는 않았다. 휴는 구제를 못 할 정도로 미련한 반면에 애슐리는 사업을 처음 해보기 때문에 그럴 따름이었다. 그렇기는 해도 애슐리는 그녀처럼 머릿속에서 재빨리 계산하고 정확한 가격을 부르는 능력이 전혀 없다는 생각이 불쑥 떠올랐다. 그리고 가끔 그녀는 애슐리가 얼마나 시간이 걸려야 널빤지와 각목을 구별하는 방법을 익히게 될지 궁금한 생각이 들기도 했다. 그리고 자기가 신사이고 믿을 만한 사람이었기 때문에 그는 못된 인간을 만나도 누구나 다 믿었고, 만일 스칼렛이 끼어들어 그의 기분이 상하지 않게끔 둘러대며 간섭하지만 않았더라면, 몇 차례 손해를 볼 뻔했다. 그리고 애슐리가 어떤 사람을 좋아하게 되면, 그들이 은행에 저금한 돈이나 재산이 얼마나 되는지 따위는 알아볼 생각조차 하지도 않고 외상으로 목재를 줬는데, 그는 좋아하는 사람이 정말로 많았다! 그런 면에서 애슐리는 프랭크만큼이나 한심했다.

하지만 틀림없이 그는 요령을 습득하리라! 그리고 그가 배우는 동안 스칼렛은 애슐리의 실수에 대해서 애정과 모성애적인 관용과 인내심을 보여 주었다. 그가 저녁마다 지치고 풀이 죽어서 집으로 찾아오면 스칼렛은 피곤한 줄도 모르고, 그의 자존심이 다치지 않게 조심하면서, 도움이 될 제안들을 했다. 하지만 그녀가 아무리 격려하고 기운을 북돋아 주어도 묘하게 그의 눈에서는 죽음의 표정이 사라지지를 않았다. 스칼렛은 그런 표정을 이해할 길이 없었고, 그 표정이 두려웠다. 그는 달라졌고, 과거의 애슐리와는 무척이나 달라졌다.

그와 단둘이 만날 기회만 난다면 왜 그런지 그녀는 이유를 알아내고 싶었다.

이런 상황 때문에 그녀가 잠을 못 이루는 밤이 많았다. 그가 불행함을 알았기 때문에, 그리고 불행하다면 훌륭한 목재상이 되는 데 조금도 도움이 되지 않으리라고 알았기 때문에, 스칼렛은 애슐리가 걱정되었다. 휴와 애슐리처럼 사업에 대한 감각이 없는 두 남자의 손에 제재소를 맡기기란 고통스러운 일이었고, 절망적이었던 지난 몇 달 동안 그토록 치밀하게 계획을 세우고 열심히 노력해서 얻은 좋은 고객을 경쟁자들이 빼앗아 가는 꼴을 보면 속이 상했다. 오, 다시 일을 시작한다면 얼마나 좋은가! 그녀는 애슐리의 손을 이끌어주고, 그러면 그는 틀림없이 배우리라. 그리고 조니 갤러거에게 다른 제재소의 운영을 맡기고, 그녀가 판매 활동을 담당하고, 그러면 만사가 잘 돌아가리라. 그래도 휴가 스칼렛 밑에서 일하고 싶어 한다면 마차로 목재를 배달하는 업무를 맡기면 되리라. 그는 겨우 그런 능력밖에 없었다.

물론 아무리 똑똑하다고는 해도 갤러거는 파렴치한 남자처럼 보였지만 — 그렇다고 해서 다른 사람을 어디서 구한다는 말인가? 똑똑하고 정직한 남자들은 왜 그녀를 위해 일하는 데 대해서 그토록 까다롭게 굴까? 휴 대신 그녀를 위해서 그런 남자가 한 명만 일하더라도 이렇게까지 걱정할 필요가 없을 텐데 —.

비록 허리를 쓰지 못하는 불구의 몸이 되기는 했어도 토미 웰번은 시내에서 제일 바쁜 하청업자였고, 돈을 잘 번다고 소문이 났다. 메리웨더 부인과 르네는 장사가 잘되어 시내에 빵집을 냈다. 르네는 프랑스 사람다운 견실한 자세로 빵집을 운영했고, 메리웨더 할아버지는 하루 종일 눌어붙어 지내던 벽난로 앞의 따뜻한 자리를 벗어나게 되어 기뻐하며, 르네의 파이 마차를 끌겠다고 나섰다. 시먼스 댁 아들들은 어찌나 바빴는지 하루에 3교대제로 벽돌 가마를 운영했다. 그리고 켈스 화이팅은 곱슬머리는 절대로 투표할 권리가 허락되지 않아 공화당 표를 던질 기회가 없으리라고 흑인들에게 소문을 퍼뜨린 덕택에, 머리카락을 펴는 약으로 돈을 쓸어들였다.

의사들, 변호사들, 상점 주인들, 그녀가 아는 다른 똑똑한 청년들도 마찬가지였다. 전쟁 직후에 그들을 사로잡았던 무기력함은 완전히 사라졌고, 그들은 자기 재산을 모으느라고 워낙 바빠서 그녀가 돈을 벌도록 도와주지 않았다. 바쁘지 않은 남자들이란 휴 — 그리고 애슐리 같은 유형의 사람들뿐이었다.

사업을 하느라고 애를 쓰며, 거기다 아기까지 낳으려니 살아가기가 얼마나 엉망인가!

〈난 절대로 다시는 아이를 낳지 않을 테야.〉 그녀는 단단히 결심했다. 〈난 다른 여자들처럼 해마다 아기를 낳지는 않겠어. 하느님 맙소사, 그랬다가는 해마다 여섯 달 동안 제재소와 떨어져 살아야 하잖아! 지금 보니 단 하루도 떨어져 지낼 처지가 아닌데 말이야. 프랭크에게 더 이상 아기는 낳지 않겠다고 얘기해야 되겠어.〉

프랭크는 대가족을 원했지만, 어떻게 해서든지 프랭크의 마음을 돌릴 방법을 생각해 내리라. 그녀는 단단히 결심했다. 이것이 그녀가 낳을 마지막 아이였다. 그녀에게는 제재소가 훨씬 더 중요했다.

제42장

스칼렛은 작고 머리카락도 없는 조그만 딸을 낳았는데, 털이 안 난 원숭이처럼 흉한 데다가 한심할 정도로 프랭크를 닮았다. 자기 아이여서 홀딱 빠져 버린 프랭크 이외에는 아무도 아기의 예쁜 곳을 전혀 찾아볼 길이 없었지만, 이웃 사람들은 그나마 선심을 써서 흉한 아기들도 나중에는 다 예뻐진다고 말했다. 아기는 이름을 엘라 로레나라고 지었는데, 엘라는 할머니의 이름 엘렌에서 땄고, 사내아이들에게는 로버트 리와 스톤월 잭슨이라는 이름이 인기가 높았고 흑인 아들에게는 에이브러햄 링컨과 이맨시페이션[22]이 인기가 있었듯이, 이 무렵에는 계집아이 이름으로서는 그것이 가장 유행했기 때문에 로레나를 뒤에 붙여 주었다.

아이가 태어난 시기는 미친 듯한 흥분이 애틀랜타를 사로잡았고 재난이 닥치리라는 예감으로 분위기가 긴장된 주일의 중간쯤이었다. 강간을 했노라고 자랑을 늘어놓았던 흑인이 실제로 체포를 당했지만, 그가 미처 재판을 받기도 전에 큐 클럭스 클랜이 감옥을 습격했고, 그는 남모르게 교수형에 처해졌다. 아직 이름이 밝혀지지 않은 피해자가 공개 재판에

22 〈해방〉이라는 뜻.

서 증언을 해야 한다는 난처한 처지를 구해 주기 위해서 클랜은 그런 행동을 취했다. 그녀가 남들 앞에 나서서 부끄러운 일을 공개하게 내버려 두느니, 아버지와 오빠는 차라리 그녀를 쏘아 죽이고 싶은 심정이었고, 따라서 애틀랜타 사람들에게는 흑인에게 린치를 가하는 편이 합리적인 해결 방법으로 여겨졌으며, 사실상 그것이 점잖게 해결하는 유일한 방법이기도 했다. 하지만 군 당국은 격분했다. 그들은 여자가 공개 증언하는 자리를 마다해야 할 이유가 없다고 생각했다.

군인들은 닥치는 대로 사람들을 잡아들였고, 애틀랜타의 백인들을 모조리 감옥에 처넣는 한이 있더라도 클랜을 철저히 소탕하겠다고 맹세했다. 겁에 질리고 화가 난 흑인들은 보복을 위해 집들에 불을 질러 버리자고 수군거렸다. 범인들이 밝혀지면 양키들이 그들을 모조리 교수형에 처한다는 소문, 그리고 흑인들이 단결해서 백인에게 대항하는 봉기를 일으키리라는 소문이 나돌아 분위기가 험악했다. 남자들이 여자들과 아이들을 무방비 상태로 남겨 두고 일하러 나가기를 두려워했기 때문에, 시민들은 문을 잠그고 창에는 덧문을 채운 채 집에서 지냈다.

지친 몸으로 침대에 누워 산후 조리를 하던 스칼렛은, 애슐리는 클랜에 가담하기에 분별력이 지나치게 많았고 프랭크는 나이가 많고 기백이 없어 가담하지 못하리라는 사실을 속으로 힘없이 하느님에게 감사드렸다. 언제 양키들이 몰려와서 그들을 체포할지 몰라서 전전긍긍한다면 얼마나 끔찍할까! 왜 머리가 모자라고 풋내기이고 바보 같은 클랜 단(團)은, 그러지 않아도 험악한 사태를 그냥 내버려 두지 않고, 양키들을 이렇게 흥분시켜 놓았을까? 어쩌면 문제의 아가씨는 강간을 당하지 않았는지도 모른다. 어쩌면 그녀는 그냥 정신이 나갈 정도로 겁이 나기만 했는지도 모르는데, 그런 여자 때문에 많은 사람이 목숨을 잃을 위기에 처했다.

화약통을 향해 천천히 타들어 가는 도화선을 지켜보듯 신경이 곤두서는 이런 분위기 속에서 스칼렛은 빠른 속도로 기운을 회복했다. 타라 농장에서 어려운 시절에 자신을 지탱해 나갔던 건강한 활력이 뒷받침되어, 그녀는 엘라 로레나가 태어난 후 두 주일 만에 일어나 앉아서, 자신의 비활동적인 생활 때문에 짜증을 부릴 정도로 기운이 났다. 세 주일 후에 그녀는 자리에서 일어나 제재소를 살펴봐야 되겠다고 선언했다. 휴와 애슐리가 가족만 하루 종일 남겨 두고 집을 나서기를 두려워했기 때문에 제재소들이 놀고 있는 실정이었다.

그러자 벼락이 떨어졌다.

처음으로 아버지가 되어 자부심이 넘치던 프랭크는 용기를 내어 스칼렛에게 사태가 이렇게 위험한 동안에는 집에서 나가지 못하도록 금지시켰다. 만일 프랭크가 말과 이륜마차를 전세 마차 집으로 갖다 두고, 자기 이외에는 어느 누구에게도 내주지 말라고 지시만 해놓지 않았더라면, 그녀는 남편의 명령쯤은 걱정도 하지 않고, 볼일을 보러 나갔으리라. 더욱 난처한 일이었지만, 그녀가 몸이 불편해서 누워 지내는 동안에 프랭크와 어멈이 집 안을 구석구석 뒤져서 숨겨 둔 돈뭉치들을 찾아냈다. 프랭크는 돈을 자기 이름으로 은행에 예금했고, 그래서 이제는 마차조차 세낼 수가 없게 되었다.

스칼렛은 프랭크와 어멈에게 화를 냈고, 다음에는 하는 수 없이 애원도 해보았고, 결국은 뜻을 이루지 못해 화가 난 아이처럼 아침 내내 울었다. 하지만 아무리 몸부림을 쳤어도 그녀가 들은 소리라고는, 〈내 얘길 들어요, 여보! 당신은 몸도 성하지 않고 나약한 여자란 말이야!〉라는 말뿐이었다. 그

리고 〈미스 스칼렛, 그렇게 운다 안 그치면 젖 시어지고 틀림없다 아기 배탈 걸려요.〉

미친 듯 화가 치밀어 오른 스칼렛은 뒷마당을 가로질러 멜라니의 집으로 달려가 목청을 한껏 돋워 제재소까지 걸어서 가겠다느니, 애틀랜타를 싸돌아다니며 사람들에게 자신과 결혼한 남자가 얼마나 형편없는 인간인지 떠들어 대겠다느니, 버릇없고 멍청한 아이 취급을 받고 싶지 않다느니 바락바락 소리를 질러 분풀이를 했다. 그녀는 권총을 가지고 가서 누구라도 위협하는 사람이 나타나면 쏘아 죽일 생각이었다. 그녀는 한 남자를 이미 쏘아 죽였고, 또 한 명 죽이는 일쯤은, 그렇다, 문제도 아니었다. 그녀는 기꺼이 ―.

자기 집 앞 포치로 나서기도 무서워하던 멜라니로서는 그런 위협 소리를 듣고는 기겁했다.

「오, 그런 모험을 해서는 안 돼요! 스칼렛에게 무슨 일이 일어나면 난 죽고 말아요! 오, 제발 부탁이니까 ―」

「난 그렇게 할래요! 난 그러겠어요! 난 걸어서라도 ―」

멜라니는 그녀를 쳐다보고는 이것이 해산을 하고 아직도 기운이 없는 여자의 발작이 아니라는 사실을 깨달았다. 무슨 결심을 했을 때면 제럴드 오하라의 얼굴에서 멜라니가 자주 보았던, 바로 그런 고집스럽고 물불을 가리지 않는 각오가 그녀의 얼굴에서 드러났다. 그녀는 스칼렛의 허리를 두 팔로 감고는 꼭 끌어안았다.

「이건 다 스칼렛처럼 용감하지 못해서 당연히 제재소에 가 일해야 할 애슐리에게 집에서 나가지 말라고 붙잡아 둔 내 잘못이에요. 오, 스칼렛! 난 너무나 바보예요! 스칼렛, 내가 애슐리에게 난 조금도 무섭지 않으며, 스칼렛과 피티 고모님과 같이 지낼 테니까 걱정하지 말고 일하러 가라고 ―」

애슐리가 혼자 힘으로 이런 상황을 해결해 나가리라고 기대하기는 그녀 자신의 판단으로도 무리였고, 그래서 스칼렛은 소리를 질렀다. 「그런 짓은 절대로 하지 말아요! 잠시도 못 참고 줄곧 멜리 걱정만 한다면 애슐리가 도대체 무슨 일에 도움이 되겠어요? 사람들이 다 너무나 미워요! 피터 아저씨까지도 나하고 나가지 않겠다고 거절했어요! 하지만 난 개의치 않아요! 난 혼자 가겠어요. 난 여기서 제재소까지 걸어서 가고, 어디서 검둥이 일꾼들을 구해서 —」

「오, 아니에요! 그래서는 안 돼요! 스칼렛에게 무슨 끔찍한 일이 벌어질 테니까요. 사람들 얘기를 들으니까 디케이터 길가의 판자촌에는 못된 검둥이들이 우글거린다던데, 스칼렛은 그곳을 지나가야 해요. 내가 생각 좀 하게 해줘요, 스칼렛 —. 오늘은 아무 짓도 안 하겠다고 약속하면 내가 무슨 수를 써보겠어요. 집으로 가서 누워 쉬겠다고 약속해요. 스칼렛은 수척해 보여요. 약속해요.」

화를 내다 보니 워낙 기운이 빠져 달리 어쩔 도리가 없었던 스칼렛은 시무룩하게 약속을 하고는 집으로 돌아가서, 식구들이 그녀와 화해하려는 온갖 시도를 코웃음으로 거절했다.

그날 오후, 낯선 남자가 멜라니네 집 숲 울타리를 지나 피티 고모 집의 뒷마당으로 터벅터벅 걸어왔다. 그는 어멈과 딜시가 〈미스 멜리 길거리서 데려다 지하실 잠자라 해주는 어중이떠중이〉라고 일컫던 남자들 가운데 한 명 같았다.

멜라니의 집 지하실에는 방이 세 개였는데, 전에는 그곳에서 하인들이 기거하거나 포도주 저장실로 사용하기도 했었다. 이제는 딜시가 한 방을 쓰고, 다른 두 방은 누추하고 처량한 뜨내기들이 항상 들끓었다. 그들이 어디에서 왔고 어디로 가는지를 아는 사람은 멜라니 이외에 아무도 없었고, 그녀가 어디서 그들을 모아 데리고 오는지도 그녀 이외에는 아무도 몰랐다. 어쩌면 흑인들의 얘기가 사실이어서, 멜라니가 그들을 길거리에서 불러들이는지도 모를 노릇이었다. 하지만 위대하거나 조금 덜 위대한 사람들이 그녀의 작은 응접실로 모여들듯, 불우한 사람들은 그녀의 집 지하실로 찾아들어서 먹고, 자고, 음식 꾸러미를 얻어 갈 길을 가곤 했다. 방에서 묵어가는 사람들은 보통 남군 병사 출신으로서, 상당히 거칠고 무식한 사람이거나, 집이 없는 사람이거나, 가족이 없는 사람으로서 일자리를 구할까 해서 이리저리 시골을 헤매고 돌아다니는 남자들이었다.

머리가 헝클어지고 조용한 아이들을 한 무리 이끌고 찾아온 가무잡잡하고 바싹 야윈 시골 여자들도 적지 않았는데, 그들은 전쟁으로 남편을 잃고, 농토를 빼앗기고, 뿔뿔이 흩어졌거나 행방불명된 친척을 찾아다니는 여자들이었다. 가끔 동네 사람들은 쉽게 떼돈을 벌게 되리라는 솔깃한 얘기에 끌려 남부로 모여들던, 영어를 거의 또는 전혀 못하는 외국인들을 보고 아연실색을 하기도 했다. 언젠가는 공화당원도 한 사람 그곳에서 잤다. 말이 방울뱀의 냄새를 맡는다고 하듯이 자기는 공화당원을 냄새만 맡고도 알아낸다고 하던 어멈은 그가 공화당원이 분명하다고 했지만, 멜라니의 자선에도 틀림없이 어떤 제한은 있었겠으므로, 어멈의 말은 아무도 믿지 않았다. 이웃들은 적어도 멜라니의 제한에 대한 그들의 견해가 옳기만 바랐다.

그렇다, 그는 멜라니가 돌봐 주는 절름발이 개처럼 초라한 과객 가운데 한 명이리라, 아기를 무릎에 앉히고 11월의 엷은 햇살을 받으며 옆 포치에 앉아 쉬던 스칼렛은 생각했다. 그리고 아닌 게 아니라 그는 다리를 절기까지 했다.

뒷마당을 가로질러 오던 남자는 윌 벤틴처럼 나무 의족을 달고 비척거리며 걸었다. 그는 키가 크고 야윈 노인이었으며, 대머리가 벗어진 지저분한 머리가 발그레하게 반짝였고, 허연 수염은 허리띠에 여미어 넣어도 될 정도로 길었다. 딱딱하게 굳고 주름진 얼굴로 미루어 보아, 그는 예순을 넘은 듯싶었지만, 몸에는 늙어서 늘어진 살이 전혀 없었다. 그는 호리호리하고 호감을 주지 못하는 사람이었지만, 나무 의족을 달았으면서도 뱀처럼 민첩하게 움직였다.

그는 층계를 올라와서 그녀에게로 왔고, 그가 말문을 열어 저지대(低地帶)에서는 생경하게 〈아르*r*〉 발음을 굴리고 콧소리를 내는 말투를 드러내기도 전에, 이미 스칼렛은 남자가 산악 지대 출신임을 알았다. 대부분의 산사람처럼 더럽고 너덜너덜한 옷차림이기는 해도, 그는 어떤 어리석음도 용납하지 않고 어떤 방종도 허락하지 않는 조용하고도 맹렬한 자부심을 풍겼다. 그의 수염은 담뱃진으로 얼룩이 졌고, 턱에 문큼직한 담배 덩어리 때문에 얼굴이 일그러진 인상을 주었다. 코는 가늘고 울퉁불퉁했으며, 눈썹은 숱이 많고 비틀려 마녀의 머리카락 같았고, 귀에서는 털이 수북하게 자라 밖으로 나와서 스라소니의 털투성이 귀처럼 보였다. 한쪽 눈썹 밑에는 퀭하게 뚫린 눈구멍에서부터 상처가 뺨을 타고 내려가 수염을 비스듬히 가르고 지나갔다. 다른 눈은 작고, 엷은 푸른 빛깔에 차가웠고, 깜박거릴 줄도 모르는 무자비한 인상이었다. 바지의 허리띠에는 묵직한 권총이 여봐란 듯 꽂혔고, 너덜너덜한 장화 위에는 보위 나이프의 손잡이가 삐져나왔다.

그는 싸늘한 눈으로 스칼렛을 마주 빤히 쳐다보고는, 난간 너머로 침을 뱉은 다음에 입을 열었다. 하나뿐인 그의 눈에는 그녀에 대한 개인적인 경멸이 아니라 여성 전체에 대한 혐오감이 담긴 듯싶었다.

「윌크스 부인이 당신 위해서 일하라고 나를 보냈어요.」 그가 퉁명스럽게 말했다. 말을 하기가 익숙하지 못한 사람처럼 그는 뻑뻑하게 천천히, 그리고 힘이 드는 듯 말했다. 「내 이름은 아치요.」

「미안합니다만 당신한테 줄 일자리가 없는데요, 아치 씨.」

「아치는 성이 아니고 이름이오.」

「미안합니다. 성은 뭐죠?」

그는 또 침을 뱉었다. 「그건 당신 알 바 아니오.」 그가 말했다. 「그냥 아치로 통합니다.」

「당신 성이 뭐건 난 관심 없어요! 난 당신에게 줄 일자리가 없다니까요.」

「그렇지 않을 텐데요. 당신이 바보처럼 혼자 싸돌아다니고 싶어 한다고 윌크스 부인이 잔뜩 걱정하며 당신하고 같이 마차를 타고 다니라고 날 이리 보냈단 말요.」

「그러신가요?」 남자의 무례함과 멜리의 간섭에 화가 난 스칼렛이 소리쳤다.

무차별적인 적의를 품은 그의 외눈이 그녀와 시선이 마주쳤다. 「그렇소. 남자들이 돌봐 주려고 할 때 공연히 남자 신경이나 건드려선 못써요. 당신이 꼭 나돌아 다녀야 되겠다면 내가 마부 노릇을 하겠소. 난 깜둥이들을 싫어하고, 양키들도 싫어해요.」

그는 씹는담배 덩어리를 한쪽 뺨에서 다른 쪽으로 옮기고는 청하기를 기다리지도 않고 꼭대기 층계에 앉았다. 「그렇다고 해서 여자를 태우고 마차를 끌고 다니기를 좋아하는 건 아니고, 지하실에서 재워 주고 나한테 잘해 주신 윌크스 부인이 당신 마차를 몰아 보라고 보내기에 왔소.」

「하지만 —」 어찌해야 할 바를 몰라서 말문을 열었던 스칼렛은 입을 다시 다물고 그를 쳐다보았다. 잠시 후에 그녀는 미소를 짓기 시작했다. 늙은 무뢰한의 인상이 마음에 들지는 않았지만, 이런 남자를 곁에 두면 문제들이 간단해지리라고 스칼렛은 판단했다. 그와 함께 시내도 나가고, 마차를 타고 제재소도 가고, 고객들을 찾아다녀도 안전하리라. 그와 함께라면 별일이 없으리라고 사람들은 생각하겠고, 그의 모습을 보니 묘한 소문이 생길까 봐 걱정할 필요도 없으리라.

「그렇게 하죠.」 그녀가 말했다. 「그러니까, 남편이 동의한다면 말이에요.」

아치와 얘기를 나눠 본 다음 프랭크는 마지못해 승낙하고는 말과 마차를 내주라고 전세 마차 보관소로 전갈을 보냈다. 스칼렛이 아기를 낳고도 그가 바랐던 만큼 사람이 달라지지 않아서 기분이 상하고 실망하기는 했지만, 이왕 아내가 저주스러운 제재소로 꼭 돌아가야 되겠다고 결심을 한 바에야, 아치는 하느님이 내려 주신 인물이었다.

그래서 처음에는 애틀랜타 사람들을 깜짝 놀라게 한 두 사람의 관계가 시작되었다. 흙받기 널빤지 너머로 나무 의족이 뻣뻣하게 삐져나온 누추하고 흉악한 늙은이와 멍하니 생각에 잠겨 이맛살을 잔뜩 찌푸린 말쑥하고 아름답고 젊은 여자, 아치와 스칼렛은 괴이한 대조를 이루는 한 쌍이었다. 시내와 교외에서 때와 장소를 가리지 않고 모습을 보이던 그들은 얘기를 나누는 적이 별로 없었고, 분명히 서로 싫어하기는 했지만 남자는 돈을, 그리고 여자는 보호를 원했으므로, 서로 필요에 의해서 결속되었다. 애틀랜타 여자들은 적어도 버틀러라는 남자와 그토록 뻔뻔스럽게 마차를 타고 돌아다니는 짓보다는 낫다고 말했다. 석 달 전에 갑자기 애틀랜타를 떠난 이후로 아무도, 심지어는 스칼렛까지도 그가 어디로 갔는지를 몰랐기 때문에, 그들은 요즈음 레트가 어디에서 무엇을 하는지 궁금해서 호기심을 느꼈다.

아치는 조용한 남자여서, 누가 말을 시키기 전에는 입을 여는 법이 없었으며, 묻더라도 대답 대신 투덜거리고 말기가 보통이었다. 아침마다 그는 멜라니의 집 지하실에서 나와서는, 피티 고모 집 앞 층계에 앉아, 피터가 마구간에서 마차를 끌어내고 스칼렛이 밖으로 나올 때까지, 담배를 씹어 대고 침을 뱉으며 기다렸다. 피터 아저씨는 악마나 큐 클럭스만큼이나 그를 무서워했고, 어멈까지도 그가 근처에 나타나면 소리를 내지 않고 조심스럽게 걸어 다녔다. 그는 흑인들을 미워했고, 그런 사실을 아는 흑인들 역시 그를 두려워했다. 그는 권총과 칼로는 모자라서인지 권총 한 자루를 더 찼고, 그의 명성은 흑인 사회에서 널리 퍼졌다. 그는 권총을 뽑거나 허리띠에 손을 댈 필요조차 전혀 없었다. 심리적인 효과만으로도 충분했다. 아치의 귀에 소리가 들리는 거리 내에서는 감히 웃는 흑인조차 없었다.

언젠가 스칼렛은 호기심을 느껴 왜 흑인들을 증오하느냐고 그에게 물었고, 모든 질문에 〈그건 당신이 알 바 아니오〉라고 면박을 주기가 보통이었기 때문에, 그의 대답을 듣고는 오히려 놀랐다.

「산사람이라면 누구나 다 미워하듯이 나도 그들을 미워하오. 우린 그놈들을 전혀 좋아하지 않았고, 놈들을 한 명도 소유한 적이 없소. 전쟁이 시작되게 만든 건 그놈들, 깜둥이들이었소. 난 그래서도 그놈들을 미워하오.」

「하지만 당신은 전쟁터에 나가서 싸웠잖아요.」

「그건 남자의 특권이오. 난 양키들도 미워하는데, 깜둥이들보다도 더 미워하죠. 그리고 내가 제일 미워하는 건 말 많은 여자요.」

너무나 노골적인 이런 무례함 때문에 스칼렛은 말없이 분노했고, 그를 쫓아 버리고 싶어졌다. 하지만 그가 없다면 그녀는 꼼짝도 못 할 노릇이 아닌가? 다른 어떤 방법으로 이런 자유를 얻겠는가? 그는 무례하고, 더러웠고, 가끔 심한 냄새까지 풍겼지만, 할 일은 다하는 셈이었다. 그는 스칼렛을 마차에 태우고 제재소들을 왕래하거나 손님들을 만나러 돌아다녔고, 그녀가 얘기하고 지시를 내리는 동안 침을 뱉고 허공만 응시하며 기다렸다. 그녀가 마차에서 내리면 아치도 내려 스칼렛의 뒤를 개처럼 졸졸 따라다녔다. 스칼렛이 험악한 노동자들이나, 흑인들 그리고 양키 병사들과 어울릴 때면 그는 그녀의 옆에 바싹 붙어 한 발자국 이상 떨어지는 일이 드물었다.

얼마 지나지 않아 애틀랜타 사람들은 스칼렛과 경호원의 모습이 눈에 익었고, 눈에 익는 데서 그치지 않고 여자들은 자유롭게 돌아다니는 그녀를 부러워하기에 이르렀다. 큐 클럭스 린치 사건 이후로 여자들은 사실상 감금 생활을 했으며, 대여섯 명이 무리를 이루기 전에는 장을 보러 시내로 나가지도 못했다. 천성이 사교 생활을 좋아했던 그들은 초조해져서, 자존심은 생각하지도 않고 스칼렛에게 아치를 빌려 달라고 부탁하기 시작했다. 아치가 필요하지 않을 때는 언제나 스칼렛은 다른 여자들이 쓰도록 그를 양보하는 아량을 보였다.

아치는 곧 애틀랜타의 명물이 되었고, 여자들은 그가 한가한 시간을 노리느라고 경쟁을 벌였다. 아침 식사를 할 때마다 이웃 아이나 흑인 하인이 찾아오지 않는 적이 별로 없었는데, 그들이 들고 오는 쪽지의 내용은 이런 식이었다. 〈오늘 오후에 혹시 아치를 쓰지 않으면 내가 좀 데려다 쓰게 해줘요. 난 오늘 꽃을 가지고 묘지로 마차를 타고 가야 해요.〉〈난 부인용 모자 가게에 꼭 가야 해요.〉〈넬리 아주머니가 바람을 쐬러 나가도록 아치가 마차를 몰아 주었으면 좋겠는데요.〉〈난 피터스 거리에 사는 누구를 꼭 방문해야만 하는데, 할아버지가 몸이 좋지 않아서 나를 데려다 주실 형편이 안 돼요. 혹시 아치가 ―.〉

처녀, 유부녀, 과부를 가리지 않고 그는 여자들을 위해 마차를 몰아 주었고, 그들에게 변함없이 똑같은 혐오감을 노골적으로 보여 주었다. 그는 흑인들과 양키들을 좋아하지 않았던 만큼이나 여자들을 싫어했음이 분명했지만, 멜라니만은 예외였다. 그의 무례함에 처음에는 충격을 받았던 여자들은 결국 그에게 길이 들었고, 가끔 한 번씩 담뱃진을 왈칵 뱉어 버릴 때 말고는 워낙 조용했기 때문에, 그들은 그가 몰아 주는 말이나 마찬가지로 아치를 의식하지 않게 되었고, 아예 그의 존재를 잊어버리기까지 했다. 사실 메리웨더 부인은 마차의 앞자리에 아치가 앉았다는 사실조차 까맣게 잊고는 그녀의 질녀가 해산을 했다는 얘기를 미드 부인에게 아주 자세히 늘어놓고 말았다.

다른 때였다면 그런 상황이란 도대체가 불가능한 일이었다. 전쟁이 터지기 전이었다면 그는 숙녀들의 부엌조차 드나들지 못했으리라. 여자들은 뒷문으로 음식을 그에게 건네주고는 알아서 하라고 보내 버렸으리라. 하지만 이제 그들은 듬직한 그가 같이 있어 주기를 환영했다. 무례하고, 무식하고, 누추한 그는 여자들과 재편입의 공포 사이를 가로막아 주는 보루였다. 그는 친구도 아니었고 하인도 아니었다. 그는 고용된 경호원이었고, 남자들이 일을 나가거나 밤에 집을 비울 때면 여자들을 보호했다.

스칼렛은 아치가 그녀를 위해서 일하겠다고 찾아온 후에 프랭크가 밤에 집을 비우는 일이 아주 빈번해졌다고 생각했다. 그는 장부를 결산해야 했고, 사업이 워낙 번창하다 보니 영업시간 중에는 장부를 정리할 틈이 없다고 말했다. 그리고 친구들을 문병하러 가야 하는 경우도 생겼다. 그런가 하면 투표권을 되찾으려는 방법을 모색하기 위해 수요일 저녁마다 모이는 민주당원들의 단체도 있었는데, 프랭크는 한 번도 회의에 빠지는 일이 없었다. 스칼렛은 수요 모임이 리 장군 이외의 다른 여러 장군과 비교해 가면서 존 고든 장군의 공훈을 놓고 입씨름을 벌이고 전쟁 회고담이나 늘어놓는 이외에 거의 하는 일이 없다고 생각했다. 분명히 그녀는 투표권을 되찾는 방향에서는 전혀 진전이 없음을 깨달았다. 하지만 프랭크는 그런 회의를 꽤나 좋아하는 모양이어서, 회의가 열리는 밤이면 시간 가는 줄 모르고 좀처럼 집으로 돌아오지를 않았다.

애슐리도 역시 아픈 사람들 병문안을 가고 민주당 회의에 참석했으며, 프랭크와 같은 날 저녁에 외출하기가 보통이었다. 그런 날 밤이면 아치의 호위를 받고 피티와 스칼렛, 웨이드, 어린 엘라는 뒷마당을 거쳐 멜라니의 집으로 가서 저녁 시간을 같이 보냈다. 여자들이 바느질을 하는 동안 아치는 응접실 소파에 길게 누워 코를 골았는데, 한 번 드르렁거릴 때마다 허연 수염이 너풀댔다. 소파에 누워서 자라고 허락한 사람은 아무도 없었고, 집 안에서는 소파가 가장 훌륭한 가구였기 때문에 아치가 예쁜 덮개에 장화를 얹고 소파에 누울 때마다 여자들은 속으로는 앓는 소리를 냈다. 하지만 그들 가운데 그에게 따질 만큼 용감한 사람은 아무도 없었다. 꿩들이 잔뜩 모여 시끄럽게 삑삑거리듯 여자들이 떠드는 소리를 들으면 틀림없이 울화통을 터뜨렸을 테니까 차라리 쉽게 잠드는 편이 다행이라는 말을 그가 하고 난 다음에는 더욱 그러했다.

스칼렛은 가끔, 아치가 어디에서 왔으며 멜리네 집 지하실로 들어와서 살기 전에는 어떻게 지냈는지 궁금한 생각이 들었지만, 묻지는 않았다. 애꾸인 그의 험악한 인상을 보면 어쩐지 호기심도 자취를 감추었다. 그녀가 아는 바라고는 목소리로 보아 북쪽의 산악 지방 출신이었고, 군대에서 복무했으며, 패전을 얼마 안 남겨 놓고 다리와 눈 하나를 잃었다는 정도가 고작이었다. 아치의 참된 과거가 노출된 계기는 휴 엘싱 때문에 미친 듯이 격노해서 그가 내뱉은 말을 통해서였다.

어느 날 아침에 아치 노인은 그녀를 마차에 태우고 휴의 제재소로 갔는데, 스칼렛은 흑인들이 가버렸고, 휴는 나무 밑에 맥이 풀려 앉았고, 작업이 중단되었음을 알았다. 아침에 일꾼들이 나타나지 않았지만, 휴는 어찌해야 좋을지를 몰랐다. 스칼렛은 화가 벌컥 났고, 금방 대량의 목재를 — 그것도 지급으로 배달해 달라는 주문을 받았던 터라 앞뒤를 가릴 겨를도 없이 휴를 마구 다그쳤다. 주문을 받아 내기 위해 그녀는 정력과 매력과 흥정 실력을 아낌없이 동원했었는데, 이제 제재소에 와보니 조용하기만 했다.

「다른 제재소로 날 데려다 줘요.」 그녀는 아치에게 지시했다. 「그래요, 시간이 오래 걸리고 저녁을 거르게 되리라는 건 나도 알지만, 내가 당신에게 공연히 돈을 주나요? 난 윌크스 씨가 지금 하는 일을 중단하고 목재를 켜게 해야만 돼요. 아마 그쪽 일꾼들도 일을 안 하는지도 모르겠지만요. 이런 제기랄! 여태껏 난 휴 엘싱 같은 멍청이는 본 적이 없어요. 난 조니 갤러거가 지금 건축 중인 상점 공사를 끝내기만 하면 당장 이 사람을 쫓아내겠어요. 갤러거가 양키 군대에서 복무했다고 해서 그게 뭐가 어때요? 그는 일을 잘해요. 난 게으른 아일랜드 사람은 아직 본 적이 없거든요. 그리고 이제는 해방 노예들도 상대하지 않겠어요. 어디 믿을 만해야 말이죠. 난 조니 갤러거를 데려다 놓고, 죄수를 몇 명 세내어 빌려다 쓸 생각이에요. 그는 죄수들을 부릴 능력을 갖추었을 테니까요. 그는 —」

아치는 험악한 눈을 그녀에게로 돌렸는데, 말문을 열었을 때 그의 녹슨 듯한 목소리에는 싸늘한 분노가 가득했다.

「당신이 죄수들을 쓴다면 난 당장 그만두겠소.」 그가 말했다.

스칼렛은 깜짝 놀랐다. 「저런! 왜요?」

「죄수를 빌려 주는 제도는 나도 잘 알아요. 내가 보기에 그건 죄수를 데려다 죽이는 격이죠. 노새를 사듯 사람을 산다오. 어떤 노새도 그런 취급을 당해 본 적은 없을 거요. 두들겨 패고, 굶기고, 죽이기도 해요. 그랬다고 누가 신경이나 쓰는 줄 알아요? 주에서는 그저 가만히 구경만 하죠. 그들을 내주고 돈을 받았으니까요. 죄수들을 데려다 쓰는 작자들, 그들도 신경을 안 써요. 그들은 식비를 별로 안 들이고도 시키고 싶은 일은 다 시키기만 하면 그만이니까요. 거지 같아요, 아가씨. 난 여자들을 지금까지 신통하게 생각했던 적이 없지만요, 이제는 더욱 형편없다는 생각이 드는구먼.」

「그게 당신하고 무슨 상관이에요?」

「그건요.」 아치가 무뚝뚝하게 말하더니, 잠깐 침묵을 지킨 다음, 말을 이었다. 「나도 거의 40년 동안 죄수 생활을 했소.」

스칼렛은 숨이 막혀서 잠깐 동안 방석에 기대고 몸을 도사렸다. 그렇다면 성이나 출생지나 과거에 대한 어떤 사소한 얘기도 입 밖에 내기를 꺼리던 태도, 아치의 아리송한 태도를 설명하는 해답이, 말을 잘 못하고 세상을 미워하는 냉정한 증오에 대한 해답이 바로 이것이었다. 40년이라니! 그는 분명히 젊은 나이에 감옥으로 끌려갔으리라. 40년이라니! 그렇다면 — 그는 틀림없이 종신형을 받은 죄수였겠고, 종신형을 받았다면 —.

「혹시 — 살인을 했나요?」

「그렇소.」 고삐 끈을 탁 치면서 아치가 짤막하게 대답했다. 「내 마누라였소.」

스칼렛은 겁이 덜컥 나서 눈꺼풀이 파르르 떨렸다.

마치 그녀의 두려움을 보고 음산하게 미소라도 짓는 듯 수염 밑에서 입이 움직이는 듯싶었다. 「혹시 무서워하는 이유가 그것인지는 몰라도 난 당신을 죽이진 않겠소. 여자를 죽여야 할 이유는 꼭 한 가지뿐이라오.」

「아내를 죽이다뇨!」

「그년은 내 동생하고 잤소. 동생은 도망쳤죠. 난 아내 죽인 거 조금도 후회하지 않소. 부정한 계집은 죽어 마땅하니까요. 그런 이유로 남자를 감옥에 잡아넣어도 좋다는 법은 옳지 않지만, 그래도 난 잡혀갔소.」

「하지만 — 어떻게 나왔나요? 탈옥했나요? 사면을 받았어요?」

「사면이라고 해도 되겠죠.」 어려운 단어들을 꿰어 맞추기가 힘이 드는 듯 숱이 많고 허연 그의 눈썹이 꿈틀거렸다.

「셔먼의 군대가 쳐들어오던 1864년도에 난 40년을 보낸 밀레지빌 형무소에서 복역 중이었어요. 그런데 형무소장 그 사람이 우리 죄수들 다 불러 모아 놓고는 양키들이 쳐들어와 불을 지르고 사람을 죽이고 야단이라고 했죠. 그런데 내가 깜둥이나 여자보다도 더 미워하는 게 하나 있다면, 그건 양키들이라오.」

「왜요? 당신 혹시 —. 당신 혹시 잘 아는 양키가 있었나요?」

「아뇨. 하지만 난 그놈들 얘기 많이 들었소. 그놈들 남의 일에 참견 잘한다는 얘기를 들었단 말이오. 제깟 놈들이 뭐라고 조지아에 와서 노예를 풀어 주고 우리들 집을 태워 버리고, 우리들 가축 죽이고 설치는 거요? 어쨌든 소장 그 사람 얘기가 군대에서는 더 많은 군인이 굉장히 필요한데, 혹시 우리들 가운데 누구라도 입대하면 전쟁이 끝난 다음에 — 살아남는 사람은 석방시켜 주마고 그랬소. 하지만 우리들 같은 종신형 수감자들 — 사람을 죽인 우리들 같은 자들은 군대에서 원하지 않는다고 소장이 그랬어요. 우린 다른 곳 다른 감옥으로 보내겠다는 얘기였소. 하지만 난 소장에게 다른 종신형 죄수와 나는 다르다고 말했죠. 난 마누라를 죽였다고 해서 끌려 들어왔는데, 그년은 죽어 마땅하다고 얘기했소. 그리고 난 양키들과 싸우고 싶다는 말도 했어요. 그랬더니 소장은 내 마음을 이해해서 나를 다른 죄수들과 함께 슬쩍 내보내 줬다오.」

그는 얘기를 멈추고는 투덜거렸다.

「흥, 거참 우습더구먼. 사람을 죽였다고 날 감옥에 잡아넣더니, 녀석들 내 손에 총을 쥐여 주면서 석방시키고는, 사면시킬 테니까 사람을 더 많이 죽이라고 했단 말이오. 손에 총을 들고 다시 자유로운 몸이 되니까 꽤나 기분이 좋습디다. 밀레지빌에서 풀려난 우리는 전투를 잘했고, 죽이기도 많이 죽였고, 우리들 쪽에서도 많이 죽었소. 내가 알기엔 탈주한 사람은 단 한 명도 없었다오. 그리고 패전한 다음 우린 자유의 몸이 되었죠. 난 다리하고 눈을 잃었어요. 하지만 난 후회하지 않소.」

「오.」 스칼렛이 힘없이 말했다.

그녀는 파도처럼 밀려오는 셔먼의 군대를 막아 내기 위한 최후의 필사적인 시도로 밀레지빌에서 풀어 놓았던 죄수들에 대해서 그녀가 들었던 얘기를 기억해 내려고 애썼다. 1864년의 성탄절에 프랭크가 그런 얘기를 했었다. 그가 무슨 말을 했던가? 하지만 그 무렵에 대한 스칼렛의 기억은 무척 뒤숭숭했다. 또다시 스칼렛은 당시의 벅찬 공포감을 느꼈고, 공방전의 포성이 귀에 들려왔고, 시뻘건 흙길에 핏방울을 뚝뚝 흘리는 짐마차들의 행렬이 눈에 선했고, 어린 군사 학교 생도들과 필 미드 같은 아이들과 헨리 큰아버지나 메리웨더 할아버지처럼 늙은이들로 이루어진 향토 경비대가 전쟁터로 떠나던 광경이 눈앞에 어른거렸다. 그리고 남부 동맹의 몰락을 앞두고, 테네시에서 벌어진 최후의 격전에서 목숨을 바치기 위해, 진눈깨비 속에서 꽁꽁 어는 신세가 되기 위해, 죄수들도 떠났었다.

얼핏 스칼렛은 그의 삶에서 40년을 빼앗아 간 조지아 주를 위해 싸우다니, 저 노인은 얼마나 바보인가 하는 생각이 들었다. 자신이 생각하기에는 범죄도 아니었던 죄를 범했다고 해서 조지아는 그의 젊음과 중년 시절을 박탈했는데, 그래도 그는 스스로 다리와 눈을 조지아 주에 바쳤다. 전쟁 초기에 레트가 했던 통렬한 말들이 머리에 떠올랐는데, 자기를 이단자로 소외시킨 사회를 위해서는 절대로 싸우지 않겠다던 그의 얘기를 스칼렛은 생생하게 기억했다. 하지만 사태가 긴박해지고 나니까 그는 자신을 박해한 바로 그 사회를 위해서 싸우겠다고 떠났으며, 아치도 마찬가지 행동을 취했다. 그녀가 보기에 남부의 남자들이란, 신분의 고하를 막론하고 하나같이 감상적인 바보들이었고, 아무런 의미도 지니지 못한 허황된 어휘들보다도 그들 자신의 목숨을 훨씬 가볍게 여겼다.

스칼렛은 아치의 늙고 울퉁불퉁한 두 손과, 두 자루의 권총과 칼을 쳐다보았고, 두려움이 또다시 그녀를 괴롭혔다. 아치와 마찬가지로 남부 동맹의 이름으로 그들이 범한 죄를 사면받고는 제멋대로 나돌아 다니는 무뢰한이나 도둑들, 죄수들이 또 얼마나 많을까? 그렇다, 길거리에서 마주치는 어느 낯선 사람이 살인자인지 알 길이 없다! 만일 아치에 관한 진실을 어쩌다가 프랭크가 알아내기라도 하는 날에는 벼락이 떨어지리라. 아니면 혹시 피티 고모님이 — 피티는 너무 충격을 받아 죽을지도 모른다. 그리고 멜라니로 말하자면 — 스칼렛은 아치에 관한 진실을 멜라니에게 얘기해 주고 싶은 충동을 느꼈다. 쓰레기 같은 인간을 데려다 친구와 친척들에게 떠맡기다니, 그런 여자는 혼이 나야 한다.

「그런 얘기를 — 그런 얘기를 솔직하게 해줘서 기뻐요, 아치. 난 — 난 아무에게도 얘기하지 않겠어요. 윌크스 부인이나 다른 여자들이 알았다가는 굉장히 충격을 받을 테니까요.」

「흥. 윌크스 부인은 다 알아요. 처음 지하실에서 나를 재워 주던 날 밤 난 미스 윌크스한테 얘기했죠. 당신은 그런 착한 여자가 내막도 모르면서 나를 집 안에 들여놓도록 내가 잠자코 있었으리라고 생각해요?」

「성자들이여, 굽어살피소서!」 기겁을 한 스칼렛이 소리쳤다.

멜라니는 그가 사람을, 그것도 여자를 살해한 자라는 사실을 알았고, 그러면서도 자기 집에서 쫓아내지 않았다. 그녀는 자기 아들과, 고모와, 시누이와, 여러 친구들을 이런 남자에게 맡겼었다. 그리고 여자들 중에서도 가장 소심한 사람인 멜라니는, 그녀의 집에서 그와 단둘이 있으면서도 겁을 내지 않았다.

「윌크스 부인 여자치고는 꽤 똑똑한 사람이오. 그 여잔 나더러 괜찮다고 했소. 거짓말쟁이는 계속해서 거짓말을 하고 도둑놈은 자꾸 도둑질을 하지만, 인간이란 살인은 평생 한 번밖에 안 한다고 그 여자는 믿었죠. 그리고 남부 동맹을 위해서 싸운 사람이라면 누구라도 그들이 과거에 잘못한 죄를 모조리 청산한 셈이라고 생각했어요. 하지만 내가 마누라를 죽인 건 전혀 나쁜 짓이 아니었다는 얘긴 꼭 밝혀 두겠소. ……그렇소, 윌크스 부인은 여자치고는 꽤 똑똑한 사람이오. ……그리고 당신에게 다짐해 두겠는데, 당신이 죄수를 쓰면 난 그날로 그만두겠소.」

스칼렛은 대답을 하지 않았지만 이런 생각을 했다.

〈당신 같은 사람은 가능한 한 빨리 그만두는 편이 나한테도 좋겠어. 살인자라니!〉

어떻게 멜리가 차마 — 차마 —. 세상에, 이런 늙은 불한당을 끌어다 놓고 친구들에게는 그가 죄수였다는 얘기를 하지도 않다니, 멜라니가 한 행동에 대해 뭐라고 말해야 좋을지 모를 노릇이었다. 그러니까 군 복무만 하면 과거의 죄가 싹 씻어진다는 얘기로구나! 멜라니는 그것을 영세와 혼동하는 모양이었다! 하기야 남부 동맹이나, 퇴역 장병들에 관한 온갖 문제에서 멜라니가 취하는 행동을 보면, 그녀는 완전히 한심한 여자이기는 했다. 스칼렛은 말없이 양키들을 저주했고, 그들에 대한 벌점을 마음속으로 한 가지 더 추가했다. 여자가 보호를 받기 위해서 살인자와 나란히 앉아 돌아다녀야만 했던 상황은 그들 때문에 야기된 것이었다.

쌀쌀한 석양 녘 아치와 함께 마차를 타고 돌아오던 길에 스칼렛은, 안장을 채운 말들과, 이륜마차와 짐마차들이 현대 여성 주점 바깥에 무리를 지어 웅성거리는 모습을 보았다. 애슐리는 긴장하고 경계하는 표정으로 말 위에 올라앉았으며, 시먼스 댁 청년들은 이륜마차에서 몸을 앞으로 내밀고 앉은 채로 열심히 무슨 시늉을 했고, 갈색 머리 다발이 눈으로 흘러내린 휴 엘싱은 두 손을 흔들어 댔다. 소란스러운 무리의 한가운데서 메리웨더 할아버지의 파이 마차가 눈에 띄었고, 더 가까이 간 스칼렛은 토미 웰번과 헨리 해밀턴 큰아버지와 함께 마부석에 나란히 앉은 메리웨더 할아버지도 보았다.

〈헨리 큰아버지가 저렇게 엉성한 마차를 타고 집으로 가질 말았으면 좋겠어.〉 스칼렛은 짜증스럽게 생각했다. 〈저런 마차를 타고 다니는 꼴을 남들이 보면 창피한 줄도 아셔야지. 큰아버지는 탈 말이 없어서 저러시는 게 아냐. 저녁마다 할아버지하고 술집으로 같이 가고 싶으니까 괜히 저러시지.〉

사람들이 모인 곳까지 다다르자, 무관심한 그녀이기는 했어도, 그들에게서 어떤 긴장감이 전해 왔고, 스칼렛은 겁이 나서 가슴이 조여들었다.

〈오!〉 그녀는 생각했다. 〈또 누가 강간을 당한 것이나 아니면 좋겠는데! 만일 큐 클럭스가 검둥이를 한 명만 더 처형했다가는 양키들이 우리들을 싹 쓸어버릴지도 몰라!〉 그리고 그녀는 아치에게 말했다. 「저리 가봐요. 무슨 일이 벌어졌어요.」

「당신은 술집 앞에서 어물거리면 못써요.」 아치가 말했다.

「내가 시키는 대로 해요. 마차를 저리 대라니까요. 여러분, 안녕하세요, 애슐리 — 그리고 헨리 큰아버님 — 뭐가 잘못

되었나요? 다들 표정을 보니까 어쩐지 ―」

사람들이 그녀에게 시선을 돌리고 모자를 기울여 인사를 하거나 미소를 지었지만, 그들의 눈에는 흥분감이 역력했다.

「잘된 일이기도 하고 잘못된 일이기도 하지.」 헨리 큰아버지가 소리를 버럭 질렀다. 「어떻게 보느냐에 따라 달라지겠지만, 내가 보기에는 의회에서도 어쩔 도리가 없었어.」

의회라고? 스칼렛은 안도감을 느끼며 생각했다. 그녀는 의회가 하는 일이라면 무엇도 그녀에게 거의 영향을 주지 않는다고 느꼈기 때문에 별로 관심이 없었다. 그녀가 두려워한 것은 양키 병사들이 또다시 만행을 부릴지도 모른다는 가능성이었다.

「의회에서 뭘 어떻게 했기에 그래요?」

「의회가 개정 법안을 비준하기를 단연 거절했어.」 메리웨더 할아버지가 말했는데, 그의 목소리에는 자부심이 역력했다. 「그만하면 양키들도 맛을 보았겠지.」

「그리고 그에 대한 대가를 치르려면 망할 놈의 지옥 같은 ― 실례했어요, 스칼렛.」[23] 애슐리가 말했다.

「오, 개정 법안이요?」 똑똑한 인상을 주려고 애쓰며 스칼렛이 반문했다.

그녀는 정치라면 전혀 이해하지 못했고, 그런 생각을 하느라고 시간을 낭비하는 일도 별로 없었다. 얼마 전에 제13차 개정 법안이 비준되었다는데, 아마 제16차 개정 법안이었는지도 모르겠지만, 어쨌든 비준이 무엇을 의미하는지 그녀로서는 전혀 알 길이 없었다. 남자들이란 그런 일을 놓고 걸핏하면 흥분하고는 했다. 무엇인가 납득하지 못하겠다는 표정

23 종교와 관련된 표현을 욕설에 썼기 때문에 사과했다. 뒤에서도 대화 가운데 여러 차례 비슷한 상황이 반복된다. 중권 제28장 843면 각주 19번 참조.

이 그녀의 얼굴에 나타났고, 애슐리는 미소를 지었다.

「그건 검둥이들에게 투표를 허락한다는 내용의 헌법 수정 조항이죠.」 그가 설명했다. 「그걸 의회에 제출했는데, 비준을 거부당했어요.」

「정말 한심한 사람들이로군요! 당신도 알다시피 양키들이 결국은 강제로 그렇게 시키고 말 텐데요!」

「그렇기 때문에 엄청난 대가를 치르게 되리라고 내가 말했잖아요.」 애슐리가 말했다.

「난 의회가 자랑스럽고, 그들의 배짱이 자랑스러워!」 헨리 큰아버지가 외쳤다. 「우리들이 버티기만 한다면 양키들이 억지로 강요할 방법이 없어.」

「그들에게는 강요할 힘이 있고, 그래서 강요를 계속하겠죠.」 애슐리의 목소리는 차분했지만, 그의 눈에는 걱정이 서렸다. 「그리고 우리들은 그만큼 더 곤욕을 치러야 하고요.」

「오, 애슐리, 절대로 그렇게 되지야 않겠죠! 지금보다도 사태가 더 나빠지지는 않을 테니까요!」

「아니에요, 사태는 악화될지도 모르고, 아마 지금보다도 훨씬 악화될 전망이에요. 검둥이들로 구성된 의회가 이곳에 생겨난다고 상상해 봐요. 검둥이 주지사는 어떻고요? 우리들이 지금보다도 훨씬 심한 군사 통치를 받아야 한다면 어떨지 생각해 봐요.」

그녀도 조금쯤은 이해를 했으므로, 스칼렛의 눈이 두려움으로 휘둥그레졌다.

「난 조지아를 위해 무엇이 가장 좋으며, 우리들 자신을 위해서 무엇이 가장 좋은지를 생각해 보려고 노력했어요.」 애슐리의 얼굴이 일그러졌다. 「주 의회에서 그랬듯이, 법안에 반대하며 투쟁을 벌여 북부와 대결함으로써, 양키 군대가 몰려와 우리들이 원하든 그렇지 않든 검둥이들의 투표권을 억지로 인정하도록 압력을 가하는 사태를 초래해야 가장 현명한 행동일까, 아니면 — 끝까지 인내심을 발휘하여 자존심을 꺾어 버리고는 얌전히 굴복함으로써 가능한 한 위기를 쉽게 넘기느냐, 따지고 보면 결과는 다 비슷비슷하죠. 우린 어쩔 도리가 없습니다. 우린 그들이 우리에게 강요하기로 작정한 바는 그대로 따르는 길밖에 없어요. 어쩌면 우리들은 발버둥을 치지 않고 그냥 얌전히 받아들이는 편이 더 좋을지도 모릅니다.」

스칼렛은 그의 말에 거의 귀를 기울이지도 않았고, 그녀의 상식으로써는 그가 설명한 얘기의 의미를 완전히 납득할 능력도 없었다. 그녀는 애슐리가 늘 그렇듯, 지금도 문제의 양면을 다 배려하고 있음을 알았다. 그녀는 양키들의 따귀를 때린 격인 이번 사태가 개인적으로 그녀에게 어떤 영향을 주려는지, 한 가지 생각만 했다.

「급진파로 전향해서 공화당에 표를 던질 생각인가, 애슐리?」 메리웨더 할아버지가 냉정하게 코웃음을 쳤다.

긴장된 침묵이 흘렀다. 스칼렛은 아치의 손이 재빨리 권총 쪽으로 옮겨 가려다가 멈추는 것을 눈치챘다. 아치는 할아버지가 말 많은 늙은이라고 믿었으며, 실제로 자주 그런 소리를 했고, 비록 미스 멜라니의 남편이 바보 같은 소리를 늘어놓기는 해도, 그가 남에게 모욕을 당하도록 그냥 내버려 두고 싶은 생각이 없었다.

애슐리의 눈에서 갑자기 난처한 표정이 사라지고 뜨거운 분노가 왈칵 타올랐다. 하지만 그가 미처 입을 열기도 전에 큰아버지가 할아버지를 공박했다.

「망할 놈의 — 벼락 맞을 —. 이런 소리 해서 미안하구먼,

스칼렛 —. 하지만 영감, 멍청한 늙은이야, 애슐리한테 그따위 소리 말라고!」

「자네가 편을 들어 주지 않더라도 애슐리는 스스로 자신을 변호할 줄 알아.」 할아버지가 냉정하게 말했다. 「그리고 애슐리의 말투는 꼭 스캘라웩 같아. 굴복을 하다니, 저주나 받으라고! 실례했어, 스칼렛.」

「난 남부의 분리에 처음부터 찬성하지 않았어요.」 분노로 떨리는 목소리로 애슐리가 말했다. 「하지만 조지아가 탈퇴했을 때는 나도 호응했습니다. 그리고 난 전쟁도 찬성하지 않았지만, 전쟁터에 나가서 싸웠고요. 그리고 난 그러지 않아도 화가 잔뜩 난 양키들을 더 이상 자극하는 행동도 찬성하지 않습니다. 하지만 일단 주 의회에서 그렇게 하기로 결정했다면, 난 주의 결정을 따르겠습니다. 나는 —」

「아치.」 헨리 큰아버지가 불쑥 말했다. 「미스 스칼렛을 데리고 집으로 가요. 여긴 저 애한테 어울리는 장소가 아니니까. 어쨌든 정치란 여자들하고는 거리가 멀고, 이제부터는 욕지거리도 자꾸 튀어나올 테니까. 어서 가, 아치. 잘 가거라, 스칼렛.」

마차를 타고 복숭아나무 거리를 내려오는 동안 스칼렛은 두려움으로 가슴이 마구 두근거렸다. 주 의회에서 저지른 바보 같은 짓이 그녀의 안전에 어떤 영향을 주려는가? 양키들이 격분하면 그녀는 제재소들을 잃게 될까?

「글쎄요.」 아치가 으르렁거렸다. 「불독의 얼굴에 침을 뱉는 토끼 얘기를 듣긴 했지만, 지금까지 실제로 그런 예를 본 적이 한 번도 없었죠. 주 의회의 의원들은 자기들이 — 그리고 우리들이 어떤 일을 당하건 개의치 않고 〈제프 데이비스와 남부 동맹 만세〉라고 함성을 지르기만 하는 거나 마찬가지죠. 깜둥이 좋아하는 양키들은 깜둥이들이 우리 주인 노릇을 하게 만들려고 작정이라도 한 모양이오. 하지만 의회 사람들 배짱만은 존경해야 해요!」

「존경하라고요? 기가 막혀! 그런 사람들을 존경하라고요? 그들은 총살을 시켜야 마땅해요! 그런 짓을 했으니, 양키들은 풍뎅이를 본 오리처럼 덤벼들 테니까 말이에요. 그들은 뭔지 양키들이 하겠다는 일을 마음대로 하도록 기분을 맞추지 못하고 도대체 왜 비추 — 비치 — 거부를 해서 양키들의 신경을 또다시 건드려 놓았나요? 그들은 어차피 우릴 굴복시키겠고, 이왕 굴복할 바에는 아예 지금 굴복하는 편이 나아요.」

아치가 싸늘한 눈으로 그녀를 노려보았다.

「싸우지도 않고 굴복해요? 여자들이란 염소만큼도 자존심이 없소?」

스칼렛이 제재소 한 곳에 다섯 명씩, 열 명의 죄수를 임대해 오자, 아치는 미리 위협했던 대로 더 이상 그녀와는 손을 끊기로 했다. 멜라니가 아무리 애원하고 프랭크가 보수를 더 많이 주겠다고 약속해도 그는 막무가내로 다시는 고삐를 잡지 않겠다고 거부했다. 아치는 멜라니와 피티와 인디아와 그들의 친구들은 기꺼이 태우고 시내를 돌아다녔지만, 스칼렛만큼은 어림도 없었다. 심지어 그는 스칼렛이 같이 타게 될 경우에는 다른 여자들까지도 돕기를 거부했다. 늙은 무뢰한이 버티고 앉아 그녀를 심판하는 이런 상황은 창피하기 짝이 없었고, 그녀의 가족과 친구들도 무뢰한 노인과 의견을 같이 한다는 사실은 그녀를 더욱 난처하게 만들었다.

프랭크는 이런 결정을 말리려고 그녀에게 애원했다. 애슐리도 처음에는 죄수를 부리지는 못하겠다고 거절했지만, 형편이 좋아지면 해방 노예를 고용하마고 스칼렛이 약속하고, 애걸하고, 눈물을 흘린 다음에는 설득을 당했다. 이웃 사람들은 어찌나 노골적으로 못마땅해했는지 프랭크와 피티와 멜라니는 얼굴을 들고 다니기도 힘들 지경이었다. 심지어는 피티와 어멈까지도 죄수들을 부리면 재수가 없다면서, 절대로 좋은 결과를 얻지 못하리라고 한마디씩 했다. 남들의 불우하거나 비참한 처지를 이용해서 이득을 보려는 짓은 옳지 않다고 모두들 수군거렸다.

「당신들은 검둥이를 노예로 부릴 때는 전혀 반대하지 않았잖아요!」 화가 나서 스칼렛이 소리쳤다.

아, 하지만 그것은 얘기가 달랐다. 노예는 비참하지도 않았고 불우하지도 않았다. 흑인들은 자유를 얻은 지금보다도 노예 시절에 훨씬 잘살았으며, 그것을 믿지 못하겠다면 주위를 둘러보라! 하지만, 늘 그렇듯이 반발은 그녀의 결심을 더욱 단단히 굳혀 주는 결과만 남겼다. 스칼렛은 제재소의 관리를 맡았던 휴의 직책을 박탈하여, 목재 운반 마차를 몰게 하고는, 조니 갤러거를 고용하는 뒤처리까지 마무리를 지었다.

그녀가 아는 사람들 중에서 죄수의 고용을 수긍한 사람은 조니 갤러거 한 사람뿐인 듯싶었다. 그는 총알처럼 뾰족한 머리를 잠깐 끄덕이고는, 현명한 조처라고 말했다. 그는 기수(騎手) 출신답게 자그마한 몸집이었고, 변덕스러운 얼굴에는 딱딱하고 사무적인 표정을 짓고, 짤막한 안짱다리로 딱 버티고 선 그를 쳐다보며 스칼렛은 생각했다. 〈이런 사람에게 말을 타게 했던 사람들은 말에는 신경을 별로 쓰지 않았던 모양이야. 나 같으면 내 말 근처에는 가지도 못하게 했겠어.〉

하지만 스칼렛은 죄수 패거리를 그에게 맡긴다는 데 대해서는 아무런 걱정도 하지 않았다.

「그러면 죄수들을 내 마음대로 부리게 되나요?」 회색 마노(瑪瑙)처럼 차가운 눈으로 그가 물었다.

「마음대로 부려요. 내가 요구하는 조건이라곤 제재소가 계속 돌아가게 하고 내가 원할 때, 내가 원하는 만큼 목재를 배달해 주기만 하면 되니까요.」

「그렇게 하죠.」 조니가 퉁명스럽게 말했다. 「난 웰번 씨에게는 그만두겠다는 얘기를 하겠어요.」

석공과 목수와 벽돌공들의 무리 속을 지나 어슬렁거리며 걸어가는 그를 지켜본 스칼렛은 마음이 놓이고 기분이 좋아졌다. 조니는 확실히 그녀를 위해 존재하는 사람이었다. 그는 거칠고 강인했으며, 어설픈 수작을 모르는 남자였다. 〈보아하니 악착같은 아일랜드 가난뱅이로구먼〉이라면서 프랭크가 그를 경멸했지만, 바로 그런 이유 때문에 스칼렛은 그를 소중하게 여겼다. 그녀는 무엇인가 목표를 세우고 각오를 단단히 세운 아일랜드 사람이라면, 개인적인 성품이야 어떻든, 일단 손에 넣고 나면 귀중한 존재가 되리라는 사실을 알았다. 그리고 조니는 돈의 가치를 알았으므로, 스칼렛은 그녀와 같은 계층의 많은 다른 사람들보다 조니에게 훨씬 가까운 친밀감을 느꼈다.

제재소를 인계받은 첫 주일에 그는 스칼렛의 희망을 충족시켜서, 해방 노예 열 명을 데리고 휴가 여태까지 올렸던 실적보다 훨씬 많은 일을 겨우 다섯 명의 죄수를 데리고 해냈다. 그뿐 아니라 그는 스칼렛이 제재소에 와서 돌아다니면 좋아하지를 않았고, 또 솔직히 그렇게 얘기했으므로, 그녀는 지난해 애틀랜타로 온 이후 어느 때보다도 더 많은 시간적인 여유를 갖게 되었다.

「당신은 판매 걱정이나 하고, 제재소 일은 나한테 맡겨요.」 그는 퉁명스럽게 말했다. 「만일 아무도 당신에게 이미 그런 얘기를 하지 않았다면 지금 조니 갤러거가 충고하는 바인데, 죄수들이 기거하는 곳이라면 숙녀가 드나들 곳이 못 됩니다. 당신 목재를 관리하는 사람은 나예요, 안 그렇습니까? 글쎄요, 난 윌크스 씨처럼 날마다 잔소리를 듣고 싶은 생각이 없어요. 하기야 그는 잔소리를 좀 들어야 해요. 난 안 그렇지만요.」

그래서 스칼렛은 자꾸 그녀가 나타났다가는 그가 그만둘지도 모르고, 그렇게 되면 다 망한다는 두려움 때문에, 마음이 썩 내키지는 않았지만 조니의 제재소를 찾아가는 발걸음을 삼갔다. 애슐리는 잔소리를 들어야 마땅하다던 그의 말이 스칼렛에게는 따끔한 소리였는데, 그가 한 말에는 그녀가 인정하고 싶지 않은 이상의 진실이 담겼다. 애슐리는 죄수들을 데리고 일하면서도 해방 노예 일꾼들과 일할 때보다 별로 발전이 없었으며, 왜 그런지 이유조차 알지를 못했다. 그뿐 아니라 그는 죄수들과 일하기가 수치스럽다고 여기는 눈치였고, 그래서인지 요즈음 그는 그녀에게 별로 얘기도 하지 않았다.

스칼렛은 애슐리에게 일어나는 변화 때문에 걱정이 되었다. 이제는 그의 눈부신 머리에도 흰머리가 눈에 띄었고, 피곤한 듯 어깨는 축 늘어졌다. 그리고 미소를 짓는 경우도 드물었다. 그토록 여러 해 전에 그녀의 환상을 사로잡았던 다정다감한 애슐리의 모습이 이제는 그에게서 사라졌다. 그는 거의 견디지 못할 정도로 심한 고통으로부터 남모르게, 집요하게 시달리는 사람처럼 보였고, 그의 입가에 어린 음울하고 각박한 표정을 보면 스칼렛은 좌절감을 느꼈고, 마음이 아팠다. 그녀는 그의 머리를 와락 끌어당겨 그녀의 어깨에다 대고는, 희끗희끗해진 머리를 쓰다듬어 주며 소리치고 싶었다. 「무엇 때문에 걱정을 하시는지 얘기를 하세요! 내가 해결해 드릴 테니까요! 당신을 위해서 해결해 드리겠어요!」

하지만 아득하고 딱딱한 그의 태도 때문에 그녀는 그에게 접근하기가 어려웠다.

제43장

12월이면서도 햇살이 거의 늦가을처럼 따사로운 그런 보기 드문 어느 날이었다. 피티 고모의 집 마당에는 떡갈나무에 말라 버린 붉은 잎사귀가 아직도 매달렸고, 죽어 가는 풀잎에는 희미하게 누런색을 띤 초록빛이 아직도 끈질기게 남았다. 스칼렛은 아기를 품에 안고 옆 포치로 나와서, 손바닥만 한 양지쪽에 놓인 흔들의자에 앉았다. 피티 고모가 그녀를 위해 만들어 준 새 실내용 레이스 모자를 쓰고, 꼬불꼬불한 검정 합사로 잔뜩 장식한 새 초록빛 가벼운 드레스 차림이었다. 모자와 옷 두 가지 다 그녀에게 아주 잘 어울렸고, 스스로도 잘 어울린다고 믿었으므로 그녀는 굉장히 기분이 좋았다. 그토록 초라한 꼴로 오랜 기간을 지내고 난 다음에 다시 아름다운 모습을 보여 주게 되었으니 얼마나 기쁜가!

아기를 흔들어 주며 앉아서 혼자 콧노래를 부르던 그녀는 옆길로 올라오는 말발굽 소리를 들었고, 호기심이 생긴 스칼렛이 뒤엉켜 죽은 덩굴들 사이로 살펴보니, 이쪽으로 말을 타고 달려오는 레트 버틀러의 모습이 눈에 띄었다.

그는 제럴드가 죽은 직후부터, 엘라 로레나가 태어나기 오래전부터, 여러 달 동안이나 애틀랜타에는 모습을 보이지 않았었다. 스칼렛은 그를 보고 싶었지만, 지금은 그를 만나지 않고 피했으면 좋겠다고 간절히 바랐다. 사실상 그의 검은 얼굴을 보니, 가슴속에서는 죄의식과 당혹감이 다시금 머리를 들었다. 애슐리에 관한 문제로 양심이 꺼림칙했던 그녀는 레트와 얘기를 나누고 싶지 않았지만, 아무리 마음이 내키지 않더라도 그가 틀림없이 얘기를 꺼내고 말리라는 것을 알았다.

그는 대문 앞에서 말을 세우더니 가볍게 땅바닥으로 뛰어내렸고, 초조한 눈으로 그를 멍하니 쳐다보던 스칼렛은 웨이드가 그에게 큰 소리로 읽어 달라고 늘 귀찮게 조르던 책에 나오는 삽화의 해적이 그와 똑같은 모습이라고 생각했다.

〈귀고리를 달고 입에 칼만 물면 영락없겠어.〉 그녀는 생각했다. 〈어쨌든, 해적이건 아니건, 오늘은 그가 내 목을 자르지 못하게 단단히 조심해야 되겠구나.〉

집으로 걸어 올라오는 그에게 스칼렛은 큰 소리로 인사를 하고는 지극히 다정한 미소를 지어 보였다. 새 드레스와 멋진 모자로 몸단장을 해서 이토록 예뻐 보여서 얼마나 다행인가! 레트가 얼른 그녀를 훑어보는 사이에, 그녀는 레트도 자기를 아름답다고 생각하리라고 믿었다.

「새로 낳은 아기로군요! 이런, 스칼렛, 놀랐습니다!」 엘라로레나의 작고 못생긴 얼굴에서 담요를 벗기려고 허리를 숙이며 레트가 웃었다.

「시시한 소리 하지 말아요.」 낯을 붉히며 그녀가 말했다. 「어떻게 지내셨어요, 레트? 오랫동안 안 보이던데요.」

「그랬죠. 어디 아기 좀 안아 볼까요, 스칼렛. 오, 나도 아기를 어떻게 안는지는 알아요. 난 이상한 재주가 여러 가지거든요. 글쎄요, 분명히 프랭크를 닮았네요. 수염 이외에는 똑같은데, 때가 되면 녀석도 수염이 나겠죠.」

「그랬다가는 큰일 나게요. 계집애니까요.」

「계집애요? 그럼 더욱 좋군요. 사내아이는 말썽을 잘 부리니까요. 아들은 더 이상 낳지 말도록 해요, 스칼렛.」

사내아이건 계집아이건 아기라면 더 낳을 생각이 전혀 없다고 신랄하게 반박하려고 말이 혀끝까지 밀려 나오기는 했지만, 그녀는 재빨리 자제하고 미소를 지으며, 두려워하는 화제가 튀어나오게 될 난처한 순간을 지연시킬 무슨 얘깃거리가 없을지 황급히 궁리해 보았다.

「여행은 잘하셨어요, 레트? 이번에는 어디를 다녀오셨나요?」

「오 — 쿠바 — 뉴올리언스 — 그리고 또 여러 곳이오. 자, 스칼렛, 아기를 받아요. 아기가 침을 질질 흘리기 시작하는데 손수건을 꺼낼 수가 없잖아요. 훌륭한 아기라고는 나도 믿지만, 내 셔츠의 가슴팍을 적셔 놓으면 안 되죠.」

그녀는 아이를 받아 다시 무릎에 내려놓았고, 레트는 느긋하게 난간에 걸터앉아 은으로 만든 담뱃갑에서 여송연을 꺼냈다.

「당신은 걸핏하면 뉴올리언스를 다녀오시는군요.」 약간 뿌루퉁하게 그녀가 말했다. 「그리고 거기서 무얼 하시는지 통 얘길 하지 않으시네요.」

「난 열심히 일하는 사람이오, 스칼렛. 그러니 아마 난 사업 때문에 그곳을 자주 다녀와야 하는지도 모르죠.」

「열심히 일한다고요! 당신이 말이에요!」 그녀는 거침없이 웃었다. 「당신은 평생 일이라고는 조금도 안 했으면서요. 당신은 정말 게을러요. 당신이 하는 일이라고는 도대체가 카펫배거들에게 도둑질을 하라고 자금이나 대주고, 이익금을 절반 받아먹고, 우리 납세자들을 갈취하려는 계략을 꾸미도록 봐 달라고 양키 관리들에게 뇌물이나 먹이는 정도가 고작이죠.」

그는 머리를 젖히고 호탕하게 웃었다.

「그리고 당신도 똑같은 짓을 해도 되게끔 관리들을 매수하기에 충분한 돈이 생긴다면 꽤나 좋아하겠죠!」

「그따위 생각을 하다니 —」 그녀는 발끈 화를 내려고 했다.

「하지만 당신도 언젠가는 대규모로 뇌물 공세를 취하기에 충분한 돈을 벌지도 모르죠. 아마 당신은 임대한 죄수들 때문에 부자가 될 겁니다.」

「오.」 약간 당황해서 그녀가 말했다. 「내가 쓰는 일꾼 얘기를 어떻게 그렇게 빨리 알아냈죠?」

「난 어젯밤에 도착해서 현대 여성 주점으로 찾아가 저녁 시간을 보냈는데, 그곳에 가면 시내에서 나도는 소식을 시시콜콜 다 들어요. 술집은 소문의 교환소 같거든요. 여자들의 재봉회보다도 더 시끄럽죠. 당신이 죄수 패거리를 대여받았고, 그들을 죽도록 부리게 하려고 작달막한 망나니 갤러거를 책임자로 앉혔다고 다들 얘기해 주더군요.」

「그건 거짓말이에요.」 그녀가 화를 내고 말했다. 「갤러거는 그들을 혹사시켜 죽이지는 않아요. 그러지 못하도록 내가 감시할 테니까요.」

「그러시겠죠.」

「정말이에요! 어떻게 그런 소리를 다 하세요?」

「오, 실례했습니다, 케네디 부인! 당신의 동기는 항상 흠잡을 데가 없다는 점은 저도 잘 압니다. 하지만 난 조니 갤러거처럼 냉혹하고 못된 인간은 지금까지 본 적이 없어요. 조심하지 않았다가는 검열관이 들이닥치고, 골치깨나 썩을지 몰라요.」

「내 일은 내가 알아서 할 테니까 당신은 당신 일에나 신경 쓰세요.」 그녀는 화가 나서 말했다. 「그리고 죄수들 얘기는 더 이상 하고 싶지 않아요. 죄수들에 대해서는 다들 못마땅해했죠. 내 일꾼들은 내가 알아서 처리하겠고요 ―. 당신도 뉴올리언스에서 뭘 하는지 아직 나한테 얘기해 주지 않으셨잖아요. 당신이 자주 그곳을 다녀오니까 사람들은 ―」 스칼렛이 말을 중단했다. 그녀는 이렇게까지 말을 많이 할 생각은 아니었다.

「사람들이 뭐라고 하던가요?」

「글쎄요 ― 당신 애인이 그곳에 산다고들 그러던데요. 당신이 곧 결혼하리라고 말이에요. 그게 정말이에요, 레트?」

오래전부터 궁금했던 문제여서 스칼렛은 단도직입적으로 묻지 않고는 견딜 수가 없었다. 그럴 만한 이유가 전혀 없기는 했어도 레트가 결혼하리라고 생각하면 스칼렛은 묘하게도 약간의 쓰라린 질투심을 느꼈다.

느긋하던 그의 눈에 갑자기 경계심이 감돌았고, 그녀와 시선이 마주치자 레트가 어찌나 빤히 쳐다보는지 그녀는 뺨에 약간 홍조가 돌았다.

「그것이 당신 마음에 크게 걸리던가요?」

「글쎄요, 당신의 우정을 잃기는 싫으니까요.」 그녀가 새침하게 말했고, 무관심한 태도를 보이려는 생각에서 허리를 숙이고 엘라 로레나의 머리를 담요로 여미어 주었다.

그는 갑자기 짤막하게 웃고 말했다. 「나를 봐요, 스칼렛.」

더욱 얼굴이 빨개지면서 그녀는 마지못해 머리를 들었다.

「내가 결혼하게 되면 그것은 다른 방법으로는 내가 원하는 여자를 손에 넣기가 어려워졌기 때문이리라고 호기심이 많은 당신 친구들에게 말해 주시죠. 그리고 지금까지 난 결혼하고 싶을 정도로 어떤 여자를 절실히 원했던 적이 없고요.」

공방전이 벌어지던 무렵 바로 이 포치에서 그가, 〈난 결혼을 좋아하는 남자가 아니다〉라는 말을 하고는, 스칼렛더러 그의 정부가 되지 않겠느냐고 태연하게 제안하던 그날 밤이 스칼렛은 기억났고 — 또한 그가 감옥에 갇혀 지내던 무렵의 끔찍한 날도 머리에 떠올라 수치심을 느꼈기 때문에, 그녀는 이제 정말로 당황하고 거북해졌다. 그녀의 눈을 살펴보는 레트의 얼굴에 짓궂은 미소가 천천히 번져 나갔다.

「하지만 이왕 당신이 그토록 노골적인 질문을 했으니까, 당신의 저속한 호기심을 충족시켜 드리죠. 뉴올리언스를 자주 찾아가는 까닭은 애인 때문이 아니에요. 아이 때문에, 어린 소년 때문이죠.」

「어린 소년이라고요!」 당황했던 태도는 예기치 않았던 뜻밖의 얘기에서 받은 충격으로 완전히 사라졌다.

「그래요, 걔는 나의 법적인 미성년 피후견인이고, 난 그에 대한 책임이 있어요. 뉴올리언스에서 학교에 다닌답니다. 난 피후견인을 만나려고 자주 그곳을 찾아가죠.」

「그럼 선물도 갖다 주시나요?」 그래서 레트는 어떤 종류의 선물을 웨이드가 좋아하는지를 잘 알았던 모양이야! 그녀는 생각했다.

「그럼요.」 마음이 안 내켜서인지 그는 퉁명스럽게 말했다.

「세상에, 난 전혀 생각도 못 했어요! 아인 잘생겼어요?」

「지나치게 잘생겨서 걱정이죠.」

「착해요?」

「아뇨. 속깨나 썩인답니다. 녀석이 차라리 태어나지 않았더라면 좋겠다는 생각이 들어요. 사내아이들이란 골칫거리죠. 또 뭘 알고 싶나요?」

그는 갑자기 성난 표정을 지었고, 공연히 그런 얘기를 했다고 벌써 후회하는 듯 이맛살을 찌푸렸다.

「글쎄요, 얘기하고 싶지 않으시다면 묻지 않겠어요.」 더 알고 싶어서 애가 탈 지경이면서도 그녀는 콧대를 세우고 말했다. 「하지만 당신이 후견인 노릇을 하다니, 난 도저히 상상이 안 가요.」 그러더니 그녀는 레트의 마음을 돌려 볼까 해서 웃었다.

「그래요, 당신은 상상도 못 할 줄 알았어요. 당신은 상당히 시야가 제한된 여자니까요.」

그는 얼마 동안 말없이 여송연을 피웠다. 스칼렛은 그가 한 말에 못지않게 무례한 반박을 생각해 내려고 했지만, 아무 말도 생각나지를 않았다.

「이런 얘기는 아무에게도 하지 말아 주었으면 고맙겠어요.」 마침내 그가 말했다. 「비록 여자에게 입을 다물어 달라고 부탁하기란 불가능한 일을 부탁하는 셈이기는 하겠지만요.」

「난 비밀을 지키겠어요.」 자존심이 상한 그녀가 말했다.

「그래요? 친구들에 관해서 무엇인가 뜻밖의 사실을 알아내면 기분이 좋아지죠. 자, 심술은 그만 부려요, 스칼렛. 내가 무례하게 굴어서 미안하지만, 당신이 꼬치꼬치 캐물어서 그렇게 되었으니까요. 어서 미소를 지으시고, 내가 불쾌한 화제를 입 밖에 꺼내기 전에 우리 잠깐 즐거워지도록 해요.」

오, 맙소사! 그녀는 생각했다. 이제 그는 애슐리와 제재소 얘기를 꺼내려고 하는구나! 그래서 그녀는 레트의 관심을 다른 곳으로 돌리려고 서둘러 미소를 짓고 보조개를 보여 주었다. 「또 어디를 다녀왔나요, 레트? 줄곧 뉴올리언스에만 계시지는 않았을 텐데요, 안 그래요?」

「그래요, 지난 한 달 동안은 찰스턴에서 지냈어요. 아버지가 돌아가셔서요.」

「어머, 슬픈 일이로군요.」

「그렇지도 않아요. 아버지는 죽기가 슬프다고 생각하지는 않으셨으리라고 난 확신하고, 분명히 나도 아버지가 돌아가셨다고 슬퍼하지는 않으니까요.」

「레트, 그건 끔찍한 소리예요!」

「사실은 그렇지 않으면서도 내가 슬퍼하는 척한다면 그게 훨씬 더 끔찍한 일이겠죠. 안 그래요? 우리들 사이에는 사랑이 전혀 없었어요. 난 아버지가 나를 못마땅하게 여기지 않으셨던 적이 단 한 번도 기억에 없으니까요. 나는 할아버지와 무척 비슷했는데, 아버지는 할아버지를 진심으로 못마땅하게 생각했어요. 그리고 내가 나이를 먹어 가는 사이에, 아버지가 나를 못마땅하게 생각하시던 마음은 노골적인 미움으로 바뀌었는데, 그런 반감을 완화시키기 위해 내가 거의 노력하지 않았다는 점은 나도 시인합니다. 아버지가 제게 바랐던 바는 하나같이 정말로 따분한 것들이었어요. 그러다가 결국 찰스턴 신사에, 훌륭한 권총 사격 솜씨에, 뛰어난 포커 실력 이외에는 어떤 자질도 갖추지 못한 나를 아버지는 돈 한 푼 안 주고 험한 세상으로 쫓아내고 말았어요. 그리고 내가 굶어 죽기는커녕 포커 실력을 훌륭하게 살려 임금처럼 살아가게 되자, 아버지는 그것을 무슨 개인적인 모욕으로 받아들이신 모양이에요. 버틀러 집안에서 도박사가 나왔다는 데 대해서 심한 모욕을 느낀 나머지, 내가 처음 집으로 찾아갔을 때 아버지는 어머니에게 나를 만나지 못하도록 금하셨어요. 그리고 전쟁 동안 내가 찰스턴에서 봉쇄선을 돌파할 때 어머니는 나를 만나기 위해 거짓말을 하고 몰래 집에서 빠져나오셔야만 했죠. 당연한 일이지만, 그런 일 때문에 아버지에 대한 내 사랑은 조금도 깊어지지를 않았어요.」

「오, 난 그런 줄은 전혀 몰랐어요!」

「아버지는 이른바 훌륭한 정통파 노신사로 꼽혔는데, 다시 말하자면 아버지는 무식하고, 완고하고, 관용이 없고, 다른 정통파 신사들이 생각하는 방향 이외에는 어떤 시각에 입각해서도 사고할 능력이 없는 사람이었죠. 나를 쫓아냈다고 해서 주변 사람들은 아버지를 굉장히 존경했고, 나를 죽은 사람으로 취급했어요. 〈만일 그대의 오른쪽 눈이 그대에게 잘못을 범한다면 그 눈을 뽑아 버리라〉는 격이죠. 장남이었던 나는 아버지의 오른쪽 눈이었고, 아버지는 보복을 하느라고 나를 뽑아 버렸어요.」

지난날이 우습다는 듯 굳어진 표정의 눈으로 그는 약간 미소를 지었다.

「글쎄요, 거기까지는 다 내가 용서할 마음이 없지는 않지만, 전쟁이 끝난 다음에 당신이 어머니와 누이동생에게 한 짓만큼은 절대로 용서를 못 합니다. 그들은 사실상 거지 신세가 되었어요. 농장 저택은 불타 버렸고, 논은 다시 늪이 되고 말았죠. 그리고 시내에서 살던 집은 세금으로 날아갔고, 식구들은 검둥이들이 살기에도 적당하지 못한 두 칸 방에서 살았어요. 난 어머니에게 돈을 보내 드렸지만, 아버지가 되돌려 보냈는데 — 아시잖아요 — 더러운 돈이라고 말이에요! 그래서 난 몇 차례 찰스턴으로 가서 누이동생에게 몰래 돈을 주었어요. 하지만 아버지가 번번이 알아내고는 가엾은 누이동생을 어찌나 심하게 야단쳤는지 살고 싶은 생각조차 없어지게 만들었어요. 그리고 돈은 나한테로 돌아왔고요. 난 식구들이 도대체 어떻게 살아왔는지도 모르겠어요. ……아니죠, 난 잘 알아요. 아버지는 별로 줄 돈이 없기는 했지만 남동생에게는 그나마 힘자라는 대로 보태 주었고, 걔도 나에게서는 아무것도 받지 않으려 했는데 — 투기업자의 돈은 재수가 없다 이거죠! 그리고 친구들이 자선을 베풀기도 했고요. 당신 이모 율랄리 말이에요, 그분은 무척 친절했어요. 아시겠지만 그분은 우리 어머니와 가장 친한 친구들 가운데 한 사람이었어요. 율랄리는 그들에게 옷을 주었고 — 하느님 맙소사! 우리 어머니가 남의 신세를 지며 살아가다니!」

아버지에 대한 노골적인 증오와 어머니에 대한 비애로 굳어진 레트의 얼굴, 가면을 벗은 그의 얼굴을 그녀가 보았던 몇 번 안 되는 상황 가운데 하나가 지금이었다.

「랄리[24] 이모라고요! 하지만, 세상에! 레트, 이모님은 내가 보내 드리는 돈 이외에는 별로 가지신 게 없는데요!」

「아, 그러니까 알고 보니 출처가 거기였군요! 굴욕을 느끼는 내 앞에서 그런 자랑을 늘어놓다니, 스칼렛, 당신은 정말로 교양이 없는 여자로군요. 제가 그걸 좀 갚게 해주세요!」

「좋도록 하시죠.」 갑자기 입을 씰룩거리며 히죽 웃고는 스칼렛이 말했고, 레트가 마주 보며 미소를 지었다.

「아, 스칼렛, 돈 얘기만 나오면 당신 눈은 무척 반짝이는군요! 당신에게 아일랜드 사람뿐 아니라 스코틀랜드인의 피가 조금, 아니면 유대인 피가 섞이지는 않았던가요?」

「미운 소린 그만하세요! 난 랄리 이모 얘기로 당신에게 면박을 줄 생각은 없었어요. 하지만 솔직히 얘기해서, 이모님은 내가 돈 덩어리인 줄 아시나 봐요. 이모님은 항상 더 보내 달라는 편지만 보내시는데, 찰스턴 사람들을 몽땅 먹여 살리지 않더라도 내가 보살펴야 할 입이 많다는 건 하느님도 아시죠. 아버지는 어떻게 돌아가셨나요?」

「내 생각엔 점잔을 빼다가 굶어 죽은 모양인데 — 난 그렇게 되었기를 바라요. 그렇게 죽었어야 마땅하니까요. 아버지

24 율랄리의 애칭.

는 어머니하고 로즈메리도 기꺼이 같이 굶어 죽게 했을 사람이에요. 아버지가 죽었으니까 이제 난 그들을 마음대로 도와줘도 되겠어요. 난 그들에게 배터리에 집을 사주었고, 그들을 돌볼 하인도 구해 놓았어요. 물론 그들은 돈이 나한테서 나왔다고 남들한테 얘기하면 안 되죠.」

「왜요?」

「이것 봐요, 틀림없이 당신도 찰스턴이 어떤 곳인지 알 텐데요! 당신도 그곳을 가봤잖아요. 우리 집안은 가난하기는 해도 체통만큼은 지켜야 하거든요. 그리고 도박판의 돈, 투기업자나 카펫배거의 돈이 뒤를 대준다는 사실이 알려졌다가는 그들은 체통을 잃고 말아요. 그래요, 식구들은 아버지가 엄청난 액수의 생명 보험금을 남겼다는 얘기를 — 돌아가신 다음에 식구들이 걱정 없이 살아가게 하려고 평생 거지 생활을 했고 스스로 굶어 죽었다는 얘기를 퍼뜨렸어요. 그래서 아버지는 더욱 위대한 정통파 신사로서 전보다도 훨씬 깊은 존경을 받게 되었어요. ……그는 사실상 가족을 위해 순교한 사람이 된 셈이죠. 그렇게 막으려고 수고를 하셨는데도 불구하고 이제는 어머니와 로즈메리가 편안히 살아가게 되었다는 걸 알고 아버지가 무덤 속에서 몸부림이라도 치셨으면 좋겠어요. ……아버지가 죽고 싶어 했고 — 기꺼이 죽었기 때문에, 어떤 면에서는 난 아버지가 죽었다는 게 못마땅해요.」

「왜 죽고 싶어 하셨나요?」

「오, 아버지는 리 장군이 항복했을 때 사실상 돌아가신 거나 마찬가지였죠. 그런 사람 아시잖아요. 아버지는 전혀 새 시대에 적응하지 못했고, 좋았던 옛 시절 얘기만 늘어놓으며 시간을 보냈어요.」

「레트, 늙으면 사람들은 다 그런가요?」 스칼렛은 제럴드를, 그리고 윌이 아버지에 관해서 한 얘기를 생각했다.

「천만에, 그렇지 않아요! 우선 두 사람만 꼽아 본다고 해도, 당신 시댁 큰아버지 헨리하고 살쾡이 같은 노인 메리웨더 씨를 보라고요. 향토 경비대와 함께 행군해 나갔을 때 그들은 새로운 삶을 부여받았고, 내가 보기에 그들은 그때부터 더 젊어지고 훨씬 활기를 얻은 것 같아요. 난 오늘 아침에 군대의 노새 몰이처럼 말에게 욕설을 퍼부어 가며 르네의 파이 마차를 몰고 가는 메리웨더 영감님을 만났어요. 영감님은 며느리의 시중과 집을 벗어나 마차를 몰게 된 이후로 10년은 더 젊어진 기분이라고 말했어요. 그리고 헨리 큰아버님은 법정 안팎에서 양키들과 싸우고, 카펫배거들에 맞서서 — 보아하니 보수도 안 받는 모양이지만 — 그래도 미망인과 고아를 변호하느라고 신이 났어요. 전쟁이 터지지 않았더라면 그분은 오래전에 은퇴하고, 고작 관절염 치료나 하며 살아가겠죠. 그들은 다시 기회를 얻었고, 자신이 누구에겐가 필요한 존재가 되었다고 느끼기 때문에 다시 젊어졌어요. 그리고 그들은 노인들에게 또다시 기회를 마련해 준 새 시대를 좋아해요. 하지만 우리 아버지나 당신 아버님처럼 생각하는 사람들도 많고, 젊은 사람들 중에도 그런 사람은 많아요. 그들은 적응할 능력이나 생각도 없고, 그래서 내가 당신과 의논하고 싶은 불쾌한 화제를 언급해야만 되겠어요, 스칼렛.」

레트가 갑자기 화제의 방향을 돌리니까 스칼렛은 크게 당황해서 〈무슨 — 무슨 —〉이라고 말을 더듬고는, 속으로 투덜거렸다. 〈오, 맙소사! 자, 이제는 나오는구나. 내가 레트를 구워삶아 무사히 넘어가게 될지 모르겠어.〉

「나처럼 당신을 환히 아는 사람도 없을 텐데, 난 당신에게서 진실이나 명예나 공정한 거래를 기대해서는 안 되었겠죠. 하지만 어리석게도 난 당신을 믿었어요.」

「무슨 얘긴지 모르겠어요.」

「당신이 알아들었으리라 생각되는데요. 어쨌든 당신 표정에는 죄의식이 역력하군요. 조금 전 당신을 만나려고 아이비 거리를 따라 말을 타고 오려니까, 숲 울타리 뒤에서 소리쳐 나를 부르는 소리가 나기에 보았더니, 바로 애슐리 윌크스 부인이 아니겠어요! 물론 나는 잠깐 멈추고 그녀와 잡담을 나누었죠.」

「그래요?」

「그래요, 우린 즐거운 대화를 나누었어요. 윌크스 부인은 비록 패전이 가까운 시기이기는 했어도, 남부 동맹 편에서 싸웠기 때문에 나를 얼마나 용감한 사람이라고 생각하는지를 전부터 얘기해 주고 싶었다더군요.」

「오, 허튼소리 말아요! 멜리는 바보예요. 당신이 그토록 영웅적인 행동을 했기 때문에 그날 밤 멜라니는 죽을 뻔했잖아요.」

「내 짐작으로는, 그랬다면 훌륭한 대의명분을 위해 목숨을 바쳤다고 그녀가 생각했을 듯싶은데요. 내가 애틀랜타에는 무슨 볼일로 나왔느냐고 물었더니, 그것도 모르냐는 듯 무척 놀란 표정을 짓고는, 지금 이곳에서 살며, 친절하게도 스칼렛이 윌크스 씨를 제재소의 동업자로 삼았다는 얘기를 하더군요.」

「그래서 어쨌다는 말이에요?」 스칼렛이 쌀쌀하게 물었다.

「제재소를 사라고 돈을 꾸어 주었을 때 난 조건을 하나 걸었고, 당신도 조건을 수락했는데, 그건 애슐리 윌크스를 먹여 살리기 위해 돈을 쓰면 안 된다는 조건이었죠.」

「아주 기분 나쁜 말씀을 하시는군요. 난 당신 돈을 갚았고, 제재소는 내 소유가 되었으니까, 제재소를 어떻게 운영하느냐 하는 문제는 내 마음에 달렸어요.」

「그럼 나에게서 꾸어 간 돈을 어떻게 벌어서 갚았는지 얘기해 주실까요?」

「그야 물론 목재를 팔아서 번 돈이죠.」

「당신은 사업을 시작하게끔 내가 대준 자금으로 돈을 벌었어요. 요점은 그런 얘기죠. 그러니까 내 돈이 애슐리를 먹여 살리는 데 쓰인다는 뜻이고요. 당신은 워낙 염치가 없는 여자여서, 만일 아직 내 돈을 갚지 않았더라면 난 당장 상환청구를 하고, 당신이 갚지 못하는 경우에는 공매에 부쳐 제재소를 팔아 버리고 꽤나 좋아했겠죠.」

그는 가볍게 얘기했지만 눈에서는 분노가 이글거렸다.

스칼렛은 서둘러 전투를 적지로 옮겼다.

「왜 당신은 애슐리를 그토록 미워하시나요? 질투를 하시는 모양이에요.」

그녀의 말을 듣고는 레트가 머리를 젖히고 어찌나 웃어 대는지 그녀는 굴욕감을 느껴 얼굴이 새빨개졌고, 혀를 깨물어 버리고 싶은 심정이었다.

「약속만 어기는 줄 알았더니 이제는 건방까지 떠시는군요.」 그가 말했다. 「당신은 아직도 카운티 사교계의 여왕이라는 의식을 전혀 떨쳐 버리지 못한 모양이에요, 안 그래요? 당신은 자기가 세상에서 가장 귀엽고 똑똑한 여자여서, 당신이 만나는 모든 남자가 당신에 대한 사랑 때문에 숨이라도 넘어가는 줄 알아요.」

「그렇지 않아요!」 그녀는 열을 올려 소리쳤다. 「하지만 난 도대체 왜 당신이 애슐리를 그토록 미워하는지 이해가 안 가고, 질투 이외의 다른 설명은 생각도 나지 않아요.」

「글쎄요, 그건 틀린 설명이니까, 아름다운 매혹의 부인, 다른 이유를 생각해 봐요. 그리고 애슐리를 미워한다는 얘기가 나왔는데 —. 난 그를 좋아하지도 않으려니와, 미워하지도 않아요. 사실 그런 부류의 인간들에 대해서 내가 느끼는 감정은 연민뿐이에요.」

「연민요?」

「그래요, 연민과 약간의 경멸이죠. 자, 그럼 어디 칠면조처럼 잔뜩 부어올라서, 그는 나 같은 악당 1천 명만큼이나 훌륭하다고 외치면서, 뭐가 잘났다고 내가 감히 그에게 연민이나 경멸을 느낀다는 건방진 소리를 하느냐고 따지며 덤벼 보지그래요. 당신이 그런 분풀이를 끝낸 다음에는, 혹시 관심이 있으시다면, 그게 무슨 뜻인지 내가 설명하죠.」

「흥, 난 관심 없어요.」

「어쨌든 내가 질투를 한다는 즐거운 착각을 음미하며 당신이 돌아다니는 꼴은 차마 눈 뜨고 못 보겠으니까, 차라리 얘기를 하겠어요. 내가 그를 불쌍하다고 생각하는 까닭은, 죽었어야 하는데 죽지 못했기 때문이죠. 그리고 내가 그를 경멸하는 까닭은, 그가 살았던 세계가 사라진 지금, 그는 어떻게 해야 할지를 모르기 때문이고요.」

레트가 얘기한 관점은 무엇인가 그녀의 귀에 익은 내용이었다. 스칼렛은 비슷한 얘기를 전에 들었던 어렴풋한 기억이 나기는 했지만, 언제 어디서 들었는지는 생각나지 않았다. 그녀는 분노가 워낙 심하게 끓어올랐기 때문에 별로 깊이 생각해 보지도 않았다.

「당신 마음대로 하라고 내버려 두었다가는 남부의 점잖은 남자들은 모조리 죽어야 되겠군요!」

「그리고 그들에게 마음대로 하라고 한다면 내 생각에 애슐리 같은 족속은 차라리 죽었기를 바라겠고요. 〈남부를 위해 목숨을 바친 동맹의 용사가 여기 묻혔노라〉라든가 〈*Dulce et decorum est* —〉[25]라든가, 다른 멋진 문장을 새긴 말끔한 비석 밑에 묻히기를 더 원할 테니까요.」

「난 그렇게 생각하지 않아요!」

「당신은 높이가 한 자나 되는 글씨로 써서 코앞에 들이대기 전에는 아무것도 읽는 법이 없어요, 안 그래요? 만일 그들이 죽었다면, 그들의 근심 걱정은 다 끝나고, 해결해야 할 문제들, 해결이 안 되는 문제들도 없어지겠죠. 그뿐 아니라 그들의 가족은 영원히 대대로 그들을 자랑스럽게 생각하며 살아가고요. 그리고 난 죽은 자들이 차라리 행복하다는 얘기를 들었어요. 당신 생각에는 애슐리 윌크스가 행복해 보이나요?」

「그럼요, 물론 —」 그녀는 말문을 열었지만, 최근에 애슐리의 눈에 서리던 표정이 생각나서 입을 다물어 버렸다.

「애슐리나 휴 엘싱이나 미드 박사가 행복할까요? 우리 아버지나 당신 아버님보다 조금이라도 더 행복할까요?」

「글쎄요, 돈이 없으니 그전처럼 행복하지야 않겠죠.」

레트가 웃었다.

「재산을 잃었다는 문제가 아니에요, 우리 귀여운 아가씨. 그들의 세계, 그들이 자란 세계를 잃었기 때문에 문제죠. 그들은 물에서 꺼내 놓은 물고기나 날개가 달린 고양이와 마찬가지예요. 그들은 어떠어떠한 사람이 되고, 어떠어떠한 일을 하고, 어떠어떠한 자리를 차지하게끔 미리 틀에 맞춰 자랐어요. 그리고 그런 특정한 인간형과 일과 틀은 리 장군이 애포마톡스에서 항복했을 때 영원히 사라지고 말았어요. 오, 스

25 중권 제29장 866면 각주 25번 참조.

칼렛, 그렇게 멍청한 표정을 짓지 말아요! 집이 없어지고, 농장은 세금으로 날아가고, 훌륭한 신사는 스무 명씩 쾌로 엮어서 한 푼에 헐값으로 넘어가는 판인데, 이제 와서 애슐리 윌크스가 어떻게 하겠어요? 머리나 손을 써서 무슨 일을 할 줄 아느냐고요? 틀림없이 당신은 그가 제재소를 떠맡은 후부터 많은 손해를 봤겠죠.」

「그렇지 않아요!」

「대단하시군요. 어느 일요일 저녁에 당신이 한가한 때 장부를 구경해도 될까요?」

「당신은 악마한테나 잡혀가요. 그것도 시간을 기다릴 필요가 없어요. 지금 당장 잡혀가더라도 난 눈 하나 깜짝하지 않겠어요.」

「우리 귀여운 아가씨, 난 악마를 만나 봤는데, 무척 재미없는 친구더군요. 당신을 위해서라고 하더라도 난 다시는 악마를 찾아가지는 않겠어요. 당신은 절박하게 필요했을 때 내 돈을 받았고, 그 돈을 썼어요. 우린 돈의 사용처에 대해서 합의를 했었는데 당신은 약속을 깨뜨렸어요. 잊지 말아요, 우리 귀여운 사기꾼, 나한테서 당신이 또 돈을 빌리고 싶을 때가 꼭 올 테니까요. 당신은 더 많은 공장과 더 많은 노새를 사들이고 더 많은 술집을 짓기 위해 믿어지지 않을 정도의 낮은 이자로 융자해 주기를 원하겠죠. 그러나 당신은 아무리 애를 써도 이제는 돈을 구하지 못합니다.」

「돈이 필요하다면 은행에서 꿀 테니까 염려하지 마세요.」그녀는 쌀쌀하게 대꾸했지만, 분노로 가슴이 들먹거렸다.

「그러시겠어요? 어디 그렇게 해보시죠. 난 은행의 주를 많이 소유했으니까요.」

「그래요?」

「그럼요. 난 몇몇 정직한 기업에 관심을 보였거든요.」

「다른 은행들도 —」

「많기야 하죠. 그리고 만일 내가 손을 쓰기만 한다면, 당신이 어느 은행에서든 돈을 단 한 푼이라도 구하기 위해 고생깨나 하겠죠. 돈이 필요하다면 카펫배거 고리대금업자들을 찾아가면 되겠군요.」

「난 기꺼이 그들을 찾아가겠어요.」

「당신이 찾아가기는 하겠지만, 그들이 요구하는 이자율을 들으면 마음이 별로 기쁘지는 않을 텐데요. 우리 예쁜 아가씨, 사업계에서는 부정한 거래를 하면 벌을 받게 마련이에요. 당신은 정직하게 행동했어야 하는 건데 그랬어요.」

「당신은 정말 대단한 사람이로군요. 안 그런가요? 그렇게 부유하고 권력도 잡았으면서, 애슐리와 나 같은 몰락한 사람들이나 괴롭히고요!」

「스스로 자신을 그 사람하고 같은 계층으로 묶어 놓지 말아요. 당신은 몰락하지 않았으니까요. 무엇도 당신을 몰락시키지 못하죠. 하지만 그는 몰락했고, 어떤 정력적인 사람이 뒤에서 죽을 때까지 그를 밀어 주고 보호해 주지 않는 한, 그런 신세를 면하지 못해요. 난 그런 사람을 위해서 내 돈이 쓰이기를 바라지 않아요.」

「당신은 내가 몰락했을 땐 돕는 걸 꺼리지 않으셨는데 —」

「이봐요, 당신이라면 모험을, 흥미를 가지고 모험을 할 만큼 훌륭한 대상이었어요. 왜냐고요? 당신은 남자 친척들에게 달라붙어 의지하고, 좋았던 옛 시절 타령이나 하는 여자가 아니었기 때문이에요. 당신은 발 벗고 나서서 돌아다녔고, 이제 당신은 죽은 사람의 지갑에서 훔친 돈과 남부 동맹에서 훔친 돈을 밑천으로 삼아 충분한 재산을 모아 놓았어요. 당신의 과거 이력을 보면 살인을 했고, 남의 남편감을 빼앗고, 간음을 기도했고, 심한 감시를 받지 않으면 얼마든지 교활한 속임수를 쓰고, 거짓말을 하고, 사기를 치기도 했어요. 그런 면들을 보면 당신은 정력과 결단력이 대단한 사람이어서, 돈을 대줘도 괜찮은 대상이라는 계산이 나와요. 실속을 차릴 줄 아는 사람을 도와준다면 재미가 나거든요. 난 로마의 늙은 여장부 같은 메리웨더 부인이라면 차용증 한 장 없이도 1만 달러쯤은 선뜻 빌려 주고 싶어요. 그 여자는 파이 한 바구니로 시작했는데, 지금은 어떻게 되었는지 보라고요! 사람을 대여섯 명이나 고용한 빵집을 운영하고, 할아버지는 신이 나서 배달 마차를 끌고 다니는가 하면, 게으르고 보잘것없는 크레올 사람 르네도 열심히 일을 하고, 또 일을 즐기기까지 하죠. ……뿐만 아니라 몸은 반쪽밖에 안 되는데 두 사람 몫의 일을, 그것도 아주 훌륭히 해내는 가엾은 악당 토미 웰번이나 또는 — 글쎄요, 따분해질 테니까 더 이상 늘어놓지는 않겠어요.」

「아닌 게 아니라 당신 얘기는 참 따분하군요. 어찌나 따분한지 미치겠어요.」 언제나 불쾌감을 자극하는 화제인 애슐리 얘기로부터 관심을 돌리게 하려고 레트의 약을 올리려는 속셈으로 스칼렛이 냉정하게 말했다. 하지만 그는 짤막하게 웃기만 하고, 도전을 받아들이려 하지 않았다.

「그런 사람들을 도와주면 보람을 느껴요. 하지만 애슐리 윌크스는 — 흥! 그런 족속은 우리들이 살아가는 이런 무질서한 세상에서는 아무 쓸모나 가치가 없어요. 세상이 거꾸로 뒤집힐 때마다 그런 부류들이 제일 먼저 멸망하죠. 그야 그럴 만도 하잖아요? 싸우려 하지도 않고 — 어떻게 싸워야 할지 방법도 모르기 때문에, 그들은 살아남을 자격도 없습니다. 세상이 거꾸로 뒤집히기는 이번이 처음은 아니고, 또 마지막도 아니죠. 전에도 그런 상황이 닥쳤었고, 또 앞으로도 일어날 테니까요. 그리고 어쩌다 그런 사태가 벌어지게 되면 사람들은 가진 것을 몽땅 상실하고, 그래서 온 세상이 평등해져요. 그러고는 그들은, 완전히 맨손으로, 출발점에서 다시 시작하게 돼요. 그러니까, 두뇌의 교활함과 두 손의 힘 이외에는 아무것도 없이 시작한다는 얘기죠. 하지만 애슐리 같은 그런 사람들은 꾀도 없고 힘도 없거니와, 혹시 있더라도 그런 자질을 발휘하기를 주저해요. 그래서 그들은 탈락되고, 마땅히 탈락되어야 하죠. 그것은 자연의 법칙이고, 그런 자들은 차라리 없어져야 세상이 더 잘 돌아갑니다. 하지만 극복하고 이겨 내는 강인한 소수의 사람이 언제나 나타나게 마련이고, 시간만 주어진다면 그들은 세상이 뒤집히기 전에 차지했던 자리를 곧 되찾아요.」

「당신도 가난했었잖아요! 조금 전 당신은 돈 한 푼 없이 쫓겨났었다는 얘기를 했어요!」 스칼렛이 격분해서 말했다. 「난 당신이 애슐리를 이해하고 동정해야 한다고 생각해요!」

「이해야 하죠.」 레트가 대꾸했다. 「하지만 동정한다면 내가 죽일 놈이에요. 패전 이후 애슐리는 내가 쫓겨났을 때보다 훨씬 많은 것을 소유했었으니까요. 적어도 그에게는 받아주는 친구들이 많았던 반면에 나는 이스마엘[26] 신세였어요. 하지만 애슐리는 자신을 위해 과연 무슨 일을 했나요?」

「당신은 애슐리와 당신을 비교하고 싶은 모양인데, 혼자 꽤나 잘난 체하는 양반아 — 그래요, 하느님 덕분에 그분은 당신 같은 사람과는 달라요! 그분은 당신처럼 카펫배거나

26 아브라함과 애굽 여인 하갈의 자식으로 이삭이 태어나자 하갈과 함께 쫓겨났음. 「창세기」 21장 8~10절 참조.

스캘라웩이나 양키들하고 한패가 되어 돈을 버느라고 손을 더럽힐 사람이 아니에요. 그분은 분별력이 훌륭하고 명예를 존중하니까요!」

「하지만 여자한테서 도움과 돈을 받는 걸 보면 그의 분별력이나 명예 의식도 별로 신통치 않은 모양인데요.」

「달리 어쩔 도리가 없었잖아요?」

「내가 무얼 안다고 왈가왈부하겠어요? 난 쫓겨났을 때와, 그리고 요즈음에, 나 자신이 무엇을 했는지 이외에는 아는 게 없으니까요. 난 다른 남자들이 무엇을 했는지밖에는 몰라요. 우린 문명의 파멸에서 기회를 보았고, 어떤 사람들은 정직한 방법으로, 그리고 또 어떤 사람들은 아름답지 못한 방법으로 주어진 기회를 최대한 이용하고, 우린 아직도 같은 기회를 한껏 이용하는 중이에요. 애슐리 부류의 사람들은 세상에서 같은 기회를 맞아도 주어진 기회를 이용하지 않아요. 그러니까 그들은 똑똑하지 못하다고밖에는 할 말이 없고, 스칼렛, 똑똑한 자들에게만 생존할 자격이 주어진답니다.」

몇 분 전에, 레트가 처음 얘기를 시작했을 때, 가물가물하기만 해서 좀처럼 정확하게 기억이 나지 않았던 무엇이 이제야 머릿속에서 되살아났기 때문에, 스칼렛의 귀에는 그가 하는 말이 거의 들리지를 않았다. 그녀는 타라 농장의 과수원을 휩쓸던 찬 바람과, 통나무 더미 옆에 서서 무엇인지를 물끄러미 쳐다보던 애슐리의 모습이 떠올랐다. 그리고 그가 얘기를 했는데 — 뭐라고 했더라? 그것은 신성을 모독하는 소리[27]처럼 들리던 우스꽝스러운 외국어였고, 세상의 종말 얘기도 나왔다. 스칼렛은 그때 그 말의 의미를 납득하지 못했었지만, 지금은 어렴풋하게나마 이해되기 시작했고, 그와 더

27 *goddamn*을 뜻한다.

불어 속이 메스껍고 짜증스러운 기분이 들었다.

「맞았어요, 애슐리가 말하기를 —」

「말하기를요?」

「언젠가 타라 농장에서 애슐리가 무슨 얘기를 했는데, 그러니까 — 뭐더라 — 신들의 황혼과 세상의 종말이니 뭐니 하는 이상한 소리를 했어요.」

「아, 괴터데머룽Götterdämmerung[28] 말이로군요!」 흥미를 느껴서 레트의 눈이 날카로워졌다. 「그리고 또 무슨 얘기를 했나요?」

「오, 정확히는 기억나지 않는데요. 난 별로 신경을 쓰지 않았으니까요. 하지만 — 그래요 — 강한 자는 극복하고 약한 자는 제거된다는 무슨 얘기도 했어요.」

「아, 그러니까 애슐리도 알기는 아는군요. 그렇다면 그에게는 더욱 괴로운 일이겠어요. 그들 대부분은 알지를 못하고, 영원히 깨닫지도 못하겠죠. 그들은 잃어버린 옛 삶의 황홀함이 도대체 어디로 사라졌는지 죽을 때까지 궁금해하겠죠. 그들은 자부심과 무능함의 침묵 속에서 괴로워하기만 할 따름이에요. 하지만 애슐리는 이해하는군요. 그는 자신이 제거되었음을 알아요.」

「오, 그분은 제거되지 않았어요! 내 목숨이 붙어 있는 한은 그렇게 되지는 않아요.」

레트는 조용히 그녀를 쳐다보았고, 거무스름한 얼굴은 표정이 부드러워졌다.

「스칼렛, 애틀랜타로 와서 제재소를 맡겠다는 허락을 그에게서 어떻게 받아 냈나요? 애슐리가 아주 심하게 반대하지 않던가요?」

28 중권 제31장 921면 각주 34번 참조.

그녀는 제럴드의 장례식 다음에 애슐리와 벌였던 소동이 잠깐 떠올랐지만, 기억을 떨쳐 버렸다.

「아뇨, 물론 그렇지 않았어요.」 그녀는 화가 나서 대답했다. 「제재소를 맡은 망나니를 내가 믿지 못하겠고, 프랭크는 너무 바빠서 나를 도와줄 여력이 없고, 또 나는 — 글쎄요, 아시겠지만, 나는 엘라 로레나를 출산해야 했기 때문에 그의 도움이 필요하다고 설명했어요. 그랬더니 기꺼이 나를 돕겠다고 나섰어요.」

「임신도 꽤나 쓸모가 많네요! 그러니까 당신은 그런 식으로 애슐리를 설득시켰군요. 아무튼, 당신은 이제 그를 원하는 자리에 데려다 놓았고, 가엾은 친구는 당신이 부리는 죄수들이 쇠사슬에 묶여 살아가듯이 의무감 때문에 당신에게 속박되었어요. 그리고 난 두 사람 다 만족하기를 바라요. 하지만, 처음 얘기가 시작될 때 내가 말했듯이, 숙녀답지 못한 어떤 계획을 위해서도 다시는 나한테서 돈이라고는 한 푼도 긁어내지 못해요, 배신자 아가씨야.」

그녀는 실망과 더불어 분노로 속이 쓰렸다. 얼마 전부터 그녀는 시내에 터를 사서 그곳에 목재 야적장을 마련하려고 레트의 돈을 더 빌려 쓸 계획을 세웠었다.

「난 당신 돈이 없어도 괜찮아요.」 그녀가 소리쳤다. 「해방 검둥이들을 쓰지 않기 때문에 조니 갤러거의 제재소에서 많은 돈을 벌어들이겠고, 저당을 잡고 빌려 준 돈도 좀 되고, 검둥이들을 상대로 하는 상점도 장사가 잘되니까요.」

「그래요, 나도 얘기는 들었어요. 의지할 곳 없는 사람들과 미망인과 고아와 무식한 사람들에게 바가지를 씌우다니, 당신 정말 똑똑하군요! 하지만 꼭 도둑질을 해야 되겠다면 말이에요, 스칼렛, 가난하고 나약한 사람들이 아니라 부유하고 강한 사람들을 속이면 어떨까요? 로빈 후드에서부터 시작해서 지금까지, 그런 도둑질은 상당히 도덕적이라고 사람들이 간주했으니까요.」

「이유를 따지자면 말이에요.」 스칼렛이 퉁명스럽게 말했다. 「가난한 사람들을 상대로 하는 — 당신의 표현을 빌리면 — 도둑질이 더 쉽고 안전하기 때문이죠.」

소리를 내지 않으며 웃느라고 그의 어깨가 들먹거렸다.

「당신은 훌륭하고 정직한 악당이에요, 스칼렛!」

악당이라고! 그가 한 말에 기분이 상하다니, 묘한 일이었다. 나는 악당이 아니라고 그녀는 흥분해서 자신에게 말했다. 스칼렛이 되고 싶었던 인간은 그런 사람이 아니었다. 그녀는 훌륭한 숙녀가 되고 싶었다. 순식간에 그녀의 기억은 여러 해를 거슬러 올라가서, 어머니의 모습이 — 조그마한 몸집에, 분주한 두 손은 남들에게 봉사하느라고 지칠 줄을 몰랐으며, 누구에게서나 사랑과 존경을 받고, 사람들이 무척이나 아끼고, 향낭의 희미한 향기를 풍기는 치맛자락에서 상쾌한 사그락 소리를 내며 돌아다니던 어머니의 모습이 눈앞에 어른거렸다. 그러자 갑자기 그녀는 비위가 뒤집혔다.

「나를 못살게 굴고 싶으신 모양인데요.」 그녀는 지친 목소리로 말했다. 「그래 봤자 소용이 없어요. 요즈음에는 내가 마땅히 그래야 할 만큼 — 양심적인 여자가 아니라는 걸 나 스스로 아니까요. 자라면서 교육받은 그대로 친절하거나 상냥한 여자가 되질 못했죠. 하지만 어쩌겠어요, 레트. 정말이지 난 별다른 선택의 여지가 없었어요. 내가 달리 어떻게 했겠어요? 양키가 타라 농장에 나타났을 때, 만일 내가 얌전히 굴었다면 — 나에게, 웨이드에게, 타라와 우리에게 무슨 일이 일어났을까요? 난 얌전했어야 했겠지만 — 당시의 상황이라면 난 생각하기도 싫어요. 그리고 조너스 윌커슨이 집을 빼앗으려 했을 때, 만일 내가 — 온순하고 양심적이었더라면 어떻게 되었을까요? 우리들은 지금 어디로 쫓겨 갔을까요? 그리고 만일 내가 싹싹하고, 머리가 단순하고, 빚을 받아 내라고 프랭크에게 잔소리를 하지 않았더라면 우린 — 아, 모르겠어요. 어쩌면 난 악당인지도 모르지만, 언제까지나 그렇게 살지는 않겠죠, 레트. 하지만 지난 여러 해 동안 — 그리고 지금 당장에도 — 내가 달리 어떻게 하겠어요? 어떤 다른 행동을 하겠느냐고요? 난 폭풍 속에서 짐을 잔뜩 실은 배를 저어 가려고 애쓰는 기분이었어요. 나는 그냥 가라앉지 않으려고 노력만 하는데도 어찌나 고통스러웠는지, 중요하게 여겨지지 않는 부분들, 그러니까 훌륭한 예절이라든가 — 글쎄요, 쉽게 떨쳐 버리고도 아쉬움을 느끼지 않아도 되는 부분들에는 신경을 쓸 여유가 없었어요. 나는 배가 가라앉을까 봐 너무나 두려워서 별로 중요하지 않은 물건들은 바다로 던져 버렸다고요.」

「자부심과 명예와 진실과 미덕과 친절함.」 그는 거침없이 열거해 나갔다. 「당신 말이 옳아요, 스칼렛. 배가 가라앉으려 하는 상황에 그따위들은 중요하지 않아요. 하지만 주변의 친구들을 둘러봐요. 그들은 화물을 그대로 안전하게 실은 채 배를 해안으로 끌어오거나 아니면 차라리 깃발을 휘날리며 침몰하는 편을 선택했어요.」

「그들은 바보예요.」 그녀가 퉁명스럽게 말했다. 「무슨 일에나 다 때가 있는 법이에요. 돈을 많이 벌고 나면 난 당신이 원하는 대로 착한 여자가 될 생각이에요. 아주 정숙한 여자가 되겠어요. 그때는 그럴 여유가 생길 테니까요.」

「그럴 여유야 생기겠지만 — 당신은 그렇게 되지 않아요.

던져 버린 화물을 다시 건지려면 힘이 들고, 비록 건져 낸다 해도 복구하기가 불가능할 정도로 망가졌기가 십상이니까요. 그리고 내가 우려하던 바는, 혹시 당신이 던져 버렸던 미덕과 선량한 마음을 건져 올린다손 치더라도 그것들이 바닷물의 변화에 시달려 달라져서, 아마도 찬란하고 신비한 물건은[29] 어차피 되지 못한다고 깨닫고는…….」

그는 갑자기 일어나서 모자를 집어 들었다.

「가시려고요?」

「그래요. 마음이 놓이지 않나요? 난 당신이 그나마 남은 양심에 따르기만 바랍니다.」

그는 말을 멈추더니 아기를 내려다보고, 아기가 쥐어 보도록 손가락을 하나 내밀었다.

「보아하니 프랭크는 자랑스러워서 가슴이 뿌듯하겠군요?」

「오, 물론이죠.」

「아기를 위해 많은 계획도 세웠겠고요.」

「오, 글쎄요, 남자들이란 아기를 놓고 얼마나 한심하게 구는지 잘 아시잖아요.」

「그렇다면 그에게 내 말을 해줘요.」 레트가 얘기를 시작했다가, 묘한 표정을 지으며 얼른 입을 다물었다. 「아이에 대한 그의 계획이 제대로 이루어지는 날을 보고 싶으면, 저녁에 집에서 보내는 시간이 지금보다 더 많아야 되겠다고요.」

「그게 무슨 소리예요?」

「내가 시키는 대로만 해요. 남편더러 집에서 지내라고 해요.」

「오, 흉악한 인간 같으니라고! 당신은 혹시 가엾은 프랭크가 마치 무슨 못된 짓이라도 —」

29 셰익스피어의 「템페스트」 제1막 제2장 482행부터 490행 에이리얼의 노래를 인용한 구절.

「오, 맙소사!」 레트가 요란하게 웃음을 터뜨렸다. 「여자들에게 그런 짓이나 하고 돌아다닌다는 얘기가 아니었어요! 프랭크가요! 오, 하느님 맙소사!」

그는 여전히 웃으며 층계를 내려갔다.

제44장

춥고 바람이 심한 3월의 어느 날 오후, 스칼렛은 무릎 담요를 겨드랑이까지 잔뜩 끌어올리고는 조니 갤러거의 제재소를 향해 디케이터 도로로 마차를 몰고 갔다. 이제 흑인들이 거리낌 없이 제멋대로 굴었으므로 혼자 마차를 타고 다니기가 어느 때보다도 위험했으며, 스칼렛도 그런 위험성을 잘 알았다. 주 의회가 헌법 수정 조항의 비준을 거부한 이후부터 사람들은 애슐리가 예언했던 대로 가혹한 대가를 치러야 했다. 비준을 하지 않으려는 완강한 거부는 격분한 북부의 따귀를 때린 격이었고, 곧 보복이 뒤따랐다. 북부는 조지아주에서 흑인의 투표권을 강행시키려고 작정한 터였고, 그래서 조지아가 반란 지역으로 선포되어 지극히 엄중한 계엄령을 실시했다. 주로서의 존재 자체가 말살된 조지아는 플로리다와 앨라배마와 더불어 연방 장군의 통치를 받는 〈제3 군사지구〉가 되었다.

전에도 생활이 불안정하고 무섭기는 했었지만, 이제는 그런 상황이 훨씬 심각해졌다. 작년만 해도 그토록 엄격하게 여겨지던 군사 법규들은 이번에 포프 장군이 공포한 법령들에 비하면 아무것도 아니었다. 흑인의 통치를 받으리라는 전망이 눈앞에 닥치자 미래는 어둡고 희망이 없어 보이기만 했고, 비탄에 빠진 조지아는 꼼짝도 못 하고 괴로워하며 몸부림만 칠 따름이었다. 한편 흑인들은 양키 군대가 뒤에서 밀어 주는 덕택에 새삼스럽게 중요해진 그들의 위치에 자극을 받아 만행이 더욱 심해졌다. 그들로부터 안전한 사람은 아무도 없었다.

이런 험악하고 두려운 시기가 스칼렛은 두려웠고 — 두렵기는 했어도 각오는 단단히 섰으며, 그래서 이륜마차의 의자 덮개 속에 프랭크의 권총을 찔러 넣고 혼자 돌아다니고는 했다. 이렇듯 더욱 나쁜 재난을 가져다준 주 의회를 그녀는 속으로 욕했다. 마지막 용감한 대결, 누구나 당당한 행동이라고 일컫는 이런 시늉이 무슨 좋은 결과를 가져왔는가? 사태가 그만큼 더 악화되기만 했을 따름이었다.

판자촌이 자리를 잡은 샛강을 향해 헐벗은 나무들 사이로 뻗어 내려간 오솔길이 가까워 오자, 그녀는 걸음을 빨리하라고 말에게 혀를 찼다. 그녀는 군인들이 버린 천막과 판잣집이 옹기종기 모인 더럽고 지저분한 마을을 지나갈 때마다 늘 불안감을 느꼈다. 이곳 누추한 마을에는 흑인 부랑자들과, 검둥이 창녀들과, 수는 별로 많지 않았지만 가장 비천한 가난뱅이 흑인들이 모여 살아서, 애틀랜타와 인근 지역의 어느 곳보다도 악명이 높았다. 그곳은 흑인과 백인 범죄자들의 피신처라는 소문이 났고, 누군가를 체포해야 할 때는 양키 군인들이 제일 먼저 수색하는 곳이기도 했다. 이곳에서는 총질과 칼질이 어찌나 자주 벌어지는지, 웬만한 사고가 나더라도 당국에서는 수사를 하느라고 구태여 애를 쓰는 적도 별로 없었고, 불미스러운 사건은 판자촌 사람들로 하여금 스스로 처리하도록 맡겨 두기가 보통이었다. 숲으로 좀 들어간 곳에는 질 나쁜 옥수수 위스키를 몰래 만드는 양조장이 생겨났고, 밤이면 샛강 바닥의 오두막들은 술 취한 사람들이 고함을 지르고 욕설을 퍼붓는 소리로 시끄러웠다.

양키들까지도 이곳이 범죄의 온상이어서 쓸어 내야 한다고 시인했지만, 그런 방향으로는 아무런 조처도 취하지 않았다. 애틀랜타와 디케이터 사이를 오가느라고 이곳을 지나다닐 수밖에 없었던 두 도시의 주민들 사이에 분개한 불만의 소리가 드높았다. 남자들은 판자촌을 지나갈 때면 권총을 뽑기 쉽게 총집을 풀어 놓았고, 버릇없는 흑인 여자들이 술에 취해 길가에 나와 앉아 욕설을 퍼붓고 상스러운 소리를 질러 대는 일이 흔했기 때문에, 점잖은 여자들은 남자의 보호를 받는다고 해도 이곳을 지나다니기를 꺼렸다.

아치가 그녀와 같이 다니던 때에는 지극히 건방진 흑인 여자도 감히 그녀를 보고 비웃는 경우가 없었기 때문에 스칼렛은 판자촌을 전혀 염두에 두지 않았었다. 혼자 마차를 타고 다녀야만 하는 입장이 된 후로는 짜증스럽고 화가 나는 사건이 자꾸만 벌어졌다. 흑인 창녀들은 스칼렛이 지나갈 때마다 시비를 걸려고 했다. 화가 치밀어 오르기는 해도 그들을 못 본 체하는 수밖에 그녀는 어쩔 도리가 없었다. 그녀는 이런 골치 아픈 사정은 이웃이나 식구들에게 털어놓아도 위안을 받지도 못할 처지였으니, 만일 그런 소리를 했다가는 이웃 사람들이 여봐란 듯, 〈그럼 도대체 어쩌리라고 기대했었나요?〉라고 반박할 기세였다. 그리고 식구들은 또다시 맹렬하게 반대하며 그녀를 말리려고 하리라. 하지만 스칼렛은 나돌아 다니기를 그만둘 생각이 없었다.

다행히도 오늘은 누더기를 걸친 여자들이 길가에 없었다! 마을로 뻗어 내려간 길을 따라 지나가며 스칼렛은, 음산하게 비스듬히 비치는 오후의 햇살을 받은 움푹한 기슭에 무더기를 이루고 웅크린 판잣집들을 불쾌한 마음으로 건너다보았다. 싸늘한 바람이 불었고, 그곳을 지나려니까 나무를 때는 연기 냄새와, 불에 굽는 돼지고기 냄새와, 치우지 않은 오물 냄새가 뒤섞여 숲에서 풍겨 왔다. 코를 돌리며 그녀는 말의 잔등을 세차게 후려쳤고, 구부러진 모퉁이를 돌아 갈 길을 서둘렀다.

안도감을 느끼며 막 심호흡을 하려던 순간, 커다란 떡갈나무 뒤에서 몸집이 거대한 흑인이 소리 없이 미끄러져 나오자, 그녀는 겁이 덜컥 나서 심장이 목구멍으로 치밀어 오르는 듯한 기분을 느꼈다. 그녀는 겁이 났지만 정신이 나갈 정도는 아니었으므로, 재빨리 고삐를 당겨 마차를 세우고, 프랭크의 권총을 뽑아 들었다.

「뭐야?」 최대한으로 위엄을 갖춘 목소리로 그녀가 소리쳤다. 덩치 큰 흑인은 얼른 떡갈나무 뒤로 몸을 숨겼고, 겁에 질린 목소리로 대답했다.

「하느님 맙소사, 미스 스칼렛, 나 빅 샘이니까 쏜다 말아요!」

빅 샘이라니! 잠깐 동안 스칼렛은 그의 말이 믿어지지를 않았다. 공방전이 벌어지던 무렵, 그녀가 마지막으로 보았던 타라 농장의 하인 두목 빅 샘. 도대체 어떻게…….

「네가 정말 빅 샘인지 잘 보고 싶으니까 거기서 나와 봐.」

큰 덩치 때문에 무척 짧아 보이고 몸에 꽉 끼는 푸른 합중국 군복 저고리와 두꺼운 무명천 바지 차림에 맨발인, 거대하고 누추한 모습의 흑인이 주춤거리며 몸을 숨겼던 곳에서 나왔다. 그가 빅 샘이라고 확인을 한 스칼렛은 권총을 의자 덮개 속으로 찔러 넣고는 반가운 미소를 지었다.

「오, 샘! 이렇게 만나니까 정말 반갑구나!」

샘은 기뻐서 눈알을 굴리고 하얀 이빨을 반짝이며 마차로 달려오더니, 솥뚜껑만큼이나 큼직하고 검은 두 손으로 그녀가 내민 손을 움켜잡았다. 그는 수박처럼 발그레한 혀를 발름거리며 온몸을 비틀었는데, 즐거워서 몸을 뒤흔드는 동작이 마치 사나운 개가 까부는 모습처럼 우스꽝스러워 보였다.

「감사하신 하느님, 식구 누구 다시 만난다 정말 기분 좋아요!」 뼈가 으스러지는 기분이 들 정도로 그녀의 손을 우악스럽게 움켜쥐며 그가 소리쳤다. 「총 가지고 다닌다만큼 그렇게 험악하다 되셨나요, 미스 스칼렛?」

「요샌 못된 사람이 워낙 많아서 말이야, 샘, 난 총을 휴대하고 다녀야만 해. 너처럼 점잖은 검둥이가 도대체 왜 이런 험한 판자촌에서 사니? 그리고 왜 넌 날 만나러 시내로 오지 않았지?」

「맙소사, 미스 스칼렛, 나 판자촌 안 살아요. 나 그냥 여기 얼마 동안 머물기 할 뿐이에요. 무어 준다 해도 나 이런 곳 안 살아요. 나 생전 저런 쓰레기 깜둥이들 처음 봐요. 그리고 나 마님 란타에 산다 몰랐어요. 나 생각하기에 마님 타라에 계신다 했어요. 기회 나면 당장 나 타라 집에 갈 생각이었죠.」

「공방전 이후 계속 애틀랜타에서 살았어?」

「아닙죠, 마님! 나 여기저기 돌아다녔어요!」 빅 샘이 그녀의 손을 놓아주었고, 스칼렛은 뼈가 괜찮은지 확인하려고 고통스럽게 손을 쥐었다 폈다 했다. 「나 마지막 본 거 그때 기억하시죠?」

스칼렛은 공방전이 시작되기 전 어느 무더운 날 레트와 마차를 타고 가다가, 빅 샘이 앞장을 서서 한 무리의 흑인들이 먼지가 일어나는 길거리를 지나 참호로 행군해 가며 「내려오소서, 모세여」를 노래하던 광경이 생각났다. 그녀는 머리를 끄덕였다.

「그래요, 남군 란타 떠난다 할 때까지 나 흉벽 판다 모래주머니 채운다 개처럼 일했어요. 나 책임자 만든 대위님 그 사람 죽었고, 빅 샘 어떻게 하라 얘기할 사람 아무도 없다 해서 나 그냥 숲 속에 숨었어요. 나 생각하기에 타라 집 돌아가야 되겠다 그랬지만 나중 사람들 소리 들으니까 타라 주변 전부 불탔다 그러더군요. 그리고 또 나 돌아간다 방법 없었고, 통행증 없다 때문에 순찰대 붙잡힐지 몰라 무서웠어요. 그러자 양키들 쳐들어오고 어느 양키 분 그 사람 대령이었는데, 나 좋다 그러면서 말 돌보고 군화 닦는 일 맡아라 데려갔어요.

그럼요, 마님! 나 밭일꾼 이상 아무거 아닌데 돼지처럼 몸종 되었다 정말 굉장한 사람 된 기분 들었어요. 나 밭일꾼이다 대령님한테 안 얘기했고, 그래서 대령님은 ―. 그래요, 미스 스칼렛, 양키들 무식한 사람 맞아요! 그 사람 나 뭔가 몰랐죠! 그래서 나 그 사람 같이 지내고 셔먼 장군 서배너 간다 할 때 나 대령님 같이 서배너 갔고, 하느님 맙소사, 미스 스칼렛, 서배너 가는 길에서 본 거 그렇게 끔찍한 일 본 적 한 번도 없어요! 훔치고 불지르고 ― 사람들 타라 태웠나요, 미스 스칼렛?」

「불을 지르기는 했지만, 우리들이 껐어.」

「그래요, 마님, 그 말 들어 나 정말 기뻐요. 타라 나 고향이고 거기 다시 돌아간다 생각이에요. 그리고 전쟁 끝난 다음 대령님 그 사람 나한테 말했어요. 〈너 샘! 너 나 같이 북부에 가자. 품삯 많이 준다.〉 그런데요, 마님, 깜둥이들 다 그렇지만, 나 고향 돌아간다 전에 자유 그거 뭔가 알고 싶었다 하고, 그래서 나 대령님 따라 북부 갔어요. 그래요, 마님, 우리 워싱턴 가고 뉴욕 가고 그러고는 대령님 사는 보스턴 갔어요. 그래요, 마님, 나 여행 많이 돌아다닌 깜둥이예요! 미스 스칼렛, 양키 길거리 말하고 마차하고 굉장히 많아 셀 수 없어요! 나 마차 치여 죽는다 항상 무서웠어요!」

「북부가 마음에 들어, 샘?」

샘은 덥수룩한 머리를 긁적거렸다.

「좋아했고 — 또 안 좋아했어요. 대령님 그 사람 굉장히 좋은 사람이고 깜둥이 이해 잘해요. 하지만 그 사람 부인 그렇지 않아요. 부인 나 처음 보았을 때 〈미스터〉[30]라 불렀어요. 그래요, 마님, 여자 그랬고 여자 그렇다 말했을 때 나 하마터면 기절할 뻔했어요. 대령님 그 사람 부인더러 말하는데 나 〈샘〉이라 불러라 그랬고, 그러니까 여자 시키는 식 그대로 했어요. 하지만 양키 사람들 나 처음 볼 때마다 〈미스터 오하라〉[31] 불렀어요. 그리고 사람들 나 자기들 똑같이 훌륭하다 생각하는지 같이 자리에 앉자 그랬어요. 글쎄요, 나 백인 사람들 같이 자리 앉는다 한 번도 경험 없었고 새 버릇 배우기에 나이 너무 많아요. 사람들 나 자기들 똑같이 훌륭하다 대하지만, 미스 스칼렛, 마음속에서 나 안 좋아했고 — 그곳 사람들 깜둥이 안 좋아해요. 그리고 나 덩치 너무 크다 사람들 무서워했어요. 그리고 사람들 걸핏하면 물어보는데, 피 사냥개[32] 추격하고 매 맞던 얘기 해달래요. 그런데, 하느님 맙소사, 미스 스칼렛, 나 매 맞아 본 일 있어야죠! 나처럼 비싼 깜둥이 아무도 못 때린다 제럴드 주인님 그러시는 거 마님도 아시죠!

30 본래 마스터*master*에서 변형된 단어여서, 존칭어로서의 〈주인님〉이라는 말에 해당된다.

31 노예들은 주인의 성을 따랐다.

32 blood hound. 블러드하운드bloodhound를 두 단어로 잘못 알았다.

나 그런 얘기 하고, 깜둥이들한테 엘렌 마님 얼마나 잘했다 알려 주고, 나 폐렴 걸려 마님 한 주일 내내 간호했다 그러니까 사람들 내 말 못 믿어요. 그리고, 미스 스칼렛, 나 엘렌 마님 그립다 하고 타라 그립다 그래서 더 이상 못 견딘다 말하고 어느 날 밤 고향 오려고 빵소니쳐 화물차 타고 란타까지 내려왔어요. 타라 가는 표 하나 사주시면 나 정말 기뻐 고향 가겠어요. 엘렌 마님 제럴드 주인님 다시 만나면 나 정말 기쁘겠어요. 나 자유 신물 났어요. 나 좋은 밥 제때 맞춰 먹여 주고 무슨 일 하고 무슨 일 안 해라 알려 주고 아플 때 보살펴 주는 사람 원해요. 나 또 폐렴 걸렸다 생각해 봐요. 양키 여자 나 간호해 줄까요? 아닙죠, 마님! 양키 여자 나 〈미스터 오하라〉 부르지만 간호한다 없어요. 하지만 엘렌 마님 나 간호하고 나 혹시 아프다 하면 — 왜 그래요, 미스 스칼렛?」

「아버지하고 어머니는 두 분 다 돌아가셨어, 샘.」

「돌아가셔요? 마님 나더러 장난치신다 아니에요, 미스 스칼렛? 그러시면 안 돼요!」

「장난치는 게 아냐. 정말이야. 어머니는 셔먼의 군대가 타라까지 쳐들어왔을 때 돌아가셨고, 아버지는 — 아버지는 작년 6월에 돌아가셨어. 오, 샘, 울지 마. 제발 그러지 말라고! 샘이 그러면 나도 울겠어. 샘, 그러지 말라니까! 그러면 난 못 견디겠어. 지금은 이런 얘기 하지 말기로 해. 얘기는 나중에 다 해줄 테니까. ……수엘렌은 타라에 살고, 윌 벤틴 씨라는 굉장히 훌륭한 남자와 결혼했어. 그리고 캐린은, 걔는 —」

스칼렛은 말문이 막혔다. 흐느껴 우는 거인에게 그녀는 수녀원이 무엇인지 납득시킬 길이 없었다. 「걔는 지금 찰스턴에서 살아. 하지만 돼지하고 프리시는 타라에 남았지. ……자, 샘, 코를 닦아. 너 정말 고향으로 가고 싶어?」

「예, 마님, 하지만 나 생각했던 거 같지 않아서 엘렌 마님도 그렇고 —」

「샘, 여기 애틀랜타에서 지내고 나를 위해 일하면 어떻겠어? 난 마부가 필요한데, 요즈음에는 못된 사람이 너무 많아서 지금 당장 마부가 있어야 되겠어.」

「그렇죠, 마님. 정말 필요해요. 마님 혼자 마차 타고 돌아다닌다 아무리 조금도 안 좋다 말씀하려고 그랬어요. 미스 스칼렛, 요새 어떤 깜둥이들, 특히 여기 판자촌 사는 깜둥이들 얼마나 못됐다 마님 조금도 모르셔요. 마님 안전하지 않아요. 나 판자촌 겨우 이틀 이상 안 지냈지만, 거기 사람들 하는 마님 얘기 들었어요. 그리고 어제 마님 마차 끌고 지나갈 때 쓰레기 깜둥이 계집들 소리 질렀는데, 나 마님 알아봤지만 너무 빨리 지나가 따라간다 못했어요. 하지만 계집 깜둥이들 나 진짜 호되게 혼냈어요! 진짜 혼내 주었죠. 오늘 여기 근처 그런 여자들 눈에 하나도 안 보인다 몰랐어요?」

「그건 나도 눈치챘어, 샘, 정말 고맙구나. 그래, 내 마부가 되면 어떻겠니?」

「미스 스칼렛, 감사합니다만, 마님, 나 생각하기에 타라 간다 더 좋아요.」

빅 샘은 머리를 떨구고는 신발도 신지 않은 발가락으로 길바닥에 아무렇게나 그림을 그렸다. 그는 어딘가 불안한 태도였다.

「그건 또 왜? 품삯은 많이 줄 텐데. 너 꼭 나하고 같이 지내야 해.」

어린아이처럼 표정을 읽기가 쉽고, 우둔하고, 커다랗고 검은 얼굴이 두려움을 보이며 그녀를 올려다보았다. 그는 더 가까이 오더니 마차 위로 몸을 구부리고는 나지막이 말했다.

「미스 스칼렛, 난 란타 떠나야 해요. 사람들 못 찾아오게 나 타라로 가야 해요. 나 — 나 사람 죽였어요.」

「검둥이를?」

「아닙죠, 마님, 백인이에요. 양키 군인 죽였는데, 사람들 나 찾아다녀요. 그런 이유 나 여기 판자촌 왔어요.」

「어쩌다가 그랬지?」

「양키 군인 술 취하고 나 어떻게도 못 참는 그런 말 했고, 그래서 나 손이 양키 목으로 — 그리고 나 그 사람 죽인다 생각 없었지만, 미스 스칼렛, 나 손 굉장히 힘세어 나도 모르게 양키 죽였어요. 그리고 나 어찌나 무서워 어떻게 하나 몰랐어요! 그래서 나 숨는다 여기 왔고, 어제 마님 지나간다 보고는 생각했어요. 〈세상에! 저기 미스 스칼렛이시다! 마님 나 돌봐 준다. 양키들 나 붙잡아 가라고 마님 가만히 버려두지 않으신다. 마님 나 타라 돌려보내 주신다.〉」

「그들이 너를 쫓는다고 그랬지? 네가 그랬다고 그들이 알아?」

「그렇죠, 마님, 나 덩치 어찌 큰지 한눈 알아봐요. 란타 최고 몸집 큰 깜둥이 나예요. 사람들 나 잡는다 어젯밤 벌써 여기 나왔지만 어떤 깜둥이 계집 숲 속 굴에 나 숨기고 사람들 가니까 알려 줬어요.」

스칼렛은 잠깐 동안 잠자코 앉아서 얼굴을 찡그렸다. 그녀는 샘이 살인을 했다는 말을 듣고 전혀 놀라거나 걱정이 되지는 않았지만, 그를 마부로 쓰지 못하게 된 사정 때문에 실망했다. 샘처럼 덩치가 큰 흑인이라면 아치 못지않게 훌륭한 경호원이 되리라. 물론 당국에서 그를 체포해서는 안 될 테니까 스칼렛은 어떻게 해서든지 그를 무사히 타라로 보내야만 했다. 그는 교수형을 당하기에는 정말로 아까운 검둥이였다. 그렇다, 그는 타라 농장에서 일했던 가장 훌륭한 일꾼 두목이었다! 그가 자유의 몸이라는 사실을 스칼렛은 염두에 두지 않았다. 일꾼 돼지와 어멈과 피터와 쿠키와 프리시나 마찬가지로 그는 아직도 그녀의 소유였다. 그는 지금까지도 〈한 식구〉였으며, 그렇기 때문에 보호를 해줘야 마땅했다.

「오늘 밤에 타라로 보내 주겠어.」 마침내 그녀가 말했다. 「지금은 말이야, 샘, 난 어딜 꼭 가봐야 하지만, 해가 지기 전에 돌아오도록 하겠어. 내가 돌아올 때쯤에 넌 여기서 날 기다려야 해. 어디로 가는지를 아무한테도 얘기하면 안 되고, 얼굴을 가려야 하니까 모자가 있으면 쓰고 와.」

「모자 없는데요.」

「자, 여기 25센트를 줄게. 판자촌 검둥이한테서 모자를 하나 사고, 여기서 나하고 만나.」

「그럽죠, 마님.」 무엇을 하라고 그에게 지시할 사람이 생겨서 안도감을 느낀 그는 얼굴이 밝아졌다.

스칼렛은 생각에 잠겨 마차를 몰았다. 윌은 훌륭한 밭일꾼이 타라 농장에서 일하게 된다면 틀림없이 환영하리라. 돼지는 밭으로 내보내면 아무런 쓸모가 없었고, 앞으로도 전혀 좋아질 가능성이 없었다. 샘을 데려다 놓으면 돼지는 애틀랜타로 와서 제럴드가 죽었을 때 약속했듯이 딜시와 함께 살 길이 생긴다.

스칼렛이 제재소에 도착했을 때는 해 질 무렵이었고, 예정했던 시간보다 훨씬 늦었다. 조니 갤러거는 작은 벌목꾼 막사에서 취사장으로 쓰이는 초라한 오두막의 문간에 서서 그녀를 맞았다. 널빤지로 벽을 두른 오두막 숙소 앞에는 조니의 제재소에 스칼렛이 배치한 네댓 명의 죄수가 통나무를 깔고 앉아서 기다렸다. 그들의 죄수복은 땀이 배어 더럽고 누추했으며, 지친 몸을 움직일 때마다 발목에서는 족쇄가 쩔그렁거렸고, 그들의 태도에서는 무관심과 절망의 분위기가 풍겼다. 바로 얼마 전에, 그녀가 그들을 데리고 왔을 때는 늠름한 일꾼들이었는데, 이제는 야위고 건강하지도 못하구나, 그들을 날카로운 눈으로 살펴보며 스칼렛은 생각했다. 스칼렛이 마차에서 내리는 동안 그들은 눈을 들지 않았지만, 조니는 그녀에게로 돌아서더니 별로 신경도 쓰지 않으면서 모자를 천천히 벗었다. 그녀에게 인사를 하는 그의 거무튀튀하고 작은 얼굴은 돌처럼 단단했다.

「저 사람들 인상이 안 좋아요.」 그녀가 불쑥 말했다. 「건강해 보이지를 않아요. 또 한 사람은 어디 갔나요?」

「아프다더군요.」 조니가 무뚝뚝하게 말했다. 「숙소에 있어요.」

「무슨 병이에요?」

「주로 게으름 때문이죠.」

「내가 가서 만나 보겠어요.」

「그러지 말아요. 아마 홀랑 벗고 누웠을 테니까요. 그 사람은 내가 맡겠어요. 내일은 일하러 나오겠죠.」

스칼렛은 머뭇거렸고, 죄수 한 사람이 지친 얼굴을 들어 강렬한 증오의 눈초리를 조니에게 던진 다음, 다시 땅바닥으로 시선을 떨구었다.

「당신 이 사람들한테 채찍질을 했나요?」

「이봐요, 케네디 부인, 실례입니다만, 제재소를 이끌어 나가는 책임자가 누구인가요? 당신은 나에게 책임을 맡기면서 이끌어 나가라고 했어요. 내 마음대로 해보라고 그러셨죠. 당신은 나한테 불평하면 안 됩니다. 엘싱 씨보다 내가 두 배의 수입을 올리지 않나요?」

「그래요, 맞아요.」 스칼렛이 말했지만, 그녀의 무덤 위로 거위가 가로질러 걸어가기라도 하는 듯한 전율을 느꼈다.

보기 흉한 오두막들이 늘어선 벌채장에는 어딘가 음산한 분위기를 풍겼는데, 그것은 휴 엘싱이 맡았을 때는 느끼지 못했던 그런 분위기였다. 그곳에는 그녀로 하여금 싸늘함을 느끼게 만드는 외로움이, 고립된 기분이 감돌았다. 죄수들은 세상으로부터 너무나 멀리 떨어졌으며, 조니 갤러거의 처분에만 철저히 몸을 맡긴 신세여서, 만일 그가 채찍질을 하거나 무슨 심한 짓을 하더라도 그녀로서는 전혀 알 길이 없는 노릇이었다. 죄수들은 스칼렛이 간 다음에 더 심한 처벌을 받을까 봐 두려워서 불평도 못 하리라.

「사람들이 야윈 것 같아요. 식사는 충분히 주나요? 저 사람들이 돼지처럼 살이 찌기에 넉넉할 만큼 내가 그들의 식비를 많이 쓴다는 건 하느님도 아시죠. 지난달에는 돼지고기와 밀가루 값만도 30달러를 썼어요. 저 사람들 저녁 식사는 뭐죠?」

그녀는 취사장 오두막으로 가서 안을 들여다보았다. 낡고 녹슨 난로 위로 허리를 숙이고 일하던 뚱뚱한 혼혈 여자가 스칼렛을 보더니, 반쯤 무릎을 굽혀 인사를 한 다음, 계속해서 강두(豇荳)[33]를 삶느라고 솥을 저었다. 스칼렛은 조니 갤러거가 혼혈 여자를 데려다 산다고 눈치를 챘지만, 모르는 체하는 편이 상책이리라고 생각했다. 스칼렛은 콩과 한 접시의 옥수수 이외에는 다른 음식이 하나도 준비되지 않았음을 알았다.

「인부들에게 먹일 음식이 이게 전부야?」

「그렇습니다, 마님.」

「콩에 고기는 안 넣었고?」

33 주로 소의 먹이로 쓰이는 콩과 식물. 서인도 제도에서 식용으로 쓰였다.

「그렇습니다, 마님.」

「베이컨도 넣지 않고 콩죽을 끓였단 말이야? 더구나 강두는 베이컨을 넣지 않으면 안 되는데. 먹어도 기운이 안 나니까. 왜 베이컨을 안 넣었지?」

「조니 주인님, 그분 말씀하시기 고기 살 넣었다 소용 하나도 없다 그러셨어요.」

「베이컨을 넣어. 식량은 어디에 두지?」

흑인 여자는 식량 저장고로 쓰이던 작은 옷장 쪽으로 겁에 질린 눈을 굴렸고, 스칼렛은 문을 벌컥 열었다. 바닥에는 맷돌로 탄 옥수수가 담긴 나무통 하나가 뚜껑이 열린 채였고, 밀가루가 담긴 작은 자루 하나, 커피 5킬로그램, 설탕 조금, 사탕수수 물엿이 항아리로 하나, 그리고 햄 두 덩어리뿐이었다. 선반 위에 놓인 햄 하나는 최근에 요리했는지, 한두 조각만 베어 낸 흔적이 보였다. 스칼렛은 격분해서 조니 갤러거에게로 돌아섰고, 싸늘하고 성난 그의 시선과 눈이 마주쳤다.

「지난 주일에 내가 보낸 흰 밀가루 다섯 자루는 어디로 갔나요? 그리고 설탕 한 자루하고 커피는요? 그리고 난 햄 다섯 덩이에다 옆구리 고기를 50킬로그램도 보냈고, 고구마하고 감자를 얼마나 많이 보냈는지 하느님도 알고 계세요. 자, 그것들이 다 어디로 갔나요? 인부들한테 하루에 다섯 끼씩 먹였더라도 그걸 다 썼을 리가 없어요. 당신이 팔아먹었군요! 당신이 팔아먹었어요, 도둑 같으니라고! 내가 보낸 좋은 식량을 팔아서 제 호주머니에 넣고는 일꾼들한테는 말린 콩하고 강냉이만 먹였어요. 저렇게들 야위어 보이는 게 당연하죠. 저리 비켜요.」

그녀는 그를 지나 화를 내며 문간으로 갔다.

「여봐요, 당신 — 끝에 앉은 당신 말이에요, 그래요, 당신요! 이리 와요!」

남자가 몸을 일으켜 족쇄를 쩔그렁거리며 거북하게 걸어 왔고, 스칼렛은 맨살인 그의 발목이 쇠에 스쳐 시뻘겋게 살갗이 벗어진 상처를 보았다.

「당신이 마지막으로 햄을 먹어 본 게 언제인가요?」

남자는 머리를 떨구었다.

「어서 말해요!」

그래도 그는 비굴한 태도로 서서 말이 없었다. 마침내 그는 고개를 들어 애원하듯 스칼렛의 얼굴을 쳐다보더니 다시 시선을 떨구었다.

「얘기하기가 겁이 난다 그런 얘긴가요? 좋아요, 저 식품실로 들어가서 선반에 얹힌 햄을 가지고 와요. 레베카, 저 사람한테 네 칼을 줘. 햄을 저 사람들한테 가지고 가서 나눠 줘요. 레베카, 인부들이 먹을 비스킷하고 커피를 좀 마련해. 그리고 사탕수수 물엿도 듬뿍 주고. 네가 제대로 하는지 내가 확인하고 싶으니까, 어서 일을 시작해.」

「그거 조니 주인님 따로 쓴다 밀가루하고 커피예요.」 레베카가 겁이 나서 중얼거렸다.

「조니 주인님이 따로 쓰다니, 세상에! 보아하니 그건 조니 혼자 먹는 햄이로구먼. 넌 내가 시키는 대로 해. 어서 하라니까. 조니 갤러거, 나하고 같이 마차로 가요.」

그녀는 물건들이 어지럽게 흩어진 마당을 가로질러 성큼성큼 걸어가서 마차로 올라가며, 죄수들이 한꺼번에 달려들어 게걸스럽게 햄을 입으로 쑤셔 넣는 광경을 보고는, 음울한 만족감을 느꼈다. 그들은 마치 누가 당장이라도 햄을 빼앗아 갈까 봐 서두르는 듯싶었다.

「당신은 정말 보기 드문 불한당이에요!」 모자를 뒤로 젖혀 쓴 채로 바퀴 옆에 서서 이마를 찡그린 조니에게 스칼렛이 격분해서 소리쳤다. 「아무 소리 말고 내가 보낸 식품 대금을 이리 내놔요. 앞으로는 한 달 치씩 주문을 하는 대신에 날마다 먹을 식량을 내가 직접 갖다 주겠어요. 그러면 당신은 날 속이지 못하겠죠.」

「앞으로는 여기서 날 못 볼 텐데요.」 조니 갤러거가 말했다.

「그만두겠다는 소리로군요!」

언뜻 스칼렛은 〈없어지면 내 속이 후련할 테니까 어서 그만둬요!〉라는 분노의 외침이 혀끝까지 나왔지만, 냉정하고 용의주도한 마음이 말렸다. 만일 조니가 그만둔다면 그녀는 어떻게 해야 하나? 그는 휴보다 곱절이나 되는 양의 목재를 생산했다. 그리고 바로 지금도 그녀는 많은 양의 주문을, 그녀가 받았던 가장 큰 주문을, 그것도 지급으로 주문을 받아 놓은 상태였다. 스칼렛은 목재를 애틀랜타로 보내야만 했다. 만일 조니가 그만둔다면 누구에게 제재소를 맡기겠는가?

「그래요, 난 그만두겠어요. 당신은 이곳의 책임을 완전히 나한테 맡기겠고, 얼마나 많은 목재를 생산하느냐는 문제 말고는 나한테서 아무것도 요구하지 않겠다고 말했어요. 그때 당신은 내가 일을 어떤 식으로 해야 하는지를 지시하지도 않았고, 난 앞으로도 당신에게서 그런 지시를 받을 생각이 없어요. 내가 어떻게 목재를 생산하느냐는 당신이 참견할 문제가 아니죠. 당신은 내가 계약을 제대로 지키지 못했다는 불평을 해선 안 됩니다. 난 당신에게 돈을 벌어 주었고, 난 봉급을 받을 만큼 할 바를 다했고 — 그리고 부수입도 조금 올리기는 했죠. 그런데 당신은 현장까지 쫓아와서 간섭하고, 꼬치꼬치 캐물어 가며 인부들 앞에서 내 권위를 떨어뜨렸어요. 이런 상황이 벌어졌는데 내가 앞으로 어떻게 그들을 휘어잡겠어요?

가끔 일꾼들을 좀 때리면 또 어떻습니까? 게으른 놈은 더 심한 벌을 받아 마땅하죠. 그들을 잘 먹이지 않고 비위를 다 맞춰 주지 않으면 또 어때요? 그들에게는 더 이상 잘해 줄 필요가 없어요. 당신은 당신 할 일이나 하고 내 일은 나한테 맡겨 두시든가, 그렇지 않으면 난 오늘 밤으로 그만두겠어요.」

그의 작고도 단단하게 굳은 얼굴이 어느 때보다도 더욱 냉정해 보였고, 스칼렛은 궁지에 몰렸다. 만일 오늘 밤 조니가 그만둔다면 어떻게 해야 하나? 그녀는 죄수들을 경비하느라고 밤새도록 이곳에 머물 수도 없는 노릇이었다.

진퇴양난에 빠져 어쩔 줄 모르는 태도가 스칼렛의 얼굴에 드러나기라도 했는지, 조니의 표정이 민감하게 달라지며, 그의 얼굴에서 냉혹함이 조금쯤 가셨다. 말문을 연 그의 목소리는 느긋하고 만만한 어조였다.

「시간이 늦어지니까요, 케네디 부인, 집으로 돌아가셔야 되겠어요. 이런 사소한 문제를 가지고 갈라서기는 곤란하잖아요, 안 그렇습니까? 다음 달 내 봉급에서 10달러를 공제하는 선에서 마무리를 지으면 어떨까요?」

스칼렛은 자기도 모르게 시선이 햄을 뜯어 먹는 비참한 죄수들 패거리로 쏠렸고, 바람이 심한 판잣집 안에 앓아누웠다는 남자가 생각났다. 그녀는 조니 갤러거를 제거하지 않으면 안 되었다. 그는 도둑이고 잔인한 남자였다. 그녀가 없을 때 조니가 도대체 무슨 짓을 하는지는 알 길이 없었다. 하지만 그런 반면, 그는 똑똑한 남자였고, 정말이지 스칼렛에게는 똑똑한 남자가 필요했다. 그렇다, 지금 그와 갈라서기는 곤란했다. 그는 그녀에게 돈을 벌어 주었다. 그녀는 앞으로 죄수들이 음식을 제대로 타먹도록 확인하는 수밖에 별다른 도리가 없었다.

「난 당신 월급에서 20달러를 떼겠어요.」 스칼렛이 날카롭게 쏘아붙였다. 「그리고 이번 문제는 내일 아침 더 자세히 의논하기로 해요.」

그녀는 고삐를 집어 들었다. 하지만 더 이상 어떤 의논도 없으리라는 사실을 그녀는 알았다. 그녀는 문제가 여기서 끝장임을 알았고, 조니도 그렇게 알았다.

디케이터 도로를 향해 뻗어 나간 오솔길을 따라 마차를 타고 내려오는 그녀의 마음속에서는 양심과 돈에 대한 욕망이 싸움을 벌였다. 그녀는 키가 작고 냉혹한 남자의 처분에 인간의 생명을 맡겨 두어서는 안 된다고 믿었다. 혹시 그의 손에 한 사람이라도 목숨을 잃는다면, 그의 잔인성을 알고 난 다음에도 그에게 인부들을 맡긴 스칼렛 또한 조니 못지않게 큰 죄를 짓는 셈이었다. 하지만 다른 한편으로는 — 그렇다, 또 어떻게 보면, 죄수가 된 사람 자체도 나빴다. 법을 어겨서 붙잡힌 처지라면, 그런 대우를 받아 마땅했다. 이런 생각이 그녀의 양심을 부분적으로나마 구제해 주었지만, 길을 따라 마차를 몰고 내려가던 그녀의 머릿속에서는 무기력하고 야윈 죄수들의 얼굴이 자꾸만 떠올랐다.

〈아, 죄수들 생각은 나중에 하겠어.〉 그녀는 이렇게 마음을 먹었고, 하던 생각을 마음속의 잡동사니 창고에 집어넣고는 문을 닫아 버렸다.

스칼렛이 판자촌 위쪽 길이 구부러진 곳에 다다랐을 때는 해가 완전히 진 다음이었고, 그녀 주변의 숲은 어둑어둑했다. 해가 사라진 후의 땅거미가 진 세상에는 싸늘한 추위가 내려앉았고, 컴컴한 숲에서는 찬 바람이 불어 헐벗은 나뭇가지들이 찌걱거렸고, 마른 잎이 바스락거렸다. 이렇게 늦은 시간까지 혼자 나돌아 다닌 적이 없었던 그녀는 마음이 불안했고, 어서 집으로 갔으면 좋겠다고 생각했다.

어디를 봐도 빅 샘은 눈에 띄지 않았고, 그를 기다리려고 고삐를 당겨 마차를 세운 스칼렛은 그가 보이지 않으니까 혹시 양키들에게 벌써 붙잡혀 가지나 않았는지 걱정이 되었다. 그러자 그녀는 마을 쪽의 숲길을 올라오는 발소리를 들었고, 입에서는 저절로 안도의 한숨이 흘러나왔다. 그녀는 이렇게 기다리게 한 데 대해 샘을 꼭 야단쳐야 되겠다고 생각했다.

하지만 길모퉁이를 돌아 나온 사람은 샘이 아니었다.

덩치가 크고 누더기를 걸친 백인 남자와, 가슴과 어깨가 고릴라처럼 딱 벌어지고 땅딸막한 시커먼 흑인이었다. 재빨리 그녀는 말 잔등을 고삐로 후려치고는 권총을 움켜잡았다. 말이 달려 나가려고 했지만 백인이 손을 번쩍 들자 갑자기 뒤로 물러났다.

「아가씨.」 그가 말했다. 「동전 한 닢만 내놓지 않겠어요? 나 굉장히 배가 고파요.」

「저리 비켜요.」 최대한 차분하게 목소리를 가누며 스칼렛이 말했다. 「난 돈이 하나도 없어요. 이랴.」

갑자기 재빠른 동작으로 남자는 말의 재갈을 붙잡았다.

「저 여자를 잡아!」 그는 흑인에게 소리쳤다. 「저 여잔 가슴 속에 돈을 넣어 두었는지도 몰라!」

다음에 벌어진 일은 그녀에게 악몽이나 마찬가지였고, 모두가 순식간에 일어났다. 그녀는 얼른 권총을 들어 올렸고, 잘못하다가는 말을 쏘게 될지도 모르니까 백인에게 발포하면 안 된다고 어떤 본능이 그녀에게 알려 주었다. 음험하게 히죽거리며 뒤틀린 얼굴로 시커먼 흑인이 마차로 달려오자 스칼렛은 정면에서 쏘았다. 그가 총에 맞았는지 어쩐지는 알 길이 없었지만, 다음 순간 손목을 부러뜨릴 정도로 억센 손아귀가 그녀의 손에서 권총을 비틀어 빼앗았다. 흑인이 그녀의 옆으로 왔는데, 어찌나 가까운 거리였는지, 마차 옆으로 그녀를 끌어내리려고 힘을 쓰는 그에게서 악취가 심하게 날 지경이었다. 그녀는 자유로운 한쪽 손으로 그의 얼굴을 할퀴며 미친 듯 대항했고, 그러자 목에서 흑인의 큼직한 손의 감촉을 느꼈다. 찢어지는 소리와 더불어 그녀의 가슴 옷이 목에서부터 허리까지 벗겨져 나갔다. 그러더니 검은 손이 그녀의 두 젖가슴 사이를 더듬었고, 스칼렛은 지금까지 느껴 본 적이 없는 공포와 역겨움에 사로잡혀 미친 여자처럼 비명을 질렀다.

「소리를 못 지르게 해! 마차에서 끌어내라니까!」 백인이 소리쳤고, 시커먼 손이 얼굴을 더듬어 스칼렛의 입을 찾았다. 그녀는 힘껏 손을 맹렬히 물어뜯었고, 그러고는 다시 비명을 질렀으며, 비명을 지르면서도 그녀는 백인이 욕설을 퍼붓는 소리를 들었고, 컴컴한 길에 세 번째 남자가 나타났음을 깨달았다. 시커먼 손이 그녀의 입에서 떨어져 나갔고, 흑인이 뛰어내리니까 빅 샘이 그에게 덤벼들었다.

「도망쳐요, 미스 스칼렛!」 흑인과 부둥켜안고 싸우며 샘이 소리를 질렀고, 스칼렛은 후들후들 떨면서 비명을 지르고, 고삐와 채찍을 꽉 움켜쥐고는 말을 후려갈겼다. 말이 펄쩍 뛰고는 달려 나갔고, 스칼렛은 무엇인가 물컹한 물체를, 무언가 저항하는 듯한 물체를 마차 바퀴가 타고 넘어가는 충격을 느꼈다. 샘이 때려눕혀 길에 쓰러진 백인이었다.

공포로 미칠 지경이 된 그녀는 계속해서 말을 채찍으로 갈겼고, 말이 어찌나 빨리 달렸는지 마차가 요동을 치고 덜컹거렸다. 겁에 질린 경황 속에서도 스칼렛은 그녀를 뒤따라 뛰어오는 발소리를 들었고, 더 빨리 달리라고 말에게 고함을 질렀다. 시커먼 고릴라에게 또다시 붙잡힌다면 그의 손이 몸에 닿기도 전에 죽어 버리리라고 그녀는 생각했다.

뒤에서 외치는 소리가 들려왔다. 「미스 스칼렛! 멈춰요!」

속도를 늦추지 않은 채 스칼렛은 덜덜 떨며 어깨 너머로 뒤를 돌아다보았고, 열심히 드나드는 피스톤처럼 기다란 두 다리를 놀리며 그녀를 따라 길을 달려 내려오는 빅 샘의 모습이 눈에 띄었다. 그가 가까워지자 스칼렛은 고삐를 당겼고, 그는 마차로 껑충 뛰어 올라왔으며, 그의 커다란 몸집에 그녀는 한쪽 끝으로 밀려났다. 땀과 피가 얼굴에서 줄줄 흘러내리는 채로 그는 숨을 헐떡이며 말했다.

「다쳤어요? 놈들 마님 해쳤어요?」

그녀는 말이 나오지 않았지만, 그의 시선이 쏠렸다가 얼른 얼굴을 돌리는 방향을 보고는 옷이 허리까지 찢어져서 젖가슴의 맨살과 코르셋 덮개가 노출되었음을 깨달았다. 그녀는 부들부들 떨리는 손으로 양쪽 자락을 함께 움켜쥐었고, 고개를 떨구고는 겁에 질려 흐느껴 울기 시작했다.

「고삐 끈 이리 줘요.」 줄을 그녀에게서 낚아채며 샘이 말했다. 「이랴, 가자!」

채찍이 철썩 소리를 냈고, 깜짝 놀란 말은 마차를 도랑으로 던져 버리기라도 하려는 듯 사납게 달리기 시작했다.

「검둥이 고릴라 나 손에 안 죽었다 바라요. 하지만 기다려 알아볼 시간 없었어요.」 그는 숨을 헐떡이며 말했다. 「하지만 그놈 혹시 마님 해쳤다 그러면, 미스 스칼렛, 나 다시 가 꼭 죽이고 오겠어요.」

「아냐 — 아냐 — 어서 빨리 가기나 하라고.」 그녀는 흐느껴 울었다.

제45장

그날 밤 프랭크가 그녀와 피티 고모와 아이들을 멜라니의 집에 맡겨 두고는 애슐리와 함께 말을 타고 길을 내려가 사라지자, 스칼렛은 화가 나고 속이 상해서 가슴이 터져 나갈 것만 같았다. 하필이면 오늘 같은 날 밤에 어떻게 정치적인 집회에 나간다는 말인가? 정치적인 모임이라니! 그것도 하필이면 그녀가 피습을 당했고, 그녀가 어떤 봉변을 당했을지도 모르는 바로 오늘 말이다! 그것은 감정도 없고 남의 생각은 전혀 안 해주는 이기적인 행동이었다. 그리고 가만히 생각해 보니, 옷이 허리까지 찢어진 모습으로 흐느껴 우는 그녀를 샘이 집 안으로 데리고 들어갔을 때부터 그는 줄곧 믿어지지 않을 정도로 모든 일을 냉정하게 받아들였었다. 그녀가 울며 얘기를 늘어놓는 사이에 그는 단 한 번도 수염을 만지작거리지 않았다. 다만 그는 부드럽게 〈여보, 다치지는 않았소? 그냥 겁이 나기만 했던 거야?〉라고 물었을 따름이었다.

분노와 울음이 뒤섞이는 바람에 그녀는 대답도 못 했고, 샘은 스칼렛이 놀라기만 했을 따름이라고 대신 대답했다.

「나 놈들 마님 옷 찢는다 이상 아무 짓 하기 전 거기 갔어요.」

「자네 착한 일을 했구먼, 샘. 난 자네가 한 일을 잊지 않겠어. 혹시 내가 자네를 위해서 해줄 일이 있다면 —」

「있습죠, 주인님, 나 최대한 빨리 타라 농장 보내 주세요. 양키들 나 붙잡는다 하면서 쫓아다녀요.」

프랭크는 이 말도 역시 차분한 태도로 들었고, 아무 질문도 하지 않았다. 그는 토니가 찾아와서 문을 두드리던 날 밤과 아주 비슷한 태도를, 마치 이것은 남자들끼리만 알아서 최소한의 감정과 말을 동원해서 처리할 일이라는 듯한 태도를 보였다.

「자넨 가서 마차를 타게나. 내가 피터에게 오늘 밤 안으로 자네를 러프 앤드 레디까지 태워다 주라고 할 테니까, 자넨 아침까지 숲 속에 숨었다가 존즈버러로 가는 기차를 타면 되겠지. 그러는 편이 더 안전해. ……자, 여보, 그만 울어. 이제는 다 끝난 일이고, 당신은 정말 다친 곳도 없잖아. 미스 피티, 고모님 냄새 약을 내가 좀 써도 될까요? 그리고 어멈, 미스 스칼렛에게 포도주 한잔 갖다 주세요.」

스칼렛은 다시금 울음을 터뜨렸는데, 이번에는 분노의 눈물이었다. 그녀는 위로와 격노의 말 그리고 복수를 해주겠다는 다짐을 원했다. 심지어 그녀는 프랭크가 자기에게 마구 화를 내면서, 이런 일이 일어나리라고 경고하지 않았느냐는 말을 하든지, 아니면 다른 무슨 행동이나 말을 하는 편이, 이토록 태연하게 받아들여서 그녀가 당했던 위험을 시시하고 순간적인 문제로 취급하는 것보다는 훨씬 좋았으리라고 생각했다. 그는 물론 상냥하고 부드럽게 그녀를 대해 주었지만, 마치 훨씬 더 중요한 무슨 문제에 정신이 팔린 듯 멍청한 인상을 주었다.

그런데 중요한 문제가 무엇인지 알고 보니 시시한 정치적인 모임이 아닌가!

스칼렛은 프랭크가, 저녁을 그곳에서 보내야 하니까 멜라니의 집으로 데려다 줄 테니 옷을 갈아입고 준비하라는 말을 그녀에게 했을 때, 자신의 귀가 믿어지지 않을 지경이었다. 프랭크는 그녀가 겪은 일이 얼마나 비참한 경험이었는지를 알아야만 했고, 그녀에게는 발가락을 짜릿하게 해줄 뜨거운 벽돌과 두려움을 가라앉힐 화끈한 술 한 잔이 필요하고 — 담요를 덮고 따뜻하게 침대에서 휴식을 취하고 싶어서 피곤한 몸과 얼얼한 신경이 아우성을 치는 판인데, 멜라니네 집에서 그녀가 저녁 시간을 보낼 생각은 추호도 없음을 알아야만 했다. 만일 프랭크가 정말로 그녀를 사랑했다면, 누가 뭐라고 하더라도 그는 오늘 밤만큼은 스칼렛의 곁을 떠나서는 안 되었다. 그는 집에 머물러 그녀의 손을 잡고는, 혹시 스칼렛에게 무슨 일이 일어났더라면 자기는 죽어 버렸으리라는 얘기를 거듭거듭 했어야 옳았다. 오늘 밤 프랭크가 집으로 돌아와 단둘이만 남게 되면 그녀는 틀림없이 그렇게 얘기를 해줘야겠다고 다짐했다.

멜라니네 집의 작은 응접실은 프랭크와 애슐리가 외출하고 나서 여자들이 모여 바느질을 하던 여느 때의 밤과 마찬가지로 조용했다. 방은 따뜻하고 불빛으로 쾌적한 분위기였다. 탁자에 놓인 등잔이 바느질감 위로 몸을 수그린 네 여자의 매끄러운 머리에 조용하고 노란 광채를 비추었다. 네 사람은 치마폭을 얌전히 펼쳐 내리고, 여덟 개의 작은 발을 나지막한 무릎 방석 위에 곱게 올려놓았다. 아기방의 열린 문을 통해 웨이드와, 엘라와, 보우가 조용히 숨 쉬는 소리가 들려왔다. 아치는 벽난로를 등지고 아궁이 옆에 동글의자를 놓고 앉아, 입에 문 씹는담배로 뺨이 불룩한 채 나뭇조각을 열심히 깎아 댔다. 지저분한 털보 노인과 깨끗하고 깔끔한 네 여자의 대조가 어찌나 심했는지 영락없이 흉악하고 털이 허연 늙은 사냥개와 네 마리의 자그마한 고양이 새끼를 같이 앉혀 둔 격이었다.

여성 하프 연주회 쪽에서 최근에 발끈하고 감정을 폭발시킨 사건을 얘기하는 멜라니의 부드러우면서도 분개한 목소리가 한없이 계속되었다. 다음 발표회를 위한 곡목 선정을 놓고 남성 글리 클럽과 의견의 일치를 이루지 못했던 여자들은, 오늘 오후에 멜라니를 찾아와서 토요 음악회로부터 완전히 탈퇴하겠다는 의사를 밝혔다. 그들의 결정을 번복시키기 위해 멜라니는 온갖 외교적인 수단을 동원해서 설득해야만 했다.

기진맥진한 스칼렛은 〈오, 그까짓 여성 하프 연주회가 어쨌단 말이에요!〉라고 소리라도 지르고 싶었다. 스칼렛은 자신이 겪은 끔찍한 사건을 얘기하고 싶었다. 그녀는 그 얘기를 자세히 해서 남들이 두려워하게 함으로써 자신의 두려움을 가라앉히려고 했다. 그녀는 자기가 얼마나 용감했었는지를 얘기하고, 자신이 하는 얘기를 들으면 정말로 용감하기라도 했었던 듯 안심이 되리라는 기분이 들었다. 하지만 얘기를 꺼내려고만 하면 멜라니는 재빨리 화제를 다른 건전한 방향으로 돌려 버리고는 했다. 그것이 스칼렛에게는 참기 어려울 정도로 짜증스러웠다. 그들은 프랭크 못지않게 얄미웠다.

스칼렛은 그토록 끔찍한 운명을 방금 벗어난 몸인데, 그들은 어떻게 그토록 차분하고 평온하다는 말인가? 무서웠던 얘기를 해서 얻으려는 안도감을 그녀에게서 박탈함으로써, 그들은 상식적인 예의조차도 보여 주지 않으려는 속셈이었다.

오후에 벌어졌던 사건은 스칼렛 자신까지도 스스로 시인하고 싶지 않을 정도로 심한 충격을 주었다. 땅거미가 지는 숲길의 그림자로부터 그녀를 내다보던 시커멓고 흉악한 얼굴을 생각할 때마다 그녀는 몸이 부르르 떨렸다. 그녀의 젖가슴을 더듬던 시커먼 손을, 그리고 만일 빅 샘이 나타나지 않았더라면 무슨 사건이 벌어졌을까를 생각하면, 그녀는 머리가 저절로 수그러지고, 그래서 두 눈을 꼭 감았다. 멜라니의 목소리를 들으며 평화로운 방에 말없이 앉아 바느질을 하려고 억지로 애를 쓰려니, 시간이 흐를수록 점점 더 신경이 팽팽해졌다. 그녀는 밴조의 줄이 끊어질 때처럼 핑 소리를 내며 그녀의 신경들이 끊어지는 소리가 지금 당장이라도 들려올 듯한 기분이 들었다.

아치가 나무를 깎아 대는 소리가 신경에 거슬린 그녀는 찡그린 얼굴로 그를 쳐다보았다. 그가 목각에 몰두하면서 그곳에 앉아서 자리를 지킨다는 상황이 그녀에게는 갑자기 묘하게 여겨졌다. 그는 집을 볼 때면 소파에 길게 누워서 드르렁거리고, 숨을 쉴 때마다 기다란 수염이 너풀거릴 정도로 요란하게 코를 골며 잠을 자기가 보통이었다. 더욱 이상한 일이었지만, 멜라니나 인디아는 깎아 낸 찌꺼기로 지저분해지지 않도록 마룻바닥에 종이를 펴놓아야 한다고 잔소리조차 하지 않았다. 그가 벌써 벽난로 앞 융단을 잔뜩 지저분하게 어질러 놓았지만 그들은 의식하지도 못하는 듯싶었다.

그녀가 지켜보려니까 아치는 갑자기 불 쪽으로 몸을 돌려 어찌나 힘차게 담뱃진을 내뱉었는지 인디아와 멜라니와 피티는 폭탄이 터지기라도 한 것처럼 펄쩍 뛰었다.

「꼭 침을 그렇게 요란히 뱉어야만 속이 시원한가요?」 신경질적인 짜증으로 갈라진 목소리로 인디아가 소리쳤다. 인디아는 항상 자제력이 많은 여자였으므로, 스칼렛은 깜짝 놀라 그녀를 쳐다보았다.

아치는 인디아를 마주 노려보았다.

「그래야만 할 것 같소.」 그가 차갑게 대답하고는 다시 침을 뱉었다. 멜라니는 얼굴을 찌푸리며 인디아에게 곁눈질을 했다.

「난 우리 아버지가 담배를 씹지 않아서 참 다행이라고 생각했어.」 피티가 말문을 열었고, 멜라니는 더욱 얼굴을 찌푸리며 피티를 돌아보더니, 스칼렛이 여태껏 들어 본 적이 없을 정도로 날카로운 목소리로 말했다.

「오, 제발 조용해요, 고모님! 정말 눈치가 없으시군요.」

「아니, 얘가!」 피티는 바느질감을 무릎에 떨어뜨리고는 기분이 나쁘다는 듯 입술을 삐물었다. 「정말이지 오늘 밤에는 왜들 하나같이 이렇게 골이 났는지 모르겠구나. 너하고 인디아는 멍청한 늙은이들처럼 신경을 곤두세우고 발끈해서 야단이야.」

아무도 그녀의 말에 대답을 하지 않았다. 멜라니는 화를 내어 미안하다는 사과조차 하지 않고 약간 사납게 손을 놀려 바느질을 계속했다.

「네가 뜨는 코를 보니 한 자씩은 되겠구나.」 속이 좀 후련해진 피티가 말했다. 「모조리 다시 풀어야 되겠어. 너 왜 그러니?」

하지만 멜라니는 그래도 대답을 하지 않았다.

그들에게 혹시 무슨 나쁜 일이 일어났었나? 스칼렛은 궁금했다. 자신의 두려움에 지나치게 몰두해서 그녀가 무엇인가를 눈치채지 못했나? 그렇다, 비록 그들이 함께 지낸 50일 가운데 오늘도 여느 날 저녁이나 마찬가지라는 인상을 주려고 멜라니가 애를 쓰기는 했어도 어딘지 분위기가 달라서, 오후에 벌어졌던 사건에 대한 놀라움과 충격과는 전혀 관계가 없는 어떤 초조함이 감돌았다. 스칼렛은 다른 사람들을 몰래 훔쳐보았고, 인디아와 시선이 마주쳤다. 그것은 증오보다 훨씬 강렬한 무엇, 경멸보다 훨씬 강렬한 무엇을 싸늘한 깊은 곳에 머금고 꿰뚫어 보는 시선이어서, 스칼렛을 당혹케 만들었다.

〈마치 그런 사건이 벌어진 까닭이 내 탓이라는 듯한 태도로구나.〉 스칼렛은 화가 나서 생각했다.

인디아는 그녀에게서 아치에게로 시선을 돌렸고, 그에 대한 짜증이 모두 사라진 얼굴로 어찌 된 일인지를 초조하게 물어보는 아리송한 표정을 아치에게 보냈다. 하지만 그는 인디아를 마주 쳐다보지 않았다. 그는 스칼렛을 쳐다보기는 했는데, 인디아가 그랬듯이 냉정하고 굳은 시선으로 그녀를 노려보았다.

멜라니가 대화를 이어 가지 않았기 때문에 방에는 답답한 침묵이 흘렀고, 침묵 속에서 스칼렛은 점점 심해지는 바깥의 바람 소리를 들었다. 갑자기 지극히 불쾌한 저녁으로 날씨가 변하기 시작했다. 그때서야 스칼렛은 긴장감을 느끼게 되었고, 혹시 저녁 내내 이런 분위기였지만, 자기가 너무 흥분한 나머지 눈치채지 못했던 것이 아닌가 하는 생각이 뒤늦게 들었다. 아치의 얼굴에는 긴장해서 기다리는 표정이 엿보였고, 덥수룩한 털투성이 늙은 귀는 스라소니처럼 불쑥 튀어나왔다. 멜라니와 인디아는 심한 불안감을 억누르는 듯, 길에서 말발굽 소리가 들려올 때마다, 울부짖는 바람 때문에 앙상한 나뭇가지들이 신음 소리를 낼 때마다, 잔디밭을 가로질러 굴러가는 낙엽의 사그락거리는 소리가 날 때마다, 바느질하던 손을 멈추고 머리를 들었다. 그들은 벽난로 속에서 타는 장작이 나지막이 탁탁 튈 때마다 마치 살그머니 걸어오는 발소리라도 되는 듯 서로 물끄러미 쳐다보았다.

무엇인가 잘못되었고, 스칼렛은 그것이 무엇인지 궁금했다. 무슨 일인지가 벌어지는 모양인데, 그녀는 그것이 무엇인지 알 길이 없었다. 표정을 숨길 줄 모르는 피티 고모의 통통한 얼굴은 골이 나서 잔뜩 일그러졌고, 고모를 한 번 힐끗 보고 스칼렛은 노부인이 자기나 마찬가지로 영문을 전혀 모른다는 눈치를 챘다. 하지만 아치와 멜라니와 인디아는 알았다. 침묵 속에서 스칼렛은 인디아와 멜라니의 머릿속에서 우리에 갇힌 다람쥐처럼 미친 듯 소용돌이치는 생각을 어느 정도는 파악했다. 그들은 무엇인가를 알았고, 마치 모든 일이 보통 때나 마찬가지라는 인상을 주려고 애를 쓰기는 했지만, 무엇인가를 기다리는 중이었다. 그리고 그들의 내적인 불안감이 스칼렛에게도 저절로 전달되어, 그녀를 조금 전보다도 더욱 초조하게 만들었다. 바늘을 어수룩하게 놀리다가 엄지 손가락을 찔려 아프고 화가 난 스칼렛이 짤막하게 비명을 지르자 그들은 놀라서 펄쩍 뛰었고, 스칼렛은 새빨간 핏방울이 나올 때까지 손가락을 꼭 눌렀다.

「난 너무 불안해서 바느질을 못 하겠어요.」 바느질감을 마룻바닥으로 집어 던지며 그녀가 말했다. 「난 비명이라도 지르고 싶을 정도로 신경이 예민해졌어요. 집으로 가서 눕고 싶어요. 나한테 휴식이 필요하다는 걸 알았으니까 프랭크는 외출해서는 안 되는데 그랬어요. 그이는 검둥이와 카펫배거들로부터 여자들을 보호해야 한다는 말을 잔뜩 늘어놓으면서도 막상 보호해야 할 때가 되면 도대체 어디로 가버리는 건가요? 과연 집에서 나를 제대로 보호하기나 하나요? 아니죠, 어림도 없어요. 말만 잔뜩 늘어놓고는 무위도식하는 다른 남자들하고 잔뜩 몰려다니기나 하고 —」

그녀의 파르르 떨리는 눈이 인디아의 얼굴에 이르자 그녀는 말을 멈추었다. 인디아는 숨을 가쁘게 몰아쉬었고, 눈썹이 없고 담청색인 그녀의 눈이 냉혹한 표정을 띤 채 스칼렛의 얼굴에 고정되었다.

「혹시 너무 수고스럽지만 않다면 말이야, 인디아.」 스칼렛이 비꼬는 투로 입을 열었다. 「왜 그렇게 저녁 내내 나를 노려보셨는지 얘기해 주셨으면 무척 고맙겠어. 내 얼굴이 뭐 시퍼런 색깔로 변하기라도 했나?」

「그건 조금도 수고스럽지 않은 일이야. 기꺼이 말씀드리지.」 눈을 번득이며 인디아가 말했다. 「난 스칼렛이 케네디 씨처럼 훌륭한 남자를 깔보는 태도가 심히 못마땅해. 사실 그분은 —」

「인디아!」 바느질감을 두 손으로 움켜잡으며 멜라니가 경고하듯 말했다.

「인디아보다는 내가 내 남편을 더 잘 알 것 같은데.」 스칼렛은 인디아의 말에 대꾸하며 그녀와는 처음으로 노골적인 말다툼을 벌이게 된다는 생각에 흥분감이 일고 초조한 마음이 사라졌다. 멜라니가 인디아를 노려보았고, 인디아는 마지못해 입을 다물었다. 하지만 그녀는 금방 다시 입을 열었는데, 그녀의 목소리에서는 싸늘한 증오가 넘쳤다.

「보호를 받아야 한다느니 어쩌느니 떠드는 소릴 들으면 구역질이 나, 스칼렛 오하라! 스칼렛은 보호 따위는 안중에도 없는 여자니까 말이야! 그런 면에 조금이라도 신경을 썼다면 그처럼 무분별하게 돌아다니고, 낯선 남자들의 흠모를 받고 싶어 그들 앞에 모습을 나타내며 요즈음처럼 드러내 놓고 설치지는 않았겠지! 오늘 오후 스칼렛이 당했던 사건은 당연하고도 싸. 사실은 그보다 더 심한 꼴을 당했어야 해.」

「오, 인디아, 조용해요!」 멜라니가 소리쳤다.

「얘기하게 그냥 내버려 둬요.」 스칼렛이 소리쳤다. 「난 재미있군요. 난 인디아가 나를 미워한다는 사실은 진작 알았었지만, 저 여자는 너무나 위선자라서 그걸 시인하지 못했어요. 저 여자는 누가 자기를 흠모하리라는 생각만 들면 동틀 때부터 해 질 녘까지 발가벗고라도 돌아다닐 사람이에요.」

모욕을 당했다고 생각한 인디아가 야윈 몸을 부르르 떨면서 벌떡 일어섰다.

「내가 스칼렛을 증오한다는 건 사실이야.」 또렷하지만 떨리는 목소리로 그녀가 말했다. 「그렇지만 내가 입을 다물었던 이유는 위선 때문은 아니었어. 그건 스칼렛으로서는 이해를 못하는 무엇 — 남들처럼 예절이라고는 전혀 갖추지도 못했고, 남들만큼 교양도 없는 여자로서는 도저히 이해를 못하는 무엇 때문이었어. 그건 우리들 자신의 사소한 증오 따윈 몽땅 함께 묶어 파묻어 버리지 않고서는 양키들을 물리칠 기대는 못 한다는 그런 각성이지. 하지만 너 — 너 — 너는 돈벌이를 하러 나서서 훌륭한 남편에게 창피를 주고 — 점잖은 사람들의 명예를 더럽히는 온갖 못된 짓을 다 해서, 우리들이 품위가 없다고 모욕적인 말을 하거나 비웃을 근거를 양키들과 쓰레기 같은 인간들에게 마련해 주었어. 스칼렛이 우리들과 같은 부류가 아니며, 여태까지 그랬던 적이 없다는 사실을 양키들은 알지도 못해. 양키들은 스칼렛이 품위가 없다는 걸 깨달을 만한 지각이 없으니까 말이야. 그리고 공격을 받을 상황에 자신을 드러내 놓고 숲 속으로 마차를 타고 돌아다님으로 해서 너는 검둥이들과 야비한 백인 쓰레기들에게 유혹을 자극함으로써 애틀랜타의 품행이 방정한 모든 여자를 그런 공격에 노출시킨 셈이야. 그리고 스칼렛은 우리 남자들의 생명도 위험에 처하게 했는데 —」

「하느님 맙소사, 인디아!」 멜라니가 소리쳤고, 분노한 중에서도 스칼렛은 멜라니가 하느님의 이름을 헛되이 하는 소리를 듣고는 깜짝 놀랐다. 「조용히 하라니까요! 스칼렛은 알지 못하는 일이고 만일 — 조용히 하라고요! 약속까지 했으면서 —」

「오, 얘들아, 싸우지 마!」 입술을 떨며 피티가 애원했다.

「내가 뭘 모른단 말이에요?」 스칼렛이 격분해서 일어나 차갑게 분노한 인디아와 애원하는 멜라니에게 맞섰다.

「꽤나 말이 많구먼.」 혐오하는 목소리로 아치가 갑자기 말했다. 미처 누가 그에게 반박하기도 전에 그는 희끗희끗한 머리를 번쩍 들고는 얼른 몸을 일으켰다. 「누가 오는군. 윌크스 씨는 아닌 모양이오. 그만 입들 닥치쇼.」

그의 목소리에는 남성적인 권위가 담겼고, 어느새 여자들의 얼굴에서 분노가 사라지며 갑자기 조용해지는 사이에, 그는 의족을 끌고 방을 가로질러 문으로 갔다.

「거 누구요?」 찾아온 사람이 문을 두드리기도 전에 그가 먼저 물었다.

「버틀러 선장이오. 문 열어요.」

멜라니는 속바지가 무릎까지 드러날 정도로 버팀살 치마를 휘두르며 얼른 마루를 가로질러 달려갔고, 아치가 미처 손잡이를 잡기도 전에 그녀가 문을 벌컥 열었다. 레트 버틀러는 검정 중절모를 눈까지 푹 눌러쓰고, 거센 바람에 케이프를 펄럭펄럭 휘날리며 문간에 서 있었다. 어쩐 일인지 그는 지금까지 그가 지켜 오던 훌륭한 예절을 조금도 지키지 않았다. 그는 모자도 안 벗었고, 방 안의 다른 사람들에게는 눈길 한 번 주지 않았다. 레트의 눈에는 멜라니 외에는 아무도 보이지 않는 듯싶었고, 인사조차 없이 불쑥 말했다.

「어디로들 갔나요? 빨리 얘기해요. 생사가 달렸으니까요.」

놀라고 어리둥절한 스칼렛과 피티는 의아해서 서로 쳐다보았고, 늙고 야윈 고양이 같은 인디아는 방을 가로질러 멜라니의 옆으로 쪼르르 달려갔다.

「저 사람한테는 아무 얘기도 하지 말아요.」 인디아가 재빨리 소리쳤다. 「저 남자는 스캘라웩 첩자예요!」

레트는 그녀를 거들떠보지도 않았다.

「어서요, 윌크스 부인! 아직 시간이 충분할지 모릅니다.」

멜라니는 겁에 질려 몸이 마비된 듯 멍하니 그의 얼굴만 쳐다보았다.

「도대체 무슨 ―」 스칼렛이 말문을 열었다.

「입 닥치쇼.」 아치가 퉁명스럽게 명령했다. 「당신도 입 다물어요, 미스 멜리. 여기서 나가쇼, 악당 스캘라웩!」

「아니에요, 아치, 아니에요!」 아치로부터 그를 보호하기라도 하려는 듯 레트의 팔에 떨리는 손을 얹으며 멜라니가 소리쳤다. 「무슨 문제가 생겼나요? 어떻게, 당신이 어떻게 ― 그걸 알았어요?」

레트의 시커먼 얼굴에서는 짜증과 예절이 싸움을 벌였다.

「맙소사, 윌크스 부인, 그들은 처음부터 의심을 받아 왔지만, 저쪽에서 워낙 약삭빠르다 보니, 오늘까지 가만히 기다리며 기회를 노렸던 거예요! 내가 어떻게 알았느냐고요? 난 오늘 밤 술 취한 양키 대위 두 명하고 포커를 했는데, 그들이 털어놓았어요. 양키들은 오늘 밤에 상황이 벌어지리라고 알고는 미리 대책을 세워 놓았다더군요. 멍청이들이 제 발로 함정으로 걸어 들어간 셈이죠.」

잠깐 동안 멜라니는 호되게 얻어맞아서 충격을 받아 어쩔 어찔한 듯 비틀거렸고, 레트가 팔로 허리를 안아 그녀를 부축해 주었다.

「얘기하지 말아요! 저 남자가 언니를 함정에 빠뜨리려고 그래요!」 레트를 노려보면서 인디아가 소리쳤다. 「오늘 밤에도 양키 장교들하고 같이 놀았다고 지금 저 사람이 제 입으로 한 얘기 못 들었어요?」

여전히 레트는 그녀를 쳐다보지 않았다. 그의 눈은 집요하게 멜라니의 하얀 얼굴만 굽어보았다.

「얘기해요. 어디로들 갔나요? 만나는 장소가 어딘가요?」

두렵고 영문을 모르기는 했어도 스칼렛은 지금처럼 멍하고 무표정한 레트의 얼굴을 전혀 본 적이 없다고 생각했지만, 멜라니는 분명히 다른 무엇을, 그녀로 하여금 신뢰감을 느끼게 만들었던 무엇인지를 그에게서 발견한 모양이었다. 멜라니는 부축해 주던 그의 팔에서 벗어나 자그마한 몸을 꼿꼿이 일으키더니, 조용하지만 떨리는 목소리로 말했다.

「판자촌 근처의 디케이터 도로변이에요. 옛날 설리번 농장이었던 곳인데 — 반쯤 타버린 건물의 지하실에서 만나기로 했어요.」

「감사합니다. 내가 말을 타고 빨리 가보겠어요. 혹시 양키들이 이곳으로 찾아오면 여러분은 아무것도 모른다고 하세요.」

그가 어찌나 빨리 가버리고 검정 케이프가 어둠 속으로 얼마나 재빨리 사라졌는지, 자갈이 튀고 말이 미친 듯 전속력으로 달려가는 소리가 들려올 때까지 그들은 레트가 그곳에 왔었다는 사실조차 의식하기가 어려웠다.

「양키들이 여기로 온다고?」 피티가 소리를 질렀고, 너무 무서워서 울지도 못하며 자그마한 발이 뒤틀리더니 소파 위로 쓰러졌다.

「이게 다 무슨 얘기예요? 레트가 한 얘기는 무슨 뜻이고요? 얘기해 주지 않으면 난 미치고 말겠어요!」 스칼렛은 두 손으로 멜라니를 잡고 마치 흔들어 대는 힘에 의해 대답이 나오기라도 한다는 듯 그녀를 격렬하게 흔들었다.

「무슨 얘기냐고? 스칼렛 때문에 애슐리와 케네디 씨가 죽게 될지도 모른다는 얘기야!」 인디아의 목소리에는 두려움의 고뇌에도 불구하고 의기양양한 말투가 뚜렷했다. 「멜리는 그만 흔들어. 그러다간 언니가 기절하겠어.」

「아니에요, 난 기절하지 않아요.」 의자의 등받이를 움켜잡으며 멜라니가 나지막이 말했다.

「맙소사, 맙소사! 난 이해를 못 하겠어! 애슐리가 죽다니? 제발 누구라도 얘기 좀 —」

녹슨 거울처럼 거친 아치의 목소리가 스칼렛의 말을 가로막았다.

「앉아요.」 그가 무뚝뚝하게 명령했다. 「바느질감을 손에 들고요. 아무 일도 없었다는 듯 바느질을 해요. 우리들이 모르는 사이에 해 질 녘부터 양키들이 이곳을 감시하는지도 모르오. 자리에 앉아 바느질을 하라고 그랬잖소!」

그들은 벌벌 떨면서 시키는 대로 했고, 피티도 떨리는 손가락으로 양말을 집어 들고는 겁에 질린 아이처럼 휘둥그레진 눈으로 주변 사람들을 둘러보았다.

「애슐리는 어딜 갔나요? 애슐리한테 무슨 문제가 생겼나요, 멜리?」 스칼렛이 소리쳤다.

「네 남편은 어디 갔는지 궁금하지 않고? 자기 남편에게는 관심이 없어?」 엷은 푸른 빛깔의 눈에서는 광적인 악의가 이글거리며, 인디아가 찢어진 수건을 구겼다가 펴서는 계속 꿰맸다.

「인디아, 제발!」 멜라니는 목소리를 애써 가다듬었지만, 충격을 받은 창백한 얼굴과 괴로워하는 두 눈은 그녀를 괴롭히던 초조감을 그대로 보여 주었다. 「스칼렛, 아마 우리들이 스칼렛에게 벌써 얘기해 주었어야 옳았는지도 모르겠지만 — 하지만 — 오늘 오후에 당한 일 때문에 워낙 충격이 심할 듯싶어서 우리들은 — 얘기하지 말아야 한다고 프랭크가 말렸고 — 더구나 클랜에 대해서는 스칼렛이 무척 노골적으로 반발했기 때문에 —」

「클랜이라니 —」

처음에 스칼렛은, 그런 말을 여태까지 한 번도 들어 본 적이 없으며 전혀 의미를 파악하지 못하는 듯한 말투였고, 그러더니 놀라서 말했다.

「클랜이라고요!」 그녀는 비명을 지르다시피 했다. 「설마 애슐리 씨가 클랜에 가담했다는 얘긴 아니겠죠! 남편도 그럴 리가 없어요! 오, 그이는 나한테 약속했어요!」

「물론 케네디 씨는 클랜 단원이고, 애슐리도 그렇고, 우리가 아는 남자들은 다 마찬가지야.」 인디아가 소리쳤다. 「그들은 남자들이란 말이야, 안 그래? 그리고 백인에다 남부인이라고. 마치 남편이 무슨 부끄러운 짓이라도 하려고 몰래 빠져나가게 만드는 대신 스칼렛은 그를 자랑스럽게 여겼어야 하고 —」

「다들 처음부터 알았는데, 나만 —」

「스칼렛이 알면 흥분할까 봐 우린 걱정이 되었거든요.」 멜라니가 슬프게 말했다.

「그렇다면 정치적인 모임에 간다고 하면서 바로 거길 갔다는 얘긴가요? 오, 그이는 나한테 약속했는데! 이제는 양키들이 와서 내 제재소와 상점을 몰수하고, 그이를 감옥으로 보내고 — 오, 레트 버틀러가 한 얘기는 무슨 뜻인가요?」

인디아와 멜라니는 심한 공포에 사로잡혀 서로 쳐다보았다. 바느질감을 내동댕이치며 스칼렛이 일어섰다.

「얘기하지 않겠다면 내가 시내로 가서 알아보겠어요. 만나는 사람마다 모조리 물어봐서 —」

「앉아요.」 꼼짝 못 하게 노려보며 아치가 말했다. 「내가 얘기하겠소. 당신이 오늘 오후 싸돌아다니다가 당신 잘못으로 사고를 당했기 때문에 윌크스 씨와 케네디 씨, 그리고 다른 남자들이 말썽을 피운 깜둥이하고 백인을 오늘 밤 잡으면 그들을 죽이고, 판자촌 마을을 몽땅 쓸어버리기 위해 출동했어요. 그리고 만일 아까 스캘라웩이 한 말이 맞다면, 양키들이 무슨 수상한 낌새를 눈치챘거나 어디선가 소문을 듣고는 잠복했다가 덮치려고 병력을 풀었다 이거요. 그래서 우리 편 사람들이 함정에 빠지고 말았소. 그리고 만일 버틀러라는 자가 한 말이 사실이 아니라면, 그는 첩자가 분명하고, 그래서 그가 양키들에게 그들을 넘기고, 어쨌든 그들이 죽음을 당하기는 마찬가지요. 그리고 만일 그가 정말로 우리 편을 그들에게 넘긴다면, 난 목숨을 걸고라도 꼭 그놈을 죽이고 말겠소. 그리고 그들이 죽음을 당하지 않는다고 해도, 모두들 여기서 도망쳐 텍사스로 가 어디에 숨어 살면서 절대로 돌아오지 않으면 좋겠소. 이건 다 당신 탓이고, 당신 때문에 피를 보는 거라 이거요.」

스칼렛의 얼굴에 사태를 파악하는 표정이 천천히 나타났다가, 이어서 갑작스러운 공포가 뒤따르자, 멜라니의 얼굴에서는 분노가 두려움을 몰아냈다. 그녀는 몸을 일으켜 스칼렛의 어깨에 손을 얹었다.

「그런 말 한마디만 더 했다가는 집에서 내쫓겠어요, 아치.」

멜라니가 근엄하게 말했다. 「그건 스칼렛의 탓이 아니에요. 스칼렛은 다만 — 꼭 해야겠다고 생각한 일을 했을 뿐이에요. 그리고 우리 남자들도 그들이 꼭 해야 되겠다고 믿는 일을 할 뿐이고요. 사람들은 꼭 해야 할 일은 해야 돼요. 우리들은 누구나 다 똑같이 생각하거나 똑같이 행동하지는 못하고 — 따라서 자기 자신을 기준으로 삼아 남들을 판단하면, 옳지 못해요. 내 남편이나 마찬가지로 스칼렛의 남편이 무슨 일을 당할지 모르는 지금 — 당신과 인디아는 어떻게 그런 잔인한 말을 하나요?」

「저 소리 들어 봐요!」 아치가 나지막한 목소리로 말을 가로막았다. 「앉아요, 부인. 누가 말을 타고 와요.」

멜라니가 의자에 힘없이 주저앉아, 애슐리의 셔츠를 하나 집어 들더니, 머리를 숙이고는 무의식적으로 주름 장식을 자디잘게 찢기 시작했다.

말발굽 소리가 점점 더 커지더니 말을 탄 사람들이 집을 향해 서둘러 올라왔다. 재갈이 짤그랑거리고, 고삐를 당기고, 사람들이 얘기하는 소리가 들려왔다. 집 앞에서 말발굽 소리가 멈추면서, 한 사람의 목소리가 다른 사람들 목소리보다 커지더니 명령을 내렸고, 방 안에서 귀를 기울이던 그들은 옆 마당을 거쳐 뒤쪽 포치로 가는 사람들의 발소리를 들었다. 두려움으로 마음이 조마조마하던 네 여자는 1천 개나 되는 음흉한 눈이 덧문을 가리지 않은 앞창으로 그들을 들여다보는 기분을 느껴, 머리를 푹 숙이고는 바늘만 놀렸다. 스칼렛의 가슴속에서는 양심이 비명을 질렀다. 〈내가 애슐리를 죽였어! 내가 애슐리를 죽였어!〉 그렇게 황급한 순간에 그녀는 프랭크도 자기가 죽였을지 모른다는 생각은 떠오르지도 않았다. 그녀의 머릿속에는 금발 머리가 피로 물든 채 양키

기병 대원들의 발치에 쓰러진 애슐리의 모습 이외에는 어떤 장면도 수용할 여지가 없었다.

다급하고 요란하게 문을 두드리는 소리가 나자 그녀는 멜라니를 쳐다보았고, 그녀의 자그마하고 긴장된 얼굴에는 새로운 표정이 — 아까 레트 버틀러의 얼굴에서 보았던 그런 멍한 표정이, 겨우 2자 패 두 장[34]을 들고 블러프[35]를 치는 포커 도박사처럼 느긋하고 멍한 표정이 자리를 잡았다.

「아치, 문 열어 줘요.」 그녀가 조용히 말했다.

칼을 장화 꺽대기에 꽂고, 허리춤에 찬 권총을 헐겁게 늦추며, 아치는 절름거리면서 가더니 문을 벌컥 열었다. 피티는 문간에 몰려선 양키 대위 한 명과 북군 1개 분대를 보더니, 쥐덫이 덜컥 닫히는 순간의 생쥐처럼 짤막하게 찌익 소리를 냈다. 하지만 다른 사람들은 숨을 죽였다. 스칼렛은 찾아온 장교가 낯익은 사람임을 깨닫고는 지극히 희미한 안도감을 느꼈다. 그는 레트의 친구인 톰 재퍼리 대위였다. 스칼렛은 그가 집을 지을 때 목재를 팔았었다. 그녀가 알기로 그는 신사였다. 아마도 신사이기에 대위는 그들을 감옥으로 끌고 가지는 않을지도 모른다. 그는 한눈에 그녀를 알아보고는 모자를 벗고 약간 거북해하며 인사를 했다.

「안녕하세요, 케네디 부인. 그런데 여러분 가운데 어느 분이 윌크스 부인이신가요?」

「제가 윌크스 부인입니다.」 몸을 일으키며 멜라니가 말했는데, 아무리 자그마한 몸집이기는 해도, 위엄이 넘쳐흘렀다. 「제가 무슨 잘못을 했기에 이런 침범을 당해야 하죠?」

방 안을 재빨리 둘러보느라고 번득이던 대위의 눈은 한 사

34 포커의 끗수로는 가장 낮다.

35 높은 끗수를 가진 것처럼 허세를 부리기.

람씩 잠깐 살펴보고는, 그들의 얼굴에서 얼른 탁자와 모자걸이로 시선을 옮겨, 남자가 집에 없는지 무슨 흔적을 찾는 눈치였다.

「죄송합니다만 윌크스 씨하고 케네디 씨를 만나고 싶은데요.」

「안 계신데요.」 부드러운 목소리가 쌀쌀해지면서 멜라니가 말했다.

「정말입니까?」

「당신 미스 윌크스의 말 의심하면 좋지 않소.」 수염을 곤두세우며 아치가 말했다.

「죄송합니다, 윌크스 부인. 실례할 생각은 없었는데요. 사실대로 말씀해 주신다면 집을 수색하지는 않겠습니다.」

「사실이 그래요. 하지만 원하신다면 수색하세요. 두 분은 시내 프랭크 씨의 상점에서 회의를 한댔어요.」

「그들은 상점에 없습니다. 오늘 밤에는 회의가 없었고요.」 대위가 음험하게 말했다. 「그들이 돌아올 때까지 기다리기로 하겠어요.」

그는 얼른 인사를 하고 밖으로 나가 문을 닫았다. 집 안에 있던 사람들은 바람 소리 때문에 둔탁해지기는 했지만, 그래도 퍽 날카로운 명령 소리를 들었다. 「집을 포위하라. 문과 창문마다 한 명씩 배치하라.」 쿵쾅거리며 뛰어 돌아다니는 발소리가 들려왔다. 스칼렛은 어두운 바깥에서 창문으로 들여다보는 수염을 기른 얼굴들이 어렴풋하게 눈에 띄자 겁이 덜컥 나서 벌떡 일어나려다가 참았다. 멜라니는 자리에 앉더니, 떨리지 않는 쪽 손으로 탁자에 놓인 책을 집었다. 그녀가 집어 든 헌책은 전쟁 중에 남군 병사들의 상상력을 자극했었던 소설 『레 미제라블』이었다. 병사들은 전선의 화톳불 앞에서 이 책을 즐겨 읽었으며, 제목을 〈리 장군의 비참한 졸개들〉[36]이라고 고쳐 부르고는 씁쓸하게 웃기도 했다. 그녀는 책의 중간쯤을 펼쳐 또렷하고 단조로운 목소리로 읽기 시작했다.

「바느질을 계속하시오.」 거센 목소리로 아치가 나지막이 명령했고, 멜라니의 침착한 목소리에 기운을 차린 세 여자는 바느질감을 집어 들고 머리를 숙였다.

감시하는 병사들의 눈초리에 둘러싸여 멜라니가 얼마나 오랫동안 읽었는지 스칼렛으로서는 전혀 알 수가 없었지만, 몇 시간이 흐른 듯싶었다. 그녀는 멜라니가 읽는 글이 한마디도 귀에 들어오지 않았다. 스칼렛은 애슐리뿐 아니라 프랭크도 생각하기 시작했다. 그러니까 겉으로만 차분해 보이던 오늘 저녁의 비밀은 이것이 설명해 주는구나! 프랭크는 클랜과 아무런 관계도 맺지 않으리라고 그녀와 약속했었다. 오, 바로 이것이 그들에게 닥칠까 봐 스칼렛이 두려워하던 바로 그런 사고였다! 지난 한 해 동안에 쌓은 노력이 수포로 돌아가리라. 비가 오나 날이 춥거나 가리지 않고, 온갖 고생을 하고, 두려워하고, 투쟁했던 노력이 통째로 허사가 되었다. 도대체 기백도 없고 늙은 프랭크가 클랜의 과격한 활동에 끼어들리라고 과연 누가 상상이나 했을까? 지금 순간에 그는 이미 죽었는지도 모를 노릇이었다. 그리고 죽지 않았다고 해도 양키들에게 체포되면 그는 교수형을 당하리라. 그리고 애슐리도!

손톱이 손바닥을 파고들어서 네 개의 새빨간 초승달 모양이 나타났다. 애슐리가 교수형을 당할 위기에 처했는데 멜라니는 어떻게 저토록 차분하게 책을 읽고 또 읽기만 할까? 애

36 *Lee's Miserables*. 〈레미제라블〉과 발음이 비슷하다.

슐리가 죽었을지도 모르는데! 하지만 장 발장의 슬픈 얘기를 읽어 내려가는 침착하고 부드러운 목소리에 담긴 어떤 요소가 그녀의 마음을 진정시켜 주어서, 스칼렛은 벌떡 일어나 비명을 지르려는 충동을 가라앉혔다.

그녀는 돈 한 푼 없이 지친 몸으로 쫓기던 토니 폰테인이 그들을 찾아왔던 밤이 언뜻 머리에 떠올랐다. 만일 토니가 그들의 집에 나타나서 돈과 새 말을 구하지 못했더라면 그는 벌써 오래전에 교수형을 당했으리라. 비록 프랭크와 애슐리는 지금 순간에는 아직 죽지 않았다손 치더라도 토니와 같은 입장에 처했고, 그것도 훨씬 곤란한 처지였다. 군인들이 에워쌌으니 집으로 와서 돈과 옷을 가져가려다가는 틀림없이 체포되고 말 처지였다. 그리고 어쩌면 부근의 집집마다 양키들이 경비하고 있을지도 모르니까 그들은 친구들의 도움을 받기도 어려웠다. 지금 그들은 밤의 어둠 속을 마구 달려 텍사스로 향하고 있을지도 모른다.

하지만 레트가 — 어쩌면 레트가 때맞춰 그들을 찾아냈는지도 모른다. 레트는 늘 현금을 많이 갖고 다녔다. 어쩌면 레트는 그들이 피신하기에 충분한 돈을 빌려 줄지도 모른다. 하지만 그것은 어울리지 않는 이상한 일이었다. 레트가 왜 애슐리의 안전 때문에 신경을 쓴다는 말인가? 분명히 그는 애슐리를 싫어했고, 또 애슐리에 대한 혐오감을 드러냈었다. 그렇다면 어째서? 하지만 애슐리와 프랭크의 안전에 대한 새삼스러운 두려움이 그녀의 궁금증을 삼켜 버렸다.

〈오, 이건 다 내 탓이야!〉 그녀는 속으로 울부짖었다. 〈인디아와 아치의 말이 옳아. 이건 모두 다 내 탓이야. 하지만 난 그들 두 사람 가운데 누구도 클랜에 가입할 정도로 어리석으리라고는 전혀 생각도 못 했었어! 그리고 나한테 무슨 일이 일어나리라는 걱정도 전혀 안 했고! 하지만 난 달리 어쩔 도리가 없었어. 멜리의 얘기가 옳아. 사람이란 꼭 해야 할 일은 해야 하는 거야. 그리고 난 제재소들을 꾸려 나갔어야만 해! 돈을 벌었어야만 했고! 그런데 이제 어쩌면 재산을 통째로 잃을지도 모르고, 어떻게 보면 그것 역시 다 내 탓이기도 해!〉

한참 후에 멜라니의 목소리가 멈칫거리더니, 점점 낮아져서 침묵으로 바뀌었다. 그녀는 창문 쪽으로 머리를 돌리고는, 마치 유리창 밖에서 빤히 마주 쳐다보는 양키가 없다는 듯, 어둠 속을 꿰뚫어 보았다. 다른 사람들도 머리를 들고는, 귀를 기울이는 그녀의 모습을 보고 덩달아 귀를 기울였다.

창문과 문을 닫아 놓아 바깥에서 나는 소리가 둔감해지고, 바람에 실려 사라지기도 했지만, 그래도 그들은 멀리서 들려오는 말발굽과 노래를 부르는 소리를 식별했다. 그것은 모든 노래들 중에서도 가장 증오의 대상이 되고 듣기 싫은 셔먼의 군대에 관한 노래 「조지아로 진군하라」였고, 노래를 부르는 사람은 레트 버틀러였다.

그가 첫 소절을 끝내자마자 술 취한 다른 두 사람의 목소리가 맹렬히 그를 공박했는데, 바보처럼 화를 내던 목소리들은 웅얼거리며 말을 더듬었다. 앞 포치에서 재퍼리 대위가 다급하게 명령을 내렸고, 분주히 돌아가는 발소리가 났다. 하지만 그런 소리가 나기도 전에 여자들은 어리둥절해서 서로 쳐다보았다. 레트를 꾸짖는 술 취한 목소리가 애슐리와 휴 엘싱이기 때문이었다.

앞길에서 그들의 목소리가 더 커지더니, 재퍼리 대위가 무뚝뚝하게 질문을 하고, 휴가 바보처럼 시끄럽게 웃고, 레트는 굵직한 목소리로 떠들고, 애슐리는 이상하고 묘한 목소리로 〈제기랄! 제기랄!〉 하고 소리를 질렀다.

〈애슐리는 저럴 사람이 아냐!〉 스칼렛은 두서없이 생각했다. 〈절대로 술에 취할 사람이 아냐! 그리고 레트는 — 그래, 레트는 술에 취하면 점점 더 말이 없어지고, 절대로 저렇게 시끄럽지를 않아!〉

멜라니가 몸을 일으켰고, 그녀와 함께 아치도 일어섰다. 그들은 대위의 날카로운 목소리를 들었다. 「두 사람을 체포하겠소.」 그러자 아치는 권총 손잡이를 움켜쥐었다.

「그러지 말아요.」 멜라니가 아치에게 나지막한 목소리로 단호하게 말했다. 「그러지 말라고요. 나한테 맡기세요.」

멜라니의 얼굴에는 타라 농장에서의 그날, 무거운 군도를 든 팔을 힘없이 축 늘어뜨린 채, 층계 꼭대기에서 죽은 양키를 내려다보던 순간에 스칼렛이 그녀에게서 보았던 표정이 — 온순하고도 소심하던 그녀가 상황 때문에 사나워져 암호랑이처럼 분노하고 조심스러워진 표정이 다시 나타났다. 그녀는 앞문을 벌컥 열어젖혔다.

「안으로 데리고 들어오시죠, 버틀러 선장님.」 그녀는 독기가 서린 또렷한 어조로 그들을 불러들였다. 「보아하니 저이를 당신이 또 고주망태로 만들어 놓은 모양이로군요. 안으로 데리고 들어오라니까요.」

캄캄하고 바람이 부는 길에서 양키 대위가 말했다. 「미안합니다만, 윌크스 부인, 당신 남편하고 엘싱 씨를 체포해야 되겠습니다.」

「체포한다고요? 무엇 때문에요? 술에 취했다는 죄목인가요? 만일 애틀랜타에서 술 취한 사람을 모조리 잡아들인다면 양키 주둔군은 몽땅 계속 감옥에 들어가 살아야 되겠군요. 자, 그이를 안으로 데리고 들어와요, 버틀러 선장님 — 그러니까 당신이나마 제대로 걸을 기운이 남았다면 말입니다.」

스칼렛은 머리가 빨리 돌아가지 않았고, 잠깐 동안 전혀 아무것도 이해하지 못했다. 스칼렛은 레트와 애슐리 두 사람 다 취하지 않았음을 알았고, 멜라니도 분명히 알았다. 그런데도 보통 때는 그토록 얌전하고 세련된 여자였던 멜라니가 지금은 두 사람 다 걷지도 못할 지경으로 취했다며 야단을 쳤으며, 그것도 양키들 앞에서 바가지나 긁는 사나운 여편네처럼 소리를 바락바락 질렀다.

가끔 욕설이 튀어나오고 투덜거리며 짤막한 말다툼을 벌이더니, 남자들이 머뭇머뭇 층계를 올라오는 소리가 났다. 얼굴이 하얗고, 머리는 축 늘어지고, 눈부신 머리카락이 헝클어지고, 기다란 몸을 목에서 무릎까지 레트의 검정 케이프로 감싼 애슐리가 문간에 나타났다. 별로 발걸음을 더 잘 가누지도 못하는 휴 엘싱과 레트가 양쪽에서 그를 부축했는데, 그들이 잡아 주지만 않으면 애슐리는 틀림없이 마룻바닥으로 당장이라도 쓰러질 지경이었다. 그들의 뒤에서는 의심스럽기는 하면서도 재미있다는 아리송한 표정으로 양키 대위가 뒤따라 나타났다. 대위가 열린 문간에 멈춰 섰고, 호기심을 느낀 병사들이 그의 어깨 너머로 기웃거렸고, 찬 바람이 집 안으로 들이쳤다.

겁이 나고 영문을 모르겠던 스칼렛은 멜라니를, 그리고 다시 축 늘어진 애슐리를 힐끔거리며 보았고, 그제야 어느 정도 납득이 갔다. 그녀는 〈하지만 취했을 리가 없어요!〉라고 소리를 지르려다가 입을 굳게 다물었다. 그녀는 목숨이 걸린 필사적인 연극이 눈앞에서 벌어지고 있음을 깨달았다. 스칼렛은 자기와 피티 고모는 연극에서 한 부분을 이루지는 못한다고 느꼈지만, 다른 사람들은 자주 연습이라도 한 배우처럼 대사를 척척 받아넘겼다. 그녀는 반쯤밖에 이해하지 못했지만, 입을 다물어야 할 만큼은 사태를 이해했다.

「그이를 의자에 앉혀요.」 멜라니가 화를 내며 소리쳤다. 「그리고 당신은 당장 나가 주세요, 버틀러 선장님! 저이를 또 이런 꼴로 만들어 놓고 무슨 면목으로 뻔뻔스럽게 여길 나타나셨어요!」

두 남자는 애슐리를 편안하게 흔들의자에다 앉혔고, 비틀거리던 레트는 몸을 가누려고 의자의 등받이를 붙잡고 서서, 억울해하는 목소리로 대위에게 말했다.

「고맙다는 인사치고는 굉장하군요, 안 그래요? 고래고래 소리를 질러 대는가 하면 나를 할퀴려고 덤비는 사람을 경찰에게 체포되지 않도록 집까지 데려다 주었는데 말이에요!」

「그리고 당신, 휴 엘싱, 난 당신도 한심하다고 생각해요! 가엾은 당신 어머니가 알면 뭐라고 그러시겠어요? 술에 취하고 거기다가 — 거기다가 양키나 좋아하는 버틀러 선장 같은 스캘라웩하고 어울려 돌아다니다니! 그리고, 오, 윌크스 씨, 어쩌면 이럴 수가 있어요?」

「멜리, 나 별로 안 취했어.」 애슐리가 중얼거리고는, 앞으로 고꾸라지더니 팔뚝에다 얼굴을 파묻고 탁자 위에 엎드렸다.

「아치, 저이를 방으로 끌고 올라가서 — 늘 그러듯이 침대에 눕혀요.」 멜라니가 명령했다. 「피티 고모님, 어서 가셔서 잠자리를 좀 살펴 주시고, 오 — 오!」 그녀는 갑자기 울음을 터뜨렸다. 「오, 어쩌면 저이가 이럴까요? 나한테 철석같이 약속까지 해놓고는 말이에요!」

아치가 벌써 팔을 애슐리의 겨드랑이로 집어넣고, 겁이 나서 어찌할 바를 모르는 피티가 몸을 일으키려니까, 대위가 앞을 가로막았다.

「그 사람 건드리지 마시오. 체포해야 하니까요. 병사!」

세워총 자세로 소총을 들고 병사가 방으로 들어서니까, 몸을 가누려고 애쓰던 레트가 대위의 팔에 손을 얹고는, 눈의 초점을 맞추려고 애썼다.

「톰, 왜 체포하려고 그래요? 별로 심하게 취하지도 않았어요. 저 사람 취하려면 아직 멀었다고요.」

「술 취한 건 내가 알 바 아니에요.」 대위가 소리쳤다. 「이 사람이 시궁창에 빠져 자빠졌어도 난 흥미 없고요. 난 경찰이 아니니까요. 이 사람하고 엘싱 씨는 오늘 밤 클랜의 판자촌 습격과 관련되었기 때문에 체포하려는 거예요. 깜둥이 한 사람과 백인 한 사람이 살해되었죠. 윌크스 씨가 사건의 주모자였어요.」

「오늘 밤이라고요?」 레트가 웃기 시작했다. 그러고는 소파에 주저앉아 두 손에 얼굴을 파묻기까지 하면서 요란하게 웃었다. 「오늘 밤은 아니에요, 톰.」 겨우 숨을 돌린 다음에 그가 말했다. 「두 사람은 나하고 같이 오늘 밤을 보냈고, 회의에 참석했다는 시간인 8시부터 줄곧 나하고 같이 지냈단 말이에요.」

「당신하고요, 레트? 하지만 —」 대위는 이맛살을 찌푸리고는, 코를 고는 애슐리와 어찌할 바를 몰라서 흐느껴 우는 그의 아내를 쳐다보았다. 「하지만 — 당신은 어디 있었는데 그래요?」

「그런 얘기는 하고 싶지 않은데요.」 그리고 레트는 교활한 시선을 멜라니에게 힐끗 던졌다.

「얘기하는 게 좋을 텐데요!」

「포치로 나가면 우리들이 어딜 갔었는지 얘기해 주겠어요.」

「여기서 얘기해요.」

「숙녀들 앞에서는 하고 싶지 않은 얘기라니까요. 숙녀 분들이 방에서 좀 나가 주시면 —」

「난 그렇게 못 하겠어요.」 손수건으로 눈물을 찍어 내며 화가 나서 멜라니가 소리쳤다. 「나는 알아야 할 권리가 있으니까요. 내 남편이 어딜 갔었나요?」

「벨 워틀링의 유곽이요.」 겸연쩍은 표정을 지으며 레트가 말했다. 「애슐리는 그곳에 참석했고, 휴와 프랭크 케네디와 닥터 미드 — 그리고 또 잔뜩 모였죠. 파티를 열었어요. 요란한 파티를요. 샴페인도 나오고, 여자들도 —」

「그러니까 — 그러니까 벨 워틀링 집에 갔었다고요?」

고통이 너무 심해서 목소리가 갈라질 정도로 멜라니가 언성을 높이는 바람에, 모두들 겁이 나서 그녀에게로 시선을 돌렸다. 그녀는 가슴을 움켜잡았고, 아치가 미처 붙잡아 부축할 틈도 없이 기절해 버렸다. 그러자 뒤따라 소동이 일어나서, 아치가 그녀를 잡아 일으키고, 인디아는 물을 가지러 부엌으로 달려가고, 피티와 스칼렛은 그녀에게 부채질을 해 주며 손목을 찰싹찰싹 때렸고, 한편에서는 휴 엘싱이 계속해서 군인들에게 소리를 질러 댔다. 「당신들 때문에 이렇게 됐어요! 당신들 때문에 이렇게 됐어요!」

「이제는 시내에 온통 소문이 퍼지게 생겼군요.」 화를 벌컥 내며 레트가 말했다. 「당신도 만족했길 바라요, 톰. 내일 애틀랜타에는 남편과 말을 할 아내가 한 명도 없어지겠소.」

「레트, 난 그런 줄도 모르고 —」 등 뒤에서 열린 문으로 찬바람이 들이치기는 했어도 대위는 땀을 흘렸다. 「이것 봐요! 당신 이 사람들이 — 저 — 그러니까 벨네 집에서 만났다고 맹세하겠어요?」

「그야 물론이죠.」 레트가 험악하게 소리쳤다. 「내 말을 못 믿겠거든 어서 벨한테 찾아가 직접 물어보시지 그래요. 자,

난 윌크스 부인을 방으로 옮겨야 되겠어요. 부인을 이리 줘요, 아치. 그래요, 내가 안고 갈 테니까요. 미스 피티, 등잔을 들고 앞장서요.」

그는 아치의 팔에서 축 늘어진 멜라니를 가볍게 받아 들었다.

「당신은 윌크스 씨를 침대로 옮기도록 해요, 아치. 난 오늘 밤부터 다시는 그를 만나거나 손을 대기도 싫어요.」

피티의 손이 벌벌 떨려서 등잔이 집의 안전에 위협이 되기는 했지만, 그래도 그녀는 꼭 잡고 컴컴한 침실을 향해 앞장서서 타박거리며 갔다. 아치는 끙 하고 신음 소리를 내며 한 쪽 팔을 애슐리 밑으로 집어넣어 일으켰다.

「하지만 — 난 이 사람들을 체포해야 하는데요!」

레트가 침침한 통로에서 돌아섰다.

「그렇다면 아침에 체포하도록 해요. 이런 상태로는 이 사람들 도망도 못 치겠고 — 게다가 유곽에서 술 좀 마셨다고 해서 죄가 된다는 얘긴 난 지금까지 들어 보지도 못했으니까요. 정말이지, 톰, 그들이 벨 주점에 있었다고 증명할 증인이 쉰 명은 되겠어요.」

「어떤 남부 사람이 어딘가 가지도 않았는데 갔었다고 얘기할 증인은 항상 쉰 명씩은 나서게 마련이죠.」 대위가 시무룩하게 말했다. 「당신은 나하고 같이 갑시다, 엘싱 씨. 윌크스 씨는 누가 보증한다면 유예시켜서 —」

「난 윌크스 씨의 동생이에요. 오빠가 출두하리라는 보증은 내가 서겠어요.」 인디아가 냉정하게 말했다. 「그러니까 당신들 제발 나가 주지 않겠어요? 그만하면 오늘 밤에는 당신도 충분히 실례를 한 셈이니까요.」

「그건 대단히 죄송합니다.」 대위가 어색하게 절을 했다. 「난 그저 그들이 — 저, 미스 워틀링 — 워틀링 부인의 집에 갔었다고 증명이 되기만 바랄 따름입니다. 오빠에게 내일 아침 헌병 사령부에 꼭 출두해서 심문을 받으라는 얘기를 전해 주시겠어요?」

인디아는 싸늘하게 절을 하고는, 문의 손잡이를 쥐고 어서 빨리 나가 줬으면 좋겠다는 암시를 전했다. 휴 엘싱을 데리고 뒷걸음질로 대위와 병사가 물러났고, 그녀는 문을 쾅 닫아 버렸다. 스칼렛은 거들떠보지도 않으면서 그녀는 재빨리 창문마다 돌아가며 창 가리개를 내렸다. 스칼렛은 무릎이 떨려서 몸을 가누려고 애슐리가 앉았던 의자를 붙잡았다. 의자를 내려다본 그녀는 의자 등받이 받침에서, 그녀의 손보다 훨씬 크게 시커멓고 축축한 얼룩이 눈에 띄었다. 어리둥절해서 손으로 쓸어 본 스칼렛은 끈끈하고 시뻘건 액체가 손바닥에 묻어나자 겁이 덜컥 났다.

「인디아.」 그녀가 속삭였다. 「인디아, 애슐리가 — 다쳤어.」

「이런 바보 같으니라고! 그럼 오빠가 정말 취했다고 생각했어?」

인디아는 마지막 창 가리개를 휙 내리고는 날아가듯 침실로 달려갔고, 가슴을 두근거리며 스칼렛이 바싹 뒤따랐다. 레트의 커다란 몸집이 문간을 가로막았지만, 그의 어깨 너머로 그녀는 창백한 얼굴로 꼼짝도 않고 침대에 누운 애슐리를 보았다. 멜라니는 바로 조금 전에 기절했던 여자치고는 이상할 정도로 빨리 자수용 가위로 피에 푹 젖은 셔츠를 서둘러 잘라 냈다. 아치는 울퉁불퉁한 손가락 하나를 애슐리의 손목에 얹고, 침대를 비추려고 등잔을 나지막이 들었다.

「죽었어요?」 두 여자가 동시에 소리쳤다.

「아뇨, 출혈로 졸도했을 뿐이에요. 어깨에 맞았어요.」 레트가 말했다.

「바보같이 왜 오빠를 이리 데리고 왔어요?」 인디아가 소리쳤다. 「내가 들어가 봐야 되겠어요! 나 들어가게 해줘요! 체포라도 당하면 어떻게 하라고 이리 데리고 왔어요?」

「워낙 힘이 빠져서 어디로 갈 수가 없었어요. 다른 곳으로 데리고 갈 곳도 마땅치 않았고요, 미스 윌크스. 뿐만 아니라 — 당신은 애슐리가 토니 폰테인처럼 도망이나 다니는 신세가 되기를 원하나요? 당신 이웃 10여 명이 텍사스에서 가명을 써가며 죽을 때까지 살아가기를 원해요? 그들이 혐의를 벗어나게 해줄 방법은 있어요. 만일 벨만 —」

「나 들어가게 해줘요!」

「아니에요, 미스 윌크스. 당신이 해야 할 일이 있어요. 가서 의사를 데리고 와야 하는데 —. 미드 박사는 안 돼요. 그는 사건과 관련되었기 때문에 아마도 지금 양키들에게 심문을 받고 있을지 모릅니다. 다른 의사를 찾아봐요. 밤에 혼자 외출하기가 무서운가요?」

「아뇨.」 담청색 눈을 반짝이며 인디아가 말했다. 「난 두렵지 않아요.」 그녀는 거실의 옷걸이에서 두건이 달린 멜라니의 케이프를 집어 들었다. 「노의사 딘을 찾아가 보겠어요.」 애써 차분함을 되찾은 그녀의 목소리에서는 흥분감이 가셨다. 「당신을 첩자니 바보니 못된 소리를 해서 미안해요. 난 이해하지 못했어요. 애슐리를 위해서 해주신 일을 깊이 감사드리고요. 하지만 난 당신을 경멸하는 마음은 그대로예요.」

「난 솔직한 사람을 좋아하고, 그래서 당신에게 감사를 드립니다.」 레트는 절을 하며 재미있다는 듯 미소를 짓느라고 입술이 일그러졌다. 「자, 서둘러 뒷길로 가고, 돌아왔을 때 군인들이 눈에 띄면 집으로 들어오지 마세요.」

인디아는 다시 한 번 근심스러운 눈길을 잠깐 애슐리에게 던지더니, 케이프를 몸에 두르고는 가볍게 복도를 내려가 뒷문을 통해 소리 없이 캄캄한 밖으로 빠져나갔다.

눈에 신경을 곤두세우고 레트의 어깨 너머로 방 안을 들여다본 스칼렛은 애슐리가 눈을 뜨자 심장이 다시 뛰기 시작하는 기분이 들었다. 멜라니는 세면대 걸이에서 접은 수건을 낚아채 피가 줄줄 흐르는 그의 어깨에 대고 눌렀으며, 애슐리는 그녀를 안심시키려고 올려다보며 미소를 지었다. 스칼렛은 레트가 뚫어지게 열심히 자기를 노려보는 눈초리를 의식했고, 그녀의 마음이 얼굴에 빤히 드러났음을 알았지만, 그래도 개의치 않았다. 애슐리는 피를 흘렸고, 어쩌면 죽을지도 모르며, 그의 어깨에 저 구멍을 뚫어 놓은 사람은 바로 그녀였다. 그녀는 침대로 달려가 옆에 주저앉아 애슐리를 끌어안고 싶었지만, 무릎이 떨려 방으로 들어갈 힘이 없었다. 입에 손을 대고 스칼렛이 쳐다보는 사이에 멜라니는 새 수건을 그의 어깨에 대고, 마치 피를 강제로 그의 몸으로 다시 밀어 넣으려는 듯 힘껏 눌렀다. 하지만 마술처럼 수건이 빨개졌다.

저렇게 피를 많이 흘리고도 어떻게 사람이 살아날까? 하지만, 천만다행으로, 그의 입술에는 피거품이 맺히지 않았는데, 그녀는 복숭아나무 샛강에서 전투가 벌어져 부상병들이 입에 피를 머금고 피티 고모의 집 잔디밭에서 죽어 가던 끔찍한 날에 잘 알게 되었듯이 — 시뻘건 거품은, 오, 그것은 죽음의 전조였다.

「기운을 내요.」 레트가 말했는데, 그의 목소리에서는 냉정하고 약간 비꼬는 투가 엿보였다. 「저 사람은 죽지 않을 테니까요. 자, 가서 윌크스 부인을 위해 등잔을 들어 줘요. 아치는 내가 심부름을 보내야 하니까요.」

아치가 등잔 너머로 레트를 쳐다보았다.

「난 당신한테서 아무 명령도 받지 않겠소.」 담배 덩어리를 다른 뺨으로 옮기며 그가 퉁명스럽게 말했다.

「저분이 시키는 대로 해요.」 멜라니가 근엄하게 말했다. 「그리고 빨리해요. 버틀러 선장님이 시키는 대로 다 하라고요. 스칼렛, 등잔을 받아요.」

스칼렛은 앞으로 나서서 등잔을 받고는, 떨어뜨리지 않으려고 두 손으로 잡았다. 애슐리는 다시 눈을 감았다. 벗겨 놓은 그의 가슴이 천천히 부풀어 올랐다가 금방 가라앉았고, 겁에 질린 멜라니의 작은 손가락들 사이로 시뻘건 피가 스며 나왔다. 그녀는 아치가 절름거리며 방을 가로질러 레트에게로 가고, 나지막한 목소리로 레트가 재빨리 하는 말을 어렴풋이 들었다. 그녀는 애슐리에게 워낙 몰두했기 때문에, 반쯤 귀엣말로 레트가 한 얘기 가운데 〈내 말을 타고…… 바깥에 매두었으니까…… 미친 듯이 달려요〉라는 정도밖에 알아듣지 못했다.

아치가 웅얼거리며 질문을 했고, 스칼렛은 레트의 대답을 들었다. 「설리번 농장이었던 곳이죠. 제일 큰 굴뚝 속에 쑤셔 넣은 겉옷[37]을 위쪽에서 찾아내요. 그리고 그걸 태워 버려요.」

「흠.」 아치가 웅얼거렸다.

「그리고 지하실에 — 두 사람의 시체를 찾아요. 시체를 잘 묶어 말에 실어서 벨의 집 뒤쪽 공터로 — 그녀의 집과 철도 사이의 공터로 가요. 조심해요. 만일 누가 보면 우리 모두가 그렇게 되겠지만, 당신도 역시 교수형을 당할 테니까요. 두 사람을 공터에 두고 권총을 근처에 — 그들의 손에 쥐여 놓아요. 자 — 내 것을 받아요.」

37 큐 클럭스 클랜이 습격할 때 입는 뾰족한 두건이 달린 흰옷.

스칼렛은 거실 저쪽에서 레트가 저고리 뒷자락 밑에서 권총 두 자루를 꺼내고 아치가 권총을 받아 허리춤에 찌르는 것을 보았다.

「한 사람에게 한 방씩 쏴요. 흔한 총기 사고라는 인상을 줘야 해요. 알겠죠?」

아치는 완전히 이해한다는 듯 머리를 끄덕였고, 싸늘한 그의 눈에서는 자기도 모르게 존경의 광채가 빛났다. 하지만 스칼렛은 조금도 이해하지 못했다. 지난 반 시간이 어찌나 악몽 같았던지 그녀는 영원히 아무것도 다시는 평범하거나 분명해지지 않으리라는 기분이 들었다. 하지만 어지러운 상황을 레트는 완벽하게 처리하는 수완이 있어 보였고, 그것이 조금이나마 위안이 되었다.

아치는 나가려고 돌아섰다가 다시 휙 몸을 돌렸고, 그의 외눈이 의아한 듯 레트의 얼굴을 살펴보았다.

「그 작자요?」

「예.」

아치는 웅얼거리더니 마룻바닥에 침을 뱉었다.

「죄 값음은 해야지.」 뒷문으로 복도를 따라 절름거리고 내려가면서 그가 말했다.

나지막한 목소리로 두 사람이 마지막에 주고받은 대화에서, 스칼렛의 마음에 한없이 부풀어 오르는 싸늘한 거품처럼, 무엇인가 새로운 두려움과 의혹이 머리를 들게 만들었다. 그 거품이 터져 버리면 —.

「프랭크는 어딜 갔죠?」 그녀가 소리쳤다.

레트는 육중한 몸집을 고양이처럼 가볍게 움직여 소리 없이 방을 가로질러 재빨리 침대로 갔다.

「참 일찍도 물어보는군요.」 짤막하게 미소를 지으며 그가 말했다.「등잔 똑바로 들어요, 스칼렛. 윌크스 씨를 불태우고 싶지는 않을 텐데요. 미스 멜리 ―」

멜라니는 명령을 기다리는 착하고 어린 병사처럼 올려다보았고, 지금은 어찌나 긴장된 상황이었는지 그녀는 레트가 자기를 식구들이나 오랜 친구들만이 쓰는 다정한 이름으로 부르기는 이것이 처음이라는 사실조차 깨닫지 못했다.

「실례했습니다, 윌크스 부인이라고 한다는 것이 그만…….」

「오, 버틀러 선장님, 미안해하실 필요 없어요! 그냥 〈멜리〉라고 불러 주신다면 정말 영광으로 여기겠어요! 내 생각에는 마치 당신이 나의 ― 오빠나 ― 아니면 사촌처럼 느껴져요. 당신은 정말로 친절하시고 현명하세요! 어떻게 다 감사를 드려야 할지 모르겠군요.」

「감사합니다.」 레트가 말했고, 잠깐 동안 그는 당황한 태도를 보였다.「어디 그렇게까지야 하겠습니까만, 미스 멜리.」 그의 목소리는 사과하는 투였다.「미안한 줄 알면서도 당신 남편과 다른 사람들이 그런 ― 그런 곳에 ―. 하지만 말을 달려 이곳을 떠났을 때 난 재빨리 머리를 써야 했고, 제일 먼저 떠오른 생각이 그것이었어요. 난 양키 장교들을 많이 알기 때문에 그들이 내 말을 인정하리라고 예상했어요. 그들은 나의, 뭐랄까 ― 이곳 사람들 사이에서의 〈좋지 않은 평판〉이랄까요? ― 그런 이유 때문에 나를 자신들과 한패나 마찬가지로 생각해 주는 달갑지 않은 영광을 저한테 베풀죠. 그리고 아시다시피 난 초저녁에 벨의 주점에서 포커를 했어요. 그걸 증언할 양키 군인이 10여 명은 됩니다. 그리고 벨과 그곳 여자들은 윌크스 씨하고 다른 사람들이 저녁 내내 ― 위층[38]에서 시간을 보냈다고 시치미 떼면서 기꺼이 거짓말을 하

38 미국 가옥 구조에서는 침실이 위치한 곳.

겠고요. 그리고 양키들은 그들의 말을 믿어요. 그런 면에서 보면 양키들은 묘한 사람들이지요. 그런 — 직업의 여자들이 충성심이나 애국심이 얼마나 강한지를 그들은 생각조차 못 하니까요. 오늘 밤 회의에 참석하러 갔다던 남자들의 행방에 관해서 양키들은 애틀랜타의 어떤 점잖은 숙녀가 하는 얘기도 곧이듣지를 않겠지만 — 노는 여자들의 말이라면 믿어 버려요. 그리고 내 생각에는 스캘라웩 한 명과 10여 명의 노는 여자들이 명예를 걸고 맹세한다면, 그들이 혐의를 벗어나기가 어렵지 않을 듯싶어요.」

마지막 말을 할 때 그의 얼굴에는 경멸의 냉소가 떠올랐지만, 멜라니가 고마워서 환한 얼굴을 들어 그를 올려다보자 그 미소가 사라졌다.

「버틀러 선장님, 당신은 정말로 현명해요! 그들을 구하기 위해서였다면 오늘 밤 그들이 지옥에 갔었다고 하셨더라도 난 개의치 않았을 거예요! 내 남편이 그런 끔찍한 곳에는 절대로 갈 리가 없다는 건 나도 알고, 조금이라도 친한 사람이라면 누구나 다 아니까요!」

「글쎄요 —」 레트가 어색하게 말문을 열었다. 「사실대로 말씀드리자면, 오늘 밤 벨의 집에 가기는 갔었어요.」

멜라니는 냉정하게 몸을 도사렸다.

「그런 거짓말은 난 절대로 믿지 않아요!」

「제발, 미스 멜리! 제가 설명하겠어요! 오늘 밤 설리번의 옛집으로 갔을 때 난 부상을 당한 윌크스 씨를 발견했고, 휴 엘싱과 미드 박사와 메리웨더 노인이 같이 있기에 —」

「그 영감님이 그럴 리가!」 스칼렛이 소리쳤다.

「남자들이란 아무리 늙어도 바보짓을 한답니다. 그리고 헨리 아저씨도 —」

「오, 맙소사!」 피티 고모가 소리쳤다.

「다른 사람들은 군인들과 교전을 벌인 다음 뿔뿔이 흩어졌고, 함께 남은 패거리는 설리번 집으로 가서 겉옷을 굴뚝 속에 감추고, 윌크스 씨의 부상이 얼마나 심한지 살펴보았어요. 윌크스 씨가 부상만 입지 않았더라면 그들은 지금쯤 — 다 함께 — 텍사스로 향하는 중이겠지만, 윌크스 씨는 말을 타고 멀리 가기가 어려워 보였고, 그렇다고 해서 그들은 윌크스 씨를 남겨 둔 채 떠나지는 않겠다고 했어요. 그래서 그들이 사건 현장이 아닌 다른 곳에 갔었다고 증명해야 할 필요가 생겼고, 난 뒷길로 벨 워틀링의 집까지 그들을 데리고 갔었습니다.」

「오 — 알겠어요. 제가 무례한 소리를 해서 미안해요, 버틀러 선장님. 얘기를 듣고 보니까 그들을 그곳으로 데리고 갈 필요성은 나도 납득이 가지만 — 오, 버틀러 선장님, 그곳으로 들어가는 당신들을 누군가 틀림없이 봤을 텐데요!」

「본 사람은 아무도 없었습니다. 우리들은 기찻길 쪽으로 난 뒤쪽 비밀 출입구로 들어갔으니까요. 그쪽 문은 항상 컴컴하고 자물쇠로 채워 두죠.」

「그렇다면 어떻게 — ?」

「나한테는 열쇠가 있거든요.」 짤막하게 대답하며 그는 멜라니의 눈을 차분하게 마주 쳐다보았다.

그가 한 말의 전체적인 의미가 전달하는 충격에 멜라니는 너무나 당황해서, 상처로부터 완전히 벗겨질 정도로 마구 붕대를 더듬거렸다.

「꼬치꼬치 캐물으려는 생각은 아니었는데 —」 그녀는 볼멘소리로 말했고, 황급히 수건을 다시 제자리에 누르던 그녀의 하얀 얼굴이 새빨개졌다.

「숙녀에게 이런 얘기를 하게 되어 죄송합니다.」

〈그렇다면 그것은 사실이었구나!〉 묘하게 마음이 찔리는 기분을 느끼며 스칼렛은 생각했다. 〈그렇다면 그는 정말로 한심한 워틀링하고 같이 사는 모양이야! 그 여자의 집은 레트의 소유이겠고!〉

「난 벨을 만나서 사정 얘기를 했어요. 우린 오늘 밤에 나갔던 사람들의 명단을 그녀에게 주었고, 벨과 그곳 여자들은 오늘 밤 그들이 다 거기서 시간을 보냈다고 증언할 겁니다. 그러고는 우리들이 집에서 밖으로 나오는 모습이 남들의 눈에 잘 띄게 하기 위해서 벨은 집에서 말썽을 처리하는 깡패 두 명을 불러, 싸움을 벌이며 우리들을 아래층으로 끌고 내려가라고 시켰는데, 우리들이 술에 취해 싸움판을 벌여서 길바닥으로 쫓아냈다고 연극을 꾸미기 위해서였어요.」

그는 당시의 광경을 머릿속에서 되새기며 히죽 웃었다. 「미드 박사의 술 취한 연기는 별로 실감이 나지 않더군요. 그런 곳에 발을 들여놓았다는 사실 자체가 그분의 체면을 손상시켰으니까요. 하지만 헨리 아저씨하고 메리웨더 영감님은 훌륭했어요. 그들이 무대 활동을 선택하지 않았기 때문에 연극계에서는 위대한 배우 두 사람을 잃었다는 생각이 들 정도였죠. 그분들은 그런 사건을 즐기는 듯싶었어요. 메리웨더 선생님께서 맡은 역을 지나치게 열심히 해낸 덕택에 아마 헨리 아저씨께서는 눈에 시커멓게 멍이 들었을 겁니다. 그분은 —」

뒷문이 벌컥 열리고 인디아가 들어왔으며, 길고 하얀 백발이 헝클어지고 케이프 속에 감춘 낡은 가죽 가방이 불룩하게 튀어나온 모습으로 노의사 딘이 뒤따라 들어왔다. 그는 간단히 머리를 끄덕여 인사는 했지만, 기다리던 사람들에게는 아무 얘기도 하지 않고 애슐리의 어깨에 댄 붕대를 얼른 들춰

보았다.

「훨씬 위쪽이니까 폐는 아니겠군요.」 그가 말했다. 「쇄골만 으스러지지 않았다면 심한 상처는 아니겠어요. 수건을 있는 대로 다 가져오고, 솜하고 브랜디도 혹시 집에 있으면 좀 갖다 줘요.」

레트가 스칼렛에게서 등잔을 받아 식탁에 놓는 사이에 멜라니와 인디아는 의사의 지시를 따르느라고 이리저리 뛰어다녔다.

「당신이 여기서 할 일이라곤 하나도 없어요. 불을 피워 놓은 응접실로 가요.」 그는 스칼렛의 팔을 잡아 방에서 데리고 나왔다. 그의 손과 목소리에서는 레트와 어울리지 않는 부드러움이 풍겼다. 「오늘 하루는 정말 고생이 많았어요, 안 그래요?」

스칼렛은 순순히 앞방으로 따라 들어갔고, 벽난로 앞에서 있었는데도 몸이 떨리기 시작했다. 그녀의 마음속에서는 이제 의혹의 거품이 점점 더 끓어올랐다. 그것은 의혹 이상의 무엇이었다. 그것은 거의 확실성, 무서운 확실성에 가까웠다. 그녀는 레트의 무표정한 얼굴을 올려다보았다. 잠깐 동안 말이 나오지 않았다. 그러더니 —.

「프랭크도 — 벨 워틀링 집에 갔었나요?」

「아뇨.」

레트의 목소리는 무뚝뚝했다.

「아치가 그를 벨의 집 근처 공터로 운반하는 중입니다. 죽었어요. 머리를 관통했죠.」

제46장

클랜이 맞은 재난에 대한 소식 때문에 애틀랜타의 북부 지역 사람들은 그날 밤 대부분 잠을 설쳤으며, 인디아 윌크스의 검은 그림자가 뒷마당으로 몰래 들어가서 부엌문을 통해 황급히 귀엣말을 해주고 바람이 세찬 어둠 속으로 사라지는 사이에, 레트의 전략은 소리 없이 빠른 속도로 퍼져 나갔다. 그리고 그녀가 지나간 자리에는 두려움과 절망적인 기대만이 남았다.

바깥에서 보면 집들은 시커멓고, 고요하고, 잠든 것처럼 보였지만, 안에서는 동틀 녘까지 열띤 목소리들이 수군거렸다. 기습에 참가했던 사람들뿐 아니라 클랜의 단원이라면 누구나 당장이라도 도망칠 각오를 했으며, 복숭아나무 거리의 여러 마구간에서는 어둠 속에서 안장을 채우고, 권총을 총집에 그리고 식량을 안장 가방에 넣어, 말을 대기시켜 놓았다. 그들이 무더기로 탈출하지 않았던 까닭은 인디아가 귀엣말로 전해 준 지시 때문이었다. 「버틀러 선장님이 도망치지 말라고 했어요. 도로는 감시를 받을 거래요. 워틀링이라는 여자하고 미리 짜서 —」 컴컴한 방에서 남자들이 속삭였다. 「하지만 내가 왜 거지 같은 스캘라웩 버틀러를 믿어야 하지? 이건 함정일지도 몰라!」 그러면 여자들의 목소리가 애원했다. 「가지 말아요! 애슐리와 휴를 구했다면, 그는 누구라도 구할 방법을 알아요. 만일 인디아와 멜라니가 그를 믿는다면 ―」 그리고 그들은 다른 가능성이 없었기 때문에, 소문을 반쯤 믿으며 머물렀다.

초저녁에 군인들이 10여 곳을 찾아가서 문을 두드렸고, 오늘 밤에 시간을 어디에서 보냈는지 제대로 답변하지 못하거나, 설명하려고 하지 않았던 사람들이 체포되어 끌려갔다. 르네 피카르와, 메리웨더 부인의 조카 한 사람과, 시먼스 댁 청년들과, 앤디 보넬도 감옥에서 밤을 보냈다. 그들은 운수가 나빴던 습격에 가담했지만, 총질이 벌어진 다음에 다른 사람들과 갈라졌다. 열심히 말을 달려 집으로 돌아온 그들은 레트의 계획을 미처 알지도 못한 채 체포되었다. 다행히도 그들은 심문을 받으면 하나같이 오늘 밤 어디에 갔었는지는 그들의 개인적인 문제이고, 어떤 거지 같은 양키도 상관할 바가 아니라고 당당하게 대답했다. 그들은 계속해서 아침에 심문을 받기 위해 감금되었다. 메리웨더 노인과 헨리 해밀턴 아저씨는 벨 워틀링의 유곽에서 저녁을 보냈노라고 부끄러운 줄도 모르고 큰 소리로 외쳤고, 그런 짓을 하기에는 그들이 나이가 너무 많다고 재퍼리 대위가 한마디 했더니, 그들은 그렇다면 대위하고 한바탕 싸움을 붙어 보자고 도전했다.

재퍼리 대위가 소환하려고 찾아갔을 때는 벨 워틀링이 직접 나와 문을 열어 주고는, 무슨 일로 찾아왔는지 미처 그가 설명도 하기 전에, 오늘 밤에는 장사를 그만하려고 문을 닫았다고 소리를 질렀다. 술에 취한 패거리가 초저녁에 찾아와 말다툼을 하다가 한바탕 싸움판을 벌여 서로 치고받아 집안을 엉망으로 만들고, 제일 좋은 거울들을 깨뜨려 아가씨들이 얼마나 기겁을 했는지, 오늘 밤 영업은 집어치우기로 했다는 얘기였다. 하지만 재퍼리 대위가 한잔 마시고 싶다면야 술집은 아직 —.

부하들이 싱글벙글 웃는 꼴을 민감하게 의식하고 자신이 안개와 싸움을 벌인다는 좌절감을 느끼며 재퍼리 대위는 화를 내고, 아가씨나 술은 다 필요 없고, 혹시 난장판을 벌인 손님들의 이름을 아느냐고 벨에게 물었다. 오, 그야 물론 벨은 그들을 잘 알았다. 그들은 단골손님들이었다. 그들은 수요일마다 찾아왔고, 자칭 수요 민주당원들이라고 불렀는데, 그녀는 그것이 무슨 뜻인지 알지도 못했고, 알고 싶은 생각도 없었다. 그리고 그들은 위층 거실의 거울을 부숴 놓고 배상도 하지 않았으며, 그래서 그녀는 법에 호소할 작정이었다. 그녀가 운영하는 집은 점잖은 업소였으니 —. 아, 손님들의 이름을 알고 싶다는 말인가? 벨은 서슴지 않고 용의자 열두 명의 이름을 줄줄이 읊었다. 재퍼리 대위는 씁쓸한 미소를 지었다.

「이놈의 거지 같은 반란군[39]은 우리 비밀 첩보망만큼이나 조직이 치밀하구먼.」 그가 말했다. 「당신하고 이곳 아가씨들은 내일 헌병 사령부로 출두해야 합니다.」

「헌병대에 얘기하면 그들이 내 거울 값을 물어 줄까요?」

「거울 얘기는 집어치워요! 레트 버틀러더러 물어 달라고 하시죠. 그 친구가 이곳 주인이잖아요?」

날이 밝기도 전에 애틀랜타의 남군 출신 가족은 누구나 다 환히 상황 파악을 끝냈다. 그리고 그들의 집에서 일하는 흑인들은 아무 얘기도 직접 듣지는 못했지만, 백인들로서는 이해가 안 가는 흑인만의 신속한 소문 전달 체계를 통해 그들

39 남군을 뜻하고, 남부인들 전체를 의미하는 표현이기도 하다.

역시 내용을 환히 알게 되었다. 프랭크 케네디와 불구인 토미 웰번이 죽었고, 프랭크의 시체를 끌고 가려다가 애슐리가 부상을 당했다는 등, 기습 사건의 자세한 얘기를 누구나 다 알았다.

이번 비극에서 그녀가 차지했던 역할 때문에, 여자들이 스칼렛에 대해 품었던 쓰라린 증오의 감정은, 그녀의 남편이 죽었고, 사망했음을 알면서도 시인할 입장이 아니어서 남편의 시체를 찾아온다는 서글픈 위안조차 얻지 못한다는 소문이 알려졌기 때문에, 그나마 조금 누그러졌다. 동이 터서 시체들이 우연히 행인들의 눈에 띄어 당국에서 통고해 줄 때까지 그녀는 아무것도 모르는 체해야만 했다. 프랭크와 토미는 싸늘한 손에 권총을 쥔 채로 공터의 죽은 잡초들 사이에 뻣뻣하게 쓰러져 밤을 보냈다. 그리고 양키들은 그들이 벨의 집에서 일하는 어느 아가씨를 놓고 술에 취해 하찮은 싸움을 벌였다가 서로 죽였다고 말하리라. 얼마 전에 아기를 낳은 토미의 아내 패니에 대한 동정심이 들끓었지만, 토미가 돌아오기를 기다리며 양키 병력이 집을 포위했었기 때문에 누구도 어둠 속으로 몰래 빠져나가 그녀를 찾아가서 위로를 해 줄 수가 없었다. 그리고 피티 고모의 집에도 프랭크를 기다리느라고 병력이 배치되었다.

오늘 군사령부에서 심문이 본격적으로 개시되리라는 소식은 날이 밝기도 전부터 나돌았다. 잠도 못 자고 초조하게 기다리느라고 눈이 푸석푸석해진 시민들은 애틀랜타의 저명인사 몇 명의 안전이 세 가지 사실에 달렸음을 알았으니, 그것은 — 애슐리 윌크스가 숙취로 머리가 아프다는 정도 이상으로 아무런 심한 고통에도 시달리지 않음을 보여 주기 위해 혼자 힘으로 일어나 군사 조사단에 출두하겠느냐 하는 여부와, 혐의를 받은 남자들이 저녁 내내 그녀의 집에서 시간을 보냈다는 벨 워틀링의 증언, 그리고 그들과 함께 저녁을 보냈다는 레트 버틀러의 말이었다.

마지막 두 가지 문제 때문에 애틀랜타 사람들은 기가 막혔다! 벨 워틀링이라니! 그들 집안 남자들의 목숨이 그녀의 손에 달렸다! 그것은 참기 힘든 굴욕이었다. 벨이 눈앞에 나타나기만 하면 아니꼽다며 여봐란 듯 길을 건너가 버렸던 여자들은 혹시 그녀가 그런 과거의 행동을 꼬박꼬박 기억하는지 궁금했고, 기억할까 봐 걱정이 되어 벌벌 떨기도 했다. 벨을 좋은 여자라고 생각하는 사람도 많았기 때문에 남자들은 그녀에게 목숨을 건다는 사실을 여자들보다 덜 수치스럽게 느꼈다. 하지만 생명과 자유를 건지려면 투기업자요 스캘라웩인 레트 버틀러에게 신세를 져야 한다는 처지가 그들로서는 심히 자존심이 상할 노릇이었다. 애틀랜타에서 가장 잘 알려진 매춘부와 가장 미움을 받는 남자인 벨과 레트. 그런데 그들에게 신세를 져야만 했다.

시민들의 격분을 자아낼 또 한 가지 사실은, 양키들과 카펫배거들이 비웃으리라는 점이었다. 아, 놈들이 얼마나 웃어댈까! 가장 존경받을 애틀랜타의 유지 열두 명이 알고 보니 벨 워틀링의 유곽을 상습적으로 드나드는 단골손님들이라니! 그들 가운데 두 명은 천박하고 하찮은 여자를 놓고 싸우다가 목숨을 잃었고, 다른 사람들은 벨 같은 여자까지도 참아 주지 못할 정도로 술에 취해 쫓겨나고, 그곳에 갔었다는 사실을 누구나 다 아는데도 자꾸 아니라고 잡아떼다가 몇 명은 결국 체포까지 당하고.

양키들이 비웃으리라는 애틀랜타 사람들의 걱정은 그대로 맞아떨어졌다. 남부인들의 냉정함과 경멸에 짓눌려 무척이나 오랫동안 비굴하게 지냈던 그들은 요란하게 폭소를 터뜨렸다. 장교들은 동료를 깨워 소문을 자세히 전했다. 남편들은 동틀 녘에 아내를 깨워 여자들에게 해도 될 만큼 점잖은 부분만 골라서 얘기해 주었다. 그리고 여자들은 서둘러 옷을 입고 이웃집을 찾아가 문을 두드리고는 얘기를 퍼뜨렸다. 양키 여자들은 이런 갖가지 소문에 신이 나서 눈물이 줄줄 흘러내릴 정도로 웃어 댔다. 남부의 기사도 정신이니 신사도가 기껏 그런 정도라는 말인가? 어쩌면 그토록 잘난 턱을 치켜들고 돌아다니며, 친해 보려고 접근해도 코웃음을 쳐 버리던 여자들은, 남편이 정치적인 회합에 나간다고 해놓고는 어디에서 시간을 보내는지 누구나 다 알게 된 지금은, 별로 잘난 체하기도 어려워졌다. 정치적인 모임이라고! 그래, 정말 잘도 웃기는구나!

하지만 웃기는 하면서도 그들은 스칼렛과 그녀가 맞은 비극에 대해서는 유감의 뜻을 표했다. 뭐니 뭐니 해도 스칼렛은 숙녀였고, 애틀랜타에서는 양키들에게 잘해 주는 몇 명 안 되는 여자들 가운데 한 사람이었다. 남편이 제대로 가족을 부양할 능력이나 열성이 없는 남자여서 스스로 일을 해야 한다는 이유 때문에 스칼렛은 그러지 않아도 동정을 받아 온 터였다. 그런데 한심한 남편이 그녀 모르게 바람까지 피웠다는 사실을 알게 되었다니, 얼마나 불쌍하고 가엾은 여자인가. 그리고 바람을 피웠다는 사실이 죽음과 동시에 밝혀졌다니, 그만큼 더 끔찍한 일이었다. 그래도 남편이 없기보다는 한심한 남편이나마 같이 사는 편이 낫고, 그래서 양키 여자들은 스칼렛에게 더욱 잘해 줘야겠다고 다짐했다. 하지만 미드 부인이나 메리웨더 부인, 엘싱 부인, 토미 웰번의 미망인, 그리고 누구보다도 애슐리 윌크스 부인 같은 다른 사람들,

그들을 보면 양키 여자들은 만날 때마다 면전에서 웃어 줄 작정이었다. 그러면 그들도 예절이 무엇인지 조금쯤은 느끼는 바가 있으리라.

그날 밤 애틀랜타의 북부 지역 컴컴한 여러 집의 방에서 귀엣말로 오고 간 대부분의 얘기는 이런 똑같은 내용이었다. 애틀랜타 여자들은 양키들이 뭐라고 생각하든지 전혀 신경도 안 쓰겠다고 열을 올리며 남편에게 약속했다. 하지만 속으로는 양키들이 히죽거리는 꼴을 봐도 남편에 대한 진실을 밝히지 못하고 그냥 참아야 한다는 시련보다는 차라리 인디언 태형[40]을 당하는 쪽이 훨씬 더 좋으리라는 생각이 들었다.

레트가 자신과 다른 사람들을 이런 궁지에 몰아넣는 바람에 체면이 크게 손상되어 격분한 미드 박사는, 만약 다른 사람들에게 피해만 주지 않는다면 벨의 집에 갔었다는 말을 하느니 차라리 솔직하게 고백하고 교수형을 당하겠노라고 미드 부인에게 말했다.

「이건 당신에 대한 모욕이란 말이야, 여보!」 그는 소리를 버럭 질렀다.

「하지만 당신이 거길 가서 — 가서, 뭐 — 그러지 않았다는 건 누구나 다 알아요.」

「양키들은 모르잖아. 그들이 믿지 않았다가는 우리들이 목숨을 건지지 못할 테니까. 놈들이 웃겠지. 한 사람이라도 그런 얘기를 사실이라고 믿으며 웃으리라는 생각만 해도 난 화가 나. 그리고 그건 당신에 대한 모욕인데 — 여보, 난 당신 모르게 그런 짓을 한 적이 없단 말이야.」

「그건 나도 알아요.」 미드 부인은 어둠 속에서 미소를 짓고는 가느다란 손을 의사의 손으로 밀어 넣었다. 「하지만 당

40 두 줄로 늘어서서 그 사이로 지나가는 사람을 몽둥이로 때리는 형벌.

신 머리카락 한 가닥이라도 위험에 처하는 쪽보다는 오히려 그런 사건이 진실인 편이 나로서는 더 좋아요.」

「여보, 당신 지금 제정신으로 그런 소릴 하는 거요?」 아내의 노골적이고 숨김없는 태도에 아연실색한 의사가 소리쳤다.

「그래요, 내 정신이죠. 난 다르시를 잃었고 필도 잃었으니, 나에게는 당신밖에 없으니까, 당신을 잃기보다는 아예 그런 곳에서 살림이라도 차리는 편이 더 좋아요.」

「당신은 돌았어! 제정신이라면 그런 소린 못 할 텐데.」

「바보 같은 영감.」 부드러운 목소리로 말하면서 미드 부인은 그의 소매에 머리를 기댔다.

닥터 미드는 화가 나서 입을 다물고는 아내의 뺨을 쓰다듬어 주더니 또다시 버럭 소리를 질렀다. 「거기다가 버틀러라는 남자한테 신세를 지다니! 차라리 교수형을 당하는 쪽이 더 편하겠어. 그래, 내 목숨을 건져 주었다고 해도 난 그 남자한테 예의를 갖추기는 곤란해. 오만하기 이를 데가 없고, 몰염치하게 부당 이득을 취하던 사람이라는 생각을 하면 난 분통이 터져. 군대에는 가지도 않은 자가 생명의 은인이라니 —」

「멜리의 얘기로는, 애틀랜타가 함락된 다음에 입대했다더군요.」

「그건 거짓말이야. 미스 멜리는 어떤 악당이 둘러대는 얘기라도 다 믿으니까. 그리고 왜 그가 이런 일들을 모두 하는지 — 왜 이런 온갖 고생을 떠맡아 하는지 난 이해를 못 하겠어. 이런 말을 하고 싶지는 않지만 — 전부터 케네디 부인하고 어쨌다는 얘기가 나돌기는 했지. 난 지난해 마차를 타고 나갔다가 같이 돌아오는 그들을 자주 보았어. 틀림없이 그 여자 때문에 이러는 모양이야.」

「스칼렛 때문이었다면 손 하나 까딱하지 않았겠죠. 프랭크 케네디가 교수형을 당하는 꼴을 보면 좋아서 어쩔 줄 몰랐을 테니까요. 내 생각에는 멜리 때문에 —」

「여보, 혹시 두 사람 사이에 조금이라도 뭔가 수상하다는 암시를 하려는 건 아니겠지!」

「오, 한심한 소리 하지 말아요! 하지만 전쟁 중에 애슐리를 포로 교환을 통해 빼내려고 애써 준 이후로 멜리는 그를 굉장히 좋아했어요. 그리고 이건 꼭 얘기해 두고 싶은데, 멜리 앞에서는 그가 얄밉게 예의를 차리는 고약한 미소는 전혀 짓지 않아요. 그냥 한없이 유쾌하고 사려 깊을 뿐이어서 — 완전히 다른 사람이 되죠. 멜리 앞에서 처신하는 태도로 미루어 보아 그 사람도 마음만 먹으면 점잖은 남자가 되기는 어렵지 않겠어요. 그래서 내 생각엔 그가 이런 수고를 하는 이유란 —」 그녀는 말을 멈추었다. 「여보, 당신은 내 얘기를 들으면 좋아하지 않을 텐데요.」

「난 이번 사건에 관해서라면 무슨 얘기라도 무조건 다 싫어!」

「글쎄요, 내 생각엔 부분적으로는 멜리를 위해서이기도 하지만, 가장 큰 이유는 우리 모두에게 엄청나게 큰 어떤 장난을 칠 계략을 꾸미는 눈치라고요. 우린 그를 무척이나 미워했고, 그런 증오를 노골적으로 드러냈는데, 이제 그는 당신들이 떼를 지어 워틀링이라는 여자의 집에 갔었다는 말을 퍼뜨려서, 양키들 앞에서 자신과 아내가 창피를 당하게 하느냐 — 아니면 사실대로 얘기한 다음 교수형을 당할 수밖에 없는 난처한 양자택일을 해야만 하는 궁지로 몰아넣었어요. 그리고 그는 우리들이 자기한테 그리고 그의 — 그러니까 그의 정부에게 신세를 지게 되겠고, 그들에게 신세를 지느니 차라리 교수형을 당하는 편이 낫겠다며 가슴을 치리라는 것도 빤히 알아요. 오, 분명히 그는 무척 재미있어할 거예요.」

의사가 앓는 소리를 냈다. 「아닌 게 아니라 우리들을 그곳 위층으로 끌고 올라갈 때 꽤나 신이 난 눈치더구먼.」

「여보.」 미드 부인이 머뭇거렸다. 「그곳 어땠어요?」

「무슨 소리야, 여보?」

「여자의 집 말이에요. 어떻게 꾸며 놓았던가요? 조탁(彫琢)한 유리 샹들리에를 달았나요? 그리고 빨간 플러시 천으로 만든 커튼에, 사람의 전신을 비춰 보는 거울도 10여 개쯤 되고요? 그리고 아가씨들 — 은 옷을 벗었던가요?」

「하느님 맙소사!」 정숙하지 못한 자매들에 관한 정숙한 여자의 호기심이 그토록 이성을 흐려 놓으리라고는 전혀 상상조차 못 했던 의사가 벼락이라도 맞은 듯 놀라서 소리쳤다. 「어떻게 그토록 점잖지 못한 질문을 하지? 당신 제정신이 아닌 모양이야. 내가 진정제를 지어 주겠어.」

「난 진정제는 필요 없어요. 난 그냥 알고 싶어요. 오, 여보, 나쁜 집이 어떻게 생겼는지를 내가 알게 될 기회는 지금뿐인데, 당신은 매정하게도 얘기해 주지 않겠다 이거죠!」

「난 아무것도 눈여겨보지 않았어. 당신한테 다짐해 두겠는데, 나는 그런 곳에 들어가게 되어 너무 거북했기 때문에 제대로 주변을 둘러보지도 못했다고.」 지금까지 저녁에 일어났던 어떤 사건에 대해서보다, 아내에게서 상상도 못 했던 이런 면모가 드러났음에 더 당황한 의사가 딱딱하게 말했다. 「양해해 주시겠다면, 난 좀 자야 되겠어.」

「좋아요, 그렇다면 주무세요.」 실망한 어조로 그녀가 대답했다. 그러더니 의사가 장화를 벗으려고 몸을 수그리자 다시금 유쾌해진 목소리로 어둠 속에서 그녀가 말했다. 「내 생각엔 돌리가 메리웨더 영감님한테서 얘기를 다 캐냈겠고, 그러니까 난 돌리한테서 얘기 들으면 돼요.」

「맙소사, 여보! 그렇다면 점잖은 여자들이 모여서도 그런 얘기를 ―」

「오, 어서 가서 주무세요.」 미드 부인이 말했다.

이튿날은 진눈깨비가 내렸지만, 겨울 석양 녘이 가까워지자 얼어붙은 눈가루가 멎었고, 찬 바람이 불었다. 멜라니는 소매 없는 외투로 몸을 감싸고, 집 앞에서 대기 중인 밀폐된 마차로 나와 달라는 낯선 흑인 마부의 아리송한 부탁을 받고, 그를 따라 영문도 모르고 앞길로 내려갔다. 그녀가 마차로 가까이 가자 문이 열렸고, 마차 안에서 기다리는 여자가 눈에 들어왔다. 더 가까이 몸을 수그리고 안을 들여다보면서 멜라니가 물었다. 「누구신가요? 집 안으로 들어오지 않으시겠어요? 너무 추워서 ―」

「이리 들어오셔서 잠깐 저하고 자리를 같이해 주셨으면 감사하겠는데요, 미스 윌크스.」 마차 깊숙한 곳에서 어렴풋하게 귀에 익은 목소리가, 거북해하는 조심스러운 목소리가 들려왔다.

「오, 당신은 미시 ― 미시즈 ― 워틀링이로군요!」 멜라니가 소리쳤다. 「정말 꼭 뵙고 싶었는데요! 어서 집으로 들어오세요.」

「전 그럴 처지가 못 돼요, 미스 윌크스.」 벨 워틀링의 목소리는 아연실색한 사람 같았다. 「당신이 이리 들어오셔서 잠깐 저하고 자리를 같이했으면 좋겠는데요.」

멜라니가 승용 마차로 들어가자 마부가 문을 닫았다. 그녀는 벨의 옆에 앉아 손을 잡았다.

「오늘 해주신 일에 대해서 어떻게 감사를 드려야 할지 모르겠어요! 우리들 모두 어떻게 감사를 드려야 할지 모르겠어요!」

「미스 윌크스, 오늘 아침에 그런 쪽지를 보내시는 게 아니었어요. 당신의 편지를 받고서 자랑스럽게 생각하지 않는다는 뜻이 아니라, 양키들의 손에 쪽지가 들어갈지도 모른다는 얘기죠. 그리고 고맙다는 말을 하려고 저를 찾아 주시겠다는 얘기는 — 그래요, 미스 윌크스, 부인은 제정신이 아니신 모양이로군요! 그건 상상도 못 할 일이에요! 그런 생각은 하지도 마시라는 얘기를 해드리려고 전 날이 어두워지자마자 이리 달려왔어요. 그래요, 저는 — 그래요, 당신은 — 그건 전혀 옳지 않아요.」

「내 남편의 생명을 구해 준 친절한 여자를 찾아가서 고맙다는 말을 하겠다는데, 뭐가 옳지 않다는 말이에요?」

「세상에, 미스 윌크스! 무슨 얘기인지 아시잖아요!」

그녀의 암시에 당황한 멜라니는 잠깐 동안 침묵을 지켰다. 컴컴한 승용 마차 안에 들어앉은 미모의 여인은 옷차림이 차분했으며, 웬일인지 나쁜 여자, 그러니까 마땅히 매음굴의 마담이 그러리라고 멜라니가 상상했던 모습이나 말투와는 거리가 멀었다. 그녀는 말투가 — 뭐랄까, 약간 평범하고 촌스럽기는 해도, 상냥하고 착한 여자 같았다.

「오늘 헌병 사령관 앞에서는 아주 훌륭하셨어요, 워틀링 부인! 당신하고 다른 — 당신이 함께 지내는 — 젊은 아가씨들이 우리 남자들의 생명을 구했어요.」

「훌륭한 사람은 윌크스 선생님이었어요. 어젯밤 제가 뵈었을 땐 정말이지 돼지처럼 피를 흘리셨는데, 그처럼 침착한 인상을 주기는 고사하고, 어떻게 그분이 일어서서 제대로 진술을 하셨는지 믿어지지가 않아요. 몸은 괜찮으실까요, 미스 윌크스?」

「예, 덕분에요. 출혈이 심하기는 했지만 의사 선생님 말씀이 상처가 얕았다더군요. 오늘 아침에 그이는 — 그래요, 브랜디 덕택에 기운을 많이 차렸으니까 망정이지, 아니면 심문이 계속되는 동안 그렇게 잘 버틸 힘도 없었겠죠. 하지만 그이를 구해 준 사람은, 워틀링 부인, 당신이에요. 당신이 막 화를 내면서 깨진 거울 얘기를 했을 때는 그 말투가 정말로 — 정말로 실감이 났어요.」

「고맙습니다, 부인. 하지만 내 생각엔 — 제 생각엔 버틀러 선장님도 굉장히 잘하셨어요.」 수줍은 자부심이 담긴 목소리로 벨이 말했다.

「오, 그분도 훌륭하셨죠!」 멜라니가 온화하게 소리쳤다. 「양키들은 그분의 증언을 믿을 수밖에 별도리가 없었어요. 이번 사건에서 그분은 처음부터 끝까지 아주 현명하셨어요. 난 그분에게 — 그리고 당신한테도 어떻게 감사를 드려야 할지 모르겠어요! 정말로 상냥하고 친절하셨어요!」

「감사합니다, 미스 윌크스. 저로서는 즐거운 일이었어요. 윌크스 씨가 저희 업소의 단골손님이라고 해서 부인께 난처한 일이 — 입장이 난처해지는 일이 없기만 바랍니다. 그분은 단 한 번도, 아시잖아요 —」

「예, 알아요. 아니에요, 난 난처할 게 조금도 없어요. 그저 당신이 고마울 뿐이죠.」

「보아하니 다른 여자들은 저한테 고맙다고는 생각하지 않는 모양이더군요.」 갑자기 독살스러운 말투로 벨이 말했다. 「그리고 그들은 버틀러 선장님에게도 고맙다는 생각을 안 해요. 보나 마나 이번 일 때문에 사람들은 그분을 더욱 미워하겠죠. 저한테 고맙다는 말 한마디나마 할 여자는 부인 한 사람뿐이었어요. 하지만 전 개의치 않아요. 전 그들의 남편이 모조리 교수형을 당했더라도 눈 하나 깜짝하지 않았을 여자니까요. 하지만 전 윌크스 선생님은 걱정되었죠. 아시겠지만 저는 전쟁 중에, 병원에 기부하는 돈 문제를 놓고 부인이 저한테 얼마나 친절하게 해주셨는지를 잊지 않았어요. 이 도시에서는 부인처럼 저한테 친절하게 해주신 분이 한 사람도 없었는데, 전 친절하게 해준 분은 잊지 않아요. 그리고 전 만일 윌크스 씨가 교수형을 당한다면 부인이 어린 아들만 데리고 과부가 되리라는 생각을 했는데 — 당신 아들은 정말로 착하고 귀여워요. 미스 윌크스, 나도 아들 하나를 두었고, 그래서 난 —」

「오, 아들이 있다고요? 그 애는 그럼 — 저 — 같이 —」

「오, 아닙니다, 부인! 걔는 이곳 애틀랜타에는 없어요. 아이는 여길 와본 적도 없죠. 다른 곳에서 학교를 다니거든요. 어릴 때 말고는 전 지금까지 아들을 보지 못했어요. 전 —. 그건 그렇고, 어쨌든 버틀러 선장님이 저에게 그들을 위해 거짓말을 해달라고 하셨을 때 전 어떤 사람들이냐고 물었는데, 그들 가운데 윌크스 선생님도 계시다는 말을 듣고는 조금도 주저하지 않았어요. 전 아가씨들에게 이렇게 말했죠. 만일 너희들 밤새도록 윌크스 선생님하고 같이 지냈다고 딱 부러지게 얘기하지 않았다간 나한테 눈앞이 캄캄해질 정도로 혼날 줄 알아라.」

「오!」 그녀가 데리고 일하는 아가씨들에 관해서 벨이 스스럼없이 얘기를 하니까 더욱 당황한 멜라니가 말했다. 「오, 그건 — 저 — 당신하고 — 그들에게도 마찬가지로 감사를 드려야 할 일이로군요.」

「그야 다 부인께 마땅히 해드려야 할 일이었어요.」 벨이 다정하게 말했다. 「하지만 전 아무한테나 다 그렇게 해주지는 않아요. 만일 미스 케네디의 남편 한 사람뿐이었다면, 버틀러 선장님이 무슨 소리를 했더라도 전 손 하나 까딱하지 않았을 거예요.」

「왜요?」

「글쎄요, 미스 윌크스, 우리들 같은 직업을 가진 사람은 듣는 얘기가 굉장히 많아요. 그들에 관해서 우리들이 얼마나 많이 아는지 조금이라도 눈치를 채면 깜짝 놀라 자빠질 고상한 여자들이 굉장히 많죠. 그리고 그 여자는 좋지 않은 사람이에요, 미스 윌크스. 남편하고 착한 웰번 청년은 그 여자가 직접 총으로 쏴 죽인 거나 마찬가지예요. 혼자 잘난 체하고 애틀랜타를 싸돌아다녀서 깜둥이들하고 쓰레기들을 자극했기 때문에 이번 사건을 일으켰으니까요. 그래요, 우리 집 아가씨들은 단 한 명도 그런 ―」

「내 올케에 대해서 나쁜 얘기를 하면 안 돼요.」 멜라니는 냉정하게 몸을 도사렸다.

벨은 다급하게 애원하듯 멜라니의 팔에다 손을 얹었다가, 얼른 치워 버렸다.

「제발 저한테 냉정하게 그러지 마세요, 미스 윌크스. 저한테 그토록 친절하고 다정하게 해주시던 분이 그러면 전 괴로워요. 부인이 그녀를 얼마나 좋아하는지 제가 깜박 잊고 그런 말씀 드려서 미안합니다. 전 가엾은 케네디 씨가 돌아가셔서 그것도 가슴 아프게 생각해요. 그분은 훌륭한 사람이었어요. 전 우리 집에서 쓰는 물건들을 자주 그분에게서 샀고, 그분은 항상 저를 즐거운 얼굴로 대해 주셨어요. 하지만 미스 케네디는 ― 글쎄요, 어쨌든 부인하고는 격이 달라요, 미스 윌크스. 그 여자는 무척 차갑고, 정말이지 전 그렇게밖에는 달리 생각이 안 되고. ……케네디 씨의 장례식은 언제인가요?」

「내일 아침이에요. 당신은 케네디 부인을 잘못 알았어요. 그래요, 지금도 스칼렛은 슬픔을 못 이겨 쓰러져 있어요.」

「그럴지도 모르죠.」 노골적으로 불신감을 나타내며 벨이 말했다. 「글쎄요, 전 가봐야 되겠어요. 여기서 더 오래 어물쩍거리다가는 누가 내 마차를 알아볼지도 모르고, 그랬다가는 부인한테 좋을 일이 없죠. 그리고, 미스 윌크스, 혹시 어쩌다가 길거리에서 저를 만나더라도 부인은 — 부인은 저에게 아무 말 안 하셔도 괜찮아요. 전 이해하니까요.」

「난 당신하고 얘기하는 게 자랑스러워요. 당신에게 신세를 졌다는 사실도 자랑스럽게 생각하고요. 난 우리들이 — 우리들이 다시 만나기를 바라요.」

「아니에요.」 벨이 말했다. 「그건 옳지 않은 일이에요. 안녕히 계세요.」

제47장

스칼렛은 그녀의 침실에 앉아, 어멈이 쟁반에 담아 가져다 준 저녁 식사를 깨지락거리며, 사납게 몰아치는 밤바람에 귀를 기울였다. 집 안은 무서울 정도로 고요해서, 몇 시간 전 프랭크를 응접실에 안치했을 때보다도 훨씬 조용했다. 그때는 이웃 사람들이 앞문을 조심스럽게 두드리고, 바스락거리며 발돋움을 하고 살그머니 들어와서, 귀엣말로 속삭이거나 나지막이 애도의 뜻을 전하고, 장례식에 참석하기 위해 존즈버러에서 올라온 프랭크의 누이가 가끔 흐느껴 우는 소리가 났었다.

하지만 지금은 집 안에 침묵이 감돌았다. 문을 열어 두었어도 아래층에서는 아무 소리도 들려오지 않았다. 프랭크의 시체를 집으로 옮겨 온 이후로 웨이드와 아기는 멜라니네 집으로 보냈고, 스칼렛은 아들의 발소리와 엘라의 목구멍에서 나는 꼬르륵 소리가 듣고 싶어졌다. 부엌에서도 휴전 상태가 이루어져서 피터와, 어멈과, 쿠키가 싸우는 소리도 들려오지 않았다. 심지어는 아래층 서재에 있던 피티 고모까지도 스칼렛의 슬픔을 존중하는 뜻에서 삐걱거리는 의자를 흔들어 대지 않았다.

슬픔에 짓눌려 혼자만의 시간을 갖고 싶어 하리라 믿어서인지 아무도 그녀에게 방해가 되지 않으려고 했지만, 혼자 보내는 시간은 스칼렛이 가장 원하지 않던 호의였다. 그녀를 괴롭히던 바가 슬픔뿐이었다면 그녀는 다른 슬픔을 견디었듯이 이것도 참아 냈으리라. 하지만 프랭크의 죽음에 따른 충격적인 인식 이외에도 그녀는 어떤 새삼스러운 괴로움과 후회와 두려움을 갑자기 의식하게 되었다. 평생 처음으로 그녀는 자신이 한 행동을 후회했고, 프랭크와 같이 누웠던 침대를 힐끔거리며 곁눈질을 하게 만들 정도로 위압하는 미신적인 공포를 느끼며 후회했다.

그녀는 프랭크를 죽였다. 스스로 방아쇠를 당겨서 그를 죽인 셈이었다. 프랭크는 혼자 나돌아 다니지 말라고 그녀에게 간절히 부탁했었지만, 스칼렛은 그의 말을 듣지 않았다. 그런데 이제 그녀의 고집 때문에 프랭크는 죽고 말았다. 그런 죄를 지었으니 하느님은 틀림없이 벌을 내리시겠지. 하지만 그의 죽음을 야기했다는 이유보다도 훨씬 무겁고 두렵게 양심을 괴롭히는 문제가 — 관에 들어간 그의 얼굴을 보았을 때까지 한 번도 그녀를 괴롭힌 적이 없었던 또 다른 문제가 마음에 걸렸다. 그의 굳어 버린 얼굴에서는 무기력하고 가련한 어떤 표정이 그녀를 꾸짖었다. 진심으로 수엘렌을 사랑했던 그를 빼앗아 결혼했기 때문에 하느님이 그녀에게 벌을 내리리라. 양키 감옥을 찾아갔다가 돌아오는 길에, 프랭크의 마차를 얻어 타고 가면서 그에게 했던 거짓말 때문에, 그녀는 심판의 자리에서 잔뜩 겁을 먹고 하느님에게 진실대로 대답해야 하리라.

목적이 수단을 정당화하고, 따라서 그녀는 프랭크를 함정에 빠뜨릴 수밖에 없었고, 워낙 많은 사람의 운명이 자신에게 걸렸기 때문에 프랭크나 수엘렌의 권리와 행복을 고려할 여지가 없었노라고 지금 주장해 봤자 아무 소용도 없었다. 진실이 우뚝 드러났고, 그녀는 진실로부터 위축되어 도망쳤다. 스칼렛은 냉정한 마음으로 그와 결혼했고, 냉혹하게 그를 이용했다. 그리고 그를 아주 행복하게 해주는 대신 그녀는 지난 여섯 달 동안 프랭크를 아주 불행하게 만들었다. 하느님은 그에게 보다 잘해 주지 않았기 때문에 벌을 내리겠고 — 윽박지르고, 잔소리를 하고, 신경질을 부리고, 말도 하지 못하게 막아 버렸던 온갖 잘못 때문에, 그리고 프랭크를 친구들에게서 갈라놓고, 직접 나서서 제재소를 운영하고, 술집을 짓고, 죄수들을 빌려다 씀으로써 남편으로 하여금 수치심을 느끼게 만들었기 때문에, 그녀는 벌을 받아 마땅했다.

스칼렛은 일부러 그를 아주 불행하게 만들었지만, 그는 신사답게 무엇이나 다 말없이 참아 냈다. 그에게 조금이라도 참된 행복을 제공했던 점이라고는 엘라를 낳아 주었다는 정도였다. 만일 그녀가 낳지 않으려고만 했다면 엘라 역시 태어나지도 않았으리라.

그녀는 겁이 나서 부들부들 떨었고, 프랭크가 살아나서 그에게 잘해 줄 기회가 그녀에게 생기기를, 온갖 잘못에 대한 보상을 충분히 할 만큼 기회가 마련되기를 바랐다. 오, 하느님이 그토록 격노하지 않고 보복심에 불타지만 않는다면 얼마나 좋을까! 오, 시간이 이토록 느리게 흘러가지 않고, 집안이 이렇게 고요하지만 않다면 얼마나 좋을까! 이렇게 혼자가 아니라면 얼마나 좋을까!

멜라니가 같이 있었다면, 두려움을 진정시켜 주었으리라. 하지만 멜라니는 집에서 애슐리를 간호했다. 언뜻 스칼렛은 그녀와 양심 사이의 방패막이로 삼으려고 피티팻을 올라오라고 부를까 생각했지만, 선뜻 마음이 내키지 않았다. 피티는 진심으로 프랭크의 죽음을 슬퍼했으므로 오히려 그녀를 더 난처하게 만들지도 모를 노릇이었다. 피티에게는 스칼렛보다 그가 더 가까운 세대여서, 그녀는 프랭크에게 헌신적이었다. 그는 〈집안의 남자〉라는 개념에 대한 피티의 욕구를 완벽하게 충족시켜 주어서, 그녀에게 프랭크는 자그마한 선물과 대수롭지 않은 소문과 농담과 얘깃거리를 제공해 주었고, 밤이면 신문을 읽어 주기도 하고 그녀가 양말을 꿰매는 동안 낮에 벌어진 갖가지 사건을 그녀에게 설명했다. 피티팻은 프랭크에게 수선을 떨고 그를 위해 특별 요리를 만들었고, 걸핏하면 걸리는 감기를 그가 앓을 때마다 열심히 시중을 들었다. 이제 그녀는 프랭크를 자못 아쉬워했고, 퉁퉁 부은 충혈된 눈을 찍어 내며 거듭해서 말했다. 「프랭크가 클랜에 가담하지만 않았더라면 얼마나 좋았을까!」

그녀를 위로해 주고, 그녀의 두려움을 진정시키고, 그녀의 마음이 이토록 병적인 싸늘함으로 무거워지게 만드는 혼란스러운 공포가 도대체 무엇인지를 그녀에게 설명해 줄 사람이 있기만 하다면 얼마나 좋을까! 만일 애슐리만 — 스칼렛은 애슐리 생각이 떠오르자 마음이 다시 위축되었다. 프랭크를 죽였듯이 하마터면 그녀는 애슐리도 죽일 뻔했다. 그리고 만일 프랭크를 손에 넣으려고 그녀가 어떤 거짓말을 했는지를 알고, 그녀가 프랭크에게 얼마나 야비하게 굴었는지를 안다면, 애슐리는 절대로 다시는 스칼렛을 사랑하지 않으리라. 애슐리는 명예를 무척이나 소중하게 생각하고, 참으로 진실하고, 참으로 착했으며, 세상만사를 참으로 솔직하고 현명한 눈으로 관찰했다. 만일 진실의 전부를 알게 되면 그는 이해하리라. 오, 그렇다, 그는 아주 잘 이해하리라. 하지만 그는 절대로 다시는 그녀를 사랑하지 않으리라. 따라서 그녀를 계속해서 사랑하게 하려면 그는 절대로 진실을 알아서는 안 된다. 힘을 얻는 비밀의 원천인 애슐리의 사랑을 박탈당한다면 그녀는 앞으로 어떻게 살아가겠는가? 하지만 그의 어깨에 머리를 기대고 울면서 죄의식에 시달리는 무거운 마음이 가벼워진다면, 그녀에게 얼마나 큰 위안이 될까!

죽음의 의식이 무겁게 내리깔리는 고요한 집에서 그녀를 짓누르는 고독감은 남의 도움이 없이는 더 이상 견디지 못할 지경이었다. 스칼렛은 조심스럽게 몸을 일으켜, 문을 반쯤 밀어 닫고는, 화장대 맨 밑 서랍에 넣어 둔 속옷 밑을 뒤졌다. 스칼렛은 그곳에 숨겨 두었던 브랜디를, 피티 고모가 〈기절약〉으로 쓰는 술을 꺼내서 등잔불에 비춰 보았다. 거의 절반이 비었다. 어젯밤 이후에 이렇게 많이 마셨을 리가 없는데! 그녀는 물 잔에다 상당히 많은 양의 브랜디를 따라 단숨에 꿀꺽 마셨다. 그녀는 꼭대기까지 물을 채워서 아침이 되기 전에 술병을 도로 가져다 선반에 얹어 놓아야만 했다. 장례식 직전에 관을 운반하는 사람들이 술을 달라고 했을 때 어멈이 술병을 찾느라 수선을 부렸었고, 부엌에서는 어멈과, 쿠키와, 피터 사이에 벌써 의혹이 고조되었다.

화끈한 브랜디 기운이 기분 좋게 타올랐다. 꼭 필요할 때의 브랜디 한 모금처럼 좋은 친구는 또 없었다. 사실상 브랜디는 언제나 좋았고, 별다른 맛이 없는 포도주보다 훨씬 더 좋았다. 도대체 왜 여자는 포도주를 마시면 괜찮지만 독한 술을 마셔서는 안 된다는 말인가? 메리웨더 부인과 미드 부인은 장례식 때 아주 노골적으로 그녀의 입에서 나는 냄새를 킁킁거리며 맡아 보았고, 스칼렛은 그들이 주고받는 교만한 표정을 보았다. 늙은 살쾡이들 같으니라고!

그녀는 한 잔을 더 따랐다. 잠시 후에는 잠자리에 들겠고, 어멈이 옷의 끈을 풀어 주러 올라오기 전에 화장수로 입가심을 하면 그만이었으므로, 오늘 밤에는 조금쯤 취하더라도 문제가 되지 않았다. 그녀는 재판이 열리는 날이면 제럴드가 자주 그랬듯이, 완전히 정신을 차리지 못할 정도로 취하고 싶었다. 그러면 아마도 그의 삶을 파멸시키고 결국은 목숨까지 빼앗아 갔다고 그녀를 비난하는 프랭크의 초췌한 얼굴을 잊게 될지도 모를 노릇이었다.

그녀는 혹시 애틀랜타 사람들이 모두 그녀가 프랭크를 죽였다고 생각하지나 않는지 의아한 생각이 들었다. 장례식에 참석했던 사람들은 확실히 그녀에게 냉정했다. 동정의 표정에 조금이라도 따스함을 보인 문상객이라고는 스칼렛이 거래했던 양키 장교 부인들뿐이었다. 어쨌든 애틀랜타 사람들이 그녀에 관해서 무슨 소리를 하건 스칼렛은 개의치 않았다. 하느님 앞에서 해야 할 대답에 비하면 그까짓 악담이야 얼마나 하찮은가!

그런 생각이 떠오르자 스칼렛은 술을 한 잔 더 마셨고, 화끈한 브랜디가 목구멍을 타고 내려가자 몸이 부르르 떨렸다. 이제는 몸이 무척 화끈거렸지만, 아직도 프랭크 생각을 몰아내기가 힘들었다. 술을 마시면 잊게 된다고 말하는 남자들은 얼마나 바보들인가! 의식을 잃을 정도로 마시기 전에는, 혼자서 마차를 타고 돌아다니지 말라고 마지막으로 부탁했을 때 소심하고 면목이 없고 용서를 비는 듯한 표정이었던 프랭크의 얼굴이 눈앞에서 사라질 기미가 보이지 않았다.

앞문을 두드리는 놋쇠 소리가 둔탁하게 울렸고, 문 두드리개 소리가 집 안에서 되울리자 피티 고모가 뒤뚱거리며 거실을 건너가고, 문이 열리는 소리가 났다. 인사를 나누는 소리,

무슨 말인지 알아듣기는 어려웠지만 웅얼거리는 소리가 났다. 장례식 얘기를 나누거나 야참을 전해 주려고 이웃에서 누가 찾아온 모양이었다. 피티가 좋아하리라. 피티는 조의를 표하러 찾아온 사람들과 얘기를 나누면 우울하면서도 뿌듯한 기쁨을 느꼈다.

스칼렛은 누가 찾아왔을까 궁금해졌고, 낭랑하고도 말꼬리를 느릿느릿 끄는 남자의 목소리가, 장례식 분위기에 맞는 피티의 나지막한 속삭임보다 크게 들려오자, 그녀는 알았다. 기쁨과 안도감이 그녀를 휩쌌다. 찾아온 손님은 레트였다. 프랭크가 죽었다는 소식을 그녀에게 전해 준 이후로 그를 만난 적이 없었지만, 지금 그녀는 오늘 밤 그녀에게 가장 도움이 될 사람은 레트뿐임을 마음속 깊이 깨달았다.

「만나 주리라고 저는 생각하는데요.」 레트의 목소리가 위층의 그녀에게까지 들려왔다.

「하지만 지금은 자리에 누웠고, 버틀러 선장님, 아무도 만나려고 하지 않아요. 가엾게도 굉장히 낙심을 했어요. 그 애는 —」

「아마 저는 만나려고 할 겁니다. 저는 내일 멀리 떠날 예정인데, 한참 동안 돌아오지 못하리라는 말을 전해 주세요. 이건 아주 중요한 일입니다.」

「하지만 —」 피티팻 고모가 머뭇거렸다.

스칼렛은 복도로 달려 나갔고, 무릎이 약간 휘청거리자 약간 놀라며, 난간 너머로 몸을 내밀었다.

「곧 내려가겠어요, 레트.」 그녀가 외쳤다.

스칼렛이 피티팻 고모의 통통한 얼굴을 얼핏 보았더니, 놀라고 못마땅해하는 부엉이 같은 눈으로 그녀를 올려다보았다. 남편의 장례식을 치른 날에도 내 처신이 지극히 올바르지 못했다는 소문이 시내에 쫙 퍼지겠구나, 서둘러 방으로 돌아가서 머리를 손질하며 스칼렛은 생각했다. 그녀는 검정 가슴 옷 단추를 턱까지 채우고는 피티팻의 상복 브로치로 옷깃을 바싹 여미었다. 너무 얼굴이 창백하고 겁에 질려 별로 예뻐 보이지 않는구나, 거울 쪽으로 몸을 내밀면서 그녀는 생각했다. 자기도 모르게 그녀는 입술연지를 꺼내 바르려고 자물쇠가 달린 상자로 손을 뻗었지만, 그러지는 말아야 되겠다고 판단했다. 그녀가 발그레하고 한창 만발한 모습으로 내려간다면 가엾은 피티팻은 진심으로 놀라리라. 그녀는 화장수 병을 집어 한 모금 잔뜩 물고 조심스럽게 양치질을 하고는 개수통에 뱉었다.

스칼렛은 옷을 바스락거리며 층계를 내려갔는데, 그녀의 행동에 어찌나 놀랐는지 피티팻이 레트더러 앉으라는 말조차 하지를 않아서, 두 사람은 아직도 현관에 그대로 서서 기다렸다. 그는 상을 당한 오랜 친구에게 조의를 표하려고 방문할 경우에 관습이 요구하는 예의를 깍듯이 갖추느라고, 주름 장식이 달리고 풀을 빳빳하게 먹인 아마포 셔츠에 검정 상복을 단정하게 입었다. 그가 보여 준 예절이 어찌나 완벽했는지 오히려 익살스러운 희극이나 마찬가지였지만, 피티팻은 그런 점을 의식하지 못했다. 그는 스칼렛에게 방해가 되어 미안하다고 정식으로 사과하고는, 애틀랜타를 떠나기 전에 서둘러 마무리 지어야 할 일이 생겨서 장례식에 참석하지 못해 죄송하다고 설명했다.

〈도대체 무슨 바람이 불었기에 찾아왔을까?〉 스칼렛은 궁금하게 생각했다. 〈그가 하는 말은 한마디도 진담이 아냐.〉

「이럴 때 불쑥 나타나기는 정말 싫었지만, 지체해선 안 되는 문제를 의논하고 싶어서 말입니다. 케네디 씨하고 제가 세워 오던 계획인데 —」

「당신하고 케네디 씨가 사업상 거래를 하는 줄은 몰랐는데요.」 프랭크의 활동 중에서 그녀가 모르는 부분이 있었다니까 화가 난다는 듯 피티팻 고모가 말했다.

「케네디 씨는 여러 방면에 관심을 보이는 분이셨죠.」 경의를 나타내며 레트가 말했다. 「응접실로 들어갈까요?」

「싫어요!」 닫힌 문을 힐끗 쳐다보며 스칼렛이 소리쳤다. 그녀는 응접실에 안치했던 관이 아직도 눈에 선했다. 스칼렛은 그 방이라면 다시는 안 들어가게 되기를 바랐다. 이번에는 피티도 겨우 눈치를 챘고, 별로 기분이 좋지 않다는 반응을 보였다.

「서재를 쓰지 그러니. 난 — 난 위층으로 올라가서 바느질을 해야 되겠어. 세상에, 지난 한 주일 동안 난 바느질을 너무 게을리 했어. 정말이지 —」

그녀는 못마땅한 눈초리로 뒤를 돌아다보고는 층계로 올라갔지만, 스칼렛과 레트는 그녀의 시선을 눈치채지 못했다. 레트는 스칼렛이 그의 앞을 지나 먼저 서재로 들어가도록 옆으로 비켜섰다.

「당신은 프랭크와 무슨 사업을 했나요?」 그녀가 불쑥 물었다.

그는 더 가까이 오더니 속삭였다. 「그런 사업 전혀 없어요. 난 그저 미스 피티를 쫓아 버리고 싶었을 뿐이죠.」 그는 그녀에게로 허리를 수그려 냄새를 맡고는 말머리를 돌렸다. 「다 소용없는 짓이오, 스칼렛.」

「뭐가요?」

「화장수요.」

「무슨 소리를 하는지 모르겠군요.」

「잘 아실 텐데. 술을 상당히 많이 마셨군요.」

「그래요, 마셨다면 어쩌겠어요? 그게 당신하고 무슨 상관이죠?」

「아무리 슬플 때라도 차려야 할 예의는 차려야죠. 술을 혼자 마셔서는 안 돼요, 스칼렛. 사람들이 언젠가는 알게 마련이고, 그러면 평판이 나빠지니까요. 뿐만 아니라, 술을 혼자 마시는 버릇은 좋지 않아요. 왜 그랬나요, 스칼렛?」

그는 스칼렛을 자단 소파로 이끌어 갔고, 그녀는 말없이 자리에 앉았다.

「문을 닫아도 될까요?」

스칼렛은 만일 어멈이 닫힌 문을 보았다가는 아연실색을 하고 며칠 동안 잔소리를 하며 투덜거리리라고 예상했지만, 그렇지 않아도 브랜디 병이 없어져서 수상하게 여기던 차에 술을 마셨다는 얘기를 어멈이 우연히라도 들었다가는 더욱 입장이 난처하리라고 판단했다. 그녀는 머리를 끄덕였고, 레트는 미닫이문을 끌어당겨 닫았다. 그가 돌아와서 그녀의 옆에 앉았고, 그의 검은 눈이 열심히 스칼렛의 표정을 살피는 사이에 죽음의 음침한 분위기는 그가 발산하는 활력 앞에서 굴복했으며, 방 안은 다시금 쾌적하고 아늑해졌고, 등잔불은 따뜻하고 발그레했다.

「무슨 일이에요, 허니?」

농담을 할 때까지도 바보 같은 사랑의 표현[41]을 레트처럼 애무하듯 능란하게 말할 줄 아는 사람은 세상에 아무도 없었지만, 지금 그는 농담을 하는 태도가 아니었다. 그녀는 눈을 들어 레트의 얼굴을 올려다보았고, 그의 얼굴에 나타난 불가해하고 멍한 표정에서 웬일인지 위안을 얻었다. 그는 워

41 〈honey〉를 뜻한다.

낙 갈피를 잡기 힘들고 무정한 남자였으므로, 스칼렛은 자기가 왜 그런 기분을 느끼는지 알 길이 없었다. 아마도 그것은, 레트가 자주 말했듯이, 그들 두 사람이 서로 워낙 닮았기 때문이었는지도 모른다. 때때로 스칼렛은 레트 이외에는 자신이 알았던 사람들이 모두 낯설다고 느꼈다.

「나한테 털어놓으면 안 될까요?」 이상할 정도로 부드럽게 그는 스칼렛의 손을 잡았다. 「프랭크가 당신 곁을 떠났다는 이유 때문만은 아니죠? 돈이 필요한가요?」

「돈이요? 맙소사, 아니에요! 오, 레트, 난 너무나 무서워요.」

「바보 같은 소리 말아요, 스칼렛. 당신은 평생 두려워했던 적이 한 번도 없잖아요.」

「오, 레트, 정말 난 무서워요!」

그녀가 미처 스스로 따라가지 못할 정도로 빠른 속도로 마음속에서 말이 저절로 쏟아져 나왔다. 스칼렛은 그에게 마음 놓고 무슨 얘기든 해도 되었다. 레트에게는 무슨 얘기를 하더라도 다 괜찮았다. 그는 자신도 너무 나쁜 사람이었기 때문에 그녀를 심판하려고 들지는 않을 터였다. 자신의 목숨을 건지기 위해 거짓말을 하는 불명예스러운 짓을 하느니보다도 차라리 굶어 죽으려는 사람들로 가득한 세상에서, 악하고 불명예스러우며 사기꾼에 거짓말쟁이인 사람을 알다니, 얼마나 마음이 편한가!

「난 죽어서 지옥에 갈까 봐 겁이 나요.」

만일 레트가 그녀의 말을 듣고 웃음이라도 터뜨렸다면 스칼렛은 그 자리에서 당장 죽어 버리기라도 했으리라. 하지만 그는 웃지 않았다.

「당신은 죽기에는 상당히 건강하고 — 그리고 나중에 보면 지옥 따위는 전혀 없을지도 모르고요.」

「오, 하지만 지옥은 있어요. 레트! 지옥이 있다는 건 당신도 알잖아요!」

「지옥이 있다는 건 나도 알지만, 그건 바로 이곳, 이 세상에 있죠. 우리들이 죽은 다음이 아니고요. 우리들이 죽고 난 다음에는 아무것도 없어요. 당신은 지금 지옥을 경험하는 중이에요!」

「오, 레트, 그건 신성을 모독하는 소리예요!」

「하지만 희한하게도 마음이 놓이는 얘기죠. 자, 왜 당신이 지옥으로 가게 되었는지 말해 봐요.」

레트가 이제는 장난을 치기 시작해서, 그의 눈이 빛났지만, 그녀는 신경을 쓰지 않았다. 그의 손은 무척 따스하고 힘찼으며, 붙잡고 매달리면 한없이 마음이 놓였다.

「레트, 난 프랭크와 결혼해서는 안 되는데 그랬어요. 그건 잘못이었어요. 그이는 수엘렌의 애인이었고, 내가 아니라 수엘렌을 사랑했죠. 난 개가 토니 폰테인과 결혼하리라고 거짓말도 했어요. 오, 어쩌다가 내가 그런 짓을 했을까요?」

「아, 그러니까 일이 그렇게 되었군요! 난 어떤 사정이었는지 늘 궁금하게 생각했었는데요.」

「그리고 난 또 그이를 무척 비참하게 만들었어요. 난 정말로 갚을 능력이 없는 사람들에게서 억지로 돈을 받아 내는 따위, 그이가 제일 하기 싫어하던 온갖 일을 하도록 그에게 시켰어요. 그리고 내가 제재소를 운영하고, 술집을 짓고, 죄수들을 데리고 왔을 때 그이는 무척 괴로워했어요. 그이는 창피해서 머리도 들고 다니지 못할 지경이었죠. 그리고 레트, 이제 난 그이를 죽이기까지 했어요. 그래요, 내가 죽였어요! 난 그이가 클랜에 가입한 줄을 몰랐으니까요. 난 그이한테 그런 배짱이 있으리라고는 생각도 못 했어요. 하지만 난 마땅히 눈치를 챘어야 해요. 난 그이를 죽였어요.」

「〈위대한 넵투누스[42]의 모든 바닷물로라면 내 손에서 이 피를 씻을 수 있으려나?〉」[43]

「뭐라고요?」

「아무것도 아니에요. 얘기나 계속해요.」

「계속하라고요? 할 얘기는 그게 전부예요. 그만하면 충분하지 않아요? 난 그이하고 결혼했고, 그이를 불행하게 만들었고, 그이를 죽였어요. 오, 하느님 맙소사! 내가 어떻게 그런 짓을 했는지 모르겠어요! 난 그이를 속이고 결혼했어요. 그때는 내가 하는 행동이 다 옳은 줄 알았는데, 이제는 그게 얼마나 잘못인지를 깨닫게 되었어요. 레트, 그렇게 온갖 나쁜 짓을 한 사람이 나 자신이라고는 여겨지질 않아요. 나는 그이한테 정말로 야비하게 굴었지만, 사실 난 그렇게 야비한 여자가 아니에요. 난 그런 식으로 성장하지는 않았으니까요. 어머니는 —」 그녀는 말을 멈추고 침을 꿀꺽 삼켰다. 스칼렛은 어머니를 생각하지 않으려고 하루 종일 애썼지만, 더 이상 머릿속에서 지워 버리기가 불가능했다.

「난 당신 어머니가 어떤 여자인지 가끔 궁금하게 생각했어요. 내가 보기에 당신은 아버지를 워낙 많이 닮았더군요.」

「어머니는 —. 오, 레트, 이런 내 모습을 보실 필요가 없으시니까, 난 어머니가 돌아가셨다는 걸 처음으로 기쁘게 생각해요. 어머니는 나를 야비한 여자로 키우지는 않으셨어요. 어머니는 누구에게나 워낙 친절하시고, 정말로 착하셨어요. 어머니라면 이런 짓을 하느니 차라리 굶어 죽었겠죠. 그리고 난 어떤 면에서도 완벽하게 어머니처럼 되고 싶었지만, 우린

42 바다의 신. 그리스 신화에서는 포세이돈.

43 셰익스피어의 「맥베스」 제2막 제3장 60~61행에서 인용.

조금도 같은 데가 없어요. 생각해야 할 다른 문제가 워낙 많아서 — 난 그렇게 되진 못했지만 — 어쨌든 나는 어머니처럼 되고 싶었어요. 난 아버지를 닮고 싶지는 않았어요. 난 아버지를 사랑하기는 했지만 아버지는 — 정말이지 인정이 없었어요. 레트, 난 사람들에게 상냥하고 프랭크에게 잘해 주려고 가끔 열심히 노력도 해봤지만, 그럴 때면 악몽이 되살아나고 너무나 겁이 나서, 그냥 밖으로 뛰쳐나가 내 것이건 아니건 간에 닥치는 대로 사람들의 돈을 빼앗고 싶었어요.」

눈물을 주체하지 못해서 줄줄 흘리며 스칼렛은 손톱이 살을 파고들 정도로 그의 손을 움켜쥐었다.

「무슨 악몽이 되살아나요?」 그의 목소리는 차분하고 마음을 편안하게 해주었다.

「오 — 당신은 모르는 악몽이에요. 글쎄요, 사람들에게 잘해 줘야 하고, 돈이 전부가 아니라고 자신에게 납득시키려고 할 때마다, 난 잠자리에 들면 어머니가 돌아가신 직후에, 양키들이 거쳐 간 직후에 내가 타라로 돌아간 꿈을 꾸죠. 레트, 당신은 상상도 못 하겠지만 —. 그때 생각만 하면 난 등골이 오싹해져요. 몽땅 불타 버리고, 너무나 적막하고, 식량이 하나도 없던 그때가 눈에 선해요. 오, 레트, 꿈속에서 나는 다시 굶주리게 되죠.」

「그래서요.」

「난 배가 고프고, 아버지하고 여자들과 검둥이들, 모두들 굶주려서 자꾸 〈우린 배가 고파〉라는 소리만 하고, 난 배 속이 너무 비어 쓰릴 지경이고, 정말로 무서웠어요. 난 마음속으로 〈만일 지금의 곤경을 언젠가 벗어나기만 한다면 난 절대로, 절대로 다시는 굶주리지 않으리라〉 거듭거듭 다짐했고, 그러면 꿈이 잿빛 안개 속으로 잠겨 사라지고, 나는 안개 속에서 달리고 또 달리는데, 심장이 터질 정도로 열심히 달리고, 무엇이 쫓아오고, 난 숨도 못 쉬겠어도 목적지에 도착하기만 하면 안전하리라는 생각을 자꾸 하죠. 하지만 내가 어디에 도달하려고 하는지는 나도 몰라요. 그러다가 잠이 깨면 무서워서 등골이 오싹하고, 또다시 굶주리게 될까 봐 몹시 무서워져요. 그런 꿈에서 깨어날 때면 나는 온 세상의 돈을 다 가졌더라도 다시 굶주리게 될지 모른다는 두려움으로부터 보호를 받을 길이 없다는 기분이 들어요. 그런데 프랭크는 꽁무니만 빼고 답답하게 굴어서, 난 울화가 치밀어 올라 분통을 터뜨리게 되죠. 그이는 내 생각을 이해하지 못하는 것 같았고, 나로서는 이해시킬 방법도 없었어요. 언젠가 우리들이 돈을 많이 벌어서, 굶주림에 대해 내가 그토록 두려워하지 않게 되면, 난 그이한테 꼭 보답을 하리라고 거듭거듭 다짐했어요. 그런데 이제는 그이가 죽었으니 다 늦어 버렸죠. 오, 내가 그런 짓을 했을 때는 다 옳다고 생각했었는데, 사실은 다 나쁜 짓이었어요. 만일 다시 기회가 주어지기만 한다면 나는 전혀 다른 사람이 되어 보겠어요.」

「그만해요.」 미친 듯 움켜잡는 그녀의 손을 풀고는 호주머니에서 깨끗한 손수건을 꺼내며 그가 말했다. 「얼굴을 닦아요. 이런 식으로 자신을 괴롭힐 필요는 없어요.」

스칼렛은 손수건을 받아 축축하게 젖은 뺨을 닦아 냈고, 그녀의 짐을 레트의 듬직한 어깨로 옮겨 놓기라도 한 듯 조금쯤 안도감을 느끼는 표정이 은근히 얼굴에 나타났다. 그는 무척 태연하고 차분해 보였으며, 그가 입을 조금만 씰룩거려도 그녀는 마치 자신의 고뇌와 혼란이 터무니없는 걱정임을 그가 보장해 주는 듯한 안도감을 느꼈다.

「이제는 기분이 좀 좋아졌나요? 그렇다면 문제를 근본부터 따져 보기로 하죠. 당신은 다시 기회만 주어진다면 다른 사람이 되겠다고 했어요. 하지만 정말 그럴까요? 자, 생각해 봐요. 그러겠어요?」

「그건 ―」

「아니죠, 당신은 똑같은 짓을 되풀이할 테니까요. 당신에게 다른 선택의 여지가 조금이라도 있었나요?」

「아뇨.」

「그렇다면 무엇을 후회하죠?」

「난 너무나 못되게 굴었고, 이제 그이는 죽었어요.」

「그리고 남편이 죽지 않았다면 당신은 아직도 못되게 굴겠죠. 내가 이해하는 바를 꼽아 보자면, 당신은 프랭크와 결혼했다는 사실, 그를 못살게 굴었다는 사실, 그리고 본의는 아니더라도 그의 죽음을 야기했다는 사실에 대해서 조금도 후회하지 않아요. 당신은 그저 지옥으로 가기만 두려울 뿐이에요. 그렇죠?」

「글쎄요 ― 그 말은 뭐가 뭔지 알아듣기가 어렵군요.」

「당신의 윤리관도 뭐가 뭔지 모를 정도로 뒤죽박죽이에요. 당신은 현장에서 붙잡히고 난 다음, 도둑질을 후회하기는커녕 감옥으로 끌려갈 일만 못마땅해하는 도둑과 같아요.」

「도둑이라니 ―」

「아, 그렇게 단어에만 자꾸 신경을 쓰지 말아요! 무슨 얘기냐 하면, 만일 영원히 지옥의 불 속에서 벌을 받으리라는 바보 같은 생각만 들지 않았다면 당신은 프랭크가 없어져서 속이 시원하다고 느낄 텐데요.」

「오, 레트!」

「아, 왜 이래요! 이왕 고백하는 김에 휘황찬란한 거짓말보다는 진실을 털어놓으면 어떨까요. 목숨보다도 소중하다던 보석을 3백 달러에 내놓겠다고, 뭡니까 — 제안했을 때, 당신의 — 그러니까 — 당신 양심이 크게 괴롭던가요?」

술기운에 이제는 머리가 어지러웠고, 그녀는 현기증과 더불어 약간 무모한 기분을 느꼈다. 그에게 거짓말을 해봤자 무슨 소용이 있겠는가? 그는 항상 그녀의 마음을 환히 꿰뚫어 보았다.

「그때 난 하느님이나 — 지옥에 대해서는 별로 생각하지 않았어요. 그리고 나중에 그런 생각이 들었을 땐 — 글쎄요, 하느님께서 이해해 주시리라고 느꼈고요.」

「하지만 당신이 왜 프랭크하고 결혼했는지는 하느님께서 이해해 주지 않으리라고 믿나요?」

「레트, 당신은 하느님이 존재한다고 믿지도 않으면서 어떻게 그런 소리를 하나요?」

「하지만 당신은 분노하는 신을 믿고, 지금은 바로 그 사실이 중요하죠. 왜 하느님이 이해를 못 할까요? 당신이 아직도 타라 농장을 소유하고, 그래서 카펫배거들이 그곳에 살지 않는다는 사실을 당신은 못마땅하게 생각합니까? 당신이 헐벗고 굶주리지 않는다는 게 못마땅해요?」

「오, 아니에요!」

「그렇다면 프랭크와의 결혼 말고 무슨 다른 방법이 하나라도 있었나요?」

「아뇨.」

「그는 꼭 당신하고 결혼해야만 하는 입장이 아니었어요, 안 그래요? 남자들이란 자유롭게 행동하는 인간이니까요. 그리고 그는 하기 싫은 일을 당신이 못살게 군다고 해서 꼭 해야 할 의무도 없었고요, 안 그래요?」

「그건 —」

「스칼렛, 왜 그런 걱정을 해요? 만일 다시 똑같은 입장이 된다면, 당신은 불가피하게 다시 거짓말을 하겠고, 프랭크는 당신하고 결혼할 수밖에 없겠죠. 당신은 여전히 스스로 위험에 빠지고, 그는 당신에 대한 보복을 하게 되고요. 만일 그가 당신 동생하고 결혼했다면, 동생이 죽음을 야기하지는 않았겠지만, 아마도 당신보다 두 배는 프랭크를 불행하게 만들었을지 몰라요. 그러니까 다 사필귀정이었어요.」

「하지만 난 그이한테 더 착하게 해줄 수가 있었어요.」

「만일 당신이 다른 사람이었다면 그랬겠죠. 하지만 당신은 천성이 그냥 받아 주는 사람이라면 누구라도 못살게 구는 그런 성미예요. 강한 자는 남을 못살게 굴고, 약한 자는 당하게 마련이에요. 그건 다 당신을 말채찍으로 때려 주지 않은 프랭크 탓이에요. ……인생에서 이토록 늦은 단계에 이르러서야 양심의 싹이 트다니, 스칼렛, 난 당신한테 놀랐어요. 당신 같은 기회주의자들에게는 양심이 있어서는 안 되죠.」

「기회 — 그게 뭐죠?」

「기회를 타는 사람 말이에요.」

「그런 사람이 나쁜가요?」

「사람들은 누구나 항상 그들을 나쁘게 생각하고, 특히 같은 기회가 주어졌지만 기회를 이용하지 않은 사람들이 더 그렇게 생각해요.」

「오, 레트, 난 당신이 상냥하게 날 대해 주리라고 생각했는데, 이제 보니 농담을 하고 계시군요!」

「난 지금 내 딴에는 — 점잖게 행동하는 편이에요. 스칼렛, 당신 취했군요. 당신은 그게 문제예요.」

「어디서 감히 —」

「그래요, 내가 그런 말을 못 할 이유가 없죠. 당신은 속된

말로 〈울보〉가 되기 직전이고, 그래서 난 화제를 바꿔, 재미있어할 만한 소식으로 당신을 기쁘게 해주겠어요. 사실 오늘 저녁에 내가 여길 찾아온 이유가 그것인데, 떠나기 전에 당신에게 할 얘기가 있어요.」

「어디로 가시는데요?」

「영국으로 떠나는데, 여러 달 동안 돌아오지 않을지도 몰라요. 양심 따위는 잊어버려요. 스칼렛, 난 더 이상 당신 영혼의 거취는 얘기하고 싶은 생각이 없어요. 내가 무슨 말을 하러 왔는지 듣고 싶지 않아요?」

「하지만 ―」 그녀는 힘없이 말문을 열었다가 다시 잠잠해졌다. 회한의 예리한 모서리를 부드럽게 다듬어 놓은 술기운과, 조롱하면서도 마음을 편하게 해주는 레트의 얘기 사이에서, 창백한 프랭크의 유령은 그늘 속으로 사라지는 중이었다. 어쩌면 레트의 얘기가 옳을지도 모른다. 어쩌면 하느님이 이해할지도 모른다. 스칼렛은 그런 걱정을 마음의 표면으로부터 쓸어 낼 정도로 정신이 들자, 〈그건 다 내일 생각해야지〉 하고 작정했다.

「할 얘기가 뭐죠?」 레트의 손수건에 코를 풀고, 흘러내리려는 머리카락을 쓸어 올리며 그녀는 겨우 말했다.

「내가 할 말은 이거예요.」 그녀를 내려다보고 히죽 웃으며 그가 말했다. 「난 지금까지 내가 알았던 어느 여자보다도 당신을 더 원하고, 프랭크도 갔으니 이제 당신도 알게 되면 흥미를 느끼리라고 생각해서, 그래서 이렇게 털어놓기로 했어요.」

스칼렛은 그의 손아귀에서 두 손을 홱 잡아 빼고는 일어섰다.

「하필이면 이런 때 찾아와서 그런 추잡한 소리를 하다니 ― 난 ― 난 당신이 절대로 달라지지 않으리라는 걸 알았어야 하는데. 더구나 프랭크의 체온도 채 가시지 않았는데 말이에요! 당신이 조금이라도 염치가 있는 남자라면 —. 제발 여기서 나가 —」

「조용하지 않으셨다가는 당장 미스 피티팻이 이리 내려오겠어요.」 몸을 일으키지 않고 손만 뻗어 그녀의 양쪽 팔목을 잡으며 그가 말했다. 「내 말을 못 알아듣는군요.」

「말을 못 알아들었다고요? 난 다 알아들었어요.」 그녀는 레트의 손을 뿌리치려고 했다. 「나를 놓아주고 어서 여기서 나가요. 난 그런 흉측한 얘기는 들어 본 적이 없어요. 난 —」

「조용해요.」 그가 말했다. 「난 결혼해 달라고 당신한테 청혼하는 거예요. 내가 무릎을 꿇어야만 진담으로 듣겠어요?」

그녀는 숨이 막혀서 〈오!〉라고 말하고는 소파에 털썩 주저앉았다.

〈난 결혼을 좋아하는 남자가 아니니까요〉라고 그가 조롱하던 말을 덤덤하게 기억해 낸 그녀는, 혹시 술기운이 그녀의 머리에 장난을 치지는 않았나 의아해하면서, 입을 딱 벌린 채로 레트를 멍하니 쳐다보았다. 그녀가 취했거나 레트가 미쳐 버린 모양이었다. 하지만 그는 미친 사람처럼 보이지는 않았다. 그는 날씨 얘기라도 하는 듯 차분해 보였고, 말끝을 느릿느릿 끄는 그의 부드러운 목소리도 별다른 강조를 하는 듯싶지가 않았다.

「당신이 열두 참나무 집에서 꽃병을 집어 던지고 욕설을 퍼부어서, 숙녀가 아니라는 사실을 보여 주었던 바로 그날부터, 나는 항상 당신을 차지하고 싶었어요. 스칼렛, 나는 무슨 수단을 부려서라도 당신을 차지할 생각이었어요. 하지만 당신과 프랭크가 돈을 좀 벌었기 때문에 난 당신이 다시는 나에게로 쫓아와서 대부와 담보에 관한 어떤 솔깃한 제안도 하지 않으리라고 판단했죠. 그래서 난 당신하고 결혼하는 수밖에 없으리라는 생각이 들더군요.」

「레트 버틀러, 또 무슨 못된 장난을 치려고 이러시죠?」

「나의 속내를 통째로 드러내 보였는데도 당신은 의심만 하는군요! 아니에요, 스칼렛, 이건 정말로 명예를 걸고 하는 선언이에요. 이럴 때 찾아온다면 바람직하지 못한 짓이라는 점은 시인하지만, 이런 교양 없는 행동에 대한 아주 훌륭한 구실은 있어요. 나는 내일 이곳을 떠나면 오랫동안 돌아오지 못할 텐데, 만일 내가 돌아올 때까지 하고 싶은 말을 미루어 두었다가는 그사이에 당신이 돈 많은 다른 남자하고 결혼할까 봐 걱정이 되었죠. 그래서 나하고 내 돈이 어디가 모자라느냐는 생각을 했어요. 정말이지, 스칼렛, 난 당신이 남편을 바꿔 치는 사이의 공백기를 포착하기 위해 기다리느라고 평생을 보내고 싶지는 않아요.」

그의 말은 진담이었다. 그것은 의심할 나위가 없었다. 그의 발언을 납득하는 사이에 그녀는 입안이 말랐고, 침을 꿀꺽 삼키고는 무슨 실마리라도 잡기 위해서 그의 눈을 들여다보았다. 그의 눈에는 웃음이 가득했지만, 지금까지 스칼렛이 한 번도 본 적이 없는 무엇이, 분석하기가 불가능한 어떤 광채가 깊은 곳에서 엿보였다. 그는 편안하고 태연한 태도였지만, 쥐구멍을 노려보는 고양이처럼 그녀를 열심히 주시하고 있음을 스칼렛은 느꼈다. 그의 차분한 분위기 밑에 깔린 절제된 힘이 그녀로 하여금 약간 겁이 나서 몸을 도사리게 만들었다.

그는 진심으로 그녀에게 구혼하는 중이었고, 그는 믿어지지 않는 행위를 저지르는 중이었다. 언젠가 그녀는 만일 레트가 구혼한다면 어떻게 그를 괴롭혀 줄까 계획을 세우기도 했었다. 언젠가 그녀는 만일 레트가 그런 말을 하게 되면, 그에게 굴욕감을 주고 그로 하여금 그녀의 힘을 인식하게 만들며, 자신의 그런 행위로부터 악의에 찬 기쁨을 즐기려고 했었다. 기다리던 말을 이제 레트가 했지만, 어느 때나 마찬가지로 그가 그녀의 힘에 좌우되지 않을 기세였으므로, 그녀가 세웠던 계획들은 머리에 떠오르지도 않았다. 사실상 그는 지금의 상황에서 철저히 칼자루를 잡은 처지였으므로, 스칼렛은 처음으로 청혼을 받은 처녀처럼 당황해서 낯을 붉히고, 말을 더듬기만 했다.

「난 — 난 다시는 결혼하지 않겠어요.」

「오, 아니에요, 당신은 곧 결혼합니다. 당신은 결혼을 하려고 태어난 여자니까요. 그런데 나하고는 왜 못 하죠?」

「하지만 레트, 난 — 난 당신을 사랑하지 않아요.」

「그건 조금도 장애물이 되지 않아요. 당신이 감행한 지난 두 차례의 모험에서도 사랑이 두드러진 역할을 했다고는 난 믿지 못하니까요.」

「오, 어쩌면 그런 소리를 해요? 내가 프랭크를 좋아했다는 건 당신도 알잖아요!」

그는 아무 말도 하지 않았다.

「정말이에요! 정말이라니까요!」

「글쎄요, 그건 따지지 말기로 하죠. 내가 이곳을 떠난 다음, 내 제안을 생각해 보겠어요?」

「레트, 난 무엇이건 질질 끌기를 좋아하지 않아요. 차라리 지금 당장 얘기하는 편이 좋겠군요. 난 곧 타라 농장으로 돌아갈 생각이고, 피티팻 고모님하고는 인디아 윌크스가 같이 지내게 되죠. 난 오랫동안 집에 가서 지낼 예정이고 난 — 난 다시는 결혼하고 싶지 않아요.」

「말도 안 되는 소리. 왜요?」

「오, 그건 말이죠 — 이유는 묻지 마세요. 난 그저 결혼하기가 싫으니까요.」

「하지만, 우리 아가씨, 당신은 참된 결혼은 한 번도 해보지 못했어요. 당신이 어떻게 알겠어요? 한 번은 홧김에 했고, 또 한 번은 돈 때문에 했고 — 그러니 당신은 운이 없었다고 나도 시인하겠어요. 그저 행복하게 살기 위해서 결혼하겠다 — 그런 생각은 해본 적이 없나요?」

「행복하게 살다뇨! 바보 같은 소리 말아요. 결혼 생활이 뭐가 행복하다고 그래요.」

「그런가요? 왜 행복하지 않죠?」

잠깐 동안 차분한 분위기가 다시 찾아왔고, 그와 더불어 브랜디 때문에 유발된 자연스러운 통명스러움이 겉으로 드러났다.

「남자들에게야 즐겁겠죠 — 왜 즐거운지는 하느님이나 아시겠지만요. 난 그 이유가 전혀 납득이 가지 않아요. 하지만 결혼 생활에서 여자가 얻는 바라고는 밥을 얻어먹고는 죽도록 고생이나 하고, 남자의 온갖 어리석음을 참아 내고 — 해마다 아기를 낳는 게 고작이죠.」

그가 어찌나 큰 소리로 웃었는지 침묵이 반향을 일으켰고, 스칼렛은 부엌문이 열리는 소리를 들었다.

「조용해요! 어멈의 귀는 살쾡이처럼 밝은데, 상을 당한 지 얼마 안 되는 지금 웃어 댄다는 건 점잖지 못한 짓이니까 — 조심하라고요. 그런 사실은 당신도 알잖아요. 즐겁다뇨! 말도 안 되는 소리!」

「난 당신 운이 나빴다고 했는데, 방금 당신이 한 얘기가 그걸 증명해요. 당신은 아이하고 한 번 그리고 또 한 번은 노인과 결혼했어요. 그리고 더더구나 당신 어머니는 틀림없이 당신에게 〈그런 고생들〉은 엄마가 된다는 기쁨이 보상해 주게 마련이니까 여자는 모름지기 꾹 참아야 된다고 가르쳤겠죠. 그런데 그건 다 틀린 얘기예요. 여자들이라면 환히 잘 아는 멋쟁이에 평판이 나쁜 젊은이하고는 왜 결혼하지 않나요? 그러면 재미있을 텐데요.」

「당신은 저속하고, 잘난 체하고, 난 우리 대화가 그만하면 도가 지나쳤다고 생각해요. 그건 — 상당히 저속해요.」

「그리고 꽤 재미있기도 하고요, 안 그래요? 난 당신이 부부 관계에 대해서 지금까지 어느 누구하고도, 심지어는 찰스나 프랭크하고도 얘기를 해본 적이 없다는 쪽에 내기라도 걸겠어요.」

스칼렛은 험악한 표정을 지어 보였다. 레트는 지나치게 많이 알았다. 그녀는 여자들에 관해서 그런 미묘한 얘기들을 그가 어디서 알아냈을까 궁금했다. 그것은 점잖지 못한 일이었다.

「얼굴을 찌푸리지 말아요. 날짜를 잡자고요, 스칼렛. 당신 평판을 생각해서 난 당장 결혼하자고 재촉하지는 않겠어요. 우린 적절한 기간 동안 기다려야 되겠죠. 그런데 〈적절한 기간〉이란 얼마나 기다려야 한다는 얘기인가요?」

「난 당신하고 결혼하겠다고는 하지 않았어요. 이런 때 그런 얘기를 한다는 자체가 점잖지 못한 일이에요.」

「내가 왜 이러는지는 얘기했잖아요. 나는 내일 이곳을 떠나야 하는데, 너무나 열렬하게 사랑하는 나머지 난 내 정열을 더 이상 억누르기가 불가능해요. 하지만 어쩌면 나는 구애하는 방법에서 너무 조급하게 굴었는지도 모르죠.」

그녀가 깜짝 놀랄 정도로 갑작스럽게, 그는 소파에서 미끄러져 내려가 무릎을 꿇더니, 한 손을 얌전히 가슴에 얹고는 빠른 속도로 읊었다.

「나의 친애하는 아가씨 — 아니, 나의 친애하는 케네디 부인, 내 열렬한 감정 때문에 그대를 놀라게 한 이 몸을 용서해 주소서. 지난 얼마 동안의 기간에 걸쳐 그대에 대해서 소인이 마음속에 간직해 온 우정이 보다 깊은 감정으로, 보다 아름답고, 보다 순수하고, 보다 거룩한 감정으로 무르익는 과정을 그대는 틀림없이 눈치채셨으리라고 생각합니다. 제가 그것이 무슨 감정인지를 외람되게 알려 드려야 할까요? 아! 그것은 소인을 이토록 대담하게 만들어 놓은 사랑이올시다!」

「제발 일어나요.」 스칼렛이 애원했다. 「한심한 바보 같은 당신 꼴을 어멈이 들어와서 보면 어쩌겠어요?」

「나의 세련된 고상함의 증거를 처음으로 보게 되면, 어멈은 믿어지지가 않아서 얼이 빠질 정도로 놀라겠죠.」 가볍게 몸을 일으키며 레트가 말했다. 「이것 봐요, 스칼렛, 당신은 어린애도 아니고 여학생도 아니니까, 체면이니 뭐니 유치한 구실을 붙여 나를 물리칠 생각은 말아요. 내가 돌아온 다음에 결혼해 주겠다고 말하지 않으면, 하느님 앞에서 맹세컨대, 나는 가지 않겠습니다. 난 이곳에 머물러, 밤이면 밤마다 당신 방의 창문 밑으로 와서, 기타를 치고 목청껏 노래를 불러 당신을 창피하게 만들 테니까, 부끄러운 소문을 피하기 위해서라도 당신은 나하고 결혼할 수밖에 없습니다.」

「레트, 제발 이성을 찾아요. 난 누구하고도 결혼하고 싶지 않다니까요.」

「그래요? 당신은 나한테 그 참된 이유를 얘기하지 않았어요. 소녀다운 수줍음 때문은 아니겠죠. 무슨 이유인가요?」

문득 스칼렛은 애슐리를 생각했고, 햇빛처럼 눈부신 머리카락과 졸린 눈의 애슐리, 레트와는 철저히 달라서 위엄으로 넘치는 애슐리, 그가 바로 옆에 나타나기라도 한 듯 애슐리의 모습이 그녀의 눈에 선했다. 레트에 대한 불만은 없었고, 때로는 진심으로 그를 좋아하기까지 했어도, 그녀가 다시는 결혼하고 싶지 않았던 참된 이유는 애슐리였다. 그녀는 영원히, 영원히 애슐리의 소유였다. 그녀는 전혀 찰스나 프랭크의 소유가 아니었으며, 레트의 소유가 되기도 절대로 불가능했다. 그녀의 모든 부분, 그리고 그녀가 행하고 추구하고 달성했던 거의 모든 행동은 애슐리 때문에 비롯되었고, 그것들은 그를 사랑했기 때문에 그녀가 취한 행동이었다. 애슐리와 타라 농장이 그녀를 소유했다. 찰스와 프랭크에게 주었던 그녀의 미소와 키스는, 비록 그가 전혀 소유권을 주장하지 않았고 앞으로도 주장하지 않을지라도, 애슐리의 것이었다. 마음속 깊은 곳 어디엔가는, 비록 애슐리가 절대로 그녀를 탐하지 않으리라는 사실을 알면서도, 스칼렛은 그를 위해 자신을 지키려는 욕망을 간직했다.

스칼렛은 자신의 얼굴이 달라졌고, 몽상에 젖어 여태까지 레트가 본 적이 없는 그런 부드러움이 자신의 표정에 나타났음을 알지 못했다. 그는 비스듬히 쳐다보는 그녀의 몽롱하고도 커다란 초록빛 눈과, 부드러운 곡선을 그리는 입술을 보고는 잠깐 동안 숨이 막혔다. 그러더니 그의 한쪽 입가가 격렬하게 일그러졌고, 레트는 화가 치밀어 올라 욕을 했다.

「스칼렛 오하라, 당신은 멍청이라고!」

그녀의 마음이 미처 아득한 곳에서 되돌아오기도 전에 레트는 두 팔로 그녀를 안았는데, 그토록 까마득한 오래전 타라 농장으로 가는 어두운 길에서처럼, 그의 팔은 힘차고 듬직했다. 그녀는 다시금 쏟아지는 무기력함과, 축 늘어지는 자포자기와, 파도처럼 몰려오는 뜨거움을 느껴 온몸에서 기운이 빠졌다. 그리고 애슐리 윌크스의 조용한 얼굴이 희미해지더니 사라져서 아무것도 남지 않았다. 레트는 그녀의 머리를 팔뚝에 걸치고 뒤로 젖히더니, 처음에는 부드럽게, 그러고는 빠른 속도로, 점점 강렬하게 키스를 했고, 스칼렛은 온통 어지럽게 흔들리는 세계에서 유일하게 꿋꿋하던 그에게 매달릴 수밖에 없었다. 집요한 그의 입은 그녀의 떨리는 입술을 벌렸고, 그녀가 언젠가는 느끼게 되리라고는 전혀 알지 못했던 관능으로부터 격렬한 진동이 신경을 타고 짜르르 흘렀다. 그리고 그녀는 레트의 키스에 자신도 모르게 마주 반응했고, 그러고는 어지러운 현기증이 그녀의 주위에서 빙글빙글 맴돌았다.

「그만해요 — 제발, 나 기절하겠어요!」 그에게서 힘없이 얼굴을 돌리려고 애를 쓰며 스칼렛이 속삭였다. 레트는 그의 어깨에 그녀의 머리를 힘차게 대고 눌렀으며, 스칼렛은 어지러운 속에서 그의 얼굴을 얼핏 보았다. 그의 눈은 크고 이상하게 이글거렸으며, 그의 팔에서 일어나는 경련에 스칼렛은 겁이 났다.

「난 당신이 기절하도록 만들고 싶어요. 난 당신이 기절하게 만들겠어요. 벌써 여러 해 전부터 이것이 당신을 기다렸죠. 당신이 아는 멍청이들 가운데 어느 누구도 당신에게 이런 키스는 해주지 않았을 거예요, 안 그래요? 당신의 소중한 찰스나 프랭크, 그리고 바보 같은 애슐리는 —」

「제발 —」

「바보 같은 애슐리라고 내가 말했죠. 하나같이 신사이기는 했지만 — 여자에 관해서 그들이 무얼 알았겠어요? 그들이 당신에 관해서 무얼 알았고요? 난 당신을 알아요.」

레트의 입이 다시 그녀의 입을 덮었고, 스칼렛은 반항하지 않고 굴복했으며, 기운이 풀려 머리도 돌리지 못했으며, 머리를 돌리고 싶지도 않았고, 기운이 빠지고 맥이 풀려 레트의 힘에 밀려 쓰러질까 봐 겁이 난 그녀는, 몸이 흔들릴 지경으로 요란하게 가슴이 두근거렸다. 레트가 어쩌려고 이러는 것일까? 그가 멈추지 않는다면 기절하고 말리라. 레트가 멈추기만 한다면 — 만일 그가 영원히 멈추지 않는다면.

「승낙을 해요!」 그의 입이 이제 그녀의 입 바로 위에서 멎었고, 그의 눈이 어찌나 가까운지 세상을 가득 채울 만큼 어마어마하게 커 보였다.

「좋다고 하지 않았다가는, 제기랄 —」

그녀는 자기도 모르게 〈좋아요〉라고 말했다. 마치 레트의 뜻에 저절로 따라가듯, 그녀는 자신의 의지도 없이, 그렇게 말해 버리고 말았다. 하지만 그 말이 채 입에서 떨어지기도 전에 그녀는 갑자기 정신이 들었고, 핑핑 돌던 현기증이 멈추었고, 브랜디의 어지러움까지도 가라앉았다. 그녀는 약속할 의사가 없었으면서도 그와 결혼하기로 약속했기 때문이었다. 어쩌다가 그렇게 되었는지 모르겠지만, 스칼렛은 후회하지는 않았다. 그녀가 승낙했다는 사실이 이제는 자연스럽게 여겨져서, 마치 신이 중재를 해서, 그녀보다 힘센 어떤 손이 그녀의 결정을 대신 내려 주고, 그녀 대신 문제들을 해결해 주는 듯싶었다.

그녀가 말을 하는 사이에 그는 얼른 숨을 들이마셨고, 다시 키스를 하려는 듯 몸을 숙였고, 스칼렛은 눈을 감고 머리를 젖혔다. 하지만 그는 뒤로 물러났고, 그녀는 은근히 실망했다. 이런 키스를 받으니 너무나 이상한 기분이 들면서도, 어딘가 그녀를 흥분시키기도 했다.

그녀의 머리를 어깨에 기대게 한 채로 앉아서, 얼마 동안 레트는 전혀 꼼짝도 하지 않았으며, 떨리는 그의 팔이 자제를 하려는 듯 멈추었다. 그는 약간 뒤로 물러나서는 스칼렛을 내려다보았다. 그녀는 눈을 떴고, 무서운 광채가 레트의 얼굴에서 사라졌음을 알았다. 하지만 웬일인지 레트의 눈을 마주 쳐다볼 용기가 없어서 스칼렛은 야릇한 혼란이 왈칵 몰려드는 기분을 느끼며 고개를 떨구었다.

다시 입을 열었을 때, 그의 목소리는 아주 차분했다.

「진담이에요? 아까 한 말을 취소하고 싶지 않아요?」

「그래요.」

「내가 당신을 — 그걸 뭐라고 그러더라? — 열정으로 〈정신을 쏙 뽑아 놓았기〉 때문에 — 그냥 해본 소리는 아닌가요?」

스칼렛은 무슨 말을 해야 할지를 모르겠고, 그의 눈을 마주 쳐다볼 엄두도 나지가 않아서, 아무 대답도 못 했다. 레트가 그녀의 턱을 손으로 받치고 들어 올렸다.

「전에도 내가 얘기했듯이, 당신이 무슨 짓을 해도 난 참겠지만, 거짓말만큼은 안 돼요. 그리고 지금 난 진실을 원해요. 왜 그렇게 하겠다고 했나요?」

아직도 말이 안 나왔지만, 잠깐 침착성을 되찾자, 스칼렛은 새침하게 눈을 내리깔고는 입가를 당겨 예쁘게 미소를 지었다.

「나를 쳐다봐요. 내 돈 때문이었나요?」

「무슨 소리예요, 레트! 무슨 질문이 그래요!」

「감언이설을 늘어놓으려는 생각은 말고, 나를 쳐다봐요. 나는 애교가 넘치는 당신의 눈짓에 호락호락 넘어가는 찰스나 프랭크나 카운티의 어떤 청년하고도 달라요. 내 돈 때문인가요?」

「글쎄요 — 그래요, 부분적으로는요.」

「부분적으로요?」

그는 화가 난 눈치는 아니었다. 그는 재빨리 숨을 몰아쉬었고, 스칼렛의 말을 듣고 그의 눈에 나타났던 열띤 표정, 너무나 심한 혼란을 느껴 그녀가 미처 보지 못했던 열띤 표정을 애써 그의 눈에서 감추었다.

「저기요.」 그녀는 어쩔 줄을 몰라서 허둥거렸다. 「아시잖아요, 돈이란 도움이 되고, 레트, 프랭크가 남겨 준 재산이 별로 없다는 건 하느님도 아시죠. 하지만 그렇기는 해도 — 글쎄요, 레트, 아시겠지만 사실 우린 서로 잘 어울려요. 그리고 내가 지금까지 알았던 남자들 가운데 여자가 진실을 얘기해도 그대로 받아 줄 만한 사람은 당신뿐이었고, 나를 한심한 바보라고 생각해서 거짓말이나 하기를 기대하지 않는 남편이 있다면 좋겠고 — 그리고 — 그래요, 난 당신을 좋아해요.」

「나를 좋아한다고요?」

「그래요.」 그녀가 짜증스럽게 말했다. 「만일 내가 미칠 듯이 당신을 사랑한다고 말한다면 그건 거짓말이겠고, 더욱 난처한 일이지만, 당신도 그건 빤히 알죠.」

「가끔 난 당신이 진실을 얘기하기를 지나치게 좋아한다는 인상을 받아요, 우리 귀염둥이. 비록 거짓말이기는 해도, 비록 진심은 아니더라도, 당신이 〈나는 당신을 사랑해요, 레트〉라는 말을 해줘야 옳다고 생각하지는 않아요?」

레트가 무슨 꿍꿍이속으로 저런 소리를 할까, 더욱 혼란을 느끼며 스칼렛은 생각했다. 그는 너무나 괴팍하고, 마음이 들뜨고, 상처를 받고, 비꼬는 사람 같았다. 그는 스칼렛을 놓아주고 나서, 두 손을 바지 호주머니 속에 깊숙이 찔러 넣었고, 그녀는 레트가 주먹을 움켜쥐었다고 생각했다.

〈남편감을 잃는 한이 있더라도 난 진실을 얘기해야 되겠어.〉 레트가 그녀에게 미끼를 던질 때면 언제나 그렇듯이, 피가 끓어오르며, 스칼렛은 엄숙하게 생각했다.

「레트, 그건 거짓말이 될 텐데, 왜 우린 이런 한심한 얘기를 해야만 하나요. 아까 말했듯이 난 당신을 좋아해요. 내 마음은 당신도 알잖아요. 당신은 언젠가 나에게, 나를 사랑하지는 않지만 우리들은 공통점이 무척 많다는 얘기를 했죠. 둘 다 악당이라고 당신이 말했고 —」

「아, 맙소사!」 머리를 돌리며 그는 빠른 속도로 나지막이 말했다. 「내가 파놓은 구멍에 내가 빠지다니!」

「뭐라고요?」

「아무것도 아니에요.」 그리고 그는 스칼렛을 쳐다보고 웃었지만, 그것은 유쾌한 웃음이 아니었다. 「날짜를 잡아요, 우리 아가씨.」 그러고는 다시 웃더니 허리를 숙여 그녀의 두 손에 입을 맞추었다. 스칼렛은 그의 기분이 바뀌어 겉으로나마 유쾌한 태도를 되찾은 듯싶어 마음이 놓였고, 그래서 마주 미소를 지었다.

그는 얼마 동안 그녀의 손을 만지작거리더니, 스칼렛을 올려다보고 빙그레 웃었다.

「당신 혹시 소설에서 냉담해진 아내가 자신의 남편과 다시 사랑하게 된다는 상투적인 얘기를 읽어 본 적이 한 번이라도 있었나요?」

「내가 소설을 안 읽는다는 건 당신도 잘 알잖아요.」 그녀가 말했고, 레트의 장난스러운 기분에 맞장구를 치려고 말을 이었다. 「그뿐 아니라 언젠가 당신은, 남편과 아내가 서로 사랑한다는 건 가장 나쁜 형태의 사랑이라고 그랬잖아요.」

「내가 지랄같이도 많이 지껄여 댔구먼.」 그가 불쑥 대꾸를 하고는 몸을 일으켰다.

「욕은 하지 말아요.」

「당신도 욕에 익숙해지고, 같이 욕을 할 줄 알아야 해요. 당신은 나의 온갖 나쁜 버릇에 익숙해져야 하니까요. 그건 나를 — 좋아하고, 내 돈을 당신의 예쁜 손에 넣기 위해서 치러야 할 대가의 한 부분이죠.」

「내가 거짓말을 해서 당신이 으쓱한 기분을 느끼게 해주지 않았다고 해서, 그렇게까지 발끈하실 필요는 없잖아요. 당신은 날 사랑하지 않아요, 안 그래요? 왜 나만 당신을 사랑해야 된다는 거죠?」

「그래요, 당신이 나를 사랑하지 않듯이 나도 당신을 사랑하지 않고, 만일 내가 사랑하더라도 이 세상에서 내가 그런 진실을 얘기해 줄 사람으로서는 당신이 제일 마지막 서열이죠. 혹시 당신을 정말로 사랑하는 남자가 존재한다면 그에게는, 하느님의 가호가 필요해요. 구태여 발톱을 감추려고도 하지 않고, 무정하고 자신만만하며, 잔인하고 파괴적이고 귀여운 고양이나 마찬가지인 당신이 그의 마음에 상처를 줄 테니까요.」

레트는 그녀를 벌떡 일으켜 세우고는 다시 키스를 했지만, 이번에는 그의 입술이 달라서, 스칼렛이 혹시 아프지 않을까 신경을 쓰지 않는 듯싶었고 — 아니, 오히려 그녀에게 상처를 주고, 그녀를 모욕하려는 듯싶었다. 그의 입술은 그녀의 목으로 미끄러져 내려갔고, 나중에는 그녀의 젖가슴을 가린 호박단을 눌렀는데, 어찌나 세게 그리고 어찌나 오랫동안 그랬는지, 그의 숨결이 그녀의 살갗으로 타들어 가는 듯싶었다. 그녀는 버둥거리며 손을 들어 화를 내면서도 얌전히 그를 밀어냈다.

「그러면 안 돼요! 무슨 짓을 하는 거예요!」

「당신 심장이 토끼처럼 팔딱거리는군요.」 그가 놀려 댔다. 「혹시 내가 잘난 체하는지도 모르겠지만, 내 생각에는 나를 그저 좋아하는 정도치고는 지나치게 심장의 고동이 빨라요. 화는 내지 말아요. 공연히 처녀티를 내느라고 말이에요. 영국에서 무얼 갖다 주면 좋겠어요? 반지요? 어떤 반지가 좋을까요?」

그녀는 레트가 마지막으로 언급한 내용에 대한 관심, 그리고 짜증과 화를 내며 반발하는 상황을 연장시키고 싶은 여자다운 욕망 사이에서 잠깐 갈팡질팡했다.

「오, 다이아몬드 반지면 좋겠는데 — 굉장히 큰 걸로 사줘야 해요, 레트.」

「그러니까 가난에 시달리는 친구들 앞에서 자랑해 보이며 내가 〈어떤 남자를 잡았는지 보라고요!〉라고 큰소리를 칠 만큼 큰 놈 말이군요. 좋아요, 커다란 걸로, 그러니까 어찌나 큰지 보다 불우한 당신 친구들이 그토록 커다란 보석을 끼고 다니다니 정말로 천박하다고 수군거림으로써 스스로 위안을 얻을 정도로 큰 놈을 갖다 주겠어요.」

그는 갑자기 방을 가로질러 가기 시작했고, 당황한 스칼렛은 문으로 그를 따라갔다.

「왜 그래요? 어디로 가시는 거예요?」

「짐을 마저 꾸리러 내 방으로 가려고요.」

「오, 하지만 —」

「하지만 뭐요?」

「아무것도 아니에요. 잘 다녀오시기 바라요.」

「고마워요.」

그는 문을 열고 거실로 걸어 나갔다. 그녀는 예기치 않게 흐지부지 끝나는 상황에 처한 듯, 약간은 맥이 풀리고 조금쯤은 실망해서, 그의 뒤를 따라갔다. 그는 외투를 걸치고 장갑과 모자를 집어 들었다.

「편지하겠어요. 혹시 마음이 달라지면 알려 줘요.」

「당신 —」

「왜요?」 그는 어서 가고 싶어서 조급해하는 눈치였다.

「작별의 키스는 안 해주시나요?」 남들이 들을까 봐 신경을 쓰며 그녀가 속삭였다.

「하루 저녁 키스로는 그만큼 했으면 충분하지 않아요?」 그가 한마디 하고는 스칼렛을 내려다보며 빙그레 웃었다. 「점잖고 훌륭한 가정 교육을 받으며 자란 여자가 이럴 줄이야 —. 그래요, 결혼하면 재미있을 거라고 내가 그랬잖아요.」

「아, 당신은 정말 한심해요!」 어멈이 듣건 말건 개의치도 않고 그녀는 화가 나서 소리쳤다. 「그리고 당신이 영원히 돌아오지 않더라도 난 눈 하나 깜짝하지 않겠어요.」

레트의 따뜻한 손이 그녀의 팔을 잡아 세우기를 기대하며 스칼렛은 층계를 향해 돌아서서 뛰어갔다. 하지만 레트는 그냥 앞문을 당겨 열었고, 찬 바람이 안으로 휩쓸고 들어왔다.

「하지만 나는 곧 돌아와요.」 그가 나가면서 말했고, 스칼렛은 층계 밑에 서서 닫힌 문을 쳐다보았다.

레트가 영국에서 가지고 돌아온 반지는 정말로 컸는데, 어찌나 컸는지 스칼렛은 끼고 다니기가 창피할 지경이었다. 그녀는 요란하고 값비싼 보석을 좋아했어도, 사실이 그렇지만, 모두들 반지가 천박하다고 수군거리겠다는 불안한 기분이 들었다. 가운데 박힌 보석은 4캐럿짜리 다이아몬드였고, 둘레에는 에메랄드를 여러 개 박았다. 반지는 손가락 끝의 마디까지 올라왔고, 너무 무거워서 손이 축 늘어진 듯한 인상을 주었다. 스칼렛은 혹시 레트가 이런 반지를 만드느라고 굉장히 고생했으며, 단순히 짓궂은 마음에서 최대한 남의 눈에 잘 띄도록 요란하게 만들라고 주문을 하지나 않았는지 의심이 갔다.

레트가 애틀랜타로 돌아오고 그녀가 반지를 손가락에 끼게 되기 전까지는 어느 누구에게도, 심지어는 식구들에게도 그녀는 어떤 계획을 세웠는지 알려 주지를 않았고, 막상 약혼 발표를 하고 난 다음에는 시끄러운 뒷소문이 들끓었다. 클랜 사건 이후로 레트와 스칼렛은, 양키들과 카펫배거들을 제외하고는, 애틀랜타에서 가장 인기가 없는 시민들이었다. 까마득히 오래전, 찰리 해밀턴을 위한 미망인 상복을 벗어 버렸을 때부터, 사람들은 그녀를 줄곧 못마땅하게 생각해 왔었다. 그들의 반발은 제재소 때문에 그녀가 여자답지 못한 처신을 하고, 점잖지 못하게 임신한 몸을 남들에게 보이고 돌아다니는 따위의 갖가지 이유 때문에 점점 더 심해졌다. 하지만 프랭크와 토미의 죽음을 스칼렛이 유발시키고, 다른 10여 명의 생명을 위험에 빠뜨렸을 때는, 그들의 반발이 노골적인 비난으로 변했다.

그런가 하면 레트는 전쟁 동안 투기를 일삼았을 때부터 애틀랜타 사람들의 증오를 받아 왔고, 다음에는 공화당원들과 친분을 맺음으로써 이웃 시민들의 호감을 사는 방향과는 점점 더 멀어져 갔다. 그리고 꽤나 묘한 현상이라고 하겠지만, 애틀랜타 여자들로부터 가장 격렬한 증오를 자극했던 까닭은 바로 애틀랜타에서 가장 이름난 인사들 몇 명의 생명을 구해 주었다는 사실 때문이었다.

그들 집안의 남자들이 목숨을 건져 아직 살아남았음을 그들이 못마땅하게 생각한다는 얘기가 아니었다. 그들이 심히 못마땅하게 여겼던 바는, 레트 같은 그런 인간에 의해서, 그리고 그토록 난처한 계략에 의해서 그들이 목숨을 건졌다는 사실이었다. 여러 달 동안 그들은 양키의 비웃음과 조롱을 받으며 몸서리를 쳤고, 여자들은 만일 레트가 정말로 클랜을 아끼는 착한 마음이 있었더라면, 어떻게 해서든지 보다 달가운 방법으로 사태를 수습했으리라고 느꼈으며, 그렇게 솔직히 심정을 털어놓았다. 그들은 애틀랜타의 지체 높은 사람들을 수치스러운 입장으로 몰아넣기 위해서 레트가 일부러 벨워틀링을 끌어넣었다고 주장했다. 그래서 그는 이들을 구해주고도 고맙다는 말을 듣지도 못했으려니와, 지난날의 잘못 또한 용서받지 못했다.

친절이라면 재빨리 나서고, 애통하는 자들에게 꽤나 상냥하고, 고난의 시절에는 지칠 줄 모르던 여자들은 그들의 불문율에서 하찮은 법칙 하나를 깨뜨리는 어느 변절자에 대해서도 가차 없는 분노를 퍼부었다. 그들의 불문율이란 간단했다. 남부 동맹에 대한 충성, 퇴역 군인에 대한 경의, 옛 전통에 대한 존중, 가난에 대한 자부심, 친구들에게는 팔을 벌리고 양키들을 끝없이 증오할 줄 아는 태도, 그들이 보기에 스칼렛과 레트는 이런 불문율의 원칙을 모조리 어긴 셈이었다.

레트가 생명을 구해 준 남자들은 의리와 고마운 마음에서 여자들의 입을 막으려고 노력했지만, 별로 효과가 없었다. 곧 결혼하리라는 발표가 나기 전에도 두 사람은 인기가 없었지만, 그래도 사람들은 형식적으로나마 그들에게 예의를 차리기는 했었다. 이제는 그나마 냉정한 예절마저도 기대하기가 어려워졌다. 그들이 약혼했다는 소식은 예기치 않았던 파괴적인 폭발 같아서, 애틀랜타를 발칵 뒤집어 놓았고, 지극히 얌전한 아가씨들까지도 열을 올리며 떠들어 댔다. 제 손으로 죽여 버리다시피 하고는 프랭크가 죽은 지 겨우 1년밖에 되지 않았는데 결혼을 하다니! 그것도 더구나 매음굴을 소유하고, 양키들과 카펫배거들과 어울려 온갖 도둑질이나 꾸미던 버틀러라는 자와 결혼을 하다니 말이다! 따로따로 대할 때라면 그나마 어느 정도는 참아 줄 만도 했지만, 뻔뻔스러운 스칼렛과 레트가 짝을 짓다니, 심해도 이것은 너무 심했다. 두 사람 다 천박하고 못된 인간이 아닌가. 그들을 애틀랜타에서 축출해야 한다. 만일 그들의 약혼 소식이 전해진 시기가, 레트와 친하던 카펫배거들과 스캘라웩들이 점잖은 시민들의 눈에 과거의 어느 때보다도 더욱 흉악하게 보이던 바로 그런 무렵만 아니었더라면, 애틀랜타 사람들은 그들에 대해서 훨씬 너그러웠을지 모른다. 약혼 사실을 그들이 알게 되었을 무렵에는 양키의 통치에 저항하는 조지아의 마지막 보루가 무너진 직후였기 때문에, 양키들과 그들의 동조자들에 대한 민중의 감정이 극도로 비등할 때였다. 4년 전 셔먼이 달턴으로부터 남쪽으로 이동할 때 시작되었던 기나긴 대결이 마침내 절정에 이르렀고, 조지아 주가 겪은 굴욕은 철저했다.

3년에 걸친 재편입 기간이 흘렀는데, 그것은 공포 정치의 3년이었다. 지금까지 사람들은 최악의 상태에 그들이 처했다고 생각했었다. 하지만 이제 보니 지금이야말로 조지아에서는 최악의 재편입 기간이 시작되었다.

3년 동안 연방 정부는 이질적인 개념과 이질적인 통치를 조지아 사람들에게 강요하려고 시도했으며, 군대의 힘을 빌려 강제로 실시함으로써 상당히 큰 성공을 거두었다. 하지만 새 정권을 유지하는 힘은 군사력의 뒷받침뿐이었다. 조지아

주는 양키의 통치를 받았지만, 사람들은 그들의 통치에 응하지 않았다. 조지아의 지도자들은 자신들의 신념에 따라 스스로 통치하겠다는 주의 자치권을 찾으려고 투쟁을 계속했었다. 그들은 그들을 강제로 굴복시켜서 워싱턴의 명령을 조지아 주의 법으로 받아들이게 하려는 온갖 시도에 대한 저항을 계속했다.

공식적으로는 조지아 정부가 한 번도 항복한 적이 없었지만, 그것은 헛된 싸움, 한없이 패배만 되풀이되는 싸움이었다. 그것은 이길 수가 없는 싸움이었지만, 적어도 불가피한 사태를 지연시키기는 했다. 남부의 다른 여러 주에서는 벌써부터 무식한 흑인들이 높은 관리직에 앉았고, 의회는 흑인들과 카펫배거들이 쥐고 흔들었다. 하지만 끈질긴 저항을 계속했기 때문에 지금까지는 궁극적인 굴욕을 겨우 피해 왔다. 3년 동안 거의 대부분의 주 의회는 백인과 민주당원들이 지배했다. 어디를 가나 양키들뿐이어서, 주의 관리들은 저항하거나 항의하는 정도 이외에는 별로 힘을 쓰지 못했다. 그들의 권력은 허울 좋은 이름뿐이었지만, 적어도 주 정부가 토박이 조지아 사람들의 손에 그대로 남아 있도록 영향력을 끼쳤다. 그런데 이제는 그나마의 마지막 거점까지도 함락되었다.

4년 전에 존스턴 장군과 그의 병력이 달턴에서 애틀랜타까지 한 발자국씩 밀려났듯이, 조지아의 민주당원들은 1865년 이후 조금씩 조금씩 밀려났다. 조지아 주의 행정과 주민들의 삶에 대한 연방 정부의 영향력은 끊임없이 점점 더 증가했다. 힘에는 힘이 맞붙었고, 점점 많아지던 군부의 포고령은 민간인 행정부를 점점 무능하게 만들었다. 조지아 주를 군대의 관할로 만들어 놓고, 마침내 주의 법이 용납하건 말건 흑인들에게도 투표권을 부여하라는 명령이 내려졌다.

스칼렛과 레트가 약혼 발표를 하기 한 주일 전에는 주지사 선거가 실시되었다. 남부 민주당에서는 조지아에서 가장 사랑과 존경을 받는 시민이었던 존 고든 장군을 입후보자로 내세웠다. 그와 대결을 벌인 사람은 불럭이라는 공화당원이었다. 선거는 하루가 아니라 사흘 동안 계속되었다. 기차마다 흑인들을 가득 싣고 이 도시에서 저 도시로 돌아다니며 공화당은 도중의 모든 선거구에서 그들에게 투표를 시켰다. 물론 불럭의 승리였다.

셔먼에 의한 조지아 함락이 괴로움을 자아내기는 했었지만, 결국 카펫배거들과 양키들과 흑인들이 주 의회를 장악하게 되자, 주민들은 지금까지 전혀 알지 못했던 그런 강렬한 아픔을 맛보았다. 애틀랜타와 조지아는 분개하고 격노했다.

그런데 레트 버틀러는 증오의 대상인 불럭의 친구였다!

자기 코앞에 닥친 일 이외에는 어디에도 신경을 쓰지 않기가 보통이었던 스칼렛은 선거가 시행된다는 사실조차도 잘 몰랐다. 레트는 선거에 전혀 관여하지 않았고, 양키들과의 관계도 전과 조금도 달라진 바가 없었다. 하지만 레트가 스캘러웩이고 불럭의 친구라는 사실도 변함이 없었다. 그리고 만일 결혼이 이루어진다면 스칼렛 역시 스캘러웩이 될 터였다. 애틀랜타 사람들은 적진의 어떤 사람에 대해서도 관용이나 자비심을 베풀 마음은 없었고, 하필이면 그런 시기에 약혼 소식이 전해지니까 사람들은 그들 두 사람이 저질렀던 온갖 나쁜 일만 기억했고, 좋은 점은 하나도 머리에 떠오르지 않았다.

스칼렛은 애틀랜타가 들끓는다는 사실을 감지했지만, 그들의 감정이 어느 정도였는지를 깨달은 것은, 교회의 신자들이 재촉하는 바람에 스칼렛 자신을 위해서라도 그녀를 직접 만나 충고를 하겠다고 나선, 메리웨더 부인을 통해서였다.

「스칼렛, 어머니는 돌아가셨고, 미스 피티는 결혼한 여자가 아니어서 — 뭐랄까요, 아무튼 이런 문제를 놓고 미스 피티와 왈가왈부할 수야 없는 노릇이어서, 스칼렛, 내가 경고해 줘야겠다는 생각이 드는군요. 버틀러 선장은 훌륭한 가문의 여자가 결혼할 만한 상대가 못 돼요. 그 사람은 —」

「그는 메리웨더 할아버지뿐 아니라 당신 조카의 생명도 구해 주었는데요.」

메리웨더 부인은 잔뜩 부어올랐다. 그녀가 메리웨더 노인과 분통을 터뜨리며 얘기를 나눈 지가 채 한 시간도 안 되었다. 그는 레트 버틀러가 비록 스캘라웩에다 불한당이기는 하더라도 그에게 조금이나마 고마움을 느끼지 않는 태도로 미루어 보아 메리웨더 부인이 그의 목숨쯤은 별로 중요하게 생각하지 않는 모양이라고 쓴소리를 했었다.

「버틀러 선장은 양키들의 면전에서 우리들에게 창피를 주기 위해, 스칼렛, 우리들 모두에게 치사한 장난을 치고 싶어서 그랬을 따름이에요.」 메리웨더 부인이 말을 이었다. 「그가 불한당이라는 사실은 나 못지않게 스칼렛도 잘 알잖아요. 그는 옛날부터 그런 인간이었고, 지금은 말도 못 할 정도예요. 점잖은 사람들이 받아 주어서는 안 될 그런 인간이니까요.」

「그런가요? 거참 이상하군요, 메리웨더 부인. 그이는 전쟁 중에 당신네 응접실에 자주 나타났었잖아요. 그리고 메이벨에게 하얀 공단 웨딩드레스를 마련해 주기도 했고요. 안 그래요? 아니면 혹시 제가 잘못 기억하고 있나요?」

「전시에는 상황이 지금과는 달랐고, 훌륭한 사람들일지라도 부득이 그들과 인연을 맺어야 했고 —. 그건 다 우리들의 대의명분을 위해서였고, 아주 올바른 일이기도 했어요. 하지만 설마 당신이 군대에는 가지도 않았고, 입대한 사람들을 비웃었던 그런 남자하고 결혼하겠다는 생각이야 아니겠죠?」

「그이는 군대에 갔었어요. 여덟 달 동안이나 복무했죠. 그이는 마지막 전투에 참가했고, 프랭클린에서도 싸웠고, 존스턴 장군이 항복할 때 그 부대 소속이었어요.」

「난 그런 소리는 못 들었는데요.」 메리웨더 부인이 말했는데, 그녀는 스칼렛의 말을 믿지 않으려는 눈치였다. 「하지만 그는 부상을 당하지도 않았잖아요.」 그녀는 당당하게 덧붙여 말했다.

「부상을 당하지 않은 사람이야 얼마든지 많죠.」

「조금이라도 내로라할 만한 사람은 다 부상을 당했어요. 내 주변에만 해도 부상을 당하지 않은 사람이 한 명도 없으니까요.」

스칼렛은 발끈했다.

「그렇다면 당신이 알았던 남자들이란 억수로 쏟아지는 비를 피해 집 안으로 들어와야 할 때나 — 미니에 탄[44]을 피해야 할 적절한 때를 제대로 알지도 못할 정도로 바보들이었던 모양이로군요. 보세요, 내가 하고 싶은 얘기가 있는데요, 메리웨더 부인, 꽤나 설치는 당신 친구들한테 내 말을 그대로 전해 주세요. 나는 버틀러 선장님하고 결혼하겠고, 그가 만일 양키 편에서 싸웠더라도 난 개의치 않으리라고 말이에요.」

격분해서 둥근 모자를 휙 잡아채고는 지체 높은 노부인이 집에서 나간 다음, 스칼렛은 못마땅해하는 친구가 아니라 이제는 정면으로 맞설 적을 그녀가 만들어 놓았음을 알았다. 하지만 그녀는 개의치 않았다. 메리웨더 부인이 무슨 말이나 행동을 하더라도 그녀는 기분이 상할 이유가 없었다. 그녀는

44 중권 제35장 1037면 각주 45번 참조.

어느 누가 — 어멈 이외에는 어느 누가 무슨 소리를 해도 신경을 쓰지 않았다.

스칼렛은 약혼 얘기를 듣고 피티가 기절하는 소동도 겪었고, 그녀에게 행복하기를 빈다고 말하면서, 애슐리가 갑자기 나이를 많이 먹은 듯한 얼굴로 그녀의 시선을 피하는 도사림을 보고 마음을 단단히 다져 먹었다. 그녀는 찰스턴의 폴린 이모와 율랄리 이모가 소식을 듣고는 기겁을 해서, 스칼렛의 사회적인 지위를 파멸시킬 뿐 아니라 그들의 입장도 곤란하게 만들 테니까 절대로 그와는 결혼하지 말라고 권고한 편지를 받고는 우습기도 하고 화가 나기도 했다. 걱정스러운 표정으로 이맛살을 잔뜩 찌푸리고 멜라니가 상냥하게 〈물론 버틀러 선장님은 대부분의 사람들이 알기보다 훨씬 훌륭한 남자고, 애슐리를 구해 주었을 때 보니 무척 친절하고 현명한 사람이기도 해요. 그리고 누가 뭐라고 해도 그는 남부 동맹을 위해서 싸웠어요. 하지만, 스칼렛 그렇게 서둘러 결정을 내리면 좋지 않다는 생각이 안 들어요?〉라고 말했을 때, 스칼렛은 웃기까지 했다.

그렇다, 그녀는 어멈 이외에는 누가 무슨 소리를 해도 개의치 않았다. 그녀가 가장 화를 내고, 그녀를 가장 가슴 아프게 했던 말은 어멈이 한 얘기였다.

「나 엘렌 마님 알았다 하면 화난다 하는 일 스칼렛 저지른다 굉장히 여럿 보았어요. 그리고 나 많이 그런 일 슬퍼했죠. 하지만 지금 이거 지금까지 최고 나쁜 짓이에요. 쓰레기하고 결혼한다 그러니 말이에요! 그래요, 그 사람 쓰레기다 나 생각해요. 좋은 집안 자식이다 그런 소리 나한테 해도 안 돼요. 그런 말 해도 달라진다 하나 없으니까요. 낮은 곳 쓰레기 나오지만 높은 곳 역시 쓰레기 나오고, 그 사람 분명하다 쓰레기예요! 그래요, 마님, 미스 스칼렛, 찰스 주인님 좋아한다 아닌데도 미스 허니한테 빼앗는다 나 봤어요. 그리고 자기 동생한테 프랭크 주인님 빼앗는다 또 봤죠. 그리고 나쁜 목재 좋은 물건이다 하고 팔거나, 다른 목재상 어떻다 거짓말하거나, 혼자 마차 타고 멋대로 돌아다닌다 하거나, 해방 깜둥이들 앞 막 돌아다녀 프랭크 주인님 총 맞아 죽었다 만들거나, 죄수들 목숨 붙어라 충분 못 할 정도 잘 먹이지 않는다 하거나 따위따위 마님 잘못한 짓 여러 가지 잔뜩 나 입 다물었어요. 천당에서 엘렌 마님 나더러 말하기를, 〈어머! 어멈! 내 딸 똑바로 안 돌보는군요!〉 소리 자꾸 해도 나 입 꼭 다물었어요. 입 다물었죠. 나 그런 거 다 그냥 참았다 하지만 이거 하나 나 안 참아요. 미스 스칼렛, 쓰레기하고 결혼한다 나 잘한다 못 해요. 나 숨넘어갔다 하기 전 그런 거 안 참아요.」

「난 내가 좋아하는 사람이라면 누구와도 결혼할래요.」 스칼렛이 냉정하게 말했다. 「내 생각엔 어멈이 자신의 위치를 망각하는 것 같아요.」

「그야 그럴 때다 확실히 되었죠! 이런 말 나 안 하면 또 누가 해요?」

「이번 문제를 놓고 나도 생각해 보았는데, 어멈, 내 생각에는 어멈이 타라 농장으로 돌아가는 편이 제일 좋겠다는 판단을 내렸어요. 내가 돈을 좀 줄 테니까 —」

어멈은 한껏 위엄을 부리며 몸을 도사렸다.

「나 자유 몸이에요, 미스 스칼렛. 난 안 가고 싶다 그러면 아씨 나 아무 곳 못 보내요. 그리고 나 타라 농장 돌아간다 할 때 우리 같이 가는 때예요. 엘렌 마님 아이 나 그냥 버리고 간다 못 하고, 세상 무엇도 나 어디로 가라 못 해요. 그리고 나 쓰레기 의붓아비가 엘렌 마님 손자 키운다 그냥 두고 못

가요. 나 여기 남고 앞으로도 나 여기 남아요!」

「난 어멈이 내 집에 살면서 버틀러 선장님한테 무례하게 구는 꼴은 안 보겠어요. 난 그 사람과 결혼할 생각이니까 더 이상 그런 얘기는 듣고 싶지 않아요.」

「할 얘기 굉장히 더 많아요.」 어멈이 천천히 반박했고, 눈물이 글썽거리는 늙은 눈에서 싸우겠다는 각오가 빛났다.

「하지만 나 이렇게 얘기 엘렌 마님 핏줄 누구한테도 할 거다 전혀 생각 안 했어요. 말에 얹는 굴레 얹었다 그래도 노새는 노새예요. 노새 데려다 발 빛내고 굴레에 놋쇠 잔뜩 달고 멋진 승용 마차 달아 놓는다 어렵지 않아요. 하지만 노새 그대로 노새예요. 아무도 속인다 못 하죠. 그리고 미스 스칼렛 똑같아 그래요. 비단옷 입고, 제재소다 가게다 돈이다 다 많다 그러면서, 멋진 말 되었다 뽐내지만 그래도 마찬가지 노새라고요. 그리고 미스 스칼렛 아무도 못 속여요. 버틀러 남자 좋은 가문 출신이다 그러면서 경마하는 말처럼 잔뜩 모양 낸다 하지만 역시 마찬가지 굴레만 말이지 진짜는 노새예요.」

어멈은 스칼렛을 잔뜩 노려보았다. 스칼렛은 모욕을 당해서 말문이 막히고 온몸이 부들부들 떨리기만 했다.

「결혼하겠다 그러는데, 아버님 닮아 고집불통이라 결혼 꼭 하겠죠. 하지만 나 떠난다 없으니까, 미스 스칼렛, 그거 잊지 말아요. 나 여기 남아 어떻게 되느냐 다 지켜보겠어요.」

대답을 기다리지도 않고 어멈은 몸을 돌려 스칼렛을 남겨두고 나갔는데, 그녀의 어조는 〈그대 필리피[45]에서 나를 만나리라〉라는 경고에 잘 어울릴 정도로 불길했다.

뉴올리언스로 신혼여행을 가서 스칼렛은 어멈이 한 말을

45 Philippi. 고대 마케도니아의 도시로, 마르쿠스 안토니우스와 옥타비아누스가 브루투스와 카시우스의 군대와 결전을 치른 곳.

레트에게 그대로 해주었다. 그녀로서는 놀랍고 화가 났던 사건이었지만, 레트는 노새와 말의 굴레에 관한 어멈의 얘기를 듣고는 웃음을 터뜨렸다.

「난 그토록 간결하게 표현된 심오한 진리를 한 번도 들어본 적이 없어요.」 그가 말했다. 「어멈은 현명하고 선량한 사람이며, 내가 존경과 호의를 받아 보고 싶은 얼마 안 되는 사람들 가운데 한 명이죠. 하지만 노새가 되고 말았으니 난 두 가지 희망을 다 완전히 포기해야 되겠군요. 어멈은 결혼식이 끝난 다음에, 신랑이 된 흥겨운 기분에서 내가 선물로 주려고 했던 10달러짜리 금화도 거절했어요. 난 현금을 눈앞에 보고도 녹아떨어지지 않는 사람은 별로 못 봤어요. 하지만 어멈은 나를 빤히 쳐다보더니, 고맙기는 하지만 자기는 해방 노예가 아니어서 내 돈이 필요 없다고 하더군요.」

「왜 어멈이 그런 식으로 나와야만 하나요? 왜 모두들 나에 대해서 그토록 말들이 많을까요? 내가 누구와 결혼하고 얼마나 여러 번 결혼하느냐 하는 건 다 내가 알아서 할 일이죠. 내 일은 언제나 내가 다 알아서 해왔어요. 다른 사람들은 자기 일이나 걱정하지 왜들 그럴까요?」

「우리 귀여운 아가씨, 세상이란 원래 자기 일을 자기가 알아서 스스로 처리하는 사람을 가장 용서하지 않는다오. 그렇다고는 해도 왜 당신은 끓는 물에 덴 고양이처럼 신경을 곤두세우나요? 사람들이 자신에 관해서 무슨 소리를 하든 신경을 쓰지 않겠다고 하는 말을 꽤나 자주 했잖아요. 왜 그걸 행동으로 증명하지 않아요? 당신은 남의 입에 오르내릴 자질구레한 짓을 워낙 자주 했기 때문에 이런 큰 문제에서는 사람들의 험담을 피할 길이 없겠죠. 당신이 나 같은 악당하고 결혼하면 사람들이 얼마나 말이 많을지는 당신도 이미 알았어요. 만일 내가 태생이 미천하고, 가난에 시달리는 악당이라면, 사람들이 그렇게까지 화를 내지는 않겠죠. 하지만 부유하고 기세가 드높은 악당 — 물론 그건 용서하기가 힘들어요.」

「당신이 가끔씩이라도 진지해졌으면 좋겠어요.」

「난 진지하게 하는 얘긴데요. 고상하지 못한 인간들이 청청한 월계수처럼 무럭무럭 성장하는 꼴을 보면 고상한 분들께서는 항상 약이 오르게 마련이죠. 기운을 내요, 스칼렛, 당신은 언젠가 나한테 돈을 많이 벌고 싶은 가장 큰 이유가 모든 사람들에게 나가 죽으라는 소리를 할 처지가 되고 싶어서라고 하지 않았던가요? 이제 그런 기회가 왔어요.」

「하지만 내가 제일 먼저 나가 죽으라는 말을 하고 싶었던 사람은 당신이었는데요.」 스칼렛이 말하고는 웃음을 터뜨렸다.

「아직도 나에게 나가 죽으라는 소리를 하고 싶어요?」

「글쎄요, 전에처럼 자주 그런 생각이 들지는 않아요.」

「그래서 기분이 좋아진다면 얼마든지 그렇게 해봐요.」

「그랬다고 해서 내가 특별히 기분이 좋아지지는 않을 듯싶어요.」 스칼렛이 허리를 굽히며 말하고는 그에게 가볍게 키스를 했다. 레트가 그녀의 눈에서 무엇인가 찾으려고 검은 눈을 번득이며 재빨리 스칼렛의 표정을 훑어보았지만, 그것을 찾지 못하자 그는 짤막하게 웃었다.

「애틀랜타는 잊어버려요. 늙은 살쾡이 같은 여자들도 잊어버리고요. 당신을 뉴올리언스로 데리고 온 까닭은 즐거워지기 위해서였고, 그래서 난 즐겁게 지낼 생각이에요.」

제5부

제48장

스칼렛은 그야말로 재미있게 지냈고, 전쟁 전의 봄 이래 가장 즐거운 시간을 보냈다. 뉴올리언스는 어찌나 생소하고 화려한 곳이었는지, 스칼렛은 무기 징역을 치르다 사면을 받은 죄수처럼 시내를 돌아다니며 정신없이 즐겼다. 이곳은 카펫배거들이 짓밟았고, 수많은 정직한 사람들이 집에서 쫓겨나 다음 끼니를 어떻게 때워야 할지를 몰라 걱정했고, 흑인이 부지사 자리를 차지했다. 하지만 레트가 그녀에게 보여 준 뉴올리언스는 여태까지 본 적이 없을 정도로 유쾌한 곳이었다. 그녀가 만난 사람들은 돈을 펑펑 썼고, 걱정거리라고는 전혀 없는 듯싶었다. 레트는 그녀를 수십 명의 여자들, 눈부신 가운을 입은 예쁜 여자들, 보드라운 손에서 일을 한 흔적이 전혀 나타나지 않는 여자들, 걸핏하면 웃음을 터뜨리면서 고생스러운 시절이나 멍청하고 심각한 내용의 얘기는 전혀 안 하는 여자들에게 소개했다. 그리고 그녀가 만난 남자들 — 그들은 또한 얼마나 흥분감을 자아내는 사람들이었던가! 그들은 애틀랜타 남자들하고는 전혀 달라서 — 그들은 그녀와 춤을 추려고 싸움을 벌였으며, 마치 스칼렛이 젊은 사교계의 여왕이기라도 한 듯 지극히 화려한 찬사를 늘어

놓았다.

이곳 남자들은 레트처럼 강인하고 대담한 인상을 주었다. 무척 오랫동안 위험 속에서 살아왔기 때문에 그들은 조금도 경계를 게을리 하지 않는 듯 눈이 항상 긴장되었다. 그들에게는 과거나 미래가 없어 보였고, 스칼렛이 대화를 이끌어내기 위해 그들에게 뉴올리언스로 오기 전에는 어디서 살았으며 무엇을 했느냐고 물었을 때는, 점잖게 그녀의 말문을 막아 버렸다. 그런 태도 자체가 이상했던 까닭은, 애틀랜타에서라면 새로 등장한 지체 높은 타향 사람은 누구나 우선 신분부터 밝히고, 집안과 가족 얘기를 자랑스럽게 내세우며, 남부 각처에 머리가 아플 정도로 복잡하게 연결된 인척 관계를 열거하기가 보통이기 때문이었다.

하지만 이곳 남자들은 과묵했고, 조심스럽게 얘기했다. 가끔 레트가 그들과 자리를 같이하고 스칼렛은 옆방에 따로 남을 때면, 그녀는 남자들이 웃으며 대화를 나누는 소리를 몇 마디씩 들었는데, 해안선이 봉쇄되었던 무렵의 나소와 쿠바, 금광 발굴과 채굴권 횡령, 총기 밀수와 외국 불법 침입, 니카라과와 윌리엄 워커[46] 그리고 트루히요의 어느 담벼락을 등지고 워커가 맞은 최후의 순간 따위, 간간이 귀에 들어오던 단어들과 아리송한 이름들을 그녀는 무슨 의미인지 전혀 알아듣지 못했다. 언젠가는 그녀가 갑자기 방으로 들어가는 바람에 콴트릴 유격대[47]의 대원들이 어떻게 되었는지 얘기를

46 William Walker. 1850년에 캘리포니아로 진출, 병력을 조직해서 캘리포니아 남부를 침공, 독립 공화국을 선포하고 대통령이 되는 등 파란만장한 일생을 보낸 모험가인데, 온두라스에서 체포되어 총살당했다.

47 윌리엄 클라크 콴트릴William Clarke Quantrill은 비정규 게릴라를 이끌고 캔자스와 미주리에서 잔혹한 살육 행위를 일삼았고, 남북 전쟁이 끝난 다음에도 노략질을 계속했다.

하다가 대화가 뚝 끊어지기도 했으며, 스칼렛은 프랭크 제임스와 제시 제임스[48]의 이름도 얼핏 들었다.

하지만 그들은 하나같이 깍듯하게 예의를 지켰고, 옷차림이 말쑥하고, 분명 그녀를 흠모했기 때문에 그들이 철저히 현재에만 충실하게 살아간다고 해도 스칼렛으로서는 개의할 바가 별로 없었다. 정말로 중요했던 점이라고는 그들이 레트의 친구이고, 대저택과 멋진 승용 마차를 소유했다는 사실이었고, 그들은 스칼렛과 레트를 마차에 태워 데리고 다녔고, 만찬에 초대하고, 그들을 환영하는 파티를 열어 주었다. 스칼렛도 그들을 아주 좋아했다. 그런 얘기를 스칼렛이 했더니, 레트가 즐거워했다.

「그럴 줄 알았지.」 그가 웃으며 말했다.

「그게 뭐가 나빠요?」 레트가 웃을 때면 항상 그렇듯, 그녀의 마음속에서는 의혹이 머리를 들었다.

「그들은 하나같이 검은 양이요 악당인 하등 인간들이거든. 그들은 다 사기꾼이나 카펫배거라고. 당신이 사랑하는 남편과 마찬가지로 그들은 모두 식량에 투기하거나, 아리송한 정부의 하청을 받거나, 조사를 당했다가는 곤란을 당할 수상한 방법으로 돈을 벌었지.」

「난 당신 얘기 못 믿겠어요. 당신은 장난을 치시는군요. 그들은 지극히 훌륭한 사람들…….」

「이곳에서 가장 훌륭한 사람들은 굶어 죽기 직전이야.」 레트가 말했다. 「그리고 그들은 허술한 오두막에서 얌전하게들 살아가는데, 그런 오두막에서 나를 받아 줄는지는 의심이 가는구먼. 이것 봐요, 우리 아가씨, 난 전시에 이곳에서 몇 가지 흉악한 짓을 했고, 그들은 끔찍할 정도로 오랫동안 과거를

48 제임스 형제가 은행과 기차 강도를 시작한 때는 1866년이었다.

잊지 않아! 스칼렛, 당신은 나에게 끊임없이 기쁨을 주는 여자야. 당신은 사람을 잘못 보고 사물을 잘못 보는 데는 선수니까 말이야.」

「하지만 당신 친구들이잖아요!」

「아, 하기야 난 악당들을 좋아하니까. 난 청춘 시절의 얼마 동안은 강을 오르내리는 배에서 도박사로 보냈고, 그래서 그런 사람들을 이해하지. 하지만 그들의 본성을 난 잘 알아. 그런가 하면 당신은 —」 그는 다시 웃었다. 「당신은 사람들에 대한 식별 능력이 없고, 하찮은 인간과 위대한 인간을 분간할 줄 몰라. 당신이 지금까지 알았던 훌륭한 숙녀라고는 당신 어머니하고 미스 멜리뿐인데, 가끔 난 당신이 두 사람 다 별로 신통치 않게 여긴다는 생각이 들어.」

「멜리라뇨! 세상에, 그녀는 낡은 구두처럼 볼품도 없고, 옷차림도 늘 초라해 보이고, 내세울 밑천이 전혀 없어요!」

「그대의 질투를 거두어 주소서, 마님. 미모가 숙녀를 만들지는 않고, 옷이 훌륭한 숙녀를 만들지도 않으니까요.」

「오, 그런가요! 어디 두고 보기나 해요, 레트 버틀러, 그러면 내가 보여 드릴 테니까요. 이제는 나도 — 우리들에게 돈이 많으니까, 난 당신이 여태까지 한 번도 본 적이 없는 그런 훌륭한 숙녀가 되겠어요!」

「흥미진진하게 기다려 봐야겠구먼.」 그가 말했다.

그녀가 만난 사람들보다도 스칼렛은 빛깔과 옷감과 디자인을 직접 골라 가며 레트가 그녀에게 사준 통옷 때문에 더 신이 났다. 버팀살 치마는 이제 밀려났고, 치마를 앞에서 뒤로 끌어당겨 허리받이 너머로 늘어뜨리고, 허리받이에는 꽃과 나비 장식 끈을 달고, 폭포처럼 쏟아지는 레이스를 늘어뜨린 새롭고 매혹적인 의상이 유행이었다. 그녀는 전쟁 무렵의 얌전한 버팀살 치마를 생각했고, 노골적으로 아랫배의 윤곽을 드러내는 지금의 새로운 치마를 약간 거북하게 생각했다. 그런가 하면 자그마하고 앙증스러운 요즈음의 둥근 모자는 사실 둥근 모자라고 하기도 어려웠다. 납작하고 작은 이 모자는 한쪽 눈 위로 비스듬히 써야 했고, 과일과 꽃 그리고 춤추는 깃털과 펄럭거리는 장식 끈을 잔뜩 얹었다! (이런 작은 모자의 뒤쪽으로 살그머니 삐져나오는 빳빳한 인디언 머리카락의 쪽 찐 부분에 붙이려고 그녀가 산 가발을 레트가 바보처럼 태워 버리지만 않았더라면 얼마나 좋았을까!) 그리고 수녀원에서 만든 섬세한 속옷! 그녀는 그토록 멋진 옷을 얼마나 여러 벌 샀던가! 고상한 자수와 지극히 섬세한 주름 겹단으로 장식하고, 최고급 아마포 천으로 만든 속치마와 잠옷과, 실내복 그리고 레트가 사준 공단 덧신들! 덧신은 뒤꿈치의 높이가 10센티미터나 되었으며, 번쩍거리고 큼직한 납유리 물림쇠를 달았다. 그리고 명주 스타킹은 10여 켤레나 마련했는데, 위에다 무명을 댄 것은 하나도 없었다! 얼마나 풍족한 인생인가!

스칼렛은 식구들에게 줄 선물도 닥치는 대로 마구 사들였다. 웨이드에게는 전부터 가지고 싶어 했던 털북숭이 세인트버나드 강아지 한 마리, 보우에게는 페르시아고양이, 어린 엘라에게는 산호 팔찌, 피티 고모에게는 월장석(月長石)이 달린 묵직한 목걸이, 멜라니와 애슐리에게는 셰익스피어 전집 한 질, 피터 아저씨에게는 위에 깃털이 달린 마부의 높다란 명주 모자까지 곁들여 정성껏 지은 제복 한 벌, 딜시와 쿠키에게는 드레스를 만들 옷감, 그리고 타라 농장의 다른 사람들을 위해서도 값비싼 선물을 준비했다.

「하지만 어멈에게 줄 선물은 무얼 사지?」 그들이 묵는 호텔 방의 침대에 잔뜩 늘어놓은 선물 더미를 둘러보고, 강아지와 고양이를 화장실로 쫓으며 레트가 물었다.

「아무것도 안 샀어요. 어멈은 미운 짓을 했으니까요. 우리들을 노새라고 한 어멈한테 왜 선물을 갖다 줘야 하죠?」

「진실을 말하는 사람을 왜 그토록 못마땅하게 생각하지, 우리 아가씨? 당신은 어멈에게 선물을 갖다 줘야 해. 그러지 않으면 어멈은 마음이 아플 텐데 — 어멈 같은 여자는 워낙 소중한 사람이니까 마음을 아프게 해서는 안 되지.」

「난 아무것도 갖다 주지 않겠어요. 어멈은 선물 받을 자격이 없으니까요.」

「그렇다면 내가 하나 사겠어. 난 지금도 기억하는데, 옛날 우리 집에서 같이 살았던 어멈은 천당에 가면 그냥 놔둬도 저절로 일어설 만큼 빳빳하고, 천사의 날개로 만들었나 보다고 하느님이 생각할 정도로 바스락 소리가 나는 호박단 속치마를 늘 갖고 싶어 했지. 난 빨간 호박단을 사서 어멈에게 우아한 속치마를 맞춰 주고 싶은데.」

「어멈이 받지 않을 텐데요. 죽으면 죽었지, 그걸 입지는 않을 거예요.」

「그건 나도 의심치 않아. 하지만 어쨌든 난 선물을 하긴 해야겠어.」

뉴올리언스의 상점들은 정말로 화려했고, 흥분을 자아냈으며, 레트와의 나들이는 하나의 모험이었다. 그와 함께하는 식사도 또한 하나의 모험이었는데, 무엇을 주문하고 어떻게 요리를 해야 하는지 그가 환히 알았기 때문에, 식사는 상점 나들이보다도 한층 신이 났다. 집에서 나무딸기와 머루로 만든 술이나 피티 고모의 〈기절 약〉 브랜디에만 익숙했던 그녀에게는 뉴올리언스의 포도주와 리큐어와 샴페인이 새롭고

상큼했으며, 그리고 또, 오, 레트가 주문하던 음식! 뉴올리언스에서는 무엇보다도 음식이 좋았다. 고통스럽고 굶주리던 타라 농장에서의 시절과, 보다 최근에 겪었던 가난을 기억하며, 스칼렛은 이런 값진 요리는 아무리 먹어도 물리지 않을 듯싶었다. 검보[49]와 새우 크레올,[50] 파삭파삭한 작은 파이를 곁들이고 크림이 든 소스를 잔뜩 친 굴과 포도주에 담근 비둘기 고기, 버섯과 송아지 지라와 칠면조의 간, 기름종이에 싸서 교묘하게 구운 생선과 라임. 타라 농장에서 지겹게 먹었던 낙화생과 말린 콩과 고구마가 머리에 떠오를 때마다 다시금 크레올 요리로 포식하고 싶은 충동을 느꼈던 스칼렛은 조금도 식욕이 떨어질 줄을 몰랐다.

「당신은 마치 다시는 식사를 하지 못할 사람처럼 한없이 먹어 대는구먼.」 레트가 말했다. 「접시를 그렇게 싹싹 훑어 내진 말아요, 스칼렛. 틀림없이 주방에서 더 갖다 줄 테니까. 웨이터에게 달라고 하기만 하면 돼. 그렇게 계속해서 게걸스럽게 먹다가는 쿠바 여자처럼 뚱뚱해지겠고, 그러면 난 당신하고 이혼할 수밖에 없겠지.」

하지만 스칼렛은 그에게 혀를 날름 내밀어 보이고는, 초콜릿을 두툼하게 씌우고 달걀 흰자위를 잔뜩 넣은 파이를 하나 더 주문했다.

잔돈을 꼼꼼하게 헤아리며, 세금을 내거나 노새를 사기 위해 저축을 해야 되겠다는 생각을 염두에 두지 않고, 마음 내키는 대로 돈을 쓰다니, 얼마나 즐거운 일인가. 애틀랜타 사람들처럼 체면만 차리는 가난뱅이가 아니라, 부유하고 유쾌하게 살아가는 사람들과 사귀다니, 역시 얼마나 즐거운 일인

49 오크라 꼬투리에 해물, 야채, 고기를 넣어 만든 수프.

50 쌀, 토마토, 후추, 강한 양념으로 만든 요리.

가. 허리와, 목덜미 전부와, 팔, 그리고 젖가슴을 드러내고 바스락거리는 비단옷을 걸치고 감탄하는 남자들의 눈길을 의식한다는 것은 얼마나 즐거운 일인가. 그리고 숙녀답지 못하다고 흠을 잡는 사람들을 의식하지 않으면서 한껏 먹는다는 것은 얼마나 즐거운가. 더구나 그녀는 마음대로 얼마든지 샴페인을 마셔도 되었다. 처음 심하게 과음했을 때, 스칼렛은 이튿날 아침 깨질 듯 심한 두통을 느끼며 잠에서 깨어나자, 자신이 뉴올리언스의 길거리에서 환히 트인 승용 마차를 타고 어젯밤 호텔로 돌아오는 길에, 줄곧 「멋지고 푸른 깃발」을 불렀다는 끔찍한 기억이 나자, 어쩔 줄 모를 정도로 창피하기도 했었다. 그녀는 술에 취한 숙녀는 한 번도 본 적이 없었으며, 지금까지 보았던 술 마신 여자라고는 애틀랜타가 함락되던 날 만났던 워틀링이라는 여자뿐이었다. 스칼렛은 어찌나 창피한지 무슨 얼굴로 레트를 쳐다볼까 무척 걱정했지만, 그는 만취 사건을 재미있다고만 생각하는 듯싶었다. 까불고 장난치는 고양이 새끼처럼 생각해서인지, 레트는 그녀가 하는 행동을 다 재미있다고 생각하는 모양이었다.

레트는 워낙 미남이었기 때문에 그와 함께 외출을 나가면 그녀는 신이 났다. 어쩌다 보니 스칼렛은 지금까지 그의 얼굴에 전혀 관심을 두지 않았었고, 애틀랜타에서는 사람들이 그의 단점만 찾느라고 지나치게 바쁘다 보니, 용모에 관한 얘기는 입 밖에 꺼내는 일이 없었다. 하지만 이곳 뉴올리언스에서 그녀는 다른 여자들의 눈길이 그를 따라다니고, 그들의 손에 입을 맞추려고 레트가 머리를 숙일 때면 그들이 얼마나 전율하는지를 빤히 보았다. 다른 여자들이 남편에게 매력을 느끼고 어쩌면 그녀를 부러워할지도 모른다는 인식은 스칼렛으로 하여금 갑자기 그와 같이 남들 앞에 나서기를 자랑스러워하게 만들었다.

〈그래, 우린 잘생긴 한 쌍이야.〉 스칼렛은 흐뭇하게 생각했다.

그렇다, 레트가 예언했듯이, 결혼 생활이란 굉장히 즐겁기도 했다. 즐거울 뿐 아니라 배우는 바도 많았다. 스칼렛은 더 이상 인생에서 배울 점이 전혀 없으리라고 생각했었기 때문에, 그것은 이상한 일이었다. 이제 그녀는 날마다 새로운 발견을 하게 되는 어린아이 같은 기분이었다.

우선 레트와의 결혼 생활이 찰스나 프랭크와의 결혼 생활과는 상당히 다르다는 점을 그녀는 알게 되었다. 그들은 그녀를 존경하고, 그녀의 신경질을 두려워했다. 그들은 호의를 베풀어 주기를 갈망했고, 기분이 내킬 때면 그녀는 친절을 베풀기도 했었다. 레트는 그녀를 두려워하지 않았고, 스칼렛은 그가 자기를 별로 존경하지 않는다는 생각이 자주 들었다. 그는 자기가 원하는 바를 솔직하게 그대로 행동에 옮겼고, 그녀가 그것을 좋아하지 않으면 그녀를 보고 웃어 대기만 했다. 스칼렛은 그를 사랑하지는 않았지만, 같이 살아가면 신나는 남자라는 사실은 의심할 나위가 없었다. 그가 가장 그녀를 설레게 했던 점은, 때로는 잔인성이 곁들여지고 또 때로는 짜증스러운 짓궂음까지 드러내며 격렬한 감정을 분출시킬 때조차도, 그는 항상 스스로 자제력을 유지하고, 감정을 잘 절제한다는 사실이었다.

〈아마 그건 나를 정말로 사랑하지 않기 때문이겠지.〉 그녀는 이런 생각이 들었지만, 그런대로 그만하면 만족스럽다고 생각했다. 〈난 레트가 어떤 면에서라도 혹시 완전히 풀어진다면 미워하게 될지도 몰라.〉 하지만 그런 가능성을 상상하면 한편으로는 호기심이 자극을 받아 그녀는 흥분이 되기도 했다.

전에는 그를 꽤나 잘 안다고 생각했었는데, 레트와 살아가는 사이에 스칼렛은 그에 관해서 여러 가지 새로운 면을 발견했다. 그녀는 레트의 목소리가 고양이 털처럼 매끄럽다가도 어느새 화를 내며 욕설로 사납게 바뀌기도 하는 습성을 알게 되었다. 레트는 그가 찾아갔었던 묘한 곳들에 얽힌 용기와 명예와 미덕과 사랑의 얘기를 하면서 겉으로는 진지함과 공감을 나타내다가도, 어느새 지극히 싸늘한 냉소를 머금고 야비한 소리를 늘어놓기도 했다. 스칼렛은 어떤 남자도 아내에게 그런 얘기를 해서는 안 된다고 알기는 했지만, 그래도 그런 얘기가 재미있었고, 그녀의 마음속에 숨겨진 저속하고 속된 무엇인가를 자극한다고 느꼈다. 그는 얼마 동안은 열렬하고 심지어는 부드럽기까지 한 연인 노릇을 하다가도, 거의 순식간에 폭약 같은 그녀의 성격으로부터 뚜껑을 벗겨 놓고, 거기에다 불을 지르고는 폭발하는 상황을 즐겁게 구경하며 놀려 대는 악마로 변했다. 그녀는 레트의 칭찬에는 늘 복선이 깔렸으며, 지극히 다정한 말도 마땅히 의심해 봐야 한다는 사실을 깨달았다. 뉴올리언스에서 보낸 두 주일 동안 스칼렛은 그에 관해서 많이 알아냈지만, 정말로 그가 어떤 남자인지는 알아내지 못했다.

때로는 아침이면 그는 하녀를 내보내고는 아침 밥상을 직접 그녀에게 가져다주고, 마치 어린애를 다루듯 밥을 먹여 주었으며, 그녀에게서 머리 솔을 받아 들고 그녀의 길고도 검은 머리카락을 파삭파삭하게 부러질 정도로 한참씩 솔질했다. 또 어느 날 아침에는 이부자리를 낚아채고 그녀의 맨발을 간질여서 깊은 잠을 무례하게 깨워 놓기도 했다. 때때로 그는 스칼렛의 사업에 관한 자질구레한 얘기에 점잖은 관심을 나타내며 귀를 기울이고, 그녀의 영리함을 인정한다는 듯 머리를 끄덕였고, 또 어떤 때는 약간 알쏭달쏭한 그녀의 거래를 쓰레기나 뒤지는 짓이라거나, 노상강도질이라거나, 착취 행위라고 공박했다. 그는 스칼렛을 데리고 연극 구경을 가서는 아마도 하느님께서는 이따위 오락은 신통치 않게 생각할지도 모른다고 귀엣말을 해서 그녀의 짜증을 돋우었고, 교회에 가서는 낮은 목소리로 우스운 음담패설을 늘어놓다가, 그녀가 웃으면 야단을 치기도 했다. 레트는 그녀로 하여금 마음속의 얘기를 솔직하게 털어놓고, 경박하거나 대담해지도록 부추겼다. 그녀는 가시 돋친 말과 비꼬는 표현을 동원하는 재능을 터득했고, 그런 어휘를 쓸 때 다른 사람들에 대해서 그녀가 얻게 되는 힘을 음미할 줄도 알게 되었다. 하지만 그의 못된 성미를 완화시키는 재치라든가 다른 사람들을 비웃으며 자신도 비웃던 레트의 미소가 그녀에게는 없었다.

레트는 그녀가 한껏 즐기도록 해주었지만, 스칼렛은 어떻게 즐겨야 하는지를 거의 다 잊어버린 상태였다. 지금까지의 삶이 워낙 심각했고, 정말로 고통스러웠었기 때문이었다. 레트는 어떻게 즐겨야 하는지를 알았고, 그녀도 그에게 휩쓸려 따라갔다. 하지만 그는 아이처럼 즐기는 일은 전혀 없었으니, 레트는 성숙한 남자였고, 그가 무슨 짓을 하건 스칼렛은 그의 행동을 절대로 잊어버리는 법이 없었다. 그녀는 여자의 우월감이라는 높은 곳으로부터 그를 깔보는 경지에 다다르기가 어려웠고, 마음은 어린아이나 마찬가지인 남자들의 우스꽝스러운 행동을 보고 옛날부터 여자들이 항상 미소를 지었던 그런 여유를 스칼렛은 레트에게 부릴 입장이 아니었다.

그런 생각이 떠오를 때마다 그녀는 약간 짜증이 났다. 레트에 대해서 우월감을 느끼면 기분이 좋으리라. 스칼렛은 그녀가 알았던 다른 남자들은 〈한심한 어린애로구나!〉라면서 반쯤 경멸하고 웃어넘기고는 했었다. 그녀의 아버지, 사람들을 놀리거나 교묘한 장난을 좋아했던 탈턴 댁 쌍둥이, 걸핏하면 어린애들처럼 발끈하던 폰테인 댁의 꼬마 털보들, 찰스, 프랭크, 전쟁 동안 그녀에게 구애했던 여러 남자들 — 사실상 애슐리 이외에는 누구나 다 마찬가지였다. 오직 애슐리와 레트 두 사람만이 성인이었고 어린애다운 요소가 결여되었기 때문에, 스칼렛은 그들을 제대로 이해하거나 지배하기가 불가능했다.

스칼렛은 레트를 이해하지 못했고, 비록 그녀로 하여금 가끔 어리둥절하게 만드는 면이 나타나더라도 그녀는 애써 이해하려고 들지도 않았다. 그녀가 의식하지 않는 듯싶은 순간에 가끔 레트가 쳐다보는 시선만 해도 그렇다. 얼른 머리를 돌리면 그녀는 긴장하고, 갈구하고, 기다리는 눈으로 자기를 쳐다보는 그의 시선과 가끔 마주치고는 했다.

「왜 나를 그런 눈으로 쳐다봐요?」 언젠가 그녀가 화를 내며 물었다. 「쥐구멍을 노려보는 고양이처럼 말이에요!」 하지만 그는 얼른 표정을 바꾸고는 웃기만 했다. 스칼렛은 곧 그 순간을 잊었고, 더 이상 그의 눈초리나 레트에 관한 문제 때문에 골치를 썩이지 않았다. 그는 갈피를 잡기가 어려운 남자였기 때문에 스칼렛은 신경을 쓰고 싶지도 않았는데, 그래도 삶이 무척 즐겁기만 했기 때문이었다. 애슐리 생각이 날 때만 예외였다.

레트와 함께 워낙 분주하게 돌아다니는 바람에 그녀는 애슐리 생각을 자주 하지는 않았다. 낮에는 애슐리 생각이 나는 적이 거의 없었지만, 밤이 되어 춤을 추느라고 지친 다음이나 샴페인을 너무 마셔 머리가 어지러울 때면, 그럴 때면 그녀는 애슐리를 생각했다. 달빛이 쏟아지는 침대에서 레트의 품에 안겨 졸음을 느끼며 누워서도 그녀는 자주, 만일 자기를 이토록 꼭 껴안은 팔이 애슐리의 팔이고, 그녀의 검은 머리카락을 얼굴로 끌어당겨 목에 감은 남자가 애슐리라면 삶이 얼마나 완벽할까 생각했다.

언젠가 이런 생각을 하면서 스칼렛은 한숨을 쉬고 창문 쪽으로 머리를 돌렸는데, 잠시 후에 그녀는 목을 감았던 묵직한 그의 팔이 쇠처럼 굳어지는 감촉을 느꼈고, 고요한 정적 속에서 레트가 말했다. 「당신의 거짓되고 하찮은 영혼이 영원히 지옥에 떨어지도록, 하느님의 저주를 받기를 빌겠어!」

그러고는 자리에서 일어난 그는 옷을 입더니, 그녀가 놀라서 항의하고 따져도, 못 들은 체하고 방에서 나갔다. 이튿날 아침 스칼렛이 그녀의 방에서 아침 식사를 하려니까, 레트는 어수선한 모습에 상당히 취하고 지극히 빈정대는 태도로 다시 나타났는데, 어젯밤 자리를 비운 데 대해서 아무런 사과나 해명의 말이 없었다.

스칼렛은 속이 상한 아내답게 아무 질문도 하지 않고 상당히 냉정하게 그를 대했으며, 식사를 끝낸 다음에는 그가 충혈된 눈으로 지켜보는 앞에서 옷을 입고는, 물건을 사러 나갔다. 스칼렛이 돌아와 보니, 그는 눈에 띄지 않았고, 저녁 먹을 시간이 되어서야 다시 나타났다.

식사는 말없이 계속되었고, 이것이 그녀에게는 뉴올리언스의 마지막 저녁 식사였으며, 바닷가재 요리를 실컷 먹고 싶었던 스칼렛은, 신경이 잔뜩 곤두서기만 했다. 레트의 눈초리를 의식하면서 요리를 즐기기는 어려운 일이었다. 그렇기는 해도 스칼렛은 큼직한 놈으로 한 마리를 다 먹었고, 샴페인도 잔뜩 마셨다. 아마도 식사를 그런 식으로 했기 때문인지는 몰라도 그날 밤 오래된 악몽이 다시 찾아왔고, 그녀는 식은땀을 흘리며 흐느껴 울다가 잠에서 깨어났다. 그녀는 다시 타라로 돌아갔고, 농장은 황폐했다. 어머니는 돌아가셨고, 어머니와 더불어 세상의 모든 힘과 지혜도 사라졌다. 세상 어디를 둘러봐도 의지할 사람이 아무도 없었고, 도움을 청할 사람도 없었다. 그리고 무시무시한 무엇이 그녀를 쫓아왔고, 그녀는 달리고 또 달려 가슴이 터져 나갈 지경이었고, 소용돌이를 치는 짙은 안개 속에서 도망치며 비명을 질렀고, 그녀 근처의 어디엔가 안개 속에 숨겨진, 이름도 모르는 미지의 안식처를 찾아내려고 그녀는 정신없이 사방을 더듬었다.

그녀가 잠에서 깨어났을 때는 레트가 굽어보았고, 한마디 말도 없이 그는 스칼렛을 아이처럼 들어 올려 꼭 껴안았으며, 안심을 시켜 주는 그의 단단한 근육과 무슨 얘기인지 알아듣지는 못했어도 웅얼거리며 위로하는 말에 그녀의 흐느낌이 멈추었다.

「오, 레트, 난 너무나 춥고, 너무나 배고프고, 너무나 지쳤는데, 그것을 찾아낼 수가 없었어요. 난 안개 속에서 달리고 또 달렸지만 그걸 찾아낼 수가 없었어요.」

「무얼 찾아?」

「나도 모르겠어요. 그게 무엇인지 알았으면 좋겠어요.」

「전에 꾸던 꿈인가?」

「오, 그래요!」

그는 찬찬히 그녀를 침대에 눕히고는 어둠 속을 더듬어 촛불을 켰다. 불빛을 받은 그의 얼굴을 보니 눈이 충혈되었고, 선이 뚜렷한 그의 얼굴은 돌처럼 굳어 표정을 읽기가 힘들었다. 허리까지 풀어 헤친 셔츠는 무성한 검은 털로 뒤덮인 갈색 가슴을 드러냈다. 아직도 겁이 나서 덜덜 떨면서 스칼렛은 그의 가슴이 믿음직스럽고 힘차다는 생각을 했고, 나지막이 말했다. 「나를 안아 줘요, 레트.」

「여보!」 그가 얼른 말하고는 스칼렛을 들어 올려 커다란 의자에 앉아서 그녀의 몸을 자기 몸에 밀착시키고는 흔들어 주었다.

「오, 레트, 굶주림은 끔찍해요.」

「거대한 바닷가재를 포함한 진수성찬 식사를 하고 나서 굶주리는 꿈을 꾸다니, 아닌 게 아니라 끔찍했겠지.」 레트가 미소를 지었고, 그의 눈은 상냥했다.

「오, 레트, 난 계속 달리고 또 달리면서 찾아다녔지만, 내가 무엇을 찾아다녔는지 영원히 알아내지 못할 거예요. 그건 언제나 안개 속에 숨어 있으니까요. 만일 내가 그걸 찾아내기만 한다면 난 영원히 영원히 안전해지고, 다시는 춥거나 굶주리는 일이 절대로 없으리라고 난 믿어요.」

「당신이 찾으려는 게 사람이야, 아니면 물건이야?」

「나도 모르겠어요. 난 그런 식으로는 통 생각을 안 해봤으니까요. 레트, 당신은 내가 언제인가는 안전한 그곳에 도착하는 꿈을 꾸리라고 생각해요?」

「아니.」 헝클어진 머리카락을 가다듬어 주면서 그가 말했다. 「난 그렇게 생각하지 않아. 꿈이란 그런 게 아니니까. 하지만 안전하고 따뜻하고 잘 먹는 일상생활에 익숙해지고 나면 그런 꿈을 안 꾸게 되리라고 믿어. 그리고 스칼렛, 난 당신을 꼭 안전하게 해주겠어.」

「레트, 당신은 정말로 착해요.」

「당신 밥상에서 떨어지는 부스러기를 주워 먹게 해줘서 감사하군요, 디베스 부인.[51] 스칼렛, 난 당신이 날마다 아침에 일어나면 자신에게 이런 다짐을 하길 바라. 〈나는 다시는 굶주릴 이유가 없으며, 레트가 옆에 있고, 합중국 정부가 존속하는 한 절대로 아무것도 나를 해칠 수가 없어〉라고 말이오.」

「합중국 정부요?」 뺨에는 아직도 눈물이 흐르는 채 그녀는 깜짝 놀라 일어나 앉으며 물었다.

「남부 동맹의 소유였던 돈이 이제는 정숙한 여자 행세를 하게 되었지. 난 그 돈을 대부분 정부의 공채에 투자했으니까.」

「귀신 속곳 같으니라고!」 조금 아까 느꼈던 공포는 까맣게 잊어버리고 그의 무릎에서 벌떡 일어나 앉으며 소리쳤다. 「그렇다면 당신 돈을 양키들에게 꾸어 줬다는 얘긴가요?」

「상당히 높은 이율로.」

「이율이 백 퍼센트라도 난 관심 없어요! 당신은 그걸 당장 팔아야 해요. 양키들이 당신 돈을 쓰게 한다는 생각을 하면 기가 막혀요!」

「그럼, 난 그 돈으로 무엇을 해야 하지?」 그녀의 눈이 이제는 두려움에서 벗어났음을 눈치채고는 미소를 지으며 그가 물었다.

「그야 물론 — 그야 물론 파이브 포인츠의 땅을 사들이면 되잖아요. 당신이 가진 돈으로는 파이브 포인츠를 몽땅 다 사고도 남아요.」

「고맙지만, 난 파이브 포인츠를 손에 넣고 싶지는 않아. 카펫배거 정부가 실제로 조지아 주를 손에 넣다시피 한 지금, 무슨 사태가 벌어질지 알 길이 없으니까. 난 지금 동서남북에서 조지아로 몰려드는 말똥가리 떼 앞에다 아무것도 놓아두고 싶은 생각이 없어. 당신도 알다시피, 훌륭한 스캘라웩이라면 마땅히 그래야 하듯이. 난 그들과 같이 놀기는 하지

51 Dives는 라틴어로 부호라는 뜻인데, 성서에서는 고유 명사로 쓰였다. 부자와 라자로 얘기를 빗대어 한 말. 「루가의 복음서」 16장 21절 참조.

만, 그들을 믿지는 않아. 그리고 난 부동산에 투자하지는 않겠어. 난 채권을 더 좋아하니까. 그건 숨기기가 쉽거든. 하지만 부동산은 감추기가 쉽지 않아.」

「그럼 당신이 생각하기에는 ―」 제재소와 상점을 생각하고 얼굴이 파랗게 질리며 그녀가 말문을 열었다.

「나도 모르겠어. 하지만 겁에 질린 표정은 짓지 마, 스칼렛. 호감이 가는 우리 새 주지사는 나하고 친한 사이니까. 그저 지금은 세상이 워낙 어수선할 뿐이고, 난 내 돈을 부동산에 묶어 두고 싶지 않을 따름이야.」

그는 한쪽 무릎으로 그녀를 옮겨 앉히고는 뒤로 몸을 기대고, 손을 뻗어 여송연을 집어 들고는 불을 붙였다. 공포를 잊고 스칼렛은 맨발을 달랑거리고 올라앉아, 그의 갈색 가슴에서 불끈거리는 근육을 지켜보았다.

「그리고 이왕 부동산 얘기가 나왔으니 말인데, 스칼렛.」 그가 말했다. 「난 집을 지을 계획이야. 당신은 미스 피티의 집에서 살자고 프랭크에게 강요하기가 어렵지 않았겠지만, 나한테는 그렇게 못 해. 그녀가 하루에 세 번씩이나 기절하는 꼴을 참아 내고 싶지도 않으려니와, 피터 아저씨는 거룩한 해밀턴 댁에서 살게 나를 그냥 내버려 두느니보다는 암살하러 덤빌 테니까. 미스 피티는 인디아 윌크스와 같이 살며 허깨비를 쫓아 달라고 하면 되겠지. 애틀랜타로 돌아가면 우린 집을 다 지을 때까지 내셔널 호텔의 신혼부부를 위한 특실에서 지내자고. 애틀랜타를 떠나기 전에 난 복숭아나무 거리의 라이든 댁 근처에서 넓은 대지를 구입하려고 흥정을 해봤지. 내가 얘기하는 땅이 어딘지 알아?」

「오, 레트, 정말 멋져요! 난 우리들만의 집을 원해요. 굉장히 큰 집으로요.」

「그렇다면 드디어 우리 두 사람의 의견이 일치하는 대상이 하나 생긴 셈이로구먼. 이곳 크레올식 집들처럼 단철(鍛鐵) 장식을 한 하얀 치장 벽토 저택은 어때?」

「오, 아니에요, 레트, 뉴올리언스의 집들처럼 구식이라면 조금도 마음에 안 들어요. 내가 무엇을 원하는지는 내가 잘 알아요. 그건 가장 새로운 집인데, 내가 본 사진은 — 그러니까 뭐더라 — 『하퍼스 위클리』에서 사진을 봤어요. 그건 스위스의 샬레*chalet*를 본떠서 지었어요.」

「스위스의 뭐라고?」

「샬레요.」

「어떻게 쓰지?」

그녀는 철자를 가르쳐 주었다.

「그래?」 그는 콧수염을 쓰다듬으며 말했다.

「멋있더군요. 높다란 2단 물매식 지붕 꼭대기에는 나무 울타리를 두르고, 양쪽 끝에는 근사한 지붕 판자로 지은 탑을 하나씩 올렸어요. 그리고 탑에는 빨갛고 파란 유리를 끼운 창문들을 냈고요. 정말 멋있어 보이더군요.」

「포치 난간에는 실톱으로 켠 장식을 달았겠지?」

「그래요.」

「그리고 포치의 지붕에는 나무 소용돌이 장식이 늘어졌고?」

「그래요. 당신 그런 집을 본 모양이군요.」

「봤지만 — 스위스에서는 아니었어. 스위스 사람들은 아주 이지적인 종족이고, 건축의 아름다움에 대한 감각이 싱싱해. 당신 정말 그런 집을 가지고 싶어?」

「오, 그럼요!」

「나하고 같이 지내는 사이에 당신 취향도 향상되기를 난 은근히 바랐지. 크레올 집이나 흰 기둥이 여섯 개인 식민지풍은 어디가 어때서?」

「정말이지 난 구식이나 초라한 건 조금도 원하지 않아요. 그리고 집 안에는 빨간 벽지를 바르고, 접히는 문에 붉은 벨벳 커튼을 치고, 오, 값비싼 호두나무 가구를 잔뜩 들여놓고, 멋지고도 두툼한 카펫에다 — 오, 레트, 우리 집을 보면 누구라도 눈이 뒤집히게 하자고요!」

「꼭 모든 사람이 부러워해야만 당신 속이 시원하겠어? 글쎄, 당신이 원한다면야 그들의 눈이 뒤집히게 해주겠어. 하지만, 스칼렛, 남들이 이토록 가난하게 살아가는 판에 집을 그렇게까지 요란하게 꾸민다면, 별로 고상한 취미는 아니라는 생각이 들지 않아?」

「난 그런 식으로 꾸미고 싶어요.」 그녀는 고집스럽게 말했다. 「난 지금까지 나한테 얄밉게 굴었던 사람들은 누구나 다 속이 상하기를 바라요. 그리고 애틀랜타의 모든 사람이 그런 고약한 얘기를 괜히 했다고 후회하게 만들 정도로 굉장한 파티를 열기로 해요.」

「하지만 누가 우리 파티에 오겠어?」

「그야 물론 누구나 다 오겠죠.」

「내 생각엔 그럴 것 같지 않은데. 보수파들이란 죽으면 죽었지 절대로 항복을 안 하니까!」

「오, 레트, 당신은 못하는 말이 없군요! 돈만 많으면 사람들이 항상 따르게 마련이라고요.」

「남부 사람들은 달라. 투기업자가 돈을 앞세워 가장 지체 높은 사람들의 응접실로 들어가기란 낙타가 바늘구멍으로 들어가기보다 훨씬 어려운 일이니까. 그리고 스캘라웩 얘기인데 — 그건 당신하고 나를 일컫는 명칭이지만 말이야, 우리 귀여운 아가씨 — 남들이 우리에게 침을 뱉지 않는 것만 해도 다행이야. 하지만 만일 당신이 시도하고 싶다면야, 여보, 나도 당신을 지원하겠고, 당신이 벌이게 될 도전을 지켜보면 틀림없이 재미가 대단하겠지. 그리고 돈 얘기가 나온 김에 난 이걸 분명히 밝혀 두고 싶어. 당신은 집을 위해 쓰고 싶은 돈과 요란한 장신구를 사느라고 써야 할 현금을 다 가져도 좋아. 만일 보석을 원한다면, 당신은 보석을 가져도 좋지만, 고르는 건 내가 맡아야겠어. 당신 취향이 지나치게 촌스러워서 그래, 우리 귀여운 아가씨. 그리고 웨이드나 엘라를 위해서 당신이 원하는 건 무엇이나 다 주겠어. 만일 윌 벤틴의 목화 재배가 신통치 않으면, 난 기꺼이 돈을 내서 당신이 그토록 사랑하는 클레이턴 카운티의 흰 코끼리[52]가 버텨 나가게끔 도와주겠어. 그만하면 공평하겠지, 안 그래?」

「물론 그렇죠. 당신은 아주 너그러워요.」

「하지만 잘 들어. 상점 운영을 위해서는 단 한 푼도 못 쓰고, 당신이 좋아하는 불쏘시개 공장을 위해서도 안 돼.」

「오.」 머리를 수그리며 스칼렛이 말했다. 신혼여행 동안 줄곧 그녀는 목재 야적장을 확장할 땅을 더 사기 위해 필요한 돈 1천 달러 얘기를 어떻게 꺼낼까 궁리를 하던 참이었다.

「난 내가 사업을 한다는 데 대해서 사람들이 무슨 말을 하더라도 신경을 쓰지 않을 정도로 당신은 도량이 큰 남자라고 항상 스스로 자랑해 왔다고 생각했는데, 당신도 다른 사람들과 똑같아서 — 내가 집안의 주도권을 잡았다고 할까 봐 잔뜩 걱정이 되는 모양이군요.」

「버틀러 집안에서 누가 주도권을 잡았느냐에 대해서는 어떤 사람도 전혀 의심할 여지가 없어.」 레트가 말끝이 느릿느릿한 어조로 말했다. 「난 바보들이 무슨 소리를 하건 신경 안

52 규모만 크고 쓸모없는 물건. 타라를 뜻한다.

써. 사실 난 별로 교양이 없기 때문에 똑똑한 아내를 얻었다는 자랑을 늘어놓지. 난 당신이 상점과 제재소를 계속 운영하기를 바라. 그건 당신이 자식들에게 물려줘야 하니까. 어른이 되면 웨이드는 의붓아버지가 그를 먹여 살리는 걸 옳다고 생각하지는 않겠고, 그때 운영을 떠맡게 하면 되겠지. 하지만 두 사업 다 내 돈은 단 한 푼도 들어가서는 안 돼.」

「왜요?」

「난 애슐리 윌크스를 먹여 살리는 데 기여할 생각은 없으니까.」

「또 그 얘기를 꺼내려고 그래요?」

「그건 아냐. 하지만 당신은 나한테 이유를 물었고, 그래서 난 이유를 설명했을 뿐이야. 그리고 할 얘기가 또 있어. 장부를 가지고 나한테 농간을 부려 가며, 당신 옷을 사는 데 돈이 얼마나 많이 들어가고, 집안 살림을 꾸려 나가기에 얼마나 많은 돈이 들어간다고 거짓말을 해서 애슐리를 위해 제재소를 하나 더 사거나, 노새들을 더 사들일 돈을 마련할 수 있을지도 모른다는 생각은 하지도 마. 당신이 쓰는 경비를 난 자세히 검토할 생각이고, 물건 값들이 얼마인지는 난 환히 알아. 오, 이걸 모욕으로 받아들이지는 말아야 해. 당신은 그런 짓을 충분히 할 여자니까. 당신이 절대로 안 그러리라고는 난 믿지 않아. 사실 타라 농장이나 애슐리가 얽힌 문제라면 당신은 무슨 짓이라도 다 하리라고 난 생각해. 타라 농장은 나도 개의치 않아. 하지만 애슐리라면 난 선을 그어야 해. 난 당신의 고삐를 늦춰 주기는 하겠지만, 우리 귀여운 아가씨, 그래도 재갈과 박차를 쓰리라는 걸 잊지 마.」

제49장

엘싱 부인은 복도 쪽으로 귀를 잔뜩 기울였다. 다과를 내오리라는 희망을 불어넣어 주는 소리, 접시가 짤그랑거리고 은식기가 쨀그렁거리는 소음이 들려오는 부엌 안으로 멜라니의 발소리가 사라지기를 확인한 다음에, 그녀는 바느질 바구니를 무릎에 얹어 놓고 응접실에 둘러앉은 여자들에게 나지막한 목소리로 말했다.

「개인적인 얘기지만, 난 이제부터 절대로 스칼렛을 찾아가지 않기로 했어요.」 얼굴에 드러난 냉정한 우아함이 보통 때보다 훨씬 싸늘해진 표정으로 그녀는 말했다.

남부 동맹 미망인과 고아를 후원하는 자선 재봉회의 다른 부녀 회원들은 바늘을 내려놓고, 흔들의자를 더 가까이 끌어다가 바싹 모여 앉았다. 여자들은 스칼렛과 레트 얘기를 하고 싶어서 속이 탈 지경이었지만, 멜라니 때문에 그럴 수가 없었다. 바로 어제 그들 부부는 뉴올리언스에서 돌아와 내셔널 호텔의 신혼부부를 위한 특실에 들었다.

「휴는 버틀러 선장이 그 애의 목숨을 구해 주었으니까, 예의상으로라도 내가 꼭 찾아가 봐야 한다는군요.」 엘싱 부인이 말을 이었다. 「그리고 가엾은 패니도 휴 편을 들어 가며 자기도 인사를 가겠다고 했어요. 난 딸한테 이렇게 말했답니다. 〈패니야, 스칼렛만 아니었더라면 토미는 죽지 않았을 거야. 찾아간다면 그건 죽은 토미에 대한 모욕이란다.〉 그랬더니 패니는 어찌나 지각이 없는지 이런 소리를 하지 않겠어요. 〈엄마, 난 스칼렛을 찾아가는 게 아니에요. 난 버틀러 선장님을 만나러 간다고요. 그분은 토미를 구하려고 최선을 다했고, 비록 실패했다고 해도 그의 잘못은 아니죠.」

「젊은 애들이란 너무나 철이 없다니까요!」 메리웨더 부인이 말했다. 「인사를 가다니, 기가 막혀요!」 레트와 결혼하지 말라는 그녀의 충고에 대한 스칼렛의 무례한 태도가 머리에 떠오르자, 화가 나서 그녀의 육중한 가슴이 들먹였다. 「우리 메이벨도 당신네 패니만큼이나 철이 없어요. 걔는 르네가 교수형을 당하지 않게 해주었다면서 버틀러 선장을 찾아보겠다더군요. 그래서 난 만일 스칼렛이 그렇게 자신을 노출시키고 돌아다니지만 않았다면, 르네는 아예 위험에 빠지지도 않았으리라고 했죠. 그리고 메리웨더 아버님도 찾아가 봐야겠다고 하면서, 비록 나는 안 그렇더라도 당신은 그 불한당을 고맙게 생각한다고, 꼭 노망이라도 든 사람 같은 소리를 하시잖아요. 정말이지 워틀링이라는 계집의 집을 다녀온 후로는 아버님의 행동이 창피스러울 지경이 되었어요. 방문을 하다니, 기가 막혀요! 무슨 일이 나더라도 난 절대로 찾아가지 않겠어요. 스칼렛은 그런 남자와 결혼함으로써 스스로 우리 사회에서 따돌림을 받기로 작정한 셈이에요. 전시에 투기업자 노릇을 해서 우리들의 굶주림으로부터 돈을 벌었을 때만 해도 벌써 형편없는 인간이었는데, 이제는 카펫배거나 스캘러웨과 한패가 되었고, 거기다가 — 흉악한 인간 불럭 주지사하고 친구 사이라고까지 하고 —. 방문을 하다니, 말도 안 돼요!」

보넬 부인이 한숨을 쉬었다. 그녀는 명랑한 얼굴에 살이 통통하게 찌고 피부가 갈색 굴뚝새 같은 여자였다.

「그들은 예의상 한 번만 방문하고 그만이에요, 돌리. 난 그들을 탓해야 옳은지 어쩐지 잘 모르겠어요. 내가 들은 얘기로는 그날 밤에 나갔던 남자들이 모두 인사를 갈 계획이라고 하던데, 난 그들이 그래야만 된다고 생각해요. 웬일인지 난 스칼렛이 어머니와는 너무나 달라서 모녀라고 믿기도 힘들어요. 난 서배너에서 엘렌 로비야르하고 학교를 같이 다녔는데, 그녀보다 더 사랑스러운 여학생은 아무도 없었고, 난 엘렌을 아주 소중하게 생각했어요. 만일 엘렌이 친척 간인 필리프 로비야르하고 결혼하지 못하게 아버지가 반대하지만 않았더라면 얼마나 좋았을까요! 총각들이란 젊어서는 연애도 좀 하게 마련이니까 — 사실 필리프는 잘못이 하나도 없었어요. 하지만 엘렌은 하는 수 없이 멀리 떠나 오하라처럼 나이 많은 남자와 결혼해서 스칼렛 같은 딸을 낳고 말았죠. 하지만 사실 난 엘렌을 생각해서라도 꼭 한 번 찾아가 봐야겠다는 생각이 들어요.」

「그건 말도 안 되는 감상적인 소리예요!」 메리웨더 부인이 열을 올려 코웃음을 쳤다. 「키티 보넬, 남편이 죽은 지 겨우 1년밖에 안 되어서 다른 남자와 결혼한 여자에게 인사를 간다는 말이에요? 여자란 —」

「그리고 스칼렛은 사실상 케네디 씨를 죽인 거나 마찬가지예요.」 인디아가 말을 가로막았다. 그녀의 목소리는 차분했지만 앙칼졌다. 스칼렛을 생각할 때마다 그녀는 항상 스튜어트 탈턴이 생각나서 예의를 제대로 차리기조차 힘들 지경이었다. 「그리고 난 케네디 씨가 죽음을 당하기 전에도 스칼렛과 버틀러라는 남자 사이에 대부분의 사람들이 의심했던 이상으로 무엇인가 있었으리라고 생각했었어요.」

그녀가 말한 내용과 그런 얘기를 노처녀가 입에 올렸다는데 대한 충격으로 놀란 부인들의 마음이 채 가라앉지도 않았는데, 그들은 문간에 멈춰 선 멜라니를 보았다. 남의 험담에 너무 열중하던 그들은 멜라니의 가벼운 발소리를 듣지 못했고, 멜라니와 시선이 마주친 지금, 그들은 귀엣말을 나누다 선생한테 들킨 여학생들 같았다. 멜라니의 표정이 달라지자 그들의 놀라움에는 불안감까지 곁들었다. 그녀는 강직한 분노로 인해서 얼굴이 새빨개졌고, 부드럽던 눈에서는 불을 내뿜었고, 콧구멍이 경련을 일으켰다. 지금까지 멜라니가 분노한 표정을 한 번이라도 본 사람은 아무도 없었다. 그들 가운데 어느 누구도 그녀가 화를 낼 능력을 지녔으리라고는 생각도 못 했었다. 그들은 누구나 그녀를 사랑했지만, 멜라니라면 손위 사람들을 공경하고 자기주장은 전혀 하지도 않으며 지극히 다정다감하고 고분고분한 여자라고만 생각했었다.

「어디서 감히 그런 소리를 해요, 인디아!」 나지막하고 떨리는 목소리로 그녀가 물었다. 「도대체 얼마나 질투를 해야 속이 시원하겠어요? 부끄러운 일이에요!」

인디아는 얼굴이 파랗게 질렸지만 머리는 높이 치켜들었다.

「난 내가 한 말을 한마디도 취소하지 않겠어요.」 그녀는 퉁명스럽게 말했다. 그녀의 마음속은 부글부글 끓었다.

〈내가 질투를 한다고?〉 그녀는 생각했다. 스튜어트 탈턴, 그리고 허니와 찰스의 관계를 기억하는 그녀라면 스칼렛을 질투해야 할 당당한 이유가 충분하지 않을까? 스칼렛이 무슨 수를 썼는지는 몰라도 애슐리를 거미줄로 얽어 놓았다는 의혹을 느끼게 된 지금, 특히 인디아는 그녀를 증오할 이유가 있고도 남지 않겠는가? 그녀는 생각했다. 〈언니가 그토록 소중하게 생각하는 스칼렛과 오빠 사이에는 내가 해줄 얘기가 무척 많아요.〉 그녀는 침묵을 지킴으로써 애슐리를 보호하려는 욕망과, 멜라니와 온 세상 사람들에게 그녀가 의심하는 바를 샅샅이 알려 주어서 그를 구제하려는 욕망 사이에서 갈등을 느꼈다. 얘기를 해버리면, 스칼렛이 애슐리를 옭아 넣은 속박력이 무엇인지는 모르겠지만, 그것을 풀어 주리라. 하지만 지금은 그럴 때가 아니었다. 그녀는 의심만 할 뿐, 확실한 증거는 하나도 없었다.

「난 내가 한 말을 취소하지 않겠어요.」 그녀가 되풀이해서 말했다.

「그렇다면 이제는 더 이상 인디아가 내 집에서 살지 않아서 다행이라고 생각해야겠어요.」 멜라니가 말했는데, 그녀의 말은 냉정했다.

창백한 얼굴이 시뻘겋게 달아오르며 인디아가 자리에서 벌떡 일어섰다.

「멜라니, 언니가 — 나한테는 올케인 언니가 — 그런 타락한 여자 때문에 나하고 다투겠다면 —」

「스칼렛도 나한테는 올케가 되잖아요.」 수상한 낯선 사람을 만난 듯 인디아의 눈을 정면으로 노려보며 멜라니가 말했다. 「그리고 나에게는 어떤 친형제도 그토록 소중할 수가 없어요. 내가 스칼렛에게 얼마나 많은 신세를 졌는지를 인디아는 잊었을지 모르지만, 난 잊지 않았어요. 공방전이 벌어졌을 때, 피티 고모님까지도 메이컨으로 도피하셨지만, 스칼렛은 집으로 돌아가면 그만이었는데도 가지 않고 끝까지 내 곁에 머물렀어요. 스칼렛은 양키들이 애틀랜타까지 거의 다 쳐들어왔는데도 도망치지 않으면서 내 아기를 받아 주었고, 나를 이곳 어느 병원에 남겨 두고 떠나도 되었겠지만 양키들에게 붙잡히건 말건 상관치 않으면서 나하고 보우를 스스로 떠맡고 타라까지 멀고도 끔찍한 길을 갔어요. 그러고는 자기도 지치고 굶주렸으면서도 나를 간호하고 먹여 주었죠. 몸이 아프고 기운이 없다는 이유로 난 타라 농장에서 제일 좋은 잠자리를 차지했어요. 걸어 다닐 정도가 된 다음에는 한 켤레밖에 없는 말짱한 신발도 내가 신었고요. 인디아는 스칼렛이 나한테 해준 그런 일들을 잊었겠지만, 난 그럴 수가 없어요. 그리고 애쉴리가 병이 들고, 용기를 잃고, 집도 없고, 돈 한 푼도 없이 고향으로 돌아왔을 때, 스칼렛은 그이를 형제처럼 받아 주었어요. 그리고 우리들이 북부로 갈 생각을 하고, 조지아를 떠나기가 마음 아파 괴로워했을 때도, 스칼렛이 나서서 그이에게 제재소를 운영하라고 내주었어요. 그리고 버틀러 선장님은 인정 때문에 애쉴리의 목숨을 구해 주셨어요. 분명히 그분은 애쉴리한테 신세를 진 적이 없었으니까요! 그리고 난 고마움을, 스칼렛과 버틀러 선장님에게 고마움을 느껴요. 하지만, 인디아! 스칼렛이 나하고 애쉴리한테 베풀어 준 고마움을 인디아는 어떻게 잊으려고 하나요? 어떻게 인디아는 오빠를 구해 준 사람을 비방할 정도로 오빠의 생명을 하찮게 생각하게 되었나요? 인디아는 버틀러 선장님과 스칼렛 앞에 무릎을 꿇어도 모자랄 텐데요.」

「이봐요, 멜리.」 침착성을 되찾은 메리웨더 부인이 열을 올려 말문을 열었다. 「인디아한테 그런 투로 말하면 못써요.」

「난 당신이 스칼렛에 관해서 무슨 소리를 했는지도 들었어요.」 결투를 하다가 쓰러진 상대방 한 사람에게서 칼날을 뽑고는 다른 상대방을 향해 무섭게 달려드는 사람처럼 멜라니가 건장한 노부인에게로 공격 방향을 바꾸며 소리쳤다. 「그리고 당신도요, 엘싱 부인. 편협한 마음으로 스칼렛을 어떻게 생각하느냐 하는 건 당신이 알아서 할 문제니까 난 관심이 없어요. 하지만 한 번이라도 내 집에서, 그리고 내가 듣는 자리에서 당신이 그런 얘기를 한다면, 그건 내 문제가 되죠. 어쨌든 어떻게 그런 끔찍한 말은 고사하고, 생각조차 감히 할 수가 있나요? 당신의 남자 가족은 살았기보다는 차라리 죽은 꼴을 보고 싶을 정도로 당신에게 하찮은 인간들인가요? 당신은 그들을 구해 준 사람에게, 스스로 목숨을 걸고 그들을 구해 준 사람에게 조금도 고마움을 느끼지 못하나요? 만일 진실이 모두 밝혀졌다면 양키들은 그를 클랜 단원이라고 생각하기가 쉬웠겠죠! 그들은 그분을 교수형에 처했을지도 몰라요. 하지만 당신네 남자들을 위해서 그분은 스스로 모험을 했어요. 당신의 시아버지와, 메리웨더 부인, 당신의 사위, 그리고 또 당신의 두 조카를 위해서요. 그리고 당신의 동생도요, 보넬 부인, 당신의 아들과 사위를 위해서도요, 엘싱 부인. 배은망덕한 인간들, 당신들은 그런 사람들이에요! 난 당신들 모두에게서 사과를 요구해요.」

엘싱 부인은 입을 꽉 다물고 몸을 일으키더니 바느질감을 통에다 쑤셔 넣었다.

「만일 당신이 이토록 교양이 없는 짓을 하는 여자라고 누가 한 번이라도 나한테 귀띔이라도 했다면 말이에요, 멜리—. 아니에요, 난 사과하지 않겠어요. 인디아의 얘기가 옳아요. 스칼렛은 타락하고 경박한 여자예요. 그 여자가 전쟁 동안에 어떻게 처신했는지는 난 잊지 않았어요. 그리고 돈을 좀 벌어들인 다음에는 어떻게 쓰레기 같은 가난뱅이 백인처럼 처신했는지도 난 잊지 —」

「당신이 잊어서는 안 될 일이라면 말이죠.」 작은 주먹을 불끈 쥐어 옆구리에 대고 멜라니가 말을 가로막았다. 「휴가 스칼렛의 제재소를 운영할 만큼 똑똑하지를 못해서 쫓겨났다는 사실이겠죠.」

「멜리!」 그들은 이구동성으로 신음 소리를 냈다.

엘싱 부인은 고개를 꼿꼿하게 들고는 문을 향해 걸어갔다. 앞문의 손잡이에 손을 얹고 그녀는 걸음을 멈추더니 돌아섰다.

「멜리.」 부드러워진 목소리로 그녀가 말했다. 「이봐요, 이런 일이 생기다니, 난 마음이 아파요. 난 멜리의 어머니와 가장 가까운 친구였고, 난 멜리가 세상에 태어나도록 닥터 미드를 옆에서 도와주었고, 멜리를 친자식처럼 사랑했어요. 무슨 중요한 문제 때문이라면 멜리가 이런 식으로 얘기를 하더라도 난 별로 거북하질 않았겠어요. 하지만 우리들하고 가까운 사람들에게 그랬듯이 멜리에게도 더러운 배반을 당장이라도 하게 될 스칼렛 오하라 같은 여자를 놓고 이렇게 —」

엘싱 부인이 처음 말문을 열었을 때는 멜라니의 눈에서 눈물이 흐르기 시작했지만, 노부인의 얘기가 끝났을 때는 그녀의 표정이 굳어졌다.

「여러분은 이걸 이해해 주셔야 되겠어요.」 그녀가 말했다. 「스칼렛을 찾아가지 않으려고 하는 사람은 누구나 절대로, 절대로 나도 찾아오지 않기를 바라요.」

여자들은 몸을 일으키며 시끄럽게 웅성거렸고, 어수선한 분위기가 감돌았다. 바느질 통을 마룻바닥에 떨어뜨렸던 엘싱 부인은 가발인 앞머리가 뒤틀린 채 다시 방으로 들어왔다.

「난 못 하겠어요!」 그녀가 소리쳤다. 「난 그렇게는 못 해요! 제정신이 아닌 모양인데, 멜리, 난 멜리를 탓하고 싶지는 않아요. 멜리는 내 친구로 남아야 하고, 난 멜리의 친구로 남겠어요. 난 이런 일로 우리들의 사이가 갈라지기를 원하지 않아요.」

웬일인지 그녀는 울음을 터뜨렸고, 멜라니 역시 울면서 그녀의 품에 안겼지만, 흐느끼면서도 그녀는 자기가 한 말이 모두가 진담이었다고 다짐했다. 다른 여자들도 몇 명 덩달아 울음을 터뜨렸고, 메리웨더 부인은 요란하게 손수건에 코를 풀고는 엘싱 부인과 멜라니를 한꺼번에 껴안았다. 처음부터 끝까지 이런 광경을 지켜보다가 얼이 빠진 피티 고모는 갑자기 마룻바닥으로 미끄러져 쓰러졌는데, 이것은 그녀가 지금까지 정말로 기절했던 몇 번 안 되는 경우 가운데 하나였다. 눈물과 혼란과 키스와 냄새 약과 브랜디를 가지러 뛰어가는 혼란 속에서 오직 한 사람만이 끝까지 차분했고, 눈물도 흘리지 않았다. 아무도 눈치채지 못한 사이에 인디아 윌크스가 방에서 조용히 나갔다.

몇 시간 후에 현대 여성 주점에서 헨리 해밀턴 큰아버지를 만난 메리웨더 할아버지는 아침에 무슨 사건이 벌어졌었는지를 메리웨더 부인에게서 들은 그대로 전해 주었다. 그는 가공할 며느리와 대결해서 굴복시킬 용기를 가진 사람이 어딘가에 존재한다는 사실이 기뻐서 흐뭇해하며 그 얘기를 했다. 분명히 그에게는 그럴 만한 용기가 없었다.

「그래, 멍청한 패거리가 결국 어떻게 하기로 결정이 났지?」 헨리 큰아버지가 화를 내며 물었다.

「확실히는 모르겠어.」 메리웨더 할아버지가 말했다. 「하지만 내가 생각하기에는 이번 대결에서는 멜리가 거뜬히 이긴 것 같아. 틀림없이 그들은, 적어도 한번쯤은 인사를 가리라고 난 믿어. 사람들은 자네 조카딸을 대단한 여자라고 생각한다네, 헨리.」

「멜리는 바보고, 다른 여자들 얘기가 옳아. 스칼렛은 약아빠진 여자인데, 도대체 찰리가 왜 그런 여자하고 결혼했는지 알다가도 모르겠다니까.」 헨리 큰아버지가 침울하게 말했다. 「하지만 어떤 면에서는 멜리의 얘기도 옳아. 버틀러 선장이 구해 준 남자들의 가족은 인사를 가야 제대로 도리를 갖추는 거야. 솔직히 털어놓고 얘기하자면, 난 버틀러에게는 별로 감정이 없어. 그는 우리 목숨을 구해 주었던 그날 밤 자기가 훌륭한 남자임을 스스로 증명했지. 내가 밥맛없다고 생각하는 사람은 스칼렛이야. 그 여잔 너무 똑똑해서 탈이지. 글쎄, 난 인사를 가긴 가야 되겠어. 스캘라웩이건 아니건 간에, 뭐니 뭐니 해도 스칼렛은 조카며느리니까 말일세. 난 오늘 오후에 찾아갈까 생각했었지.」

「나도 자네하고 같이 가겠어, 헨리. 내가 갔었다는 소리를 들으면 돌리는 묶어 놓아야 할 정도로 발광을 하겠지만 말이야. 나 한 잔 더 할 때까지만 기다려.」

「아냐, 우린 버틀러 선장의 술을 얻어 마셔야 해. 그 친구는 언제 찾아가도 진짜 좋은 술을 내놓거든.」

레트는 보수파가 절대로 항복하지 않으리라고 예측했었는데, 그의 짐작이 옳았다. 레트는 그들 부부를 찾아온 얼마 안 되는 사람들의 방문이 얼마나 무의미한지를 알았고, 왜 그들이 마지못해 인사를 왔는지도 알았다. 비참하게 끝난 클랜의 습격에 가담했던 남자들의 가족이 처음에는 인사를 왔지만, 그 후에는 방문자의 수가 두드러지게 드물어졌다. 그들은 레트 버틀러 부부를 집으로 초대하지도 않았다.

멜라니의 손에 혼이 나고 싶지 않다는 두려움만 아니었다면 그들이 아예 한 명도 찾아오지 않았으리라고 레트는 말했다. 레트가 어디서 그런 엉뚱한 연상을 했는지 그녀는 알 길이 없었지만, 스칼렛은 코웃음으로 넘길 얘기라고 생각해서 웃어 버리고 말았다. 엘싱 부인이나 메리웨더 부인 같은 사람들에게 도대체 멜라니가 어떻게 영향력을 행사한다는 말인가? 그들이 다시 찾아오지 않았다는 사실이 그녀에게는 조금도 걱정할 문제가 못 되었고, 그녀의 호텔 특실은 다른 부류의 손님들로 붐볐기 때문에, 그들이 모습을 보이지 않았어도 스칼렛은 별로 개의치 않았다. 애틀랜타의 토박이들은 스칼렛 부부를 방문하는 부류의 손님을, 그나마 좀 점잖게 불러 줄 때는, 〈새사람들〉이라고 했다.

내셔널 호텔에는 레트와 스칼렛처럼 그들이 들어가 살 집이 완공되기를 기다리는 〈새사람들〉이 많았다. 그들은 낙천적이고 부유한 계층이었으며, 뉴올리언스에 사는 레트의 친구들과 무척 비슷해서, 차림이 우아하고, 돈을 물 쓰듯 하고, 과거의 행적은 잘 털어놓지 않았다. 그들은 하나같이 공화당원이었으며, 조지아 주 정부와 관련된 사업 때문에 애틀랜타로 찾아왔다. 스칼렛은 그들의 사업이 과연 무엇인지 알 길이 없었고, 애써 알려고도 하지 않았다.

레트는 그들의 사업이 무엇인지를 알면서도 스칼렛에게는 자세히 얘기해 주지 않았는데 — 말하자면 죽어 가는 짐승에게 몰려드는 말똥가리의 행태와 같은 그런 사업이라고만 했다. 그들은 멀리서 죽음의 냄새를 맡고는 푸짐한 잔치를 벌이려고 정확하게 목표물을 찾아왔다. 시민들이 스스로 이룩한 조지아 정부는 죽었고, 주(州)는 무기력했으며, 그래서 이런 사기꾼들이 몰려들었다.

레트와 친한 스캘라웩과 카펫배거의 부인들이 떼를 지어

스칼렛을 찾아왔고, 집을 지을 때 목재를 거래하면서 스칼렛이 알게 된 〈새사람들〉도 몰려들었다. 레트는 스칼렛에게 전에 거래를 했던 사이니까 이들을 받아들여야 한다고 권했는데, 일단 받아들이고 나니까 그들이 좋은 친구임을 그녀는 알게 되었다. 그들은 멋진 옷을 입었고, 전쟁이나 고생스러웠던 시절 얘기는 전혀 하지 않았으며, 유행과 소문과 카드놀이 따위로만 대화를 제한했다. 스칼렛은 지금까지 카드놀이를 해본 적이 없었지만, 곧 재미를 느꼈으며, 얼마 안 가서 명수가 되었다.

그녀가 호텔에 머물 때면 카드놀이를 하려고 찾아온 사람들이 그녀의 특실로 끊임없이 모여들었다. 하지만 스칼렛은 요즈음 새 집을 짓느라고 방문객들에게 신경을 쓸 겨를이 별로 없을 정도로 바빠, 호텔에서 지내는 시간이 많지 않았다. 요즈음 스칼렛은 찾아오는 손님이 얼마나 많은지 따위에는 크게 신경을 쓰지 않았다. 스칼렛은 어서 집을 다 지어 애틀랜타에서 가장 큰 저택의 안주인이요, 가장 화려한 접대를 하는 여성으로서의 입지를 굳힐 때까지는 사교 활동을 뒤로 미루고 싶었다.

붉은 돌로 지어 회색 기와를 얹은 그녀의 웅장한 집이 조금씩 솟아올라, 복숭아나무 거리의 다른 집들을 차례로 압도하는 과정을 계속 지켜보면서 스칼렛은 길고도 무더운 나날을 보냈다. 상점과 제재소를 잊어버린 채 그녀는, 건축 현장에서 목수들과 말다툼을 벌이고, 석공들에게 잔소리를 늘어놓고, 청부업자를 못살게 굴면서 시간을 보냈다. 빠른 속도로 쌓여 올라가는 벽돌을 지켜보면서, 스칼렛은 그녀의 집이 완성되면 애틀랜타 시내의 어느 집보다도 크고 훨씬 훌륭해 보이리라고 흐뭇하게 생각했다. 그녀의 집은 불럭 주지사가 관저로 쓰겠다고 얼마 전에 매입한 근처의 제임스 저택보다도 훨씬 웅장하리라.

주지사의 저택은 난간과 처마의 목각 장식이 멋있었지만, 스칼렛의 집을 정교하게 장식한 소용돌이 당초문에 비하면 상대가 되지 않았다. 관저에도 무도장은 갖추었지만, 스칼렛의 집 3층을 몽땅 차지한 엄청나게 큰 방에 비하면, 주지사의 무도장은 당구대 정도밖에 안 되었다. 사실 그녀의 집은 관저뿐 아니라 시내의 어느 다른 집도 사실상 모든 면에서 훨씬 앞질렀고, 화려하고도 큰 규모였으며, 둥근 지붕과 소탑(小塔)과 발코니와 피뢰침도 더 많았고, 채색 유리를 낀 창문도 훨씬 많았다.

집 전체를 빙 둘러 가며 베란다를 냈고, 건물의 네 방향에서 베란다로 올라가는 층계도 만들었다. 넓은 마당에는 푸른 잔디를 깔고, 전원풍의 긴 철제 의자를 여기저기 배치했고, 정통 고딕 양식을 따랐다고 스칼렛이 분명히 다짐을 받았으며 그럴듯하게 〈가제보〉[53]라는 이름을 붙인 여름 별채도 철골로 지었고, 두 개의 커다란 조각상도 역시 쇠로 만들어 마당에 세웠는데, 하나는 수사슴이요 다른 하나는 셰틀랜드 망아지만큼이나 커다란 맹견이었다. 웨이드와 엘라는 그들이 살게 될 새 집의 크기와 화려함에 주눅이 들고, 멋진 분위기를 조성하겠다더니 음침하게 집 안을 가득 채운 어둑어둑함에 기가 죽었지만, 쇠로 만든 수사슴과 개를 보고서야 그나마 기분이 조금 좋아졌다.

집의 내부는 스칼렛의 마음이 내키는 대로 장식해서, 두툼하고 붉은 카펫으로 바닥을 온통 다 덮었고, 빨간 벨벳 휘장을 달았으며, 반들반들 광택을 낸 최신 검정 호두나무 가구

53 gazebo. 정원에 지은 정자.

는 한 치도 빈 공간을 남기지 않고 조각을 새겨 넣었고, 말총으로 만든 의자 덮개는 어찌나 반질반질했던지 여자들은 혹시 미끄러져 자빠질까 봐 굉장히 조심해서 자리를 잡아 앉아야 했다. 벽에는 금박한 틀에 끼운 거울과 기다란 전신 거울을 수없이 걸어 놓아서 — 벨 워틀링의 가게만큼이나 요란해 보인다고 레트는 농담까지 했다. 스칼렛이 뉴욕에 특별히 주문해서 제작한 강판(鋼版) 판화도 묵직한 틀에 끼워 여기저기 진열했는데, 어떤 그림은 길이가 2.5미터나 되었다. 벽에는 짙고 어두운 벽지를 발랐고, 천장은 높았고, 창문마다 서양 자두 빛 플러시 천 커튼을 달아 햇빛을 대부분 차단했기 때문에, 집 안은 늘 침침했다.

전체적으로 보면 건물은 사람들을 압도하여 감탄을 자아냈고, 보드라운 카펫을 밟고 걸어가거나 푹신한 깃털 침대에 몸이 푹 파묻힐 때면, 스칼렛은 타라 농장의 차가운 마룻바닥과 밀짚으로 속을 채운 이불을 기억하며 마음이 흐뭇해졌다. 스칼렛은 그들의 저택이 지금까지 그녀가 본 어느 집보다도 장식이 우아하고, 가장 아름다운 집이라고 생각했지만, 레트는 악몽 같다고 했다. 하지만 그녀만 좋다면 마음대로 하라고 그는 허락했다.

「우리들의 정체가 무엇인지 전혀 얘기를 들어 보지 못한 낯선 사람이라고 해도, 이걸 보면 나쁜 짓을 해서 번 돈으로 지은 집이라고 금방 눈치를 채겠어.」 그가 말했다. 「당신도 알겠지만, 스칼렛, 나쁜 짓을 해서 번 돈은 절대로 좋은 결과를 낳지 못하게 마련인데, 우리 집이 바로 그런 교훈의 본보기야. 이건 투기업자나 지을 만한 바로 그런 집이니까.」

하지만 새 집에서의 생활이 완전히 자리가 잡히고 난 다음에 손님 접대를 어떻게 해야 할지 계획을 잔뜩 세워 놓은 스칼렛은, 자부심과 행복감이 넘치는 마음으로, 그의 귀를 장난스럽게 비틀고는 〈말도 안 되는 소리! 알지도 못하면서 왜 이래요!〉라면서 넘겨 버렸다.

이제는 스칼렛도 레트가 그녀의 콧대를 꺾어 놓는 재미를 장난삼아 즐긴다는 사실을 알았고, 그가 하는 못된 소리에 일일이 신경을 쓰다가는 자칫 즐거운 기분만 망칠 뿐이라고 판단했다. 그가 하는 말을 만일 그녀가 번번이 고지식하게 받아들였다면, 스칼렛은 수없이 그와 말다툼을 벌여야만 했을 텐데, 그래 봤자 언제나 그녀가 지고 말겠기에 스칼렛은 정면 대결을 벌이고 싶은 생각이 없었다. 그래서 그녀는 레트가 하는 어떤 얘기에도 별로 귀를 기울이지 않았고, 어쩌다 그녀가 불가피하게 들어야만 했던 말도 가능하면 농담으로 돌리려고 애썼다. 적어도 얼마 동안은 그러려고 노력했다.

신혼여행 동안, 그리고 내셔널 호텔에서 기거하던 대부분의 기간을 그들은 다정하게 같이 지냈다. 하지만 새 집으로 거처를 옮기고 스칼렛의 새 친구들이 주위에 모여들기 시작하자마자, 곧 그들 사이에서는 갑작스럽고 심한 싸움이 벌어지고는 했다. 그러면 레트는 그녀의 격분한 소리를 잠자코 듣기만 하며, 무관심하고 느긋한 태도로 기회를 기다리다가, 약점이 잡히기만 하면 허점을 정곡으로 찔러 버렸기 때문에, 싸움을 오래 계속하기가 사실상 불가능했으므로, 그런 싸움은 곧 수그러지고 마는 짤막한 승부로 끝났다. 스칼렛은 대들었고, 레트는 가만히 기다렸다. 그러다가 레트는 그녀 자신과, 그녀의 행동과, 그녀의 집과, 그녀의 새 친구들에 대한 견해를 솔직하게 피력할 따름이었다. 그리고 레트가 피력한 어떤 견해는 스칼렛이 계속해서 못 들은 체하거나 농담으로 넘겨 버리기가 불가능한 그런 성질의 굴욕이었다.

예를 들면, 〈케네디 잡화상〉이라는 이름을 보다 고상하게 바꿔야 되겠다는 판단을 내렸을 때, 스칼렛은 〈엠포리엄〉[54]이라는 단어를 넣어 옥호를 하나 지어 달라고 그에게 부탁했다. 레트는 잡화점에서 파는 물건의 유형에 가장 잘 어울리는 이름이라고 다짐하며 〈캐비앳 엠토리엄〉[55]이라고 하면 좋겠다고 제안했다. 스칼렛은 그 표현이 매우 유식한 말처럼 들린다고 생각해서 간판까지 만들어 놓았는데, 애슐리 윌크스가 난처해하면서 옥호에 담긴 참된 의미를 그녀에게 설명해 주었다. 그리고 그녀가 화를 내자 레트는 요란하게 웃어 댔다.

레트가 어멈을 다루는 태도 역시 문제였다. 어멈은 레트가 말의 굴레를 찼어도 노새에 지나지 않는다는 태도에서 한 치도 물러서지 않았다. 그녀는 레트에게 공손했지만, 냉정했다. 어멈은 레트를 항상 〈버틀러 선장님〉이라고 불렀으며, 〈레트 주인님〉이라고는 부르지 않았다. 레트가 빨간 속치마를 선물로 주었을 때도 어멈은 무릎을 굽혀 절하지도 않았고, 선물로 받은 옷을 입지도 않았다. 웨이드가 레트 아저씨를 존경했고 레트가 분명히 웨이드를 좋아했음에도 불구하고, 어멈은 가능한 한 엘라와 웨이드를 레트로부터 떼어 놓으려고 했다. 하지만 레트는 어멈을 해고하거나 엄격하고 사납게 다루기는커녕, 오히려 지극히 정중하게 대해서, 스칼렛이 최근에 사귄 어떤 여자에 대해서보다도 훨씬 격식을 갖춰 대우했다. 사실은 스칼렛 자신보다도 그는 어멈을 훨씬 겸손

54 emporium. 백화점식 큰 상점이라는 뜻의 희랍어 emporion에서 유래한 어려운 단어이다.

55 Caveat Emptorium. 나중 발음은 엠포리엄과 비슷하지만, 사실은 물건을 구입하는 자가 위험을 부담한다는 뜻의 라틴어 용어이다.

한 태도로 대했다. 웨이드를 데리고 승마를 나갈 때면 그는 늘 어멈의 허락을 받았고, 엘라에게 인형을 사줄 때도 우선 어멈의 의견을 물었다. 그렇지만 어멈은 그를 별로 공손하게 대하지 않았다.

스칼렛은 레트가 집안의 가장이 되었으니까 어멈을 엄하게 다루어야 하다고 말했지만, 레트는 웃기만 하고, 집안의 참된 가장은 어멈이라고 말했다.

그는 앞으로 몇 년 후에 조지아에서 공화당의 통치가 끝나고 민주당이 다시 정권을 잡게 되면, 그 후 몇 년 동안 스칼렛이 아주 불쌍한 신세가 되리라는 말을 태연하게 해서 스칼렛의 화를 돋우었다.

「민주당원들이 그들과 같은 편인 주지사와 의회를 갖게 되면, 당신이 새로이 인연을 맺은 촌스러운 공화당 친구들이 무더기로 쓸려 나가서, 옛날처럼 술집에서 심부름이나 하고 구정물이나 치우는 신세로 되돌아갈 테니까 말이야. 그러면 당신은 민주당에도 친구가 없고 공화당에도 친구 하나 없이 궁지로 몰리겠지. 좋아, 내일 걱정은 하기 싫으면 하지 말라고.」

스칼렛은 웃기만 했는데, 당시에는 불럭이 주지사 자리에 듬직하게 앉아서 버티었고, 의회에는 흑인 의원이 스물일곱 명이었으며, 조지아의 민주당 투표권자 수천 명이 선거권을 박탈당한 처지였으므로, 속 편히 웃어넘길 만도 했다.

「민주당은 절대로 다시 정권을 잡지 못해요. 그들이 하는 짓을 보면, 양키들의 화만 돋우어서, 권력을 되찾게 될 날이 점점 까마득해지기만 하죠. 그런데도 기껏해야 큰소리나 치고 밤에는 큐 클럭스 노릇이나 하고 돌아다니고요.」

「그들은 정권을 되찾을 거야. 난 남부인들을 알아. 난 조지아 사람들을 알지. 그들은 강인하고 집념이 강한 사람들이야. 정권을 되찾기 위해서 또다시 전쟁을 치러야 한다면 그들은 또 전쟁을 하겠지. 만일 양키들이 그랬던 것처럼 흑인들의 표를 매수해야 한다면, 그들은 흑인들의 표를 매수하는 짓도 서슴지 않을 거고. 그리고 양키들이 그랬던 것처럼 죽은 사람 1만 명의 표를 살려 내야 한다면, 조지아의 수많은 공동묘지에 묻힌 시체가 투표소에 나타나겠지. 우리들의 알량한 친구 루퍼스 불럭의 어진 통치하에서는, 조지아가 그를 다시 토해 버릴 정도로 사태가 나쁘게 돌아갈 거야.」

「레트, 그런 한심한 소리는 하지 말아요!」 스칼렛이 소리쳤다. 「당신은 마치 민주당이 정권을 되찾는 날이 오면 내가 기뻐하지 않으리라는 투로 얘기를 하는군요! 그렇지 않다는 건 당신도 아시잖아요! 난 그들이 정권을 되찾으면 아주 기뻐하며 환영하겠어요. 당신은 군인들이 사방에 주둔해서, 지난 일들을 자꾸 일깨워 주는 걸 내가 좋아한다고 생각하시는 모양이고 — 뭐 내가 좋아서 — 그래요, 나도 조지아 사람이라고요! 난 민주당이 정권을 되찾기를 바라요. 하지만 그들은 그럴 능력이 없어요. 절대로 말이에요. 그리고 비록 정권을 되찾는다고 해도, 그게 내 친구들에게 무슨 영향을 주겠어요? 그래도 그들에게는 돈이 있으니까요, 안 그래요?」

「돈 간수를 잘한다면야 그렇겠지. 하지만 그들이 돈을 쓰는 솜씨로 미루어 보아, 한 사람이라도 5년 이상을 지탱할지는 의심이 가는구먼. 쉽게 번 돈은 쉽게 없어지게 마련이니까. 돈은 그들에게 전혀 도움이 되지 않아. 내 돈이 당신에게 전혀 도움이 되지 않았던 것이나 마찬가지야. 내 돈은 분명히 당신을 아직 말로 만들어 놓지를 못했어, 안 그래, 우리 귀여운 노새 아가씨?」

레트의 마지막 말 한마디에서 촉발된 싸움은 며칠 동안이나 계속되었다. 심술이 난 그녀가 노골적으로 사과를 요구하는 의미에서 나흘 동안이나 침묵을 지킨 다음에, 레트는 어멈의 항의에도 불구하고 웨이드를 데리고 뉴올리언스로 가서, 스칼렛의 화가 가라앉을 때까지 돌아오지 않았다. 하지만 스칼렛은 그를 굴복시키지 못해서 분한 마음이 좀처럼 가라앉지를 않았다.

담담하고 냉정한 태도로 그가 뉴올리언스에서 돌아온 후에 가능한 한 스칼렛은 분노를 참아서, 감정적인 문제는 나중에 따지기로 하고 일단 접어 두었다. 지금은 어떤 불쾌한 일에도 신경을 쓰고 싶지 않았다. 새 집에서 처음 열게 될 파티 생각으로 머리가 꽉 찼던 그녀는, 즐겁기만을 바랐다. 종려나무와 악단을 준비하고, 베란다에 천막을 치고, 생각만 해도 입에 군침이 흐르는 식사까지, 그녀는 야간 만찬을 굉장하게 꾸밀 생각이었다. 스칼렛은 애틀랜타에서 전부터 알았던 사람들과, 신혼여행에서 돌아온 후에 사귄 매혹적인 새로운 친구들을 모두 파티에 부를 계획이었다. 파티에 대한 흥분감 때문에 가시가 돋친 레트의 말은 대부분 잊었고, 스칼렛은 행복했으며, 파티를 계획하는 동안 그녀는 여러 해 만에 처음 느끼는 행복감에 젖었다.

오, 부유한 삶은 얼마나 신나는가! 파티를 열고, 경비 따위는 계산도 안 하고, 가장 비싼 가구와 옷과 음식을 사고도 비용 따위는 전혀 걱정조차 하지 않아도 된다니! 찰스턴에 사는 폴린 이모와 율랄리 이모, 그리고 타라 농장의 윌에게 마음대로 거액의 수표를 끊어 보낼 여유 또한 얼마나 유쾌한가! 오, 돈이 전부가 아니라면서도 시기하는 바보들! 돈이 조금도 도움이 되지 않았다는 소리를 다하니, 레트는 얼마나 심술궂은 남자인가!

스칼렛은 오랜 친구나 새로 사귄 친구를 막론하고 아는 사람이라면 누구에게나, 심지어는 좋아하지 않는 사람들에게까지 초청장을 보냈다. 내셔널 호텔로 인사를 왔을 때까지도 거의 무례할 정도였던 메리웨더 부인과, 냉정하고 냉담하게 굴던 엘싱 부인도 빼놓지 않았다. 스칼렛은 그들이 그녀를 싫어할 뿐 아니라, 그토록 우아한 행사에 입고 올 마땅한 옷이 없기 때문에 당황하리라고 알면서도 미드 부인과 화이팅 부인을 초청했다. 반쯤은 접대를 위한 모임이고 반쯤은 무도회를 위해 열리는 그런 저녁 행사를 〈크러시〉[56]라고들 하지만, 스칼렛의 집들이는 여태까지 애틀랜타에서 열린 어떤 행사보다도 훨씬 화려했다.

그날 밤에는 집 안과 천막을 친 베란다를 가득 채운 손님들이 샴페인 펀치를 마시고, 파이와 크림소스를 친 굴 요리를 먹었고, 종려나무와 고무나무로 꼼꼼하게 벽처럼 둘러친 속에서 연주하는 악단의 음악에 맞춰 춤을 추었다. 하지만 레트가 〈보수파〉라고 일컬었던 사람들 중에서는 멜라니와 애슐리, 피티 고모와 헨리 큰아버지, 닥터 미드 부부, 그리고 메리웨더 할아버지 이외에는 아무도 참석하지 않았다.

처음에는 많은 보수파들이 마지못해서나마 집들이에 참석하기로 결정을 했었다. 어떤 사람은 멜라니의 감정 때문에, 그리고 또 어떤 사람은 그들 자신 또는 가족의 생명을 구해 준 레트에게 빚을 졌다고 느꼈기 때문에 초청을 받아들였다. 하지만 집들이가 열리기 이틀 전에 불럭 주지사도 초청을 받았다는 소문이 애틀랜타 시내에 나돌았다. 보수파는 그들의

56 crush. 북적거리는 연회라는 뜻.

반발을 표시하는 뜻에서, 스칼렛의 친절한 초청을 받아들일 수가 없어 미안하다는 거절 편지를 무더기로 보냈다. 그리고 막상 참석했던 오랜 친구 몇 사람도, 주지사가 스칼렛의 집에 들어서자마자 당황하고는, 단호한 태도로 나가 버렸다.

스칼렛은 그런 광경을 보고는 어찌나 당황하고 격분했는지 파티를 완전히 망쳐 버렸다고 느꼈다. 그녀의 멋진 집들이가 이런 꼴을 당하다니! 동틀 녘에 마지막 손님이 떠난 다음, 그녀는 레트가 요란하게 웃어 댈까 봐 걱정했고, 비록 말은 하지 않더라도 검고 짓궂은 눈으로 〈이렇게 되리라고 내가 그랬잖아〉라는 표정을 지을까 봐 걱정되지만 않았다면, 실컷 울고불고 분통을 터뜨렸으리라. 그녀는 억지로 겉으로 무관심한 체하면서, 별로 기품을 지키지도 못하면서 분노를 참아 넘겼다.

그녀는 이튿날 아침에 멜라니에게만 화풀이를 하는 사치를 겨우 누렸다.

「멜리는 나를 모욕했고, 멜리는 애슐리와 다른 사람들로 하여금 나를 모욕하게 만들었어요! 만일 멜리가 강제로 끌고 나가지만 않았더라면 그들은 절대로 그렇게 빨리 가지는 않았을 거예요. 아, 난 멜리가 어떻게 하는지를 봤어요! 내가 불럭 주지사님을 모셔다가 막 인사를 시키려 했는데, 멜리는 토끼처럼 도망쳤어요!」

「난 그가 정말로 참석하리라고는 믿지 않았고 — 믿을 수도 없었어요.」 멜라니가 거북하게 말했다. 「비록 모두들 얘기하기를 —」

「모두들이라뇨? 그러니까 모두들 나를 놓고 왈가왈부 수다를 떨었겠군요, 안 그래요?」 스칼렛이 화가 나서 소리쳤다. 「그러니까 주지사님이 참석하리라고 알았더라면 멜라니도 오지 않았으리라는 그런 얘긴가요?」

「그래요.」 마룻바닥으로 시선을 떨구며 멜라니가 나지막한 목소리로 말했다. 「스칼렛, 난 정말 갈 생각도 못 했겠죠.」

「기가 막히는군! 그렇다면 다른 사람들이나 마찬가지로 멜리도 나를 모욕하고 싶었겠군요.」

「오, 맙소사!」 정말로 난처한 표정으로 멜리가 소리쳤다. 「난 스칼렛의 기분을 상하게 할 생각은 없었어요. 스칼렛은 나와 친형제나 마찬가지이고, 찰리의 미망인이며 난 —」

그녀는 스칼렛의 팔에 어색하게 손을 얹었다. 그리고 스칼렛은 화가 나면 제럴드가 자주 그랬듯이 실컷 고함을 치고 싶은 욕구를 느끼며 그녀의 손을 뿌리쳤다. 하지만 멜라니는 그녀의 분노와 정면으로 맞섰다. 그리고 스칼렛의 격렬한 초록빛 눈을 들여다보며 연약한 어깨를 당당하게 폈고, 어린애 같은 얼굴이나 몸매하고는 이상하게 어울리지 않는 근엄한 분위기가 그녀에게 감돌았다.

「기분이 상했다면 미안하지만, 스칼렛, 난 불럭 주지사나, 어떤 공화당원이나 스캘러웩도 만나고 싶지 않아요. 스칼렛의 집뿐 아니라 어느 집에서도 난 그들을 만나지 않겠어요. 그래요, 비록 내가 불가피하게 — 불가피하게 —」 멜라니는 그녀가 입 밖에 꺼낼 만한 가장 심한 표현을 찾아보았다. 「무례하게 굴어야 한다고 해도 말이에요.」

「멜리는 내 친구들을 비판하고 싶은가요?」

「아니에요, 스칼렛. 하지만 그들은 스칼렛의 친구이지 내 친구는 아니잖아요.」

「멜리는 내가 집에 주지사님을 모셨다고 비난할 생각인가요?」

궁지에 몰리기는 했어도 멜라니는 조금도 동요하지 않고

아직도 스칼렛의 눈을 마주 노려보았다.

「스칼렛, 스칼렛은 언제나 정당한 이유가 확실하기 때문에 어떤 행동을 하고, 난 스칼렛을 사랑하고 또 믿으니까, 나로서는 스칼렛을 비판할 입장이 아니에요. 하지만, 오, 스칼렛!」 갑자기 멜라니의 입에서 말이, 격렬한 말이 빠른 속도로 쏟아져 나오기 시작했고, 그녀의 나지막한 목소리에서는 강렬한 증오가 드러났다. 「그들이 우리들한테 어떻게 했는지를 잊었어요? 사랑하는 찰리가 죽었고, 애슐리는 건강을 해쳤고, 열두 참나무 집이 타버렸다는 걸 잊었냐고요? 오, 스칼렛, 어머니의 바느질 상자를 들고 서 있던 남자, 스칼렛이 쏘아 죽인 무서운 남자를 어떻게 잊겠냐고요! 타라 농장에 밀어닥쳤던 셔먼의 부하들, 우리 속옷까지 빼앗아 간 그들의 만행은 잊을 수가 없어요! 그리고 그들은 농장을 불태워 버리려 했고, 우리 아버지의 칼도 가져가려 했어요! 오, 스칼렛, 스칼렛이 파티에 초청했던 바로 그 사람들이 우리들에게서 도둑질을 하고, 우리들을 괴롭히고, 우릴 굶겨 죽이려 했어요! 바로 그들이 검둥이들로 하여금 우리들을 다스리게 해놓았고, 우리들을 착취하고, 이곳 사람들은 투표를 못 하게 했어요! 난 잊을 수가 없어요. 난 잊지 않겠어요. 난 내 아들 보우가 그들이 저지른 짓을 잊도록 그냥 내버려 두지는 않겠고, 그들을 증오하도록 손자들에게 가르치겠으며, 그리고 내가 그만큼 오래 살도록 하느님이 허락해 주시기만 한다면, 손자의 손자들에게도 똑같이 가르치겠어요. 스칼렛, 어떻게 잊는단 말이에요?」

멜라니는 숨을 돌리려고 잠깐 말을 멈추었고, 멜라니의 목소리에서 격렬하게 떨리는 어조에 놀라 자신의 분노조차 잊은 스칼렛은, 그녀를 빤히 쳐다보았다.

「내가 뭐 바보인 줄 알아요?」 그녀는 짜증스럽게 물었다. 「물론 난 잊지 않았어요! 하지만 그건 다 과거지사예요, 멜리. 우린 최선의 돌파구를 찾아야 하고, 난 그러려고 노력하는 중이죠. 불럭 주지사와 보다 선량한 많은 공화당원들은 제대로 다루기만 한다면 우리들에게 큰 도움이 될 거예요.」

「선량한 공화당원이란 없어요.」 멜리가 단호하게 말했다. 「그리고 난 그들의 도움은 원하지 않아요. 또한 난 양키들이 관련된 문제라면 — 최선의 돌파구를 찾고 싶은 마음도 없어요.」

「하느님 맙소사, 멜리, 왜 이렇게 심술을 부려요?」

「오!」 갑자기 의식을 되찾은 듯한 표정으로 멜라니가 소리쳤다. 「내가 이게 무슨 망발일까! 스칼렛, 난 스칼렛의 기분을 상하게 하거나 비난할 생각은 없었어요. 사람마다 생각하는 바가 다르고, 저마다 그들 나름대로의 견해를 가질 권리가 있으니까요. 그래요, 난 스칼렛을 사랑하고, 내가 사랑한다는 건 스칼렛도 잘 알고, 그리고 스칼렛은 아직도 나를 사랑해요, 안 그래요? 나 때문에 사이가 나빠지면 안 되겠죠. 스칼렛, 우리들 사이를 무엇이라도 막아선다면 난 견디기가 — 온갖 고난을 함께 겪은 우리들이 그래서는 안 된다고요! 다 괜찮다고 말해 줘요.」

「무슨 소리예요, 멜리, 별 시시한 얘길 다 듣겠네요.」 못마땅한 마음으로 말했지만, 스칼렛은 허리로 슬그머니 감아오는 멜라니의 손을 떨쳐 버리지는 않았다.

「그럼, 우린 다시 사이가 좋아진 거예요.」 멜라니가 기분좋게 말했지만, 나지막한 목소리로 덧붙였다. 「난 우리들이 늘 그랬듯이 서로 찾아보고 그랬으면 좋겠어요, 스칼렛. 공화당원이나 스캘라웩이 스칼렛을 찾아오는 날을 가르쳐 주면, 난 그런 날은 집에서 지내겠어요.」

「멜리가 오건 말건 그런 문제는 나에겐 조금도 관심이 없어요.」 발끈해서 집으로 가려고 둥근 모자를 쓰며 스칼렛이 말했다. 멜라니의 얼굴에 나타난 상심한 표정을 보고 스칼렛의 상처받은 자존심은 약간의 만족감을 맛보았다.

첫 파티를 치른 다음 여러 주일 동안 스칼렛은 사람들의 쑥덕공론에 대해서 지극히 무관심한 인상을 주려고 무척 애썼다. 멜라니와 피티와 헨리 큰아버지와 애슐리 말고는 오랜 친구들이 아무도 찾아오지 않고, 그들이 손님을 접대하는 검소한 자리에도 초청을 받지 못하게 되자, 그녀는 정말로 이해가 가지 않았고 속도 상했다. 그녀는 오랜 반목을 잊자며 스스로 양보하고 나서서, 그들이 뒷공론과 험담을 늘어놓는 데 대해서 아무런 나쁜 감정도 품지 않음을 그들에게 보여 주지 않았던가. 그들은 스칼렛도 그들 못지않게 불럭 주지사를 좋아하지 않지만, 편의를 위해 그에게 잘해 준다는 사실을 똑똑히 알아야만 했다. 멍청이들 같으니라고! 만일 그들이 다 같이 공화당에 호의를 보이기만 한다면 조지아 주는 지금 당하는 곤경을 아주 빨리 벗어날 터였다.

스칼렛은 아직까지 옛 시절 그리고 옛 친구들과 그녀를 연결해 주던 연약한 유대를 스스로 단 한 번에 영원히 단절시켰음을 당시에는 깨닫지 못했다. 거미줄처럼 가느다란 인연의 줄이 끊어졌고, 멜라니의 영향력으로도 줄을 다시 이어 놓기가 이제는 불가능해졌다. 상심하기는 했지만 아직도 스칼렛에게 충실했던 멜라니는 어찌할 바를 몰랐고, 그래서 함부로 유대를 되살리려는 노력을 하지 않았다. 비록 스칼렛이 옛 시절과 옛 친구들에게로 되돌아가고 싶었더라도 이제는 불가능했다. 그녀에 대한 애틀랜타 사람들의 표정은 화강암처럼 단단하게 굳어 버렸다. 불럭 정권을 에워싼 증오가, 분노의 불길이 별로 격렬하지는 않더라도 냉정한 원한이 깊게 맺힌 바로 그런 증오가 스칼렛도 에워쌌다. 스칼렛은 적에게 스스로 몸을 내놓았고, 과거의 출신과 가문이 어떻든 그녀는 이제 변절자요, 깜둥이 편이요, 반역자요, 공화당 지지자요 — 스캘라웩이었다.

비참한 마음으로 얼마 동안을 지내고 난 다음, 겉으로만 태연하던 스칼렛의 태도가 노골적으로 바뀌었다. 그녀는 인간의 변덕스러운 행위에 대해서 오랫동안 걱정하거나, 한 가지 행동이 실패하더라도 오랫동안 낙심해서 지내는 사람이 전혀 아니었다. 어느새 스칼렛은 메리웨더 댁이나, 엘싱 댁, 화이팅 댁, 보넬 댁, 미드 댁 사람들, 그리고 다른 사람들이 자기를 어떻게 생각하는지 따위는 개의치 않게 되었다. 적어도 멜라니만큼은 애슐리와 함께 찾아오고는 했는데, 그녀에게 가장 중요한 사람은 애슐리뿐이었다. 그리고 애틀랜타에는 그녀의 파티에 놀러 올 사람들이, 말라비틀어진 늙은 암탉들보다는 훨씬 마음이 맞는 다른 사람들이 많았다. 스칼렛은 마음만 먹으면 언제라도 집을 손님으로 가득 채우기가 어렵지 않았고, 그녀를 못마땅하게 여기는 교만하고 편협한 늙은 바보들보다는 그런 손님들이 훨씬 재미있었고, 그들은 옷차림도 멋지고 훌륭했다.

그들에게는 애틀랜타가 낯선 도시였다. 어떤 사람들은 레트와 잘 아는 사이였고, 어떤 사람들은 그가 〈그냥 평범한 사업이지, 우리 귀여운 아가씨〉라고만 설명했던 애매한 사업 때문에 그와 접촉하던 사람들이었다. 어떤 사람들은 내셔널 호텔에서 지낼 때 스칼렛이 만났던 부부들이었고, 또 어떤 사람들은 불럭 주지사가 임명한 관리들이었다.

요즈음 그녀가 상종하던 부류는 잡다한 인간들이었다. 그들 중에는 10여 주를 옮겨 다니며 살았고, 그들의 사기 행각이 발각되면 서둘러 떠나고는 했던 겔러트 부부와, 어느 먼 주에서 노예 해방청과 결탁해서 그들이 마땅히 보호했어야 할 무식한 흑인들을 희생시킨 대가로 한밑천 잡은 커닝턴 부부와, 남부 동맹 정부에 골판지 구두를 팔아먹다가 결국은 전쟁의 마지막 1년 동안을 유럽에서 지내야만 했던 딜 부부와, 여러 도시에서 경찰의 기록에 오른 전과자이면서도 주의 하청을 받는 입찰에서 자주 낙찰을 받았던 헌든 부부와, 도박장을 경영하다가 이제는 주의 돈으로 존재하지도 않는 철도 건설에 더 큰 규모로 도박을 하는 캐러한 부부와, 1861년에 1킬로그램당 2센트를 주고 소금을 샀다가 1863년에 50센트씩 받고 팔아서 큰 재산을 모은 플래허티 부부와, 전쟁 동안에는 북부 수도에서 가장 큰 매음굴을 운영했고 지금은 카펫배거 사회의 최상류층으로 행세하는 바트 부부도 있었다.

요즈음에는 이런 사람들이 주로 스칼렛과 친하게 지냈지만, 그녀가 개최하는 보다 규모가 큰 파티에 참석하는 사람들 중에는 훌륭한 가문 출신에 교양과 우아함을 갖춘 이들도 가끔 눈에 띄었다. 카펫배거 패거리 이외에도, 재건과 확장이 이루어지는 시기를 맞아 애틀랜타에서 왕성하게 벌어지는 사업 활동에 이끌려, 북부로부터 상당히 많은 사람들이 이주해 왔다. 부유한 양키 집안들은 새로운 개척지를 탐험하라고 젊은 아들을 남부로 보냈고, 퇴역한 어떤 양키 장교들은 그들이 함락시키려고 그토록 고생하며 싸운 도시에 눌러앉아 아예 영구히 정착하기도 했다. 처음에는 낯선 도시에서 타향 사람으로 지내야 했던 그들은 부유하고 친절한 버틀러 부인의 푸짐한 접대에 초청을 받으면 기꺼이 받아들였지만, 얼마 안 가서 그녀의 패거리로부터 떨어져 나갔다. 그들은 선량한 사람들이었고, 카펫배거들과 얼마 동안 가까이 지내고 나면 토박이 조지아 사람들과 마찬가지로 그들에게 반발을 느꼈다. 민주당원이 되고는 남부인들보다도 더 남부인다워진 사람들도 많았다.

스칼렛의 패거리 중에서 다른 낙오자들은 어디에서도 환영을 받지 못했기 때문에 그대로 그녀와의 관계를 유지했다. 그들은 보수파 집안의 조용한 응접실을 훨씬 더 좋아했겠지만, 보수파는 그들을 상대도 하지 않았다. 이런 사람들 중에는, 태생은 훌륭한 민주당 지지자였지만 패전 이후에 공화당으로 돌아선 흑인과 스캘라웩들의 자질 향상을 도모하겠다는 열망에 고취된 양키 여선생들도 있었다.

토박이 시민층이 비현실적인 양키 여선생과 스캘라웩 가운데 어느 쪽을 더 열심히 미워했는지는 판단하기 힘들었지만, 아마도 비중이 후자 쪽으로 더 기울어졌으리라. 여선생이라면 〈그래, 깜둥이나 좋아하는 양키들에게서 무얼 기대하겠나? 물론 그들은 깜둥이가 자기들만큼이나 잘났다고 생각하겠지!〉 하는 정도로 넘겨 버리면 그만이었다. 하지만 개인적인 이득을 위해 공화당으로 넘어간 조지아 사람들이라면 변명의 여지가 없었다.

〈우리들은 굶어 죽기를 마다하지 않는다. 너희들도 굶어 죽기를 마다하지 않아야 한다.〉 — 보수파가 느끼던 정서는 그러했다. 궁핍한 생활에 가족이 시달리는 현실을 목격한 남자들이 얼마나 미칠 듯한 두려움을 느꼈는지를 잘 이해했던 많은 남군 출신들은 식구들을 먹여 살리려고 정치의 깃발을 바꿔 든 과거의 전우들에 대해서 훨씬 너그러웠다. 하지만 여자들은 달라서, 보수파에서는 사교계의 왕좌에 버티고 선 꿋꿋한 여자들이 주도적인 세력이었다. 무너진 남부의 대의명분은 영광의 절정에 이르렀을 때보다 오히려 지금 그들의 가슴속에서 훨씬 소중해지고, 보다 강렬해졌다. 그것은 맹목적인 숭배의 대상이 되었다. 대의명분을 위해서 죽어 간 장병들의 무덤, 격전지, 찢어진 깃발, 기념관에 엇갈려 걸어 놓은 군도, 전선에서 온 희미해진 편지, 참전병들 — 대의명분에 얽힌 모든 것이 거룩했다. 여자들은 적이었던 자들에게 어떤 협조나 위안이나 거처도 제공하지 않았고, 스칼렛은 이제 그들의 적이었다.

정치적인 상황의 급박한 요소들 때문에 마구 뒤섞여 버린 잡다한 사회에서는 공통점이 한 가지밖에 없었다. 그것은 돈이었다. 전쟁 전에는 평생 수중에 25달러 이상의 돈을 쥐어 보지 못한 사람이 대부분이었던 그들은, 이제 애틀랜타 시민들이 여태까지 본 적이 없을 정도로 미친 듯 돈을 쓰기 시작했다.

공화당이 정치적인 권력을 쥐고 흔들던 도시 애틀랜타는 밑에 깔린 악덕과 저속함을 장식적인 세련됨으로 얇게 껍질만 씌운 낭비와 겉치레의 시대로 접어들었다. 아주 부유한 자와 극빈한 자의 간격이 이렇게 두드러졌던 때는 일찍이 한 번도 없었다. 꼭대기를 차지한 계층은 보다 불우한 사람들을 전혀 생각해 주지 않았다. 물론 흑인들은 예외여서, 흑인에게는 가장 좋은 몫을 제공해야만 했다. 그들은 정치에서의 힘을 의미했고, 흑인의 표가 중요했기 때문에 최고의 학교와 거처와 옷과 오락이 그들에게 제공되었다. 하지만 최근에 가난해진 애틀랜타 사람들이 길바닥에서 굶어 죽어 자빠져도 졸부가 된 공화당 지지자들은 신경조차 쓰지 않았다.

이렇게 저속한 흐름의 꼭대기에는 스칼렛이 새 신부가 되어, 뒤에서 레트의 돈이 견고하게 받쳐 주는 가운데, 멋진 옷을 걸쳐 황홀하게 예쁜 모습으로, 의기양양하게 올라앉았다. 조잡하고 저속하고 야하고 옷차림이 지나친 여자들이 판을 치고, 장식이 지나치게 요란한 집들이 사방에서 올라가고, 보석이 넘쳐 나고, 마차도 넘쳐 나고, 음식이 남아돌고, 술도 남아도는 이 시대가 그녀에게는 잘 어울렸다. 스칼렛은 어쩌다가 잠시 이런 세상을 둘러보면, 그녀가 사귀는 어떤 여자도 엘렌의 엄격한 기준에 의하면 숙녀라고 불러 줄 만한 수준이 못 된다고 깨달았다. 하지만 타라의 응접실에 서서 레트의 정부가 되기로 결심했던 까마득한 어느 날 이후로, 그녀는 엘렌의 기준을 워낙 자주 깨뜨렸기 때문에, 이제는 별로 양심의 가책조차도 느끼지 않았다.

어쩌면 그녀의 새로운 친구들은 엄격히 따져서 숙녀나 신사가 아닐지는 모르겠지만, 뉴올리언스에 사는 레트의 친구들이나 마찬가지로, 그들은 참으로 재미있는 사람들이었다! 애틀랜타에서 보내던 초기에 그녀가 사귄 친구들, 교회를 열심히 다니고 셰익스피어를 읽던 차분한 친구들보다는 그들이 훨씬 재미있었다. 그리고, 짧은 신혼여행 기간을 제외하면, 그녀는 정말로 오랫동안 즐거움을 알지 못했었다. 그리고 안정감도 전혀 못 느꼈었다. 삶이 안정된 지금 그녀는 춤을 추고, 즐거운 시간을 보내고, 법석을 피우고, 훌륭한 포도주와 음식으로 포식하고, 비단과 공단으로 온몸을 감싸고, 푹신한 깃털 이부자리와 훌륭한 가구 덮개 속에서 뒹굴고 싶기만 했다. 그래서 그녀는 그런 욕망을 모조리 충족시켰다. 흥겨워하는 레트의 관용에서 용기를 얻고, 이제는 어린 시절의 규제로부터 해방되고, 심지어는 가난에 대한 최후의 공포로부터도 해방된 그녀는 자주 꿈꾸었던 사치를 — 기분 내키는 대로 제멋대로 행동하고, 그런 방종을 못마땅하게 생각하는 자들은 다 나가 죽으라는 말을 해도 좋은 사치를 자신에게 용납했다.

도박사, 사기꾼, 돈을 바라고 부유한 남자를 노리는 점잖은 여자들처럼 — 하나같이 머리를 동원해서 성공을 거두었으며, 조직 사회에 대한 노골적인 모욕이라고 여겨지는 삶을 살아가는 사람들에게만 따로 제공되는 그런 즐거운 도취감이 그녀를 찾아왔다. 그녀는 기분이 내키는 대로 말과 행동을 아무렇게나 했고, 그녀의 교만은 때를 가리지 않았고 하늘 높은 줄도 몰랐다.

그녀는 새로 사귄 공화당 지지자나 스캘라웩 친구들에게도 오만하게 굴기를 주저하지 않았지만, 주둔군의 양키 장교나 그들의 가족에 대해서는 어느 계층보다도 훨씬 무례하고 거만하게 행동했다. 애틀랜타로 쏟아져 들어온 온갖 잡다한 사람들의 집단 중에서 그녀는 유독 군인들만큼은 반갑게 받아들이거나 너그럽게 대하기를 거부했다. 그녀는 그들에게 무례한 태도를 일부러 보이기까지 했다. 푸른 군복이 뜻하는 바를 잊지 못한 사람은 멜라니뿐만이 아니었다. 스칼렛에게는 그들의 군복과 황금빛 단추들이 공방전의 두려움과, 공포의 도피와, 약탈과 방화, 타라 농장에서의 절망적인 가난과 고된 일을 영원히 의미했다. 주지사와 공화당의 저명인사들과 친분을 맺어서 이제는 부유하고 지반이 안정된 그녀는, 푸른 군복이 눈에 띌 때마다 마음대로 모욕할 여유가 생겼다. 그리고 모욕했다.

언젠가 레트는 집으로 찾아오는 남자 손님들 대부분이 별로 오래지 않은 과거에 바로 그 푸른 군복을 입었다고 무심한 듯한 태도로 지적했지만, 스칼렛은 양키란 푸른 군복을 입기 전에는 양키로 보이지 않는다고 반박했다. 그녀의 말에 레트는 〈일관성이 보물이니라〉라고 대답하고는 머리를 저었다.

그들이 걸친 밝고도 짙은 푸른 빛깔의 군복을 싫어했던 스칼렛은, 그녀의 그런 행동을 촉발한 배경을 몰라서 그들이 쩔쩔맸기 때문에, 그들을 윽박지르기를 더욱 즐겼다. 주둔군 가족들은 스칼렛이 주로 상종하던 부류보다는 대단히 훌륭한 계층이어서 — 대부분 훌륭한 교양을 쌓은 조용한 사람들이었으며, 냉정한 적들의 땅에서 외로움을 느껴 어서 북부의 고향으로 돌아가고 싶어 했고, 그들이 억지로 섬겨야만 했던 인간쓰레기 통치자들 때문에 어느 정도 수치심을 느끼는 집단이었기 때문에, 그녀에게 박대를 당하면 마땅히 의아해할 만도 했다. 당연한 일이었지만 장교 부인들은, 멋쟁이 버틀러 부인이 붉은 머리의 천박한 브리짓 플래허티 같은 여자들은 좋아하면서 자기들은 왜 유난히 헐뜯는지, 어리둥절할 따름이었다.

하지만 그녀가 가까이하는 여자들까지도 스칼렛에게 많이 시달려 가며 참아야만 했다. 하지만 그들은 기쁜 마음으로 참았다. 그들의 관점에서는 스칼렛이 부유함과 우아함을 갖추었을 뿐 아니라, 그들이 자신과 연결 짓기를 열렬히 바랐던 오래된 전통과, 오랜 가문과, 유서 깊은 이름을 지닌 옛 사회를 상징했다. 그들이 갈망하던 유서 깊은 가문들은 스칼렛을 축출한 셈이었지만, 새 귀족층 여자들은 그런 사실을 알지 못했다. 그들이 알았던 사실은 스칼렛의 아버지가 많은 노예를 소유했었고, 어머니는 서배너 출신 로비야르 가문의 딸이었고, 남편은 찰스턴 출신의 레트 버틀러라는 정도였다.

그들에게는 그것으로 충분했다. 스칼렛은 그들이 입성하기를 바랐던 옛 사회, 그들을 혐오하며 불러도 응답조차 하지 않았던 사회, 교회에서 만날 때만 냉담하게 인사를 하던 사회로 통하는 관문이었다. 사실상 스칼렛은 그들이 옛 사회로 들어서는 관문 이상의 역할을 했다. 미천한 신분을 갓 벗어난 그들에게는 스칼렛이 전통 사회 자체였다. 그들 자신이 가짜 귀부인이었으므로, 스칼렛의 거짓된 겉치레를 그녀 자신만큼 꿰뚫어 볼 능력이 그들에게는 없었다. 그들은 그녀의 평가를 그대로 받아들였고, 그녀의 건방진 분위기와, 일방적인 아량과, 성깔과, 교만함, 그리고 그들의 단점을 헐뜯는 그녀의 태도와 거침없는 무례함을 많이 참아야 했다.

그들은 무일푼 신세에서 지극히 최근에야 벗어났고, 워낙 자신감이 없었기 때문에 세련된 인상을 주려고 그만큼 더 조바심을 했으며, 숙녀답지 못하다고 여겨질까 봐 걱정이 되어 못된 성미를 노출시키거나 말대꾸하기를 두려워했다. 어떤 대가를 치르더라도 그들은 숙녀가 되어야 했다. 그들은 굉장히 섬세하고, 겸손하고, 순진한 척했다. 그들이 하는 얘기를 들으면 이 여자들은 다리도 안 달리고,[57] 자연스러운 기능이나 사악한 세상에 대한 지식도 전혀 없다는 생각이 들 정도였다. 햇빛을 견디지 못하는 새하얀 피부에 사근사근한 아일랜드 사투리를 쓰는 붉은 머리의 브리짓 플래허티가 몰래 숨겨 둔 아버지의 재물을 훔쳐 아메리카로 와서는, 뉴욕의 어느 호텔에서 하녀 노릇까지 했으리라고는 아무도 상상조차 못 했다. 그리고 (전에는 이름이 세이디 벨이었던) 실비아 커닝턴과 메이미 바트의 섬세하고 새침한 태도를 보면, 실비아는 바워리[58]에 있는 아버지의 술집 위층에서 자랐고, 바쁜 시

57 항상 얌전히 치마로 발을 감추는 자세를 뜻한다.

간이면 주점에 내려가서 손님들의 시중을 들었으며, 그런가 하면 메이미는, 들려오는 소문에 의하면, 남편이 경영하던 어느 매음굴 출신이라는 가능성을 아무도 짐작하지 못했다. 그렇다, 그들은 이제 보호받아야 마땅한 섬세하고 나약한 존재가 되었다.

한편 남자들은, 비록 돈을 많이 벌기는 했어도, 새로운 생활 방식을 익히기가 훨씬 힘들었고, 어쩌면 새로운 상류 계급의 신분이 요구하는 바를 지키기가 그냥 힘들었는지도 모른다. 그들은 스칼렛이 연 파티에서 지나칠 정도로 폭음을 일삼았고, 리셉션이 끝나면 예기치 않던 손님 몇 명은 밤을 묵어가기가 보통이었다. 그들은 스칼렛이 처녀였던 시절의 남자들과 같지 않았다. 그들은 만취한 상태가 되면 멍청하거나, 추하고, 음탕한 본색을 드러냈다. 그뿐 아니라, 눈에 잘 띄는 곳에 타구를 아무리 많이 늘어놓아도, 이튿날 아침이면 융단에는 항상 담뱃진 자국이 나타났다.

그녀는 이런 사람들을 경멸하면서도 같이 지내기를 즐겼다. 그들을 좋아했기 때문에 스칼렛은 그런 사람들로 집을 가득 채웠다. 그리고 그들을 경멸했기 때문에 짜증이 날 때마다 걸핏하면 나가 죽으라는 소리를 했다. 하지만 그들은 점잖게 참았다.

그들은 심지어 레트의 불손함까지도 참았는데, 레트는 그들을 환히 꿰뚫어 보았고, 그들도 그런 사실을 알았으므로, 그것은 더욱 힘든 일이었다. 레트는 자기 집에서까지도 그들에게 모욕적인 언사를 조금도 서슴지 않았고, 그럴 때면 그들은 대꾸할 말도 잊어버렸다. 자신이 재산을 모은 방법을 부끄러워하지 않았던 레트는, 그들도 역시 어떻게 출발했는

58 싸구려 술집이나 하숙이 있는 도시 지역을 가리키는 명칭이기도 하다.

지를 부끄러워하지 않으리라는 듯한 태도로 대했고, 차라리 점잖게 잊어버리는 편이 더 좋으리라고 모두들 느꼈던 화제를 입에 올릴 기회만 보이면, 상호 간의 공통된 동의에 의해서, 그런 기회를 놓치는 일이 별로 없었다.

펀치 한 잔을 들며 레트가 언제 친근한 말투로 이런 소리를 할지 전혀 예측할 길이 없었다. 「랠프, 만일 내가 조금이라도 머리가 잘 돌아가는 남자였다면, 난 봉쇄선 돌파가 아니라 자네처럼 미망인과 고아들에게 금광 채권을 팔아 돈을 벌었을 거야. 그게 훨씬 더 안전했을 테니까.」「글쎄, 빌, 보아하니 자네 말을 새로 한 쌍 구입한 모양이더군. 존재하지도 않는 철도의 채권을 또 몇천 장 팔아먹은 모양이지? 잘했어, 자네!」「축하하네, 에이머스, 주 정부의 하청 공사를 따냈더구먼. 공사를 따내기 위해 기름칠을 해야 할 손이 그렇게 많았다니 참 힘들었겠어.」

여자들은 그가 참기 힘들 정도로 야비하고 저속한 사람이라고 느꼈다. 남자들은 레트의 등 뒤에서 돼지라느니 개자식이니 해가면서 욕설을 퍼부었다. 새 애틀랜타 사람들은 옛 애틀랜타 사람들과 마찬가지로 레트를 좋아하지 않았고, 그는 옛날이나 마찬가지로 지금도 사람들의 환심을 사려는 노력은 거의 하지 않았다. 그는 겸손이 지나쳐 그의 겸손함 자체가 모욕으로 여겨질 정도로 예의를 갖추면서, 주변 사람들의 견해 따위는 그냥 흘려버리고, 재미있다는 듯 경멸하며, 기분이 내키는 대로 계속 행동했다. 그는 아직도 수수께끼 같은 존재였지만, 스칼렛은 더 이상 수수께끼 때문에 머리를 썩이지는 않았다. 스칼렛은 그가 무엇인지를 굉장히 원하지만 얻지를 못했거나 아니면 아무것도 원하지 않기 때문에 무엇에 대해서도 관심이 없는 모양이고, 지금까지 무엇으로도 그를 조금이나마 기쁘게 해주기가 불가능했으며, 앞으로도 불가능하리라고 확신했다. 레트는 그녀가 무슨 짓을 하거나 웃었고, 그녀의 오만과 사치를 부추겼고, 그녀의 겉치레를 비웃었으며 — 그냥 돈을 내기만 했다.

제50장

레트는 그들끼리만 지내는 지극히 은밀한 순간에도 매끄럽고 흥분할 줄 모르는 태도에서 전혀 흔들리지 않았다. 하지만 스칼렛은 레트가 자기를 몰래 염탐한다는 오래된 의식을 전혀 버리지 않았고, 갑자기 머리를 돌려 보면 그의 눈에서 깊은 생각에 잠겨 무엇인지를 기다리는 듯한 표정을, 그녀로서는 이해하기 힘들고 거의 무서울 정도의 집요한 표정을 발견하고는 깜짝 놀랄 적이 많았다.

그의 앞에서 어떤 사람도 거짓된 행동을 하거나, 호언장담을 늘어놓거나, 속이려고 덤비면 절대로 용납하지 못하는 유감스러운 습관이 있기는 해도, 때때로 그는 같이 살기에 아주 편한 사람이었다. 그는 상점과 제재소와 술집, 그리고 죄수들과 그들의 식비에 관한 스칼렛의 얘기를 듣고는 날카롭고 빈틈없는 충고를 해주었다. 레트는 그녀가 좋아하는 무도회와 파티라면 지칠 줄 모르고 열심히 참석했으며, 어쩌다가 단둘만이 시간을 보내는 저녁이면, 식탁을 치우고 브랜디와 커피를 앞에 놓고는 저속한 얘기를 잔뜩 늘어놓아 그녀를 즐겁게 해주었다. 스칼렛은 그녀가 솔직하기만 하다면 원하는 모든 것을 레트가 주겠고, 물어보는 그녀의 모든 질문에 그가 솔직하게 대답하겠지만, 부정직한 방법이나 암시 또는 여자다운 잔꾀로 무엇인가 얻으려고 그녀가 시도를 했다가는 가차 없이 거부하리라는 그의 습성을 알게 되었다. 레트는 그녀를 꿰뚫어 보고 무례하게 웃어 대어 스칼렛을 거북하게 만드는 버릇도 있었다.

일반적으로 그녀를 대할 때의 느긋한 무관심을 생각해 보면, 스칼렛은 왜 그가 자기하고 결혼했는지 의아한 기분이 자주 들었지만, 진정한 호기심은 느끼지 않았다. 남자들은 사랑이나 가정이나 아이들이나 돈을 위해 결혼하지만, 레트의 경우에는 그런 이유가 하나도 적용되지를 않았다. 레트는 분명히 그녀를 사랑하지도 않았다. 그는 스칼렛이 지은 멋진 집에 공포의 건축물이라는 별명을 붙였고, 집보다는 차라리 잘 정리된 호텔에서 살고 싶다는 말도 했다. 그리고 찰스나 프랭크와는 달리, 그는 아이를 갖자는 얘기조차 단 한 번도 비친 적이 없었다. 언젠가 그에게 아양을 떨고 싶은 마음에 스칼렛은 왜 자기와 결혼했느냐고 물었는데, 재미있다는 듯 눈을 반짝이던 레트의 대답을 듣고 그녀는 화가 잔뜩 났었다.「난 애완동물로 키우기 위해서 당신과 결혼했지, 우리 귀여운 아가씨.」

그렇다, 그는 남자들이 결혼하는 어떤 평범한 이유 때문에도 스칼렛과 결혼하지는 않았다. 그는 오직 그녀를 원했고, 다른 방법으로는 그녀를 손에 넣을 방법이 없었기 때문에 결혼했다. 레트는 그녀에게 청혼하던 날 밤 그 사실을 솔직하게 시인했었다. 레트는 벨 워틀링을 원했던 것과 마찬가지로 그녀를 원했다. 그런 생각을 하면 스칼렛은 기분이 좋지 않았다. 사실상 그것은 뻔뻔스러운 모욕이었다. 하지만 그녀는 온갖 불쾌한 사실을 체념으로 넘겨 버리는 데 길이 들었듯,

이것도 체념으로 넘겼다. 그들은 협상을 한 셈이었고, 스칼렛은 자신에게 제공된 거래 조건에 상당히 흡족했다. 그녀는 상대방도 마찬가지로 흡족했기를 바랐지만, 실제로 만족했는지에 대해서는 굳이 신경을 쓰지 않았다.

하지만 어느 날 오후, 소화 불량 때문에 닥터 미드를 찾아갔을 때 그녀는 가볍게 체념하고 그냥 넘겨 버릴 수가 없는 불쾌한 사실을 알게 되었다. 그녀는 해 질 녘에 정말로 화가 잔뜩 나서 침실로 달려 들어가 레트에게 아기가 생겼다고 말했다.

구름 같은 담배 연기 속에서 비단 잠옷 차림으로 한가하게 휴식을 취하던 그의 눈이 스칼렛을 날카롭게 노려보았다. 하지만 그는 아무 말도 하지 않았다. 레트는 말없이 그녀를 지켜보았지만, 어딘가 긴장된 자세로 다음 말을 기다리는 듯 싶었는데, 그녀는 레트가 무슨 말을 기다리는지 알 길이 없었다. 분개하고 실망한 나머지 그녀는 다른 생각이 하나도 나지 않았다.

「내가 더 이상 아이를 낳고 싶어 하지 않는다는 건 당신도 알잖아요! 난 단 한 명도 낳고 싶지 않았어요. 일이 제대로 잘 풀려 나갈 때쯤 되기만 하면 난 꼭 아기가 생기곤 했어요. 오, 그렇게 앉아서 웃지만 말아요. 당신도 아이는 원하지 않으시잖아요. 오, 하느님 맙소사!」

비록 그녀에게서 다음 말이 나오기를 기다렸다고 해도 이것은 그가 듣기를 원하던 그런 말이 아니었다. 그의 얼굴이 약간 굳어졌고, 눈빛이 아득해졌다.

「글쎄, 그렇다면 미스 멜리한테 주지그래? 멜리는 아이를 더 원할 정도로 멍청하다는 소리를 당신이 하지 않았던가?」

「오, 당신을 죽여 버리고 싶어요! 난 아기를 낳지 않겠어요. 당신에게 다짐해 두겠는데, 낳지 않겠다고요!」

「그래? 어디 말씀을 계속하시지.」

「다 방법이 있어요. 난 전처럼 시골뜨기 바보가 아니에요. 보세요, 여자란 아이를 원하지 않으면 꼭 낳지 않아도 된다는 걸 난 알아요! 해결 방법이 —」

그는 벌떡 일어서서 그녀의 손목을 잡았고, 그의 얼굴에는 격렬하고 거센 두려움이 떠올랐다.

「스칼렛, 바보 같으니라고, 사실대로 말해! 당신 무슨 짓을 벌여 놓진 않았겠지?」

「아니에요, 아직은. 하지만 앞으로 손을 쓰겠어요. 내가 겨우 허리의 선을 줄이고 즐겁게 지내게 된 지금 와서, 몸매가 다시 엉망이 되도록 그냥 내버려 두리라고 생각하시는 —」

「어디서 그따위 생각이 들었어? 당신 누구에게서 그런 소리를 들었지?」

「메이미 바트가 — 그녀가 말하기를 —」

「갈보집의 마담이라면야 그런 장난들을 알겠지. 그 여자 다시는 이 집에 발 들여놓지 못하게 해, 알겠지? 뭐니 뭐니 해도 이건 내 집이고, 여기서는 내가 주인이야. 난 당신이 그 여자와 다시는 얘기도 하지 않기를 바라.」

「난 내 마음대로 하겠어요. 이거 놔요. 당신이 왜 나서는 거예요?」

「난 당신이 아이를 하나만 낳건 스무 명을 낳건 개의치 않지만, 혹시 당신이 죽는다면 그건 신경이 쓰일 일이지.」

「죽어요? 내가요?」

「그래, 죽어. 내 생각에 아마 메이미 바트는 그런 짓을 하려면 여자가 얼마나 큰 모험을 해야 하는지는 얘기해 주지 않았을 것 같은데?」

「그래요.」 스칼렛이 마지못해서 말했다. 「문제가 간단히 해결되리라는 소리만 했죠.」

「하느님 맙소사, 난 그 여자를 죽여 버리겠어!」 격분해서 붉으락푸르락한 얼굴로 레트가 소리쳤다. 그는 눈물로 얼룩진 스칼렛의 얼굴을 내려다보고 약간 분노를 가라앉혔지만, 아직도 단호하고 굳어 버린 표정이었다. 갑자기 그는 스칼렛을 두 팔로 안아 들고 의자에 앉더니, 마치 도망칠까 봐 걱정이라도 된다는 듯 꼭 껴안았다.

「내 말 들어, 우리 아기. 난 당신 생명을 당신이 함부로 다루도록 용납하지는 않겠어. 내 말 알겠지? 하느님 맙소사, 나도 당신만큼이나 아이들을 원하지는 않지만, 그래도 먹여 살릴 능력은 있어. 난 당신에게서 바보 같은 소리는 더 이상 듣고 싶지도 않고, 만일 당신이 섣불리 그런 짓을 했다가는 ―. 스칼렛, 난 전에 그런 식으로 여자가 죽는 걸 봤어. 그 여자는 겨우 ― 글쎄, 어쨌든 그런 면에서는 상당히 훌륭한 여자였지. 그건 죽기 쉬운 길은 아니니까. 난 ―」

「이봐요, 레트!」 그의 목소리에 담긴 감정에 깜짝 놀라 자신의 비참한 기분을 잊은 채 그녀가 소리쳤다. 스칼렛은 이토록 감정에 휘말린 그의 모습을 여태까지 본 적이 없었다. 「어디서 ― 누가 ―」

「뉴올리언스에서 ― 아, 벌써 여러 해 전의 일이었지. 난 젊어서 감수성도 강했고.」 그는 갑자기 머리를 숙이더니 입술을 그녀의 머리카락 속에 파묻었다. 「앞으로 아홉 달 동안 당신을 내 손목에 수갑으로 채워 놓는 한이 있더라도, 스칼렛, 난 아기를 낳게 하겠어.」

그녀는 레트의 무릎에서 꼿꼿하게 일어나 앉아서 노골적인 호기심을 느끼며 그의 얼굴을 빤히 들여다보았다. 그녀의 눈초리를 받자 그의 얼굴은 마치 마술로 깨끗하게 씻어 낸 듯 갑자기 부드럽고 담담한 표정이 되었다. 그의 눈썹이 올라가고 입가는 밑으로 처졌다.

「내가 당신에게 그토록 중요한 존재인가요?」 눈을 내리깔면서 그녀가 물었다.

레트는 그녀의 질문에서 어느 만큼이 거짓된 교태인지를 측정하려는 듯 그녀를 무감각하게 응시했다. 그녀의 태도에서 진실성을 읽어 낸 그는 지나가는 말처럼 대답했다.

「글쎄, 그렇겠지. 당신도 알다시피 난 당신에게 굉장히 많은 돈을 투자했고, 투자한 돈은 잃고 싶지가 않으니까 말이야.」

멜라니는 긴장감으로 피곤하기는 했지만, 스칼렛의 딸이 태어나 기쁨의 눈물을 흘리며 방에서 나왔다. 레트는 멋진 카펫을 태워 구멍을 낸 여송연 토막들에 둘러싸여 긴장한 채로 거실에 서서 기다렸다.

「이제는 들어가셔도 돼요, 버틀러 선장님!」 그녀가 수줍어하며 말했다.

레트는 그녀를 지나 재빨리 방으로 들어갔고, 멜라니는 닥터 미드가 문을 닫기 전에, 어멈의 무르팍에 놓인 자그마하고 발가벗은 아기를 굽어보는 그의 모습을 얼핏 보았다. 멜라니는 뜻밖에 그토록 은밀한 광경을 보았다는 거북한 마음에 얼굴이 새빨개지면서 의자에 털썩 주저앉았다.

〈아!〉 그녀는 생각했다. 〈얼마나 다정한 광경인가! 가엾은 버틀러 선장님은 얼마나 걱정이 되셨을까! 그러면서도 그동안 줄곧 단 한 잔의 술도 안 마셨어. 얼마나 훌륭한 분이신가. 아기가 태어날 때쯤이면 잔뜩 취하는 남자들이 그렇게 많은데. 그분도 아마 술을 몹시 마시고 싶으셨겠지. 내가 권

해 볼까? 아니지, 그건 너무 되바라진 짓이야.〉

요즈음에는 날마다 쑤시던 허리가 지금은 당장 두 동강으로 부러질 듯싶은 기분이 들었지만, 그녀는 흐뭇한 마음으로 의자에 앉았다. 오, 아기가 태어나는 동안 바로 문밖에 버틀러 선장님이 기다려 주셨으니, 스칼렛은 얼마나 복이 많은가! 보우가 태어나던 끔찍한 날에 애슐리가 같이 있기만 했더라면 그녀의 고통이 절반쯤은 줄어들었으리라. 닫힌 저 문 뒤에서 태어난 자그마한 계집아이가 스칼렛의 딸이 아니라 그녀의 딸이라면 오죽 좋을까! 오, 이런 생각을 하다니 나는 얼마나 못된 여자인가! 그녀는 죄의식을 느끼며 생각했다. 스칼렛이 나에게 그토록 잘해 주었는데 그녀의 딸을 탐내다니. 저를 용서해 주소서, 주님이시여. 내가 스칼렛의 딸을 진심으로 탐내지는 않았겠지만 — 하지만 나는 내 아기를 정말로 가지고 싶다!

멜라니는 쑤시는 등 뒤에다 작은 방석을 하나 밀어 넣고는, 딸을 가지고 싶다는 생각을 하며 애를 태웠다. 하지만 미드 박사는 그녀의 임신 문제에 관한 의견에 변함이 없었다. 그리고 비록 그녀는 아이를 하나 더 낳기 위해 목숨을 기꺼이 걸고 싶었지만, 애슐리는 그런 얘기라면 들으려고도 하지 않았다. 애슐리는 딸을 얼마나 좋아했던가!

딸이라니! 맙소사! 그녀는 깜짝 놀라 일어나 앉았다. 나는 아기가 딸이라는 얘기를 버틀러 선장님에게 하지도 않았다. 물론 그는 아들을 기대했었다. 오, 얼마나 섭섭한 일인가!

여자에게는 아이가 사내이건 계집아이이건 마찬가지로 반갑지만 남자에게는, 특히 버틀러 선장처럼 완고한 남자에게는, 딸이란 그의 남자다움에 대한 불명예라고 생각해서 한 방 얻어맞았다고 여기리라는 것을 멜라니는 알았다. 오, 그녀가 낳은 하나뿐인 아이가 아들로 태어나도록 허락해 주신 하느님은 얼마나 감사한가! 만일 그녀가 무서운 버틀러 선장의 아내였다면 첫아이로 딸을 낳아 주느니 차라리 해산하다가 죽었다면 고맙게 여겼으리라.

하지만 어기적거리며 방에서 나온 어멈이 환하게 싱글벙글 웃는 얼굴을 보고 그녀의 마음은 편안해졌고 — 도대체 버틀러 선장이 어떤 사람인지 새삼스럽게 궁금해졌다.

「조금 아까 나 아기 목욕시킨다 할 때 말이에요.」 어멈이 말했다. 「나 아기 아들 아니다 해서 레트 주인님보고 미안하다 소리했어요. 한데, 맙소사, 미스 멜리, 주인님 무슨 말 했느냐 알아요? 이러셨어요. 〈닥치시오, 어멈! 아들 누구 바랐어? 아들 기른다 재미없지. 골치 썩인다 전부야. 딸 기른다 재미있어. 나 아들 무더기 갖다 준다 누가 말해도 여기 딸 안 바꿔.〉 그러더니 홀랑 발가벗은 아기 나한테 낚아챈다 주인님 그러셔서 나 손목 탁 치고 이랬어요. 〈점잖게 행동하세요, 레트 주인님! 주인님 아들 낳는다 때까지 나 그냥 기다리고, 그러면 주인님 즐겁다 소리 지르는 소리 듣고 나 크게 웃겠어요.〉 그분 싱글벙글 웃으시고 머리 흔들고 말했어요. 〈어멈, 당신 바보야. 아들 누구한테 다 쓸데없어. 나 그 증거 아냐?〉 그래요, 마님, 미스 멜리, 그분 딸 문제 신사답다 행동했어요.」 어멈이 점잖게 얘기를 끝맺었다. 레트의 처신이 어멈의 눈에는 명예를 회복하고도 남을 정도였음을 멜라니는 눈치챘다. 「아마 나 레트 주인님 굉장히 크게 잘못 생각했다 그랬나 봐요. 이거 정말 오늘 나 좋은 날이에요, 미스 멜리. 나 로비야르 집안 딸 3대 기저귀 채웠는데, 오늘 정말 행복한 날이다 그래요.」

「오, 그럼요, 오늘은 즐거운 날이에요, 어멈! 아기들이 태어나는 날이 가장 행복한 날이니까요!」

식구들 가운데 꼭 한 사람에게만은 오늘이 행복한 날이 아니었다. 꾸지람을 듣고 거의 줄곧 무시를 당한 채, 웨이드 햄프턴은 비참한 마음으로 식당에서 빈둥거렸다. 그날 아침 일찍 어멈은 갑자기 그의 잠을 깨우고 서둘러 옷을 입히더니, 엘라와 함께 아침을 먹으라고 피티 고모의 집으로 보냈다. 그가 들은 설명이라고는 어머니가 몸이 아프니까, 아이들이 노는 소리가 어머니의 신경에 거슬릴지 모른다는 얘기뿐이었다. 스칼렛이 아프다는 소식을 듣고 노부인이 발작을 일으켜 자리에 눕고, 쿠키가 시중을 드느라고 피티 고모의 집은 야단법석이었고, 아침 식사라고 해야 피티가 아이들을 위해 엉성하게 마련한 하찮은 음식이 전부였다. 아침 시간이 흘러가는 사이에 웨이드는 두려움에 사로잡히기 시작했다. 혹시 엄마가 죽는다면 어쩌나? 다른 아이들의 엄마도 죽었다. 그는 영구차가 집에서 나가는 광경을 보았고, 그의 어린 친구들이 흐느껴 우는 소리도 들었다. 만일 어머니가 죽는다면 어떻게 하나? 웨이드는 어머니를 무척 사랑했고, 두려워했던 만큼이나 거의 비슷하게 사랑했으며, 깃털을 굴레에 끼워 치장한 검정말이 끄는 시커먼 영구차에 어머니가 실려 멀리 가버린다는 생각을 하니, 그의 자그마한 가슴은 숨도 쉬기 힘들 정도로 아팠다.

점심때가 되어 피티가 부엌에서 분주해진 틈을 타서, 웨이드는 앞문으로 살그머니 빠져나와, 두려움에 쫓기며 짧은 다리로 한껏 걸음을 서둘러 집으로 갔다. 틀림없이 레트 아저씨나 멜리 고모나 어멈이 사실대로 얘기해 주리라. 하지만 레트 아저씨하고 멜리 고모는 어디로 갔는지 보이지를 않았고, 어멈과 딜시는 수건과 뜨거운 물을 담은 대야를 들고 뒤

층계를 바삐 오르내렸고, 앞쪽 거실에 나타난 그를 거들떠보지도 않았다. 위층에서 문이 열릴 때마다 미드 박사가 무뚝뚝한 어조로 뭐라고 지시하는 말소리가 가끔 들려왔다. 어머니의 신음 소리를 한 번 듣고, 그는 갑자기 흐느끼며 딸꾹질을 시작했다. 그는 어머니가 죽으리라고 믿었다. 마음을 안정시키려고 그는 앞쪽 거실 햇살이 밝은 창문턱에 엎드린 꿀빛깔의 고양이에게 가까이 갔다. 하지만 나이를 잔뜩 먹어서 누가 귀찮게 굴면 짜증을 잘 부리던 톰은 꼬리를 휘두르고는 침을 내뿜었다.

앞치마가 구겨지고 얼룩졌으며, 머릿수건을 비뚤어지게 쓰고 앞 층계를 내려오던 어멈이 마침내 그를 보고는 얼굴을 찡그렸다. 어멈은 언제나 웨이드의 부모 노릇을 했고, 그녀가 얼굴을 찌푸리기만 하면 웨이드는 겁이 나서 벌벌 떨었다.

「너같이 나쁜 아이 나 처음 본다.」 그녀가 말했다. 「너 미스 피티 집 나 보내지 않았니? 어서 그리 다시 가!」

「엄마가 혹시 — 엄마가 돌아가시나요?」

「너처럼 말썽 피우겠다 하는 아이 나 처음 본다! 돌아가신다고? 하느님 맙소사, 아냐! 맙소사, 사내아이들 골치 썩이는구나. 하느님 왜 사내아이들 세상에 보내는지 나 모르겠어. 자, 집으로 가.」

하지만 웨이드는 가지를 않았다. 어멈의 말을 겨우 반쯤만 믿었던 그는, 거실의 휘장 뒤로 몸을 숨겼다. 항상 착한 아이가 되려고 최선을 다했던 그는, 사내아이들이 골칫거리라는 말에 마음이 찔렸다. 반 시간 후에 멜리 고모가, 창백하고 지쳤으면서도, 혼자 미소를 지으며 서둘러 층계를 내려왔다. 그녀는 휘장 그늘 속에 숨어서 슬픔에 젖은 그의 얼굴을 보고는 벼락을 맞은 듯한 표정을 지었다. 멜리 고모는 그에게 얼마든지 시간을 내주기가 보통이었다. 그녀는 어머니가 자주 그러듯이 〈지금 날 귀찮게 굴지 마. 난 바쁘니까〉라든가, 〈저리 비켜, 웨이드. 나 바빠〉라는 소리를 전혀 안 했다.

하지만 오늘 아침에는 멜라니도 〈웨이드, 너 정말 못쓰겠구나. 너 왜 피티 고모님 집에 가지 않았니?〉라고 꾸짖었다.

「어머니가 돌아가시나요?」

「맙소사, 아냐, 웨이드! 바보처럼 한심한 소리 하지 마.」 그러더니 부드럽게, 〈미드 박사가 방금 멋지고도 귀여운 아기를 엄마한테서 받았고, 그래서 네가 같이 놀 예쁜 꼬마 동생이 생겼는데, 정말 착하게만 굴면 넌 오늘 밤 아기를 보게 된단다. 자, 어서 나가 놀고, 시끄러운 소리는 내지 마라.〉

웨이드는 그의 자그마하고 불안정한 세계가 비틀거리는 기분을 느끼며 조용한 식당으로 살그머니 들어갔다. 어른들이 그토록 묘한 행동을 계속하는 화창한 날에, 일곱 살 난 어린아이의 걱정을 덜어 줄 곳은 어디에도 없다는 말인가? 그는 후미진 작은 방의 창턱에 앉아, 양지바른 곳에다 상자에 심어 기르는 베고니아 한 조각을 뜯어 잘근잘근 씹었다. 맛이 어찌나 독했는지 눈물이 났고, 그는 울기 시작했다. 어쩌면 엄마가 죽을지 모르는데 아무도 그에게는 신경을 쓰지도 않았고, 모두들 하나같이 새로 태어난 아기 때문에 — 여자 아기 때문에 정신없이 뛰어다녔다. 웨이드는 아기라면 별로 관심이 없었고, 계집아이라면 더욱 그러했다. 그가 가까이 아는 꼬마 계집아이는 엘라뿐이었고, 지금까지 엘라는 존경심이나 호감을 불러일으킬 일은 한 번도 하지 않았다.

한참 시간이 지난 후에 미드 박사와 레트 아저씨가 층계를 내려와 거실에 서서 나지막한 목소리로 얘기를 나누었다. 의사가 나가고 문이 닫힌 다음에, 레트 아저씨는 얼른 식당으로 들어와, 술병에서 큼직한 잔으로 한가득 술을 따른 다음에야 웨이드를 보았다. 못된 아이라고 야단을 치면서 어서 피티 고모의 집으로 돌아가야 한다는 소리를 또 들으리라고 예상해서 웨이드가 주춤거리고 물러섰지만, 레트 아저씨는 오히려 미소를 지었다. 웨이드는 레트가 그렇게 미소를 짓거나 그토록 즐거워하는 표정을 한 번도 본 적이 없었으므로, 용기를 얻어 창턱에서 뛰어내려 그에게로 달려갔다.

「너한테 여동생이 생겼단다.」 손을 꼭 잡아 주며 레트가 말했다. 「정말이지, 너 그렇게 예쁜 아기는 처음 볼 거야! 그런데 너 왜 울지?」

「어머니 ─」

「너희 어머니는 저녁 식사를 굉장히 많이 먹느라고, 닭고기에다 쌀밥에다 고깃국물에 커피까지 들었고, 잠시 후에는 아이스크림도 만들어다 줄 텐데, 원한다면 너도 두 접시 주겠어. 그리고 네 여동생도 만나게 해주마.」

안도감을 느껴 갑자기 기운이 빠진 웨이드는, 새로 생긴 여동생에게 예의를 지키려고 애를 썼지만, 그렇게 되지를 않았다. 모두들 새로 생긴 계집아이에게만 관심을 보였다. 이제는 어느 누구도, 심지어는 멜리 고모와 레트 아저씨까지도 더 이상 그에게 신경을 쓰지 않았다.

「레트 아저씨.」 그가 입을 열었다. 「사람들은 사내아이보다 계집아이들을 더 좋아하나요?」

레트는 술잔을 내려놓고, 자그마한 얼굴을 찬찬히 뜯어보더니, 당장 대답했다.

「아냐, 그렇다고 말하기는 어려워.」 마치 제시된 문제를 곰곰이 따져 보는 듯 진지하게 그가 대답했다. 「그저 계집아이들이란 사내아이들보다 훨씬 머리를 아프게 만들 뿐이고, 사람들은 말썽을 안 부리는 애들보다는 말썽 부리는 애들 때문에 더 걱정을 하게 마련이지.」

「어멈은 조금 아까 사내아이들이 골칫거리라고 그랬어요.」

「글쎄, 어멈이 화가 난 김에 한 소리겠지. 진담으로 한 얘기는 아냐.」

「레트 아저씨, 꼬마 계집아이보다는 차라리 사내아이를 기르고 싶지 않으세요?」 희망을 걸고 웨이드가 물었다.

「아니.」 레트가 얼른 대답했고, 아이가 머리를 떨구자 말을 이었다. 「자, 난 벌써 사내아이를 하나 두었는데 뭐 하러 또 바라겠니.」

「두었다고요?」 입이 딱 벌어지며 웨이드가 소리쳤다. 「어디 있는데요?」

「바로 여기.」 아이를 번쩍 들어 무릎으로 끌어당기며 레트가 대답했다. 「얘야, 나한테는 너 하나만으로도 사내아이는 충분해.」

잠깐 동안 안도감으로, 그리고 자신이 필요한 존재임을 의식하는 행복감으로 마음이 어찌나 벅찼는지 웨이드는 또 다시 울음을 터뜨릴 뻔했다. 목이 꽉 메어 그는 레트의 조끼에 머리를 파묻었다.

「너는 내 아들이야, 안 그러니?」

「그럼 나는 — 있잖아요, 두 남자의 아들이 되었나요?」 그가 전혀 알지 못했던 아버지에 대한 충성심과, 그토록 깊이 이해하며 그를 가까이해 주는 남자에 대한 사랑이 갈등을 일으키며 웨이드가 물었다.

「그럼.」 레트가 단호하게 말했다. 「네가 엄마의 아들이면서 멜리 고모의 아들도 되는 거나 마찬가지야.」

웨이드는 그의 말을 이해했다. 그는 그의 말을 알아들었고, 미소를 짓고 수줍어하며 레트의 품으로 파고들었다.

「아저씨는 어린 사내아이들을 이해하세요, 안 그래요, 레트 아저씨?」

레트의 검은 얼굴이 다시 딱딱하게 굳었고, 입술이 뒤틀렸다.

「그래.」 그는 씁쓸하게 말했다. 「난 어린 사내아이들을 이해하지.」

순간적으로 두려움이, 두려움과 갑작스러운 시기심이 웨이드의 마음속에서 다시 머리를 들었다. 레트 아저씨는 자기가 아니라 어떤 다른 아이를 생각했다.

「아저씨한테는 다른 어린 사내아이들이 없겠죠, 안 그래요?」

레트는 그를 일으켜 세웠다.

「네 여동생이 새로 태어난 데 대한 축배로 술을 한잔 마시고 싶은데, 웨이드, 너도 처음으로 나하고 같이 한잔 마시자.」

「아저씨한테는 다른 —」 웨이드가 입을 열었고, 그러더니 붉은 포도주가 담긴 술병으로 손을 내미는 레트를 보고는, 어른들의 예식에 참여한다는 흥분감 때문에 이내 관심이 다른 곳으로 쏠렸다.

「오, 난 그러면 못써요, 레트 아저씨! 난 대학교를 졸업할 때까지 술을 안 마시겠다고 멜리 고모님한테 약속했고, 약속을 잘 지키면 고모님은 나한테 시계를 주시기로 했어요.」

「그리고 난 그 시계에 맞춰 시곗줄을 — 만일 네 마음에 든다면 내가 지금 차고 다니는 시곗줄을 너한테 주겠어.」 다시 미소를 지으며 레트가 말했다. 「멜리 고모의 말이 옳아. 하지만 그건 포도주가 아니라 독한 술을 두고 한 얘기야. 얘야, 넌 신사답게 포도주를 마시는 법을 배워야 하고, 그걸 배우기에는 지금이 가장 좋은 때란다.」

그는 한껏 솜씨를 동원해서 액체가 분홍빛으로 희미해질 정도로 클라레[59]에다가 유리 물병에서 따른 물을 타서 묽게 만들어 잔을 웨이드에게 건네주었다. 바로 그때 어멈이 식당으로 들어섰다. 그녀는 일요일에나 입는 제일 좋은 검정 옷으로 갈아입은 차림이었고, 앞치마와 머릿수건은 산뜻하고 말끔했다. 그녀가 뒤뚱거리며 걸어오자 비단이 사그락거리는 나지막한 소리가 났다. 그녀의 얼굴에서는 걱정스러운 표정이 사라졌고, 잔뜩 미소를 지으니까 이빨이 거의 다 빠진 잇몸이 드러났다.

「생일 선물요, 레트 주인님!」 그녀가 말했다.

웨이드는 잔을 입술에 댄 채로 얼어붙었다. 그는 어멈이 의붓아버지를 전혀 좋아하지 않는다고 생각했었다. 그는 어멈이 레트를 〈버틀러 선장님〉 이외의 어떤 호칭으로도 부르는 소리를 들은 적이 없었고, 그를 대하는 그녀의 태도는 점잖았지만 냉정했다. 그런데 이제는 미소를 짓고 슬금슬금 다가가며 그를 〈레트 주인님〉이라고 부르지 않는가! 정말 어떻게 돌아가는지 종잡을 길이 없는 날이었다!

「아마 어멈은 클라레보다 럼을 들고 싶겠지.」 손을 뻗어 술병 찬장에서 땅딸막한 병을 꺼내며 레트가 말했다. 「아기가 예뻐. 안 그래, 어멈?」

「정말 예뻐요.」 잔을 받으면서 입맛을 다시고는 어멈이 대답했다.

「더 예쁜 아기를 본 적이 있어?」

「글쎄요, 주인님, 미스 스칼렛 태어났다 했을 때 굉장히 비슷하게 예뻤는데, 그래도 이만큼 안 되었죠.」

「한 잔 더 들어, 어멈. 그런데 말이야, 어멈.」 그의 말투는

59 프랑스 보르도산의 짙은 자홍색 포도주.

근엄했지만 눈은 반짝였다. 「내 귀에 들리는 바스락 소리는 뭐지?」

「맙소사, 레트 주인님, 그거 아무것 아니고 내 빨간 비단 속치마죠.」 거대한 몸집이 출렁일 정도로 몸을 흔들며 어멈이 킬킬 웃었다.

「속치마라니! 못 믿겠는걸. 꼭 낙엽을 잔뜩 집어넣고 서로 비벼 대는 소리 같아. 어디 보여 줘. 치마를 올리라고.」

「레트 주인님, 주인님 나빠요! 아이구 맙소사!」

어멈은 외마디 비명을 지르더니 1미터쯤 뒤로 물러나서, 얌전히 한 뼘쯤 겉치마를 들어 올리고는, 빨간 호박단 속치마의 가장자리에 달린 주름을 보여 주었다.

「정말 그 옷 한번 입기 위해 꽤나 오래도 기다렸구먼.」 레트가 투덜거렸지만, 검은 눈에서는 웃음이 뛰놀았다.

「그럽죠, 주인님, 너무 오래 기다렸다 했어요.」

그러더니 레트는 웨이드가 알아듣지 못할 무슨 말을 했다.

「이제는 말의 굴레를 쓴 노새라는 소리 안 하겠지?」

「레트 주인님, 미스 스칼렛 주인님한테 그렇다 얘기한 거 나빠요! 주인님 늙은 깜둥이 그런 말 했다 가지고 미워하지 않죠?」

「물론. 난 그런 소리 마음에 두지 않아. 난 그저 알고 싶기만 할 따름이야. 한 잔 더 들지그래, 어멈. 한 병 몽땅 다 마시라고. 쫙 마셔야지, 웨이드! 축배의 말씀 한마디 하시지.」

「여동생에게.」 웨이드가 소리치고는 액체를 꿀꺽 삼켰다. 웨이드는 숨이 막혀 기침과 딸꾹질을 시작했고, 두 사람은 웃어 대며 그의 등을 두드려 주었다.

딸이 태어난 순간부터 레트의 처신은 주변 사람들을 어리둥절하게 만들었고, 자신에 관해서 고정된 많은 관념들, 그러니까 애틀랜타 사람들과 스칼렛이 다 같이 인정하기를 싫어했던 개념들을 뒤엎어 놓았다. 하고많은 사람들 중에서도 레트 버틀러 그가, 부끄러워하지도 않고 그렇게 노골적으로, 아버지가 되었다는 사실을 그토록 자랑스럽게 여기리라고 도대체 누가 생각했겠는가? 더구나 첫아이가 아들이 아니라 딸이라는 상황을 고려하면 말이다.

아버지가 되었다는 신기한 기분은 수그러들 줄을 몰랐다. 레트의 이런 면모는, 태어난 아이가 세례도 받기 훨씬 전에 이미 자식을 당연한 존재로 여기고 무관심해져 버리는 남편을 둔 여자들 사이에서, 남모르는 부러움을 불러일으켰다. 그는 길거리에서 사람들을 붙들어 세우고는 긴 얘기를 늘어놓았는데, 〈하기야 누구나 제 자식이 제일 똑똑하다고는 하지만 — 〉이라는 위선적이지만 겸손한 서론조차도 없이, 다짜고짜 딸의 기적 같은 성장에 관한 얘기를 자세히 늘어놓고는 했다. 그는 자기 딸이 하찮은 녀석들과는 비교도 안 될 만큼 대단하다고 생각했으며, 그런 사실을 누가 알아주건 말건 개의치 않았다. 아기가 돼지비계를 빨아 먹는 줄을 모르고 새로 온 유모가 그냥 내버려 두어서 처음으로 복통을 일으켰을 때 레트가 보여 준 행동은, 경험이 많은 어머니와 아버지들로 하여금 폭소를 자아내게 만들었다. 그는 황급히 미드 박사와 다른 의사 두 명을 불렀고, 운이 나빴던 유모를 채찍으로 때리고 싶은 마음을 억누르려고 무척 애를 썼다. 유모가 쫓겨났고, 다음에 줄지어 들어왔던 여자들도 기껏 한 주일 이상을 버틴 사람이 없었다. 어느 여자도 레트가 내세운 정확한 조건들을 충족시킬 정도로 훌륭하지 못했기 때문이었다.

어멈은 유모로 채용되어 집에 나타난 어떤 낯선 흑인에 대해서도 시기심을 느꼈고, 웨이드와 엘라뿐 아니라 아기도 자기가 보살펴 주면 안 되는 이유가 전혀 납득이 가지 않았기 때문에, 들락날락하는 유모들을 불쾌한 마음으로 지켜보았다. 하지만 어멈의 나이는 겉으로 드러났으며, 관절염 때문에 육중한 그녀의 걸음걸이가 더욱 느려지기만 했다. 레트는 다른 유모를 고용하려는 이유가 그것이라고 설명할 용기가 없었다. 대신 레트는 자기 같은 지위에 오른 사람이라면 유모를 한 사람만 두고 만족하면 안 되는 입장이라고 설명했다. 그것은 체면 문제였다. 그는 다른 두 여자를 고용해서 고된 일을 맡기고, 어멈은 책임자 노릇만 해야 한다고 일렀다. 그의 말을 어멈은 아주 잘 이해했다. 하인을 더 많이 둔다면 레트 못지않게 그녀의 위신도 높여 주는 처사였다. 하지만 그녀는 육아실에 어떤 쓰레기 해방 깜둥이도 들여놓지 않겠다고 그에게 단호히 말했다. 그래서 레트는 프리시를 데리고 오도록 타라 농장으로 사람을 보냈다. 레트는 프리시의 단점을 잘 알았지만, 뭐니 뭐니 해도 그녀는 집안일 검둥이였다. 그리고 피터 아저씨는 그의 조카 손녀 루를 추천했는데, 미스 피티의 버 집안 어느 친척이 부리던 아이라고 했다.

다시 거동을 하기도 전부터 스칼렛은 레트가 아이에게 완전히 빠졌음을 깨달았고, 손님들 앞에서 딸을 자랑하는 그를 보면 약간 약이 오르기도 하고 난처하기도 했다. 남자가 아기를 사랑한다면 좋은 일이기는 했지만, 그렇게 사랑을 과시하는 그의 태도는 어딘가 남자답지 못하다는 기분이 들었다. 그는 다른 남자들과 마찬가지로 초연하고 무관심했어야 했다.

「당신 바보짓 좀 그만해요.」 그녀가 짜증스럽게 말했다. 「왜 그러시는지 납득이 안 가는군요.」

「납득이 안 가? 글쎄, 이해를 못 하겠지. 그건 이 아이가 완전히 나의 소유가 된 첫 인간이기 때문이야.」

「개는 내 아이기도 해요!」

「아냐, 당신한테는 두 아이가 또 있잖아. 얘는 내 아이야.」

「한심한 소리 말아요!」 스칼렛이 소리쳤다. 「아기는 내가 낳았어요, 안 그래요? 그뿐 아니라, 여보, 나도 당신 소유예요.」

레트는 아이의 검은 머리 너머로 그녀를 쳐다보고는 묘한 미소를 지었다.

「정말이야?」

요즈음 그들 사이에서 너무 쉽게 걸핏하면 터지는 듯싶던 순간적인 사나운 말다툼이 또 벌어지려는 참이었지만, 마침 멜라니가 들어오는 바람에 무사했다. 스칼렛은 억지로 분노를 삼키며, 아기를 넘겨받는 멜라니를 지켜보았다. 아기의 이름은 유제니 빅토리아라고 짓기로 합의를 보았지만, 세라 제인이었던 본명을 〈피티팻〉이라는 별명이 말끔히 지워 버렸듯이, 그날 오후에 멜라니가 무심결에 붙여 놓은 이름이 끝까지 아기한테 붙어 다니게 되었다.

레트가 아기를 굽어보며 말했다. 「아기의 눈은 연녹색이 되겠는걸.」

「절대로 그렇지 않아요.」 스칼렛의 눈이 그런 빛깔이라는 사실을 잊고 멜라니가 화를 내며 소리쳤다. 「아기의 눈은 오하라 선생님처럼 푸른 빛깔이, 그러니까 〈보니 블루 깃발〉[60] 처럼 푸른 빛깔이 될 거예요.」

「보니 블루 버틀러라!」 아기를 그녀에게서 넘겨받아 자그

60 bonnie blue flag. 〈멋지고 푸른 깃발〉이라는 뜻으로, 남부 동맹 깃발의 별명이다.

마한 눈을 더 자세히 들여다보면서 레트가 웃었다. 이래서 아기의 이름은 보니가 되었으며, 결국은 부모까지도 나중에는 딸의 이름을 두 여왕[61]에게서 따왔었다는 사실조차 잊게 되었다.

61 외제니Eugénie는 프랑스의 나폴레옹 3세와 결혼했고, 세 차례 섭정을 했으며, 빅토리아Victoria 여왕과 친했다. 퀸queen은 〈여왕〉뿐 아니라 〈왕비〉를 뜻하는 단어이기도 하다.

제51장

마침내 다시 외출을 할 만큼 몸이 회복된 스칼렛은 루를 시켜 끈을 최대한 당겨 코르셋을 바짝 죄게 했다. 그러고는 줄자를 허리에 감고 재어 보았다. 60센티미터라니! 그녀는 큰 소리로 신음했다. 아기를 낳으면 몸매가 이런 꼴이 되고 만다! 그녀의 허리는 피티 고모만큼이나, 어멈만큼이나 굵었다.

「더 꽉 당겨, 루. 이러다가 난 어떤 드레스도 입지 못할 테니까, 허리를 50센티미터로 줄여 보라고.」

「그러면 끈 끊어진다 해요.」 루가 말했다. 「마님 허리 그냥 굵어졌고, 미스 스칼렛, 그거 어떻게 못 해요.」

〈무슨 수를 써야 해.〉 필요한 여유를 주려고 드레스의 솔기를 사납게 잡아 뜯으며 스칼렛은 생각했다. 〈난 절대로 다시는 아이를 낳지 않겠어.〉

물론 보니는 예쁘고 그녀가 보기에도 사랑스러웠으며, 레트도 굉장히 좋아했지만, 스칼렛은 아이라면 더 이상 낳지 않을 생각이었다. 레트는 프랭크처럼 마음대로 다루기가 어려웠으므로 어떻게 자신의 결심을 실천으로 옮겨야 할지를 그녀로서는 알지 못했다. 아내가 나중에 아들을 낳으면 모조리 물에 빠뜨려 버리겠다는 소리를 잔뜩 늘어놓기는 했어도,

레트가 보니에 대해서 한심하게 바보처럼 구는 꼴로 미루어 보아, 어쩌면 내년에는 사내아이를 원할지도 모르니, 아마도 그녀의 뜻대로 하기가 어려우리라. 그렇다, 스칼렛은 그에게 아들이나 딸 어느 쪽도 낳아 주지 않으리라. 어떤 여자라도 아이는 셋이면 충분했다.

찢어 놓은 솔기들을 루가 꿰매고 매끄럽게 다리미질을 해서, 드레스를 그녀에게 입히고는 단추를 채운 다음에, 스칼렛은 승용 마차를 불러 타고 목재 야적장으로 출발했다. 제재소로 나가는 사이에 그녀는 기분이 좋아졌고, 야적장에서 애슐리를 만나 장부를 함께 검토할 생각을 하니 허리의 선 따위는 잊고 말았다. 그리고, 혹시 운이 좋으면, 애슐리와 단둘이서만 만날 기회가 생길지도 모른다. 스칼렛은 보니가 태어나기 오래전부터 그를 만나지 못했었다. 임신 상태가 그토록 뚜렷하게 드러날 때는 그를 만나고 싶은 생각이 스칼렛에게는 조금도 없었다. 그리고 비록 누군가 자리를 함께해야 하는 경우더라도 스칼렛은 애슐리와 날마다 꼬박꼬박 만나고는 했던 일상적인 접촉이 참으로 아쉬웠다. 그녀는 집에 갇혀 지내는 동안 목재 사업의 중요성을 재확인했고, 바깥 활동이 그리웠다. 물론 그녀는 이제 일을 할 필요가 없었다. 간단히 제재소들을 팔아 버리고 웨이드와 엘라를 위한 투자를 해도 괜찮았다. 하지만 그랬다가는 주변에 사람들이 잔뜩 합석한 공식적인 사교 장소 이외에는 전혀 애슐리를 만나지 못하게 될 처지였다. 그리고 애슐리 곁에서 일을 한다는 것이 그녀에게는 가장 큰 기쁨이었다.

야적장으로 마차를 몰고 올라간 스칼렛은 목재가 얼마나 높이 쌓였는지를, 그리고 목재 더미 사이에서 얼마나 많은 고객이 휴 엘싱과 대화를 나누는지를 보고는 흥미를 느꼈다.

그리고 노새도 여섯 무리나 되었고, 흑인 마부들이 마차에다 짐을 싣는 중이었다. 여섯 무리나 되는구나, 그녀는 자랑스럽게 생각했다. 그리고 이걸 내가 혼자 힘으로 이루어 놓았지!

그녀를 다시 보게 되어 기쁨이 넘치는 눈으로 애슐리가 자그마한 사무실의 문으로 오더니, 마치 여왕이라도 된다는 듯 그녀의 손을 잡아 마차에서 부축해 내리고는 사무실로 안내했다.

하지만 그의 제재소 장부와 조니 갤러거의 장부를 비교해 본 그녀는 기쁨이 줄어들었다. 애슐리는 지출을 겨우 메울 정도였지만, 조니는 두드러지게 많은 수입을 올렸다. 두 장부의 대차 대조표를 보면서 그녀는 아무 말도 하지 않고 참았지만, 애슐리는 그녀의 표정을 빤히 읽었다.

「스칼렛, 미안해요. 죄수를 쓰는 대신에 해방 검둥이를 고용하게 허락해 주었더라면 좋았으리라는 것밖에는 할 말이 없군요. 그랬다면 결과가 훨씬 나았겠죠.」

「검둥이라고요! 뭐예요, 그들에게 보수를 주면 우린 망하고 말아요. 죄수는 헐값이에요. 만일 조니가 죄수들을 데리고 일해서 이만큼 벌어들였다면 —」

애슐리의 눈은 그녀의 어깨 너머로 스칼렛이 보지 못하는 대상을 쳐다보았고, 그의 눈에서 반가운 표정이 사라졌다.

「난 조니 갤러거처럼 죄수를 부릴 줄 몰라요. 난 사람들을 몰아대질 못하니까요.」

「귀신 속곳 같으니라고! 그런 면에서는 조니의 솜씨가 기막히죠. 애슐리, 당신은 너무 착해요. 당신은 그들에게 일을 더 시켜야만 해요. 조니가 나한테 한 얘기로 미루어 보면 일이 하기 싫어서 꾀병을 부려 아프다고 얘기만 하면 당신은 그냥 하루 동안 쉬게 해주었다더군요. 하느님 맙소사, 애슐리! 그래 가지고서는 돈을 못 벌어요. 두어 번만 매질을 해도 다리가 부러지기 전에는 무슨 꾀병이나 다 거뜬히 없어질 텐데 —」

「스칼렛! 스칼렛! 그만해요! 난 당신이 그런 식으로 얘기하면 견디질 못하겠어요.」 스칼렛의 말문이 막힐 정도로 험악한 눈초리를 다시 그녀에게로 돌리며 애슐리가 소리쳤다. 「그들도 인간이고 — 어떤 사람들은 병이 들었고, 영양실조에, 하나같이 비참한 심정이라는 걸 — 당신은 모르나요? 오, 스칼렛, 그토록 항상 다정다감하던 당신을 그 사람이 이렇게 잔인무도한 사람으로 만들어 놓다니, 난 견딜 수가 없어요.」

「누가 나를 잔인, 어떻게 했다고요?」

「그럴 권리가 나한테는 전혀 없지만 그래도 난 이 말을 꼭 해야겠어요. 난 얘기를 해야 되겠다고요. 당신의 — 레트 버틀러 말이에요. 그가 손으로 건드리면 무엇이나 다 독이 옮죠. 그리고 그토록 상냥하고 친절하고 부드러웠던 당신을 데려다, 그토록 쾌활한 여자였던 당신을 그는 이런 꼴로 만들어서, 당신을 냉혹하게 만들었고, 그의 손길이 닿고 나서 당신은 잔인해졌어요.」

〈오.〉 애슐리가 그녀를 이토록 깊이 생각해 주고, 아직도 그녀를 상냥하다고 그가 생각한다는 기쁨이 죄의식과 갈등을 일으키며, 스칼렛은 숨을 몰아쉬었다. 그녀가 돈에 벌벌 떠는 습성이 레트의 탓이라고 애슐리가 생각하다니, 천만다행이었다. 돈에 대한 그녀의 욕심은 물론 레트와 아무런 상관도 없었고 오로지 그녀의 탓이었지만, 레트로서는 욕을 한마디 더 듣더라도 거기가 거기였다.

「세상의 어느 다른 남자라도 난 이렇게까지 신경을 많이 쓰진 않겠지만 — 레트 버틀러라면 문제가 달라요! 난 그가 당신을 어떻게 했는지를 봤어요. 당신이 미처 깨닫지도 못하는 사이에, 그는 당신의 생각을 휘어잡고는, 자신이 걸어온 냉혹한 길로 끌고 갔어요. 아, 그래요, 내가 이런 소리를 해서는 안 된다는 건 나도 알아요 —. 그는 내 생명을 구해 주었고, 그래서 난 고맙게 생각하지만, 난 그가 아니라 어느 누구라도 좋으니까 다른 사람이었더라면 좋았으리라고 하느님께 맹세해요! 그리고 난 당신한테 이런 소리를 할 권리가 없어서 —」

「오, 애슐리, 당신에게는 그럴 권리가 있어요. 다른 사람은 아무도 그렇지 못하지만요!」

「고귀한 당신이 그런 남자 때문에 추악해지고, 당신의 아름다움과 매혹을 차지한 남자가 그런 사람이라는 생각을 하면, 난 정말이지 견디기가 힘들고 —. 그가 당신을 마음대로 하리라는 생각을 하면 난 —」

〈나한테 키스를 하려나 봐!〉 스칼렛은 황홀하게 생각했다. 〈그리고 이건 내 잘못이 아냐!〉 그녀는 비틀거리며 그에게로 갔다. 하지만 너무 말을 많이 했다고, 할 생각이 전혀 없었던 말까지 했음을 깨달은 듯, 그는 갑자기 뒤로 물러섰다.

「정말 진심으로 사과해요, 스칼렛. 난 — 난 당신 남편이 신사가 아니라고 헐뜯었는데, 내가 한 말이 바로 나는 신사가 아님을 증명하는군요. 부인 앞에서 남편을 비판할 권리는 누구에게도 없습니다. 나로서는 아무런 변명도 않겠고 다만 — 다만 —」 그는 얼굴이 일그러지며 말끝을 흐렸다. 그녀는 숨을 멈추고 기다렸다.

〈나에게는 변명의 여지가 전혀 없어요.〉

마차를 타고 집으로 돌아오는 동안 스칼렛의 마음은 줄곧 달음박질을 했다. 애슐리는 그녀를 사랑할 따름이었으니 — 어떤 다른 변명도 필요가 없었다! 그리고 스칼렛이 레트의 품에 안겨 잠자리를 같이한다는 생각만 하면, 애슐리의 마음속에서는 그녀가 상상도 못 할 정도로 분노가 치솟아 올랐다. 그렇다, 스칼렛은 그런 심정이 이해가 갔다. 애슐리와 멜라니의 관계가 본질적으로 오빠와 여동생 같다는 사실을 인식하지 못했다면 그녀 자신의 삶은 고통일 따름이었다. 그리고 레트의 포옹은 그녀를 추악하고 잔인하게 만들었다! 그렇다, 만일 애슐리의 생각이 그러하다면, 그녀는 그런 포옹쯤은 없어도 아주 잘 살아가리라고 자신했다. 비록 두 사람이 엉뚱한 다른 상대와 결혼한 몸이기는 하더라도, 만일 그들이 육체적으로 서로 상대방에게 진실하다면, 그것은 정말로 아름답고 낭만적이리라고 스칼렛은 생각했다. 그런 상상에 사로잡힌 그녀는 기쁨을 느꼈다. 그런가 하면 현실적인 문제도 대두되었다. 그렇다면 그녀가 더 이상 아이를 낳아서는 안 된다는 의미이기도 했기 때문이다.

집에 도착해서 마차를 보내고 난 다음에, 레트에게 침실을 따로 쓰겠다는 말을 하고 그에 따른 반응을 감당해야 할 생각을 하니, 애슐리의 말을 듣고 마음속에 가득했던 환희가 조금쯤 희미해지기 시작했다. 그것은 쉽지 않은 일이었다. 그뿐 아니라, 애슐리가 원하는 바였기 때문에 레트에게 자신의 몸을 거부했다는 얘기를 그녀는 어떻게 애슐리에게 하겠는가? 아무도 알아주지 않는다면, 희생이라는 것이 도대체 무슨 소용이라는 말인가? 겸손함과 우아함이란 얼마나 벅찬 부담인가! 레트에게처럼 애슐리와도 솔직하게 얘기를 나누게 된다면 얼마나 좋을까! 하기야 상관없는 일이었다. 어떻게 해서든지 그녀는 애슐리에게 진실을 넌지시 알려 주리라.

층계를 올라가서 아기방의 문을 연 그녀는, 웨이드가 호주머니에서 꺼낸 물건들을 그에게 보여 주려고 늘어놓는 동안, 엘라를 무릎에 앉힌 채 보니의 요람 앞에 앉아 기다리는 레트를 보았다. 레트가 아이들을 좋아해서 그들에게 신경을 이토록 많이 쓰다니, 그것은 커다란 축복이었다! 어떤 의붓아버지들은 전남편의 아이들에게 무척 냉정했다.

「얘기 좀 해요.」 그녀는 아기방을 지나 부부 침실로 들어가면서 말했다. 아이를 더 이상 낳지 않겠다는 결심이 그녀의 마음속에서 아직 뜨겁고, 애슐리의 사랑이 그녀에게 힘을 북돋아 주는 지금, 할 얘기를 다 끝내 버리는 편이 좋으리라.

「레트.」 그가 안으로 들어와 침실의 문을 닫은 다음 스칼렛이 불쑥 말했다. 「난 더 이상 아이는 낳지 않기로 결심했어요.」

예기치 않았던 그녀의 말에 레트가 놀랐을지도 모르겠지만, 그는 내색을 하지 않았다. 그는 유유히 의자로 걸어가서 앉더니, 의자를 뒤로 기울였다.

「우리 귀여운 아가씨, 보니가 태어나기 전에 내가 말했듯이, 당신이 아이를 하나 낳느냐 스물 낳느냐 하는 건 나한테 중요하지 않아.」

마치 아이들이 태어나느냐 마느냐의 여부가 실제로 아이가 태어나는 과정과 관계가 있는지 어쩐지 별 관심도 없다는 듯 그토록 거뜬하게 문제를 피해 버리다니, 그는 얼마나 얄미운 인간인가.

「난 셋이면 충분하다고 생각해요. 난 1년에 하나씩 아기를 낳고 싶은 생각은 없어요.」

「셋이라면 충분하다고 여겨지는구먼.」

「당신도 아주 잘 알겠지만 ―」 당황해서 두 뺨이 빨개지며 그녀는 얘기를 꺼냈다. 「내 얘기 무슨 뜻인지 알죠?」

「알지. 결혼 생활에서의 내 권리를 거부했다는 이유로 내가 이혼을 제기하리라는 가능성도 알기는 하시겠지?」

「하기야 당신은 그런 생각을 할 정도로 저속한 사람이긴 하죠.」 그녀가 계획했던 대로 일이 돌아가지 않자 짜증이 난 스칼렛이 소리쳤다. 「만일 조금이라도 기사도 정신을 간직한 남자라면, 당신은 — 당신은 친절하게 —. 글쎄요, 애슐리 윌크스를 보라고요. 멜라니가 전혀 아이를 낳지 못하게 되자 애슐리는 —」

「애슐리야 신사 분이시니까.」 레트가 말했고, 그의 눈이 묘하게 번득이기 시작했다. 「어서 강연을 계속하시지.」

그녀의 강연은 다 끝났고, 할 말이 더 없었기 때문에, 스칼렛은 말문이 막혔다. 이제 그녀는 그토록 중요한 문제를, 그것도 레트처럼 이기적인 돼지와 사이좋게 타협을 지으리라고 바랐던 자신이 얼마나 어리석었는지를 새삼스럽게 깨달았다.

「당신 오늘 목재 야적장 사무실에 갔었지, 안 그래?」

「그게 우리 얘기하고 무슨 관계인가요?」

「당신은 개들을 좋아하지. 안 그래, 스칼렛? 당신은 개들을 개집에 두고 싶어, 아니면 구유에 두고 싶어?」[62]

분노와 실망의 파도가 치밀어 오르던 그녀는 레트가 무슨 얘기를 하는지 알아듣지도 못했다.

레트는 가볍게 몸을 일으켜 그녀에게로 오더니, 턱을 손으로 받치고는 얼굴을 그에게로 휙 들어 올렸다.

「당신은 너무나 어려! 당신은 세 명의 남자하고 살았으면서도 아직 남자들의 본성을 몰라. 당신은 남자를 갱년기가 지난 노부인들과 마찬가지라고 생각하는 모양이야.」

62 아이소포스 우화에 나오는 심술궂은 개를 두고 한 말.

그는 장난스럽게 그녀의 턱을 꼬집어 주고는 손을 내렸다. 그는 시커먼 한쪽 눈썹을 치켜 올리고 차가운 눈초리로 한참 동안 그녀를 노려보았다.

「스칼렛, 이걸 이해해야 돼. 만일 당신과 당신의 침대가 아직 조금이라도 나에게 매력을 준다면, 아무리 자물쇠를 채우고 애원을 해도 나를 쫓아 버리지는 못해. 그리고 난 당신하고 계약을 — 내가 여태까지 잘 지켜 왔고 당신은 지금 깨뜨리려고 하는 계약을 맺었기 때문에, 내가 무슨 짓을 하더라도 난 수치심을 느낄 이유가 없어. 어쨌든 정조를 지키고 싶으면 잘 지키도록 해봐.」

스칼렛이 화를 내며 소리쳤다. 「그렇다면 당신 얘기는 어쨌거나 개의치 않겠다고 —」

「당신은 나한테 싫증을 느낀 모양이야, 안 그래? 글쎄, 싫증이야 여자들보다 남자들이 더 쉽게 내지. 고결함은 잘 간직하도록 해, 스칼렛. 그래 봤자 난 곤란할 게 하나도 없으니까. 그런 문제는 걱정하지 말라고.」 그는 머리를 젓고는 히죽 웃었다. 「다행히도 세상에는 침대가 굉장히 많고, 대부분의 침대에는 여자들이 가득하니까.」

「그렇다면 당신은 정말로 그렇게까지 —」

「우리 순진한 아가씨! 그야 물론이지. 내가 벌써 오래전부터 외도를 하지 않았다는 게 오히려 신기할 따름이라고. 난 정절을 미덕이라고 여긴 적이 전혀 없었으니까.」

「난 매일 밤 내 방의 문을 잠그겠어요!」

「뭘 귀찮게 그래? 만일 내가 당신을 원한다면 자물쇠를 채워도 소용이 없을 텐데.」

그는 얘기가 다 끝났다는 듯 몸을 돌려 방에서 나갔다. 스칼렛은 그가 아기방으로 되돌아가 아이들에게 환영받는 소리를 들었다. 그녀는 털썩 주저앉았다. 그녀는 원하던 바를 관철시켰다. 이것이 그녀가 원하고 애슐리가 원하던 바였다. 하지만 그것이 스칼렛을 행복하게 해주지는 않았다. 그녀는 자존심이 상했고, 레트가 사태를 너무나 가볍게 넘겨 버렸고, 그는 그녀를 원하지 않았고, 그녀를 다른 침대의 다른 여자들과 같은 수준으로 취급했다는 생각을 하며 스칼렛은 굴욕감을 느꼈다.

스칼렛은 자기와 레트가 더 이상 실질적인 부부가 아니라는 사실을 애슐리에게 알려 줄 어떤 기묘한 방법을 생각해 내고 싶었다. 하지만 이제 스칼렛은 그것이 쉽지 않으리라고 판단했다. 지금은 만사가 한심하게 뒤죽박죽이 되었고, 그런 얘기는 전혀 하지 말았어야 했나 보다고 그녀는 반쯤 건성으로 생각했다. 그녀는 어둠 속에서 그의 여송연 불빛이 발갛게 밝아지는 동안, 레트와 침대에 나란히 누워 나눴던 재미있고 기나긴 대화를 아쉬워하게 되리라. 그녀는 차가운 안개 속으로 달아나는 꿈을 꾸다가 겁에 질려 잠이 깨었을 때 그녀에게 위안이 되어 주었던 그의 품을 그리워하게 되리라.

갑자기 스칼렛은 자신이 무척 불행해졌다는 생각이 들었고, 머리를 의자의 팔걸이에 기대고 울음을 터뜨렸다.

제52장

보니가 첫돌을 맞은 지 얼마 안 가서, 비가 내리던 어느 날 오후, 웨이드는 거실에서 서성거리며, 가끔 창문으로 가서는 멍한 표정으로, 빗물이 흘러내리는 유리창에 코를 대고 눌렀다. 그는 가냘프고 호리호리한 소년이 되었는데, 여덟 살이라는 나이에 비해 키가 작았고, 소심하다고 할 정도로 말수가 적었으며, 누가 일부러 말을 시키기 전에는 입을 열지 않았다. 엘라는 구석에서 인형을 가지고 혼자 노느라고 정신이 팔렸으며, 스칼렛은 책상에 앉아 뭐라고 혼자 투덜거리며 계산을 맞추느라고 바빴는가 하면, 레트는 마룻바닥에 엎드려 보니의 손이 닿을락 말락 하게 시곗줄을 내리고는 흔들어 주느라고 열심이었으므로, 따분한 웨이드는 무엇을 하면서라도 시간을 보낼 놀이가 꼭 필요했다.

웨이드가 책을 몇 권 집었다가, 시끄러운 소리를 내며 내려놓고는 깊은 한숨을 쉬니까, 스칼렛이 화를 내며 그에게로 시선을 돌렸다.

「맙소사, 웨이드! 밖으로 나가서 놀라니까.」

「안 돼요. 비가 내리잖아요.」

「그래? 난 몰랐는데. 그럼 아무 장난이라도 하라고. 네가 그렇게 안달을 하니 내가 불안해져. 보우한테 가서 같이 놀게 마차로 데려다 달라고 돼지한테 부탁해.」

「보우는 집에 없어요.」 웨이드가 한숨을 쉬었다. 「라울 피카르의 생일 파티에 갔으니까요.」

라울은 메이벨과 르네 피카르의 어린 아들이었는데, 스칼렛의 생각에는 아이라기보다는 원숭이에 가까울 정도로 흉측한 녀석이었다.

「넌 만나고 싶으면 아무라도 찾아가면 되잖아. 가서 돼지한테 얘기해.」

「아무도 집에 없어요.」 웨이드가 대답했다. 「다들 파티에 갔으니까요.」

〈다들 갔지만 — 나는 못 갔다〉는 말이 차마 나오지를 않아 입안에서 맴돌았지만, 장부에 정신이 팔린 스칼렛은 신경을 쓰지 않았다.

레트는 몸을 일으켜 앉으며 물었다. 「넌 왜 파티에 안 갔니?」

웨이드는 처량한 표정으로 한쪽 발을 질질 끌며 레트에게로 슬그머니 다가왔다.

「초청을 못 받았어요.」

레트는 보니의 억센 손아귀에 시계를 쥐여 주고는 가볍게 벌떡 일어섰다.

「망할 놈의 계산은 그만 좀 하시지, 스칼렛. 왜 파티에 웨이드가 초청을 받지 못했어?」

「제발 이러지 말아요, 레트! 나한테 귀찮게 굴지 마시라고요. 애슐리가 장부를 너무나 엉망으로 만들어 놓아서 —. 아, 그 파티 말이에요? 글쎄요, 난 웨이드가 초청을 못 받았다고 해서 조금도 이상하게 생각하진 않고, 초청받지 못한 파티라면 보내고 싶지도 않아요. 라울은 메리웨더 부인의 손자이고, 메리웨더 부인은 그녀의 거룩한 응접실에 우리들을 초청하느니 해방 깜둥이를 초청하겠다고 할 여자예요.」

깊은 생각에 잠긴 눈으로 웨이드의 얼굴을 지켜보던 레트는, 아이가 흠칫하는 모습을 보았다.

「얘야, 이리 오너라.」 아이를 끌어당기며 그가 말했다. 「너 그 파티에 가고 싶으냐?」

「아니에요.」 웨이드가 용감하게 말했지만, 고개를 수그렸다.

「흠. 어디 얘기해 봐, 웨이드. 꼬마 조 화이팅이나 프랭크 보넬 — 그리고 네 친구들 가운데 어느 누구라도 널 파티에 부르기는 하니?」

「아뇨. 난 파티에 별로 초청받지 못해요.」

「웨이드, 너 거짓말하는 거지!」 몸을 돌리며 스칼렛이 소리쳤다. 「넌 지난 주일에 세 번이나, 바트 댁과 겔러트 댁과 헌든 댁 아이들의 파티에 갔었어.」

「말의 굴레를 찬 노새들을 그렇게 잘 골라 모으기도 힘들겠구먼.」 나지막하고 느릿느릿 말끝을 흐리는 목소리로 레트가 말했다. 「너 그런 파티에 가니까 즐겁더냐? 솔직하게 얘기해.」

「아뇨.」

「왜 재미가 없지?」

「잘 — 잘 모르겠어요. 어멈이 — 어멈이 그러는데, 그런 사람들은 백인 쓰레기래요.」

「난 지금 당장 어멈한테 혼찌검을 내겠어!」 벌떡 일어서며 스칼렛이 소리쳤다. 「그리고 너 말이다, 웨이드, 엄마의 친구들에 대해서 그런 소리를 하면 —」

「웨이드는 진실을 얘기하고, 어멈도 마찬가지야.」 레트가 말했다. 「하지만 물론 당신은 코앞에 갖다 놓아도 진실을 알아볼 능력이 전혀 없지. ……얘야, 신경 쓰지 마라. 넌 이제부터 가고 싶지 않은 파티는 더 이상 갈 필요가 없어. 이거 받아.」 그는 호주머니에서 돈을 꺼냈다. 「돼지에게 마차를 끌어내서 시내로 데려다 달라고 해. 사탕을 사 먹어. 신나게 배가 아플 정도로 잔뜩 사 먹으라고.」

웨이드는 빙그레 웃으며 돈을 호주머니에 넣고는 그래도 좋으냐고 다짐을 받으려는 듯 열심히 어머니를 쳐다보았다. 하지만 그녀는 이맛살을 잔뜩 찌푸리고 레트를 노려보았다. 레트는 마룻바닥에서 보니를 안아 들고는, 아이의 자그마한 얼굴을 그의 뺨에 대고, 꼭 껴안은 채로 흔들어 주었다. 스칼렛은 그의 얼굴 표정을 읽을 수가 없었지만, 그의 눈에는 두려움이 — 자신에 대한 힐책과 두려움에 가까운 어떤 표정이 나타났다.

의붓아버지의 너그러움에 용기를 얻은 웨이드는 머뭇거리며 그에게로 왔다.

「레트 아저씨, 뭐 물어봐도 괜찮아요?」

「물론이지.」 보니의 머리를 더 바싹 껴안은 레트의 표정은 멍하고 초조했다. 「뭐야, 웨이드?」

「레트 아저씨, 아저씨는 — 아저씨는 전쟁 때 싸움터에 나가셨었나요?」

다시금 레트의 눈은 긴장해서 날카로워졌지만, 목소리는 태연했다.

「얘야, 그건 왜 물어보지?」

「글쎄요, 조 화이팅은 아저씨가 전쟁터엘 안 갔었다 했고, 프랭키[63] 보넬도 똑같은 소리를 했어요.」

「아.」 레트가 말했다. 「그래서 넌 뭐라고 했니?」

웨이드가 서글픈 표정을 지었다.

63 프랭크의 애칭.

「난 — 난 — 모르겠다고 했어요.」 그러고는 서둘러서, 〈하지만 난 아무렇지도 않았고, 자식들을 때려 주었어요. 전쟁터에 나가셨었나요, 레트 아저씨?〉

「그래.」 갑자기 험악해진 목소리로 레트가 말했다. 「난 전쟁터에 나갔었어. 난 여덟 달 동안 군대 생활을 했지. 난 러브조이에서 테네시 주의 프랭클린까지 줄곧 전투에 참가했단다. 존스턴 장군이 항복했을 때, 난 그의 부대 소속이었어.」

웨이드가 자랑스러워서 몸을 으쓱했지만, 스칼렛은 웃었다.

「난 당신이 전투 경력을 부끄럽게 생각하는 줄 알았는데요.」 그녀가 말했다. 「나더러 그런 얘기는 입 다물라고 하셨잖아요?」

「시끄러워.」 그가 무뚝뚝하게 말했다. 「그래, 만족했니, 웨이드?」

「아, 그럼요! 난 아저씨가 전쟁터에 나갔었다고 알았어요. 난 아저씨가 아이들이 얘기하듯 그렇게 겁쟁이가 아니라고 믿었어요. 하지만 — 왜 아저씨는 다른 아이들의 아버지와 같이 가서 싸우질 않았나요?」

「그건 다른 애들의 아버지가 어찌나 바보였는지, 보병으로밖에는 받아 주지 않았기 때문이야. 난 웨스트포인트 출신이었기 때문에 포병 부대에서 복무했거든. 향토 경비대가 아니라 정규군 포병 말이다. 포병이 되려면 굉장히 머리가 좋아야 해, 웨이드.」

「그렇겠죠.」 얼굴이 밝아지면서 웨이드가 말했다. 「부상을 당하셨나요, 레트 아저씨?」

레트는 머뭇거렸다.

「당신이 앓았던 이질 얘기나 해주세요.」 스칼렛이 놀렸다.

레트는 조심스럽게 아기를 마룻바닥에 내려놓고는 바지

허리춤에서 셔츠와 속옷을 끌어냈다.

「이리 와, 웨이드. 그러면 내가 어디에 부상을 입었는지 보여 줄 테니까.」

흥분한 웨이드는 앞으로 나서더니 레트의 손가락이 가리키는 곳을 살펴보았다. 길게 돋아 오른 상처가 그의 갈색 가슴을 가로질러 근육이 묵직한 배까지 뻗어 내려갔다. 그것은 캘리포니아의 채금장에서 벌어진 칼싸움에서 남은 상처였지만, 웨이드는 그런 사실을 알지 못했다. 웨이드는 기분이 좋아서 숨을 몰아쉬었다.

「보아하니 우리 아버지만큼이나 용감하셨나 봐요, 레트 아저씨.」

「비슷하긴 하지만, 꼭 그렇지는 않았어.」 셔츠를 바지 속으로 쑤셔 넣으며 레트가 말했다. 「자, 어서 나가 돈을 쓰고, 내가 군대에 안 갔었다고 떠드는 녀석은 실컷 두들겨 패.」

웨이드는 신이 나서 뛰어나가며 돼지를 불렀고, 레트는 다시 아기를 안았다.

「왜 그런 거짓말을 잔뜩 늘어놓으셨나요, 우리 용감하신 젊은 용사여?」 스칼렛이 물었다.

「사내아이란 의붓아버지나마 아버지를 자랑스럽게 생각해야 해. 난 다른 꼬마 녀석들 앞에서 웨이드가 머리를 들지 못하도록 내버려 두고 싶진 않아. 아이들이란 워낙 잔인하니까.」

「오, 말도 안 되는 소리!」

「난 웨이드에게 그것이 어떤 의미를 가지는지 전혀 생각해 보지 못했었어.」 레트가 천천히 말했다. 「난 걔가 얼마나 괴로워하는지를 전혀 몰랐었어. 그리고 보니한테는 그런 식이어서는 안 돼.」

「무슨 식이요?」

「당신은 보니가 아버지를 부끄럽게 여기도록 내가 가만히 두리라고 생각했어? 아홉 살이나 열 살이 되었을 때 파티에서 따돌림을 받게 말이야. 당신이나 내 잘못이지 아이의 탓은 아닌 일들 때문에 웨이드처럼 보니가 굴욕을 당하도록 내가 그냥 내버려 두리라고 생각해?」

「아니, 애들의 파티를 가지고 뭘 그래요!」

「아이들의 파티가 나중에는 처녀들의 사교계 데뷔 파티가 되거든. 당신은 내 딸이 애틀랜타의 고상한 사회로부터 따돌림을 받아 가며 자라게 내가 가만히 있을 줄 알았어? 난 보니가 이곳이나 찰스턴이나 서배너나 뉴올리언스에서 아무도 받아들이지를 않을 테니까 북부의 학교로 보내고는 가끔 면회나 갈 그런 생각은 없어. 그리고 난 어머니는 바보고 아버지는 불량한 인간이기 때문에, 남부의 어떤 점잖은 지역에서도 며느리로 데려가려고 하지 않기 때문에, 딸을 양키나 외국인과 억지로 결혼시켜야 하는 꼴도 보고 싶지 않아.」

다시 문으로 돌아온 웨이드는 흥미를 느끼면서도 영문을 모르는 채 얘기에 귀를 기울였다.

「보니는 보우하고 결혼하면 되잖아요, 레트 아저씨.」

어린 소년에게로 돌아서는 레트의 얼굴에서는 분노가 사라졌고, 그는 아이들과 얘기할 때면 항상 그렇듯이, 겉으로만 진지한 태도를 보이며 말을 조심했다.

「그건 사실이야, 웨이드. 보니는 보우 윌크스하고 결혼하면 되겠지만 넌 누구하고 결혼하겠니?」

「오, 난 누구하고도 결혼하지 않겠어요.」 멜리 고모 이외에는 유일하게 절대로 야단을 치지 않고 항상 그를 격려했던 사람과, 사나이 대 사나이로서 주고받는 대화를 흐뭇해하면서, 웨이드가 당당하게 말했다. 「난 하버드로 가서 우리 아버지처럼 변호사가 되고, 그런 다음에는 아버지와 마찬가지로 용감한 군인이 되고 싶어요.」

「난 멜리가 아이들에게 저런 말을 하는 게 싫어요.」 스칼렛이 소리쳤다. 「웨이드, 넌 하버드로 가면 안 돼. 거긴 양키 학교인데, 난 네가 양키 학교에 가기를 바라지 않아. 넌 조지아 대학교로 가고, 졸업한 다음에는 나 대신 네가 상점을 운영해야 돼. 그리고 네 아버지가 용감한 군인이었다는 얘기도 —」

「입 다물어.」 그가 전혀 알지도 못했던 아버지에 관한 얘기가 나오자 웨이드의 눈에서 반짝이던 빛을 놓치지 않았던 레트가 퉁명스럽게 말했다. 「넌 너희 아버지처럼 용감한 남자가 되어라, 웨이드. 아버지는 영웅이었으니까 아버지처럼 되도록 노력하고, 남들이 다른 소리를 하면 가만두지 말아야 해. 아버지는 너희 엄마와 결혼을 했어, 안 그러니? 글쎄, 그만하면 영웅이라는 게 증명된 셈이잖아. 그리고 난 네가 하버드로 가서 변호사가 되도록 해주겠어. 자, 어서 돼지한테 가서 시내로 데려다 달라고 해.」

「내 아이들은 내가 키우도록 해주셨으면 고맙겠군요.」 레트가 시키는 대로 방에서 뛰어나가는 웨이드를 향해서 스칼렛이 소리쳤다.

「당신은 거지같이도 아이를 못 키우니까 그렇지. 당신은 엘라와 웨이드가 얻었을지도 모르는 온갖 기회를 망쳐 놓았지만, 난 당신이 보니에게도 그렇게 하도록 가만두지는 않겠어. 보니는 예쁜 공주님이 되시겠고, 세상 남자들이 우리 공주님을 쫓아다니게 만들겠어. 그러니까 보니가 가지 못할 곳은 하나도 없게 하겠다고. 하느님 맙소사, 당신은 저 애가 자라서 어른이 된 다음에, 지금 이 집을 가득 채우는 하찮은 인간들과 사귀도록 내가 가만히 내버려 둘 줄 알았어?」

「당신은 그들과 잘 지내잖아요 —」

「그리고 당신한테야 벅찰 정도로 훌륭한 인간들이겠지, 우리 귀여운 아가씨야. 하지만 보니에게는 그렇지 않아. 당신은 내 딸이 당신과 어울려 다니는 부랑자들의 무리 가운데 누구인가와 결혼하도록 내가 그냥 내버려 두리라고 생각했어? 일확천금을 노리는 아일랜드 사람들, 양키들, 백인 쓰레기들, 카펫배거들 따위 —. 버틀러 집안의 피와, 로비야르 집안의 혈통을 이어받은 우리 보니는 —」

「오하라 집안은 —」

「오하라 집안은 한때 고향에서 왕들이었는지는 모르지만 당신 아버지는 출세를 노리던 똑똑한 아일랜드 촌놈에 불과했어. 그리고 당신도 더 나은 데가 없고. 하지만 나한테도 잘못이 없지는 않아. 나한테는 인생에서 중요한 게 하나도 없었기 때문에, 난 무슨 일에서나 내 멋대로 행동했고, 아무렇게나 살아왔지. 하지만 보니는 나한테 중요해. 맙소사, 왜 내가 진작 그런 생각을 못 했을까! 우리 어머니나 당신 이모 율랄리나 폴린이 무슨 수를 쓰더라도 보니는 찰스턴 사회에서는 받아들여지지 않겠고, 우리들이 빨리 손을 쓰기 전에는 이곳 사회에서도 받아들여지지 않으리라는 사실이 뻔하니까 —」

「오, 레트, 당신이 아이 문제를 너무 심각하게 따지니까 오히려 우습군요. 우리가 가진 돈이라면 —」

「돈 그렇게 좋아하지 마! 우리 돈을 몽땅 다 내놓더라도 내가 보니한테 주고 싶은 건 얻지 못해. 난 보니가 공화당이 개최하는 무도회에서 최고의 인기를 끄는 미녀가 되기보다는, 차라리 피카르 댁 초라한 집이나 엘싱 부인 댁의 삐걱거리는 헛간으로 초청을 받아 말라붙은 빵을 먹게 되기를 바라. 스칼렛, 당신은 바보였어. 당신은 아이들이 사회에서 차지해야 할 자리를 벌써 여러 해 전에 마련했어야 했지만, 그러지 않았어. 당신은 심지어 자신이 차지한 위치조차도 지키려고 신경을 쓰지 않았고. 그리고 이토록 때늦은 단계에 와서 당신이 생활 방식을 고치기를 바란다면 그건 정말 어려운 일이겠지. 당신은 돈을 버는 데만 지나치게 급급했고, 사람들을 괴롭히기만 워낙 좋아하니까.」

「이런 시시한 문제로 시간 낭비는 하지 말아요.」 그녀 쪽에서 보기에는 얘기가 다 끝났다는 뜻으로 서류들을 펄럭거리며 스칼렛이 냉정하게 말했다.

「우릴 도울 사람이라고는 윌크스 부인 한 사람뿐인데, 당신은 그녀를 몰아내고 모욕하느라고 기를 쓰지. 멜리가 가난하다느니 옷차림이 초라하다느니 하는 따위의 얘기는 듣고 싶지 않아. 그녀는 애틀랜타의 고귀한 온갖 관념의 영혼이요 핵심이니까. 그런 여자가 존재한다는 건 하느님의 은총이야. 그녀가 날 도와주겠지.」

「무얼 하려고 그러는데요?」

「무얼 하냐고? 난 애틀랜타 보수파의 두목 노릇을 하는 여자들을 모조리 — 특히 메리웨더 부인, 엘싱 부인, 화이팅 부인, 미드 부인의 인식을 바꿔 놓겠어. 나를 미워하는 뚱뚱보 노파들의 앞에서 내가 배를 깔고 기어야 한다면, 난 그렇게 하겠어. 난 그들의 냉정한 태도 앞에서 공손해지겠고, 내가 저지른 잘못을 열심히 회개하겠어. 난 그들의 거지 같은 자선 활동에 기부금을 내고, 그들과 함께 거지 같은 교회에도 다니겠어. 난 남부 동맹을 위해 복무했다는 사실을 시인하고 자랑도 하면서, 최악의 사태가 닥친다면, 난 그들의 거지 같은 클랜에도 가입하겠는데 — 자비로운 하느님께서는 나에게 그토록 무거운 속죄의 짐을 지워 주기까지는 하지 않겠지만. 그리고 내가 생명을 구해 준 멍청이들에게 그들이 나에게 빚을 졌다는 사실을 주저하지 않고 상기시키겠어. 그리고 당신은 말이야, 우리 사모님, 내가 환심을 사려고 접근하는 어떤 사람에게도 저당물을 유질(流質) 처분을 하거나, 썩은 목재를 팔거나, 다른 방법으로 그들을 모욕함으로써, 내가 해놓은 일을 허사로 만들지 않도록 조심하시기를 부탁하겠어. 그리고 불럭 주지사는 이 집에 다시는 발을 들여놓지 못하게 하고. 알겠지? 그리고 당신이 가까이 지내던 우아한 도둑들의 무리 또한 아무도 오지 못하게 해. 내가 이렇게 부탁하는데도 불구하고 만일 그들을 초청한다면, 당신은 집에 주인이 없다는 난처한 꼴을 당하게 될 테니까. 만일 그들이 집으로 찾아온다면, 난 벨 워틀링의 술집으로 가서 그곳에 모인 사람들에게, 그런 작자들과 같은 집에서 시간을 보내고 싶지 않아 내가 술집으로 도망을 왔더라는 소문을 잔뜩 퍼뜨리게 하겠어.」

그의 말을 들으며 기분이 좋지 않았던 스칼렛이 짤막하게 웃었다.

「그러니까 강을 오르내리는 유람선의 도박사요 투기업자이시던 분이 앞으로는 제대로 존경을 받아야 되겠다는 소리로군요! 글쎄요, 존경받기 위해서 당신이 제일 먼저 취해야 할 행동은 벨 워틀링의 집을 처분하는 거겠죠.」

그것은 눈을 감고 총을 쏜 격이었다. 스칼렛은 레트가 워틀링 집의 소유자라고 분명히 확신했던 적이 한 번도 없었다. 그는 스칼렛의 마음속을 환히 알겠다는 듯 갑자기 웃음을 터뜨렸다.

「고마운 제안이구먼.」

비록 열심히 노력을 기울이기는 했지만, 명예를 되찾으려고 레트가 선택한 시기는 더없이 나쁜 때였다. 카펫배거들의 부패가 절정에 달한 지금처럼 공화당과 스캘라웩이라는 명칭이 그토록 심한 증오를 불러일으킨 적은 전에도 없었고 후에도 없었다. 그리고 패전 이후 레트의 이름은 양키들과, 공화당과, 스캘라웩과 불가분의 관계로 굳어졌다.

애틀랜타 사람들은 1866년 당시의 가혹한 군사 통치보다 더 나쁜 사태는 오지 않으리라고 생각해서, 무기력한 분노를 느끼며 참고 넘어갔지만, 불럭의 통치를 받는 지금 그들은 최악의 상황을 겪는 중이었다. 흑인들의 표 덕택에 공화당과 그 추종자들은 지반을 단단히 다졌고, 힘이 없으면서도 여전히 반발하려는 소수파를 제멋대로 짓밟았다.

흑인들 사이에서는 성서에 나오는 당파가 죄인파와 세리(稅吏)[64]파 둘뿐이라는 농담이 널리 퍼졌다. 죄인들로 이루어진 당에 가입하고 싶었던 흑인은 아무도 없었으므로, 그들은 앞을 다투어 공화당으로 몰려들었다. 새 주인들은 그들에게 겹치기 투표를 시켜 가난뱅이 백인과 스캘라웩들을 높은 자리에 앉혔고, 심지어는 흑인들까지도 몇몇 선출했다. 이렇게 뽑힌 흑인들은 의회에 들어가 앉아서 땅콩을 먹거나, 새 구두가 발에 잘 맞지 않아서 신었다 벗었다 하느라고 대부분의 시간을 보냈다. 그들 중에는 글을 읽거나 쓸 줄 아는 사람이 거의 없었다. 그들은 목화밭과 사탕수수 숲에서 얼마 전까지도 일하다가 갓 나온 신분이었지만, 세금과 공채뿐 아니라 그들 자신과 공화당 친구들이 엄청난 비용을 써도 좋다고 표

64 성서에서 〈죄인〉이라는 단어 못지않게 자주 등장하는 악역인 로마의 징세원 〈세리〉는 영어로 publican이라고 하는데, 공화당을 뜻하는 Republican과 발음이 비슷하다.

결할 권한을 부여받았다. 그리고 그들은 주어진 권한을 행사했다. 납세자들은 공공의 목적을 위해 쓰기로 결정했던 많은 돈이 개인의 호주머니로 들어간다는 사실을 알았기 때문에, 세금을 내면서 분노했고, 무거운 세금으로 조지아 사람들은 비틀거렸다.

주 의사당은 선동자들과, 투기업자들과, 하청을 받으려고 하는 자들과, 낭비의 향연으로부터 이득을 얻으려는 사람들의 무리로 완전히 둘러싸였으며, 염치없이 돈을 긁어모으는 자들도 부지기수였다. 그들은 절대로 건설하지 않을 철도를 건설하기 위해서, 절대로 구입하지 않을 차와 엔진들을 사들이기 위해서, 추진하는 사람들의 머릿속 이외에는 전혀 존재하지도 않는 공공건물을 짓기 위해서, 주의 돈을 끌어내는 데 아무런 어려움을 느끼지 않았다.

수백만 달러에 달하는 채권이 발행되었다. 대부분은 위법이었고 사기를 치기 위한 채권이었지만, 그래도 발행은 진행되었다. 공화당원이지만 정직한 사람이었던 주의 재무관은 불법 채권의 발행에 항의하고 서명을 거부했지만, 이런 비행을 막으려던 재무관이나 다른 양심적인 사람들은 밀어닥치는 파도 앞에서 힘을 쓰지 못했다.

주에서 소유한 철도는 한때 조지아의 든든한 재산이었지만, 채무가 늘어 빚이 어느새 1백만 달러 수준에 이르렀다. 이제 그것은 철도도 아니었다. 철도는 거대하고 깊은 수렁이나 마찬가지였고, 바닥을 모르는 수렁 속에서는 돼지들이 게걸스레 먹고 뒹굴었다. 철도를 관리하는 많은 관리가 철도 운영에 관한 지식은 고려하지도 않고 갖가지 정치적인 이유 때문에 임명되었고, 그래서 필요한 인원보다 세 곱절의 인원이 고용되었으며, 공화당원들은 무료승차권을 받아 어디든

공짜로 타고 다녔는가 하면, 같은 선거에서 여러 차례 겹치기 투표를 하느라고 신이 나서 조지아 주를 이리저리 공짜로 타고 돌아다니는 흑인들을 잔뜩 실어 날라야 했다.

도로에 대한 주 정부의 잘못된 운영이 특히 납세자들을 격분하게 만들었는데, 반발이 그렇게까지 심했던 까닭은 도로에서 벌어들인 수입에서 무료 학교를 운영하는 재정을 충당하기 때문이었다. 하지만 도로 운영의 수입은 없고 부채만 늘어날 따름이어서, 무료 학교도 물론 없어졌다. 공납금을 내는 학교에 아이들을 보낼 정도로 돈이 넉넉한 사람이 별로 없었고, 무지 속에서 자라나는 한 세대의 아이들은 오랜 세월에 걸쳐 문맹의 씨앗을 퍼뜨릴 전망이었다.

하지만 부실한 운영과 낭비와 독직(瀆職)보다도 훨씬 더 심하게 그들의 분노를 자극한 원인은, 주지사가 북부에 가서 이곳 사람들의 입장을 왜곡했다는 데 대한 불만이었다. 조지아 사람들이 부정부패 때문에 아우성을 치기 시작하면 주지사는 서둘러 북부로 가서 하원에 나타나 흑인들에 대한 백인들의 만행을 강조하며, 조지아에서 또다시 반란이 태동하려고 하니까 엄격한 군사 통치가 필요하다고 증언했다. 조지아에서는 사실상 어떤 사람도 흑인들과의 말썽에 얽혀 들기를 원하지 않았고, 말썽을 피하려고 애썼다. 아무도 전쟁을 원하지 않았고, 총검의 통치는 누구도 원하거나 필요로 하지 않았다. 조지아 사람들이 원하던 바는 안정을 되찾도록 그들을 가만히 내버려 둬달라는 것뿐이었다. 하지만 나중에 〈주지사에 대한 집단 비방〉이라고 낙인이 찍힌 조작 사건 때문에 북부에서는 조지아를 호된 맛을 보여 줘야 할 반항적인 지역이라고만 생각했고, 그래서 호된 맛을 실제로 보여 주었다.

그것은 조지아의 목덜미를 움켜잡은 집단에는 찬란한 향

연이었다. 횡령의 잔치가 벌어졌고, 생각만 해도 소름이 끼치는 고관들의 노골적인 횡령에 대한 차가운 냉소가 사방으로 번졌다. 주의 정부를 합중국 군대가 지원하고 떠받들었기 때문에, 시민들의 항의와 온갖 노력은 언제나 허사로 돌아갔다.

애틀랜타는 불럭과 그가 거느린 스캘라웩과 공화당원들의 이름을 저주했으며, 그들과 관련된 인물은 누구라도 저주했다. 그리고 레트 버틀러는 그들과 관계가 깊었다. 그는 그들과 함께 협잡을 벌였던 한 패거리였다고 모두들 말했다. 하지만 이제 그는, 얼마 전까지만 해도 그냥 타고 흘러 내려가던 강물에서 느닷없이 방향을 돌려, 물살과 맞서며 열심히 헤엄쳐 거꾸로 거슬러 올라가기 시작했다.

하룻밤 사이에 표범이 몸에서 얼룩을 바꾸려고 애쓰는 꼴을 보고 애틀랜타 사람들이 의심을 하지 않도록 하기 위해서 그는 서서히, 교묘하게 작전을 펴나갔다. 그는 정체가 수상한 오랜 친구들을 피했고, 양키 장교나 스캘라웩, 공화당원들과는 더 이상 어울리는 일이 없어졌다. 그는 민주당의 집회에 참석했고, 여봐란 듯 민주당에 표를 던졌다. 그는 거액의 판돈을 건 카드놀이를 집어치웠고, 가급적 술을 멀리했다. 어쩌다가 벨 워틀링의 집으로 가더라도 그가 왔다는 사실을 광고라도 하려는 듯 대낮에 문 앞에다 말을 매두는 대신에, 보다 점잖은 시민들처럼 남몰래 밤에만 찾아가고는 했다.

그리고 그가 웨이드의 손을 잡고, 비록 예배 시간에 좀 늦기는 했지만 발돋움을 하고 살그머니 안으로 들어서자, 감독교회[65]의 신자들은 깜짝 놀라 의자에서 떨어질 정도였다. 웨이드라면 천주교도이리라고 생각했었기 때문에 신자들은 레트 못지않게 아이의 출현에도 놀랐다. 적어도 스칼렛만큼은

65 영국의 성공회와 같은 계통.

신앙심이 어떻든 간에 가톨릭 신자로서의 대우를 받았었다. 하지만 엘렌의 여러 가지 다른 가르침이나 마찬가지로 종교적인 믿음도 그녀의 마음속에서 희미해졌기 때문에, 그녀는 여러 해 동안 성당에는 발을 들여놓지 않았다. 그래서 모두들 스칼렛이 아들의 종교 교육을 게을리 했다고 믿었으며, 비록 천주교회가 아니라 감독 교회로 아이를 데리고 오기는 했어도, 스칼렛의 그런 잘못을 바로잡으려고 했다는 데 대해서 그들은 레트를 훨씬 훌륭한 사람이라고 생각했다.

악의에 찬 검은 눈에 조롱하는 표정을 보이지 않고 말을 조심하기만 한다면, 레트는 점잖고 매력적인 사람이라는 인상을 주기가 어렵지 않았다. 레트가 그렇게 처신하려는 마음을 버린 지는 벌써 여러 해가 되었지만, 그래도 이제는 근엄하고 매혹적인 태도를 보여 주기로 작정하고, 그는 조끼까지도 훨씬 차분한 빛깔로 바꿔 입었다. 그에게 생명의 빚을 진 사람들을 상대로 우정의 기반을 마련하기는 어려운 일이 아니었다. 고마워하는 그들의 마음을 무시하는 듯한 행동을 레트가 취하지만 않았더라면, 벌써 오래전에 그들은 감사하는 뜻을 그에게 표시했을 터였다. 이제 휴 엘싱과, 르네와, 시먼스 댁 청년들과, 앤디 보넬과 다른 사람들은, 레트가 유쾌한 친구라고 느꼈으며, 건방지게 자신을 내세우지 않고 조심스러운 성격이어서, 그들이 신세를 졌다고 말하면 오히려 거북해하는 그런 사람이라고 알게 되었다.

「그까짓 걸 가지고 뭘 그래요.」 그가 점잖게 사양하고는 했다. 「당신들이 내 입장이었더라도 누구나 다 똑같은 행동을 했을 텐데요.」

그는 감독 교회의 수리를 위한 기금을 두둑하게 납부했으며, 남군 전몰 용사 묘지 미화 위원회에도 많은 돈을 내놓았지만, 속이 보일 만큼 촌스러울 정도로 지나치게 많은 액수는 아니었다. 그는 묘지 미화 비용을 기부하기 위해서 엘싱 부인을 직접 찾아가 겨북한 태도로, 그러면 그녀가 더 열심히 소문을 퍼뜨리리라고 빤히 알았기 때문에, 그가 기부했다는 사실을 비밀로 지켜 달라고 신신당부했다. 엘싱 부인은 그의 돈을 — 〈투기업자의 돈〉을 받기가 정말 싫었지만 — 위원회는 기금이 몹시 절실했다.

「하고많은 사람들 가운데 왜 당신 같은 사람이 기부를 하는지 모르겠군요.」 그녀가 빈정거렸다.

레트가 적절히 엄숙한 태도를 보이며, 자기보다 훨씬 용감했지만 훨씬 불운했기 때문에 지금은 비석도 없는 무덤 속에 묻혀 버린 지난날의 전우들을 기리는 뜻에서 기부해야 되겠다고 결심하기에 이르렀다는 얘기를 하자, 엘싱 부인의 귀족적인 입이 딱 벌어졌다. 버틀러 선장이 군대에 갔었다고 스칼렛이 말했다는 얘기를 돌리 메리웨더에게서 듣기는 했지만, 물론 그녀는 그런 말을 믿지 않았었다. 그 말은 아무도 믿지 않았었다.

「당신이 군대에 갔었어요? 당신이 소속했던 중대 — 아니, 연대는 어디였죠?」

레트가 알려 주었다.

「아, 포병이었군요! 내가 알았던 사람들은 모두 기병이나 보병이었죠. 그렇다면야 이해가 가는데 —」 그의 눈이 당장이라도 짓궂게 깜박이리라고 예상하며 당황한 그녀는 말끝을 흐렸다. 하지만 그는 고개를 숙이고 시곗줄을 만지작거릴 따름이었다.

「나도 보병으로 가고 싶기는 했습니다.」 그녀의 암시를 철저히 무시해 버리고 그가 말했다. 「하지만, 비록 젊은 기분에 못된 짓을 했다가 그만, 엘싱 부인 — 졸업하지는 못했습니다만 — 내가 웨스트포인트 출신이라는 사실을 알고는 군에서 나를 민병대가 아니라 정규군 포병으로, 포병 부대로 배속시킨 거예요. 마지막 전투에서 전문적인 지식을 갖춘 장병들이 필요했기 때문이었어요. 부인께서도 아시겠지만, 피해가 정말로 막심해서 많은 포병이 전사했거든요. 포병에서 복무하려니까 상당히 외롭더군요. 아는 사람이라고는 통 만나지를 못했어요. 복무 기간 동안 애틀랜타 출신은 단 한 명도 못 만났고요.」

「그랬군요!」 엘싱 부인이 당황해서 말했다. 만일 그가 군 복무를 했다면, 그녀의 짐작이 틀렸었다. 그녀는 레트가 비겁한 남자라고 가혹한 말을 많이 했고, 그런 생각을 하니 죄의식을 느꼈다.「그랬군요! 그런데 왜 당신은 군 복무를 했다는 얘기를 누구에게도 하지 않았나요? 당신은 마치 그것이 부끄러운 행위였다고 여기시는 모양이군요.」

레트는 멍청한 얼굴로 그녀를 빤히 쳐다보았다.

「엘싱 부인.」 그가 진지하게 말했다.「지금까지 내가 했거나 앞으로 하게 될 모든 행동 가운데 남부 동맹을 위해 복무했다는 사실보다 더 자랑스러운 일은 없다는 제 말을 믿어 주시기 바랍니다. 내가 — 내가 느끼기에는 —」

「글쎄요, 그렇다면 왜 비밀로 하셨나요?」

「전에 내가 저질렀던 몇 가지 행동을 생각하면 — 그런 얘기를 하기가 부끄러웠기 때문이에요.」

엘싱 부인은 레트가 돈을 기부했다는 사실과, 그들이 나눈 대화를 메리웨더 부인에게 자세히 전했다.

「그리고 말이에요, 돌리, 맹세하겠는데, 부끄럽다는 말을 했을 때 그의 눈에서는 눈물이 글썽거렸어요! 그래요, 눈물이요! 하마터면 나도 눈물이 나올 뻔했고요.」

「말도 안 되는 소리 그만해요!」 믿어지지 않았던 메리웨더 부인이 소리쳤다. 「난 그가 전쟁터에 나갔었다는 말도 안 믿지만, 눈물을 글썽거렸다는 얘기도 못 믿겠어요. 그리고 난 지금 당장이라도 그런 얘기가 사실인지 아닌지 밝혀낼 방법을 알아요. 만일 그가 포병 부대 소속이었다면, 그 부대를 지휘했던 칼턴 대령님이 우리 할아버지 누이의 딸과 결혼했으니까, 편지를 보내 보면 그것이 진짜인지 어쩐지 알아내기가 어렵지 않으니까요.」

그녀는 칼턴 대령에게 편지를 썼고, 레트의 복무 경력을 진심으로 칭찬하는 답장을 받고는 당황했다. 천부적인 포병이고, 용감한 병사이고, 불평을 모르는 신사였고, 그는 장교로 임관할 기회를 제공해도 거절할 정도로 겸손한 사람이었다는 회답이었다.

「세상에!」 엘싱 부인에게 편지를 보여 주며 메리웨더 부인이 말했다. 「정말이지 기절초풍이라도 할 노릇이로군요! 어쩌면 그런 망나니는 군대에 안 갔었으리라고 단정한 우리들의 실수였는지도 모르죠. 어쩌면 우린 애틀랜타가 함락되던 날 그가 입대했다던 스칼렛과 멜라니의 말을 믿어 줬어야 했는지도 몰라요. 하지만 어쨌든 그는 스캘러웩에 불한당이고, 난 그 사람이 싫어요!」

「웬일인지 말이에요.」 엘싱 부인이 어정쩡하게 말했다. 「어쩐지 난 그가 그렇게까지 나쁜 사람이 아닐지도 모른다는 생각이 진작부터 들었었어요. 남부 동맹을 위해서 싸운 사람이라면 전적으로 나쁘기만 할 리야 없겠죠. 나쁜 사람은 바로 스칼렛이에요. 아시잖아요, 돌리, 내가 정말로 믿는 건 그 사람이, 뭐라고 할까요 — 그는 스칼렛을 부끄럽게 생각하지만, 워낙 신사여서 내치지를 못하나 봐요.」

「부끄럽다고 생각하다니! 흥! 그들은 두 사람 다 똑같은 속물이에요. 어떻게 그런 한심한 생각을 하게 되었죠?」

「이건 한심한 얘기가 아니에요.」 엘싱 부인이 화가 나서 말했다. 「어제만 해도 비가 억수같이 쏟아지는데 그는 세 아이를, 놀랍게도 아기까지 모두 마차에 태워 복숭아나무 거리를 오락가락하다가, 나를 보고는 집까지 태워다 주었어요. 그래서 내가 물어봤죠. 〈버틀러 선장님, 애들을 빗속으로 끌고 나오다니 혹시 정신이 나가기라도 했나요? 왜 아이들을 집으로 데리고 가지 않나요?〉 그랬더니 그 사람은 말을 한마디도 않고 당황한 표정만 짓더군요. 하지만 어멈이 털어놓았어요. 〈집에 백인 쓰레기 잔뜩 왔고, 그래서 아이들 집 있는다 아니라 비 맞는다 해야 건강 더 좋아진다 해요!〉」

「그 사람은 뭐라고 말했는데요?」

「무슨 할 말이 있었겠어요? 그냥 어멈한테 얼굴을 찡그리고는 넘겨 버리더군요. 아시겠지만, 스칼렛은 어제 오후에 천박하고 하찮은 여자들을 잔뜩 모아 놓고 집에서 카드놀이 모임을 열었잖아요. 내 생각엔 그들이 아기한테 키스하는 걸 버틀러 선장님이 좋아하지 않는가 봐요.」

「글쎄요!」 마음이 흔들리기는 했지만, 아직도 메리웨더 부인이 고집스럽게 말했다. 하지만 다음 주일에는 그녀도 역시 굴복했다.

레트는 요즈음 은행에서 책상을 하나 차지하고 앉아서 근무를 시작했다. 어리둥절해진 은행 직원들은 그가 책상에 앉아서 무엇을 하는지 알 길이 없었지만, 워낙 많은 주식을 소유했기 때문에 그가 이곳에서 자리를 차지해도 그들은 함부로 항의할 처지가 아니었다. 그가 조용하고 점잖게 처신했으며, 금융과 투자에 관해 실제로 어느 정도는 사정을 잘 아는 사람이었으므로, 얼마 후에는 그들은 레트에게 자기들이 반발했었다는 사실조차 잊어버렸다. 직장에서 열심히 일하는 존경할 만한 시민들과 동등한 위치에 서고 싶었기 때문에 아무튼 그는 하루 종일 책상에 앉아서, 근면한 인상을 주려고 백방으로 열심이었다.

점점 번창하는 빵집을 확장하고 싶었던 메리웨더 부인은 집을 담보로 넣고 2천 달러의 대부를 받으려고 했었다. 집이 벌써 두 가지 명목으로 저당을 잡혔기 때문에, 그녀의 대부 신청은 거절당했다. 건장한 노부인이 화를 벌컥 내며 은행에서 나오려니까, 레트가 그녀를 붙잡아 세우고는 무엇이 문제인지 얘기를 들어 본 다음에, 걱정스럽게 말했다. 「하지만 무슨 큰 착오가 생긴 모양입니다, 메리웨더 부인. 무슨 커다란 실수가 있었겠죠. 다른 사람이라면 몰라도 부인이라면 담보 따위에 신경을 쓰실 필요가 없어요. 그럼요, 저 같으면 그냥 언질만 받고도 돈을 융자해 드리겠어요! 부인처럼 사업을 튼튼하게 키워 온 분이라면 더없이 믿음직한 고객이니까요. 은행에서는 부인 같은 분들께 돈을 융자해 드리기를 원합니다. 자, 어서 여기 제 의자에 앉아 계시면, 제가 가서 대신 처리해 드리겠어요.」

그는 담담하게 미소를 지으며 돌아오더니, 자기가 생각했던 대로 무슨 착오가 있었노라고 설명했다. 부인이 원한다면 언제라도 2천 달러가 준비되어 기다린다는 얘기였다. 그리고 그녀의 집을 담보로 잡히는 문제라면 — 여기다 서명만 하면 그만이라고 했다.

분노와 굴욕감으로 분통이 터지고, 그녀가 싫어하고 불신하던 남자에게 이런 신세를 지게 되어 격분한 메리웨더 부인은 고맙다는 말도 제대로 하지 않았다.

하지만 그는 그런 기미를 모르는 체했다. 그녀를 문까지 배웅하면서 레트가 말했다. 「메리웨더 부인, 전 부인의 지혜를 늘 존경해 왔는데, 혹시 한 가지 제가 뭣 좀 물어봐도 되겠습니까?」

그녀가 머리를 끄덕였지만, 둥근 모자에 달린 깃털은 거의 흔들리지 않았다.

「메이벨이 어려서 엄지손가락을 빨 때 부인께서는 어떻게 하셨나요?」

「뭐라고요?」

「우리 보니가 엄지손가락을 자꾸 빨아서요. 그걸 못 하게 막을 방법이 없더군요.」

「그래도 말려야 해요.」 메리웨더 부인이 열을 올려 말했다. 「입 모양이 비뚤어지니까요.」

「저도 알아요! 저도 압니다! 보니는 입이 예쁘죠. 하지만 어떻게 해야 좋은지를 모르겠어요.」

「글쎄요, 스칼렛이 알 텐데요.」 메리웨더 부인이 퉁명스럽게 말했다. 「다른 애도 둘이나 낳았잖아요.」

레트는 신발을 내려다보며 한숨을 쉬었다.

「난 보니의 손톱 밑에 비누를 문질러 넣어 보기도 했어요.」 스칼렛에 대한 그녀의 언급을 그냥 넘겨 버리며 레트가 말했다.

「비누라뇨! 기가 막혀! 비누는 전혀 소용이 없어요. 난 메이벨의 엄지손가락에 키니네를 발랐는데, 정말이랍니다, 버틀러 선장님, 그랬더니 당장 엄지손가락 빨기를 그만두었어요.」

「키니네라고요! 저 같으면 그런 생각은 꿈도 꾸지 못했겠어요. 정말 고맙습니다, 메리웨더 부인. 전 걱정이 이만저만이 아니었죠.」

레트는 그녀에게 미소를 지었는데, 어찌나 유쾌하고 고마워하는 미소였던지, 메리웨더 부인은 잠깐 동안 어쩔 줄을 모르고 서서 멍한 표정만 지었다. 하지만 그에게 작별 인사를 할 때는 메리웨더 부인도 역시 미소를 지었다. 그녀는 자신이 레트를 잘못 판단했었다고 엘싱 부인에게 시인하고 싶지는 않았지만, 정직한 여자였던 그녀는 아이를 사랑하는 남자라면 틀림없이 어딘가 훌륭한 면을 지녔으리라는 정도의 말은 했다. 보니처럼 그렇게 예쁜 아기에게 관심이 없다니, 스칼렛은 얼마나 딱한 여자인가! 어린 딸을 혼자 힘으로 키우려고 애쓰는 남자라면 어딘가 가엾어 보였다. 레트는 그런 몰골이 자아내는 연민을 아주 잘 알았고, 스칼렛의 평판에 먹칠을 한다는 것쯤은 개의치 않았다.

아이가 걸음마를 하게 되자, 레트는 마차에 태우거나 안장 앞에 앉혀서 늘 보니를 데리고 다녔다. 오후에 은행에서 집으로 돌아오면 그는 보니의 손을 잡고, 성큼성큼 떼어 놓던 자신의 걸음걸이를 아장거리는 아이에게 늦춰 맞추고는, 아이가 묻는 수많은 질문에 일일이 차분하게 대답하며, 복숭아나무 거리로 산책을 나갔다. 석양 녘이면 사람들은 항상 앞마당이나 포치에 나와 앉아서 시간을 보냈고, 검은 곱슬머리가 헝클어져 내려오고 눈이 새파란 보니가 워낙 귀엽고 예뻤으므로, 사람들은 아이에게 말을 걸고는 했다. 레트는 그런 대화에 절대로 끼어들지 않고 옆으로 물러나서, 딸이 남들의 눈길을 끈다는 데 대해 아버지로서 자랑스럽고 흐뭇한 표정을 지었다.

애틀랜타 사람들의 기억은 끈질기게 오래 지속되었고, 그들은 의심이 많았으며, 변화하는 속도가 느렸다. 때는 고생스러운 시절이었고, 불럭이나 그의 패거리와 어떤 관계라도 맺은 사람들에 대한 감정은 좋지 못했다. 하지만 보니는 스칼렛과 레트가 가장 훌륭했을 때의 매력을 함께 지녔고, 그래서 냉정한 애틀랜타 사회를 레트가 뚫고 들어가는 자그마한 쐐기 노릇을 했다.

보니는 성장이 빨랐고, 제럴드 오하라의 손녀라는 사실이 날이 갈수록 더욱 뚜렷하게 드러났다. 아이는 다리가 짧고 튼튼했으며, 큼직한 눈은 아일랜드 사람의 푸른 빛깔이었고, 작고 모가 난 턱은 제 고집대로 하고야 말겠다는 단호함을 보여 주었다. 그녀는 제럴드처럼 왈칵 신경질을 부려 소리를 지르고 화를 냈지만, 원하던 바가 이루어지기만 하면 그런 성미도 당장 가라앉았다. 그리고 아버지만 가까이 있으면 아이가 바라던 바는 항상 서둘러 충족되었다. 어멈과 스칼렛이 아무리 말려도 레트가 보니의 응석을 다 받아 주었던 까닭은 아이가 레트의 마음을 모든 면에서 기쁘게 해주었기 때문이었는데, 한 가지만큼은 예외였다. 문제의 예외는 어둠에 대한 보니의 공포였다.

보니는 두 살이 될 때까지는 웨이드와 엘라와 함께 쓰던 아기방에서 쉽게 잠들고는 했다. 그러다가 아무런 두드러진 이유도 없이, 어멈이 등잔을 가지고 어기적거리며 방에서 나가기만 하면, 보니가 흐느껴 울기 시작했다. 이렇게 시작이 되더니, 나중에는 늦은 밤 시간에 잠이 깨어 무섭다고 비명을 지르는 바람에, 다른 두 아이들도 겁에 질리게 하고, 집안 식구들을 놀라게 했다. 한번은 미드 박사를 불러왔는데, 나쁜 꿈을 꾸었을 따름이라는 진단을 내리자, 레트는 의사에게 화를 냈다. 아이에게서 그들이 유도해 낸 이유라고는 〈어두워〉라는 한마디 말뿐이었다.

스칼렛은 아이에게 화를 내고 엉덩이를 때리려고 들었다. 그러면 웨이드와 엘라가 잠을 못 자겠기에 그녀는 아기방에 등잔을 켜놓기를 바라는 보니의 요구를 들어주지 않으려고 했다. 걱정이 되면서도 상냥했던 레트는, 딸에게서 더 자세한 이유를 알아내기 위해서 만일 볼기를 때려야 한다면 자기가 직접 때리겠고, 볼기를 맞아야 할 사람은 스칼렛이라고 냉정하게 말했다.

보니를 아기방에서 레트가 혼자 쓰는 방으로 옮김으로써 사태는 일단락을 지었다. 레트는 딸의 자그마한 침대를 그의 커다란 침대 옆에 놓았고, 밤새도록 탁자에 갓을 씌운 등잔을 켜두었다. 이런 사실이 알려지자 애틀랜타 사람들이 수군거렸다. 비록 두 살밖에 안 되기는 했지만, 딸이 아버지의 방에서 같이 잔다면, 무엇인가 아름답지 못한 일이었다. 스칼렛은 소문 때문에 두 가지 면으로 괴로움을 받았다. 첫째, 이것은 그녀와 남편이 방을 따로 쓴다는 사실을 의심할 여지 없이 증명했는데, 그것은 자체만으로도 상당히 충격적인 사태였다. 둘째, 아이가 혼자 자기를 무서워한다면, 딸은 당연히 어머니와 같이 자야 한다고 사람들은 생각했다. 스칼렛은 불을 켜놓은 방에서는 잠을 자지도 못하려니와, 아이와 같이 자도록 레트가 용납하지 않는다는 사실도 떳떳하게 설명할 입장이 아니었다.

「당신은 아이가 바락바락 소리를 지르기 전에는 일어나지도 않고, 일어나 봤자 아이를 후려갈기기나 하겠지.」 레트가 퉁명스럽게 말했다.

스칼렛은 밤에 대한 보니의 공포를 놓고 레트가 지나칠 정도로 야단스럽게 굴어서 짜증이 났지만, 결국은 사정이 좋아져서 딸을 다시 아기방으로 돌려보낼 무슨 묘안을 그녀가 짜내리라고 생각했다. 아이들이란 누구나 다 어둠을 무서워하게 마련이었고, 그런 버릇은 엄하게 다루어야만 고쳐진다. 레트는 이 문제를 놓고 그냥 심술을 부려서, 그녀가 형편없는 엄마라는 인상을 주어 그를 방에서 추방한 데 대한 보복을 하려는 속셈이었다.

레트는 더 이상 아이를 낳지 않겠다고 스칼렛이 선언했던 그날 밤 이후로, 그녀의 방에는 전혀 발을 들여놓지도 않았고, 덜커덩거리며 문의 손잡이를 흔들어 대는 일조차 없었다. 스칼렛의 선언 이후로 보니가 무서워하는 바람에 그가 집에서 저녁 시간을 보내기 시작했을 때까지, 레트는 식탁에 모습을 나타내기보다는 안 나타내는 경우가 더 많았다. 그는 자주 외박을 했고, 스칼렛은 문을 닫아걸고 뜬눈으로 자리에 누워 시계가 새벽 시간을 치는 소리에 귀를 기울이며, 레트가 어디서 무엇을 할까 궁금해했다. 그녀는 〈다른 침대도 많으니까, 우리 귀여운 아가씨!〉라고 했던 그의 말이 생각났다. 그 생각을 하면 온몸이 뒤틀리기는 했지만, 그녀로서는 어쩔 도리가 없었다. 그녀가 무슨 소리를 하면 틀림없이 레트는 그녀가 문을 잠그는 이유, 그리고 잠긴 문과 애슐리의 연관성을 마구 따지며 덤빌 기세였다. 그렇다, 보니를 불을 켜놓은 방에다 — 불을 켜놓은 그의 방에다 — 재우는 바보 같은 짓은 그녀에게 분풀이를 하려는 야비한 방법에 지나지 않았다.

어느 날 밤에 끔찍한 어떤 사건을 겪기 전까지는, 보니의 어처구니없는 공포에 레트가 결부시켰던 중요성이나 아이에 대한 그의 철저한 헌신을 스칼렛은 미처 깨닫지 못했다. 식구들은 그날 밤 사건을 절대로 잊지 않았다.

그날 레트는 봉쇄선을 함께 돌파했던 옛 친구를 만났고,

그들은 서로 할 얘기가 많았다. 그들이 어디로 가서 얘기를 나누며 술을 마셨는지를 스칼렛은 알지 못했지만, 물론 벨 워틀링의 집이었으리라는 짐작은 쉽게 갔다. 그는 오후가 되어 보니를 데리고 산책을 나가는 시간이 되어도 집으로 돌아오지 않았고, 저녁 식사도 하러 오지 않았다. 토막 난 딱정벌레와 바퀴벌레들을 잔뜩 채집해서 아버지에게 자랑하고 싶어 조바심이 난 보니는 오후 내내 초조하게 창문을 내다보며 기다렸고, 결국은 울고 투정을 부리는 보니를 루가 잠자리에 눕혔다.

루가 등잔을 켜놓기를 잊었거나, 기름이 떨어져 저절로 등불이 꺼진 모양이었다. 정확히 어떤 상황이었는지는 아무도 몰랐지만, 어쨌든 마침내 레트가 술에 좀 심하게 취해서 집으로 돌아와 보니, 집 안이 온통 발칵 뒤집혔고, 보니의 울부짖는 소리가 마구간까지 들려왔다. 보니가 어둠 속에서 잠이 깨어 아버지를 찾았을 때, 그는 곁에 없었다. 그녀의 자그마한 상상력을 가득 채운 온갖 이상한 공포가 보니를 사로잡았다. 스칼렛과 하인들이 아무리 달래고 불을 환하게 밝혀도 보니는 막무가내였고, 한꺼번에 세 개씩 층계를 뛰어 올라오던 레트는 죽음의 악마라도 만나고 온 사람 같았다.

마침내 딸을 품에 안은 그는, 숨이 막히도록 흐느껴 울다가 아이가 〈어두워〉라고 한마디 말을 하자, 험악한 얼굴로 스칼렛과 흑인들을 쳐다보았다.

「누가 불을 껐어? 누가 아이를 어둠 속에 혼자 남겨 두었지? 프리시, 이런 소동을 벌였으니까 난 널 가만두지 않겠어!」

「하느님 맙소사, 레트 주인님! 나 아니에요! 루였어요!」

「맙소사, 레트 주인님, 나 —」

「닥쳐. 넌 내가 지시한 내용을 알잖아. 맹세컨대 난 — 나

가. 돌아오지도 말고. 스칼렛, 저 애한테 돈을 좀 줘. 내가 아래층으로 내려가기 전에 쫓아내도록 해. 자, 다들 밖으로 나가, 모두!」

흑인들이 도망쳤고, 운이 없었던 루는 앞치마에 얼굴을 파묻고 울었다. 하지만 스칼렛은 그냥 남았다. 그녀가 가장 좋아하는 아이가 그녀의 품에서는 그토록 애처롭게 울부짖기만 하더니, 레트가 안아 주니까 당장 조용해지는 것을 보고 스칼렛은 속이 상했다. 스칼렛은 딸에게서 알아들을 만한 얘기를 하나도 듣지 못했는데, 조그마한 팔로 아버지의 목을 끌어안으며 울먹이는 목소리로 무엇 때문에 겁이 났는지를 보니가 얘기하는 것을 보고, 그녀는 마음이 답답했다.

「그러니까 그게 네 가슴에 올라앉았다 이거구나.」 레트가 부드럽게 말했다. 「그래, 큰 놈이었니?」

「오, 그래요! 굉장히 커요. 발톱도 달렸고요.」

「아, 발톱까지 달렸다고. 그래, 이젠 됐다. 내가 밤새도록 앉아서 지키다가, 만일 그놈이 다시 나타나면 쏴 죽여 버릴게.」 관심을 기울이는 레트의 목소리에 마음이 가라앉기라도 했는지, 보니의 흐느낌이 수그러들었다. 레트만이 알아듣는 언어로 보니가 괴물이 어떻게 생겼는지를 자세히 얘기하는 사이에, 아이의 울먹이던 목소리가 조금씩 평온을 되찾았다. 마치 실제로 존재하는 대상을 놓고 얘기하듯 레트가 보니와 말을 주고받자, 스칼렛의 가슴속에서는 화가 치밀어 올랐다.

「정말이지 레트 —」

하지만 그는 조용하라는 시늉을 했다. 마침내 보니가 잠이 든 다음에 그는 아이를 침대에 눕히고 홑이불을 여며 주었다.

「난 저 깜둥이 년을 산 채로 껍질을 벗겨 버리겠어.」 그가 나지막이 말했다. 「이건 당신 잘못이기도 해. 불을 켜놓았는지 올라와서 왜 확인하지 않았어?」

「바보같이 이러지 말아요, 레트.」 그녀가 속삭였다. 「당신이 자꾸 좋다 좋다 하며 받아 주니까 아이가 이렇게 되잖아요. 어둠을 두려워하는 아이들은 많지만, 다른 애들은 그런 두려움을 이겨 낸다고요. 웨이드도 무서워했지만 난 아이의 비위를 맞춰 주지는 않았어요. 하루나 이틀 동안 실컷 울게 그냥 내버려 두기만 하면 —」

「울게 내버려 두다니!」 순간적으로 스칼렛은 레트가 그녀를 때리려고 하는 줄 알았다. 「당신은 바보거나, 아니면 내가 여태까지 본 적이 없는 지극히 매정한 여자야.」

「난 아이를 신경질이나 부리는 겁쟁이로 키우고 싶지는 않아요.」

「겁쟁이라고? 기가 막히는구먼! 보니는 겁쟁이 기질이 조금도 없어! 하지만 물론 당신은 상상력이라곤 전혀 없는 여자여서, 상상력이 많은 사람들 — 특히 어린아이의 고통을 제대로 납득하질 못해. 만일 발톱이 달리고 뿔이 난 무엇이 와서 가슴에 올라앉으면, 당신은 괴물에게 어서 꺼지라고 야단을 치겠지, 안 그래? 물론 그렇고말고! 제발 잊지 마시라고요, 마님. 기껏해야 안개 속에서 도망치는 꿈을 꾸었다고 해서 뜨거운 물에 덴 고양이처럼 비명을 지르고 잠이 깨는 당신을 난 봤어. 그리고 그건 별로 오래전의 일도 아니었지!」

안개 꿈은 생각하기조차 싫어했던 스칼렛이 주춤했다. 더구나 보니를 진정시켜 준 바로 그런 방법으로 레트가 그녀를 진정시켜 주었다는 사실을 기억하자, 그녀는 창피한 기분이 들었다. 그래서 그녀는 재빨리 공격의 방향을 바꾸었다.

「당신은 아이의 기분을 맞춰 주기만 하고 —」

「그리고 난 앞으로도 계속해서 아이의 기분을 맞춰 주겠어. 그러면 보니는 스스로 극복하고 두려움을 잊게 될 테니까.」

「그렇다면 좋아요.」 스칼렛이 코웃음을 치며 말했다. 「만일 당신이 이왕 몸종 노릇을 할 생각이라면, 저녁마다 말짱한 정신으로 귀가하도록 노력해 보시죠.」

「난 집에 일찍 오기는 하겠지만, 곤드레만드레 취해서 오건 말건 그건 다 내 마음대로야.」

그때부터 레트는 보니가 잠자리에 들기 훨씬 전에, 정말로 일찍 귀가했다. 그는 딸의 옆에 앉아서, 잠이 들어 손아귀가 풀어질 때까지 보니의 손을 꼭 잡아 주었다. 그런 다음에야 그는 불을 환히 켜놓고, 혹시 보니가 잠이 깨어 무서워하면 비명 소리가 당장 들리게끔 문을 조금 열어 놓고, 발돋움을 해서 아래층으로 내려왔다. 그는 절대로 다시는 딸이 어둠의 공포에 사로잡히지 않게 하려고 작정한 듯싶었다. 모두들 불이 꺼지지 않도록 잔뜩 신경을 곤두세워서, 스칼렛과 어멈과 돼지와 프리시는 자주 발돋움을 하고 위층으로 올라가, 아직 등불이 그대로 켜져 있는지를 확인했다.

집으로 돌아올 때면 그는 술에 취하지도 않은 말짱한 정신이었다. 하지만 그것은 스칼렛 때문이 아니었다. 여러 달 동안 그는 폭음을 했었고, 그래도 실제로 취한 적은 한 번도 없었지만, 어느 날 저녁에는 그의 입에서 위스키 냄새가 특히 심하게 났다. 그는 보니를 안고는 어깨에 번쩍 올려놓고 물었다. 「아빠한테 뽀뽀 안 해주겠니?」

보니는 작은 콧등을 찡그리며 치켜들고는 그의 품에서 벗어나려고 몸부림을 쳤다.

「싫어.」 보니가 솔직하게 말했다. 「고약해.」

「내가 어쨌다고?」

「냄새 고약해. 애슐리 아저씨는 냄새 고약하지 않은데.」

「이런 세상에.」 아이를 마룻바닥에 내려놓으며 그가 서글프게 말했다. 「하필이면 내 집에서 금주 운동가를 만날 줄이야 전혀 꿈도 못 꾸었는데.」

하지만 그때부터 레트는 저녁 식사 후에 포도주 한 잔을 드는 이상은 술을 삼갔다. 잔에 남은 마지막 몇 방울을 마셔도 좋다고 항상 허락받았던 보니는, 포도주 냄새만큼은 전혀 고약하다고 생각하지 않았다. 그런 결과로 그는, 뺨의 강인한 선을 푸석푸석하게 만들던 기운이 천천히 사라졌고, 눈 밑의 시커먼 흔적도 조금씩 없어졌다. 보니가 그의 안장 앞에 올라앉기를 좋아했기 때문에 그는 집 밖에서 보내는 시간이 더 많아졌고, 가무잡잡한 얼굴은 햇볕에 그을기 시작해서 과거의 어느 때보다도 더 거무튀튀해졌다. 그는 훨씬 건강해 보였고, 훨씬 많이 웃었으며, 전쟁 초기에 봉쇄선 돌파로 애틀랜타 사람들을 흥분시켰던 젊고도 날렵한 남자로 되돌아갔다.

그를 전혀 좋아하지 않았던 사람들도 자그마한 보니를 안장 앞에 앉히고 지나가는 레트를 보면 미소를 짓게 되었다. 레트와 자리를 같이하면 어떤 여자도 안전하지 못하다고 지금까지 믿어 왔던 사람들은, 거리에서 일부러 걸음을 멈추고 그와 얘기를 나누거나, 보니를 칭찬하기도 했다. 심지어는 지극히 엄격한 노부인들까지도, 레트만큼 어린아이의 병과 걱정거리를 환히 아는 남자라면, 전적으로 나쁜 사람만은 아니리라고 믿었다.

제53장

애슐리의 생일이었으므로 멜라니는 오늘 밤에 남편을 깜짝 놀라게 해주려고 비밀리에 파티를 준비했다. 파티가 열리리라는 사실을 애슐리 이외에는 누구나 다 알았다. 웨이드와 어린 보우까지도 알아서, 그들은 비밀을 지키겠다는 맹세를 하고는 의젓한 마음이 한껏 부풀었다. 애틀랜타의 훌륭한 사람들은 누구나 다 초청을 받았고, 참석하겠다고 화답했다. 고든 장군과 그의 가족은 초청을 쾌히 받아들였으며, 항상 예측을 불허하는 건강만 허락한다면 알렉산더 스티븐스도 참석할 예정이었고, 심지어는 남부 동맹의 재수 없는 바다제비[66]로 통하던 밥 툼스[67]까지도 참석할 예정이었다.

오늘 아침 내내 스칼렛은 멜라니, 인디아, 피티 고모와 함께 좁은 집 안을 정신없이 돌아다니며 흑인들을 시켜 새로 세탁한 커튼을 달고, 은식기의 윤을 내고, 마룻바닥에 왁스를 칠하고, 요리를 하도록 지시했으며, 음료를 만들어 맛을 보았다. 스칼렛은 그토록 흥분하고 즐거워하는 멜라니를 본 적

66 이 새만 나타나면 태풍이 분다고 한다.

67 Robert A. Toombs. 미국 정치가인데 노예 문제에서 남부의 입장을 열렬히 옹호하고, 남부 동맹의 국무 장관을 지냈다.

이 없었다.

「말이에요, 스칼렛, 애슐리가 생일 파티를 가졌던 건, 열두 참나무 집에서 열린 바비큐 파티 이후 지금이 처음인데 — 그때 바비큐 파티 생각나요? 링컨 대통령이 지원병을 소집했다는 소식을 들었던 날 말이에요. 그래요, 그 후에는 한 번도 생일 파티를 못 가졌죠. 그리고 그이는 어찌나 일을 많이 하고 어찌나 피곤한지 밤에 집으로 돌아오면 사실 오늘이 자기 생일이라는 생각조차 못 하겠죠. 저녁 식사를 끝낸 다음 사람들이 몰려 들어오면 그이가 얼마나 놀랄까요!」

「저녁에 윌크스 씨가 집으로 돌아올 때 잔디밭의 초롱불을 보지 못하게 하려면 어떻게 해야 좋겠소?」 아치가 퉁명스럽게 물었다.

아치는 흥미를 느꼈지만 그렇다는 사실을 시인하려고 들지 않으며 아침 내내 준비하는 광경을 구경했다. 그는 도시 사람들의 큰 파티를 구경한 적이 한 번도 없었으므로 이것은 새로운 경험이었다. 그는 손님들이 좀 찾아온다고 해서 집에 불이라도 난 듯 여자들이 호들갑을 떨고 돌아다닌다고 거침없는 말을 했지만, 하늘이 무너져도 이런 구경거리를 놓치려 하지 않았으리라. 오늘의 경사를 위해 엘싱 부인과 패니가 만들고 칠을 한 색종이 호롱불이 특히 그의 관심을 끌었는데, 아치는 〈이런 희한한 물건〉은 난생처음 본다고 했다. 호롱불들은 그가 기거하는 지하실 방에 숨겨 두었었고, 아치는 신기해서 그것들을 꼼꼼히 살펴보았다.

「맙소사! 난 그 생각을 못 했네요!」 멜라니가 소리쳤다. 「아치, 그걸 얘기해 줘서 참 다행이에요. 이런, 이런! 어쩌나? 호롱불은 숲과 나무에 줄줄이 매달아 놓고, 손님들이 도착할 때를 맞춰 작은 초를 넣고 불을 켜놓아야 하는데, 스칼렛,

우리들이 저녁을 먹는 사이에 그 일을 맡아서 처리하라고 돼지를 내려보내 주겠어요?」

「미스 윌크스, 부인은 대부분의 여자보다 똑똑하긴 하지만 당황하기도 잘하오.」 아치가 말했다. 「그리고 멍청한 깜둥이 돼지 얘긴데, 그 친구 저 희한한 물건들 만지면 안 되오. 그 친구 당장 저것들 홀랑 태워 버릴 거요. 저건, 상당히 근사한데 말이오.」 그가 제안을 내놓았다. 「부인하고 윌크스 주인님이 식사하는 동안 내가 걸겠소.」

「오, 아치, 당신은 정말 친절해요!」 멜라니는 어린애처럼 고마워하는 눈을 듬직한 그에게로 돌렸다. 「당신이 없었다면 난 어떻게 해야 할지 몰랐을 거예요. 지금 가서 초를 속에 꽂아 놓으면 나중에 그만큼 일을 덜게 되지 않을까요?」

「글쎄, 그렇겠죠.」 아치가 퉁명스럽게 대답하고는 지하실 층계 쪽으로 절뚝거리며 갔다.

「뭐든지 다 요령이 필요한 법이에요.」 턱수염을 기른 노인이 쿵쿵거리며 층계를 내려간 다음에 멜라니가 킬킬 웃었다. 「그러지 않아도 난 아까부터 아치더러 호롱불들을 매달아 달라고 부탁할 생각이었지만, 그 사람 어떤지 잘 알잖아요. 부탁하면 절대로 안 하죠. 그리고 이제 얼마 동안 아치는 우리한테 방해가 되지 않을 거예요. 아치가 뒤에 버티고 서 있으면 검둥이들은 겁이 나서 일을 전혀 못 해요.」

「멜리, 나 같으면 저런 늙은 무뢰한은 집 안에 두지 않겠어요.」 스칼렛이 화를 내며 말했다. 아치가 그녀를 미워하는 만큼이나 스칼렛도 그를 미워했고, 그들은 서로 말을 거의 안 하는 사이였다. 멜라니의 집이 아니고서는 그녀가 나타나기만 하면 아치는 눌러앉아 자리를 지키는 일이 없었다. 그리고 멜라니의 집에서조차도 그는 의혹과 싸늘한 혐오감이 담긴 눈초리로 그녀를 노려보았다. 「저 사람 때문에 멜리한테 말썽이 생길 테니, 내 말 믿어요.」

「오, 비위만 좀 맞춰 주고 그에게 의지하는 시늉만 하면 해를 끼칠 남자가 아니에요.」 멜라니가 말했다. 「그리고 애슐리와 보우한테 어찌나 열성인지, 난 그가 곁에 있으면 항상 안전하게 느껴져요.」

「아치가 언니한테 그토록 지극정성이라는 뜻이겠죠, 멜리.」 냉정한 얼굴이 누그러져 희미하게 따스한 미소를 짓고 다정한 눈길을 올케에게 던지며 인디아가 말했다. 「내 생각에는 저 불한당 늙은이가 그의 부인이 — 글쎄요 — 부인 이후 처음으로 사랑하게 된 사람이 언니가 아닌가 싶어요. 내 생각에 아치는 언니를 존경하는 마음을 행동으로 보여 주기 위해서, 누군가 언니를 모욕하고 그래서 그를 죽여 버릴 기회가 오기를 진심으로 바라는 눈치예요.」

「맙소사! 어쩌면 그런 소리를 하나요, 인디아!」 얼굴을 붉히며 멜라니가 말했다. 「아치는 나를 한심한 멍텅구리라 생각하고, 그건 인디아도 알잖아요.」

「글쎄요, 난 악취가 고약한 촌뜨기 늙은이가 무슨 생각을 하느냐 하는 게 뭐가 중요한지 모르겠어요.」 스칼렛이 불쑥 말했다. 죄수들에 관해서 그녀를 심판하려던 아치의 태도를 생각만 해도 스칼렛은 화가 불쑥 치밀어 올랐다. 「이제 난 가야겠어요. 가서 저녁을 먹고, 가게에 들러 점원들에게 계산을 해주고, 목재 야적장으로 가서 노새 몰이꾼들과 휴 엘싱에게도 보수를 줘야 해요.」

「오, 목재 야적장으로 간다고요?」 멜라니가 물었다. 「애슐리가 오후 늦게 휴를 만나러 야적장으로 간다고 했어요. 가능하다면 그이를 5시까지 그곳에 붙잡아 두지 않겠어요? 만일 그이가 일찍 집으로 돌아왔다가는 틀림없이 케이크 끝손질을 하거나 다른 일을 하는 걸 보게 될 테고, 그러면 파티가 열려도 그이는 조금도 놀라지 않겠죠.」

유쾌한 기분을 되찾은 스칼렛이 속으로 미소를 지었다.

「그러죠, 내가 붙잡아 두겠어요.」 그녀가 말했다.

그녀가 말을 하는 동안 눈썹이 적은 인디아의 담청색 눈이 스칼렛을 뚫어지라고 노려보았다. 저 여자는 내가 애슐리 얘기만 하면 항상 저렇게 묘한 표정으로 쳐다보는구나, 스칼렛은 생각했다.

「좋아요, 5시를 넘기도록 하고, 가능한 한 늦게까지 그이를 그곳에 붙잡아 둬요.」 멜라니가 말했다. 「그러면 인디아가 마차를 타고 가서 그이를 데리고 올 테니까요. ……스칼렛, 오늘 밤에는 일찍 오도록 해요. 난 당신이 파티를 한순간이라도 놓치지 않기를 바라요.」

마차를 타고 집으로 가면서 스칼렛은 침울하게 생각했다. 〈나더러 파티를 한순간이라도 놓치지 말라고? 그러면서도 왜 손님을 맞을 때는 나더러 자기하고 인디아하고 피티 고모를 도와 달라고는 청하지를 않지?〉

보통 때라면 스칼렛은 멜리의 시시한 파티에서 손님을 맞느냐 안 맞느냐쯤은 신경도 쓰지 않았으리라. 하지만 이것은 멜라니가 지금까지 열었던 파티 가운데 가장 큰 규모였으며, 애슐리의 생일 파티이기도 했고, 스칼렛은 애슐리 옆에 나란히 서서 그와 함께 손님들을 맞고 싶었다. 하지만 손님을 함께 맞아 달라는 부탁을 왜 그녀가 받지 못했는지를 스칼렛은 알았다. 비록 그녀가 이유를 알지는 못했더라도, 레트가 무척 솔직하게 갈파한 말은 스칼렛이 의문을 풀어내는데 도움이 되었다.

「고명하신 남군 출신 군인들하고 민주당원들이 앞다투어 올 텐데, 그런 자리에서 스캘라웩이 손님을 맞아? 당신 생각은 희한하기도 하고 어처구니가 없기도 해. 당신이 그나마 초청이라도 받은 건 다 미스 멜리의 의리 때문이야.」

스칼렛은 오후에 상점과 목재 야적장으로 나가기 전에 보통 때보다 훨씬 옷차림에 정성을 들여서, 어떤 특정한 각도에서 빛을 받으면 라일락 빛깔로 변하는 흐릿한 초록 호박단 통옷을 입었고, 짙은 초록빛 깃털을 두른 연둣빛 새 둥근 모자를 썼다. 앞머리를 가지런히 자르고 이마 위로 곱슬곱슬하게 지지도록 레트가 허락만 해준다면, 둥근 모자가 얼마나 더 훌륭해 보일까! 하지만 그는 앞머리를 자르기만 하면 머리를 몽땅 면도로 밀어 버리겠다고 선언했다. 그리고 요즈음 그는 어찌나 험악하게 굴었는지 정말로 그런 짓을 할는지도 모를 노릇이었다.

날씨가 화창하면서도 햇볕이 너무 뜨겁지는 않고, 밝지만 눈이 따가울 정도는 아닌 상쾌한 오후였고, 복숭아나무 거리를 따라 나뭇잎들을 살랑거리게 하던 따스한 산들바람을 타고 스칼렛의 둥근 모자에 달린 깃털들이 나부꼈다. 애슐리를 만나러 갈 때는 항상 그렇듯이, 그녀의 마음도 역시 춤을 추었다. 노새 몰이꾼들과 휴에게 얼른 돈을 치르고 나면 그들은 집으로 가겠고, 목재 야적장의 한가운데 자리 잡은 작고 네모반듯한 사무실에는 그녀와 애슐리 두 사람만 남을지도 모른다. 요즈음에는 애슐리와 단둘이만 만날 기회가 워낙 드물었다. 그런데 그를 붙잡아 두라고 멜라니가 부탁하다니! 참으로 희한한 경우였다.

상점에 도착하니 그녀는 마음이 유쾌했고, 그래서 윌리와 다른 점원들에게는 오늘 하루 매상이 어땠는지 물어보지도 않고 돈을 주었다. 오늘은 토요일이었고, 토요일이라면 모든 농부들이 시내로 나와 장을 보는 날이었으므로, 상점으로서는 한 주일 중에서 가장 붐비게 마련이었지만, 그녀는 아무 질문도 하지 않았다.

목재 야적장으로 가는 길에 그녀는 그녀의 마차만큼은 화려하지 못하다고 흐뭇하게 생각했지만 그런대로 화려한 마차를 탄 카펫배거 부인들과, 길거리의 붉은 먼지 속을 헤치고 와서 모자를 손에 들고 그녀에게 찬사를 보내는 여러 남자와 얘기를 나누느라고 10여 차례나 멈추었다. 아름다운 오후였고, 그녀는 행복했고, 그녀는 아름다웠고, 그녀는 여왕처럼 행차하는 중이었다. 이렇게 지체하다 보니 그녀는 생각보다 늦게 목재 야적장에 도착했고, 휴와 노새 몰이꾼은 나지막한 목재 더미에 올라앉아 그녀를 기다렸다.

「애슐리 여기 있어요?」

「예, 사무실 안에 계신데요.」 즐거움으로 들뜬 그녀의 눈을 보더니, 늘 걱정스럽기만 하던 표정이 얼굴에서 가시면서 휴가 말했다. 「지금 쩔쩔매고 — 말이죠, 장부를 검토하고 있어요.」

「오, 오늘은 그런 일에 신경 안 쓰셔도 되는데.」 그녀가 말하고는 목소리를 낮추어서, 「오늘 밤 파티를 위해 집 안을 정리해 놓을 때까지 애슐리를 이곳에 잡아 두라고 멜리가 날 보냈어요.」

휴는 오늘 파티에 초청을 받았고, 그래서 미소를 지었다. 그는 파티를 좋아했고, 오늘 오후의 태도를 보니 스칼렛도 역시 좋아하는 모양이었다. 그녀는 노새 몰이꾼들과 휴에게 계산을 치렀고, 누가 동반하기를 바라지 않는다는 태도를 확실히 보이며 그들을 남겨 두고는, 얼른 사무실 쪽으로 걸어

갔다. 애슐리는 빙그레 웃는 듯한 엷은 미소를 띠고 문간에서 그녀를 맞았고, 오후 햇살을 받으며 선 그의 머리카락이 눈부셨다.

「웬일이에요, 스칼렛, 이런 시간에 시내에서 무슨 볼일인가요? 차라리 우리 집으로 가서 비밀 파티를 준비하는 멜리나 도와주지그래요?」

「아니, 애슐리 윌크스!」 그녀는 화가 나서 소리쳤다. 「당신은 파티에 관해서는 아무것도 몰라야 되는데요. 당신이 놀라지 않으면 멜리가 얼마나 실망할까요.」

「난 비밀을 누설하지는 않겠어요. 난 애틀랜타에서 가장 깜짝 놀라는 사람이 될 테니까요.」 눈에 웃음을 머금고 애슐리가 말했다.

「한데 누가 치사하게 그걸 가르쳐 주었나요?」

「멜리가 초청한 거의 모든 사람들이요. 고든 장군이 제일 먼저였죠. 장군이 경험을 통해서 알게 된 바로는, 여자들이 비밀 파티를 열어 주는 건 남자들이 뭔가 굉장히 중요한 일을 하기로 작정한 바로 그날 밤이기가 쉽다고 말했어요. 그러고는 메리웨더 할아버지가 나한테 경고했어요. 언젠가 메리웨더 부인이 그에게 비밀 파티를 열어 깜짝 놀라게 해주려고 했는데, 관절염을 달래느라고 아무도 모르게 할아버지가 위스키 한 병을 마셔 버려 술에 잔뜩 취해 침대에서 일어나지도 못하게 되었기 때문에, 제일 놀란 사람은 메리웨더 부인이었다는 얘기를 했고 — 오, 그 밖에도 비밀 파티를 경험한 사람은 누구나 다 나한테 귀띔을 했어요.」

「못된 사람들이에요!」 스칼렛이 소리쳤지만, 그녀는 저절로 웃음이 나왔다.

그는 열두 참나무 집에서 스칼렛의 눈에 익었던 모습의 애슐리, 이런 식으로 미소를 지었던 옛날의 애슐리 그대로였다. 그리고 요즈음 그는 미소를 짓는 일이 참으로 드물었다. 바람은 무척 부드러웠고, 태양은 포근했으며, 애슐리의 얼굴은 한없이 즐거웠고, 그의 얘기는 어찌나 거리낌이 없었는지 그녀의 마음은 행복감으로 두근거렸다. 그녀의 행복감은 가슴속에서 부풀어 올라 나중에는 기쁨이 아프게 느껴질 지경이었고, 실제로 흘리지는 않았어도 뜨겁게 느껴지는 눈물처럼 아프고 부담스러운 그런 기쁨이었다. 갑자기 그녀는 다시 열여섯 살이 된 듯 행복했고, 조금쯤은 숨찬 행복감을 느꼈다. 그녀는 둥근 모자를 휙 벗어 공중으로 집어 던지고는 〈야호!〉 소리라도 지르고 싶은 광적인 충동을 느꼈다. 그러자 스칼렛은 만일 자기가 그런 행동을 하면 애슐리가 얼마나 놀랄까 생각해 보았고, 그리고 갑자기 웃었고, 눈물이 날 때까지 웃었다. 그녀의 유쾌한 기분이 멜리의 비밀을 누설한 사람들의 우정 어린 음모에서 연유한다고 생각한 그는, 그녀의 웃음을 즐기듯 머리를 젖히고 같이 웃었다.

「들어와요, 스칼렛. 난 장부를 검토하는 중이에요.」

그녀는 오후의 태양이 이글거리는 작은 방으로 들어가서, 뚜껑을 접어 넣는 책상 앞에 놓인 의자에 앉았다. 뒤따라 들어온 애슐리는 거친 책상 모서리에 걸터앉아 긴 다리를 편안하게 늘어뜨렸다.

「오, 우리 오늘 오후에는 한심하게 장부를 놓고 따지는 짓은 말기로 해요. 애슐리, 난 골치를 썩이고 싶지 않으니까요. 난 새 둥근 모자를 쓰면 내가 아는 모든 숫자가 머릿속에서 사라지는 것 같아요.」

「그렇게 예쁜 둥근 모자라면 숫자쯤은 잊어버려도 좋겠죠.」 그가 말했다. 「스칼렛, 당신은 날이 갈수록 점점 더 아름다워지는군요!」

그는 책상에서 미끄러져 내려와, 웃으며 그녀의 두 손을 잡고는, 드레스를 보려고 그녀의 팔을 활짝 벌렸다.「당신은 정말 아름다워요! 난 당신이 나이를 먹으리라고는 도무지 믿어지지를 않아요!」

애슐리의 손길이 닿자 그녀는, 자기도 모르게, 바로 이런 일이 일어나기를 벌써부터 자신이 바랐었다는 사실을 깨달았다. 행복한 오늘 오후 내내, 스칼렛은 따스한 그의 손과, 부드러운 눈길과, 그녀를 아끼는 마음을 보여 주는 그의 한마디 말을 기다렸었다. 날씨가 추웠던 날 타라 농장의 과수원에서, 형식적인 시늉이 아니라 진짜 그들의 손이 맞닿았던 순간 이후로, 그들이 완전히 단둘이만 남게 되기는 지금이 처음이었고, 오랜 기간 동안 그녀는 보다 밀착된 접촉을 그리워했었다. 그런데 지금 —.

그의 손길이 닿아도 그녀가 흥분하지 않다니 얼마나 이상한 일인가! 전에는 그가 가까이 오기만 해도 그녀는 온몸이 후들후들 떨렸으리라. 지금 그녀는 묘하고 따스한 다정함과 흐뭇함을 느낄 따름이었다. 그의 손에서 그녀의 손으로 왈칵 전해지는 뜨거움은 없었고, 그의 두 손에서 흘러드는 조용한 행복감에 젖어 그녀의 마음은 차분해졌다. 이 감정은 그녀를 당황하게 만들었고, 약간 불안하게도 했다. 그는 아직도 그녀의 애슐리였고, 아직도 눈부시게 빛나는 사랑이었으며, 그녀는 생명보다도 그를 더 사랑했다. 그렇다면 왜 —.

하지만 스칼렛은 그런 생각을 마음속에서 몰아냈다. 그녀가 애슐리와 함께였고, 그는 그녀의 손을 잡고 긴장감이나 열띤 감정도 없이 아주 다정하게 미소를 지었으니, 그만하면 충분했다. 그들 사이에서 벌어졌던 사건들, 말로 표현하지 못할 온갖 일들을 생각해 보면, 이것은 기적처럼 여겨졌다. 맑고 빛나는 그의 눈은, 그녀가 사랑했던 지난날의 미소를 그대로 지으며, 마치 그들 사이에는 행복 이외에 아무것도 존재하지 않는다는 듯한 미소를 지으며, 그녀의 눈을 들여다보았다. 이제 그와 그녀의 눈 사이에는 아무런 장애물도 없었고, 아무런 난처한 거리감도 없었다. 그녀는 웃었다.

「오, 애슐리, 나도 언젠가는 쪼글쪼글하게 늙는다고요.」

「아, 그건 겉으로만 그렇겠죠! 아니에요, 스칼렛, 예순이 되어도 당신은 내 눈에는 똑같아 보일 테니까요. 난 당신을 언제까지나 우리들이 마지막으로 바비큐 파티를 가졌던 날, 참나무 밑에 앉아 10여 명의 청년들에게 둘러싸였던 당신 모습을 그대로 기억하겠어요. 심지어 난 당신의 옷차림이 어땠었는지도 생생하게 기억나는데, 작은 초록빛 꽃무늬로 뒤덮인 하얀 드레스에 어깨에는 레이스가 달린 하얀 목도리를 걸쳤었죠. 검은 끈으로 묶는 작은 초록빛 덧신을 신었고, 긴 초록빛 장식 끈을 늘어뜨린 커다란 밀짚모자를 썼고요. 내가 스칼렛의 옷차림을 자세히 기억하는 까닭은, 포로수용소에서 지낼 때, 하루하루가 힘겨워질 때마다 추억을 더듬느라고, 옛일들을 엄지손가락으로 사진처럼 한 장면씩 넘겨 가며 온갖 사소한 일들을 회상하고 —」

그는 갑자기 말을 멈추었고, 그의 얼굴에서는 타오르던 불꽃이 꺼졌다. 그는 가만히 그녀의 두 손을 놓았고, 스칼렛은 그가 다음 말을 하기를 조용히 기다렸다.

「우린 그날 이후 두 사람 다 머나먼 길을 왔어요, 안 그런가요, 스칼렛? 우린 가게 되리라고 전혀 생각도 안 했던 길을 따라갔어요. 당신은 곧장, 빨리 왔고, 난 천천히, 마지못해서 여기까지 왔죠.」

그는 다시 책상에 앉아 스칼렛을 쳐다보았고, 잔잔한 미소가 어렴풋하게 되돌아왔다. 하지만 그것은 조금 전 그녀를 그토록 행복하게 만들었던 그런 미소는 아니었다. 그것은 참담한 미소였다.

「그래요, 당신은 나를 당신의 이륜마차에 매달아 마구 끌고 달려왔어요.[68] 스칼렛, 때때로 나는 당신이 없었다면 내가 어떻게 되었을까 하고 남의 일처럼 호기심을 느끼곤 했어요.」

스칼렛은 얼핏, 바로 이 문제에 관해서 레트가 했던 말이 불쾌하게 머릿속에 떠올랐기 때문에, 애슐리의 말을 반박해야 되겠다는 기분이 들었다.

「하지만 난 당신을 위해서 해준 게 하나도 없어요, 애슐리. 내가 없었더라도 당신은 똑같은 삶을 살아왔을 테니까요. 언젠가는 당신이 부자가 되고, 마땅히 그렇게 되어야 하지만, 당신은 위대한 사람이 될 거예요.」

「아니에요, 스칼렛, 나에게는 위대함의 씨앗이라곤 전혀 없었어요. 난 당신이 없었다면 가엾은 캐슬린 캘버트나 — 전에는 위대한 가문을, 유서 깊은 이름을 자랑했던 그토록 많은 다른 사람들처럼, 망각 속에 파묻혀 사라졌겠죠.」

「오, 애슐리, 그런 소리는 하지 마세요. 당신 얘기를 들으면 너무나 슬퍼져요.」

「아니에요, 난 슬프지 않아요, 이제는요. 전에는 — 전에는 슬펐어요. 이제는 난 그저 —」

그는 말을 멈추었고, 언뜻 그녀는 애슐리가 무슨 생각을 하는지를 직감했다. 애슐리의 눈이 그녀를 꿰뚫고 지나가며, 수정처럼 맑고 멍한 표정을 지을 때, 그런 순간에 애슐리가

68 『일리아스』에서 아킬레우스가 헥토르의 시체를 수레에 끌고 다닌 장면에 비유했다.

무슨 생각을 하는지를 그녀가 알게 되기는 지금이 처음이었다. 그녀의 마음속에서 사랑의 분노가 술렁거릴 때면 그의 마음은 그녀로부터 폐쇄되고는 했었다. 그러나 지금은 그들 사이에 깔린 조용하고 다정한 분위기 속에서, 그녀는 조금이나마 그의 마음을 들여다보았고, 조금쯤은 이해가 되었다. 그는 이제 더 이상 슬프지 않았다. 그는 패전 이후에 늘 슬퍼했고, 그녀가 애틀랜타로 오라고 애원했을 때도 슬퍼했다. 지금은 체념했을 뿐이었다.

「난 당신이 그런 소리를 하면 기분이 나빠져요, 애슐리.」 그녀는 열을 올리며 말했다. 「당신 말투가 꼭 레트 같아서요. 그이는 걸핏하면 그런 관점들에 대해서, 잘 맞는 생존[69]인가 뭔가 하면서 어쩌나 시시한 소리를 늘어놓는지, 난 정말 따분해서 비명이라도 지르고 싶을 정도가 되죠.」

애슐리가 미소를 지었다.

「레트하고 내가 근본적으로 같다는 생각은 한 번도 해본 적이 없나요, 스칼렛?」

「오, 아뇨! 당신은 정말로 훌륭하고, 그렇게 명예로운 사람인데, 그이는 —」 그녀는 당황해서 말끝을 흐렸다.

「하지만 우린 비슷해요. 우린 같은 종류의 사람들이고, 똑같은 과정을 거치며 성장했고, 똑같은 생각을 하도록 교육을 받았어요. 그런데 도중 어디에선가 우리는 서로 다른 길로 접어들었죠. 우린 아직도 생각하는 바가 같지만, 반응은 다르게 나타냅니다. 예를 들자면, 우린 두 사람 다 전쟁을 신봉하지 않았지만, 난 입대해서 싸웠고, 그는 거의 끝날 때까지 끼어들지를 않았어요. 우리 전쟁이 완전히 잘못임을 우린 두 사람 다 알았어요. 우리가 패배하게 될 싸움이라는 것도 두

69 〈적자생존〉이라는 표현을 잘못 알고 있다.

사람 다 알았고요. 난 지는 싸움을 기꺼이 하려고 했어요. 그는 그렇게 생각하지 않았죠. 때때로 난 그의 생각이 옳았다고 생각하는데, 그러면서도 —」

「오, 애슐리, 당신은 언제쯤이나 문제의 양면을 다 보려는 버릇을 버리겠어요?」 그녀가 물었다. 하지만 전에는 그랬을지 몰라도, 지금 그녀는 화를 내며 얘기하지는 않았다. 「양면을 다 염두에 두어서는 아무것도 달성하지 못해요.」

「그건 사실이지만 — 스칼렛, 당신은 뭘 달성하고 싶은가요? 난 가끔 궁금하게 생각했어요. 당신도 알지만, 난 아무것도 달성하고 싶은 욕심이 없었어요. 난 그저 나 자신이 되고 싶었을 따름이에요.」

그녀는 무엇을 달성하고 싶었던가? 그것은 한심한 질문이었다. 물론 돈과 안정된 삶이었다. 그렇기는 해도 —. 그녀는 곰곰이 따져 보았다. 그녀는 돈을 벌었고, 불안정한 세계에서 사람들이 바라는 최대한의 안정된 삶을 확보했다. 하지만, 지금 생각해 보니까, 그것만으로써는 별로 충분하지가 못했다. 가만히 따져 보니 그런 것들은 그녀로 하여금 덜 시달리고 미래를 덜 두려워하게 만들기는 했지만, 특별히 행복하게 해주지는 못했다. 만일 돈과 안정된 삶에 당신까지 가졌다면, 그것이야말로 내가 달성하고 싶은 목표라고 그녀는 갈망하는 눈으로 그를 쳐다보며 생각했다. 하지만 그녀는 그들 사이에 생겨난 마력을 깨뜨리기가 두려워서, 그의 마음이 또다시 그녀로부터 단절될까 봐 두려워서, 그런 말은 하지 않았다.

「당신은 겨우 자기 자신이 되고 싶기만 했단 말이에요?」 그녀는 약간 서글픈 웃음을 지었다. 「난 나 자신으로부터 벗어나기가 항상 가장 어려운 문제였는데요! 내가 달성하려던 바가 무엇이냐면, 글쎄요, 난 이미 그걸 달성했어요. 난 부유하고 안정된 삶을 원했는데 —」

「하지만 스칼렛, 부자냐 아니냐 여부는 나한테 중요하지 않다는 생각은 한 번도 안 해봤나요?」

그렇다, 부자가 되기를 원하지 않는 사람이 한 명이라도 존재하리라는 가능성은 그녀의 머리에는 떠오른 적이 없었다.

「그렇다면 당신은 뭘 원하는데요?」

「지금은 나도 모르겠어요. 전에는 알았었지만, 반쯤 잊어버렸어요. 남들이 성가시게 굴지 않고, 내가 좋아하지 않는 사람들에게 시달리지도 않고, 내가 하고 싶지 않은 일을 억지로 하지 않는다는 그런 정도겠죠. 어쩌면 난 옛날이 다시 돌아오기를 바라는데 과거는 절대로 되돌아오지 않을 테니까, 난 지나간 시절의 추억과 내 코앞에서 무너지던 세계의 환각에 지금까지 줄곧 쫓겼는지도 몰라요.」

스칼렛은 고집스럽게 입을 꽉 다물었다. 그가 하는 말이 무슨 뜻인지를 그녀가 알아듣지 못했기 때문은 아니었다. 그의 목소리가 지닌 어조 자체가 다른 무엇보다도 지난날을 그녀에게 상기시켜 주었고, 그녀 역시 과거의 기억이 떠오르자 갑자기 마음이 아파졌다. 하지만 열두 참나무 집의 밭에서 몸이 아파 외롭게 쓰러져서, 〈나는 뒤돌아보지 않으리라〉고 다짐한 이후로, 그녀는 과거와의 인연을 끊어 버렸었다.

「난 현재가 더 좋아요.」 그녀가 말했다. 그녀는 얘기를 하면서, 그의 시선을 피했다. 「파티니 뭐니 요새는 늘 뭔가 신나는 일이 벌어져요. 세상이 온통 번쩍거리죠. 옛날은 너무나 따분했어요.」 (오! 한가했던 나날과 따스하고 고요한 시골의 석양! 노예 막사에서 들려오던 흐뭇하고 요란한 웃음소리! 옛 시절의 삶이 지녔던 황금 같은 따사로움과 내일이 어떻게 되리라고 환히 알기 때문에 느끼는 흐뭇한 안도감! 내가 어찌 그대를 부정하겠는가?)

「난 현재가 더 좋아요.」 스칼렛이 말했지만, 그녀의 목소리는 떨렸다.

그는 믿지 못하겠다는 듯 나지막이 웃으며, 책상에서 미끄러져 내려왔다. 그리고 그는 그녀의 턱을 손으로 받치고 얼굴을 들었다.

「아, 스칼렛, 당신은 거짓말 실력이 형편없는 여자예요! 그래요, 지금의 삶은 번쩍거리는 광채 — 그런 비슷한 무엇이겠죠. 그렇기 때문에 문제랍니다. 옛 시절은 광채는 없었지만, 매혹과 아름다움과 흐뭇한 신비가 있었어요.」

마음이 두 갈래로 갈등을 일으키자 그녀는 고개를 떨구었다. 그의 목소리, 그의 손길이 주는 감촉은 그녀가 영원히 닫아 버렸던 문들을 조심스럽게 열었다. 문의 저쪽에는 옛 시절의 아름다움이 있었고, 아름다운 시절에 대한 슬픈 굶주림이 그녀의 마음속에서 치밀어 올랐다. 하지만 문 너머의 아름다움이 무엇이든지 간에, 그것은 그곳에 그대로 남아야 함을 그녀는 알았다. 뼈아픈 추억을 잔뜩 짊어지고는 아무도 전진을 할 수가 없다.

그는 그녀의 턱에서 손을 내렸고, 애슐리는 두 손으로 그녀의 한 손을 잡아 얌전히 쥐었다.

「기억하시나요?」 그가 말했고 — 경고의 종소리가 그녀의 마음속에서 울렸다. 뒤를 돌아다보지 말자! 뒤를 돌아다보지 말자!

하지만 그녀는 얼른 경고를 무시해 버리고는, 행복의 파도를 타고 앞으로 휩쓸려 나갔다. 드디어 스칼렛은 그를 이해했고, 드디어 그들의 마음이 만나게 되었다. 나중에 어떤 고통이 뒤따르더라도, 지금 순간은 워낙 소중해서, 잃어서는 안 되었다.

「기억하시나요?」 그가 다시 말했고, 그의 목소리가 지닌 마력 앞에서 작은 사무실을 둘러싼 썰렁한 벽들이 사라지고, 기나긴 세월이 어디론가 물러났으며, 그들은 흘러가 버린 오래전 어느 봄철로 돌아가, 시골 오솔길을 따라 말을 타고 갔다. 애슐리가 얘기를 하는 사이에 가볍던 그의 손아귀가 그녀의 손을 꽉 쥐었고, 그의 목소리는 반쯤 잊혀진 옛 노래의 슬픈 환상처럼 들렸다. 탈턴 댁에서 열리는 들놀이에 가려고, 산딸나무 밑으로 말을 타고 가노라니까 경쾌하게 짤그랑거리는 재갈 소리가 스칼렛의 귀에 들려왔고, 그녀 자신의 거침없는 웃음소리가 귓전에 울렸으며, 은빛을 뿌린 듯 애슐리의 머리를 비추며 반짝이는 햇빛이, 그리고 당당하고 우아하게 말에 올라앉은 그의 모습이 눈에 선했다. 그의 목소리에서는 음악 소리가, 이제는 더 이상 존재하지 않게 된 하얀 집에서 그들이 춤을 추도록 반주하던 바이올린과 밴조의 음악이 들려왔다. 서늘한 가을 달빛 아래 컴컴한 늪지대에서 주머니쥐를 사냥하는 개들이 짖는 까마득한 소리가 들려오고, 성탄절을 맞아 호랑가시나무 가지를 화환처럼 엮어 씌운 달걀술[70] 냄새가 은은하고, 검고 얼굴들과 흰 얼굴들이 미소를 지었다. 그러자 다리가 길고 붉은 머리에 짓궂은 장난을 좋아하던 스튜어트와 브렌트, 젊은 말처럼 사납던 톰과 보이드, 이글거리는 검은 눈의 존 폰테인, 그토록 걸음걸이가 느긋하고 우아했던 케이드와 레이포드 캘버트 — 옛 친구들이 마치 그토록 오랜 세월이 지났어도 여전히 살아서, 웃으며 줄을 지어 돌아왔다. 존 윌크스도, 그리고 브랜디에 취해 얼

70 달걀, 우유, 설탕을 섞고 포도주나 브랜디 따위를 넣은 음료.

굴이 벌건 제럴드도 돌아왔고, 엘렌의 속삭임과 엘렌을 의미하는 향기도 돌아왔다. 그 모든 것들의 위에는 안정감이라는 인식이, 내일이 오면 오늘이 가져다준 행복만이 다시 찾아올 뿐이라는 인식이 맴돌았다.

애슐리의 목소리가 멎었고, 그들은 말없이 한참 동안 서로의 눈을 응시했으며, 그들 사이에는 그들이 철없이 아무렇게나 함께 보내고 상실한 젊음, 화사했던 젊음이 어른거렸다.

〈당신이 왜 행복해지기가 힘이 드는지를 난 이제야 알겠어요.〉 그녀는 슬프게 생각했다. 〈난 여태까지 이해하지 못했었어요. 난 지금까지 내가 왜 한껏 행복하지 못한지도 이해하지를 못했었으니까요. 하지만, 그래요, 우린 늙은이들이나 나누는 그런 얘기를 하잖아요!〉 그녀는 끔찍스러운 놀라움을 느끼며 생각했다. 〈50년 전을 돌이켜 보는 늙은이들처럼 말이에요. 그런데 우린 늙지 않았어요! 다만 그사이에 너무나 많은 일들이 일어났을 따름이죠. 우리의 삶이 워낙 많이 달라져서, 50년은 지나간 듯한 기분이에요. 그렇지만 우린 늙지 않았어요!〉

하지만 그녀가 정신을 차려 보니, 이제 애슐리는 더 이상 젊지도 않고 눈부시지도 않았다. 그녀의 손을 잡고 멍하니 내려다보느라고 수그린 애슐리의 머리는 한때 밝은 빛깔이었지만, 이제는 아주 희어져, 고요한 물 위에 뿌린 은회색 달빛 같았다. 4월 어느 날 오후의 환한 아름다움이 어느새 사라졌고, 그녀의 마음속에서도 그날의 아름다움은 사라졌으며, 회상이 가져다주는 감미로운 슬픔은 한없이 쓰라리기만 했다.

〈난 애슐리가 뒤를 돌아다보게 해서는 안 돼.〉 그녀는 절망적으로 생각했다. 〈절대로 뒤돌아보지 않겠다고 다짐했을 때의 내 생각이 옳았던 거야. 그건 너무나 고통스럽고, 되돌아 보기만 할 뿐 전혀 아무것도 못 하게 될 때까지 우리들의 마음을 끌어내리니까. 애슐리는 그게 탈이야. 그는 더 이상 앞을 내다보지 못해. 그는 현재를 볼 능력이 없고, 미래를 두려워하고, 그렇기 때문에 뒤를 돌아다보기만 하지. 난 전에는 전혀 이해하지 못했어. 난 지금까지 전혀 애슐리를 이해하지 못했으니까. 오, 애슐리, 내 사랑, 당신은 뒤를 돌아다봐서는 안 돼요! 그래 봤자 무슨 소용이겠어요? 난 옛 시절 얘기를 하게끔 당신이 나를 유혹하도록 그냥 내버려 두어서는 안 되는데 그랬어요. 행복을 회상하면 이런 일이 생겨서, 이렇게 고통과, 마음의 상처와, 울적함을 느끼기만 할 따름이라고요.〉

아직도 손을 그에게 잡힌 채로 스칼렛은 몸을 일으켰다. 그녀는 가야 했다. 그냥 남아서 그녀는 옛 시절이나 생각하고, 지금처럼 피곤하고 서글프고 침울해진 그의 얼굴을 보고 싶지가 않았다.

「우린 그런 시절 이후에 먼 길을 왔어요, 애슐리.」 목소리를 가다듬으려고 애쓰며, 목구멍이 죄어들지 않도록 막으려고 애쓰며, 그녀가 말했다. 「그때 우린 멋진 꿈들을 꾸었어요, 안 그런가요?」 그러더니 황급히 덧붙여 말했다. 「오, 애슐리, 아무것도 우리들이 예상했던 대로 되질 않았어요!」

「언제나 그러게 마련이에요.」 그가 말했다. 「삶은 우리들이 기대하는 바를 제공할 아무런 의무도 없으니까요. 우린 주어지는 만큼 얻을 따름이고, 그나마 현재가 우리에게 베푸는 바를 고맙게 생각해야죠.」

아름다웠던 시절 이후로 지나온 머나먼 길을 생각해 보는 사이에 그녀의 마음은 갑자기 고통으로, 피곤함으로 둔감해졌다. 그녀의 머릿속에서는 멋진 청년들과 예쁜 옷들을 좋아했고, 때가 오면 언젠가는 엘렌처럼 훌륭한 숙녀가 되겠다고 꿈꾸었던 스칼렛 오하라의 추억이 떠올랐다.

그녀의 눈에서는 느닷없이 눈물이 고여 뺨을 타고 천천히 흘러내렸고, 그녀는 마음의 상처를 받고 어쩔 줄 모르는 아이처럼 멍청하게 그를 쳐다보기만 했다. 애슐리는 아무 말도 하지 않았지만, 그녀를 가만히 품에 안고는, 그의 어깨에 그녀의 머리를 기대게 하더니, 머리를 수그려 뺨을 맞댔다. 그녀는 긴장을 풀었고, 두 팔로 그의 몸을 감쌌다. 그의 품에 안겼다는 편안한 마음은 갑자기 쏟아지던 눈물을 거두도록 도와주었다. 아, 걱정도 없이, 긴장감도 없이, 사랑을 받는 친구로서 그의 품에 안기니까 참으로 좋기만 했다. 그녀의 추억과 젊음을 함께 나누었고, 그녀의 시작과 현재를 알았던 애슐리만이 스칼렛의 마음을 이해했다.

그녀는 바깥에서 나는 발소리를 들었지만, 노새 몰이꾼들이 집으로 돌아가는 모양이라고 생각해서, 별로 신경을 쓰지 않았다. 그녀는 얼마 동안 애슐리의 심장이 천천히 뛰는 소리에 귀를 기울였다. 그러더니 갑자기 그는, 스칼렛이 당황할 정도로 거칠게 몸을 비틀어 그녀에게서 떨어졌다. 놀라서 그의 얼굴을 올려다보았지만, 애슐리는 그녀를 쳐다보지 않았다. 그는 그녀의 어깨 너머로 문을 쳐다보았다.

그녀가 돌아서서 보니, 파랗게 질린 얼굴로 담청색 눈을 이글거리는 인디아가, 외눈박이 앵무새처럼 험악한 아치가 문간에 서 있었다. 그리고 그들의 뒤에는 엘싱 부인이 버티고 섰다.

그녀는 어떻게 사무실에서 나왔는지를 전혀 기억하지 못했다. 하지만 스칼렛은 애슐리가 시키는 대로 당장, 재빨리 나왔고, 작은 방에서 음산하게 얘기를 나누는 애슐리와 아치, 그리고 그녀에게 등을 돌려 대고 바깥에서 기다리던 인디아와 엘싱 부인을 남겨 두고 도망쳤다. 그녀는 수치심과 두려움을 느끼며 집으로 발걸음을 서둘렀고, 그녀의 머릿속에서는 족장처럼 수염을 기른 아치가 구약 성서에서 방금 튀어나온 복수의 천사 같은 모습을 갖추었다.

4월의 석양을 받은 집이 텅 비고 적막했다. 하인들은 모두 어느 집의 장례식에 갔고, 아이들은 멜라니의 집 뒷마당에서 놀고 있었다. 멜라니 —.

멜라니! 스칼렛은 방으로 층계를 올라가는 동안 그녀를 생각하고는 온몸이 오싹해졌다. 멜라니는 얘기를 들으리라. 인디아는 그녀에게 일러바치겠다고 했다. 오, 애슐리의 이름이 더럽혀지건 말건 개의치 않고, 멜라니의 마음이 아프거나 말거나 개의치도 않고, 스칼렛을 해칠 기회만 생긴다면 인디아는 무슨 얘기라도 의기양양하게 멜라니에게 할 작정이었다. 그리고 야적장 사무실의 문간을 막고 섰던 아치와, 인디아의 뒤에 서서 사실상 아무것도 못 보기는 했지만 엘싱 부인도 소문을 퍼뜨리리라. 직접 보았건 못 보았건 그녀는 떠들고 다니리라. 저녁 식사 때쯤이면 시내에 소문이 쫙 퍼지리라. 내일 아침에 식사를 할 때쯤이면 애틀랜타 전체가, 심지어는 흑인들까지도 알게 되리라. 여자들은 오늘 밤 파티에서 구석에 모여, 악의에 찬 기쁨을 맛보며, 조심스러운 목소리로 수군거리리라. 드높고도 으리으리한 자리에서 스칼렛 버틀러 여사가 굴러떨어졌노라고! 그리고 소문에는 점점 더 살이 붙으리라. 그것을 막아 낼 방법이 없었다. 그녀가 울었기 때문에 애슐리가 안아 주기만 했다는 사실, 군더더기가 없는 사실만 얘기하고 그칠 사람들이 아니었다. 밤이 오기도 전에 그들은 스칼렛이 간통하는 현장을 들켰다고 말하리라. 하지만 그것은 진심으로 결백하고, 참으로 아름다운 상황이 아니었던가! 스칼렛은 어지럽게 생각했다 — 성탄절에 애슐리가 휴가를 나왔을 때, 내가 그에게 작별 인사로 키스를 하다가 만일 현장을 누구에게 들켰더라면 — 만일 내가 도망을 치자고 타라 농장의 과수원에서 그에게 애원하던 현장을 누구에겐가 들켰더라면 — 오, 만일 우리들이 정말로 잘못을 범하는 현장을 들켰더라면 이토록 억울하지는 않았으리라! 하지만 지금은! 지금은! 친구로서 내가 그의 품에 안겼을 뿐인데 —.

하지만 아무도 그녀의 말을 믿지 않으리라. 그녀의 편을 들어 줄 친구는 아무도 없었고, 〈난 그녀가 아무런 나쁜 짓을 했으리라고는 생각하지 않아요〉라고 언성을 높이며 편을 들어 줄 목소리도 전혀 없었다. 그녀는 워낙 오랫동안 옛 친구들의 격분을 사왔기 때문에, 이제는 그들 중에서 그녀의 편을 구하기가 불가능했다. 그녀의 교만함 때문에 말없이 고통을 받던 새 친구들도 스칼렛을 헐뜯는 기회를 환영하리라. 그렇다, 비록 애슐리 윌크스처럼 그렇게 훌륭한 남자가 그토록 추잡한 사건에 얽혀 들었다는 점을 혹시 안타깝게 생각할지는 모르겠지만, 사람들은 그녀에 관한 나쁜 소문이라면 무엇이라도 믿으려고 하리라. 늘 그렇듯이 그들은 여자만 탓하고 남자의 죄는 그냥 넘겨 버리리라. 그리고 이번 경우에는 그들의 판단이 옳을 터였다. 그의 품에 먼저 몸을 던져 안긴 사람이 그녀였기 때문이다.

오, 만일 불가피하게 견뎌 내야 한다면 그녀는 비방과 험담과 엉큼한 미소, 그리고 애틀랜타 사람들이 쏟아 낼 무슨 말이라도 참겠지만 — 하지만 멜라니는 달랐다! 오, 멜라니는 안 된다! 스칼렛은 누구보다도 멜라니가 알게 될까 봐 왜 자신이 이렇게 조바심을 해야 하는지 그 이유를 몰랐다. 그녀는 지금까지 쌓여 온 죄의식 때문에 너무나 겁이 나고, 마음이 정말로 무겁게 짓눌려서, 사태를 제대로 이해하려고 애쓰지도 않았다. 하지만 애슐리가 스칼렛을 품에 안고 쓰다듬는 광경을 목격했다고 인디아가 얘기한다면, 멜라니의 눈에 얼마나 눈물이 솟아오를까 생각하고 그녀는 울음을 터뜨렸다. 멜라니는 얘기를 듣고 나면 어떤 행동을 취하려나? 애슐리와 헤어질까? 조금이라도 남은 체면을 지키기 위해서라면 그녀는 갈라지는 도리밖에 달리 어떻게 하겠는가? 그러면 애슐리하고 나는 어떻게 해야 하나? 그녀는 눈물을 줄줄 흘리며 미친 듯 생각했다. 오, 나 때문에 이런 일을 당하게 되었으니 애슐리는 나를 증오하고, 창피해서 죽고 싶으리라. 무서운 두려움이 마음속을 스치자 갑자기 그녀는 울음을 그쳤다. 레트는 어떤가? 그는 어떤 행동을 하려는가?

어쩌면 그는 전혀 모르고 넘어갈지도 모른다. 유명한 속담이 있었는데, 비꼬는 듯한 그 옛말이 무엇이었더라? 〈남편이 항상 제일 나중에 알게 된다.〉 어쩌면 아무도 그에게 얘기를 안 할지도 모른다. 레트는 총부터 먼저 쏘고 질문은 나중에 하는 남자라고 평판이 났으므로, 그에게 그런 소식을 알려주려면 보통 용감한 사람으로서는 어림도 없는 일이었다. 제발 부탁이오니, 하느님, 어느 누구도 그에게 얘기할 만큼 용감해지지 않도록 해주시기를! 하지만 그녀는 야적장 사무실에서 본 아치의 얼굴이, 그녀뿐 아니라 세상의 모든 여자에 대한 증오심으로 가득하던 냉혹하고, 무자비하고, 푸른 눈이 머리에 떠올랐다. 아치는 하느님이나 인간 누구도 두려워하지 않았고, 부정한 여자를 증오했다. 그는 그런 여자를 워낙 증오했기 때문에 살인까지 했던 남자였다. 그리고 그는 레트에게 얘기하겠다고 했었다. 그리고 애슐리가 말리려고 아무리 설득하더라도 그는 레트에게 알려 주리라. 애슐리가 그를 죽여 없앤다면 몰라도, 아치는 레트에게 얘기를 하고, 그것을 기독교인의 의무라고 믿으리라.

스칼렛은 옷을 끌어당겨 벗고는 침대에 누웠고, 머릿속이 빙글빙글 소용돌이를 쳤다. 그녀는 방문을 잠그고, 안전한 이곳에서 영원히 영원히 숨어 살며, 다시는 아무도 만나지 않아도 된다면 얼마나 좋을까 생각했다. 레트는 어쩌면 오늘 밤에는 소문을 듣지 못할지도 모른다. 그녀는 두통이 나서 파티에 가고 싶지 않다고 말하리라. 아침까지는 무슨 변명을, 궁지에서 벗어날 어떤 변명을 그녀는 생각해 내리라.

「난 지금은 생각하지 않겠어.」 베개에 얼굴을 파묻으며 그녀는 절망에 빠져 말했다. 「난 지금은 그런 생각을 하고 싶지 않아. 난 그것을 견뎌 낼 여유가 생긴 다음에, 나중에 생각해 보겠어.」

밤이 되자 하인들이 장례식에서 돌아오는 소리를 들었는데, 저녁 식사를 준비하느라고 돌아다니는 그들이 아주 조용하다는 기분을 그녀는 느꼈다. 혹시 죄의식 때문에 그렇게 느꼈을까? 어멈이 방으로 와서 문을 두드렸지만, 스칼렛은 저녁을 먹지 않겠다고 하면서 쫓아 버렸다. 시간이 흘렀고, 마침내 그녀는 레트가 층계를 올라오는 소리를 들었다. 그가 위층 복도까지 올라오자 그녀는 긴장해서 몸을 도사렸고, 그와 맞서기 위해 잔뜩 기운을 차렸지만, 레트는 그냥 지나쳐 그의 방으로 들어갔다. 스칼렛은 한숨을 놓았다. 그는 아직 얘기를 듣지 못한 모양이었다. 그녀의 침실에 다시는 발을 들여놓지 말라는 냉정한 요구를 아직도 그가 존중해 줘서 천만다행이었으니, 만일 지금 레트가 그녀를 보았더라면 얼굴에 비밀이 빤히 드러났을 테니까 말이다. 그녀는 몸이 심하게 아파 파티에 못 가겠다고 설명할 힘을 낼 만큼 마음을 가다듬어야만 한다. 그렇다, 그녀가 마음을 진정시킬 시간은 충분했다. 아니, 정말 시간이 충분했던가? 오늘 오후의 난처했던 순간 이후로 그녀의 삶은 시간과 단절되어 버린 듯싶었다. 그녀는 레트가 방 안에서 오랫동안 서성거리고, 가끔 일꾼 돼지와 얘기를 나누는 소리를 들었다. 아직도 스칼렛은 그의 얼굴을 대할 용기가 나지 않았다. 그녀는 어둠 속에서 침대에 누워 벌벌 떨기만 했다.

한참 후에 레트가 방으로 와서 문을 두드렸고, 그녀는 목소리를 가누려고 애쓰면서 말했다. 「들어오세요.」

「내가 정말 성역으로 들어가도 좋다는 허락을 받은 셈인가?」 문을 열면서 그가 물었다. 방 안이 컴컴했기 때문에 그의 얼굴이 보이지를 않았다. 그리고 그의 목소리에서도 아무런 이상한 점이 드러나지를 않았다. 그는 안으로 들어와서 문을 닫았다.

「파티에 갈 준비는 됐어?」

「미안하지만, 난 두통이 나서요.」 그녀의 목소리가 이토록 태연하게 들리다니 얼마나 신기한 일인가! 방 안이 어두워서 정말 천만다행이지! 「난 못 가겠어요. 당신이나 가세요, 레트. 그리고 멜라니더러 내가 미안해하더라고 전해 주세요.」

한참 동안 침묵이 흘렀고, 그는 말끝을 느릿느릿 물어뜯는 듯 어둠 속에서 말했다.

「정말 기막히게 비겁하고, 옹졸하고, 형편없는 년이로구먼.」

그는 소문을 들었다! 그녀는 말도 못 하고 누워서 벌벌 떨기만 했다. 스칼렛은 그가 어둠 속을 더듬거려 성냥을 긋는 소리를 들었고, 방 안이 갑자기 밝아졌다. 그는 침대로 걸어와 스칼렛을 내려다보았다. 그녀는 레트가 야회복 차림임을 알았다.

「일어나.」 그가 말했는데, 그의 목소리에서는 아무런 감정도 드러나지 않았다. 「우린 파티에 가야 해. 어서 서둘러.」

「오, 레트, 난 갈 수가 없어요. 아시겠지만 —」

「잘 알지. 일어나.」

「레트, 아치가 감히 —」

「아치가 감히 그랬지. 아치는 아주 용감한 남자더구먼.」

「거짓말을 했으니까 그를 당신이 죽여 버렸어야 하는데 —」

「난 진실을 얘기하는 사람은 죽이지 않는 이상한 버릇이 있지. 지금은 왈가왈부 따질 시간이 없어. 일어나.」

스칼렛은 실내복을 바싹 여미고, 그의 표정을 살피며 일어나 앉았다. 그의 표정은 어둡고 무감각했다.

「난 안 가겠어요, 레트. 난 이런 — 오해가 밝혀질 때까지는 못 가요.」

「만일 오늘 밤에 당신이 모습을 보이지 않았다가는, 죽을 때까지 당신은 애틀랜타 어디에서도 다시는 모습을 나타내지 못할 거야. 그리고 난 아내가 갈보 짓을 해도 참겠지만, 비겁한 짓을 하면 못 참아. 비록 알렉스 스티븐스 이하 모든 사람이 당신을 난도질하고 윌크스 부인이 우리들에게 집에서 나가 달라고 요구하는 난처한 꼴을 당해야만 하더라도, 당신은 꼭 가야 해.」

「레트, 내 설명을 들어 봐요.」

「난 듣고 싶지 않아. 시간이 없으니까. 옷이나 입어.」

「인디아와 엘싱 부인하고 아치 — 그들이 오해를 했어요. 그리고 그들은 나를 정말로 미워하죠. 인디아는 나를 난처한 입장으로 몰아넣기 위해서라면 자기 오빠에 관한 거짓말까지도 서슴지 않을 정도로 나를 미워해요. 내 설명을 들으시기만 하면 —」

오, 맙소사, 만일 그가 막상 〈그래, 어디 설명해 보시지!〉라고 하면 뭐라고 할까 — 그녀는 고민에 차서 생각했다. 내가 무슨 말을 하겠는가? 내가 어떻게 설명하겠다는 말인가?

「그들은 만나는 사람들에게 모두 거짓말을 했겠죠. 오늘 밤엔 난 갈 수가 없어요.」

「당신은 가야 해.」 그가 말했다. 「내가 당신 목을 휘어잡아 질질 끌고 가며, 한 발자국을 옮겨 놓을 때마다 한없이 매혹적인 당신 엉덩이를 걷어차야 하는 한이 있더라도 말이야.」

스칼렛을 왈칵 일으켜 세우던 레트의 눈에서는 냉혹한 광채가 번득였다. 그는 스칼렛의 코르셋을 집어 그녀에게 던졌다.

「그걸 차. 끈은 내가 죄어 줄 테니까. 아, 그럼, 끈을 죄는 정도라면 나도 박사니까. 그래, 난 어멈을 불러 당신을 도와주라고 했다가, 당신이 문을 닫아걸고 비겁한 본성을 드러내 방 안에 숨어 버리는 꼴은 못 보겠어.」

「난 비겁하지 않아요.」 약이 올라서 두려움도 잊고 그녀가 소리쳤다. 「난 —」

「오, 양키에게 총을 쏘고 셔먼의 군대와 맞섰다는 무용담은 내 앞에서 늘어놓지 마. 당신은 결점이 많기도 하지만 — 겁쟁이라는 결점도 심각한 문제야. 당신 자신을 위해서가 아니더라도, 당신은 보니를 위해서 오늘 밤 거길 가야 해. 보니의 장래를 어떻게 더 망쳐 놓으려고 그래? 어서 코르셋을 차라고.」

그녀는 황급히 실내복을 벗고는 슈미즈만 입고 섰다. 만일 그가 시선을 돌려 슈미즈 차림의 그녀가 얼마나 아름다운지를 보기만 한다면, 아마도 저 무서운 표정이 사라질지도 모를 일이었다. 슈미즈 차림의 그녀를 레트가 본 것은 정말로 까마득한 오래전 일이었다. 하지만 그는 스칼렛을 눈여겨 쳐다보지를 않았다. 그는 스칼렛의 벽장으로 가서 빠른 속도로 야회복들을 훑어보았다. 그는 한참 뒤지더니 물결무늬가 박힌 새 옥색 비단 드레스를 꺼냈다. 이 야회복은 가슴을 깊이 팠고, 치맛자락은 큼직한 허리받이 위로 늘어뜨렸으며, 허리받이에는 커다란 분홍빛 벨벳 장미 매듭 한 다발이 달렸다.

「그걸 입어.」 침대로 옷을 던져 주고 그녀에게로 오면서 그가 말했다. 「오늘 밤에는 가정부인에게 어울리는 비둘기 회색이나 라일락 빛깔처럼 점잖은 옷차림을 하면 안 돼. 당신의 본색을 드러내는 깃발은 돛대 맨 꼭대기에다 못으로 박아 놓아야지, 그러지 않았다가는 당신이 기어 올라가서 틀림없이 요상한 깃발을 끌어내려 감출 테니까 말이야. 그리고 입술연지도 잔뜩 발라. 간음하다 붙잡힌 바리새 여인은 분명히 지금의 당신처럼 얼굴에 핏기가 없지는 않았을 테니까. 뒤로 돌아서.」

그가 두 손으로 코르셋 끈을 잡고 어찌나 세차게 잡아당겼던지, 스칼렛은 그토록 못된 행동에 당황하고, 굴욕을 느끼고, 겁이 나서 소리를 질렀다.

「아프겠지, 안 그래?」 레트가 짤막하게 웃었지만, 스칼렛은 그의 얼굴을 볼 수가 없었다. 「내가 조이는 끈이 당신 목을 감지 않았다는 게 섭섭하구먼.」

멜라니의 집은 방마다 켜놓은 불빛으로 휘황찬란했고, 길거리 훨씬 위쪽까지도 음악 소리가 들려왔다. 집 앞으로 마차를 대자, 흥이 나서 즐거워하는 사람들의 유쾌한 소리가 밖으로 흘러나왔다. 집 안은 손님들로 꽉 찼다. 손님은 베란다까지 넘쳤고, 침침한 호롱불을 켜놓은 마당의 벤치에 앉은 사람들도 많았다.

나는 들어갈 수가 없어 — 난 못 들어가겠어, 공처럼 뭉친 손수건을 움켜쥐고 마차에 앉아서 그녀는 생각했다. 난 못 들어가겠어. 나는 들어가지 않겠어. 뛰어내려서 어디론가, 타라 농장으로, 멀리 도망치겠어. 왜 레트는 나를 이곳까지 강제로 끌고 왔을까? 사람들은 어떤 행동을 취할까? 멜라니는 어떻게 하려나? 그녀의 표정은 어떨까? 오, 나는 그녀를 마주 볼 엄두가 나질 않아. 난 도망치겠어.

그녀의 마음을 환히 읽어 내기라도 했는지, 레트의 손은 제멋대로 구는 낯선 사람처럼 거칠게, 멍이 들 정도로 그녀의 팔을 꽉 움켜잡았다.

「난 여태까지 겁쟁이 아일랜드 사람은 한 번도 본 적이 없어. 당신의 요란스러운 용기는 다 어디로 갔지?」

「레트, 제발 부탁인데, 집으로 가서 제 얘기를 좀 들어 줘요.」

「당신은 영구한 세월 동안 설명할 기회를 갖겠지만, 원형경기장[71]에서 순교를 당할 기회는 오늘 단 하룻밤뿐이야. 어서 내리시지, 여보. 그래야 사자들이 당신을 잡아먹는 꼴을 내가 구경하지. 내려.」

그녀는 화강암처럼 단단하고 굳센 그의 팔을 붙잡고 조금쯤 힘을 얻어 겨우 층계를 걸어 올라갔다. 스칼렛은 정말로 그들과 맞설 용기를 얻었으며, 그들과 맞서기로 결심했다. 그들은 그녀를 시기하기 때문에 아우성을 치며 할퀴려고 덤벼드는 한 무리의 고양이에 불과하지 않은가? 스칼렛은 그들에게 맛을 보여 주리라. 스칼렛은 그들이 무슨 생각을 하

71 기독교인이 맹수에게 죽임을 당하는 박해가 이루어지던 옛 로마의 투기장.

든 개의치 않았다. 오직 멜라니만이 —.

그들은 포치로 올라섰고, 레트는 모자를 벗어 손에 들고, 침착하고 부드러운 목소리로, 좌우의 사람들에게 인사를 했다. 그들이 들어서자 음악이 멈추었고, 혼란에 빠진 그녀의 느낌으로는 잔뜩 모인 사람들이 우렁찬 바다처럼 그녀에게로 몰려들었다가, 소리가 점점 작아지고, 한없이 소리가 작아지면서 다시 밀려 나가는 듯싶었다. 그들이 다 함께 그녀에게 칼질을 하려는가? 그래, 귀신 속곳 같으니라고, 멋대로들 해보라지! 그녀는 턱을 높이 치켜들었고, 눈가에 주름이 잡힐 만큼 크게 미소를 지었다.

문에서 가장 가까이 자리를 잡은 사람들에게 얘기를 걸려고 그녀가 미처 몸을 돌리기도 전에, 밀리는 사람들을 헤치고 누군가 앞으로 나왔다. 스칼렛의 가슴을 덜컥 내려앉게 하는 묘한 숨죽임이 뒤따랐다. 그러자 문간에서 그녀를 맞으려고, 어느 누구보다도 먼저 그녀에게 말을 걸려고, 멜라니가 자그마한 발로 서두르며 다가왔다. 멜라니는 좁은 어깨를 한껏 벌리고, 자그마한 입은 화가 나서 꽉 다물었으며, 그녀의 안중에는 스칼렛 이외에는 어떤 손님도 없다는 듯한 태도를 보였다. 그녀는 스칼렛 옆으로 가더니 팔로 허리를 감아 안았다.

「정말 멋진 옷이로군요, 스칼렛.」 그녀는 작고 낭랑한 목소리로 말했다. 「미안하지만, 부탁 하나 들어주지 않겠어요? 인디아가 오늘 밤 나를 도와주기가 어렵게 되었어요. 나와 함께 손님을 맞아 주지 않을래요?」

제54장

안전하게 다시 방으로 돌아온 스칼렛은 물결무늬 야회복의 허리받이와 장미 매듭이 구겨지건 말건 신경도 쓰지 않고 침대로 몸을 던졌다. 얼마 동안 그녀는 꼼짝 않고 엎드려서 멜라니와 애슐리 사이에 끼여 그녀가 손님들에게 인사를 하던 장면을 생각해 보았다. 얼마나 끔찍한 상황이었던가! 그런 연기를 만일 다시 해야 한다면 차라리 셔먼의 군대와 맞서는 편이 나으리라! 한참 시간이 지난 다음, 그녀는 침대에서 몸을 일으켜 초조하게 방 안을 서성거렸다. 그녀는 오락가락하면서 옷을 하나씩 벗어 던졌다.

긴장감에 대한 반응이 나타나서인지 그녀는 덜덜 떨기 시작했다. 머리핀들이 그녀의 손가락에서 빠져나와 딸그랑거리며 마룻바닥으로 떨어졌고, 늘 그러듯이 머리카락에 솔질을 하려던 스칼렛은 솔의 뒤쪽에 관자놀이가 몇 번이나 부딪혔다. 그녀는 발돋움을 하고 10여 번이나 문으로 가서, 혹시 아래층에서 무슨 소리가 나지 않나 귀를 기울였지만, 아래층 거실은 캄캄하고, 고요한 무덤처럼 적막했다.

파티가 끝난 다음 레트는 그녀를 마차에 태워 혼자 집으로 보냈고, 스칼렛은 이렇게 마련된 유예의 시간을 하느님에게 감사했다. 그는 아직 들어오지 않았다. 레트가 집으로 돌아오지 않아서 천만다행이었다. 그녀는 창피하고, 겁이 나고, 벌벌 떨려서 그를 대할 자신이 없었다. 하지만 그는 어디로 갔을까? 아마도 그 계집의 집으로 갔는지도 모른다. 처음으로 스칼렛은 벨 워틀링 같은 인간이 세상에 존재한다는 사실을 기쁘게 생각했다. 이글거리는 살인적인 감정이 가라앉을 때까지 레트에게 안식처를 제공할 곳이 집 이외에도 어디엔가 또 있다는 사실이 그녀는 기뻤다. 남편이 창녀의 집으로 갔다고 기뻐하다니, 그것은 옳지 못한 일이었지만, 어쩔 수가 없는 노릇이었다. 만일 레트가 죽었다고 하더라도, 만일 그것이 그녀로 하여금 오늘 밤 절대로 그를 대하지 않아도 된다는 해방을 의미한다면, 스칼렛은 무척 기뻐했으리라.

내일 — 그렇다, 내일도 또 다른 하루가 아닌가. 내일 그녀는 어떤 변명을, 역으로 공박할 어떤 근거를, 레트를 궁지로 몰아넣을 어떤 방법을 생각해 내리라. 내일이 오면 끔찍한 오늘 밤의 기억이 치가 떨릴 정도로 격렬하게 그녀를 괴롭히지는 않으리라. 내일이라면 애슐리의 얼굴과, 그의 꺾여 버린 자존심과 수치심 — 그녀가 야기한 수치심, 그의 책임이 전혀 없었던 수치심의 기억에 그녀가 이토록 시달리지는 않으리라. 그녀가 수치심을 불러일으켰기 때문에 그가, 그녀가 사랑하고 명예를 존중하는 애슐리가 이제는 그녀를 증오할 것인가? 물론 그는 지금 그녀를 증오하고 — 멜라니가 유리처럼 매끄러운 마룻바닥을 가로질러 와서는 스칼렛의 허리를 한쪽 팔로 감싸 안고, 호기심과 악의에 찬 사람들, 냉혹한 적개심을 은밀한 태도로 드러내던 손님들과 맞서서, 화를 내며 가냘픈 어깨를 펴고는, 거리낌 없는 신뢰감과 사랑이 담긴 목소리로 그들 두 사람을 구해 주고 난 다음인 지금,

그는 그녀를 진심으로 증오하리라. 끔찍하기만 했던 저녁 내내 스칼렛을 곁에 둠으로써 얼마나 깨끗하게 멜라니는 추태가 벌어지지 않도록 단속을 잘했던가. 사람들은 약간 냉정하고, 얼마쯤은 어리둥절했지만, 겉으로나마 그녀에게 공손한 태도를 보였다.

오, 그녀를 미워하는 자들로부터, 수군수군 귀엣말로 그녀를 갈기갈기 찢어 놓았을 사람들로부터 피하기 위해서 멜라니의 치마폭 뒤로 숨다니, 그것은 얼마나 굴욕적인 짓이었던가! 그렇게나 하고많은 사람들 가운데 하필이면 멜라니의 맹목적인 신임에서 피난처를 구하다니!

그런 생각을 하니 그녀는 등골이 오싹해져서 온몸을 부르르 떨었다. 자리에 누워 잠을 청하려면 우선 술부터 한 잔, 아니 여러 잔을 마셔야만 하리라. 그녀는 잠옷 위에 실내복을 두르고는 뒷막이가 없는 실내화를 신고, 정적 속에서 굉장히 요란하게 뒷굽을 딸그락거리며 서둘러 컴컴한 복도로 나갔다. 그녀는 층계를 반쯤 내려간 다음에야 식당의 닫힌 문 쪽으로 시선을 돌렸고, 문 밑으로 가느다란 선을 이루며 흘러나오는 불빛을 보았다. 잠깐 동안 그녀의 심장이 멎었다. 저 불빛은 집으로 돌아왔을 때도 흘러나왔지만 너무 흥분한 나머지 그녀가 못 보았던 것은 아닐까? 아니면 나중에 레트가 처음부터 집에 있었다는 말인가? 그는 소리 없이 부엌문으로 들어왔을지도 모른다. 만일 레트가 집에 있다면, 아무리 마시고 싶기는 해도 브랜디를 포기하고, 발돋움을 하고는 침실로 되돌아가야 하리라. 그러면 레트의 얼굴을 대하지 않아도 될 테니까. 일단 방으로 돌아가서 문을 잠그면 안전하리라.

소리를 안 내고 얼른 되돌아갈 생각으로 실내화를 벗으려고 스칼렛이 허리를 숙이는 순간에 갑자기 식당 문이 벌컥 열리더니 침침한 촛불을 등지고 선 레트의 그림자가 나타났다. 그는 몸집이 거대해 보였고, 여태까지 그녀가 본 적이 없을 정도로 큰 몸집이었으며, 얼굴도 없고 무시무시하고 시커먼 그의 모습이 약간 흔들렸다.

「나하고 같이 한잔하실까, 버틀러 부인.」 그가 말했는데, 그의 목소리는 약간 거칠었다.

그는 술에 취한 기운이 역력했는데, 아무리 술을 많이 마셨어도 레트가 그런 모습을 보이기는 지금이 처음이었다. 그녀는 어찌해야 할지를 몰라 아무 말도 못 하고 주춤했으며, 레트는 명령을 내리는 시늉으로 팔을 들었다.

「이리 오란 말이야, 망할 것아!」 그가 거칠게 말했다.

레트가 심하게 취한 모양이라고 그녀는 가슴을 두근거리며 생각했다. 보통 때라면 그는 술에 취할수록 태도가 더욱 매끄러워졌다. 그는 코웃음을 많이 치고 말에 독기가 서리기는 해도, 태도만큼은 항상 어긋남이 없었는데 — 지나치게 빈틈이 없을 정도였다.

〈그와 맞서기를 내가 두려워하지 않는다고 레트에게 꼭 인식을 시켜야 해.〉 그녀는 생각했고, 실내복을 목까지 더 바싹 여미어 움켜잡고는, 머리를 꼿꼿이 들고, 실내화를 시끄럽게 딸가닥거리며 층계를 내려갔다.

그는 옆으로 물러나더니, 문을 지나 들어가는 스칼렛이 흠칫할 정도로 조롱 어린 태도로 굽실 절을 했다. 그는 저고리를 입지 않았고, 풀어 헤친 옷깃 양쪽으로 넥타이가 축 늘어졌다. 그는 무성하게 뒤엉킨 가슴의 시커먼 털이 드러날 정도로 셔츠의 단추를 풀어 놓았다. 그는 머리카락이 헝클어졌고, 충혈된 눈을 가늘게 떴다. 탁자 위에는 촛불을 하나만 켜 놓아서, 천장이 높다란 방 여기저기에 자그마한 불꽃이 괴이

한 그림자들을 던졌고, 육중한 찬장과 식기장이 꼼짝도 않고 쭈그려 앉은 야수처럼 보였다. 탁자 위에는 뚜껑을 뽑은 술병을 쟁반에 담아 놓았고, 쟁반 주변에는 술잔들이 눈에 띄었다.

「앉아.」 그녀를 따라 방으로 들어와서 레트가 퉁명스럽게 말했다.

이제는 어떤 새로운 두려움이, 그와의 대면이 아주 하찮다고 여겨질 정도로 그녀를 놀라게 만든 두려움이, 스칼렛의 마음속으로 스며들었다. 그의 태도와 말투와 행동은 낯선 사람 같았다. 이렇듯 못된 태도를 드러내는 레트를 그녀는 여태까지 본 적이 없었다. 어떤 순간에 봐도, 심지어는 지극히 은밀한 순간에도, 그는 냉담하기만 했었다. 심지어는 화가 났을 때조차도 그는 여유만만하고 냉소적이었으며, 위스키는 그에게서 그런 면모를 더욱 두드러지게 만드는 효과를 냈었다. 처음에는 그것이 짜증스러워서 스칼렛은 그의 초연한 태도를 깨뜨려 버리려고 애썼지만, 얼마 안 가서 그녀는 이것을 아주 편리한 방편으로 받아들이기에 이르렀다. 여러 해 전부터 그녀는 레트에게는 아무것도 별로 중요하지를 않고, 그녀를 포함한 삶의 모든 대상들을 그가 역설적인 농담쯤으로 여긴다고 생각했었다. 하지만 지금 탁자를 가운데 두고 그와 마주 앉은 그녀는, 드디어 무엇인가 그의 신경을, 아주 심하게 신경을 자극하는 대상이 분명히 존재한다는 사실을 깨닫고는 배 속이 거북한 기분이 들었다.

「내가 불손하게 비록 집에 와 있기는 해도, 당신이 잠자리에 들기 전에 한 잔쯤 걸쳐서 안 될 것도 없겠지.」 그가 말했다. 「내가 따라 줄까?」

「난 마실 생각 없었어요.」 그녀가 어색하게 말했다. 「난 무슨 소리가 나기에 내려와서 —」

「당신은 아무 소리도 못 들었어. 내가 집에 온 줄 알았더라면 내려오지도 않았을 테니까. 난 여기 앉아 당신이 위층에서 오락가락하는 소리를 들었거든. 당신 술 생각이 꽤 날 텐데, 이거 받아.」

「난 마시고 싶지 —」

그는 술병을 집어 들고는 줄줄 흘리며 한 잔 가득 부었다.

「받아.」 술잔을 그녀의 손으로 밀어 넣으며 그가 말했다. 「당신 덜덜 떠는구먼. 오, 그렇게 고상한 체하지 말라고. 난 당신이 몰래 술을 마시는 버릇을 알고, 얼마나 많이 마시는지도 알아. 그렇게 애써서 숨기려고 애쓰지 말고 원한다면 드러내 놓고 마시라는 얘기를 난 벌써부터 당신한테 해줄 생각이었지. 당신이 브랜디를 좋아하건 말건 내가 조금이라도 신경을 쓸 것 같아?」

그녀는 속으로 레트를 욕하면서 흘린 술에 젖은 잔을 받았다. 그는 그녀의 마음속을 환히 알았다. 레트는 그녀의 속을 언제나 환히 꿰뚫어 보았고, 그녀에게는 세상에서 속마음을 가장 보여 주기 싫은 사람이 바로 레트였다.

「마시라고 했잖아.」

그녀는 술잔을 들어 올리더니, 그런 능숙한 행동이 얼마나 역겨워 보일지는 생각조차 하지 않으면서, 제럴드가 위스키를 들이켤 때면 항상 그랬듯이, 손목을 빳빳하게 편 채로 팔을 한 번만 놀리는 날렵한 동작으로 단숨에 들이켰다. 이 동작을 놓치지 않았던 그는 입가가 일그러졌다.

「자리에 앉아서, 방금 우리가 참석했던 우아한 파티에 관해 유쾌하게 가족 간의 대화나 나눠 보면 어떨까.」

「당신 취했어요.」 그녀가 쌀쌀하게 말했다. 「그러니 난 잠자리에 들겠어요.」

「난 무척 취했고, 오늘 밤이 다 가기 전에 더 많이 취할 생각이지. 하지만 당신은 잠자리에 들지 못해. 아직은 안 되지. 앉으라니까.」

그의 목소리에는 여느 때나 마찬가지로 말끝을 느릿느릿 끄는 느긋한 어조가 아직도 남았기는 하지만, 그녀는 그가 실제로 하는 말의 밑에 깔려 표면으로 솟아오르려고 싸움을 벌이는 격렬함을, 후려치는 채찍처럼 잔인한 격렬함을 느꼈다. 그녀는 어떻게 해야 좋을지를 몰라 엉거주춤했고, 그는 아플 정도로 팔을 움켜잡고 그녀의 옆에 서서 버티었다. 그는 팔을 약간 비틀었고, 그녀는 아파서 나지막이 비명을 지르며 황급히 자리에 앉았다. 차츰 그녀는 두려워졌고, 평생 이토록 두려웠던 적이 없었다. 그녀를 굽어보는 그의 얼굴은 시커멓고 상기되었으며, 그의 눈에는 아직도 무서운 광채가 서렸다. 그의 깊은 눈 속에는 그녀가 파악하지 못하고 이해하기 어려운 무엇이, 분노보다도 깊고 고통보다도 강렬한 무엇이, 두 개의 숯불처럼 그의 눈이 시뻘겋게 이글거리도록 그를 몰아대는 무엇이 도사렸다. 레트는 한참 동안 그녀를 내려다보았는데, 어찌나 오랫동안 쳐다보는지 그녀의 반항적인 시선도 용기를 잃어 수그러졌고, 그러자 그는 그녀의 맞은편 의자에 털썩 주저앉더니 술을 한 잔 더 따랐다. 그녀는 방어선을 치기 위해 분주하게 궁리했다. 하지만 그가 먼저 입을 열 때까지는 레트가 어떤 식으로 공격해 올지 정확히 알 길이 없었으므로, 그녀로서는 무슨 말을 해야 좋을지 판단이 서지를 않았다.

그는 천천히 술을 마시면서 술잔 너머로 그녀를 지켜보았고, 스칼렛은 떨지 않으려고 신경을 잔뜩 곤두세웠다. 얼마 동안 그의 얼굴 표정은 달라지지 않았지만, 아직도 그녀에게서 눈을 떼지 않으며 마침내 그는 웃음을 터뜨렸고, 웃음소리를 듣고 나서야 그녀는 떨지 않고 버틸 힘이 생겼다.

「오늘 저녁 말씀이야, 참 재미있는 희극이었어, 안 그래?」

떨지 않도록 자신을 가누기 위해 헐거운 실내화 속에서 발가락들을 오므리며 그녀는 잠자코 듣기만 했다.

「주인공이 하나도 빠지지 않은 유쾌한 희극이었어. 마을 사람들은 죄 많은 여인을 돌로 치려고 모였는가 하면, 부정을 범한 남편은 신사라면 마땅히 그래야 하듯이 아내 편을 들어 주고, 속아 넘어간 아내는 기독교 정신에 입각해서 앞으로 나와 티 하나 없는 순결한 옷깃으로 만인을 감싸 주시고, 그리고 부정한 여인은 —」

「제발.」

「제발 찾지 말라고. 오늘 밤에는 어림도 없으니까. 정말로 재미있었어. 그리고 부정한 여인은 멍청한 바보 꼴이 되어, 차라리 남자가 죽었으면 좋았으리라는 생각이나 하고, 당신이 미워하는 여자가 당신 곁에 서서 당신 죄를 대신 감싸 주는 걸 보니까, 우리 귀여운 아가씨, 기분이 어땠어? 앉아.」

그녀는 자리에 앉았다.

「그렇게 도와줬다고 해서 당신이 그녀를 조금이라도 더 좋아하리라는 상상은 하기가 어렵겠어. 당신은 당신과 애슐리에 관한 비밀을 그녀가 다 알까 궁금하겠고 — 만일 안다면 왜 멜리가 그런 행동을 했는지 — 혹시 자신의 체면을 지키기 위해서 그런 연극을 하지나 않았는지 퍽 궁금해하겠지. 그리고 당신은 비록 그런 행동이 당신을 구해 주었다고 해도 그것이 바보 같은 짓이라고 생각하겠지만 —」

「난 이런 얘기 듣지 않겠 —」

「아냐, 들어야 해. 그리고 난 당신 걱정을 덜어 주려고 이런 얘기를 하는 거야. 미스 멜리는 바보이긴 하지만, 당신이 생각하는 그런 종류의 바보가 아냐. 보아하니 누군가 그녀에게 일러바치기는 했지만, 분명히 그녀는 믿으려고 하지 않았어. 비록 두 눈으로 똑똑히 직접 보았더라도 그녀는 믿으려고 하지 않았을 테지. 멜리는 스스로 명예를 아는 여자이기 때문에, 그녀가 사랑하는 어느 누구도 명예를 더럽히리라고는 믿지를 않아. 애슐리 윌크스가 그녀에게 무슨 거짓말을 했는지는 모르겠지만, 그녀가 애슐리를 사랑하고 당신도 사랑하니까 어떤 엉성한 거짓말이라도 다 통했을 거야. 정말이지 나로서는 전혀 납득이 안 가는 일이지만, 그 여자는 틀림없이 당신을 좋아해. 그건 당신이 짊어져야 할 십자가야.」

「만일 당신이 이렇게 취해서 모욕이나 하려고 덤비지 않는다면 사실대로 다 설명하겠어요.」 조금쯤 위엄을 되찾으며 스칼렛이 말했다. 「하지만 지금은 ―」

「난 당신 설명은 관심도 없어. 난 진실을 당신보다 훨씬 잘 알아. 하느님의 이름을 걸고 맹세하겠는데, 만일 한 번만 더 당신이 의자에서 몸을 일으키면 ―.

그리고 오늘 저녁에 벌어진 희극보다도 더욱 재미있다고 내가 느끼는 점은, 내가 저지른 죄가 많기 때문에 침대의 쾌락을 그토록 고결하게 거부하는 한편으로, 당신은 마음속으로 애슐리 윌크스에 대한 욕정을 열심히 간직한다는 사실이야. 〈마음으로 간음하다.〉 그것 멋진 표현이야, 안 그래? 그 책[72]에는 멋진 표현이 참 많아, 안 그래?」

〈무슨 책 말인가? 무슨 책?〉 멍해진 머리로 분주히 생각하며 스칼렛은, 미친 듯한 눈으로 두리번거리며 방 안을 둘러

72 성서.

보고는, 묵직한 은식기가 침침한 불빛을 받으며 얼마나 둔탁하게 반짝거리고, 방의 구석들이 얼마나 무시무시하게 컴컴한가 하는 엉뚱한 생각을 했다.

「그리고 고상한 당신에 비하면 내 정열이 지나치게 추악하기 때문에 — 당신이 더 이상 아이를 가지고 싶어 하지 않기 때문에, 나는 추방을 당한 셈이야. 그것 때문에 내 기분이 얼마나 나빴는지 알아, 내 마음속의 아가씨야! 난 정말 상심했어! 그래서 난 밖으로 나가 즐거운 위안을 찾았고, 당신 혼자 고상한 취미나 살리라고 내버려 두었지. 그리고 그러는 동안 오랫동안 고민해 온 윌크스 씨의 뒤를 쫓느라고 당신은 바빴어. 제기랄, 그 친구 무슨 병이 걸려서 그러지? 그는 정신적으로 아내에게 성실하지도 못하려니와, 육체적으로 부정을 범하지도 못해. 그 친구 왜 결정을 내리지 못할까? 당신은 그의 아이를 낳는 건 반대하지 않겠지, 안 그래? 그리고 그것들을 내 아이라고 속일 생각이었어?」

스칼렛은 소리를 지르며 벌떡 일어섰고, 그는 그녀의 피를 싸늘하게 하는 그런 나지막한 웃음을 지으며 의자를 박차고 덤벼들었다. 그는 큼직한 갈색 손으로 그녀를 다시 의자에 찍어 누르고는 굽어보았다.

「내 손을 봐, 우리 귀여운 아가씨.」 그녀의 눈앞에서 두 손을 쥐었다 폈다 하면서 그가 말했다. 「이 두 손으로 당신을 갈기갈기 찢어 놓기란 전혀 어렵지도 않고, 만일 그렇게 해서라도 애슐리를 당신 머릿속에서 몰아내게만 된다면 난 기꺼이 그렇게 하겠어. 하지만 그래 봤자 소용이 없겠지. 그래서 난 이런 방법으로 그를 당신 머릿속에서 영원히 제거해야 되겠다고 생각해. 내가 당신 머리 양쪽에 두 손을 대고, 두개골을 호두처럼 눌러 으스러뜨리면, 그 남자 생각이 밀려나겠지.」

그는 두 손을 치렁치렁 나부끼는 머리카락 속으로 넣어 그녀의 머리에 대고는, 힘을 주어 문지르며 그녀의 얼굴을 들어 올렸다. 그녀의 시야에 들어온 얼굴은 낯선 사람, 말끝을 느릿느릿 끄는 술 취한 낯선 사람이었다. 그녀는 동물적인 용기가 결여되었던 적이 전혀 없었고, 위기에 직면한 지금 순간에도 용기가 다시 핏줄 속에서 뜨겁게 넘쳐흘러, 등뼈가 꼿꼿해지며 눈을 가늘게 떴다.

「멍청이 주정뱅이 같으니라고.」 그녀가 말했다. 「내 몸에서 손 치워요.」

놀랍게도 그는 시키는 대로 했고, 탁자 모서리에 앉아서 자기가 마실 술을 다시 한 잔 따랐다.

「난 항상 당신의 기백에 감탄했었지. 당신이 궁지에 몰린 지금은 과거의 어느 때보다도 더욱 그렇지만.」

그녀는 실내복을 바싹 여미었다. 오, 그녀의 방으로 가서 단단히 문의 열쇠를 돌려 잠그고 혼자 남는다면 얼마나 좋을까. 그녀는 어떻게 해서든지 그를, 여태까지 그녀가 알지 못했던 모습의 레트를 멀찌감치 떼어 놓고, 윽박질러서라도 그를 굴복시켜야만 한다. 두 무릎이 떨리기는 해도 그녀는, 서두르지 않고 천천히 몸을 일으켜 실내복으로 엉덩이를 바싹 죄고는, 머리카락을 뒤로 쓸어 넘겼다.

「난 그렇게 호락호락하지 않아요.」 그녀가 앙칼지게 말했다. 「레트 버틀러, 당신은 절대로 나를 궁지로 몰아넣거나, 겁을 주지는 못해요. 당신은 워낙 오랫동안 나쁜 여자들과 어울려 지냈기 때문에 나쁜 짓 말고는 무엇 하나 이해할 줄 모르는 주정뱅이 야수에 지나지 않아요. 당신은 애슐리나 나를 이해할 수가 없어요. 당신은 너무나 오랫동안 추한 삶을 살아왔기 때문에 다른 건 전혀 몰라요. 당신은 이해도 못 하는 무엇인가를 질투하죠. 잘 자요.」

그녀는 태연히 몸을 돌려 문 쪽으로 가려다가, 갑자기 웃음을 터뜨리는 소리에 우뚝 멈춰 섰다. 그녀가 돌아섰고, 그는 방을 가로질러 비틀거리며 그녀에게로 왔다. 맙소사, 저 끔찍한 웃음을 그치기만 한다면 얼마나 좋을까! 이런 문제를 놓고 웃을 만한 이유가 무엇일까? 레트가 그녀에게로 다가오자 스칼렛은 문 쪽으로 뒷걸음치다가 벽에 몸이 닿았다. 그는 두 손을 무겁게 그녀의 어깨에 얹고는 그녀를 벽으로 찍어 눌렀다.

「그만 웃어요.」

「난 당신이 불쌍하기 때문에 웃는 거야.」

「불쌍하다니 — 내가요? 당신 자신이나 불쌍하게 생각해요.」

「그래, 하느님의 이름으로 맹세컨대, 난 당신을 불쌍하게 생각해, 우리 귀여운 아가씨, 우리 예쁘고 자그마한 바보야. 그런 소리 들으니까 속이 상하겠지, 안 그래? 당신은 웃음이나 연민을 견디지 못하니까 말이야, 안 그래?」

그는 웃음을 멈추었고, 두 어깨가 아플 정도로 묵직하게 그녀를 몸으로 짓눌렀다. 그는 표정을 바꾸었고, 몸을 어찌나 바싹 밀착했는지 레트의 입에서 나는 심한 위스키 냄새에 그녀는 머리가 어찔어찔할 지경이었다.

「이해도 못 하면서 질투를 한다고 그랬나, 내가 말이야?」 그가 말했다. 「하긴 질투를 못 할 이유도 없잖아? 아, 그래, 난 애슐리 윌크스를 질투하지. 그럴 만도 하잖아? 오, 얘기를 하거나 설명하려 들지 마. 당신이 나에 대해서는 육체적으로 정절을 지켰다는 건 나도 아니까. 당신이 하려던 얘기는 그게 아니었을까? 오, 난 그건 벌써부터 알았어. 오래전부터 말씀이야. 내가 어떻게 아느냐고? 아, 글쎄, 난 애슐리 윌크스와 같은 그런 부류를 잘 알지. 난 그가 명예를 존중하는 신사라는 걸 알아. 그리고, 우리 귀여운 아가씨, 그건 당신이 — 그리고 따지고 보면 나도 왈가왈부할 만한 문제가 아냐. 우린 신사도 아니고 우리에겐 명예가 없으니까, 안 그래? 그렇기 때문에 우리들은 푸른 소귀나무처럼 무럭무럭 자라지만.」

「나 가게 해줘요. 난 여기 가만히 서서 모욕당하고 싶지는 않으니까요.」

「난 당신을 모욕하지는 않아. 난 당신의 육체적인 정절을 찬양할 따름이라고. 그리고 난 그런 점에서는 조금도 속아 넘어가지 않았어. 당신은 남자들이 꽤나 어리석다고 생각하지, 스칼렛. 적의 힘과 지혜를 우습게 봤다가는 큰코다치게 마련이야. 그리고 난 바보도 아니고. 당신이 내 품에 안겨 자리에 누워서 나를 애슐리 윌크스로 상상하곤 했다는 걸 내가 몰랐으리라고 생각해?」

그녀는 입이 딱 벌어졌다. 그녀의 얼굴에는 두려움과 놀라움이 역력하게 드러났다.

「그것참 즐겁더구먼. 사실은 꽤 으스스했다고나 할까. 두 사람만 누워야 하는 침대에 세 사람이 같이 누운 셈이었으니까 말이야.」 그는 스칼렛의 어깨를 아주 가볍게 흔들고, 딸꾹질을 하더니, 비꼬는 미소를 지었다.

「오, 그래, 애슐리가 당신을 소유하려 하지 않았기 때문에 당신은 나한테 몸을 바쳤어. 하지만, 제기랄, 난 당신 육체를 놓고 그 친구한테 인색하게 굴 생각은 없어. 난 육체가 — 특히 여자의 육체가 얼마나 무의미한지를 잘 알아. 하지만 난 당신의 마음과, 소중하고 고집스럽고 주저할 줄 모르고 집요한 당신의 머리는 그에게 양보하고 싶지 않아. 바보 같은 그 친구는 당신의 마음을 원하지 않고, 난 당신의 육체를 원하지 않아. 난 여자들을 싼값으로 얼마든지 사거든. 하지만 난 당신의 머리와 마음을 원하고, 당신이 절대로 애슐리의 마음을 차지할 수가 없듯이 난 그것들을 차지할 수가 없겠지. 그리고 내가 당신을 불쌍히 여기는 이유가 바로 그거야.」

비록 두렵고 혼란스럽기는 했어도 그의 냉소가 스칼렛의 마음을 아프게 했다.

「불쌍히 여기다니 — 내가요?」

「그래, 당신이 그렇게 어리기 때문에 불쌍하지, 스칼렛. 달을 보고 울어 대는 어린애나 마찬가지니까. 달을 얻는다고 해도 아이가 달을 가지고 무얼 하겠어? 그리고 당신은 애슐리를 어쩌겠다는 속셈이야? 난 당신을 불쌍히 여기고, 그래, 행복을 두 손으로 집어 던져 버리고는 대신 전혀 당신을 행복하게 해주지도 못할 무엇인가를 얻으려고 허우적거리는 당신 꼴을 보고 불쌍하다는 생각이 들었지. 똑같은 부류끼리 짝이 맺어지기 전에는 절대로 행복이 이루어지지 않는다는 사실을 모를 정도로 어리석기 때문에 난 당신을 불쌍하게 생각하지. 만일 내가 죽고, 미스 멜리도 죽어서, 고귀하고도 명예로운 연인을 당신이 차지한다면, 그와 함께 살면 당신이 행복해지리라고 생각해? 어림도 없는 소리! 당신은 절대로 그를 이해하지 못하고, 그가 무슨 생각을 하는지 전혀 알지 못하고, 음악이나 시나 책들을 이해하지 못하듯이, 그리고 달러와 센트가 아니면 아무것도 이해하지 못하듯이, 당신은 그를 조금도 이해할 수가 없어. 그런 반면에 우리 두 사람은, 내가 진정으로 아끼는 고귀한 아내여, 만일 당신이 조금이라도 기회를 주었더라면, 우린 서로가 무척 비슷하기 때문에 완전한 행복을 누렸겠지. 우린 두 사람 다 불한당이고, 스칼렛, 우리들이 원하기만 한다면 아무것도 우리들을 막아 내지 못해.

나는 당신을 사랑했고, 애슐리로서는 절대로 당신을 그렇게까지 깊이 파악하질 못했겠지만, 스칼렛, 내가 당신을 뼛속까지 환히 알았기 때문에 우린 행복하게 살았을지도 몰라. 그리고 그는 당신을 속속들이 알았더라면, 당신을 경멸했겠지. ……하지만, 그래, 당신은 이해하지도 못하는 남자를 평생 그리워하며 훌쩍거리기만 했지. 그리고 나는, 우리 예쁜 아가씨, 갈보들이나 계속 쫓아다녀야 했고. 그리고 장담하겠는데, 우린 대부분의 다른 부부들보다는 훨씬 잘 살아갈 거야.」

그는 갑자기 스칼렛을 놓아주고는, 술병을 향해 비틀거리며 되돌아갔다. 잠시 동안 스칼렛은 제자리에 얼어붙어 꼼짝도 하지 않았고, 잡다한 생각이 머릿속에서 어찌나 빠른 속도로 들락날락하는지 그녀는 어느 한 가지 생각도 제대로 검토할 만큼 오랫동안 고정시키기가 불가능했다. 레트는 그녀를 사랑한다고 말했다. 그것은 진담으로 한 소리였을까? 아니면 취한 김에 공연히 한 소리일까? 아니면 이것도 역시 그가 즐기는 한심한 농담이었나? 그리고 애슐리는 — 달을 — 달을 보고 울다니. 그녀는 잡귀들에게 쫓기기라도 하는 듯 얼른 컴컴한 복도로 도망쳤다. 그녀의 방까지 무사히 간다면 얼마나 좋을까! 그녀는 발목을 삐끗했고, 실내화가 반쯤 벗겨졌다. 걸음을 멈추고 그녀가 실내화를 미친 듯 걷어차며 벗는 사이에, 레트가 인디언처럼 가볍게 달려오더니, 어둠 속에서 그녀의 곁에 섰다. 그녀의 얼굴에 닿은 그의 숨결이 뜨거웠고, 그는 실내복 속으로 손을 집어넣고는 거칠게 그녀의 맨살을 더듬었다.

「당신은 그를 쫓아다니느라고 나를 길거리로 몰아낸 셈이야. 하느님의 이름으로 맹세컨대, 오늘 밤만큼은 내 침대에 두 사람만 자게 되겠지만.」

레트는 그녀를 번쩍 두 팔로 들어 안고는 층계를 올라가기 시작했다. 레트의 가슴팍에 짓눌려 그녀는 머리가 으스러지는 기분이었고, 귓전에서 그의 가슴이 힘차게 방망이질을 하는 소리가 들려왔다. 스칼렛은 겁에 질려 숨이 막힐 것 같아서 비명을 질렀다. 캄캄한 층계를 레트는 위로 또 위로 올라가기만 했고, 그녀는 공포에 질렸다. 그는 낯선 미치광이였고, 이것은 그녀가 알지 못하는 캄캄한 어둠, 죽음보다도 캄캄한 어둠이었다. 고통을 주는 두 팔로 그녀를 안고 멀리 가려던 그는, 죽음과 마찬가지였다. 그의 몸에 짓눌려 그녀는 숨 막힌 비명을 질렀고, 그는 층계참에서 우뚝 걸음을 멈추더니, 재빨리 품 안에서 그녀의 몸을 뒤로 젖혀 놓고, 그녀 위로 머리를 숙여 사납고도 깊은 키스를 해서, 스칼렛의 머릿속에서는 모든 생각이 말끔히 사라지고는, 그녀가 빠져 들어가는 어둠과 그녀의 귓전에 닿은 그의 입술만이 의식에 남았다. 그는 거센 바람 속에서처럼 흔들렸고, 그녀의 입에서 아래쪽으로, 실내복이 벗겨져 나간 몸으로 옮겨 가던 그의 입술은 그녀의 보드라운 살갗에 이르렀다. 그는 알아듣지 못할 무슨 말을 웅얼거렸고, 그의 입술은 여태까지 한 번도 느껴보지 못했던 느낌을 불러일으켰다. 그녀의 입술과 어둠 이외에는 아무것도 존재하지 않았다. 그녀는 말을 하려 했고, 그의 입이 다시금 그녀의 입을 덮었다. 갑자기 그녀는 여태까지 알지 못했던 격렬한 흥분감을 느꼈고, 기쁨과 두려움과 광증과 흥분, 그리고 너무나 힘센 팔과 너무나 아프게 짓눌러 오는 입술과, 너무나 빨리 달려가는 운명에 온몸을 내맡기고 싶다는 기분을 느꼈다. 평생 처음으로 그녀는 누구인지를, 그녀보다 강한 무엇인지를, 그녀가 못살게 굴거나 거꾸러뜨리지 못할 누구인지를, 그녀를 못살게 굴고 거꾸러뜨리는 누구인지를 만났다. 어쩌다 보니 그녀의 팔은 그의 목을 감싸 안았고, 그의 입술 밑에서 그녀의 입술이 파르르 떨었고, 그들은 위로, 다시금 어둠 속으로, 아늑하고도 소용돌이를 일으키며 사방에서 감싸 주는 어둠 속으로 올라갔다.

이튿날 아침 그녀가 잠에서 깨어나 보니 그는 없었고, 옆에 놓인 구겨진 베개만 아니었더라면 스칼렛은 어젯밤에 일어났던 일이 황당무계하고 터무니없는 꿈이었다고 생각했으리라. 어젯밤 사건이 머리에 떠오르자 얼굴이 새빨개진 그녀는 홑이불을 목까지 끌어다 덮고는, 햇살을 흠뻑 받고 누운 채로, 머릿속에서 뒤죽박죽이 된 기억들을 정돈해 보았다.

두 가지 생각이 두드러지게 드러났다. 그녀는 여러 해 동안 레트와 같이 살고, 같이 자고, 같이 식사를 하고, 말다툼을 벌이고, 그의 아이를 낳았고 — 그러면서도 레트를 알지 못했다. 그녀를 안고 캄캄한 층계를 올라온 남자는, 그런 인간이 존재하리라고는 꿈도 꾸지 못한 그런 낯선 사람이었다. 그리고 이제는, 비록 그를 미워하려고 애쓰고 화를 내려고 애를 썼어도, 그럴 수가 없었다. 그는 그녀를 모욕했고, 그녀에게 고통을 주었고, 미친 듯 격정의 밤을 보내면서 그녀를 야수처럼 다루었는데, 그녀는 그런 속에서 영광을 찾았다.

오, 그토록 뜨겁고 소용돌이치던 어둠을 생각만 해도, 그녀는 부끄러워 몸이 저절로 움츠러들었다! 숙녀라면, 진짜 숙녀라면 그런 밤을 보내고 난 후에는 절대로 머리를 들지 못하리라. 하지만, 몸을 내맡기던 황홀감과 환희의 기억은 수치심보다 강했다. 평생 처음으로 그녀는 생동감을 느꼈고, 애틀랜타에서 도망치던 밤에 겪었던 공포처럼 원시적이고도 거세며, 양키를 쏘아 죽였을 때 느꼈던 싸늘한 증오감처럼 어지럽고도 감미로운 정열을 느꼈다.

레트는 그녀를 사랑했다! 적어도 그는 말로써나마 스칼렛을 사랑한다고 했는데, 지금 그의 말을 어떻게 의심하겠는가! 그토록 냉정한 분위기 속에서 같이 살아온 야만적인 낯선 사람이, 그가 스칼렛을 사랑하다니 얼마나 묘하고 수수께끼 같은 노릇이며, 얼마나 믿어지지 않을 일인가. 이러한 발견에 대해서 자신이 어떤 기분을 느끼는지 확실히 단정하기는 어려웠지만, 어렴풋이 어떤 생각이 떠오르자 스칼렛은 갑자기 큰 소리로 웃었다. 레트는 그녀를 사랑했고, 그러니까 그녀는 드디어 그를 손에 넣은 셈이었다. 스칼렛은 그의 건방진 검은 머리를 채찍으로 찍어 눌러도 되게끔, 자기를 사랑하도록 그를 함정에 빠뜨리고 싶어 했던 욕망을 거의 잊어버렸었다. 이제야 그 생각이 되살아났고, 그녀는 굉장히 흐뭇한 만족감을 맛보았다. 하룻밤 동안 그는 스칼렛을 마음대로 했지만, 그래서 이제 그녀는 레트의 갑옷에서 어디가 약점인지를 알아냈다. 이제부터 그녀는 레트를 마음대로 요리하게 되리라. 그의 비웃음 때문에 그녀가 오랫동안 시달려 왔지만, 이제는 그녀가 마음대로 휘두르는 줄에 맞춰 그가 줄넘기를 하지 않으면 안 되었다.

맑은 정신으로 대낮에 다시금 그를 정면으로 마주 대할 생각을 하자, 그녀는 흥분을 자극하는 쾌감을 지닌 초조하고도 짜릿하고 서먹서먹한 기분에 사로잡혔다.

〈내가 새색시처럼 초조해하는구나.〉 그녀는 생각했다. 〈그것도 레트 때문에 말이야!〉 그 생각이 떠오르자 그녀는 자기도 모르게 바보처럼 킬킬 웃었다.

하지만 레트는 저녁 식사 때가 되었어도 집으로 돌아오지 않았고, 식탁에도 모습을 나타내지 않았다. 밤이 흘러, 기나

긴 밤이 지나갔고, 그녀는 뜬눈으로 누워 동틀 녘까지, 혹시 그가 문고리에 열쇠를 꽂는 소리가 나지 않을까 잔뜩 신경을 곤두세우고 귀를 기울이며, 잠을 이루지 못하고 기다렸다. 하지만 그는 돌아오지 않았다. 이틀이 지났는데도 그에게서 아무런 소식이 없자, 스칼렛은 실망과 두려움으로 미칠 지경이 되었다. 그녀는 은행에 들렀지만, 레트는 그곳에 없었다. 그녀는 상점으로 나갔고, 손님이 들어오느라고 문이 열릴 때마다 혹시 레트가 아닐까 하는 마음에 흥분해서 머리를 들었고, 찾아온 사람들을 아주 신경질적으로 대했다. 그녀는 목재 야적장으로 가서, 휴가 목재 더미 뒤로 숨어 버려야 할 정도로 그를 못살게 굴었다. 하지만 레트는 그곳으로도 그녀를 찾아오지 않았다.

그녀는 혹시 남편을 만난 사람이 없느냐고 친구들에게 물어봐야 하는 창피한 꼴은 보이고 싶지 않았다. 레트가 어떻게 되었는지 하인들에게 물어보기도 난처한 노릇이었다. 하지만 스칼렛은 자기가 모르는 무엇을 그들이 안다고 깨달았다. 흑인들은 언제나 모든 비밀을 알았다. 지난 이틀 동안 어멈은 보기 드물게 조용했다. 그녀는 곁눈질로 스칼렛을 살펴보면서 아무 말도 하지 않았다. 이틀째 밤이 지난 다음에는 경찰에 의뢰해야 되겠다고 그녀는 작정했다. 어쩌면 그가 무슨 사고를 당했을지도 모르고, 어쩌면 말에서 떨어져 어느 구렁텅이에 빠진 채로 쓰러져 꼼짝도 못 하는지도 모를 일이었다. 어쩌면 — 오, 이 얼마나 끔찍한 생각인가마는 — 어쩌면 그는 죽었을지도 모른다.

이튿날 아침 식사를 끝낸 다음 방에서 둥근 모자를 쓰던 그녀는 서둘러 층계를 올라오는 발소리를 들었다. 고마움을 느끼며 맥이 풀려 그대로 침대에 주저앉으려니까, 레트가 방으로 들어왔다. 그는 방금 이발을 하고, 면도와 안마를 해서 술이 깨기는 했지만, 눈은 충혈되었고 얼굴은 술기운으로 푸석푸석했다. 그는 어정쩡하게 손을 흔들고는 말했다. 「오, 안녕.」

아무 설명도 없이 이틀이나 집을 비우고 나서 어떻게 〈오, 안녕〉이라는 소리가 나올까? 그들이 보낸 격정의 밤을 기억한다면, 어떻게 그토록 태연한 소리가 나올까? 레트의 이런 태도는 혹시 — 혹시 — 그녀의 머릿속에서는 무서운 생각이 불쑥 떠올랐다. 혹시 그런 밤이 그에게는 예사라는 의미일지도 모른다. 얼마 동안 그녀는 말이 나오지 않았고, 그의 앞에서 보여 주리라고 준비해 두었던 예쁜 행동과 미소도 잊어버렸다. 그는 보통 때처럼 무감각한 키스나마 해주려 하지 않았고, 연기가 피어오르는 여송연을 손에 들고 히죽히죽 웃으며 서서 그녀를 쳐다보기만 했다.

「어딜 — 어딜 갔었어요?」

「몰라서 묻는 건 아니겠지! 난 지금쯤은 애틀랜타 사람들이라면 누구나 알리라고 믿었는데. 당신 이외에는 아마도 모두들 다 알겠지. 〈항상 마지막으로 알게 되는 사람은 아내〉라는 옛 속담은 당신도 알 텐데.」

「그게 무슨 소리죠?」

「엊그제 밤에 경찰이 벨의 집을 다녀간 다음 내 생각엔 —」

「벨이라니 — 그 — 그 여자 말이에요! 당신은 그 여자하고 —」

「물론이지. 그럼 내가 어딜 갔겠어? 나 때문이라면 당신은 걱정하지 않아도 좋았을 텐데 그랬어.」

「당신은 나한테서 그 여자한테로 — 아!」

「왜 이래, 왜 이래, 스칼렛! 속은 마누라 시늉은 하지 마. 당신은 틀림없이 오래전부터 벨에 관한 얘기는 알았을 테니까.」

「당신은 그 여자한테로 찾아가기 전에 나하고 — 나하고 —」

「아, 그거.」 그는 무관심한 시늉을 했다. 「난 예절 따위는 잊기로 했어. 우리들의 마지막 만남에서 내가 한 행동에 대해서는 사과하겠어. 당신도 알았겠지만 난 무척 취했고, 당신의 매력 때문에 상당히 머리가 돌아 버렸는데 — 이유를 내가 일일이 열거해야만 할까?」

갑자기 그녀는 울음을 터뜨리고, 침대에 엎어져 한없이 흐느껴 울고 싶었다. 그는 달라지지 않았고, 달라진 곳이 하나도 없었으며, 그가 자기를 사랑한다고 착각했었기 때문에 그녀는 바보가 되었고, 멍청하게 잘난 체하다가 한심한 바보가 되고 말았다. 그것은 레트가 술에 취했을 때 벌인 또 하나의 역겨운 장난에 지나지 않았다. 술김에 벨의 집 어느 여자라도 유린하듯 그는 그녀를 유린해 버렸다. 그리고 이제 집으로 돌아온 그는 모욕적이고, 냉소적이고, 손길이 닿지 않는 사람으로 되돌아갔다. 그녀는 억지로 눈물을 삼키고는 기운을 냈다. 그녀가 무슨 생각을 했었는지를 그는 절대로, 절대로 알아서는 안 된다. 사실을 알았더라면 그가 얼마나 웃었을까? 어쨌든 레트는 절대로 알아서는 안 된다. 스칼렛은 얼핏 그를 올려다보았고, 그의 눈에서는 그녀가 늘 보았던 아리송하고 주의 깊은 번득임이 나타났는데 — 마치 그녀가 다음에 할 말이 무엇인지 열심히 기다리는 듯한 표정이었지만 — 과연 그가 기다리던 말은 무엇이었을까? 그녀가 바보짓을 해서, 울고불고하면서, 그가 비웃어 줄 어떤 언행이 나오기를 바랐을까? 스칼렛이 그러다니, 어림도 없는 일이었다! 그녀는 이맛살을 잔뜩 찌푸려 냉정한 표정을 지었다.

「당신하고 그년이 어떤 관계였는지 나로서야 당연히 의심이 갔죠.」

「의심만 했어? 왜 나한테 물어봐서 호기심을 충족시키지를 않았지? 내가 다 얘기해 주었을 텐데. 우리들이 침실을 따로 써야 한다고 당신과 애슐리 윌크스가 결정을 내린 이후로 난 여태까지 그 여자하고 같이 살았거든.」

「뻔뻔스럽게도 당신은 거기 버티고 서서 나한테, 당신의 아내한테 그따위 자랑을 늘어놓고 —」

「오, 당신의 부도덕한 분노를 나로 하여금 보지 않게 해주시지. 당신은 돈만 주면 내가 무슨 짓을 하든 조금도 신경을 쓰지 않았잖아. 그리고 내가 최근에 천사처럼 행동하지는 않았으리라는 짐작은 당신도 했잖아. 그리고 당신이 내 아내라는 얘기 말인데 — 보니가 태어난 후로 당신은 별로 아내 노릇을 못했어, 안 그래? 내가 당신한테 어설픈 투자를 했지, 스칼렛. 벨에게 한 투자가 결과는 훨씬 좋았어.」

「투자라고요? 그렇다면 당신이 그 여자한테 —」

「〈사업을 차려 주었다〉고 해야 정확한 표현이리라는 생각이 드는구먼. 벨은 똑똑한 여자야. 난 그녀가 버젓한 삶을 살게 되기를 바랐는데, 그녀에게 필요한 기본은 자기 사업을 시작할 돈이 전부였어. 여자가 현금을 어느 정도 손에 쥐면 어떤 기적을 이루어 내는지는 당신도 틀림없이 잘 알 텐데. 당신 자신을 보라고.」

「당신은 나하고 그 여자를 비교하려고 —」

「글쎄, 두 사람 다 빈틈이 없고, 사업을 하는 여자이고, 두 사람 다 성공했지. 벨은 착하고 천성이 선량한 인간이니까 물론 당신보다야 그 여자가 낫지만 —」

「이 방에서 나가 주시겠어요?」

그는 한쪽 눈썹을 묘하게 올리고 어슬렁거리며 문 쪽으로 갔다. 그가 어떻게 그녀를 이토록 모욕한다는 말인가, 분노와 고통을 느끼며 스칼렛은 생각했다. 그녀에게 굴욕감을 주고 마음을 아프게 하기 위해서 레트는 고의적으로 그런 짓을 했고, 갈보집에서 술에 취해 경찰과 싸움판을 벌이는 동안 그녀는 줄곧 그가 집으로 돌아오기만 애타게 기다렸다는 생각을 하니 스칼렛은 울화가 치밀었다.

「방에서 나가고 다시는 들어오지 말아요. 내가 그런 부탁을 전에도 했었지만, 당신은 신사가 아니어서 알아듣지 못한 모양이군요. 이제부터 난 방의 문을 잠그겠어요.」

「그런 데 신경 쓰지 마.」

「난 문을 잠그겠어요. 그토록 취해서, 구역질 나게 — 지난밤에 당신이 그런 행동을 했으니까 이제는 —」

「왜 이러시나! 분명히 구역질은 나지 않았을 텐데!」

「나가요.」

「걱정 마. 난 갈 테니까. 그리고 다시는 집적거리지 않겠다고 약속하겠어. 그건 확고한 사실이야. 그리고 만일 내 치욕스러운 처신이 당신으로서는 견디기 힘들 정도로 심했다면 당신에게 이혼을 허락해 줘야겠다고 난 방금 생각했어. 보니만 나한테 주면 난 마다하지 않겠어.」

「난 이혼해서 집안 망신을 당할 생각은 없어요.」

「미스 멜리가 죽었다면 당신은 냉큼 그럴 텐데, 안 그래? 당신이 얼마나 빨리 나하고 이혼을 할지 생각만 해도 난 머리가 핑핑 돌아.」

「나가지 않겠어요?」

「그래, 가겠어. 난 할 얘기를 다 했으니까. 난 찰스턴과 뉴올리언스로 갈 텐데 — 오, 그래, 아주 긴 여행이지. 난 오늘 떠나.」

「아!」

「난 보니를 데리고 가기로 했어. 멍청이 프리시에게 누더기 옷가지를 꾸리라고 해. 프리시도 데려갈 테니까.」

「내 아이는 절대로 데리고 나가지 못해요.」

「내 아이이기도 해, 버틀러 부인. 할머니를 만나라고 찰스턴으로 데리고 가는 걸 당신이 꺼릴 리는 없겠지?」

「할머니라니, 맙소사! 밤마다 술이나 마시면서 벨 같은 여자의 집으로 끌고 다닐 일이 뻔한데, 당신이 아이를 데리고 나가도록 내가 가만히 내버려 두리라고 생각한다면 —」

그는 사납게 여송연을 방바닥으로 내던졌고, 양탄자의 털이 독한 연기를 피우며 타들어 가는 냄새가 났다. 단숨에 그는 방을 가로질러, 분노해서 붉으락푸르락한 얼굴로, 그녀의 옆으로 다가왔다.

「당신이 남자였다면 그런 소리를 한 데 대해서 목을 분질러 놓았어야 마땅하지. 하지만, 그렇지 않기 때문에, 방정맞은 주둥아리를 닥치라는 말밖에 못 하겠어. 당신은 내가 보니를 사랑하지 않고, 그래서 그런 곳으로 애를 — 내 딸을 데리고 가리라 생각하겠지! 맙소사, 멍청이 같으니라고! 그리고 당신 얘기도 한마디 해두고 싶은데, 자기가 훌륭한 어머니라도 되는 줄 알고 잘난 체하지만, 그래, 고양이라도 당신보다는 엄마 노릇을 훨씬 잘해! 아이들을 위해서 지금까지 당신이 한 일이 뭐야? 웨이드하고 엘라는 당신을 굉장히 무서워하고, 멜라니 윌크스만 없었더라면 걔들은 사랑과 애정이 무엇인지 전혀 알지도 못했겠지. 그런데도 보니를, 내 보니를, 당신보다 내가 더 잘 보살펴 주지 못하리라고 생각해? 웨이드하고 엘라의 기를 죽여 놓았듯이 당신이 보니를 못살게 굴어 기를 죽여 놓도록 내가 가만히 둘 줄 알았어? 어림도 없지! 한 시간 내에 짐을 꾸리고 떠나도록 아이한테 준비를 마치고, 만일 시키는 대로 하지 않았다가는 지난번 밤에 벌어진 일쯤은 우습게 여겨질 정도의 난리를 겪게 될 테니까 각오해. 난 그러지 않아도 마차 채찍으로 흠씬 두들겨 패는 것이 당신한테 굉장히 좋으리라는 생각을 벌써부터 했었으니까.」

그녀가 미처 말도 꺼내기 전에 레트는 빠른 걸음으로 방에서 나갔다. 그녀는 레트가 복도를 건너 아이들의 놀이방으로 가서 문을 여는 소리를 들었다. 아이들이 기뻐서 재잘거리는 소리가 들렸는데, 엘라보다 보니의 목소리가 훨씬 더 크게 들렸다.

「아빠, 어디 갔었어?」

「우리 귀여운 보니한테 옷을 만들어 주려고 토끼 가죽을 구하러 사냥 나갔었지. 너를 제일 사랑하는 아빠한테 뽀뽀해 줘야지, 보니야. 그리고 너도, 엘라.」

제55장

「스칼렛, 난 스칼렛에게서 어떤 해명도 원하지 않고, 듣고 싶지도 않아요.」 괴로워하는 스칼렛의 입술에 자그마한 손을 살그머니 갖다 대고 말문을 막아 버리면서 멜라니가 단호하게 말했다. 「우리들 사이에 뭔가 설명이 필요하리라는 생각은 스칼렛 자신과 애슐리와 나에 대한 모욕이에요. 그래요, 우리 세 사람은 마치 — 마치 아주 오랜 세월에 걸쳐 온 세상과 맞서 함께 싸워 온 병사들이나 마찬가지여서, 한심한 헛소문 따위가 우리들을 갈라놓으리라고 생각한다면, 그건 나로 하여금 수치심을 느끼게 해요. 스칼렛과 우리 애슐리가 —. 세상에, 그런 상상을 하다니, 내가 그걸 믿으리라고 생각해요? 스칼렛은 세상의 어느 누구보다도 내가 더 잘 알잖아요? 애슐리하고 보우와 나를 위해서 스칼렛이 했던 훌륭한 일들을 — 자신의 몸을 아끼지 않고 내 목숨을 구해 주었을 뿐 아니라, 굶어 죽지 않도록 우리들을 보살펴 준 일을 내가 잊었으리라고 생각하는군요! 아기와 내가 굶지 않게끔, 변변한 신발조차 신지 못하고 거의 맨발로, 양키의 말을 몰아 밭갈이를 하느라고 두 손이 부르튼 스칼렛을 생생하게 기억하는 내가 그런 끔찍한 얘기를 믿으리라고 생각해요? 난 아무 얘기도 듣고 싶지 않아요, 스칼렛 오하라. 단 한마디라도 말이에요.」

「하지만 —」 스칼렛은 어물어물하다가 입을 다물었다.

레트는 한 시간 전에 보니와 프리시를 데리고 애틀랜타를 떠났으며, 스칼렛은 수치심과 분노에 막막한 심정까지 겹쳤다. 애슐리에 대한 죄의식에다 멜라니의 변호라는 부담까지 덤으로 짊어지게 되었으니, 그녀로서는 견뎌 내기가 참으로 힘들었다. 만일 멜라니가 인디아와 아치의 말을 믿고 파티에서 그녀를 헐뜯었거나 냉정한 태도로 인사만 했더라도, 스칼렛은 머리를 높이 들고 온갖 무기를 다 동원해서 반격을 가했으리라. 하지만 그녀와 사교계에서의 몰락 사이에 버티고 막아선 멜라니 — 신뢰와 투쟁심이 빛나는 눈으로, 얇고 번득이는 칼날처럼 버티고 선 멜라니가 머리에 떠오르는 지금, 오직 고백만이 마땅히 해야 할 정직한 일이었다. 그렇다, 아득히 오래전 타라 농장에서, 햇살이 쏟아지던 그곳 포치에서 시작된 얘기를 남김없이 한꺼번에 털어놓아야만 되리라.

비록 오랫동안 억눌리기는 했어도 아직 솟아오를 힘이 남은 양심이, 적극적인 천주교인으로서의 양심이 그녀를 뒤에서 밀어댔다. 「죄를 고해하고 애통과 회개를 통해 속죄하거라.」 엘렌은 그녀에게 백 번이 넘도록 말했었고, 이런 위기를 맞고 보니 엘렌의 종교적인 교훈이 되살아나서 그녀를 속박했다. 그녀는 고백하리라 — 그렇다, 주고받았던 모든 눈길과 대화에 대해서, 몇 번 안 되는 애무에 대해서 고백하고 — 그러면 하느님이 그녀의 고통을 덜어 주고 마음의 평화가 찾아오리라. 그리고 그녀가 속죄를 하면, 멜라니의 얼굴이 다정한 사랑과 신뢰로부터 믿어지지 않는다는 듯한 놀라움과 역겨움으로 표정이 바뀌는 무서운 부담을 감수해야 하리라.

오, 그녀의 마음속에 존재하는 온갖 옹졸함과, 비열함과, 겉과 속이 다른 배신과, 위선을 멜라니가 알게 된 다음, 멜라니의 표정을 기억하고 의식하면서 평생을 살아가야 한다면 그것은 참으로 고통스러운 속죄가 되리라고 스칼렛은 고뇌에 빠져 생각했다.

전에는 멜라니의 면전에서 여봐란 듯 진실을 털어놓고 그녀의 어리석은 낙원이 붕괴되는 꼴을 구경한다는 상상만 해도 황홀해서, 그렇게 멋진 장면을 위해서라면 무엇을 잃어버려도 아깝지 않을 듯싶었다. 하지만 이제는 사정이 순식간에 달라졌고, 그처럼 마음이 내키지 않는 일도 없었다. 왜 그렇게 되었는지는 알 길이 없었다. 그녀의 머릿속에서는 잡다한 생각이 너무나도 시끄러운 갈등을 일으키는 바람에 갈피를 잡기가 불가능했다. 전에는 그녀의 마음이 겸손하고 상냥하며 순수하다고 어머니가 생각해 주기를 바랐었지만, 이제 그녀는 멜라니가 그녀를 높이 평가하는 견해를 그대로 유지해 주기만 열심히 바랄 따름이었다. 그녀는 세상 사람들이 자기를 어떻게 생각하고 애슐리나 레트가 그녀를 어떻게 생각하건 개의치 않았지만, 멜라니가 그녀를 생각하는 마음만큼은 달라지면 안 되었다.

스칼렛은 멜라니에게 진실을 얘기하기가 두려웠지만, 좀처럼 드물게 나타나는 정직한 어떤 본능이, 그녀 대신 싸움을 치러 준 여인 앞에서 거짓된 깃발을 휘두르며 가면극을 계속하도록 용납하지 않으려는 본능이 머리를 들었다. 그래서 그녀는 오늘 아침에, 레트와 보니가 집을 떠나자마자, 멜라니에게로 달려왔다.

하지만 그녀가 〈멜리, 지난번 일 때문에 내가 꼭 해명해야 되겠는데 ―〉라고 불쑥 첫마디 말을 꺼내자마자, 멜라니가 위압적으로 말문을 막아 버리고 말았다. 부끄러운 마음으로 스칼렛은 사랑과 분노가 번득이는 검은 눈을 들여다보았고, 고백에 뒤따르는 평화와 흐뭇함을 그녀가 절대로 얻지 못하리라고 깨닫고는 마음이 무거워졌다. 단 한마디의 말로 멜라니는 회개하는 방향의 행동을 영원히 차단시켰다. 문득 스칼렛은 여태까지 별로 느껴 보지 못했던 어른스러운 감정의 지배를 받아서, 자신의 괴로운 마음을 훌훌 털어 버리려는 속셈이 지극히 이기적인 행동임을 깨달았다. 그녀는 간단한 고해를 통해서 고통을 벗어나고는, 순진하게 그녀를 믿어 주는 다른 사람의 마음에 그것을 옮겨 심어 주려고 했을 따름이었다. 그녀는 자신을 옹호해 준 멜라니에게 빚을 졌고, 빚을 갚는 방법은 오직 침묵뿐이었다. 남편이 그녀를 배반했으며, 사랑하는 친구가 그의 배반에 가담했다는 불쾌한 사실을 알려 주어 멜라니의 삶을 파멸시킨다면, 그것은 얼마나 잔인한 보답인가!

〈난 멜리한테 고백을 못 하겠어.〉 그녀는 비참한 마음으로 생각했다. 〈양심의 가책 때문에 내가 죽으면 죽었지, 절대로 고백은 못 하겠어.〉 그녀는 얼핏 레트가 술에 취해서 한 말이 생각났다. 〈멜리는 그녀가 사랑하는 어느 누구도 명예를 더럽히리라고는 믿지를 않아. ……그건 당신이 짊어져야 할 십자가야.〉

그렇다, 이런 고통을 말없이 마음속에 간직하고, 수치스러움의 말총 속옷[73]을 입고, 오랜 세월에 걸쳐 멜라니가 부드러운 표정과 태도를 보여 줄 때마다 쓰라림을 느끼고, 〈그렇게 친절하게 굴지 말아요! 나를 위해서 싸우지 말아요! 난 그럴 가치가 없는 인간이에요!〉라면서 외치고 싶은 충동을 영원

73 고행자가 입는 옷.

히 억누르고 살아야 한다면, 그것은 죽는 날까지 계속될 십자가의 형벌이리라.

〈멜리가 그토록 바보 같지만 않다면, 그토록 다정하고 남을 잘 믿는 단순한 바보만 아니라면, 이렇게까지 어려운 일은 아닐 텐데.〉 그녀는 절망에 빠져 생각했다. 〈난 힘겨운 짐을 많이도 지기는 했지만, 그중에서도 이것이 가장 무겁고 쓰라린 짐이 되겠구나.〉

멜라니는 스칼렛을 마주 보고 나지막한 의자에 앉아, 어린애처럼 무릎이 올라올 정도로 높은 오토만 발판에 두 발을 얹었는데, 예의범절을 망각할 정도로 분노에 사로잡히지 않았더라면 그녀는 절대로 이런 자세[74]는 취하지 않았으리라. 그녀는 두 손으로 레이스 뜨개질실을 잡고, 반짝거리는 바늘을 마치 결투에서 칼을 휘두르듯 사납게 앞뒤로 놀려 댔다.

만일 스칼렛이 비슷한 분노에 휘말렸다면, 그녀는 한창 시절의 제럴드처럼 두 발을 구르고 버럭버럭 소리를 지르며, 저주받아 마땅할 위선과 악독함을 똑똑히 보라고 하느님을 찾아 대고, 보복하겠다며 소름 끼치는 위협을 퍼부었으리라. 하지만 멜라니는 부글부글 끓는 속마음을 코를 향해 아래쪽으로 잔뜩 일그러진 가느다란 눈썹과 반짝이는 바늘로만 표현했다. 그녀의 목소리는 냉정했고 말투도 보통 때보다 훨씬 표독스러웠다. 하지만 조금이라도 자신의 의견을 내세우는 적이 별로 없고 상냥하지 못한 표현은 절대로 입 밖에 내지 않던 멜라니에게는 그나마의 거센 말도 어울리지를 않았다. 불현듯, 스칼렛은 윌크스 집안과 해밀턴 집안 그리고 오하라 집안사람들 못지않게, 또는 그 이상으로 때로는 격노한다는 사실을 깨달았다.

74 자칫하면 다리의 속살이 보인다.

「난 사람들이 스칼렛을 욕하는 소리를 듣기도 정말로 지겨워졌어요.」 멜라니가 말했다. 「그리고 이제는 더 이상 못 참겠으니까 내가 어떻게 손을 써야 되겠어요. 이건 다 사람들이 스칼렛을 질투하기 때문에, 스칼렛이 정말로 똑똑하고 성공했기 때문에 벌어진 일이에요. 수많은 남자들까지도 실패한 일에서 스칼렛은 성공했어요. 이런 얘기를 했다고 해서 나 때문에 화를 내지는 말아요. 많은 사람들이 얘기하는 식으로, 스칼렛이 조금이라도 여자답지 못하다거나 여성다움을 상실했다는 뜻으로 한 말은 아니니까요. 사실은 그렇지 않아요. 사람들은 스칼렛을 이해하지 못할 따름이고, 여자가 똑똑한 면을 보여 주면 못마땅해서 그럴 뿐이에요. 하지만 스칼렛이 총명하고 성공했다고 해서 사람들이 당신과 애슐리에 관해서 — 그런 얘기를 해서는 안 되죠. 하느님 맙소사!」

마지막 외침에 담긴 나지막한 격렬함은, 만일 남자의 입에서 튀어나왔다면, 노골적인 의미가 뚜렷한 욕설로 들렸으리라. 지금까지 들어 본 적이 없는 그런 감정의 폭발에 놀란 스칼렛은 그녀를 멍하니 쳐다보았다.

「그리고 아치, 인디아, 엘싱 부인이 — 그들이 추잡한 거짓말을 지어내어서 나한테 그런 얘기를 늘어놓다니, 기가 막혀요! 어쩌면 그들이 감히 그럴까요? 물론 엘싱 부인은 우리 집을 찾아오지는 않았어요. 그래요, 정말이지 그럴 만한 용기가 없었을 테니까요. 하지만 스칼렛이 패니보다 훨씬 인기가 많았기 때문에 그 여자는 전부터 당신을 미워했어요. 그리고 휴에게 제재소의 운영을 맡겼다가 강등시켰기 때문에 굉장히 화가 났고요. 하지만 그를 강등시킨 건 상당히 잘한 일이죠. 휴는 일도 못하고 아무짝에도 쓸모없는 시시한 인간이니까요!」 멜라니는 어린 시절의 놀이 친구였고, 처녀 시절의 애인이었던 남자를 단숨에 짓눌러 버렸다. 「아치 문제는 내가 잘못했다는 생각이 들어요. 난 그런 불한당 늙은이에게 안식처를 제공하지 말았어야 해요. 다들 그런 소리를 했지만 난 그들의 말을 들으려고 하지 않았죠. 아치는 죄수들 문제로 스칼렛을 좋아하지 않았지만, 자기는 뭐가 잘났다고 남의 욕을 하고 다니나요? 살인자, 그것도 여자를 죽인 살인자 주제에 말이에요! 그리고 내가 그렇게까지 돌봐 주었는데, 나한테 와서 그런 소리를 하다니 —. 난 애슐리가 그를 쏘아 죽인다고 해도 그를 조금도 불쌍하게 생각하지 않겠어요. 그래요, 난 따끔한 소리를 해서 아치를 쫓아냈어요! 아치는 애틀랜타를 떠났죠.

그리고 인디아로 말하자면, 못된 여자 같으니라고! 스칼렛, 난 두 사람을 처음 한자리에서 만났을 때부터 당신이 훨씬 예쁘고, 애인도 무척 많았기 때문에 인디아가 질투하고 미워한다는 걸 당장 눈치챘어요. 그리고 인디아는 특히 스튜어트 탈턴 때문에 스칼렛을 미워했죠. 스튜어트 생각을 떨쳐 버리지 못하다 보니 — 글쎄요, 애슐리의 동생에 대해서 이런 얘기를 하고 싶지는 않지만, 인디아는 생각을 지나치게 많이 해서 머리가 잘못되었나 봐요! 인디아가 한 행동을 달리 설명할 길이 없잖아요. ……난 인디아에게 다시는 내 집에 발을 들여놓지 못하게 했고, 그런 흉악한 비방을 인디아가 입 밖에 꺼냈다는 소리만 들었다 하면 — 난 사람들 앞에서 인디아를 거짓말쟁이라고 부르기로 작정했어요!」

멜라니가 말을 멈추었고, 그녀의 얼굴에서는 갑자기 분노가 사라지더니 슬픔이 번져 나왔다. 멜라니에게는 조지아 사람들 특유의 우애, 유명하고도 열렬한 동족애가 강했고, 집안싸움을 생각하니 가슴이 찢어지는 듯 아팠다. 그녀는 잠깐 동안 머뭇거렸다. 하지만 스칼렛이 그녀에게는 가장 소중한 사람이었고, 마음속으로 첫손에 꼽는 사람도 스칼렛이었고, 그래서 성실하게 말을 이었다.

「인디아는 내가 당신을 가장 사랑했기 때문에 전부터 질투해 왔어요. 난 인디아가 절대로 내 집에 발을 들여놓지 못하게 하고, 그녀를 받아 주는 어느 집과도 발길을 끊겠어요. 애슐리도 나와 의견이 같지만, 남도 아니고 동생이 그런 소리를 했다는 데 대해서 난 무척 상심했고 —」

애슐리의 이름이 나오자 무척이나 팽팽했던 스칼렛의 신경이 무너졌고, 그녀는 눈물이 쏟아졌다. 그녀는 애슐리의 마음에 대한 칼질을 영원히 그치지 못하려나? 그녀는 애슐리를 오직 행복하고 안전하게 해주고 싶었을 따름이었지만, 걸핏하면 그의 마음에 상처를 주기가 고작이었다. 스칼렛은 그의 삶을 파괴하고, 그의 자부심과 자존심에 상처를 주었고, 그의 내적인 평화, 고결함에 바탕을 둔 평온함을 어지럽혔다. 그리고 이제는 그토록 소중하게 사랑하는 여동생으로부터 그를 갈라놓고 말았다. 스칼렛의 명예와 아내의 행복을 구제하기 위해서 인디아는 — 여태까지 그녀가 품어 왔던 온갖 의혹과 지금까지 입 밖에 냈던 갖가지 비난의 말이 정당하다고 절대적으로 증명된 인디아는, 반쯤 미친 여자에다 질투심에서 거짓말이나 늘어놓는 노처녀라고 억지 죄목을 쓰고 희생되어야만 했다. 인디아의 눈을 볼 때마다 애슐리는 그녀의 눈에서 빛나는 진실을 보겠고, 윌크스 집안사람들이 자랑으로 삼는 진실성과 책망과 차가운 경멸을 보게 되리라.

애슐리가 명예를 목숨보다도 소중하게 생각한다고 알았던 스칼렛은 그가 틀림없이 몸부림치고 싶을 만큼 괴로워하리라는 사실도 알았다. 스칼렛이나 마찬가지로 그는 멜라니의 치마폭 뒤로 숨을 수밖에 없었다. 스칼렛은 그래야 할 필요성을 이해했고, 그가 거짓된 태도를 취해야 했던 이유가 주로 그녀 자신의 탓이기는 했지만, 그래도 — 그래도 — 차라리 애슐리가 아치를 쏘아 죽이고 멜라니와 온 세상 사람들 앞에서 진실을 떳떳하게 시인했더라면, 그녀는 그를 더욱 존경했으리라. 스칼렛은 그녀의 생각이 공정하지 못함을 알았지만, 지금은 워낙 비참한 심정이어서 그런 미묘한 점은 신경조차 쓰지 못했다. 그녀는 레트가 비꼬며 조롱하던 말이 몇 마디 생각났고, 이런 난처한 처지에서 과연 애슐리가 남자다운 행동을 하고 있는지 의심이 갔다. 그러자 그를 사랑하게 된 그날 이후 애슐리를 감쌌던 눈부신 광채가 눈에 띄지 않을 만큼 천천히, 처음으로 조금씩 사라졌다. 그녀를 둘러쌌던 수치심과 죄의식의 더러운 오점이 애슐리에게까지 번져 나갔다. 그녀는 이런 생각을 단호하게 쫓아 버리고 싶었지만, 그럴수록 울음만 더욱 나올 따름이었다.

「이러지 말아요! 이러지 말아요!」 멜라니는 뜨개질감을 던져 버리고 소리치며, 소파로 몸을 던져 스칼렛의 머리를 끌어다 그녀의 어깨에 기대게 했다. 「이런 얘기를 해서 당신을 상심시키면 안 되는데 그랬어요. 스칼렛이 얼마나 속이 상할지는 나도 잘 아니까, 우리 절대로 이 얘기는 입 밖에 다시는 꺼내지 말기로 해요. 그래요, 우리끼리도 그렇고, 누구에게도 하지 않기로 해요. 마치 그런 일이 전혀 없었던 것처럼요. 하지만 말이죠.」 그녀는 조용한 독기를 머금고 덧붙여 말했다. 「난 인디아와 엘싱 부인의 버릇은 고쳐 놔야 되겠어요. 그들은 함부로 내 남편과 올케에 대한 거짓말을 퍼뜨리고 다녀도 무사하리라는 생각을 버려야 할 거예요. 난 그들 두 사람이 다 애틀랜타에서 머리도 들고 다니지 못하도록 해놓겠어요. 그리고 그들의 말을 믿거나 그들을 받아 주는 사람은 누구나 다 나의 적이 되고요.」

앞으로 닥쳐올 기나긴 세월을 처량한 마음으로 상상해 본 스칼렛은, 그녀가 애틀랜타와 한 집안을 대대로 이어지는 반목으로 몰아넣는 불씨 노릇을 하게 되었음을 알았다.

멜라니는 약속을 지켰다. 그녀는 문제의 사건을 다시는 애슐리나 스칼렛 앞에서 입 밖에 꺼내지 않았다. 그뿐 아니라 어느 누구하고도 그 얘기는 나누려 하지 않았다. 그녀는 무관심하고 냉정한 태도를 유지하다가, 누가 혹시 의혹을 비치기만 하면 어느새 딱딱하고 싸늘한 태도를 보였다. 깜짝 파티 이후에, 패가 갈려 소문과 흥분과 대립이 미친 듯 날뛰는 속에서, 레트가 수상한 이유로 애틀랜타를 떠나 버린 다음 여러 주일 동안, 멜라니는 옛 친구이건 혈족이건 가리지를 않고, 스칼렛을 비방하는 사람들을 사정없이 공격했다. 그녀는 말이 아니라 행동을 보였다.

그녀는 스칼렛의 곁에 찰싹 달라붙어 떨어질 줄을 몰랐다. 그녀는 스칼렛에게 여느 때와 마찬가지로 상점과 목재 야적장으로 나가라고 했으며, 아침마다 그녀와 함께 동행까지 했다. 호기심에 찬 애틀랜타 사람들의 극성스러운 눈초리 앞에 스스로 자신을 노출시키고 싶지 않았던 스칼렛에게, 멜라니는 오후에 마차를 타고 나들이를 나가라고 권했다. 그리고 마차에는 그녀가 스칼렛 옆자리에 앉았다. 친목 방문을 위해 사람들이 오가는 오후면 멜라니는 그녀를 데리고 함께 사람들을 찾아갔고, 2년 이상이나 발을 들여놓은 적이 없는 집들을 드나들게끔 스칼렛에게 완곡히 강요했다. 그리고 〈나를 사랑한다면 내 개도 사랑해야 한다〉고 요구하는 듯한 험악한 표정을 지은 멜라니는, 아연실색한 여주인들과 자리를 같이하고 대화를 나누었다.

그런 날 오후면 멜라니는 스칼렛으로 하여금 일찍 도착해서 마지막 손님이 간 다음까지 자리를 지키게 해서, 여자들이 패를 지어 흥미진진한 잡담을 나누거나 무엇인가 추측해 볼 기회를 박탈해 버렸는데, 이런 처사는 여자들 사이에서 약간의 가벼운 짜증을 유발시켰다. 이런 방문이 스칼렛에게는 굉장한 고역이었지만, 그녀는 같이 나가지 않겠다고 감히 거절할 엄두가 나지 않았다. 스칼렛은 그녀가 정말로 간통 현장을 들켰는지 속으로 궁금해하는 여자 패거리에 둘러싸여 앉아서 시간을 보내기가 싫었다. 스칼렛은 그들이 멜라니를 좋아해서, 그녀와의 우정을 잃고 싶지 않았기 때문에 마지못해 자기와 얘기를 나눈다는 사실이 못마땅했다. 하지만 일단 그녀를 받아들이고 나면, 그때부터 여자들이 그녀를 따돌리지 못하리라는 약점도 스칼렛은 알았다.

스칼렛을 보는 관점에서 드러난 특징이라면, 그녀를 옹호하거나 비난하거나 간에 그러한 견해를 스칼렛의 개인적인 진실성에 바탕을 둔 경우가 별로 없다는 점이었다. 〈그 여자가 그러면 그렇지〉라는 시각이 일반적인 태도였다. 스칼렛은 지금까지 적을 워낙 많이 만들었기 때문에, 지금 그녀의 편을 들려는 사람이 거의 없었다. 그녀의 말과 행동이 수많은 사람들의 마음에 사무쳤기 때문에, 이런 추문이 그녀를 괴롭히느냐 아니냐 따위를 염려하는 사람도 많지 않았다. 하지만 멜라니나 인디아가 고통을 받는다는 데 대해서는 사람들이 심하게 걱정했으며, 폭풍은 스칼렛보다는 오히려 그들 주변에서 맴돌았고, 그들의 관심은 한 가지 질문으로 집중되었다 — 〈인디아가 정말 거짓말을 했을까?〉

멜라니의 편을 드는 사람들은 멜라니가 요즈음 항상 스칼렛의 곁에 붙어 다닌다는 사실을 당당하게 지적했다. 멜라니처럼 지조 높은 여자가 죄를 지은 여자, 특히 자신의 남편을 상대로 죄를 지은 여자를 지켜 주려고 나서기가 과연 가능한가. 아니다, 어림도 없는 일이다. 인디아는 머리가 이상해진 노처녀에 지나지 않고, 스칼렛을 미워하기 때문에 그녀에 대한 거짓말을 지어냈겠고, 아치와 엘싱 부인을 부추겨서 그녀의 거짓말을 믿게 만들었으리라.

하지만 인디아를 믿는 사람들은, 만일 스칼렛에게 죄가 없다면, 버틀러 선장은 어디로 갔는지를 물었다. 왜 그는 이곳 그녀의 곁에 남아서, 아내 편을 들어 줌으로써, 스칼렛에게 힘을 북돋아 주지 않는가? 그것은 대답하기가 어려운 질문이었고, 여러 주일이 흘러가는 사이에 스칼렛이 임신했다는 소문이 퍼지자, 인디아 편 패거리는 흡족해서 그것 보라는 듯 머리를 끄덕였다. 스칼렛이 버틀러 선장의 아이를 가졌을 리가 없다고 그들은 말했다. 그들의 사이가 멀어졌다는 소문은 퍽 널리 알려진 터였다. 오래전부터 애틀랜타 사람들은 그들이 침실을 따로 쓴다는 얘기를 듣고 괘씸하게 생각해 왔다.

그렇게 소문이 떠도는 사이에 애틀랜타는 두 패로 갈렸고, 사이가 긴밀한 해밀턴 집안과, 윌크스 집안과, 버 집안과, 휘트먼 집안과, 윈필드 집안 사이에도 틈이 벌어졌다. 인척 관계가 되는 사람이라면 누구라도 어느 한쪽 편을 들지 않으면 안 되었다. 중립 지대란 존재하지 않았다. 싸늘한 위엄을 지키는 멜라니와 통렬하고 앙칼진 인디아가 중립을 지키려는 사람을 그냥 내버려 두지 않기 때문이었다. 하지만 어느 쪽 편을 들든지 간에 친척들은 하나같이 집안의 이런 분열을 초래한 원인이 스칼렛이라고 못마땅하게 여겼다. 스칼렛이 이런 싸움을 벌일 만한 가치가 있는 여자라고 믿는 사람은 아무도 없었다. 그리고 어느 쪽 편을 들든지 간에 친척들은 집안의 더러운 오점을 씻어 보겠다고 인디아가 제멋대로 쌍지팡이를 짚고 그토록 공공연하게 나섰으며, 결과적으로 그토록 수치스러운 추문에 애쉴리까지 얽혀 들게 했다는 사실을 진심으로 개탄했다. 하지만 그녀가 일단 발설을 하고 난 다음에는 많은 사람들이 인디아를 옹호하겠다고 몰려들었으며, 멜라니를 사랑하는 사람들은 그녀와 스칼렛의 편을 들기는 했어도, 그들 역시 스칼렛과 맞서야 할 때는 인디아의 편을 들었다.

애틀랜타 사람들의 절반은 멜라니나 인디아의 친척이라고 자처했다. 사촌과, 사촌의 사촌과, 외가 쪽 사촌뻘이라면서 가족의 족보가 어찌나 복잡하게 뒤얽혔는지 조지아 사람이 아니면 누구도 갈래를 종잡기가 힘들었다. 그들은 옛날부터 씨족 집단을 이루어서, 곤경에 처했을 때는 개별적인 친척들의 처신에 대한 그들의 개인적인 견해야 어떻든 간에, 일사불란하게 힘을 모아 공동 방어선을 펼쳐서 세상 사람들과 맞서고는 했었다. 여러 해 전부터 집안 내에서 폭소를 자아내는 웃음거리였던 대결, 그러니까 피티 고모가 헨리 큰아버지를 상대로 벌였던 게릴라 전쟁을 제외하고는, 이런 흐뭇한 관계가 공개적으로 파괴된 적이 한 번도 없었다. 그들은 온순하고, 목소리가 조용하며, 함부로 속내를 드러내지 않는 사람들이었으며, 대부분 애틀랜타 집안의 특징으로 여겨지는 다정한 말다툼조차도 벌이지를 않았다.

하지만 이제 그들은 양 진영으로 갈라졌고, 이곳 사람들은 애틀랜타에서는 여태까지 들어 보지도 못했던 지극히 충격적인 추문에 휘말려 멀고 가까운 사촌[75]들이 모조리 편을 짜고 덤비는 꼴을 구경하는 특전을 누렸다. 이런 현상은 친척이 아닌 절반가량의 시민들에게도 커다란 어려움을 야기하여, 갖가지 눈치와 너그러움의 관리 기술이 시련을 받게 했으니, 인디아와 멜라니의 대결이 사실상 거의 모든 사회단체의 분열을 유발시켰기 때문이었다. 탈리아[76] 극회와, 남부 동맹 미망인 및 고아 후원 자선 재봉회와, 남부 전몰 용사 묘지 미화 위원회와, 토요 야간 음악회와, 코티용 야간 부녀 무도회와, 청년 도서관 협회까지도 분쟁에 끼어들었다. 부녀 봉사회와 전도회를 거느린 네 교회도 마찬가지였다. 대립을 벌이는 파벌의 임원들을 같은 위원회에 임명하지 않도록 피하려고 그들은 각별히 조심해야 했다.

집에서 정기적으로 오후에 모임을 갖는 날이면 애틀랜타의 부인들은 인디아와 그녀의 충성스러운 친척들이 응접실에 와 있는 동안 멜라니와 스칼렛이 들이닥칠까 봐 걱정되어 4시부터 6시까지는 늘 마음이 전전긍긍했다.

일가친척 중에서도 가엾은 피티 고모가 가장 고통스러운 입장이었다. 여러 친척의 사랑을 받는 속에서 편안하게 살아가는 이외에 달리 바라는 바가 없었던 피티는, 이런 와중에서, 놀기는 토끼들하고 놀되 사냥은 개들하고 같이 가도 된다면 아주 흡족해했으리라. 하지만 토끼와 사냥개 어느 쪽에서도 그것을 용납하려 하지 않았다.

인디아는 피티 고모와 같이 살았는데, 마음 내키는 대로 만일 피티가 멜라니의 편을 들었다면 인디아가 집을 나가 버릴 기세였다. 그리고 만일 인디아가 없다면 가엾은 피티는

75 영어에서는 사촌뿐 아니라 육촌이나 팔촌 등 대부분의 가까운 친척을 통틀어서 cousin이라고 한다.

76 목가와 희극을 관장하는 무사이 여신.

혼자 남아서 어떻게 살아가야 하나? 그녀는 혼자 살기가 불가능했다. 그녀는 낯선 사람을 구해서 데려다 놓고 같이 살거나 아니면 집을 폐쇄해 버리고 스칼렛한테 가서 얹혀살아야 할 처지였다. 피티 고모는 그러더라도 버틀러 선장이 싫어하지는 않으리라고 막연히 믿었다. 그렇지 않으면 그녀는 멜라니네 집으로 가서 같이 살며, 보우의 아기방이었던 작고 비좁은 방에서 잠을 자야 했다.

인디아가 매정하고 오만한 태도와 고집스럽고 과격한 성격으로 그녀를 윽박지르곤 했기 때문에, 피티는 인디아를 그렇게까지 좋아하는 편은 아니었다. 하지만 피티가 편안한 그녀의 집에서 그대로 살도록 인디아가 도와주었고, 피티는 도덕적인 문제보다는 개인적인 편의에 관한 배려 쪽으로 항상 마음이 기울고는 했다. 이런 이유로 인디아는 남게 되었다.

하지만 그런 결정을 스칼렛과 멜라니 두 사람 다 그녀가 인디아의 편을 들기로 작정했다는 의미로 받아들였기 때문에, 인디아가 집에 머물게 되었다는 사실은 피티 고모를 폭풍의 한가운데로 몰아넣은 셈이었다. 인디아가 한 집에서 사는 한, 피티의 집에는 더 이상 돈을 보태 주지 않겠다고 스칼렛은 딱 잘라 거절했다. 애슐리는 매 주일 인디아에게 돈을 보냈고, 인디아는 자존심 때문에 돈을 아무 말도 없이 돌려보내서 노부인으로 하여금 무척 못마땅해하고 놀라게 만들었다. 헨리 큰아버지가 끼어들지 않았더라면 붉은 벽돌집의 재정 상태는 기가 막힐 지경이었겠지만, 한편 피티는 그에게서 받는 돈을 굴욕이라고 느꼈다.

피티는 자기 자신만을 제외하면 세상에서 멜라니를 어느 누구보다도 더 좋아했는데, 이제 멜리는 냉담하고 겸손한 낯선 사람처럼 행동했다. 사실상 피티의 집 뒷마당에서 사는 셈이었어도, 전에는 하루에 10여 번은 분주히 드나들던 숲 울타리를 지나 놀러 오는 일이 이제는 전혀 없어졌다. 피티는 멜라니를 찾아가서 훌쩍거리며 사랑과 헌신을 열심히 들먹였지만, 멜라니는 그런 문제는 얘기하고 싶지 않다며 늘 거부했고, 한 번도 답례로 찾아오는 일이 없었다.

피티는 자기가 스칼렛에게 어떤 빚을 졌는지 아주 잘 알았는데, 거의 생명의 은인이라고 해야 마땅할 정도였다. 전쟁이 끝난 다음의 암담하던 시기에 피티가 오빠 헨리의 신세를 지느냐 아니면 굶어 죽느냐 하는 기로에 봉착했을 때, 스칼렛은 분명히 그녀를 위해 집을 지켜 주었고, 먹을거리와 옷을 장만해 주었고, 그녀로 하여금 애틀랜타 사회에서 떳떳하게 머리를 들고 살아가게끔 해주었다. 그리고 결혼해서 자기 집을 장만해 가지고 나간 다음에도 스칼렛은 그야말로 너그러움 그 자체였다. 그리고 무섭고도 매혹적인 버틀러 선장 — 그가 스칼렛과 같이 다녀간 다음이면, 피티는 지폐가 가득 담긴 새 지갑을 구석 탁자 위에서 자주 발견했으며, 금화를 싸서 슬그머니 바느질 그릇 속으로 밀어 넣어 둔 매듭지은 레이스 손수건이 눈에 띄고는 했다. 레트는 그런 것들의 출처를 전혀 모르는 일이라고 항상 잡아뗴었고, 남몰래 그녀를 사모하는 남자가 있는 모양이라고 무척 세련되지 못한 태도로 놀려 대면서, 걸핏하면 수염을 기른 메리웨더 할아버지를 들먹였다.

그렇다, 피티는 멜라니에게 사랑을 빚졌고, 스칼렛에게는 편안한 삶을 빚졌지만, 인디아에게는 무슨 신세를 졌다는 말인가? 그녀와 같은 집에서 살기 때문에 쾌적한 삶이 깨져 버리고, 스스로 결정을 해야만 한다는 부담이 생긴 이외에는, 인디아에게라면 아무런 빚도 없었다. 만사가 지극히 한심스러웠고, 정말로 천박하기 짝이 없는 짓이었으며, 평생 스스로 무엇 하나 결정을 내려 본 적이 없었던 피티는 그래서 사태가 돌아가는 대로 그냥 내버려 두기만 했고, 결과적으로 그녀는 하염없이 눈물이나 흘리면서 많은 시간을 보냈다.

결국 어떤 사람들은 스칼렛의 결백을 진심으로 믿어 주게 되었는데, 그것은 스칼렛 자신의 인간적인 미덕 때문이 아니라 멜라니가 그렇게 믿어 주었기 때문이었다. 몇몇 사람은 마음속으로 끝내 미심쩍어하기는 했지만, 마지못해서 스칼렛을 공손하게 대해 주다가, 멜라니를 좋아했으며 그녀의 우정을 잃고 싶지 않았기 때문에, 스칼렛의 집을 방문했다. 인디아를 따르던 무리는 쌀쌀하게 인사를 했고, 몇 명은 노골적으로 그녀를 헐뜯는 욕설을 퍼부었다. 마지막 종류의 사람들 때문에 스칼렛은 난처하고 화가 치밀어 오르기도 했지만, 하기야 멜라니가 나서서 막아 주고 재빨리 행동을 취하지 않았더라면, 애틀랜타 사람들이 모조리 그녀에게서 얼굴을 돌려 버렸겠고, 그래서 자기는 버림받은 인간이 되었을지도 모른다는 사실을 스칼렛은 잊지 않았다.

제56장

레트가 떠난 지도 석 달이나 되었지만, 스칼렛은 그에게서 소식을 전혀 듣지 못했다. 스칼렛은 그가 어디로 갔으며, 얼마나 걸려야 돌아올는지를 알 길이 없었다. 그가 정말로 언제 돌아올는지 전혀 짐작이 안 갔다. 이 기간 동안에 그녀는 마음이 병들기는 했어도 머리를 당당히 들고 일을 보러 돌아다녔다. 그녀는 건강이 좋다고 느끼지는 않았지만 멜라니가 시키는 대로 날마다 가게로 나갔고, 제재소에 대한 피상적인 관심을 유지하려고 노력했다. 하지만 상점에 대해서 그녀는 처음으로 흥미가 없어졌고, 작년보다 장사가 세 곱절이나 잘되고 돈이 마구 굴러 들어오기는 했어도 장사에 대해 아무런 흥미도 느끼지 못해서 점원들에게 공연히 화를 내고 신경질을 부렸다. 조니 갤러거의 제재소는 활발하게 돌아갔고, 목재 야적장에서는 그가 공급하는 물건을 쉽게 팔았지만, 조니가 하는 일이나 말은 그녀의 마음을 즐겁게 해주지 못했다. 스칼렛이나 마찬가지로 아일랜드 사람이었던 조니는, 그녀의 잔소리를 참다못해 왈칵 화를 내고는, 한참 동안 잔소리를 늘어놓던 끝에 〈부인, 자꾸만 그러다가는 나한테 얻어맞거나, 크롬웰의 저주를 받을 거요〉[77]라고 한마디 하고는, 제재소를 그만두겠다고 위협했다. 스칼렛은 지극히 비굴하게 사과하며 그를 달래야만 했다.

그녀는 애슐리의 제재소는 절대로 찾아가지 않았다. 그리고 애슐리가 그곳으로 갔다고 생각되면 목재 야적장 사무실도 들르지 않았다. 그녀는 애슐리가 자기를 피하고 있음을 알았고, 피할 길이 없는 멜라니의 초청 때문에 걸핏하면 그의 집을 드나드는 스칼렛 때문에 애슐리가 괴로워한다는 것도 알았다. 그들은 단둘이서 얘기를 나누는 경우가 절대로 없었고, 스칼렛은 그에게 진심을 물어보고 싶어서 속이 탔다. 혹시 지금도 애슐리가 자기를 미워하는지, 그리고 정확히 뭐라고 멜라니에게 얘기를 했는지 그녀는 알고 싶었지만, 그는 멀찌감치 거리를 두었고, 얘기를 걸어오지 말라고 말없이 애원했다. 나이를 먹고 회한으로 초췌해진 그의 얼굴 모습은 그녀의 마음을 더욱 무겁게 했고, 그의 제재소가 매 주일 손해를 본다는 사실도 역시 짜증스러웠지만, 이제는 그런 소리도 못 할 처지였다.

현재의 상황에 대해서 그가 보여 준 무기력함은 스칼렛의 짜증을 자극했다. 사태를 호전시키기 위해서 애슐리가 과연 도움이 될 만한 일이 있기나 한지 모르겠지만, 어쨌든 그가 무엇인가는 해야 한다고 그녀는 믿었다. 레트라면 벌써 행동을 취했으리라. 레트는 비록 나쁜 짓이더라도 언제나 행동을 취했고, 그런 점에서 그녀는 마지못해서나마 그를 존경했다.

레트에 대해서 그리고 그가 퍼붓던 모욕적인 언동에 대해서 처음 느꼈던 분노가 가라앉은 지금, 그녀는 그를 아쉬워하기 시작했고, 아무 소식도 못 들은 채 하루하루가 지남에 따라 점점 더 레트가 그리워졌다. 그가 남겨 주고 간 황홀감

77 아일랜드 사람들에게는 크롬웰이 공포의 대상이었다.

과, 분노와, 마음의 상처와 꺾인 자존심이 소용돌이를 치는 혼란으로부터 울적한 마음이 머리를 들더니, 썩은 고기를 뜯어 먹는 까마귀처럼 그녀의 어깨에 올라앉았다. 그녀는 레트가 그리웠고, 폭소를 자아내게 하던 그의 유쾌한 농담도 그리웠고, 골칫거리를 적절히 축소시키던 신랄하고 능글맞은 웃음도 그리웠고, 심지어는 그녀로 하여금 화가 나서 발끈하게 할 정도로 신경을 자극하는 조롱까지도 그리워졌다. 무엇보다도 그녀는 얘기를 잘 들어주던 레트가 아쉬웠다. 그런 면에서는 레트가 무척이나 만족스러운 남자였다. 그녀는 레트의 앞에서라면 자신이 부끄러움도 모르고 사람들의 껍질을 어떻게 홀랑 벗겨 먹었는지를 자랑스럽게 털어놓았고, 그러면 레트는 박수를 쳐주었다. 하지만 그런 비밀을 만일 다른 자리에서 비치기만 했더라도 사람들은 충격을 받았으리라.

레트와 보니가 없어서 그녀는 쓸쓸했다. 그녀는 전혀 이럴 줄은 몰랐다는 생각이 들 정도로 아이가 보고 싶었다. 웨이드와 엘라에 관해서 레트가 쏘아붙이던 가혹한 말이 생각났던 그녀는, 한가한 시간이 나면 얼마 동안이라도 아이들과 같이 지내려고 노력했다. 하지만 아무 소용이 없었다. 레트가 하던 말과 아이들이 보이던 반응은 놀랍고도 괴로운 진실을 그녀의 눈앞에 제시했다. 아이들이 어렸을 때 그녀는 너무 바빴고, 돈 문제로 너무 걱정이 많았고, 신경이 너무 날카로워 걸핏하면 발끈 화를 냈기 때문에, 그녀는 아이들의 애정이나 신뢰를 얻어 두지 못했었다. 그리고 이제는 이미 때가 늦었고, 자그마하고 은밀한 그들의 마음을 뚫고 들어갈 인내심이나 지혜가 그녀에게는 없었다.

엘라! 엘라가 멍청한 아이라는 사실을 깨닫고 스칼렛은 속이 상했지만, 어딘가 모자라다는 사실은 의심할 나위가 없었다. 엘라는 새가 한 나뭇가지에 그대로 한참 앉아 있지 못하듯이, 어느 한 가지 대상에 마음을 집중시키지 못했고, 스칼렛이 옛날얘기를 해주려고 해도 엘라는 어린애다운 각도를 빗나가서, 얘기의 내용과는 아무런 관계가 없는 질문을 하느라고 걸핏하면 말을 가로막았고, 스칼렛이 설명을 미처 시작하기도 전에 벌써 무슨 질문을 했는지조차 잊어버리기가 일쑤였다. 그리고 웨이드로 말하자면 — 아마도 레트의 얘기가 옳았는지도 모른다. 어쩌면 웨이드는 그녀를 무서워하는 듯싶기도 했다. 그것은 이상한 일이었고, 그녀의 마음을 아프게 했다. 그녀가 낳은 아들이, 하나뿐인 아들이 왜 자기를 무서워해야 하나? 스칼렛이 말을 붙여 보려고 하면, 그는 찰스를 닮은 부드러운 갈색 눈으로 그녀의 눈치를 살피며 어쩔 줄을 몰라 발을 비비 틀며 꾸물거렸다. 하지만 멜라니와 같이 있을 때면 그는 입에서 거품이 일 정도로 부지런히 떠들어 대고, 낚시에 쓸 지렁이에서부터 낡은 끈에 이르기까지 온갖 잡동사니를 호주머니에서 꺼내 그녀에게 보여 주었다.

멜라니는 못된 아이들을 다루는 요령을 잘 알았다. 그녀의 요령에는 빈틈이 없었다. 그녀의 어린 아들 보우는 애틀랜타에서 가장 예의 바르고 가장 사랑스러운 아이였다. 보우는 어른들 앞에서 조금도 거북해하지를 않았고, 그녀를 보기만 하면 부르지 않아도 무릎으로 기어오르고는 했기 때문에, 스칼렛은 자기 아들보다 멜라니의 아이와 사이가 더 좋았다. 애슐리를 그대로 닮은 금발의 사내아이, 그는 얼마나 아름다웠던가! 웨이드가 보우 같기만 하다면 —. 물론 멜라니가 아이에게 그토록 정을 쏟았던 이유는 아이가 겨우 하나뿐이었고, 스칼렛처럼 걱정이 많지도 않았고, 일을 해야 할 필요가 없었기 때문이기도 했다. 적어도 스칼렛은 그런 식으로 자신을 변호하려고 했지만, 멜라니가 아이들을 사랑했고, 열 명이 되었더라도 기꺼이 키웠으리라는 사실을 그녀는 솔직히 자인할 수밖에 없었다. 그리고 넘쳐흐르는 애정을 멜라니는 웨이드와 이웃 아이들에게도 쏟았다.

스칼렛은 웨이드를 데리러 멜라니의 집으로 마차를 타고 갔던 날, 앞쪽 길로 올라가다가 그녀의 아들이, 집에서는 항상 생쥐처럼 조용하기만 하던 웨이드가 한껏 목청을 돋우어 남군의 돌격 환호성을 아주 멋지게 흉내 내는 소리를 들었던 순간의 충격을 절대로 잊지 못하리라. 그리고 웨이드의 함성을 씩씩하게 뒤따른 것은 찢어지는 듯 날카로운 보우의 목소리였다. 거실로 들어간 그녀는, 두 아이가 나무칼로 소파를 향해 돌진하는 광경을 보았다. 그녀가 들어서자 그들은 무안해서 잠잠해졌고, 소파 뒤에 쪼그리고 숨었던 멜라니가 머리핀과 헝클어진 머리카락을 움켜잡고 웃어 대며 몸을 일으켰다.

「게티즈버그 전투예요.」 그녀가 설명했다. 「그리고 난 양키 군대인데, 진짜로 최악의 사태를 겪었어요.」 보우를 가리키며 그녀는 〈여기가 리 장군이고 —〉 웨이드의 어깨를 한 팔로 끌어안으며 〈여기는 피켓[78] 장군이고요〉라고 설명했다.

그렇다, 멜라니는 스칼렛이 전혀 짐작도 못 할 만큼 아이들을 다루는 솜씨가 훌륭했다.

〈적어도 보니만큼은 나를 사랑하고, 나하고 놀기를 좋아해.〉 그녀는 생각했다. 하지만 그녀보다는 레트를 한없이 더 좋아한다는 사실을 솔직하게 그녀는 시인하지 않을 수가 없었다. 그리고 어쩌면 그녀는 보니를 다시는 못 만날지도 모른다. 레트가 혹시 페르시아나 이집트로 가서, 그곳에 영주

78 George E. Pickett. 게티즈버그 전투에서 4천5백 명의 부하를 이끌고 새미터리 리지에서 감행한 돌격 작전으로 유명하다.

할 계획인지 어쩐지도 그녀로서는 전혀 알 길이 없었다.

울화병이나 신경과민이라는 진단이 나오리라고 예상했던 스칼렛은 그녀가 임신했다는 말을 미드 박사에게서 듣고 깜짝 놀랐다. 그러자 그녀는 미친 듯 요란했던 밤이 불현듯 머리에 떠올라 얼굴이 새빨개졌다. 그러니까 굉장했던 황홀경으로 인해서 — 비록 다음에 뒤따른 사건들 때문에 기억이 희미해지기는 했어도, 엄청나게 황홀했던 순간에 아기가 잉태된 모양이었다. 그리고 아이를 가지게 되었다는 사실을 그녀는 처음으로 기쁘게 생각했다. 아들이라면 얼마나 좋을까! 기가 죽어 초라한 웨이드 같은 녀석이 아니라 훌륭한 아들이라면. 그녀는 정말로 열심히 그를 보살펴 주리라! 아기에게 바칠 한가한 여유가 넉넉하고, 그의 앞길을 평탄하게 터줄 돈도 준비되었으니, 그들의 앞날은 얼마나 행복할 것인가! 스칼렛은 찰스턴에 사는 그의 어머니 주소로 레트에게 편지를 써서 소식을 알려 주고 싶은 충동을 느꼈다. 맙소사, 그는 이제 집으로 돌아와야 한다! 아기가 태어난 후에도 그가 먼 곳에서 돌아오지 않는다면 어쩌나! 그러면 스칼렛은 입장을 전혀 설명할 길이 없으리라! 하지만 만일 편지를 쓴다면, 레트는 그가 집으로 돌아오기를 스칼렛이 원한다는 생각에 재미있어하리라. 그리고 스칼렛이 그를 원하거나 필요로 한다는 사실만큼은 절대로 그가 눈치채게 해서는 안 된다.

레트가 그의 어머니를 만나려고 갔다던 찰스턴에서 폴린 이모가 보낸 편지를 받아 읽고서야, 레트에 관한 소식을 처음으로 듣게 된 그녀는, 자신의 충동을 억누르기를 아주 잘했다는 생각이 들었다. 비록 폴린 이모의 편지가 그녀의 화를 돋우기는 했지만, 레트가 아직 미국에서 지낸다는 사실을 알게 되어 스칼렛은 그나마 마음이 놓였다. 레트는 폴린과 율랄리 이모를 만나 보게 하려고 보니를 데리고 갔었는데, 이모의 편지에는 보니에 관한 칭찬이 가득했다.

〈아이가 어쩌면 그렇게 귀엽고 예쁜지 모르겠더라! 크면 틀림없이 미인이 되겠어. 더구나 난 그토록 헌신적인 아버지도 처음 보았고. 아마 너도 짐작이 가겠지만, 나중에 누군가 보니와 결혼하려면 버틀러 선장한테 곤욕깨나 치러야겠더구나. 그건 그렇고, 얘야, 난 고백부터 하나 해야 되겠어. 버틀러 선장을 만나기 전에는 난 네가 한심하게 신분이 낮은 사람과 결혼한다고 믿었었는데, 그건 물론 찰스턴의 어떤 사람도 그에 대해서 좋은 얘기라고는 전혀 듣지 못했고, 모두들 그의 가족을 불쌍하게 생각했었기 때문이란다. 사실 율랄리하고 나는 그의 방문을 받아 줘야 할지 어쩔지도 판단이 잘 서지 않았었지만 — 따지고 보면 어쨌든 귀여운 보니는 우리한테 손녀뻘이 아니겠니. 레트가 찾아왔을 때 우린 반갑고도 놀랐는데, 반가운 쪽이 더 컸던 셈이고, 근거 없는 헛소문을 믿는다는 게 얼마나 비기독교인다운 짓인지를 깨달았어. 레트가 지극히 훌륭한 인물이라고 깨달았기 때문이지. 우리들이 생각하기에는 미남이기도 하고, 무척 점잖고 예의도 바르더구나. 그리고 너하고 아이한테 대단히 열심이고.

그런데 말이야, 얘야, 난 우리들 귀에 들어온 어떤 얘기를 — 율랄리하고 내가 처음에는 믿고 싶지 않았던 어떤 얘기를 언급해야 되겠구나. 우린 물론 케네디 씨가 너한테 남겨 준 상점에서 네가 무슨 일을 하는지 가끔 얘기는 들었어. 우린 소문을 들었지만 물론 그럴 리가 없다고 부인했지. 우린 전쟁 직후의 처참했던 시기에는 사정도 그랬고 하니까 아마도 그럴 수밖에 없었으리라고 생각했어. 하지만 내가 알기로는 버틀러 선장이 상당히 경제적으로 유능하고, 네가 소유했을지도 모르는 어떤 사업이나 재산도 관리할 능력이 충분한 남자일 테니까, 이제는 네가 그렇게 처신할 필요성이 하나도 없겠지. 우린 들려오는 소문이 정말인지 꼭 알아야 되겠기에, 우리 모두가 정말로 거북한 노릇이기는 했지만, 버틀러 선장에게 단도직입적으로 질문을 하는 수밖에 별다른 도리가 없었어.

마지못해서 그 사람은, 네가 아침나절이면 가게로 나가서 일하고, 어느 누구도 장부에 손을 못 대게 한다는 얘기를 하더구나. 그 사람은 또 (우리들로서는 처음 듣는 얘기라서 굉장히 당황했기 때문에 한 군데인지 여러 군데인지 추궁하지는 않았지만) 네가 제재소에도 손을 대서, 혼자 마차를 타고 돌아다녀야만 할 입장이고, 버틀러 선장이 우리들에게 확인해 준 바로는, 사람까지 죽였다는 어느 불한당을 데리고 다닌다는 사실도 시인했어. 우린 버틀러 선장이 얼마나 걱정을 했는지 얘기를 들었고, 그가 틀림없이 지극히 너그러운 — 사실은 지나치다고 할 정도로 너그러운 남편이라고 생각했단다. 스칼렛, 그런 짓을 해서는 안 돼. 너에게 명령을 내릴 어머니가 안 계시다는 사정을 고려해서, 내가 대신 말려야 되겠어. 네 어린 자식들이 성장한 다음에, 엄마가 장사를 했다는 과거를 알면 얼마나 상심하게 될지 생각해 봐! 네가 무례한 남자들의 모욕에 노출되고, 제재소 일을 보기 때문에 사람들이 제멋대로 퍼뜨리는 소문의 위험에 자신을 스스로 노출시켰다는 걸 알면 애들이 얼마나 창피해하겠니. 그런 여자답지 못한 —.〉

스칼렛은 다 읽지도 않고 화를 벌컥 내며 편지를 내던졌다. 그녀가 매달 보내 주는 돈이 아니면 그야말로 무일푼이어서 굶어 죽을 처지인 폴린과 율랄리 이모가 무너져 가는 배터리의 집에 마주 앉아 그녀를 심판하는 모습이 눈에 선했기 때문이었다. 여자답지 못하다고? 제기랄, 만일 그녀가 여자답지 못하게 굴지 않았더라면 지금 순간 폴린 이모와 율랄리 이모는 살 집조차 없으리라. 그리고 레트도 그렇지! 상점과 장부 정리와 제재소 얘기를 하다니! 마지못해서라니, 그것은 또 무슨 소리인가? 노부인들 앞에서 근엄하고, 예의 바르고, 매혹적이고, 헌신적인 남편이요 아버지인 체 연기하며 레트가 어떤 기쁨을 느꼈을지를 그녀는 아주 잘 알았다. 상점과, 제재소와, 술집에서 그녀가 벌이는 활동을 들먹이며 그들의 마음을 괴롭히기가 얼마나 재미있었을까? 그는 정말로 기막힌 악마였다. 왜 그는 그런 못된 짓들에서 기쁨을 얻을까?

하지만 잠시 후에는 이런 분노까지도 냉담한 무관심으로 바뀌었다. 요즈음은 삶에서 민감한 묘미가 대부분 다 사라졌다. 애슐리가 발산하는 광채와 흥분감이 다시 살아나기만 한다면 — 레트가 집으로 돌아와서 그녀를 다시금 웃게만 해준다면 얼마나 좋으랴!

그들은 예고도 없이 집으로 돌아왔다. 그들이 돌아왔다는 첫 증거는 앞쪽 현관에 쿵쾅거리며 짐을 내려놓는 소음과, 보니가 〈엄마!〉라고 외치는 목소리였다.

스칼렛은 방에서 층계 꼭대기로 황급히 달려 나가서, 층계를 얼른 올라오려고 통통하고 짧은 다리를 잔뜩 벌리며 안간힘을 쓰는 딸을 보았다. 아이는 풀이 죽은 얼룩 고양이를 가슴에 꼭 껴안고 올라왔다.

「할머니가 이거 나 줬어.」 뒷덜미를 잡아 고양이 새끼를 내밀어 보여 주며 보니가 신이 나서 소리쳤다.

스칼렛은 딸을 번쩍 들어 안고 키스를 하며, 아이 덕택에 레트와 먼저 단둘이 만나야 한다는 부담을 덜게 되어 다행이라고 생각했다. 보니의 머리 너머로 그녀는 아래층 현관에서 마부에게 요금을 치르는 그를 보았다. 레트는 머리를 들고 그녀를 보고는, 큼직한 동작으로 모자를 벗어 휘두르며 절을 했다. 그의 검은 눈과 시선이 마주치자 그녀는 마음이 설레었다. 레트가 어떤 인간이든, 그가 무슨 짓을 했든, 어쨌든 그는 집으로 돌아왔고, 그녀는 기뻤다.

「어멈은 어딨어?」 스칼렛의 품에서 몸을 뒤틀며 보니가 물었고, 스칼렛은 마지못해 아이를 내려놓았다.

적절히 태연함을 보이며 레트에게 인사를 하기는 그녀의 예상처럼 쉽지가 않았고, 그러니 아무렇지도 않은 듯 새 아기가 태어나리라는 얘기를 하기는 상상하기도 힘든 일이었다! 그녀는 층계를 올라오는 레트의 얼굴, 초연하고 무표정한 그의 시커멓고 여유만만한 얼굴을 쳐다보았다. 그렇다, 기다렸다가 얘기해야 한다. 지금 당장은 얘기할 때가 아니다. 그렇기는 해도 남편이란 임신 얘기를 들으면 누구나 기뻐하게 마련이니까, 이런 소식은 우선 남편에게 알려 줘야 마땅하다. 하지만 그녀는 레트가 소식을 들어도 기뻐하리라는 생각이 들지 않았다.

스칼렛은 난간에 기대고 층계참에 서서 혹시 레트가 키스를 해주려는지 궁금했다. 하지만 그는 키스를 하지 않았다. 그는 〈얼굴이 핼쑥해 보이시는구먼, 버틀러 부인. 입술연지가 떨어지기라도 했나?〉라고만 말했다.

비록 진담이 아니더라도 보고 싶었다는 말은 한마디도 없었다. 그리고 적어도 그는, 무릎을 굽혀 인사를 한 다음 보니를 데리고 아기방으로 가기 위해 복도를 내려가는 어멈 앞에서나마, 키스를 해줄 만도 했다. 그러나 그는 무관심한 눈초리로 훑어보며 층계참에서 그녀의 옆에 섰다.

「이렇게 혈색이 창백하시다니, 내가 보고 싶었기 때문은 아니겠지?」 그가 물었는데, 비록 입술은 미소를 지었어도 눈은 그렇지 않았다.

그러니까 레트는 이런 식으로 나올 작정이었다. 그는 과거의 어느 때 못지않게 밉살스럽게 굴 모양이었다. 그녀가 잉태한 아이는 기쁨이기는커녕 갑자기 구역질 나는 짐이 되었고, 널찍한 파나마모자를 엉덩이에 대고 태연하게 그녀 앞에 선 남자는 스칼렛에게 가장 가혹한 적이었으며, 온갖 고민거리의 원인이었다. 대답을 하는 그녀의 눈에는 독기가, 워낙 뚜렷해서 그냥 넘기기가 어려울 정도의 독기가 서렸고, 그의 얼굴에서는 미소가 사라졌다.

「만일 내 얼굴이 창백하다면 그건 내가 당신을 그리워했기 때문이 아니에요, 잘난 양반아. 그 이유는 —」 오, 스칼렛은 이런 식으로 알려 줄 생각은 아니었지만, 자신도 모르게 격렬한 말이 마구 튀어나왔기 때문에, 하인들이 듣거나 말거나 신경도 안 쓰고 그에게 소리를 질렀다. 「그건 내가 아기를 가졌기 때문이에요!」

그는 갑자기 숨을 훅 들이마시고는, 재빨리 그녀를 훑어보았다. 레트는 그녀의 팔을 잡으려는 듯 얼른 스칼렛에게로 한 발자국 나섰지만, 그녀는 몸을 비틀어 그에게서 벗어났고, 증오가 서린 그녀의 눈앞에서 그의 얼굴이 굳어졌다.

「정말이로구먼!」 그가 냉정하게 말했다. 「그래, 행복한 아기의 아버지는 누구이신가? 애슐리야?」

스칼렛은 기둥에 조각한 사자의 두 귀가 손바닥을 아프게 파고들 정도로 난간을 꽉 움켜잡았다. 그토록 레트를 잘 아는 그녀라고 해도 이런 모욕은 상상도 못 했었다. 물론 그는 농담으로 그런 말을 했지만, 세상에는 참고 그냥 넘기지 못할 정도로 흉악한 농담도 있게 마련이었다. 그녀는 날카로운 손톱으로 할퀴어서 그의 눈에 담긴 괴이한 광채를 없애 버리고 싶었다.

「나가 죽어요!」 속이 뒤집힐 정도로 분노에 찬 목소리로 그녀가 소리쳤다. 「당신은 — 당신 아이라는 건 당신도 알잖아요. 그리고 당신 못지않게 나도 이 아이가 싫어요. 그래요 — 당신 같은 못된 인간의 아이를 가지고 싶어 할 여자는 아무도 없으니까요. 차라리 —. 맙소사, 당신 아이만 아니라면 어느 누구의 아이라도 좋아요!」

그녀는 레트의 거무튀튀한 얼굴 표정이 갑자기 달라져서, 그녀로서는 분석할 길이 없는 무엇에 찔리기라도 한 듯, 분노에 휩싸여 불끈거리는 것을 보았다.

〈그래!〉 치솟는 증오의 기쁨을 느끼며 그녀는 생각했다. 〈그래! 이제야 드디어 난 레트에게 상처를 주었어!〉

하지만 무감각한 옛 표정을 되찾으며 그는 콧수염의 한쪽 끝을 만지작거렸다.

「희망은 버리지 마.」 그녀에게서 몸을 돌려 층계를 올라가기 시작하며 그가 말했다. 「당신은 유산을 하게 될지도 모르니까.」

아찔한 한순간 동안 그녀는 출산이 무엇인지, 그녀를 괴롭히는 입덧과, 지루한 기다림과, 불러 오는 배와, 진통의 시간들이 무엇을 의미하는지 생각해 보았다. 남자들은 절대로 깨닫지 못하는 어려움들. 그런데 그는 감히 농담을 하다니. 스칼렛은 그를 할퀴어 주고 싶었다. 그녀의 고통을 가라앉히려면 그의 시커먼 얼굴에서 흐르는 피를 봐야만 했다. 그녀는 고양이처럼 날쌔게 덤벼들었지만, 깜짝 놀라 가벼운 몸짓으로 그는 옆으로 물러나며, 그녀를 쫓으려고 팔을 내밀었다. 갓 왁스를 바른 꼭대기 계단의 가장자리에 선 그녀는, 체중을 몽땅 실은 팔이 그가 내민 팔에 부딪치는 순간, 균형을 잃었다. 그녀는 난간 기둥을 움켜잡으려고 허우적거렸지만 놓치고 말았다. 스칼렛은 층계를 거꾸로 떨어져서, 속이 뒤집힐 정도로 갈빗대가 쑤시는 아픔을 느끼며 쿵 떨어졌다. 그리고 순식간에 혼란에 빠져 몸을 가누지도 못하면서, 그녀는 층계 밑까지 굴러 내려갔다.

아기를 가졌을 때를 제외하고 스칼렛이 앓아눕기는 지금이 처음이었고, 임신의 경우에는 아팠다고 말하기도 어려웠다. 그때는 지금처럼 처량하거나 겁이 나지도 않았고, 힘이 없고 통증으로 쑤시거나 당황하지도 않았다. 스칼렛은 주변 사람들이 눈치를 살피며 그녀에게 얘기해 주는 정도보다 자신이 훨씬 더 아프다는 사실을 알았고, 죽을지도 모른다고 희미하게 의식했다. 부러진 갈비뼈는 숨을 쉴 때마다 욱신거렸고, 멍이 든 얼굴과 머리가 쿡쿡 쑤셨으며, 온몸은 악마들이 덤벼들어 뜨거운 집게발로 잡아 뜯고 둔한 칼로 썰어 내는 듯싶었는가 하면, 잠깐씩 사이를 두고 어찌나 기운이 빠지고는 했는지 다시 기운을 차릴 때까지는 몸을 가누지도 못했다. 그렇다, 아이를 낳을 때도 이렇지는 않았다. 그녀는 웨이드와 엘라와 보니가 태어난 후에는 두 시간 만에 한껏 식사를 했지만, 지금은 찬물 이외에는 무엇을 생각해도 힘없이 헛구역질이 났다.

아기를 낳기는 그렇게 쉬운데, 안 낳기가 오히려 이토록 고통스럽다니! 고통이 심한 가운데도 이 아이를 낳지 못하리라는 사실을 알게 되니, 이상하게도 마음이 아팠다. 그녀가 처음으로 원하게 된 아이를 잃어야 한다는 사실은 더욱 이상했다. 그녀는 왜 이번에는 아이를 원했는지 생각해 보려고 했지만, 머리가 너무나 피곤했다. 마음이 어찌나 피곤한지 그녀는 죽음의 공포 이외에는 아무 생각도 나지 않았다. 죽음이 방 안에서 기웃거렸고, 그녀는 그것과 맞서 싸울 힘이 없었으며, 겁이 났다. 스칼렛은 힘센 누군가 곁에서 그녀의 손을 잡고, 그녀가 스스로 싸우도록 기운을 되찾을 때까지 죽음을 쫓아 주기를 바랐다.

고통 때문에 분노를 그냥 잊어버린 그녀는 레트를 원했다. 하지만 그는 곁에 없었고, 스칼렛은 차마 그를 불러 달라는 말이 나오지를 않았다.

그녀가 기억하는 레트의 마지막 모습은 층계 밑 컴컴한 거실에서 그녀를 안아 올리던 그의 표정이었는데, 볼멘 목소리로 어멈을 부르던 그의 새파랗게 질린 얼굴에서는 다른 감정들이 완전히 사라지고 무서운 공포만 남았었다. 그러고는 사람들이 그녀를 들고 층계를 올라갔으며, 그러고는 그녀의 의식이 어둠 속으로 잠겨 버리던 희미한 기억만이 남았다. 그러고는 아픔, 또 아픔, 방 안 가득히 웅성거리는 목소리들, 피티팻 고모의 흐느낌, 미드 박사의 무뚝뚝한 명령, 층계를 서둘러 오르내리고 위층 복도에서 발돋움을 하고 지나다니는 발소리. 그러고는 눈부신 번갯불의 섬광처럼 떠오르는 죽음의 인식과 두려움에 휘말려 갑자기 누군가를 소리쳐 부르려고 했지만, 그녀의 비명은 속삭임에 지나지 않았다.

하지만 그런 비참한 속삭임에 침대 옆 어둠 속 어디에서인가 곧 응답하는 소리가 들려왔고, 부드러운 목소리가 자장가 같은 어조로 대답했다. 「나 여기 있어요, 스칼렛. 난 아까부터 여기 있었어요.」

멜라니가 스칼렛의 손을 잡아 그녀의 시원한 뺨에 조용히 갖다 대자 죽음과 두려움이 얌전히 물러갔다. 스칼렛은 그녀의 얼굴을 보기 위해 머리를 돌리려고 했지만 마음대로 되지를 않았다. 멜리는 곧 아기를 낳으려는 참이었고, 양키들이 쳐들어오는 중이었다. 애틀랜타는 불타고, 그녀는 어서, 어서 서둘러야만 했다. 하지만 멜리는 당장이라도 아기를 낳아야 했고, 그녀는 서두르면 안 되었다. 멜리는 그녀의 도움을 필요로 했기 때문에 스칼렛은 아기가 태어날 때까지 멜리와 함께 있어야 했고, 강해야 했다. 멜리는 정말로 심하게 고통스러워했고 — 뜨거운 집게와 무딘 칼이 그녀에게 거듭거듭 아픔의 파도를 몰고 왔다. 그녀는 멜리의 손을 잡아 줘야만 한다.

마침내 미드 박사가 도착했고, 정거장의 병사들이 그를 필요로 했는데도 우선 이곳으로 달려왔노라고 의사가 하는 말을 그녀는 들었다. 「혼수상태예요. 버틀러 선장님은 어디 계신가요?」

밤은 캄캄했고, 그러고는 불빛, 그리고 때로는 그녀가 아기를 낳는 중이었고, 때로는 비명을 지르는 사람이 멜라니였지만, 그러는 동안 줄곧 멜리가 같이 있었고, 그녀의 두 손은 시원했고, 그녀는 피티 고모처럼 흐느껴 울거나 쓸데없이 초조한 시늉을 하지는 않았다. 눈을 뜨기만 하면 스칼렛은 〈멜리?〉라고 물었으며, 목소리가 대답했다. 그리고 걸핏하면 그녀는 〈레트를 — 레트를 데려다 줘요〉라고 나지막이 말하려다가는, 마치 꿈을 꾸고 난 다음처럼, 레트는 그녀를 원하지 않으며, 레트의 얼굴이 인디언처럼 시커멓고, 냉소를 짓는 이빨이 새하얗게 반짝였다는 기억이 났다. 그녀는 그를 원했으나 그는 그녀를 원하지 않았다.

한번은 그녀가 〈멜리?〉라고 말했는데, 어멈의 목소리가

〈이거 나예요, 스칼렛〉이라고 말했으며, 어멈이 차가운 헝겊을 이마에 얹어 주었고, 그녀는 초조하게 〈멜리 ―. 멜라니〉라고 거듭거듭 이름을 불렀지만, 멜라니는 한참 동안 나타나지 않았다. 같은 시간에 멜라니는 레트의 침대 모서리에 앉아 있었고, 레트는 술에 취해 그녀의 무르팍에 머리를 파묻고 마룻바닥에 주저앉아서 흐느꼈다.

스칼렛의 방에서 나올 때마다 그녀는, 복도 건너편의 방에서 문을 활짝 열어 놓고 침대에 앉아, 꼼짝 않고 자리를 지키는 레트의 모습을 보았다. 그의 방은 피우다 만 여송연 토막과, 손도 안 댄 음식 그릇이 사방에 흩어져 지저분했다. 헝클어지고 정돈도 안 된 침대에 앉아, 그는 면도도 안 하고 갑자기 야윈 모습으로, 끝없이 여송연만 피워 댔다. 레트는 그녀를 보고 아무 질문도 하지 않았다. 멜라니는 으레 잠깐 동안 문간에 멈춰 서서, 〈더 악화되어 걱정이군요〉라든가, 〈아니에요, 스칼렛이 아직 선장님을 찾지 않았어요. 아시잖아요, 혼수상태라서요〉라든가, 〈희망을 버리시면 안 돼요, 버틀러 선장님. 제가 따끈한 커피하고 식사를 마련해 드리겠어요. 그러시다가 병이라도 나시면 어쩌려고요〉라는 둥 사정을 알려 주었다.

비록 자신도 무척 지치고 잠이 모자라서 아무 감각도 없어진 상태이기는 했지만, 그녀는 레트가 불쌍해서 자꾸만 마음이 아팠다. 그녀의 눈앞에서 야위어 가는 그의 모습을, 그의 얼굴에 역력히 드러난 고통을 가까이서 보았던 멜라니로서는, 사람들이 왜 레트에 대해서 그토록 못된 소리를 하는지 ― 왜 사람들이 그를 무정하고 사악한 남자이며, 스칼렛에게 충실한 남편이 아니라고 비난하는지 납득이 가지를 않았다. 피곤하기는 해도 멜라니는 그래서 병실 소식을 그에게 알려 줄 때면 보통 때보다 훨씬 더 친절하려고 애썼다. 그는 저주를 받고 심판을 기다리는 사람 같았고, 갑자기 냉혹해진 세상으로 쫓겨난 아이 같았다. 하기야 멜라니에게는 모든 사람이 아이처럼 여겨졌다.

마침내 스칼렛의 건강이 좋아졌다는 소식을 알려 주려고 기쁜 마음으로 그의 방으로 간 그녀는 전혀 예기치 않았던 광경을 보았다. 침대 옆 탁자에 놓인 위스키 병은 반쯤 비었고, 방에서는 악취가 풍겼다. 그는 몽롱하고 번들거리는 눈으로 그녀를 올려다보았고, 이를 꽉 물려고 애를 쓰기는 했어도 턱의 근육이 덜덜 떨렸다.

「죽었나요?」

「아, 아니에요. 훨씬 좋아졌어요.」

그는 〈오, 하느님〉이라고 말하고는 두 손으로 머리를 감쌌다. 멜라니는 불안감으로 떨리는 듯 들먹이는 그의 널찍한 어깨를 보았고, 가엾은 마음으로 그를 지켜보는 사이에 레트가 소리 죽여 울고 있음을 깨닫고는, 연민이 두려움으로 바뀌었다. 멜라니는 남자가 우는 모습을 한 번도 본 적이 없는 데다가, 다른 사람이라면 몰라도 그토록 여유만만하고, 그토록 비웃기를 잘하고, 언제나 자신감이 넘치던 레트가 울리라고는 더더구나 상상도 못 했다.

그가 숨이 막히는 듯 절망적인 소리를 내자 멜라니는 겁이 났다. 본디 술 취한 사람을 두려워했던 그녀는 레트가 취했다는 생각에 겁이 났다. 하지만 그가 머리를 들었고, 그의 눈을 얼핏 본 그녀는 얼른 방으로 들어가서, 살그머니 문을 닫고는 그에게로 갔다. 그녀는 우는 어른을 본 적이 없었지만, 많은 아이들을 위로해서 눈물을 거두게는 했었다. 그녀가 부드러운 손을 그의 어깨에 얹자 갑자기 그는 두 팔로 멜라니의 치마폭을 껴안았다. 어떻게 그런 일이 벌어졌는지 미처 그녀가 깨닫지도 못한 사이에 그녀는 어느새 침대에 앉았고, 그는 마룻바닥에 주저앉았으며, 머리를 그녀의 무릎에 파묻고는 미친 듯 멜라니를 움켜잡았다.

그녀는 검은 머리를 부드럽게 쓰다듬으며 〈괜찮아요! 괜찮아요!〉라고 위로했다. 「괜찮아요! 스칼렛은 별일 없을 테니까요.」

그녀의 말을 듣고 그는 손아귀에 더욱 힘을 주며 빠른 속도로, 목쉰 소리로, 마치 절대로 남에게 비밀을 털어놓지 않을 누군가의 무덤에 대고 마구 떠들어 대듯이, 평생 처음으로 진실을 털어놓기 시작해서, 처음에는 아무것도 이해하지 못하면서 어머니 같은 태도를 보이던 멜라니 앞에서, 숨김없이 자신을 드러냈다. 레트는 그녀의 치마폭을 끌어당기고, 머리는 무릎을 파고들면서, 띄엄띄엄 얘기했다. 가끔 그는 말을 어물거리거나 울면서 웅얼거렸고, 때로는 아주 낭랑하게 울리는 목소리로 날카롭고 뼈아픈 고백과 굴욕스러운 고백을 했으며, 심지어는 여자라도 전혀 입에 올리지 않는 그런 얘기를 털어놓는 바람에, 머리를 수그린 레트가 부끄러워서 화끈거리는 그녀의 뺨을 보지 못해 다행이라는 생각이 들기까지 했다.

그녀는 어린 보우의 머리를 쓰다듬듯 그의 머리를 어루만지며 말했다. 「그만하세요! 버틀러 선장님! 그런 얘기를 저한테 하시면 안 돼요! 선장님은 제정신이 아니에요, 그만하세요!」 하지만 그의 목소리는 마구 쏟아지는 격류처럼 계속 이어졌고, 레트는 생명을 구해 주는 희망이라도 되는 듯 그녀의 옷을 잡고 매달렸다.

레트는 그녀가 이해하지 못하는 행동들에 대해서 자신을

탓했고, 벨 워틀링의 이름을 중얼거리더니 격렬하게 그녀를 흔들며 소리쳤다. 「내가 스칼렛을 죽였어요, 내가 죽인 거나 마찬가지예요. 당신은 이해하지 못합니다. 아내는 아기를 원하지 않았고 —」

「조용하셔야 해요! 선장님은 제정신이 아니니까요! 아기를 원하지 않았다고요? 아니에요, 여자라면 누구나 다 원하게 —」

「아니에요! 아니에요! 당신이나 아기를 원하죠. 하지만 스칼렛은 달라요. 내 아기는 싫다고 —」

「그만하시라니까요!」

「당신은 이해하지 못합니다. 아내는 아기를 원하지 않았는데 내가 낳게 만들었어요. 이것 — 이 아기 — 그건 다 내가 저지른 한심한 잘못으로 생겨났죠. 우린 그때까지 잠자리를 같이하지 않았고 —」

「조용하세요, 버틀러 선장님! 그런 거북한 얘기 —」

「그런데 난 술에 취해 제정신이 아니었고, 아내가 내 마음을 괴롭게 했기 때문에 — 난 스칼렛을 괴롭히고 싶었어요. 난 괴롭히기를 원했고 — 원하는 대로 했지만 — 아내는 나를 원하지 않았어요. 아내는 전혀 나를 원하지 않았죠. 아내는 이제껏 나를 원했던 적이 없었고, 나는 노력을 — 그렇게 열심히 노력했어도 —」

「오, 제발!」

「그리고 난 지난번 — 아내가 굴러 떨어지기 전까지는 아기에 관해서 전혀 몰랐어요. 아내는 내가 어디로 갔는지를 모르니까 편지를 써서 알릴 방법도 없었고 — 하지만 혹시 알았더라도 편지는 하지 않았겠죠. 정말이지 — 정말이지 난, 알기만 했더라면 — 내가 돌아오기를 아내가 원했건 어쨌건 — 아무튼 당장 집으로 돌아왔을 겁니다…….」

「오, 그럼요, 그건 저도 알아요!」

「맙소사, 난 지난 여러 주일 동안 미쳐서 지냈고, 취해서 미친 상태로 지냈어요! 그리고 아내가, 거기 층계에서 임신 얘기를 나한테 했을 때 — 난 무슨 짓을 했던가요? 내가 무슨 말을 했죠? 난 웃어 대며 이런 말을 했답니다. 〈희망은 버리지 마. 당신은 유산을 하게 될지도 모르니까.〉 그랬더니 스칼렛이 —」

그녀의 무릎에서 괴로워 몸부림치는 레트의 검은 머리를 내려다보던 멜라니는 갑자기 얼굴이 파랗게 질리고, 눈은 공포감으로 휘둥그레졌다. 열린 창문으로 오후 햇살이 흘러 들어왔고, 멜라니는 그의 두 손이 얼마나 크고 갈색이고 힘차며, 손등에는 시커먼 털이 얼마나 무성하게 났는지를, 처음으로 의식하는 듯 갑자기 깨달았다. 자기도 모르게 그녀는 몸을 뒤로 뺐다. 그의 손은 정말로 야수적이고, 무자비했고, 그런데도 그녀의 치마에 파묻힌 손은 한없이 좌절하고 무기력해 보이기만 했다.

혹시 스칼렛과 애슐리의 관계에 대한 어처구니없는 거짓말을 어디서 듣고 정말이라고 믿어 버린 그가 질투심에서 그렇게 행동하지는 않았을까? 추문이 터진 직후에 그가 애틀랜타를 떠나기는 했지만 —. 아니다, 그럴 리가 없다. 버틀러 선장은 원래 불쑥 여행을 잘 떠나는 사람이었다. 그가 그런 소문을 믿었을 리는 없다. 그는 그렇게 지각없는 사람이 아니었다. 만일 그것이 문제의 원인이었다면, 그는 차라리 애슐리를 쏘아 죽이려고 하지 않았을까? 아니면 적어도 해명을 요구하거나?

아니다, 그럴 리가 없었다. 그는 술에 심하게 취했고, 지나치게 긴장해서 병이 날 지경이었고, 혼수상태에 빠진 사람처럼 정신이 뒤죽박죽되어 황당무계한 상상에 빠져 떠들어 댈 따름이었다. 남자들이란 여자만큼 정신적인 압박감을 잘 견디어 내지 못한다. 어떤 문제가 그를 흥분시킨 모양인데, 어쩌면 그는 스칼렛과 사소한 말다툼을 벌였던 상황을 과장해서 생각하는지도 모를 일이었다. 어쩌면 그가 얘기한 끔찍한 일들은 어느 정도 사실일는지도 모른다. 하지만 모두가 진실일 리는 없었다. 오, 그가 마지막으로 한 얘기는 분명히 진실이 아니리라! 그가 스칼렛을 사랑하듯 정열적으로 어느 여자를 사랑하는 남자라면, 누구라도 차마 그런 소리를 입에 담지 않으리라. 멜라니는 사악함을 본 적이 없었고, 잔혹성도 전혀 보지 못했던 터라, 처음으로 그런 대상들을 보게 되니 실감이 나지 않았고, 믿을 수도 없었다. 그는 취하고 병든 몸이었다. 그리고 병든 아이들은 달래 줘야만 한다.

「그만해요! 그만해요!」 그녀가 콧노래를 부르듯 말했다. 「자, 조용해요. 나도 이해하니까요.」

그가 번쩍 머리를 들고는, 그녀의 두 손을 사납게 뿌리치고, 충혈된 눈으로 그녀를 올려다보았다.

「아니에요, 맙소사, 당신은 이해하지 못해요! 당신은 이해하지 못한다고요! 당신은 ― 워낙 착한 사람이기 때문에 당신은 이해할 수가 없어요. 당신은 내 말을 믿지 못하지만 그것은 다 진실이고, 나는 개 같은 인간이에요. 내가 왜 그런 짓을 했는지 알아요? 난 미쳤고, 질투로 눈이 뒤집힌 거예요. 아내는 나한테 전혀 관심이 없었고, 난 그렇게 하면 아내가 나한테 신경을 쓰리라고 생각했어요. 하지만 아내는 전혀 개의치 않았어요. 스칼렛은 나를 사랑하지 않아요. 전혀 사랑한 적이 없으니까요. 그녀가 사랑하는 사람은 ―」

술에 취하고 격정에 휘말린 그의 눈길이 멜라니와 마주쳤고, 그가 얘기하는 상대가 누구인지를 이제야 처음으로 의식한 듯, 그는 입을 벌린 채 말을 중단했다. 그녀는 얼굴이 새하얗게 질리고 잔뜩 긴장했지만, 흔들리지 않는 눈은 다정한 연민과 믿지 못하겠다는 표정으로 가득했다. 그녀의 눈에는 고요한 광채가 담겼고, 부드럽고도 갈색인 그녀의 눈 깊숙한 속에서 순결함을 보자, 그는 얼굴을 한 방 얻어맞기라도 한 듯 술기운이 가셨고, 미친 듯 질주하던 말들이 중간에서 우뚝 멈추었다. 그는 어물어물 말끝을 흐리고는, 제정신을 찾으려고 애쓰면서, 눈을 껌벅이며 고개를 수그렸다.

「나는 못된 인간이죠.」 지친 듯 다시 그녀의 무릎으로 머리를 떨구며 그가 투덜거렸다. 「하지만 그렇게까지 못된 인간도 아니에요. 그리고 혹시 내가 그 얘기를 했더라도 당신은 믿지 않았겠죠, 안 그래요? 당신은 워낙 선량해서 내 말을 믿지 못하니까요. 난 여태까지 당신처럼 착한 사람은 한 명도 본 적이 없었어요. 당신은 내 말을 믿지 않겠죠, 안 그래요?」

「그래요, 난 선장님 말을 믿지 못하겠어요.」 다시금 그의 머리를 쓰다듬으며 멜라니가 위로했다. 「스칼렛은 회복될 거예요. 그만해요, 버틀러 선장님! 울지 마세요! 스칼렛은 괜찮다니까요.」

제57장

한 달 후 레트의 전송을 받고 존즈버러행 열차에 오른 그녀는 창백하고 야윈 모습이었다. 그녀와 동행하는 웨이드와 엘라는 어머니의 하얗고 무표정한 얼굴이 불안해서 침묵을 지켰다. 어린 마음이기는 해도 어머니와 의붓아버지 사이의 냉담하고 싸늘한 분위기가 어딘지 두렵다고 느낀 그들은 프리시에게 바싹 매달렸다.

몸이 쇠약하기는 해도 스칼렛은 타라의 집으로 돌아가는 길이었다. 스칼렛은 만일 그녀가 처한 복잡한 골칫거리에 얽힌 헛된 생각들이 깊게 파놓은 동그라미를 따라 지친 마음으로 자꾸자꾸 억지로 빙빙 돌아야 하는 이런 상황에서 단 하루라도 더 애틀랜타에 머물렀다가는 숨이 막혀 죽을 듯한 기분이 들었다. 그녀는 몸이 아프고 마음도 지쳤으며, 그녀에게 길을 가르쳐 줄 아무런 낯익은 이정표도 없는 악몽의 나라에서 길을 잃고 멍하니 서 있는 아이와 같은 심정이었다.

오래전에 침공하는 북군 때문에 애틀랜타에서 도망쳤듯이, 지금 그녀는 또다시 이곳에서 도망치며, 바깥세상에 대한 상투적인 방어 자세로 걱정거리들을 마음의 뒷전으로 몰아넣었다. 〈지금은 그런 생각을 하지 않겠어. 생각했다가는 견디지 못할 테니까. 생각은 내일 타라 농장에서 해야지. 오늘만 날은 아니니까.〉 조용한 고향의 푸른 목화밭으로 돌아가기만 하면 고민들이 사라지고, 산산조각이 난 생각들을 거두어 그녀가 의존해 살아갈 무엇인지 틀을 잡게 되리라고 그녀는 기대했다.

레트는 시야에서 사라질 때까지 기차를 지켜보았고, 그의 얼굴에는 유쾌하지 못한 생각, 깊은 생각에 잠긴 표정이 나타났다. 그는 한숨을 쉬고, 마차를 보내고는 말에 올라 멜라니의 집을 향해서 아이비 거리를 내려갔다.

날씨가 더운 아침이어서 멜라니는 양말을 가득 담은 바구니를 들고 포도나무 그늘이 진 포치에 나와 앉아 바느질을 하던 중이었다. 길가에 세운 흑인 소년의 철제 동상 앞에 멈춘 레트가 말에서 내려서는 동상의 팔에 고삐를 던져 거는 동안, 그녀는 당혹해서 어찌할 바를 몰랐다. 스칼렛이 그토록 몸이 아팠고, 그가 그렇게 — 뭐랄까 — 그토록 취해서 대하기가 거북하기만 했던 날 이후로, 멜라니는 그와 단둘이 만난 적이 한 번도 없었다. 멜라니는 누가 술에 취했다는 말은 듣기만 해도 싫었다. 멜라니는 스칼렛의 회복기에만 어쩌다가 지나가는 말로 그와 한두 마디 얘기를 나누었고, 그럴 때도 레트를 마주 쳐다보기가 거북했다. 하지만 대화를 나눌 때면 그는 다시금 담담한 태도를 되찾았고, 그들 사이에서 난처한 상황이 벌어졌었다는 사실을 말이나 표정에서 전혀 드러내지 않았다. 남자들이란 술에 취해서 한 말이나 행동을 잊어버리는 경우가 많다고 애슐리가 언젠가 얘기했었는데, 지난번 사건에 대해서는 버틀러 선장이 기억하지 못하기만을 멜라니는 진심으로 빌었다. 그녀는 레트가 그녀에게 마구 늘어놓았던 얘기의 내용을 그가 다 기억한다면 차라리 죽어 버리고 싶은 심정이었다. 그녀는 창피하고도 어색한 기분에 압도되었고, 그가 길을 올라오는 사이에 그녀의 뺨은 자꾸 짙은 색깔로 변했다. 하지만 그는 어쩌면 보우와 하루를 같이 지내도록 보니를 맡기려고 찾아왔을 따름인지도 모른다. 그는 그날 멜라니가 그를 위로해 준 일에 대해서 감사하다는 뜻을 전하려고 일부러 찾아올 만큼 취미가 고약한 남자는 분명히 아니리라!

덩치가 큰 사람치고 그의 발걸음이 얼마나 가벼운지 오늘도 새삼스럽게 놀라면서 멜라니는 그를 맞으려고 일어섰다.

「스칼렛은 떠났나요?」

「예. 타라 농장으로 가는 편이 아내한테는 몸에 좋을 듯싶어요.」 그는 미소를 지으며 말했다. 「때때로 난 스칼렛이 대지가 몸에 닿을 때마다 점점 더 힘이 세어지는 거인 안타이오스[79] 같은 여자라는 생각이 들어요. 아내는 그녀가 사랑하는 붉은 흙에서 너무 오래 떨어져 지내면 좋지 않아요. 미드 박사가 아무리 강장제를 많이 지어 준다고 해도 목화가 자라는 풍경만큼은 효과가 없죠.」

「앉지 않으시겠어요?」 손이 파르르 떨리며 멜라니가 말했다. 지나치게 남성적인 사람들은 항상 그녀에게 불안감을 주었는데, 레트는 덩치가 무척 크고 아주 남성적이었다. 그런 남자는 여자들로 하여금 자신이 더욱 왜소하고 나약하다는 기분이 들게 만드는 힘과 생명력을 발산했다. 레트는 무척 거무튀튀하고 위압적인 인상을 주었고, 묵직한 어깨의 근육

79 포세이돈과 대지의 여신 가이아의 아들로 지나가는 나그네들을 붙잡고 씨름을 벌여서 죽여 버렸는데, 발이 땅에 닿으면 힘이 대단해져, 헤라클레스가 공중으로 번쩍 들어 내동댕이쳐서 죽였다. 그리스 신화에서 헤라클레스의 모험 참조.

은 흰 아마포 저고리 속에서 어찌나 팽팽하게 부풀어 오르는지 멜라니는 겁이 날 지경이었다. 이런 힘과 오만함이 자취도 없어 사라지고 잔뜩 기가 꺾인 그의 모습을 그녀가 보았었다는 사실이 멜라니는 믿어지지가 않았다. 그리고 멜라니는 저 검은 머리를 그녀의 치마폭으로 감싸 주기까지 했었다!

「오, 맙소사!」 그녀는 가슴이 철렁해서 다시금 낯을 붉혔다.

「미스 멜리.」 그가 부드럽게 말했다. 「제가 찾아와서 거북하신가요? 제가 돌아갔으면 좋을까요? 부탁이니 솔직하게 말씀해 주시기 바랍니다.」

〈오!〉 그녀는 생각했다. 〈기억을 하는구나! 그리고 내가 얼마나 거북해하는지도 알아!〉

멜라니는 애원하는 표정으로 그를 올려다보았으며, 거북하고 당황한 기분이 갑자기 그녀의 마음속에서 사라졌다. 그의 눈은 어찌나 조용하고, 상냥하고, 이해심이 넘치는지, 멜라니는 그렇게 당황했던 자신이 참으로 한심하다는 생각이 들었다. 그의 얼굴은 피곤해 보였고, 그것은 약간 슬픈 정도의 표정이 아니라고 그녀는 깜짝 놀라서 생각했다. 두 사람 다 차라리 잊고 싶어 할 화제를 입 밖에 꺼낼 정도로 그가 교양이 없다는 생각을 그녀는 왜 했을까?

〈가엾은 사람, 스칼렛 때문에 걱정이 무척 심했나 봐〉라고 생각하면서 그녀는 겨우 미소를 짓고 말했다. 「어서 앉으세요, 버틀러 선장님.」

그는 묵직하게 앉았고, 바느질감을 집어 드는 그녀를 지켜보았다.

「미스 멜리, 굉장히 큰 부탁이 하나 있어서 찾아왔는데요.」 입가를 일그러뜨리며 그는 미소를 지었다. 「내키지 않아 하시리라고는 알지만, 누군가를 내가 속이고 싶으니까, 꼭 좀 도와주셨으면 해서 그럽니다.」

「속인다 — 고요?」

「그래요, 사실 전 사업 상담을 하려고 찾아왔어요.」

「오, 저런. 그렇다면 윌크스 씨를 만나 보시면 되겠어요. 사업이라면 난 워낙 백치라서요. 난 스칼렛처럼 똑똑하질 못해요.」

「제 생각엔 스칼렛은 지나치게 똑똑해서 탈이에요.」 그가 말했다. 「그리고 바로 그 문제를 난 미스 멜리하고 의논하고 싶어요. 아내가 얼마나 — 아팠었는지는 잘 아시잖아요. 타라에서 돌아오면 아내는, 정말이지 언젠가 밤에 가서 내가 몰래 폭파라도 시켜 버리고 싶은 제재소와 상점에 또다시 맹렬히 달라붙어 일을 시작할 겁니다. 난 아내의 건강이 걱정돼요, 미스 멜리.」

「그래요, 스칼렛은 일을 너무 많이 하죠. 선장님은 그녀가 일을 그만하고 자기 몸을 돌보게 신경을 써야 한다고요.」

그가 웃었다.

「아내의 고집이 어느 정도인지는 잘 아시잖아요. 난 아내하고는 말다툼을 하지 않으려고 노력하죠. 꼭 외고집쟁이 어린애 같아요. 내 도움도 받지 않으려 하고 — 어느 누구의 도움도 받지 않으려 해요. 난 제재소에서 아내가 소유한 몫을 팔게 하려고 애썼지만, 말을 안 들어요. 그러니까 이제는, 미스 멜리, 사업 얘기를 하겠습니다. 난 스칼렛이 투자한 몫을 윌크스 씨 이외에는 어느 누구에게도 아내가 팔지 않으리라는 걸 알고, 그러니까 윌크스 씨가 아예 제재소를 몽땅 사 버리기를 바라요.」

「오, 저런! 그러면야 좋기는 하겠지만요 —」 멜라니는 말을 그치고 입술을 깨물었다. 그녀는 외간 남자에게는 차마 돈 애기를 하고 싶지가 않았다. 남편이 제재소에서 버는 돈에도 불구하고 어쩐 일인지 그녀와 애슐리는 생활이 전혀 넉넉하지를 못했다. 그들이 저축을 아주 조금밖에 못 한다는 현실이 그녀에게는 큰 걱정거리였다. 멜라니는 어디에 돈이 들어가는지 알 길이 없었다. 애슐리는 집안 살림을 하기에는 넉넉한 돈을 주었지만, 추가 경비 문제가 나오면 그들은 자주 난처한 처지에 빠졌다. 물론 그녀를 위한 치료비가 무척 많이 들어갔고, 그런가 하면 애슐리가 뉴욕에서 주문해 온 책과 가구에도 돈이 들어갔다. 그리고 그들은 지하실에서 묵어 가는 수많은 부랑자들에게 옷과 먹을거리를 제공했다. 애슐리는 남군에서 복무했던 사람이 돈을 꾸어 달라고 하면 누구라도 거절할 줄을 몰랐다. 그리고 —.

「미스 멜리, 돈은 제가 꾸어 드리고 싶어요.」 레트가 말했다.

「그건 굉장히 친절한 일이지만, 우린 도저히 돈을 갚을 가망이 없을지도 몰라요.」

「난 돈을 되돌려 받고 싶지 않아요. 저한테 화내지 마세요, 미스 멜리! 제 애기를 끝까지 들어 주시기 바랍니다. 스칼렛이 제재소까지 몇 킬로미터나 마차를 몰고 다니느라고 날마다 기진맥진 지치지만 않게 된다면, 나로서는 충분히 보상을 받는 셈이니까요. 상점 하나만 가지고도 아내는 충분히 바쁘고 즐거울 거예요. ……제 뜻을 모르시겠어요?」

「글쎄요 — 알겠어요 —」 멜라니가 우물쭈물 말했다.

「부인은 아들에게 망아지를 한 마리 사주고 싶으시겠죠, 안 그래요? 그리고 아들을 대학교에 보내고, 하버드에 보내고, 유럽 일주 여행도 보내고 싶으시겠죠?」

「오, 그야 물론이죠.」 보우 애기가 나오면 항상 그러듯 얼굴이 환히 밝아지며 멜라니가 소리쳤다. 「난 개한테 뭐든지

다 주고 싶지만 —. 글쎄요, 요즈음은 누구나 다 워낙 가난해서 —」

「윌크스 씨는 언젠가 제재소에서 큰돈을 벌게 될 겁니다.」 레트가 말했다. 「그리고 난 보우가 마땅히 누려야 할 모든 혜택을 꼭 받게 하고 싶어요.」

「오, 버틀러 선장님, 당신은 교활하기가 이를 데 없는 분이시군요!」 미소를 지으며 그녀가 소리쳤다. 「어머니의 자부심에 호소를 하다니! 난 당신 마음속을 책처럼 환히 읽어 낸다고요.」

「그렇지 않기만 바랍니다.」 눈에서 처음으로 광채를 빛내며 레트가 말했다. 「그럼 제가 돈을 꾸어 드리게 해주시겠어요?」

「하지만 누군가를 속이자는 부분은 무엇인가요?」

「우린 공모자가 되어 스칼렛과 윌크스 씨 두 사람 다 속여야 합니다.」

「오, 저런! 전 그렇게는 못 해요!」

「만일 아내 모르게 뒷전에서 내가 꾸민 계략을 스칼렛이 알게 되면, 비록 자기를 위해서 한 일이라고 해도 — 글쎄요, 그 여자 성미 아시잖아요! 그리고 윌크스 씨는 제가 아무리 돈을 꾸어 주려 해도 거절하실 테고요. 그러니까 돈의 출처가 어딘지를 두 사람 다 알아서는 안 되겠어요.」

「오, 하지만 만일 무엇이 문제인지를 이해하면 윌크스 씨는 거절하지 않으시겠죠. 그이는 스칼렛을 무척 좋아하니까요.」

「그래요, 그러시리라고 저도 믿습니다.」 레트가 부드럽게 말했다. 「하지만 그렇다고 해도 거절하실 거예요. 윌크스 집안사람들이 얼마나 자부심이 강한지는 잘 아실 텐데요.」

「세상에!」 멜라니가 비참한 표정으로 말했다. 「난 정말 — 정말이지, 버틀러 선장님, 전 남편을 속이고 싶지 않아요.」

「스칼렛을 돕기 위해서라고 해도 말입니까?」 레트는 무척 상심한 표정이었다. 「그리고 아내는 부인을 그토록 좋아하는데요!」

멜라니의 눈에서 눈물이 흘러내렸다.

「스칼렛을 위해서라면 제가 세상 무슨 짓이라도 하리라는 건 아시잖아요. 스칼렛이 저를 위해서 해준 일에 대해 저는 절대로, 절대로 절반도 보답할 길이 없으니까요. 아시잖아요.」

「그래요.」 레트가 짤막하게 말했다. 「부인을 위해서 아내가 무엇을 했는지는 저도 잘 알아요. 어느 친척이 부인에게 유산으로 돈을 남겨 주었다는 얘기를 윌크스 씨한테 하면 안 될까요?」

「오, 버틀러 선장님, 전 돈 많은 친척이 한 사람도 없어요.」

「그렇다면 말이죠, 만일 누가 보냈는지를 윌크스 씨가 모르게 우편으로 제가 남편에게 송금하다면, 부인께서는 그 돈으로 꼭 제재소를 사도록 하고 — 그러니까, 남군 출신의 가난뱅이들에게 나눠 주지 않도록 꼭 손을 써주시겠어요?」

마지막 말이 애슐리에 대한 비난을 뜻한다고 생각해서였는지 처음에는 기분이 상한 표정이었지만, 그가 무척 이해심 깊은 미소를 지으니까 그녀도 마주 미소를 지었다.

「물론 그러겠어요.」

「그럼 결정을 본 셈인가요? 이건 우리들 사이의 비밀이 되는 거죠?」

「하지만 전 남편에게 비밀로 숨겼던 일이 하나도 없었어요!」

「물론 그러시리라고 믿습니다, 미스 멜리.」

그를 쳐다보면서 멜라니는 자기가 처음부터 레트를 얼마나 올바르게 판단했고, 반면에 많은 다른 사람들이 얼마나 잘못 알았나 하는 생각이 들었다. 사람들은 그가 무자비하고, 걸핏하면 남을 비웃고, 태도가 무례하고, 심지어는 부정직하다고 했다. 하지만 지극히 점잖은 사람들까지도 이제는 그들이 잘못 생각했었다고 시인하는 경우가 많았다. 그렇다! 멜라니는 처음부터 그가 훌륭한 남자임을 알았다. 멜라니는 그에게서 지극히 친절한 대우와 배려와 철저한 존경심, 그리고 놀라운 이해심 이외에는 아무것도 받아 본 적이 없었다! 뿐만 아니라 그는 스칼렛을 얼마나 사랑했던가! 스칼렛이 진 짐을 한 가지라도 덜어 주기 위해서 이렇듯 복잡한 방법을 생각해 내다니, 그는 얼마나 자상한 남자인가! 왈칵 밀려드는 감정의 충동을 받은 그녀가 말했다. 「이렇게 잘해 주는 남편을 두었으니 스칼렛은 참 복도 많아요!」

「그렇게 생각하세요? 부인이 하신 말씀을 들었다면 스칼렛은 찬성하지 않을 것 같은데요. 그뿐 아니라 전 부인에게도 잘해 드리고 싶어요, 미스 멜리. 전 스칼렛보다는 부인께 더 많이 내드리는 셈이죠.」

「저한테요?」 어리둥절해서 그녀가 물었다. 「오, 보우를 위해서 말이로군요.」

그는 모자를 집어 들고 일어섰다. 그는 잠깐 동안 가만히 서서, 긴 과부 머리[80]에 검은 눈이 진지해 보이는 그녀의 얼굴, 수수하고 심장 모양인 얼굴을 내려다보았다. 그토록 초연한 얼굴, 세상살이에 대해 아무런 방어력이 없는 얼굴.

「아니에요, 보우가 아닙니다. 상상이 가실지 모르겠지만, 전 보우 이상으로 당신에게 무엇인가를 드리려고 합니다.」

「글쎄요, 전 그건 상상이 안 되는데요.」 또다시 어리둥절해진 그녀가 말했다. 「저에게는 세상에서 아들보다 소중한 게

80 이마 한가운데서 머리카락이 뾰족하게 늘어진 부분을 일컫는데, 이런 머리는 일찍 과부가 될 상이라는 미신에서 붙은 이름이다.

하나도 없고, 예외라면 애슈 — 윌크스 씨뿐이죠.」

레트는 아무 말도 하지 않고, 검은 얼굴로 표정이 굳어진 채 그녀를 내려다보았다.

「저를 위해서 뭔가 해주고 싶어 하시니 굉장히 고맙지만요, 버틀러 선장님, 정말이지 전 워낙 복이 많은 여자예요. 전 세상에서 더 이상 바랄 것이 없는 여자라고요.」

「좋습니다.」 갑자기 레트가 엄숙하게 말했다. 「그러면 부인께서 그것들을 계속 간직하도록 제가 도와드리겠어요.」

타라 농장에서 돌아온 스칼렛의 얼굴에서는 건강하지 못한 창백함이 사라졌고, 뺨에는 통통하고 발그레한 빛이 희미하게 감돌았다. 초록빛 눈은 다시금 생기가 돌고 반짝였으며, 그녀와 웨이드와 엘라를 정거장까지 마중을 나간 레트와 보니를 보고 스칼렛은 몇 주일 만에 처음 큰 소리로 웃었는데, 그것은 짜증스러우면서도 재미있어하는 웃음이었다. 레트는 모자의 가장자리에 칠면조 깃털 두 가닥을 달아 길게 늘어뜨렸고, 무참하게 갈기갈기 찢어진 일요일 외출복을 걸친 보니는 곱슬머리에 제 키의 절반이나 되는 기다란 공작 깃털을 꽂았고 뺨에는 파란 빛깔로 대각선을 그었다. 보아하니 기차 시간에 맞춰 나올 때쯤에 그들은 집에서 인디언 놀이를 하던 참이었고, 레트의 얼굴에 나타난 이상한 체념의 표정과, 화가 난 어멈의 잔뜩 찡그린 얼굴로 미루어 보아, 아무리 어머니를 만나러 가는 길이더라도 분장을 고치지 않겠다고 보니가 거절한 눈치가 분명했다.

스칼렛은 아이에게 입을 맞추면서 〈이런 거지꼴은 처음 보겠구나!〉라고 말했으며, 레트의 입술을 향해 뺨을 내밀었다. 역에 잔뜩 모인 사람들의 시선만 없었더라면 그녀는 이런 애정 표현은 절대로 요구하지 않았으리라. 스칼렛은 보니의 꼬락서니가 창피하기는 했어도, 아버지와 딸이 함께 연출한 광경을 보고 주변 사람들이 짓는 미소를 당장 의식했는데, 그것은 비웃음이 아니라 순수한 즐거움과 상냥한 마음에서 우러난 미소였다. 스칼렛의 막내딸 앞에서는 아버지가 꼼짝도 못 한다는 사실을 누구나 알았고, 그래서 애틀랜타 사람들은 재미있어하며 그래야 한다는 듯 머리를 끄덕였다. 아이에 대한 레트의 절대적인 사랑은 여러 사람이 그에 대한 인식을 새로이 바로잡는 데 큰 힘이 되었다.

집으로 가는 길에 스칼렛은 카운티 소식을 잔뜩 전해 주었다. 날씨가 덥고 건조해서 목화가 어찌나 빨리 크는지 부쩍부쩍 자라는 소리가 들릴 지경이었지만, 윌의 얘기로는 금년 가을에는 목화 값이 떨어지리라고 했다. (아이들이 알아듣지 못하게 다음 얘기는 자음과 모음을 풀어서 단어를 열거해 뜻을 전했지만) 수엘렌이 또 아이를 낳을 예정이었고, 엘라는 보기 드문 기백을 과시해서 수엘렌의 맏딸을 물어뜯었다. 하지만 어린 수지는 제 어미를 그대로 닮았기 때문에, 물어뜯어도 마땅하다는 것이 스칼렛의 의견이었다. 그래도 어쨌든 수엘렌은 화가 잔뜩 났고, 그들은 예전처럼 한바탕 격렬한 말다툼을 벌였다. 웨이드는 완전히 혼자 힘으로 물뱀을 한 마리 죽였다. 랜다 탈턴과 카밀라 탈턴은 학교 선생이 되었는데, 이것은 웃기는 일이 아닌가? 탈턴 집안에는 〈고양이〉를 어떻게 쓰는지조차 아는 사람이 한 명도 없었는데 말이다! 벳시 탈턴은 러브조이 출신의 뚱뚱한 외팔이 남자와 결혼했으며, 그들은 헤티와 짐 탈턴과 함께 패어힐에서 목화 농사를 잘해 냈다. 탈턴 부인은 씨암말과 망아지 한 마리를 구하고는 백만 달러라도 벌었다는 듯 기뻐했다. 그리고 전에 캘버트 댁이었던 집에는 흑인들이 들어와서 살았다. 흑인들이 정말로 집의 주인이 되어 우글우글 모여 살았다! 그들은 주 장관의 공매에서 캘버트 집을 사들였다. 황폐한 그 집을 보면 눈물이 날 지경이었다. 캐슬린과 형편없는 그녀의 남편이 어디로 갔는지 아는 사람은 아무도 없었다. 그리고 알렉스는 형의 미망인 샐리와 결혼할 예정이었다! 그토록 오랫동안 한 집에서 살고 난 다음에 그런 일이 벌어지다니, 상상이나 해보라! 노마님과 젊은 마님 두 사람 다 죽고 난 다음 같은 집에서 줄곧 함께 살아온 그들에 대해서 사람들이 수군거리기 시작했기 때문에 그것은 편의를 위해 치른 결혼식이라고 모두들 말했다. 그리고 이 사건 때문에 디미티 먼로가 상심했다. 하지만 그녀는 이런 꼴을 당해야 마땅했다. 조금이라도 머리가 돌아가는 여자였다면 그녀는, 알렉스가 그녀와 결혼하기 위해 충분한 돈을 모을 때까지 기다리는 대신, 벌써 오래전에 다른 남자를 잡았으리라.

스칼렛은 신이 나서 떠들어 댔지만, 차마 얘기하지 못하고 넘어간 카운티의 사건들, 생각만 해도 가슴 아픈 사건들도 많았다. 그녀는 윌과 함께 마차를 타고 카운티의 이곳저곳을 돌아다니는 동안, 수천 에이커의 비옥한 땅이 목화로 푸르게 뒤덮였던 때를 회상하지 않으려고 애썼다. 이제는 농장들이 하나둘 다시 숲의 상태로 되돌아가는 중이었고, 적막한 폐허 주변과 옛날의 목화밭 자리에서는 쇠풀과 신갈나무와 난쟁이소나무들로 이루어진 음산한 들판이 야금야금 잠식해 들어갔다. 전에는 1백 에이커를 쟁기로 파헤치던 곳을 이제는 겨우 1에이커만 농사를 지었다. 마치 죽음의 나라를 돌아다니는 기분이었다.

「언젠가는 다시 복구될지 궁금한 일입니다만, 이곳은 50년

이내에는 되살아나긴 틀렸어요.」 윌이 말했었다. 「스칼렛과 내 덕택에 타라는 카운티에서 제일 훌륭한 농장이 되었지만, 그래도 대농장이던 옛 시절과는 달라서, 겨우 노새 두 마리로 경작하는 밭 정도밖에 못 되죠. 그리고 타라 다음으로는 폰테인 댁 땅이고, 다음은 탈턴 댁이에요. 그들은 돈을 별로 많이 벌지 못하지만 그런대로 간신히 꾸려 나가고, 그나마도 적극성을 보이는 사람들이죠. 하지만 나머지 사람들은 대부분, 나머지 농장들은 ―」

그렇다, 스칼렛은 버림받은 카운티의 풍경을 생각하면 기분이 좋지 않았다. 번창하고 흥청거리는 애틀랜타와 비교해서 회고해 보면, 더욱 슬프게 여겨졌다.

「이곳에서는 아무 일도 없었나요?」 마침내 그들이 집에 도착해서 앞 포치에 자리를 잡고 앉은 다음에 그녀가 물었다. 그녀는 침묵이 뒤따를까 봐 겁이 나서 집에 도착할 때까지 줄곧 빠른 속도로 계속 떠들었다. 스칼렛은 층계에서 굴러 떨어진 날 이후로 레트와 단둘이 나눈 얘기가 한마디도 없었고, 이제 와서 그와 둘이서만 있고 싶은 생각도 별로 없었다. 스칼렛은 자기에 대한 레트의 감정이 어떤지를 알지 못했다. 그녀의 비참한 회복기 동안에 그는 친절하기 짝이 없었지만, 그것은 인정도 없는 낯선 사람의 친절이었다. 그는 그녀가 원하는 바를 미리 알았고, 그녀를 귀찮게 괴롭히지 않도록 아이들이 접근을 못 하게 막았고, 상점과 제재소들을 돌보았다. 하지만 그는 〈미안하다〉는 말은 한 번도 하지 않았다. 그렇다, 어쩌면 그는 미안하다고 생각하지 않는지도 모를 노릇이었다. 어쩌면 아직도 그는 태어나지 못한 아이를 자기의 아이가 아니라고 생각하는지도 모른다. 담담하고 거무튀튀한 얼굴 뒤에서, 그의 머릿속에서 무슨 생각이 오가는지 그녀가 어떻게 알겠는가? 하지만 그들의 결혼 생활에서 처음으로 그는 겸손한 태도를 보였고, 마치 그들 사이에는 어떤 불쾌한 일도 없었다는 듯 — 별로 달갑지 않게 스칼렛이 생각하기에는, 마치 그들 사이에 전혀 아무것도 존재하지 않는다는 듯 그냥 계속해서 살아가고 싶어 하는 듯 행동했다. 좋다, 그가 원하는 바가 그러하다면, 그녀도 자기가 맡은 역을 잘 해 낼 작정이었다.

「다 별일 없나요?」 그녀가 되풀이해서 물었다. 「상점의 지붕에 얹을 새 널은 구했나요? 노새는 바꾸고요? 맙소사, 레트, 당신 모자에서 깃털은 좀 떼어 버려요. 그러다 자칫 깜박 잊어버리고 바보처럼 깃털을 그냥 달고 시내로 나가겠어요.」

「안 돼.」 아버지의 모자를 집어 들고 몸을 도사리며 보니가 말했다.

「여긴 모든 일이 아주 잘 풀려 나갔어.」 레트가 대답했다. 「보니와 난 재미있게 지냈고, 내 생각엔 당신이 떠난 이후로 애가 머리를 한 번도 안 빗은 것 같아. 깃털은 빨지 마라, 얘야, 더러울지 모르니까. 그래, 지붕널은 고쳤고 노새도 잘 바꾸었어. 그래, 정말 새로운 소식이 하나도 없어. 하루하루가 상당히 따분했으니까.」

그러더니 뒤늦게 생각난 듯 그가 덧붙여 말했다. 「참, 고명하신 애슐리 선생께서 어젯밤 여길 찾아왔었어. 그의 제재소에 당신이 투자한 몫과 당신 제재소를 혹시 자기에게 팔 생각이 없는지 나한테 의견을 듣고 싶다고 하더구먼.」

몸을 천천히 흔들며 칠면조 꼬리 부채로 부채질을 하던 스칼렛이 동작을 멈추었다.

「팔아요? 도대체 애슐리가 어디서 무슨 돈이 생겨서요? 그들에게 돈이 한 푼도 없다는 건 당신도 알잖아요. 애슐리가 돈을 벌면 멜라니가 몽땅 써버리니까요.」

레트가 어깨를 추슬렀다. 「난 그녀가 검소하고 착한 사람이라고 전부터 생각해 왔지만, 윌크스 집안의 자세한 속사정이라면 난 당신만큼은 잘 모르지.」

그의 잽싼 공격은 레트의 몸에 깊이 밴 버릇을 조금쯤 상기시켰고, 스칼렛은 기분이 나빠졌다.

「저리 비켜라, 얘야.」 그녀는 보니에게 말했다. 「엄마는 아빠하고 할 얘기가 있으니까.」

「싫어.」 보니가 단호하게 말하고는 레트의 무릎으로 기어올라갔다.

스칼렛이 아이에게 험악한 표정을 지어 보였고, 보니가 제럴드 오하라와 너무나 철저하게 닮은 찡그린 표정을 마주 지었기 때문에 스칼렛은 웃음이 터질 뻔했다.

「그냥 있게 둬.」 레트가 느긋하게 말했다. 「그 친구 어디서 돈이 생겼느냐 하면, 보아하니 록 아일랜드에서 천연두에 걸렸을 때 그가 간호해 준 어떤 사람이 보낸 모양이야. 그런 사연을 들으니까 은혜를 아는 인간의 본성이 아직도 존재한다는 내 신념이 새로워졌어.」

「그게 누구였대요? 우리들이 아는 사람인가요?」

「편지는 워싱턴에서 왔는데, 서명이 없었다더구먼. 애슐리는 도대체 누가 돈을 보냈는지 알 길이 없어서 쩔쩔맸지. 하기야 애슐리는 박애주의 기질이 깊어서 워낙 좋은 일을 많이 하고 돌아다녔으니까 그걸 다 기억한다는 것도 무리겠지.」

타라 농장에 가서 지내는 동안 비록 그녀는 애슐리에 관해서 다시는 레트와 어떤 언쟁도 벌이지 않으리라고 결심했었지만, 그렇다고 해도 애슐리의 횡재에 그토록 놀라지만 않았더라면 스칼렛은 그의 도전을 정면으로 받아들였으리라. 이번 문제에서 스칼렛이 처한 위치가 워낙 불안정했기 때문에, 두 남자에 대해서 자신이 정확히 어떤 입장인지를 알아내기 전에는 섣불리 나서고 싶지 않았다.

「애슐리가 내 제재소를 몽땅 사겠대요?」

「그래. 하지만 물론 난 당신이 팔지 않으리라고 했어.」

「내 일은 내가 알아서 할 테니까 당신은 가만히 구경만 했으면 좋겠군요.」

「어쨌든 당신은 제재소와 손을 끊지는 못할 사람이잖아. 난 애슐리에게 이렇게 설명했지 — 스칼렛은 이래라저래라 모든 사람의 일에 간섭하지 않고는 못 배기고, 그래서 제재소를 홀랑 팔아넘겼다가는 애슐리더러 사업 하나 제대로 끌어 나가지 못한다고 잔소리할 기회를 잃게 되리라는 걸 나 못지않게 당신도 잘 알지 않느냐고 말이야.」

「당신이 내 얘기를 그런 식으로 했단 말이에요?」

「그러지 못할 건 또 뭐야? 사실이 그런데. 안 그래? 난 그가 진심으로 내 말에 동의했다고 믿지만, 물론 무척 점잖은 신사 분이라서 냉큼 그렇다는 소린 하지 않았어!」

「그건 거짓말이에요! 난 애슐리에게 제재소를 팔겠어요!」 스칼렛이 화를 내며 소리쳤다.

그때까지 스칼렛은 제재소 사업과 인연을 끊으리라는 생각은 추호도 없었다. 그녀에게는 제재소를 계속 운영해야 할 이유가 여러 가지였는데, 금전적인 가치는 가장 하찮은 이유였다. 지난 몇 년 사이에 언제라도 그녀는 많은 액수를 받고 제재소를 팔아 치울 기회가 찾아왔었지만, 그녀는 어떤 제안도 거부해 왔다. 제재소는 엄청난 역경 속에서 아무 도움도 받지 않으면서 그녀가 이룩한 물질적인 증거였고, 그래서 그녀는 제재소와 자기 자신을 자랑스럽게 생각했었다. 무엇보다도 스칼렛은 그것이 애슐리와 이어지는 유일한 방편이었기 때문에 제재소를 팔고 싶지 않았다. 만일 제재소에 대한 통제권이 그녀에게서 떨어져 나간다면, 지금처럼 애슐리를 자주 만나기가 어려워지겠고, 단둘이 만날 경우는 전혀 없어지고 만다는 의미였다. 그런데 스칼렛은 그를 단둘이만 만나고 싶었다. 그녀는 멜라니의 집에서 파티가 열렸던 끔찍한 밤 이후로, 수치심의 그늘에서 혹시 그의 사랑이 완전히 식어 버리지나 않았는지 궁금해하면서, 자신에 대한 애슐리의 감정이 어떤지 궁금해하면서 지금처럼 이런 식으로 지내고 싶지가 않았다. 사업이라는 형식을 통해서 그녀는, 일부러 그를 쫓아다닌다는 인상을 누구에게도 주지 않으면서, 그와 대화를 나눌 만한 기회를 자주 만들기가 조금도 어렵지 않았다. 그리고, 시간만 충분하다면, 그녀는 애슐리의 마음속에서 사라진 그녀의 자리를 되찾게 되리라고 믿었다. 하지만 만일 제재소를 팔아 버리면 —.

그렇다, 그녀는 팔고 싶지 않았지만, 그토록 직설적이고 노골적인 면에서 레트가 자기를 애슐리에게 노출시켰다는 생각을 하니, 화가 발끈 나서 즉석에서 결심해 버리고 말았다. 그녀는 애슐리에게 제재소의 소유권을 넘기겠고, 그것도 스칼렛이 얼마나 너그러운 여자인지를 확실히 깨닫게 될 정도로 싼값에 팔겠다고 스칼렛은 작정했다.

「난 팔겠어요!」 그녀가 격분해서 소리쳤다. 「자, 그래 당신 기분은 어떤가요?」

보니의 구두끈을 매주려고 허리를 구부리는 레트의 눈에서는 지극히 희미한 승리의 광채가 빛났다.

「그랬다간 당신 후회할 텐데.」 그가 말했다.

벌써 그녀는 엉겁결에 해버린 말을 후회했다. 레트가 아닌 어떤 다른 사람에게 그런 선언을 했더라면 그녀는 염치 불고하고 취소를 했으리라. 왜 그런 소리를 불쑥 해버렸을까? 그녀는 화가 나서 찌푸린 얼굴로 레트를 쳐다보았고, 전에처럼 쥐구멍 앞의 고양이 같은 날카로운 눈초리로 그는 스칼렛을 쳐다보았다. 그녀가 얼굴을 찌푸리자 레트는 하얀 이빨을 반짝이며 갑자기 웃음을 터뜨렸다. 스칼렛은 레트가 일부러 이런 입장으로 그녀를 몰아넣지나 않았을까 하는 애매한 기분이 들었다.

「당신 이번 일하고 혹시 무슨 관계라도 있는 거 아니에요?」 그녀가 표독스럽게 물었다.

「내가?」 그는 짐짓 놀란 듯 눈썹을 치켜 올렸다. 「당신은 날 잘 알잖아. 난 피치 못할 경우가 아니라면, 착한 일이나 하며 돌아다니는 그런 사람이 아니라고.」

그날 밤 스칼렛은 제재소들과 그녀가 투자했던 몫을 모두 애슐리에게 팔았다. 애슐리는 그녀가 처음 제시한 싼 가격에 편승해서 이득을 보지는 않겠다고 거부하고는, 지금까지 남들이 불렀던 가장 높은 가격에 맞추었기 때문에, 그녀는 거래에서 아무런 손해도 보지 않았다. 그녀가 서류에 서명하고 제재소의 명의가 완전히 넘어간 다음, 멜라니가 작은 잔으로 포도주를 따라 돌리는 동안, 스칼렛은 자식을 한 명 팔아 버리기라도 한 듯 허망한 기분이었다.

제재소는 그녀가 아끼던 아이들이었고, 그녀의 자랑거리였으며, 땀 흘려 일해서 자신의 작은 손으로 맺은 결실이었다. 그녀는 애틀랜타가 폐허와 잿더미에서 겨우 비틀거리며 일어나고, 그녀 앞에 궁핍함이 버티고 섰던 참담한 시기에 작은 제재소 하나로 시작했었다. 그녀는 양키의 재산 몰수라는 가능성이 어렴풋이 머리를 들고, 돈이 궁하고, 똑똑한 사람들이 계속해서 밀려나던 고난의 시절에, 악착같은 계략을 꾸미고 싸워 가며 제재소들을 키웠다. 그리고 애틀랜타의 상처가 아물고, 사방에서 건물들이 올라가고, 새사람들이 날마다 도시로 떼를 지어 몰려올 즈음에 그녀는 두 개의 제재소와, 목재 야적장 두 곳과, 노새 10여 무리와, 싼값으로 부릴 죄수들의 노동력을 확보했다. 그런 역정에 작별을 고한다는 것은 그녀의 삶에서 한 부분, 쓰라리고 가혹한 부분이기는 하지만 그녀가 흐뭇한 향수를 느끼며 회고할 만한 부분에 대해서 영원히 문을 닫아 버리는 셈이었다.

그녀는 사업을 스스로 키웠고, 그것을 팔고 난 지금은 자신이 선두에 나서서 지휘하지 않게 되었으니까, 이제는 애슐리가 그것을 모두, 그녀가 애써 이룩한 모든 것을 상실하리라는 확실한 예상 때문에 참담했다. 애슐리는 무턱대고 아무나 다 믿었고, 굵기가 다른 각목을 구별조차 제대로 못할 정도였다. 그리고 이제 그녀는 애슐리에게 조언을 베풀어 줄 기회가 절대로 없게 되었는데, 이런 결과는 스칼렛이 만사에 나서기를 좋아한다고 레트가 말했기 때문에 빚어졌다.

〈오, 얄미운 레트!〉 스칼렛은 생각했고, 그를 지켜보면서 그녀는 이런 상황을 뒤에서 그가 조작했으리라는 확신이 깊어졌다. 무슨 수단을 부려서 왜 그랬는지 그녀로서는 알 길이 없었다. 그는 애슐리와 얘기하는 중이었고, 그의 말에 스칼렛은 신경이 날카로워졌다.

「그럼 죄수들은 당장 되돌려 보내시겠군요.」 레트가 말했다.

죄수들을 되돌려 보낸다고? 도대체 그들을 되돌려 보낼 이유가 무엇이라는 말인가? 제재소가 값싼 죄수의 노동력 때문에 큰 이익을 낸다는 사실을 레트는 환히 알았다. 그리고 애슐리가 앞으로 취할 행동이 어떠하리라는 데 대해서 왜 레트는 그토록 자신만만한 태도로 얘기할까? 그가 애슐리에 관해서 무엇을 안다는 말인가?

「그래요, 당장 돌려보내겠어요.」 스칼렛의 어리둥절한 시선을 피하며 애슐리가 대답했다.

「정신 나갔어요?」 스칼렛이 소리쳤다. 「그러다가는 임대료 때문에 돈을 다 날려 버리게 될 텐데, 그럼 어떤 일꾼을 구해서 쓸 작정인가요?」

「해방 검둥이들을 쓰겠어요.」 애슐리가 말했다.

「해방 검둥이라뇨! 말도 안 되는 소리! 그들의 품삯이 얼마나 비싼지는 잘 아실 테고, 그뿐 아니라 그들에게 하루 세 끼 닭고기 요리를 먹여 주고 푹신한 이부자리에서 자게 해주는지 감시하느라고 양키들이 잠시도 눈을 떼지 않을 거예요. 그리고 어쩌다 게으름을 피우는 검둥이를 일 좀 빨리하라고 두어 차례 때렸다 하면 여기서부터 달턴까지 양키들이 아우성을 치는 소리가 들려오고, 결국 당신은 감옥신세로 끝장을 보겠죠. 하지만 죄수들이란 겨우 ―」

멜라니는 무릎에 놓인 손을 비틀며 고개를 숙였다. 애슐리는 불쾌하지만 단호한 표정이었다. 얼마 동안 그는 침묵을 지켰다. 그러더니 애슐리는 레트와 시선이 마주쳤고, 그는 레트의 눈에서 이해와 격려의 암시를 발견한 듯싶었으며 ― 스칼렛도 그 시선을 놓치지 않았다.

「난 죄수들을 부리지 않겠어요, 스칼렛.」 그는 조용히 말했다.

「아니, 뭐라고요!」 스칼렛이 숨을 몰아쉬었다. 「그건 또 왜요? 사람들이 나를 두고 수군거렸듯이 애슐리 얘기를 할까 봐 걱정이 되어서인가요?」

애슐리가 머리를 들었다.

「난 내가 옳다고 생각하는 한 사람들이 무슨 소리를 해도 두렵지 않아요. 그리고 난 죄수를 부리는 행위가 옳다고 생각했던 적이 한 번도 없었어요.」

「하지만 왜 ―」

「난 강제 노동과 다른 사람들의 비참한 처지를 이용해서 돈을 벌고 싶지는 않아요.」

「하지만 당신도 노예를 소유했었잖아요!」

「우리 집 노예들은 비참하지는 않았어요. 그리고 또, 만일 전쟁이 그들을 해방시키지 않았더라도 아버님이 돌아가시고 난 다음에 그들을 해방시킬 생각이었어요. 하지만 이건 문제가 달라요, 스칼렛. 그런 제도는 악용될 여지가 너무나 많거든요. 당신은 아마 모르는 모양이지만 난 알아요. 난 조니 갤러거가 작업장에서 적어도 한 명의 죄수는 죽였다는 사실을 알아요. 한 명이 넘을지도 모르지만 ― 죄수 한 명쯤이야 더 많거나 적거나 누가 따지기나 하나요? 그는 죄수가 도망치려다가 죽었다고 했지만 다른 곳에서 내가 들은 얘기는 그렇지 않아요. 그리고 병이 너무 심해서 일을 하지 못할 죄수에게 일을 시켰다는 것도 알아요. 이걸 미신이라고 생각하셔도 좋습니다만, 난 다른 사람들의 고통으로부터 벌어들인 돈으로 행복이 얻어지리라고는 믿지 않아요.」

「귀신 속곳 같으니라고! 그렇다면 애슐리 얘기는 ― 맙소사, 애슐리, 더럽혀진 돈에 관해서 윌리스 목사님이 고래고래 외치며 하는 얘기들을 다 곧이곧대로 받아들이겠다는 소리예요?」

「받아들일 필요가 없었죠. 그분이 그런 설교를 하기 오래 전부터 난 진심으로 그렇게 믿었으니까요.」

「그렇다면 애슐리는 틀림없이 내 돈이 다 더럽다고 생각하시겠군요.」 화가 나기 시작하면서 스칼렛이 소리쳤다. 「그건 내가 죄수들을 부렸고 술집에도 투자를 했고 또 ―」 그녀는 문득 입을 다물었다. 윌크스 부부 두 사람 다 당황한 표정이었고 레트는 빙그레 웃었다. 얄미운 사람, 스칼렛은 화가 나서 생각했다. 레트는 내가 지금 또다시 다른 사람들의 일에 참견한다고 생각했으며, 애슐리도 마찬가지였다. 그들의 머리를 모두 후려갈기고 싶어! 그녀는 분노를 억지로 삼키고는 초연하고 점잖은 태도를 갖추려고 애썼지만 별로 뜻대로 되지 않았다.

「물론 그건 나하곤 관계가 없는 문제지만요.」 그녀가 말했다.

「스칼렛, 내가 당신을 비난한다고는 생각하지 말아요! 그런 뜻이 아니니까요. 다만 우린 다른 각도에서 사물을 볼 따름이고, 당신에게는 좋다고 해도 나에게는 그렇지 않을지도 모르죠.」

그녀는 갑자기 그들 단둘이만 남기를 바랐고, 레트와 멜라니가 세상 끝으로 가버려서 그녀가 마음 놓고 〈하지만 난 당신과 같은 각도로 세상을 보고 싶어요. 내가 이해를 하고 당신과 같아지도록, 당신이 하는 얘기가 무슨 의미인지 설명만 해주세요!〉라고 소리라도 쳤으면 좋겠다고 진심으로 바랐다.

하지만 근심이 되어 바들바들 떠는 멜라니가 곁에 앉아 사태를 지켜보고, 레트가 빈둥거리며 히죽거리는 바람에, 굴욕감을 느끼고 훨씬 냉정해진 스칼렛은 겨우 이런 말밖에 할 수가 없었다. 「하기야 그건 당신이 알아서 할 일이고, 애슐리, 당신에게 사업을 어떻게 이끌어 나가라는 소리를 한다면 내가 주제넘은 짓이겠죠. 하지만 당신의 마음가짐과 당신이 한 얘기가 나에게는 납득이 안 간다는 말을 꼭 해두고 싶어요.」

오, 그들이 만일 단둘이만 남아서 이런 냉정한 말을, 그의 마음을 언짢게 하는 이런 얘기를 억지로 하지 않아도 된다면 얼마나 좋으랴!

「난 당신의 기분을 상하게 했지만, 스칼렛, 일부러 그런 건 아니에요. 당신은 내 말을 믿고 나를 용서해 줘야 해요. 내가 한 말에서 이해하기 힘든 내용은 하나도 없어요. 다만 난 어떤 방법으로 벌어들인 돈은 행복을 가져다주기가 어렵다고 믿을 따름이죠.」

「하지만 당신 생각은 옳지 않아요!」 더 이상 자제할 힘을 잃고 그녀가 소리쳤다. 「나를 보세요! 당신은 내가 어떻게 돈을 벌었는지 아시죠. 돈을 벌기 전에는 내 사정이 어떠했는지 당신은 알아요! 너무나도 추웠고, 양탄자를 잘라서 신발을 만들어 신어야 했고, 식량도 넉넉하지 못했고, 도대체 보우하고 웨이드를 어떻게 교육을 시킬까 자주 걱정하며 보냈던 그해 겨울 타라 농장에서의 생활을 당신은 기억하시겠죠. 당신은 또 ―」

「나도 기억해요.」 애슐리가 지친 목소리로 말했다. 「하지만 그런 건 차라리 잊고 싶어요.」

「좋아요. 그때 우리들 가운데 한 사람이라도 행복했었다고 얘기하기는 어려워요, 안 그래요? 그리고 지금의 우리들을 보세요! 당신은 훌륭한 집과 훌륭한 미래를 갖게 되었어요. 그리고 나보다 훌륭한 집이나, 멋진 옷이나, 더 좋은 말들을 가진 사람이 어디 있나요? 나보다 훌륭한 식사를 제공하거나 멋진 파티를 열어 주는 사람은 아무도 없고, 우리 아이들은 부족한 게 없어요. 좋아요, 난 그럴 돈이 어디서 생겼을까요? 나무에서 땄을까요? 아니에요, 그게 아니랍니다! 죄수들하고 술집 임대료에다 ―」

「그리고 당신이 죽인 양키도 잊지 말아야지.」 레트가 나지막이 말했다. 「당신에게 시작의 계기를 마련해 준 것은 그 사람이었으니까.」

분노의 말이 입안에서 맴돌며 스칼렛은 그에게로 시선을 획 돌렸다.

「그리고 돈 때문에 당신은 아주아주 행복해졌고, 안 그래, 여보?」 독기가 서린 다정한 목소리로 그가 물었다.

그녀는 벌린 입이 다물어지지를 않았고, 그녀의 눈은 재빨리 다른 세 사람의 눈을 둘러보았다. 멜라니는 너무 당황해서 금방이라도 울음을 터뜨릴 눈치였고, 애슐리는 갑자기 위축되어 침울한 표정이었으며, 레트는 남의 일인 듯 재미있어하며 여송연 너머로 그녀를 지켜보았다. 그녀는 하마터면 〈그야 물론 돈이 나를 행복하게 해주었죠!〉라고 소리를 지를 뻔했다.

하지만 웬일인지 말이 나오지 않았다.

제58장

그녀가 앓고 난 다음에 레트에게서 나타난 변화를 스칼렛은 의식하기 시작했는데, 그런 변화가 마음에 드는지 어쩐지는 제대로 판단이 서지 않았다. 그는 차분하고 조용하고 무슨 생각엔가 늘 몰두한 눈치였다. 요즈음 그는 집에서 저녁식사를 하는 경우가 점점 많아졌다. 전보다 하인들에게도 훨씬 친절했고, 웨이드와 엘라에게도 훨씬 다정했다. 그는 즐겁건 즐겁지 않건 그들의 과거와 얽힌 얘기는 전혀 꺼내는 적이 없었고, 그런 얘기를 했다가는 그냥 내버려 두지 않겠다고 그녀에게 말없이 윽박지르는 듯싶었다. 스칼렛은 사태를 수수방관하는 편이 훨씬 편했기 때문에 평화롭게 지냈으며, 표면적으로는 삶이 순조롭게 계속되었다. 스칼렛에 대한 그의 냉담하고 공손한 태도는 그녀의 회복기에 시작되어 그대로 계속되었고, 그는 나지막한 목소리로 말끝을 질질 끄는 가시 돋친 소리를 불쑥 내던지거나 비꼬는 말로 괴롭히는 일도 없어졌다. 비록 전에는 그가 악의에 찬 말로 화를 돋우거나 열띤 반발을 하도록 자극하기는 했었어도, 그녀는 그것이 다 그녀가 하는 말과 행동에 관심이 있었기 때문이었다는 사실을 이제야 깨달았다. 이제는 그녀가 무슨 짓을 하더라도 레트가 아예 관심을 보이기나 할지 그녀는 궁금한 생각이 들었다. 그는 공손하고 무관심했으며, 비록 뒤틀린 관심이기는 했었어도 그의 관심이 그녀는 아쉬워졌고, 말다툼과 말대꾸가 오가던 시절이 그리워졌다.

요즈음에는 레트가 그녀를 유쾌하게 대해 주기는 했지만 그런 태도가 그녀에게는 거의 낯선 사람이라도 된 듯싶은 기분이 들게 했고, 전에는 그녀를 따라다니던 그의 눈길이 이제는 보니를 따라다녔다. 마치 그의 삶이라는 홍수의 격류가 하나의 좁다란 수로(水路)로 방향을 바꾼 것 같았다. 때때로 스칼렛은 만일 레트가 보니에게 아낌없이 퍼붓는 애정과 관심을 절반이라도 그녀에게 주었다면 삶이 달라졌으리라고 생각했다. 사람들이 〈버틀러 선장님은 그 아이에게 정말 흠뻑 빠졌나 봐요!〉라고 하는 말을 들으면 때로는 답례 삼아 미소를 짓기조차 그녀는 힘들었다. 하지만 만일 그녀가 미소를 짓지 않았다가는 사람들이 이상하다고 생각하겠고, 어린 딸 — 특히 그녀가 가장 아끼는 어린 딸에 대해서 자기가 질투를 느낀다는 사실을, 비록 자신에게라도 스칼렛은 시인하기가 싫었다. 스칼렛은 주변의 사람들에게는 자기가 언제나 첫째이기를 바랐지만, 이제는 레트와 보니가 서로의 마음속에서 항상 첫 번째가 되리라는 사실이 분명해졌다.

레트는 밤늦게까지 밖에서 지내는 적이 많았지만, 그런 밤이라도 말짱한 정신으로 집으로 돌아왔다. 그녀는 닫힌 그녀의 방문 앞을 지나 복도를 내려가며 나지막이 혼자 휘파람을 부는 소리를 자주 들었다. 때로는 늦은 시간에 남자들이 그와 함께 집으로 와서 식당에 둘러앉아 브랜디 병을 놓고 얘기를 나누었다. 그들은 결혼했던 첫해에 레트가 같이 술을 마시던 남자들이 아니었다. 돈 많은 카펫배거와 스캘라웩과 공화당원들은 요즈음 아무도 레트의 초청을 받고 집으로 찾아오는 일이 없었다. 발돋움을 하고 위층 복도의 난간으로 살금살금 다가가서 몰래 귀를 기울여 본 그녀는 르네 피카르와, 휴 엘싱과, 시먼스 댁 청년들과, 앤디 보넬의 목소리에 가끔 놀라기도 했다. 그리고 메리웨더 할아버지와 헨리 큰아버지가 항상 자리를 같이했다. 또 언젠가는 미드 박사의 목소리를 듣고 깜짝 놀라기도 했었다. 그리고 그들은 한때 레트를 교수형에 처해도 모자라다고 생각한 사람들이었다!

이들 패거리는 그녀의 마음속에서 항상 프랭크의 죽음과 연관이 지어졌고, 요즈음 레트가 늦은 시간까지 깨어 사람들을 만날 때면 그녀는 프랭크가 목숨을 잃은 클랜의 습격을 앞두었던 무렵이 더욱 생각나고는 했다. 스칼렛은 레트가, 그토록 무거운 속죄의 짐을 하느님이 그의 어깨에 내려 주시지 않기를 바라지만, 그러나 남들의 존경을 받기 위해 꼭 그럴 필요가 있다면 망할 놈의 클랜에도 가담하리라고 했던 끔찍한 말이 기억났다. 만일 레트가 프랭크나 마찬가지로 —.

레트가 보통 때보다 훨씬 늦게까지 돌아오지 않던 어느 날 밤에, 그녀는 더 이상 조마조마한 마음을 견디기가 답답해졌다. 그의 방에서 자물쇠에 꽂힌 열쇠가 딸그락거리는 소리를 듣고, 스칼렛은 실내복을 몸에 두르고는 가스등을 켠 위층 복도로 나가 층계 꼭대기에서 그를 만났다. 그곳에 서서 기다리던 그녀를 보더니, 무슨 생각에 잠겼던 레트의 멍한 표정이 놀라움으로 바뀌었다.

「레트, 난 꼭 알아야 되겠어요! 난 혹시 당신이 — 그렇게 늦게까지 당신이 밖에서 지내는 이유가 — 혹시 그것이 클랜 때문은 아닌지 꼭 알아야만 되겠어요. 혹시 당신 —」

펄럭거리는 가스등의 불빛 속에서 레트는 덤덤히 그녀를

쳐다보더니 미소를 지었다.

「당신은 세상 물정을 정말로 몰라.」 그가 말했다. 「요즈음 애틀랜타에는 클랜이라곤 한 명도 없어. 아마 조지아 전체에도 전혀 없을지 모르지. 당신은 스캘라웩과 카펫배거에게서 클랜이 자행한 짓들에 관한 얘기를 들은 모양이구먼.」

「클랜이 없다고요? 당신, 나를 안심시키려고 거짓말을 하는 거죠?」

「여보, 내가 언제 당신을 안심시키려고 그랬던 적이 있어? 그래, 지금은 클랜이 없어졌어. 우리들은 클랜이 양키들을 자꾸 자극하기만 하고 고귀하신 불럭 주지사님에게 중상모략을 위한 구실만 제공할 따름이기 때문에 이익보다는 손해가 더 많다는 판단을 내렸어. 주지사는 조지아 주가 반란으로 들끓고, 어디를 가나 클랜 단원이 숨어서 기다리다가 덮치려 한다고 연방 정부와 양키 신문들에게 납득시키기만 하면 그가 권력을 장악하는 데 도움이 된다는 걸 알아. 권력을 내놓고 싶지 않으니까 그는 전혀 존재하지도 않는 클랜의 만행에 관한 온갖 소문을 결사적으로 지어내서, 충성스러운 공화당 지지자들을 엄지손가락으로 매달았다[81]거나 정직한 검둥이들이 강간을 저질렀다는 이유로 린치를 당했다는 둥 떠들어 대지. 하지만 주지사는 존재하지도 않는 목표물을 겨냥해서 총질을 계속하는 셈이고, 그건 자신도 이미 깨달았어. 당신이 걱정해 주니 고맙긴 하지만, 내가 스캘라웩 행세를 집어치우고 겸손한 민주당 지지자가 된 얼마 후부터는 클랜의 활동이 전혀 없었어.」

클랜이 없어졌다는 안도감에 당장 정신이 팔렸던 그녀는 불럭 주지사에 관해서 그가 한 얘기는 대부분 한쪽 귀로 듣

81 보복 방법의 한 가지로, 엄지손가락만 묶어 공중에 매달아 놓는 방법.

고는 다른 쪽 귀로 흘려버렸다. 레트는 프랭크처럼 죽음을 당하지는 않겠고, 그녀는 상점이나 돈을 잃는 일도 없으리라. 하지만 그가 한 얘기 중에서 한마디가 그녀의 의식 속에서 위로 떠올랐다. 레트는 전에 그가 〈보수파〉라고 부르던 사람들과 자신을 자연스럽게 연결 지어 〈우리들〉이라고 말했다.

「레트.」 그녀가 불쑥 물었다. 「당신 혹시 클랜 단의 해체와 무슨 관계는 없나요?」

그는 한참 동안 그녀를 빤히 쳐다보았고, 어느새 그의 눈이 뛰놀기 시작했다.

「내가 힘을 쓰기는 했지. 주로 애슐리 윌크스하고 내가 해낸 일이니까.」

「애슐리 — 하고 당신요?」

「그래, 정치란 정말로 이상한 인연을 맺어 주는 법이라던 속담이 껄렁껄렁한 소리긴 하지만, 그래도 맞는 말이야. 애슐리와 나는 두 사람 다 서로 친해 보고 싶은 생각이 별로 없었지만 —. 애슐리는 어떤 종류의 폭력에도 반대하는 사람이어서 클랜을 전혀 신봉하지 않았어. 그리고 워낙 한심하고 어리석은 짓이며, 우리들이 원하는 바를 달성하도록 도움이 되는 방법이 아니었기 때문에, 나도 클랜을 전혀 믿지 않았지. 그건 세상이 두 쪽이 날 때까지 양키들로 하여금 우리들의 목을 물고 늘어지게 해주는 확실한 한 가지 방법이기는 했어. 그래서 애슐리와 나는, 우리들은 밤에 가면을 쓰고 나가 십자가를 불태우는 짓보다는 사태를 주시하고 기다리며 노력하는 편이 훨씬 효과적이리라는 점을 과격분자들에게 납득시켰지.」

「아니, 그렇다면 사람들이 정말로 당신 충고를 받아들였다는 애기인데, 당신은 —」

「투기업자 아니었느냐는 애기지? 스캘라웩이고? 양키들과 동조했고? 내가 지금은 민주당 지지자이고, 훌륭한 지반을 닦았으며, 사랑하는 우리들의 조지아 주를 강탈자들의 손으로부터 되찾기 위해서라면 마지막 한 방울의 피까지 바치리라는 사실을 당신은 잊으신 모양이군, 버틀러 부인! 내 충고는 훌륭한 충고였고, 그들은 충고를 받아들였어. 다른 정치적인 문제들에 대해서도 내 충고가 그에 못지않게 훌륭하지. 이제는 주 의회에서 민주당이 다수당이야, 안 그래? 그리고 머지않아서 말이야, 우리들의 훌륭한 공화당 친구들을 몇 명 감옥으로 보낼 작정이야. 그들은 요즈음 약간 지나치게 욕심을 많이 부리고 지나치게 노골적이거든.」

「그들을 감옥으로 보내도록 당신이 돕겠다는 애긴가요? 아니, 그들은 당신 친구잖아요! 철도 사업에 그들이 끼워 주었기 때문에 당신이 수천 달러를 벌었고요!」

레트는 갑자기 그의 얼굴에 밴 조롱하는 웃음을 히죽 웃었다.

「오, 난 그들에 대한 나쁜 감정 때문에 이러지는 않아. 하지만 난 지금은 다른 편이고, 그들이 마땅히 가야 할 곳으로 보내는 어떤 방법에서도 내가 도움이 되기만 한다면 난 그렇게 하겠어. 그리고 그런 행동의 반사 이익으로 내 점수가 얼마나 높아질까 생각해 봐! 주 의회가 일단 진상을 캐내기 위해 파고들기 시작하면, 그런 어떤 협잡에 대해서 내가 잘 아는 내막이 얼마나 값진 정보인지를 난 환히 아는데 — 요즈음 사태가 돌아가는 꼴을 보아하니 그런 일이 벌어질 날도 별로 머지않은 모양이야. 그들은 주지사도 조사 대상에 올릴 계획이고, 가능하다면 그를 감옥으로 보낼 생각인가 봐.

주지사가 걸려들었다 하면 당신의 알량한 친구인 겔러트 집안과 헌든 집안 사람들도 당장 걸려들 테니까, 여차하면 당장 애틀랜타를 떠날 준비를 해두라고 일러 줘.」

스칼렛은 양키 군대의 힘을 등에 업고 공화당이 조지아 주에서 권력을 휘두르는 실정을 워낙 오랫동안 보아 왔던 터라, 레트가 가볍게 하는 얘기가 믿어지지를 않았다. 주지사는 정말로 튼튼한 거점을 확보해서 어떤 주 의회도 그를 감옥으로 보내기는커녕 손 하나 까딱하지 못할 듯싶었다.

「듣자 하니 당신 못 하는 소리가 없군요.」 그녀가 한마디 했다.

「만일 감옥에 들어가지는 않을지 모르겠지만, 적어도 재선은 어림도 없지. 우린 오랜만에 다음번에는 민주당 주지사를 뽑게 되겠고.」

「보아하니 그런 움직임에도 당신은 무슨 관련이 되었겠죠?」 그녀가 냉소를 띠고 물었다.

「우리 귀여운 아가씨, 그야 여부가 없는 일이지. 지금도 난 그런 일에 끼어들어 바쁜 나날을 보내지. 그렇기 때문에 밤이면 그토록 늦게까지 난 밖에서 돌아다녀야 하고. 난 선거운동을 돕기 위해서 황금 사냥 시절에 삽을 들고 일했던 그 어느 때보다도 더 열심히 땀 흘려 일하지. 그리고 — 이런 얘기를 들으면 당신 속이 상하리라는 건 잘 알지만, 버틀러 부인, 난 선거를 위해서 상당히 많은 돈을 기부할 생각이야. 여러 해 전에, 프랭크의 상점에서, 내가 남부 동맹의 금을 손에 넣었다는 건 부정직한 짓이라고 당신이 나한테 했던 말 생각나? 드디어 난 당신의 말에 동의하기에 이르렀고, 남부 동맹의 금은 남부 사람들이 정권을 되찾는 데 써야 한다고 생각하게 되었어.」

「그건 쥐구멍에다 돈을 부어 넣는 격이에요!」

「뭐라고! 민주당이 쥐구멍이라는 소리야?」 그의 눈은 그녀를 비웃더니 조용하고 무표정해졌다. 「이번 선거에서 누가 이기느냐 하는 데는 난 털끝만큼도 관심이 없어. 중요한 건 내가 선거에 힘을 썼고, 돈을 들였다는 사실을 모두들 알게 되리라는 점이야. 그리고 그런 사실을 기억하게 될 사람들은 장차 보니에게 도움을 주겠지.」

「난 당신이 하도 경건한 얘기를 하기에 무슨 심경의 변화라도 일으킨 줄 알았더니만, 보아하니 다른 어떤 문제에 대해서나 마찬가지로 민주당에 대해서도 별로 진지한 태도가 아니로군요.」

「나한테는 심경의 변화 따위는 전혀 없어. 그저 껍질만 바꿔 쓴 셈이니까. 표범에게서 얼룩을 지워 버린다고 해도 표범은 표범이야.」

복도에서 들려오는 목소리에 잠이 깬 보니가 잠에 취한 채로 꾸짖듯이 〈아빠!〉 하고 소리쳐 불렀고, 레트는 스칼렛 옆을 지나 아이에게로 가려고 했다.

「레트, 잠깐 기다려요. 나 하고 싶은 얘기가 또 있어요. 당신 오후면 보니를 데리고 정치 회합에 돌아다니는 건 그만두셔야 해요. 그건 보기 좋은 꼴이 아니니까요. 그런 곳에 어린 계집아이를 끌고 다니다니! 그리고 그러면 당신 꼴도 우스워 보여요. 내가 벌써부터 알고 있는 줄 알고 헨리 큰아버님이 지나치는 말로 귀띔을 해줄 때까진 난 당신이 애를 데리고 그런 장소에 돌아다니리라곤 전혀 꿈도 꾸지 못했었고 —」

레트는 그녀에게로 돌아섰고, 그의 얼굴은 굳은 표정이었다.

「친구들하고 얘기를 나누는 아버지의 무릎에 올라앉은 어린 계집아이를 누가 나쁘다고 하겠어? 당신은 그것이 한심하다고 생각할지 모르지만, 그렇지 않아. 조지아 주에서 공화당원들을 몰아내도록 도와주는 동안 보니가 내 무릎에 앉아서 지켜보았다는 사실을 사람들은 오랫동안 기억하게 될 테니까. 사람들이 오랫동안 기억하게 되면 ―」 그의 얼굴에서 딱딱한 표정이 사라졌고 짓궂은 빛이 그의 눈에서 뛰어놀았다. 「세상에서 누구를 제일 사랑하느냐고 사람들이 물으면 보니가 〈아빠하고 민주당〉이라는 대답을 하고, 누구를 제일 미워하느냐고 물으면 〈스캘리웩〉[82]이라고 대답한다는 걸 알아? 하느님에게 감사드릴 일이지만 사람들은 그런 말을 오래 기억하지.」

스칼렛은 화가 나서 언성을 높였다. 「보아하니 당신은 그들에게 내가 스캘라웩이라고 하겠군요!」

「아빠!」 이제는 화를 내며 어린 목소리가 불렀고, 레트는 아직도 웃으며 딸을 보려고 복도를 내려갔다.

10월로 접어들자, 불럭 주지사는 사임한 다음 조지아 주에서 도망쳤다. 그의 재임 기간 동안 공금의 부정 유출과 낭비와 부패가 어찌나 심했었는지, 그의 권력 구조는 제 무게를 견디지 못하고 저절로 무너졌다. 그가 이끄는 당까지도 감당하기 어려울 정도로 비등하는 대중의 분노 때문에 내부 분열을 일으켰다. 주 의회에서는 이제 민주당이 다수당으로 대두했고, 그런 변화가 의미하던 바는 오직 한 가지뿐이었다. 자신도 곧 조사를 받고는 탄핵을 당할까 봐 겁이 났던 불럭은 가만히 앉아서 기다리지는 않았다. 그는 안전하게 북부로 피신한 다음에야 그가 사임했다는 사실이 대중에 알려지도록 손을 써놓고는, 아무도 모르게 허둥지둥 도주했다.

82 스캘라웩의 어린애 말투.

그가 도망친 다음 한 주일 후에 사임이 발표되자, 애틀랜타는 흥분과 기쁨으로 술렁였다. 사람들이 거리로 몰려나왔고, 남자들은 웃고 악수를 나누며 서로 축하했고, 여자들은 서로 키스를 하며 울었다. 너도나도 서로 축하하는 파티를 열었고, 소방대는 신이 난 어린아이들의 화톳불에서 번진 화재를 진압하느라고 바빴다.

위험한 시기는 거의 다 벗어났다! 재편입 과정도 다 끝난 셈이었다! 굳이 따지자면 현재 주지사 서리도 공화당원이기는 했지만, 12월에 선거가 실시될 예정이었고, 투표 결과가 어떠하리라는 데 대해서 의심하는 사람은 아무도 없었다. 그리고 선거를 치른 다음에는, 공화당의 결사적인 노력에도 불구하고, 조지아 주에서는 민주당 주지사가 선출되었다.

그래서 기쁨, 그리고 또 흥분이 일었지만, 이번에는 불럭이 뺑소니를 쳤을 때 애틀랜타를 휘몰았던 그런 들뜬 분위기와는 성격이 달랐다. 이것은 훨씬 진지하게 마음속으로부터 느끼는 기쁨이었고, 진정으로 깊이 느끼는 그런 고마움이었고, 신자들이 가득 모인 교회마다 목사들은 조지아 주의 해방에 대해 하느님에게 경건한 감사를 드렸다. 자랑스러운 마음 또한 적지 않았으니, 그것은 워싱턴 행정부에서 온갖 수단을 다 동원했음에도 불구하고, 그리고 군대의 힘에도 불구하고, 카펫배거와 스캘라웩과 공화당 골수분자들의 공작에도 불구하고, 조지아 주가 다시금 이곳 사람들의 손으로 되돌아왔다는 기쁨과 의기양양한 승리감이 뒤섞인 자부심도 대단했다.

하원은 일곱 차례에 걸쳐서, 조지아 주를 정복된 지역으로 묶어 놓기 위해 주에 불리한 치명적인 법안을 통과시켰으며, 세 차례나 군대가 공민의 통치를 밀어냈었다. 흑인들이 주

의회에서 제멋대로 날뛰었고, 탐욕스러운 타향 사람들이 정부를 잘못 이끌어 나갔고, 개인들이 공금을 착복해서 치부했다. 조지아는 무기력하고, 시달리고, 유린당하고, 짓밟혔다. 하지만 그런 온갖 곤경에도 불구하고 이제 조지아는 다시 제 주인을 되찾았으며, 그들의 꿈은 스스로의 힘으로 달성한 결실이었다.

공화당의 갑작스러운 전복이 모든 사람에게 기쁨을 가져다주지는 않았다. 스캘라웩과 카펫배거와 공화당 지지자들 사이에는 불안한 분위기가 감돌았다. 사임했다는 사실이 공개되기 전에 불럭이 떠나리라는 사실을 틀림없이 알았던 겔러트 집안과 헌든 집안 사람들은 갑자기 애틀랜타를 떠나, 그들이 왔던 망각의 세계로 종적을 감추었다. 뒤에 남았던 다른 카펫배거와 스캘라웩들은 겁에 질려 어찌할 바를 몰랐고, 주 의회의 조사 결과 그들이 저지른 은밀한 사건들의 전모가 얼마나 밝혀질지 조바심을 하며, 서로 위안을 받으려고 몰려다녔다. 그들은 이제 교만하지 않았다. 그들은 갈피를 못 잡고 당황하고 두려워했다. 그리고 스칼렛을 찾아온 여자들이 똑같은 말을 되풀이했다.

「하지만 이런 결과가 닥쳐오리라고 누가 생각이나 했겠어요? 우린 주지사가 강력하다고만 믿었으니까요. 우린 그가 꿈쩍도 하지 않으리라고 생각했었어요. 우리들은 생각하기를 ―」

어떤 방향으로 사태가 돌아갈지를 레트가 귀띔해 주었음에도 불구하고 이런 사태의 추이에 스칼렛도 마찬가지로 어리둥절했다. 불럭이 물러가고 민주당이 다시 정권을 잡게 되었다는 사실을 그녀가 불만스럽게 생각했다는 뜻은 아니었다. 비록 아무도 믿으려 하지 않기는 했지만, 그녀 역시 양키의 통치가 드디어 밀려났다는 데 대해서 씁쓸한 기쁨을 느꼈다. 스칼렛은 재편입 초기 동안 그녀가 벌였던 투쟁과, 군인들과 카펫배거들이 그녀의 돈과 재산을 몰수할지도 모른다는 무기력함에 대한 전율과, 남부에 이런 가혹한 체제를 강요한 양키들에 대한 증오를 기억했다. 그리고 그들을 끝까지 증오했다. 하지만 그런 상황 속에서 최선의 길을 찾기 위해 애쓰고 완전히 안정된 생활을 확보하기 위해 애쓰던 그녀는 정복자들과 손을 잡았었다. 아무리 그들을 싫어하기는 했어도 스칼렛은 늘 그들과 어울렸고, 옛 친구들과 옛 삶으로부터 스스로 자신을 차단시켰다. 이제는 정복자들의 권력도 끝장이 났다. 그녀는 불럭 정권이 계속되리라는 쪽에 걸고 도박을 했었고, 도박에서 졌다.

1871년 성탄절, 10년 동안 조지아 주가 맞았던 성탄절 가운데 가장 즐거웠던 그해의 성탄절에, 자신의 주변을 둘러본 그녀는 심경이 착잡했다. 한때 애틀랜타에서 가장 저주받았던 레트가 공화당을 지지하는 그의 이단적인 행동을 겸손하게 철회하고, 조지아 주가 되살아나기 위한 투쟁에서 시간과 돈과 노력을 아낌없이 바치고 이념적으로 도와주었기 때문에, 이제는 가장 인기 있는 사람들 가운데 한 사람이 되었음을 스칼렛은 깨달았다. 그가 말을 타고, 미소를 짓고, 모자를 벗어 인사를 하고, 작고 파란 보퉁이처럼 보니를 안장 위 앞에 올려 앉히고 거리를 내려가노라면 모두들 그에게 마주 미소를 짓고, 열심히 말을 건네고, 애정이 넘치는 눈으로 그의 어린 딸을 쳐다보았다. 그런 반면에 그녀 스칼렛은 —.

제59장

보니 버틀러가 제멋대로 굴기 때문에 누군가 엄하게 다루어야 할 사람이 필요하다는 사실은 어느 누구도 의심할 나위가 없었지만, 아이가 주변 사람들에게서 워낙 사랑을 받다 보니, 필요한 줄 알면서도 엄하게 다루겠다고 나설 마음이 내키는 사람은 아무도 없었다. 보니는 아버지와 몇 달 동안 함께 여행을 하는 동안에 주체하기 어려울 정도의 아이가 되었다. 뉴올리언스와 찰스턴에서 레트와 같이 지낼 때, 보니는 제멋대로 아무리 늦게까지 잠자리에 들지 않아도 꾸중을 듣지 않았고, 극장이나 레스토랑이나 도박장에서 그의 팔에 안겨 잠들고는 했었다. 그런 버릇이 생긴 후로는, 말을 잘 듣는 엘라와 같은 시간에 보니를 재우려고 하면, 강제로 눕히지 않고는 불가능할 지경이 되었다. 아버지와 함께 멀리 떠나서 단둘이 지내던 사이에, 레트는 딸에게 마음에 드는 어떤 옷이라도 입게 해주었고, 그때부터 아이는 파란 호박단이나 레이스 옷깃 대신에 어멈이 줄무늬 무명옷이나 소매가 없는 아동복을 입히려고 했다가는 야단법석이 벌어졌다.

아이가 집에서 떠나 따로 지내고, 딸이 집으로 돌아오자마자 스칼렛이 병이 나는 바람에, 타라 농장에 가서 휴식을 취하는 동안에 스칼렛은 통제력을 잃었고, 그렇게 잃어버린 지반을 되찾는 방법은 전혀 없는 듯싶었다. 보니가 더 나이를 먹게 되자 스칼렛은 아이의 버릇을 고치려고 나름대로 노력했고, 아이가 지나치게 고집이 세고 버릇이 고약한 아이가 되지 않도록 애를 썼지만, 별로 효과가 없었다. 아이가 아무리 한심한 고집을 부리고 아무리 기가 막히는 행동을 하더라도 레트는 항상 아이의 편을 들었다. 그는 아이와 대화를 나누려고 부추겼으며, 어른처럼 다루었고, 겉으로는 진지한 태도를 보이며 아이의 의견에 귀를 기울였고, 그런 의견을 따르는 척했다. 그러다 보니 결과적으로 보니는 제멋대로 어른들의 말을 가로막고, 아버지에게 말대꾸를 하거나, 심지어는 야단까지 치고는 했다. 레트는 그냥 웃기만 했으며, 스칼렛이 꾸중을 하려고 어린 딸의 손바닥을 때리는 행위조차 용납하지 않았다.

〈저렇게 귀엽고 예쁘지만 않았더라면 사람들은 보니를 보고 참 한심한 아이라고 했겠지.〉 자기 자신과 견줄 만큼 의지력이 강한 아이를 낳았다는 사실을 깨닫고, 스칼렛은 서글프게 생각했다. 〈아이가 레트를 존경하니까, 그럴 마음만 있다면 그이는 아이의 성격을 훨씬 좋게 바꿔 놓기가 어렵지 않을 텐데.〉

하지만 레트는 보니의 버릇을 고치려는 기미를 조금도 보여 주지 않았다. 아이가 하는 일이라면 그에게는 무엇이나 다 옳았고, 만일 아이가 달을 갖고 싶어 하고, 레트가 따서 줄 방법만 알았다면 그런 소망까지도 들어주었으리라. 딸의 아름다운 모습과 곱슬머리와 보조개와 우아하고도 귀여운 손짓에 대한 그의 자부심은 끝이 없었다. 레트는 아이의 버릇없는 태도와, 의기양양한 기세와, 아버지에 대한 애정을 표현하는 묘하고 귀여운 방법을 사랑했다. 아무리 버릇이 없고 고집이 세기는 했어도 보니가 어찌나 사랑스러웠는지, 그는 딸을 엄하게 다루려는 엄두조차 내지 않았다. 레트가 딸에게는 신이었고, 아이의 작은 세계에서의 중심이었으며, 그에게는 딸의 감정이 워낙 소중했기 때문에 그는 야단을 침으로써 그것을 상실하고 싶지 않았다.

보니는 그에게 그림자처럼 붙어 다녔다. 보니는 레트가 일어나고 싶어 하는 시간보다 일찍 그를 깨웠고, 식탁에서는 그의 옆에 앉아 아버지의 접시와 자기 접시에서 음식을 번갈아 집어 먹었고, 말을 타고 갈 때는 그의 앞에 앉았고, 레트 이외에는 어느 누구도 옷을 벗기지를 못했고, 레트의 침대 옆에 놓인 작은 침대에 눕히도록 허락하지 않았다.

어린 자식이 아버지를 다스리는 단호한 태도를 보면 스칼렛은 감동을 받기도 하고 우습기도 했다. 하고많은 사람들 가운데 레트가 아버지 노릇을 그토록 진지하게 하리라고 과연 누가 생각이나 했겠는가? 하지만 지금까지 그녀가 이해했던 수준보다도 겨우 네 살밖에 안 된 보니가 레트를 훨씬 더 잘 이해하고, 지금까지 그녀가 동원했던 어떤 방법보다도 훨씬 훌륭한 솜씨로 그를 다루는 모습을 보면, 스칼렛은 가끔 질투심이 불쑥 생기고는 했다.

보니가 네 살이 된 다음에 어멈은 〈아빠 앞 앉아서 간다 하고 다리 벌려 말 탄다 하면 옷 펄럭거려〉 계집아이한테는 옳은 일이 아니라고 잔소리를 늘어놓기 시작했다. 어린 딸을 올바르게 키우려면 어떻게 해야 한다는 어멈의 모든 얘기에 대해서 그랬듯이 레트는 이번에도 그녀의 말을 열심히 귀담아들었다. 그래서 그는 갈색과 흰색이 뒤섞이고, 꼬리와 갈기는 길고, 몸집이 조그만 셰틀랜드 망아지 한 마리를 사들이며, 은빛 장식을 붙인 자그마한 옆 타기 안장을 함께 마련했다. 세 아이 모두를 위해서 망아지를 샀다고 하면서 레트는 웨이드가 쓸 안장까지 하나 샀다. 하지만 웨이드는 세인트버나드종 개를 훨씬 더 좋아했고, 엘라는 동물이라면 다 무서워했다. 그래서 〈미스터 버틀러〉라는 이름을 붙인 망아지는 보니의 혼자 소유가 되었다. 소유욕이 강한 보니의 기쁨에서 한 가지 부족한 구석은 아직도 아버지처럼 다리를 벌리고 말을 타지 못하게 되었다는 점이었지만, 옆 타기 승마가 얼마나 더 어려운지를 레트가 설명해 준 다음에야 보니는 만족해서 빠른 속도로 배웠다. 딸의 훌륭한 자세와 뛰어난 솜씨에 대한 레트의 자부심은 대단했다.

「사냥할 나이가 될 만큼 아이가 큰 다음에 한번 보라고.」 레트가 자랑했다. 「어느 들판에 나가 봐도 얘를 따라올 사냥꾼은 하나도 없을 테니까. 그때가 되면 난 아이를 버지니아로 데리고 가겠어. 거길 가야 진짜 사냥을 할 테니까. 그리고 훌륭한 승마 솜씨를 사람들이 제대로 알아주는 켄터키에도 가야지.」

승마복을 지어 입을 때가 되자, 늘 그렇듯이 보니는 자기 마음에 드는 색깔을 택할 권리를 행사했고, 늘 그렇듯이 파랑색을 선택했다.

「하지만, 애야! 파란 벨벳은 곤란해! 파란 벨벳은 내가 입을 야회복으로 정해 놓았거든.」 스칼렛이 웃었다. 「어린 계집아이가 입기에는 멋지고 까만 포플린이 잘 어울려.」 자그마하고 까만 눈썹을 찌푸리는 딸을 보고 그녀가 말했다. 「제발 어떻게 해봐요, 레트, 그게 얼마나 안 어울리고 더러움을 잘 타는지 보니에게 얘기해 줘요.」

「오, 파란 벨벳을 저 애한테 양보하지그래. 때가 타면 하나

더 지어 주면 되잖아.」 레트가 태연하게 말했다.

그래서 보니는 파란 벨벳 승마복을 갖게 되었고, 망아지의 옆구리로 길게 늘어지는 치마를 마련했으며, 제브 스튜어트가 좋아했던 깃털 장식에 관한 멜리 아주머니의 얘기가 상상력을 자극했기 때문에, 까만 모자에는 붉은 깃털을 달았다. 화창하고 맑은 날이면, 통통한 망아지의 걸음걸이에 맞추기 위해서 레트가 덩치 큰 검정말의 고삐를 당겨 가며, 두 부녀가 복숭아나무 거리를 따라 말을 타고 내려가는 모습이 자주 눈에 띄었다. 가끔 그들은 시내의 조용한 거리를 마구 내달려 닭들과 개들과 아이들이 뿔뿔이 흩어져 도망치게 했는데, 보니는 채찍으로 미스터 버틀러를 후려치며 헝클어진 곱슬머리를 나부꼈고, 레트는 미스터 버틀러가 경주에서 이긴다고 딸이 생각하게 하려고 말의 고삐를 단단히 잡았다.

딸이 안장과 손놀림에 익숙해지고, 두려움을 완전히 잊었음을 확신하게 된 다음, 레트는 미스터 버틀러의 짧은 다리로 뛰어넘을 만큼 나지막한 장애물을 뛰어넘도록 보니에게 가르칠 때가 되었다고 판단했다. 그러기 위해서 그는 뒷마당에다 장애물을 설치했고, 피터 아저씨의 어린 조카인 워시에게 하루에 25센트씩 주고, 미스터 버틀러에게 뛰어넘기를 가르치도록 시켰다. 그는 지상 5센티미터 높이의 가로 막대로부터 시작하여, 서서히 30센티미터 높이까지 올렸다.

이런 계획은 훈련과 가장 깊게 관련된 워시와, 미스터 버틀러와, 보니의 반발을 맞았다. 워시는 말을 두려워했고, 돈을 듬뿍 집어 준 다음에야 그는 고집 센 망아지로 하여금 하루에 수십 번씩 가로 막대를 뛰어넘도록 훈련을 시키기 시작했고, 어린 여주인이 꼬리를 잡아당기거나 걸핏하면 발굽 검사를 해도 침착하게 참고 넘어갔던 미스터 버틀러는 망아지들의 창조주가 살찐 몸으로 가로 막대를 뛰어넘는 일을 자기에게 맡기지는 않았으리라고 느낀 눈치였으며, 자기 망아지를 누구라도 다른 사람이 타면 참지를 못하던 보니는 미스터 버틀러가 훈련받는 동안 초조해서 발을 동동 굴렀다.

마음 놓고 보니를 태울 만큼 망아지가 훈련이 잘되었다는 판단을 드디어 레트가 내렸을 때는 아이의 흥분이란 이루 말할 수가 없었다. 보니는 멋지게 첫 뛰어넘기를 해냈고, 그러자 아버지와 동행하던 승마에는 아예 흥미가 없어졌다. 부녀가 말타기에 열을 올리고 자랑스러워하는 모습을 보면 스칼렛은 저절로 웃음이 나왔다. 하지만 신기한 기분이 일단 수그러지면 보니가 다른 대상에 관심을 가지게 되겠고, 그러면 이웃집들도 평화를 좀 찾으리라고 생각했다. 그러나 이런 승마의 즐거움에 보니는 싫증을 낼 줄 몰랐다. 뒷마당의 건너편 끝에 위치한 정자에서부터 장애물까지는 반들반들하게 말이 다닌 길이 났고, 신이 나서 지르는 소리가 아침 내내 마당에서 울렸다. 1849년에 대륙 횡단 여행[83]을 해냈던 메리웨더 할아버지는 보니가 외치던 소리는 머리 가죽을 벗긴 다음 아파치가 지르던 함성과 똑같다는 얘기를 했다.

첫 주일이 지난 다음에 보니는 가로 막대를 더 높이, 땅바닥에서 50센티미터까지 올려 달라고 졸랐다.

「네가 여섯 살이 되면 그렇게 해주마.」 레트가 말했다. 「그땐 너도 더 높은 뛰어넘기를 할 만큼 자라겠고, 그러면 내가 더 큰 말을 사주겠어. 미스터 버틀러는 다리가 짧아서 그렇게 높이 뛰어오르지를 못하니까.」

83 캘리포니아 주 콜로마에서 황금이 발견된 날이 1848년 1월 24일이었고, 이때부터 태평양까지의 이른바 황금 사냥 열풍, 즉 〈Gold Rush〉가 시작되었다.

「다리 길단 말이야. 난 멜리 아줌마네 장미 덤불을 뛰어넘었는데, 그거 굉장히 높아!」

「아냐, 넌 기다려야 해.」 오랜만에 근엄한 어조로 레트가 타일렀다. 하지만 보니가 끊임없이 소란을 피우고 성가시게 졸라 대는 바람에 엄한 태도도 서서히 수그러졌다.

「그래, 알았어.」 어느 날 아침 그가 웃으며 말했고, 가느다랗고 하얀 가로 막대를 더 높이 올렸다. 「만일 말에서 떨어지더라도 울면서 내 탓을 하지는 마라!」

「엄마!」 스칼렛의 침실을 향해 머리를 들고 올려다보면서 보니가 소리를 질렀다. 「엄마! 나 봐! 아빠가 나에게 해도 된댔어!」

머리를 빗던 스칼렛은 창문으로 가서, 더러워진 파란 승마복과는 정말로 어울리지 않는, 자그마하고 흥분한 딸의 모습을 내려다보고 미소를 지었다.

〈정말이지 옷을 새로 지어 줘야겠어.〉 그녀는 생각했다. 〈아이가 저 지저분한 옷을 포기하게 만들려면 도대체 내가 무슨 수를 써야 할지는 하느님이나 아실 노릇이지만 말이야.〉

「엄마, 나 봐!」

「보고 있단다, 얘야.」 미소를 지으며 스칼렛이 말했다.

레트가 아이를 들어 올려 망아지 위에 앉히는 사이에, 스칼렛은 꼿꼿한 자세로 앉아 자랑스럽게 머리를 든 딸의 모습을 보고는, 왈칵 몰려드는 자부심을 느끼며 소리쳤다.

「넌 굉장히 예쁘구나, 우리 귀여운 딸아!」

「엄마도 그래.」 보니가 너그럽게 말했고, 미스터 버틀러의 옆구리를 냅다 발뒤꿈치로 걷어차고는, 정자를 향해 마당을 질주해 내려갔다.

「엄마, 나 이거 넘는 거 보라고!」 채찍을 내리치며 보니가 소리쳤다.

〈나 이거 넘는 거 보라고!〉

스칼렛의 마음속 깊은 곳에서 기억이 불쑥 되살아났다. 보니가 한 말은 어딘가 불길했다. 그것은 어디에서 온 느낌이었을까? 왜 그녀는 기억이 나지 않을까? 그녀는 질주하는 망아지에 올라앉아 그토록 가뿐하게 몸의 균형을 잡고, 빠른 속도로 가슴을 스치는 차가운 기운에 이마를 찌푸리고 달려가는 어린 딸을 내려다보았다. 파란 눈이 불꽃을 뿜고, 산뜻하고도 검은 머리를 펄럭이며, 보니가 질풍처럼 달려왔다.

〈저건 아빠의 눈과 비슷해.〉 스칼렛은 생각했다. 〈아일랜드 사람의 푸른 눈에다, 저 애는 어느 모로 보나 아버지와 똑같아.〉

그리고 제럴드를 생각하는 사이에 그녀가 더듬어 찾던 기억이 얼핏 되살아나서, 한순간 동안 시골 풍경을 괴이하게 환한 빛으로 모조리 덮어 버리는 여름의 번갯불처럼, 심장을 멈추게 할 정도의 장면이 스칼렛의 머리에서 선명하게 되살아났다. 그녀의 귓전에는 노래를 부르는 아일랜드 사람의 목소리가 들려왔고, 타라 농장의 목초지 언덕을 달려 올라오는 요란하고 힘찬 말발굽 소리가 들려왔고, 그녀의 아이와 아주 비슷한 목소리가, 겁도 없는 목소리가 들려왔다. 「엘렌! 내가 이걸 넘는 걸 봐!」

「아냐!」 그녀가 소리쳤다. 「안 돼! 오, 보니, 그만둬!」

그녀가 미처 창밖으로 몸을 내밀기도 전에 나무가 우지끈 부러지고, 레트가 거친 목소리로 고함치고, 파란 벨벳이 마구 찢어지고, 땅바닥에서 허둥거리는 말발굽의 무시무시한 소리가 들려왔다. 그러자 미스터 버틀러가 겨우 일어서더니, 빈 안장을 얹은 채로 타박타박 달려갔다.

보니가 죽은 지 사흘째 되던 날 밤에, 어멈은 멜라니네 집 부엌 층계를 뒤뚱거리며 천천히 올라갔다. 그녀는 발가락을 자유롭게 움직일 여유를 주도록 잘라 낸 큼직한 남자용 구두에서부터 검정 머릿수건에 이르기까지, 온통 검정색 일색이었다. 몽롱하고 늙은 그녀의 눈은 충혈되었고, 가장자리가 시뻘건 빛이었으며, 산더미 같은 몸집의 모든 선에서 슬픔이 울어 댔다. 어멈의 얼굴은 구슬프고 어리둥절한 늙은 유인원처럼 쪼글쪼글했지만, 턱은 단단한 각오를 드러냈다.

그녀는 딜시에게 나지막한 목소리로 몇 마디 말을 했고, 딜시는 마치 그들의 오래된 암투 속에 말로 표현하지 않은 화해가 존재한다는 듯 상냥하게 머리를 끄덕였다. 딜시는 손에 들고 있던 저녁밥 그릇을 내려놓고는 식기실을 지나 조용히 식당으로 갔다. 어느새 멜라니가 식탁 수건을 손에 들고 걱정스러운 얼굴로 부엌으로 들어왔다.

「혹시 미스 스칼렛이 —」

「미스 스칼렛, 늘 그렇다 하지만 잘 참아요.」 어멈이 무겁게 말했다. 「나 미스 멜리 저녁 식사 방해하고 싶다 생각 없었어요. 나 그래도 마음 걸린다 생각 어서 얘기해야지 못 견디겠어요.」

「저녁은 나중에 먹어도 돼요.」 멜라니가 말했다. 「딜시, 다른 사람들에게는 저녁을 차려 줘. 어멈, 이리 와요.」

어멈은 뒤뚱거리며 그녀를 뒤따라 복도를 내려가서 애슐리가 식탁 상석에 앉아 어린 보우를 옆에 앉히고 수프 숟가락으로 굉장히 시끄러운 소리를 내는 스칼렛의 두 아이와 마주 앉아 기다리던 식당 앞을 지나갔다. 웨이드와 엘라가 신이 나서 떠드는 목소리가 방 안에 가득했다. 멜리 아주머니네 집에 와서 그토록 오랫동안 놀면서 시간을 보내려니까,

마치 야유회라도 나온 기분이었다. 멜리 아주머니는 언제나 무척 친절했고, 요즈음에는 특히 더 그러했다. 여동생의 죽음은 그들에게 별로 영향을 주지 못했다. 보니가 망아지를 타다가 떨어졌고, 어머니가 한참 동안 울었으며, 멜리 아주머니가 그들을 집으로 데리고 와서 보우와 뒷마당에서 놀게 해주었고, 원할 때면 언제라도 티케이크[84]를 주었다.

멜라니는 책이 잔뜩 들어찬 작은 거실로 안내하더니 문을 닫고는 어멈에게 소파에 앉으라는 시늉을 했다.

「저녁 먹고 곧장 가보려던 참이었는데요.」 그녀가 말했다. 「버틀러 선장님의 어머니도 오시고 했으니까 내일 아침에는 장례식을 치르겠군요.」

「장례식이요. 바로 그거 문제예요.」 어멈이 말했다. 「미스 멜리, 우리 모두 심각한 문제 당했고, 나 도움 얻는다 찾아왔어요. 세상살이 힘든다 하는 일 말고 없어요, 맙소사, 힘든다 말고 없어요.」

「미스 스칼렛이 쓰러지기라도 했나요?」 멜라니가 걱정스럽게 물었다. 「난 보니가 그런 일을 당한 다음에는 거의 만나지도 못했는데 ―. 스칼렛은 방 안에 틀어박혀 나오지도 않았고, 버틀러 선장님은 집에서 나가서는 ―」

갑자기 어멈의 검은 얼굴에서 눈물이 흘러내리기 시작했다. 멜라니는 그녀의 옆에 앉아 팔을 어루만져 주었고, 잠시 후에 어멈은 검정 치맛자락을 집어 들어 눈물을 찍어 냈다.

「꼭 와서 우리 도와준다 하세요, 미스 멜리. 나 최선 다했지만 아무 소용 없었어요.」

「미스 스칼렛이 ―」

어멈이 허리를 꼿꼿하게 폈다.

84 차를 마실 때 먹는 작은 과자 빵.

「미스 멜리, 미스 멜리 나 마찬가지 미스 스칼렛 잘 알아요. 미스 스칼렛 참는다 하는 일 필요하다 하면 너그러운 하느님 참는다 힘 스칼렛한테 줘요. 이번 일 마님 상심하게 했지만 견디는 거 넉넉하죠. 나 찾아온 까닭 레트 주인님이에요.」

「나도 그분 무척 뵙고 싶었지만, 내가 찾아갈 때마다 시내로 나가셨거나 방 안에서 안 나오시고 —. 그리고 스칼렛은 유령 같은 모습으로 말도 하지 않으려 하던데 —. 어서 얘기해 봐요, 어멈. 가능하다면 내가 도와주리라는 건 알잖아요.」

어멈은 손등으로 코를 훔쳤다.

「나 얘기하는데, 미스 스칼렛 겪은 일 워낙 많아 하느님 내려 주시는 시련 잘 견딘다 하지만 레트 주인님은 —. 미스 멜리 그분 안 참고 싶다 하면 하나도, 정말 하나도 안 참는다 하는 사람이에요. 나 찾아온 까닭 그분 때문이에요.」

「하지만 —」

「미스 멜리, 오늘 저녁 다 같이 집에 오셔야 해요.」 어멈의 목소리에는 다급한 구석이 보였다. 「아마 레트 주인님 미스 멜리 얘기 듣는다 할지 몰라요. 미스 멜리 얘기다 하면 주인님 언제나 대단하다 생각했으니까요.」

「오, 어멈, 무슨 일이에요? 그게 무슨 소리예요?」

어멈은 어깨를 폈다.

「미스 멜리, 레트 주인님 보니까 — 보니까, 정신 나간 모양이에요. 우리들 어린 아씨 치우는 거 못하게 해요.」

「정신이 나갔다고요? 오, 어멈, 그럴 리가!」

「나 안 거짓말이에요. 하느님 맹세코 정말이에요. 우리들 그 아이 묻는 거 주인님 허락 안 해요. 주인님 직접 나더러 그런 말 했는데, 그거 한 시간도 안 됐어요.」

「하지만 그래서는 — 그래선 안 되는데 —」

「그래서 나 주인님 정신 나갔다 그러는 거예요.」

「하지만 왜 —」

「미스 멜리, 나 다 말씀드리겠어요. 나 누구한테 이런 거 얘기한다 하면 안 되지만, 미스 멜리 우리 식구 마찬가지이고, 나 얘기한다 사람 미스 멜리 한 사람 전부예요. 나 다 말씀드려요. 주인님 그 아이 얼마나 끔찍하다 생각했는가 다 아시잖아요. 검둥이 흰둥이 다 털어 나 어떤 아이 그렇게 많이 끔찍하다 생각하는 남자 한 명조차 본 적 없어요. 미드 박사 말하기를 아이 목 부러졌다 하니까 주인님 그 자리 미쳤다 그런 거 같았어요. 그분 총 갖고 당장 뛰어나갔다 하고는 불쌍한 망아지 쏴 죽이는데, 하느님 맙소사, 나 그분 자기 쏴 죽는다 알았어요. 미스 스칼렛 기절한다, 이웃 사람들 모두 집 들락날락한다, 레트 주인님 계속 소리 지른다 하는데, 아이 안고는 돌멩이 벤 조그만 얼굴 나 씻어 준다 그래도 못한다 야단쳐요. 그래서 나 정말 미친다 하겠어요. 그리고 미스 스칼렛 정신 차린 다음 나 하느님 감사합니다 생각했습죠! 이제 그분들 서로 위로될 테니까요.」

또다시 눈물이 흘러내리기 시작했지만, 어멈은 이번에는 씻어 내지 않았다.

「그리고 정신 차렸다 하니까, 스칼렛 마님 주인님 보니 아씨 안고 앉아 계신 방 들어가 말했어요. 〈당신 죽인 내 아기 살려 놔요.〉」

「아니, 저런! 설마 그랬으려고요!」

「그랬어요, 마님. 그런 말 미스 스칼렛 했어요. 〈당신 딸 죽였어요〉 그랬죠. 그리고 매 맞은 개 마찬가지 모습 보여서 나 레트 주인님 얼마나 불쌍해 울음 나온다 그랬어요. 그리고 나 말했어요. 〈그 아기 이 어멈 줘요. 나 내 어린 아씨 이런 꼴 당한다 하는 거 안 참겠어요.〉 그리고 나 주인님한테 아이 빼앗아 받아다 아이 방 데려가 얼굴 씻어 주었어요. 그리고 나 들으니까 두 분 얘기하는데, 무슨 얘기다 들어 보니 피 싸늘해지더군요. 미스 스칼렛 주인님더러 아이 그렇게 높은 거 뛰어넘게 했다, 그러니까 살인자다 욕하고, 주인님 하는 말 들으니까 미스 스칼렛 미스 보니 그리고 또 다른 아이들 하나도 신경 안 썼다, 그러고 —」

「그만해요, 어멈! 더 이상 얘기하지 말아요. 어멈이 나한테 이런 얘기를 한다는 건 옳지 않은 일이니까요!」 어멈의 말이 머릿속에서 불러일으킨 장면 때문에 흠칫하며 멜라니가 소리쳤다.

「미스 멜리더러 나 이런 얘기 한다 하면 못쓴다 나 잘 알지만, 마음 정말 답답하다면 할 말 못할 말 가릴 정신 없어요. 그리고 주인님 직접 아이 장의사에 데리고 갔다가 다시 데리고 왔다 하고는 주인님 방 아이 침대에 눕혔어요. 그리고 미스 스칼렛 아이 관에 넣어 응접실 놓아야 한다 그러니까, 나 생각에 레트 주인님 마님 때리는 줄 알았어요. 그리고 주인님 정말 냉정히 말했어요. 〈아이 내 방 둔다 해.〉 그리고 주인님 나 돌아보고 말하셨어요. 〈어멈, 나 돌아올 때까지 아이 바로 여기 그냥 있는다 책임져요.〉 그러고는 주인님 말 타고 집에서 번개처럼 달려 나갔다 해 질 때 다 되어 겨우 돌아왔어요. 주인님 요란히 집에 왔기에 나 보니까 술 마셨고, 마셔도 심하게 마셨다 분명했지만, 항상 그렇듯 멀쩡하셨어요. 주인님 집 달려 들어오고는, 미스 스칼렛이나 미스 피티나 찾아온 아무 여자 말 한마디 안 하고, 층계 달려 올라가 주인님 방 문 벌컥 열고 소리 질러 나 불렀어요. 나 힘껏 다해서 달려가니까 주인님 침대 옆 서 계셨고, 창 가리개 내려 방 안 어떻게 캄캄한지 나 주인님 잘 안 보였어요.

그리고 주인님 굉장히 무섭게 보고 소리 질렀어요. 〈창 가리개 열란 말이요. 여기 방 안 어두워요.〉 그래서 얼른 창 가리개 활짝 열고 주인님 나 쳐다보는데, 하느님 맹세코 미스 멜리, 그분 얼마나 낯설어 보이는지 무릎 후들후들 떨렸어요. 그러니까 주인님 그랬어요. 〈불 가지고 와요. 불 잔뜩 많이 가지고 와요. 그리고 그거 다 켜놓아요. 그리고 창 가리개 덧문 하나 닫지 말아요. 미스 보니 캄캄한 거 무서워한다 어멈 몰라요?〉」

겁에 질린 멜라니의 눈은 어멈과 시선이 마주쳤고, 어멈은 불길하게 머리를 끄덕였다.

「주인님 그렇게 말하셨어요. 〈미스 보니 캄캄한 거 무서워한다.〉 그런 말 했어요.」

어멈은 부르르 떨었다.

「나 촛대 열 개 더 갖다 드렸더니 주인님 그랬어요. 〈나가요!〉 그러더니 주인님 문 닫아걸고 어린 아씨 같이 거기 앉았고, 미스 스칼렛 쾅쾅 두드리고 소리 질렀다 해도 문 통 안 열었어요. 그리고 이틀 동안 그냥 그대로예요. 주인님 장례식 얘기 한마디 없고, 아침 되니까 문 잠그고 말 타고 시내 가셨어요. 그리고 해 질 때 술 취해 돌아와 방 들어가 또 문 잠그고, 먹는 거 하나 안 먹고 잠잔다 조금도 안 자요. 그리고 그분 어머니 버틀러 노마님 찰스턴부터 왔다 하지만, 레트 주인님 아무하고도 얘기 안 한다 그래요. 오, 미스 멜리, 끔찍한 일이랍니다! 그리고 점점 더 곤란해질 거고, 사람들 무슨 수군수군 얘기하겠죠. 그리고 오늘 저녁 말이에요.」 어멈은 잠깐 말을 멈추더니 다시 손으로 코를 닦아 냈다. 「오늘 저녁 주인님 집 들어오니까 미스 스칼렛 위층 복도에다 주인님 붙잡아 세우고 방 같이 들어가 이런 말 했어요. 〈장례식 내일 치르기로 했어요.〉 그러니까 주인님 그랬어요. 〈그랬다간 나 내일 당신 죽여.〉」

「오, 선장님은 제정신이 아닌 모양이군요!」

「그래요, 마님. 그러더니 두 분 좀 나지막한 목소리 얘기 나누는데 나 그 얘기 다 듣지 못했고, 나 들은 얘기라고는 미스 보니 어두운 거 무서워하고 무덤 속 굉장히 깜깜하다 주인님 말씀 고작이었어요. 그리고 조금 후에 미스 스칼렛 그랬어요. 〈당신 자존심 세운다 해서 아이 죽여 놓고 그런 소리 한다 참 잘났구먼요.〉 그러니까 주인님 그랬어요. 〈당신 자비심 하나 없어.〉 그러니까 마님 그랬어요. 〈없어요. 그리고 나 아이도 없어요. 그리고 보니 죽었다 다음 당신 행동 때문에 나 한심하다 생각해요. 당신 소문 시내 자자해요. 당신 줄곧 술 마셔 댔고, 당신 낮이면 어디 시간 보내는지 나 모른다 생각했다면 당신 바보예요. 당신 벨 워틀링 계집한테 갔었다 나 알아요.〉」

「오, 어멈, 아니에요!」

「그랬어요, 마님. 그 말 미스 스칼렛 했어요. 그리고 그거, 미스 멜리, 맞는 얘기예요. 백인 사람들보다 깜둥이들 굉장히 많은 얘기 더 빨리 아는데 주인님 거기 가셨다 하는 거 나 알았지만 아무 소리 안 했었더랬어요. 그리고 주인님 그런 얘기 부인하지 않아요. 주인님 그러셨어요. 〈맞았어, 그래 나 거기 갔었고 당신 관심 하나 없으니까 잔소리 마. 지옥 같은 우리 집 비하면 갈보집 훨씬 좋은 안식처야. 그리고 벨은 세상 제일 마음씨 착한 여자 손꼽겠어. 벨 워틀링 여자 나 쳐다보고 나 아이 죽였다 그런 소리 안 해.〉」

「오.」 마음이 찔끔해서 멜라니가 소리쳤다.

그녀 자신의 삶은 정말로 즐겁고, 정말로 포근하고, 선량함으로 충만했고, 그녀를 사랑하는 많은 사람이 감싸 줘서, 어멈이 그녀에게 한 얘기는 이해하거나 믿기가 힘들 지경이었다. 그렇기는 해도 어떤 기억이, 마치 다른 사람의 나체에 대한 생각을 쫓아 버리듯 황급히 쫓아 버리고 싶은 어떤 장면이 그녀의 머리를 스쳤다. 그녀의 무르팍에 머리를 파묻고 울던 날, 레트는 벨 워틀링 얘기를 했었다. 하지만 그는 스칼렛을 사랑했다. 그날 멜라니가 잘못 알았을 리 없었다. 물론 스칼렛도 그를 사랑했다. 그렇다면 그들 사이에 무슨 일이 벌어졌을까? 어떻게 남편과 아내가 그토록 날카로운 칼로 갈기갈기 서로 찢어 댄다는 말인가?

어멈은 엄숙하게 하던 얘기를 계속했다.

「얼마 지나갔다 하니까 미스 스칼렛 방에서 나오는데, 얼굴 백지장 마찬가지 창백하지만, 입은 단단한 각오해서 꽉 다물고, 거기 서 기다리던 나 보더니 그랬어요. 〈장례식 내일 할 거예요, 어멈.〉 그리고 귀신 같은 모습 하고 마님 내 앞 지나갔어요. 그러자 미스 스칼렛 말한 그대로 언제나 꼭 해낸다 아니까 나 가슴 울렁거렸어요. 그리고 레트 주인님 한다 말하는 거 역시 꼭 그대로 해요. 그리고 마님 고집부렸다 하면 주인님 죽여 버린다 했어요. 나 언제 양심 꺼린다 무슨 짓 했고, 그거 나 마음 언제나 무겁게 하기 때문에, 미스 멜리, 나 정말 어째야 좋다 몰랐어요. 미스 멜리, 어린 아씨 어둠 무섭다 하는 이유 나 탓이에요.」

「오, 하지만 어멈, 그건 상관없는 얘기예요 — 지금은 말이에요.」

「아니에요, 마님, 상관있습죠. 그거 제일 큰 문제니까요. 그리고 나 생각했는데, 레트 주인님 비록 나 죽인다 하더라도 양심 꺼리니까 얘기해야 좋다 생각했어요. 그래서 주인님 잠그기 전에 나 정말 재빨리 문 빠져 들어가 말했어요. 〈레트 주인님, 나 고백한다 얘기하러 왔어요.〉 그러니까 주인님 미친 사람 마찬가지 나한테 휙 돌아서서 말했어요. 〈나가라니까요!〉 그리고 하느님 맹세코, 나 그렇게 무서웠던 적 또 없어요! 하지만 나 말했어요. 〈부탁입니다, 주인님, 레트 주인님, 제 얘기 꼭 들어주세요. 나 죽고 싶다 심정이에요. 어린 아씨 어둠 무서워한다 만든 사람 나였어요.〉 그랬더니 미스 멜리, 나 머리 숙이고 주인님 때리겠다 기다렸어요. 하지만 그분 아무 말 안 했어요. 그래서 나 그랬어요. 〈나쁜 생각 때문에 그런 거 아니에요. 하지만, 레트 주인님, 아씨 조심성 없다 하고 아무것도 안 무섭다 했었죠. 그래서 다른 사람들 모두 잠들었다 하는 다음 늘 침대 빠져나와 맨발로 집 안 여기저기 돌아다녔어요. 그래서 아이 그러다 다치나 보다 나 걱정했어요. 그래서 나 어두운 곳에 귀신들하고 도깨비들 기다린다 아이한테 말했어요.〉

그랬더니 — 미스 멜리, 주인님 어떻게 했나 아세요? 주인님 얼굴 굉장히 부드러워지고 나한테 오시더니 손 내 팔에 얹었어요. 주인님 그런 태도 이때 처음이었죠. 그리고 주인님 그러셨어요. 〈보니 굉장히 용감했어요, 안 그래요? 어둠 말고는 아무것 안 무서워했죠.〉 그리고 나 울음 터뜨리니까 주인님 말하기를 〈이봐요, 어멈.〉 그러시더니 나 쓰다듬어 주셨어요. 〈이봐요, 어멈, 그렇게 걱정한다 말아요. 어멈 나한테 얘기해 줬다 그거 기뻐요. 나 잘 아는데 어멈 보니 많이 사랑하고, 아이 사랑하니까 상관없는 일이에요. 마음이 중요하다 그래요.〉 그래요, 마님, 그런 소리 들었고, 나 기분 좀 좋아졌다 용기 생겨 말했어요. 〈주인님, 레트 주인님, 장례식 어떡 하나요?〉 그러니까 그분 눈 번득거리고 나한테 돌아서더니 그랬어요. 〈하느님 맙소사, 나 생각에 다른 사람 아무도 몰라준다 해도 어멈 하나는 이해한다 했는데! 어멈 생각에 나 우리 아이 그렇게 무섭다 하는 어둠 속에 들여보낸다 할 것 같아요? 지금 당장 순간 나 귀에 들리는데, 아이 캄캄하면 일어나 자꾸 소리 질렀어요. 나 아이 무서워한다 하면 그거 안 해요.〉 미스 멜리, 그래서 주인님 머리 이상해졌다 나 알았어요. 주인님 술 취하고 잠 모자라고 밥 못 먹었지만, 그게 전부 아니에요. 굉장히 미치셨어요. 주인님 나 막 밀어내고 그러셨어요. 〈여기 어서 나가요!〉 나 아래층 내려가 생각했는데, 주인님 내일 장례식 없다 말하고, 미스 스칼렛 내일 아침 장례식이다 말하고, 주인님 쏴 죽인다 그랬어요. 그리고 집안 식구 모두하고 이웃 사람들 모두하고 벌써 암평 떼처럼 수군거리고, 나 생각에 미스 멜리 떠올랐어요. 꼭 와서 도와주셔야 해요.」

「오, 어멈, 그건 내가 간섭할 일이 아니잖아요!」

「마님 못 하시면 누구 한다 하겠어요?」

「하지만 내가 무얼 어떻게 하겠어요, 어멈?」

「미스 멜리, 나도 몰라요. 하지만 마님 어떻게 한다 알겠죠. 마님 버틀러 주인님께 얘기한다 하면 주인님 얘기 듣는다 할지 몰라요. 그분 마님 굉장히 많게 생각하니까요, 미스 멜리. 마님 혹시 모른다 하지만 정말 그래요. 주인님 아는 가장 훌륭한 숙녀 꼽으면 마님뿐이다 주인님 그러시는 소리 나 듣고 또 들었어요.」

「하지만 ―」

멜라니는 레트를 만나야 한다는 생각에 마음이 위축되어, 당황한 표정으로 몸을 일으켰다. 어멈으로부터 자세한 설명을 듣고 나서, 슬픔 때문에 미쳐 버린 남자와 얘기를 나눈다는 생각을 해보니, 등골이 오싹했다. 그녀가 그토록 사랑했던 어린 보니를 눕혀 놓은 방, 불빛을 환히 밝힌 방으로 들어갈 생각을 하니, 그녀는 마음이 울렁거렸다. 그녀가 무엇을 어쩌겠는가? 그의 슬픔을 위로하고, 다시 정신을 차리게 할 무슨 얘기를 그녀가 해준다는 말인가? 잠깐 동안 멜라니는 멀거니 서서 어찌할 바를 몰랐고, 그러자 닫힌 문을 통해서 아들의 요란한 웃음소리가 들려왔다. 문득 아들이 죽었다는 상상을 해본 그녀는 차가운 칼날에 심장이 찔린 듯한 기분을 느꼈다. 만일 그녀의 보우가 죽고, 싸늘하게 식어 꼼짝도 않는 그의 자그마한 시체를 위층에 눕혀 놓고, 그래서 즐거운 웃음소리가 잠잠해졌다면 어떨까.

「오.」 그녀는 겁이 덜컥 나서 소리쳤고, 마음속으로 아들을 가슴에 꼭 껴안았다. 그녀는 레트가 어떤 기분인지를 알았다. 만일 보우가 죽었다면, 그녀는 어떻게 아이를 바깥에, 바람과 비와 어둠 속에 혼자 내버려 두겠는가?

「오, 가엾고 가엾은 버틀러 선장님!」 그녀가 소리쳤다. 「나 지금, 지금 당장 선장님을 뵈러 가겠어요.」

그녀는 서둘러 식당으로 되돌아가서, 애슐리에게 나지막한 목소리로 몇 마디 얘기를 하고는 아들을 꽉 껴안고, 어린 아들이 깜짝 놀랄 정도로 세차게 금발 곱슬머리에다 입을 맞추었다.

그녀는 모자도 안 쓰고, 식탁 수건을 그대로 손에 움켜쥔 채로 집을 나섰고, 어멈의 늙은 다리로는 그녀의 걸음걸이를 따라가기가 힘들었다. 일단 스칼렛의 집 앞쪽 현관으로 들어서자 그녀는 서재에 모인 사람들과, 겁에 질린 미스 피티팻과, 근엄한 버틀러 노부인과, 윌과 수엘렌에게 머리를 끄덕여 인사했다. 그녀는 숨을 헐떡이는 어멈보다 앞장을 서서, 얼른 위층으로 올라갔다. 잠깐 그녀는 문이 닫힌 스칼렛의 방 앞에서 걸음을 멈추었지만, 어멈이 나지막한 소리로 말했다.「안 돼요, 마님, 들어간다 그러지 말아요.」

멜리는 이제 훨씬 느린 걸음으로 복도를 내려갔고, 레트의 방 앞에서 다시 발걸음을 멈추었다. 그녀는 도망이라도 치고 싶은 듯 어찌할 바를 몰라 잠깐 동안 가만히 서서 머뭇거렸다. 그러더니 전투지로 나가는 어린 병사처럼 가슴을 펴고는, 문을 두드리고, 부드러운 목소리로 불렀다.「제가 들어가게 해주세요, 버틀러 선장님. 저 윌크스 부인이에요. 보니를 보고 싶은데요.」

문이 곧 열렸고, 복도의 그늘로 뒷걸음질 치던 어멈은 환하게 타오르는 촛불들을 배경으로 시커멓고 육중하게 드러난 레트의 모습을 보았다. 그는 문간에 서서 비틀거렸고, 어멈은 그에게서 술 냄새를 맡았다. 그는 잠깐 동안 멜리를 내려다보았고, 그러더니 멜리의 팔을 잡아 방으로 끌어들이고는 문을 닫았다.

어멈은 문 옆의 의자로 살그머니 다가가서는 기운 없이 주저앉더니, 육중한 몸이 의자 위로 널브러졌다. 그녀는 꼼짝도 않고 앉아서 소리 없이 흐느껴 울며 기도를 드렸다. 가끔 그녀는 옷자락을 들어 눈을 닦아 냈다. 아무리 열심히 귀에 신경을 집중시켜도 그녀는 띄엄띄엄 나지막이 웅얼거리는 소리 이외에는 방 안에서 오가는 얘기가 한마디도 들리지를 않았다.

한없이 긴 시간이 지난 다음에 문이 조금 열렸고, 멜리가 창백하고 긴장한 얼굴을 내밀었다.

「커피 한 잔하고 샌드위치를 좀 갖다 줘요, 빨리요.」

급할 때면 어멈은 날쌘 열여섯 살 난 흑인 계집아이 못지않게 민첩했고, 레트의 방을 들어가 보고 싶은 호기심 때문에 그녀는 더욱 걸음을 서둘렀다. 하지만 멜리가 문을 조금만 빠끔히 열고는 쟁반을 받아 들여가자 어멈의 희망은 실망으로 바뀌었다. 한참 동안 어멈은 날카로운 귀에 신경을 곤두세웠지만 사기그릇과 은식기가 부딪쳐 짤그랑거리고 멜라니가 숨죽여 얘기하는 부드러운 목소리 이외에는 아무 소리도 듣지 못했다. 그러자 그녀는 묵직한 몸이 눕느라고 침대가 삐걱거리는 소리와, 잠시 후에 장화가 마룻바닥으로 떨어지는 소리를 들었다. 얼마 동안 다시 시간이 흐른 다음 멜라니가 문간에 나타났지만, 아무리 애를 썼어도 어멈은 멜라니 너머로 방 안을 들여다볼 틈이 없었다. 멜라니는 피곤한 표정이었고, 눈에서는 눈물이 반짝였지만, 얼굴은 차분한 표정을 되찾았다.

「미스 스칼렛에게 가서, 내일 아침에 장례식을 치러도 좋다고, 버틀러 선장님이 승낙했다는 말을 전해 줘요.」 그녀가 속삭였다.

「하느님 축복 내렸도다!」 어멈이 탄성을 올렸다. 「도대체 —」

「그렇게 큰 소리로 떠들지 말아요. 선장님이 주무시려고 하니까요. 그리고, 어멈, 미스 스칼렛에게 내가 여기서 밤을 새우겠다는 얘기도 하고, 어멈은 나한테 커피를 좀 갖다 줘요. 이 방으로요.」

「이 방요?」

「그래요, 난 버틀러 선장님이 잠들더라도 내가 보니 곁에서 밤새 앉아 있겠다고 약속했어요. 자, 어서 미스 스칼렛에게 가서 이제는 걱정하지 말라고 전해요.」

어멈은 마룻바닥이 흔들릴 정도로 육중한 몸으로 복도를

내려가기 시작했고, 안도감을 느껴 마음속으로 「할렐루야! 할렐루야!」 노래를 불렀다. 그녀는 고마움과 호기심으로 들뜬 마음으로 스칼렛의 방으로 가서는, 문밖에 잠깐 서서 생각에 잠겼다.

〈미스 멜리 어떻게 했다 나 통 모르겠네. 아마 천사님들 마님 곁에 모여서 같이 싸워 준다 하는 모양이야. 나 미스 스칼렛에게 장례식 내일이다 얘기하겠지만, 어린 아씨 곁에 미스 멜리 앉아 지킨다 하는 거 비밀 해둬야 좋겠어. 미스 스칼렛 그런 얘기 듣는다 하면 조금도 안 좋아할 테니까.〉

제60장

세상이 어딘가 잘못되어서, 암담하고 무서운 어떤 부정한 기운이 뚫고 나가기가 불가능한 짙은 안개처럼 주변의 모든 것을 뒤덮었으며, 스칼렛을 에워싸고 살금살금 사방에서 몰래 다가왔다. 부정한 기운은 보니의 죽음보다도 더 깊이 그녀의 내면으로 파고들었으니, 처음에는 견디지 못할 듯싶었던 아이의 죽음에 대한 고뇌도 이제는 상실감을 받아들이려는 자포자기의 형태로 바뀌는 중이었다. 하지만 앞으로 닥쳐올 재난에 대한 어떤 으스스한 의식은 마치 시커먼 두건을 쓴 무엇이 바로 그녀의 옆에 나란히 서서 지켜보는 듯한 기분이었으며, 그녀가 발을 내딛기만 하면 땅바닥이 당장 수렁처럼 가라앉으리라는 불길함이 스칼렛을 집요하게 사로잡았다.

그녀는 지금까지 이런 종류의 두려움은 경험한 적이 없었다. 여태까지 그녀는 상식을 두 발로 삼아 굳게 디디며 살아왔고, 그녀가 지금까지 두려워했던 대상이라고는 상처, 굶주림, 가난, 애슐리의 사랑을 상실한다는 따위 그녀가 구체적으로 파악하는 개념들뿐이었다. 앞뒤를 따질 줄 모르는 그녀이기는 했어도 스칼렛은 이제는 무엇인가 분석해 보려고 애썼지만, 그런 노력은 성공하지 못했다. 가장 아끼는 아이를 잃었지만, 과거에 다른 가혹한 갖가지 손실을 견뎌 냈듯이, 그것은 어떻게든 견뎌 낼 듯싶었다. 그녀에게는 건강이 있었고, 돈도 더 이상 필요 없을 만큼 많았으며, 비록 요즈음에는 그를 점점 덜 자주 만나기는 했지만 아직도 애슐리가 주변에 존재했다. 심지어는 애슐리 문제까지도, 멜라니가 준비했던 비밀 파티에서 참담한 끝장을 보기는 했지만, 그들 사이에 생겨난 어색한 압박감까지도 일시적인 현상이라고 생각했기 때문에 그녀에게는 크게 걱정이 되지 않았다. 그렇다, 그녀의 두려움은 고통이나 굶주림이나 사랑의 상실 때문이 아니었다. 그런 두려움은 지금의 불길한 기분처럼 — 찾아내지 못하도록 누가 어딘가에 숨겨 놓은 안식처를 찾아다니는 길 잃은 아이가 느끼는 두려움처럼, 그녀가 소용돌이를 치는 짙은 안개 속으로 가슴이 터지도록 헐떡이며 달려가는 오랜 악몽에서 겪었던 그런 암담한 두려움과 묘하게 비슷한 두려움의 공포처럼, 지금의 공포감처럼 그녀의 마음을 무겁게 짓누르지는 않았었다.

스칼렛은 그녀로 하여금 항상 두려움을 벗어나게 해주던 레트의 웃음이 생각났다. 그녀는 레트의 널찍한 갈색 가슴팍과 힘센 팔이 제공하던 편안함이 생각났다. 그래서 스칼렛은 그에게로 눈을 돌려 여러 주일 만에 처음으로 그의 참된 모습을 살펴보았다. 그리고 그녀가 인식한 변화는 충격적이었다. 레트는 웃으려고도 하지 않았고, 그녀를 위로하려고도 하지 않았다.

보니가 죽은 다음 얼마 동안 스칼렛은 레트 때문에 극도로 화가 났고 자신의 슬픔에 워낙 깊이 빠져 버려서, 그들 부부는 하인들 앞에서 공손하게 겉말을 주고받는 정도가 고작이었다. 보니가 타박거리며 달려오거나 조잘거리며 웃던 기억에 지나치게 정신이 팔렸던 스칼렛은 레트도 역시 똑같은 기억에 시달리며, 어쩌면 그의 고통이 그녀의 고통보다도 클지 모르리라는 생각을 미처 하지 못했다. 지난 몇 주일 내내 그들은, 삭막한 호텔 방에서 만나 같은 건물에서 지내고 식사를 같이하지만 마음을 전혀 나누지 못하는 낯선 사람들처럼, 공손하게 만나고 얌전히 얘기를 주고받았다.

두렵고 외로워진 지금, 그럴 가능성이 보였다면 그녀는 단절의 장벽을 무너뜨리고 말았겠지만, 마치 표면 이상을 파고드는 대화라면 그녀와 전혀 나누고 싶지도 않다는 듯 레트가 그녀를 멀찌감치 떼어 놓으려고 한다는 느낌을 받았다. 이제는 분노도 수그러지는 중이어서 스칼렛은 보니의 죽음을 그의 탓이라고 생각하지 않는다는 말을 해주고 싶었다. 그녀는 레트의 품에 안겨 울면서 자기도 역시 아이의 승마 실력을 지나칠 정도로 자랑스럽게 여겼고, 아이의 응석을 과도하게 받아 주었다는 말을 하고 싶었다. 이제 그녀는 기꺼이 겸손한 태도를 보이고, 그에게 욕설을 퍼부었던 이유도 워낙 비참했던 나머지 레트의 마음을 아프게 하면 혹시 자신의 괴로움이 가벼워질까 하는 마음에서였을 뿐이라고 시인하고 싶었다. 하지만 적당한 순간은 절대로 찾아오지 않을 기미였다. 레트는 그녀가 얘기할 기회를 전혀 마련해 주지 않으면서, 멍하고 검은 눈으로 그녀를 응시하기만 했다. 그리고 사과한다는 행위란 일단 때를 놓치고 나면 점점 더 어려워지고, 결국은 불가능해지게 마련이었다.

그녀는 왜 일이 이렇게 돌아가는지 의아한 생각이 들었다. 레트는 그녀의 남편이었고, 그들은 침대를 같이 쓰고 아이를 잉태하여 낳고 사랑했으며, 너무 일찍 그 아이를 어둠 속에

묻어야 하는 경험을 거치며 두 사람 사이에는 튼튼한 유대가 마련되었다. 처음에는 마음이 아플지 모르지만, 결국은 상처가 아물도록 도와줄 슬픔과 추억을 주고받음으로써, 그녀가 위안을 찾을 곳은 오직 죽은 아이의 아버지인 레트의 품 속뿐이었다. 하지만 지금은 그들 사이의 분위기로 미루어 보아, 그것은 완전히 낯선 사람의 품에 안기는 셈이었다.

그는 집에서 지내는 일이 별로 없었다. 어쩌다가 저녁 식탁에서 자리를 같이하더라도 그는 술에 취한 상태이기가 예사였다. 그는 술에 취해도 전과는 달라서, 술기운이 들수록 말투가 점점 더 세련되고 신랄해져서, 그녀로 하여금 자기도 모르게 웃음을 터뜨리게끔 만드는 재미있고 짓궂은 말을 하던 버릇이 없어졌다. 이제는 술에 취하면 그는 침울하고 말이 없어졌으며, 저녁 시간이 깊어지면 완전히 만취 상태가 되었다. 때때로 새벽 이른 시간이면 스칼렛은, 그가 뒷마당으로 말을 타고 들어와 하인들의 집으로 가서 문을 두드려, 뒤쪽 층계를 올라가 잠자리에 들도록 부축해 달라고 일꾼 돼지를 깨우는 소리를 들었다. 잠자리 시중을 해달라니! 다른 사람들이 술에 취해 탁자 밑으로 쓰러져도 언제나 끄떡없이 그들을 잠자리에 눕히곤 하던 레트가!

전에는 몸단장을 말끔하게 하던 레트가 요즈음에는 무척 지저분해졌고, 저녁 식사를 하기 전에 셔츠 하나를 갈아입히려고 해도, 기가 막히다고 따지는 돼지와 한참 입씨름을 벌여야만 했다. 그의 얼굴에서는 술에 곯은 기운이 완연하게 드러났고, 충혈된 눈 밑에서 푸석푸석하게 부풀어 오르는 건강하지 못한 군살 때문에 길고 단단한 턱의 선은 눈에 띄지도 않게 되었다. 다져진 근육이 불끈거리던 그의 커다란 몸집은, 허리가 굵어지기 시작하자, 축 늘어지고 흐물흐물한 인상을 주었다.

그가 아예 집에 오지도 않거나, 외박을 한다는 전갈을 보낼 때도 많았다. 물론 그는 술집 위층 어느 방에서 술에 취해 코를 골며 잠들었을지도 모를 일이었지만, 그럴 때면 항상 스칼렛은 그가 벨 워틀링의 집으로 갔다고 믿었다. 언젠가 그녀는 상점에서 이제는 살이 피둥피둥 찌고, 미모도 거의 사라져 보기 흉하게 된 벨을 만났다. 아무리 화장을 짙게 하고 옷차림이 요란했어도, 그녀는 살이 찐 어머니 같은 모습을 감출 길이 없었다. 숙녀들을 대할 때면 다른 경박한 여자들이 그러듯 시선을 내리거나 도전적으로 눈을 부라리는 대신에, 벨은 마주 빤히 쳐다보면서 뚫어지라고 스칼렛의 얼굴을 살펴보았고, 그녀의 눈에서 연민에 가까운 표정이 나타나자 스칼렛은 빰이 화끈 달아올랐다.

하지만 그녀는 보니의 죽음이 그의 탓이라고 욕했다는 데 대한 사과를 먼저 할 용기가 나지 않듯이, 이제는 그를 비난할 엄두도 나지 않았고, 그에게 화를 내지도 못했고, 그에게 성실성을 요구하거나 굴욕감을 줄 방법도 없었다. 그녀는 혼란스러운 냉담함, 그녀로서는 이해하기 어려운 불행, 지금까지 자신이 알았던 무엇보다도 더 깊이 파고드는 불행의 손아귀에 잡힌 느낌이었다. 그녀는 외로웠고, 이토록 외로웠던 적은 기억에도 없었다. 어쩌면 지금까지 그녀는 아주 심하게 외로웠던 시간이 사실은 전혀 없었는지도 모른다. 그녀는 외롭고 두려웠으며, 그녀가 의지할 만한 사람은 아무도, 멜라니 이외에는 아무도 없었다. 이제 그녀가 가장 의지했던 어멈도 타라 농장으로 돌아가 버리고 없었다. 어멈은 영원히 가 버렸다.

어멈은 왜 떠나는지 이유를 전혀 설명하지 않았다. 고향으로 돌아가게 기차 삯을 달라고 부탁하며, 어멈은 지치고 늙은 눈으로 스칼렛을 구슬프게 쳐다보았다. 떠나지 말라고 눈물까지 흘리며 애원했지만, 어멈은 이렇게 대답할 따름이었다. 「나 생각하니까 엘렌 마님 나더러 이런 말씀 하신다 같아요. 〈어멈, 고향 돌아와요. 어멈 일 다 끝났어요.〉 그래서 나 고향 가겠어요.」

이 얘기를 들은 레트는 어멈에게 돈을 주고 팔을 토닥거렸다.

「어멈 말이 맞아요. 엘렌 마님의 말이 옳아요. 어멈은 이곳에서 할 일은 다 했어요. 고향으로 돌아가요. 혹시 무엇이라도 필요하면 언제라도 나한테 알려 주고요.」 그리고 스칼렛이 새삼스럽게 화를 내며 명령을 내리려고 하자, 〈입 닥쳐, 바보 같으니라고! 어멈이 가게 내버려 두란 말이야! 이제 와서 이런 집에 — 누가 살고 싶겠어?〉라고 했다.

이렇게 말할 때 그의 눈에서 어찌나 사나운 빛이 번득였는지 스칼렛은 겁이 나서 몸을 도사렸다.

「미드 박사님, 선생님 생각에 그이가 — 그이가 정신이 이상해진 건 아닐까요?」 자신의 무기력함을 의식하고, 쫓기는 기분으로 나중에, 의사를 찾아간 그녀가 물었다.

「아니에요.」 의사가 말했다. 「하지만 그는 고래처럼 술을 퍼마셔 대고, 이런 식으로 나가다가는 스스로 명을 재촉하고 말아요. 버틀러 선장은 아이를 사랑했고, 스칼렛, 내 생각엔 딸을 잊기 위해서 술을 마시는 모양이에요. 그래서 내가 한마디 충고하고 싶은데, 가능한 한 빨리 그에게 아이를 하나 더 낳아 주도록 해요.」

〈흥!〉 의사의 사무실을 나서면서 스칼렛은 생각했다. 그것은 말로는 쉬운 일이었다. 만일 아이가 레트의 눈에서 지금의 표정을 몰아내고, 그녀 자신의 마음속에서 뼈아픈 공간을 가득 채우기만 한다면, 그녀는 아이를 하나가 아니라 몇 명이라도 기꺼이 낳을 마음이었다. 레트처럼 피부가 검고 잘생긴 아들과 어린 딸을 하나만 더. 오, 엘라처럼 멍청한 아이가 아니라, 예쁘고 명랑하고 의지력이 강하고 웃음이 넘치는 딸을 하나만 더. 그렇다, 오, 그녀의 아이 하나를 꼭 데려가야만 했다면 하느님은 왜 차라리 엘라를 데려가지 않았을까? 보니가 가버린 지금, 엘라는 그녀에게 아무런 위안이 되지 못했다. 하지만 레트는 더 이상 아이를 낳고 싶은 생각이 전혀 없는 듯싶었다. 어쨌든 요즈음은 문을 잠그는 일이 전혀 없고 오히려 불러들이려는 듯 빠끔히 열어 놓기가 보통이었지만, 그녀의 침실로 레트가 찾아오는 일은 전혀 없었다. 그는 관심조차 없는 모양이었다. 그는 요즈음 위스키와 천박한 붉은 머리 여자 이외에는 무엇에도 관심이 없는 눈치였다.

그는 이제 성격이 모질어져서, 전에는 우스운 짓궂음을 가미하여 공박하던 그런 문제들을 지금은 무자비하게 해치웠고, 유쾌하게 농담으로 넘길 만한 일도 사납게 다루었다. 보니가 죽은 다음에는, 그의 매혹적인 예절과 딸 때문에 그에게 호감을 갖게 되었던 이웃의 많은 지체 높은 여자들이 그에게 친절한 마음을 보여 주고 싶어 열심히 노력했다. 그들은 길거리에서 그를 멈춰 세우고는 유감의 뜻을 나타냈고, 그들의 집 생울타리 너머로 그에게 얘기를 걸고는 그의 심정을 이해한다고 말했다. 하지만 그가 예의 바른 행동을 하게끔 만든 원인이었던 보니가 없어졌으니 그런 예절도 역시 사라졌다. 그는 여자들에게 무례한 언사를 쓰고, 호의에서 나온 애도의 말까지도 무뚝뚝하게 넘겨 버렸다.

하지만 무척 묘하게도 여자들은 기분이 상하지 않았다.

그들은 이해했고, 적어도 이해한다고 그들 나름대로 생각했다. 해 질 녘에 안장에 올라앉아 버티기도 힘들 정도로 술에 취해 말을 타고 집으로 가다가, 그에게 말을 거는 사람에게 험악한 표정을 짓는 레트를 보면, 여자들은 〈가엾기도 하지!〉라고 말했으며, 상냥하고 친절하게 그를 대해 주려고 더욱 열심히 노력했다. 상심해서 말을 타고 집으로 돌아가 봤자 기껏해야 스칼렛 수준의 여자밖에는 위안받을 대상도 없는 버틀러 선장을 사람들은 무척 불쌍하게 생각했다.

그녀가 얼마나 냉정하고 무능한 여자인지는 누구나 다 알았다. 보니의 죽음을 그녀가 얼마나 쉽게 극복하는지를 보고 사람들은 아연실색했고, 스칼렛의 표면적인 극복 뒤에 숨겨진 노력은 전혀 깨닫지도 못했거나, 구태여 따져 보려고 하지도 않았다. 레트는 애틀랜타 사람들에게서 지극히 다정한 동정을 받았지만, 그런 사실을 그는 알지도 못했고 관심도 없었다. 스칼렛은 애틀랜타 사람들의 미움을 샀고, 오래간만에 그녀는 옛 친구들의 동정이 아쉬워졌다.

이제는 피티 고모와 멜라니와 애슐리 이외에는 옛 친구들이 아무도 그녀의 집으로 찾아오지 않았다. 새 친구들만이 번쩍거리는 승용 마차를 타고 찾아와서 애도의 뜻을 표시하고, 그녀로서는 전혀 관심도 없는 다른 새로운 친구들에 관한 험담을 늘어놓으려고, 화제를 그런 쪽으로 몰고 가기 위해 안달이었다. 새로운 친구들은 하나같이 낯선 사람들이었다! 그들은 그녀를 알지 못했다. 그들은 절대로 그녀를 알 길이 없었다. 그들은 스칼렛이 복숭아나무 거리의 저택에서 안전하고 부유하게 살게 되기 전에 어떤 삶을 거쳤는지 전혀 알지 못했다. 그들은 빳빳한 능라(綾羅)와 멋진 말들이 끄는 빅토리아[85]를 손에 넣기 전에 그들의 삶이 어떠했는지를 구태여 얘기하려 하지 않았다. 그들은 거대한 저택과 예쁜 옷과 은식기와 파티를 누리게 되기까지 그녀가 거쳐 온 투쟁과 곤경, 그리고 다른 온갖 사연에 대해서 아무것도 알지 못했다. 그들은 전혀 알지 못했다. 도대체 어디서 왔는지도 모르겠고, 항상 삶의 겉에서만 맴돌던 그들은, 전쟁과 굶주림과 투쟁이라는 공통된 기억을 그녀와 함께 나누지도 못하고, 붉은 땅에 그녀와 똑같은 뿌리를 내린 경험도 없는 사람들, 그들은 스칼렛의 과거에 대해서 아무런 관심이 없었다.

외로워진 그녀로서는 이제 메이벨이나 패니나 엘싱 부인이나 화이팅 부인, 심지어는 가공할 늙은 여장부 메리웨더 부인이라도 친구로 삼아 같이 오후를 보낸다면 참으로 좋으리라는 생각이 들었다. 아니면 보넬 부인이나 또는 — 또는 어느 옛 친구나 이웃 사람이라도 좋으리라. 그런 친구를 스칼렛이 원하는 까닭은 그들이라면 알겠기 때문이었다. 그들은 전쟁과 공포와 방화(放火)를 알았고, 사랑하는 사람들이 제 명을 다 못 살고 죽는 광경을 두 눈으로 보았으며, 그들은 굶주리고 누더기를 걸치고 문간에 늑대가 서성거리는 속에서 살았다. 그들은 폐허에서 다시 일어선 사람들이었다.

메이벨과 자리를 같이하고, 셔먼의 침공군으로부터 미친 듯 도망을 치는 사이에 죽은 아기를 메이벨이 매장한 얘기를 나눈다면, 그녀는 마음의 위안을 얻으리라. 계엄령이 실시되던 암담한 시기에 그녀와 패니가 두 사람 다 남편을 잃었다는 기억을 공유함으로써, 패니와 자리를 같이하면 그녀는 위로를 받을지도 모른다. 엘싱 부인과 자리를 같이하고는, 애틀랜타가 함락되던 날, 노부인이 병참 창고에서 훔쳐 낸 물건을 승용 마차에 잔뜩 싣고, 채찍을 휘둘러 대며 말을 몰아

85 사륜 포장마차의 일종으로 2인 승용이다.

파이브 포인츠를 통과했을 때의 표정이 어떠했는지를 회상한다면, 그들은 처량하면서도 즐거운 시간이 되리라. 이제는 빵집에서 착실한 수입을 올려 생활이 안정된 메리웨더 부인과 지난날을 되새기며 이런 대화를 주고받으면 유쾌하리라. 「패전 직후에 사정이 얼마나 암담했었는지 기억나요? 다음에는 어디서 구두를 구해 신어야 할지도 모르던 때가 생각이 나느냐고요? 그런데 지금은 우리 팔자가 어떤가요!」

그렇다, 그러면 즐거우리라. 이제야 그녀는 남군 출신의 두 남자가 만나기만 하면 왜 그토록 뒷맛을 음미하고, 자부심과 향수를 느끼며 전쟁 얘기를 늘어놓고는 했는지 납득이 갔다. 그 시절에 그들의 마음은 시련을 맞았었지만, 그들은 시련을 극복했기 때문이었다. 그들은 노병들이었다. 그녀도 노병이었지만, 옛 전투를 다시금 회상할 절친한 친구들이 없었다. 그녀와 같은 사람들, 똑같은 역경을 겪었으며, 그런 아픔이 어떤지를 알고 — 그리고 또한 함께 나눈 아픔이 그들의 삶에서 얼마나 큰 부분을 차지하는지를 아는 사람들과 다시 어울린다면 얼마나 즐거운 일이겠는가!

하지만 웬일인지 그들은 멀어져 버렸다. 스칼렛은 그것이 자신의 탓이라고 느꼈다. 그러나 지금까지는, 보니가 죽었고 그녀가 외롭고 두려워진 지금까지는 — 찬란한 저녁 식탁의 맞은편에서, 거무튀튀하고 만취한 낯선 사람이 그녀가 지켜보는 동안에 눈앞에서 허물어져 몽롱하게 사라지는 지금까지는, 그런 것쯤은 전혀 개의치도 않았었다.

제61장

스칼렛이 매리에타에서 머물던 무렵에 레트에게서 긴급 전보가 날아왔다. 10분 후에 애틀랜타로 떠나는 기차 편이 마침 있었기 때문에 스칼렛은 웨이드와 엘라를 프리시와 함께 호텔에 남겨 두고는 그물주머니[86] 이외에는 아무 짐도 안 가지고 그 기차를 탔다.

애틀랜타는 겨우 30킬로미터밖에 안 되는 거리였지만, 기차는 비가 내리는 가을 오후 내내 한없이 느릿느릿 기어가며, 손님을 태우려고 정거장마다 멈추었다. 레트의 전갈을 받고 잔뜩 놀라서, 어서 달려가려고 미칠 지경이었던 스칼렛은 기차가 설 때마다 소리라도 지르고 싶었다. 피곤한 듯 희미한 황금빛이 감도는 숲을 지나고, 아직도 구불구불 전시의 흉벽이 상처처럼 남은 시뻘건 산기슭을 지나고, 전투를 벌이면서 존스턴의 부하들이 그토록 처절하게 후퇴를 하면서 포대를 옮겨 배치했던 자리와 잡초가 우거진 포탄 구덩이들을 지나고, 기차는 느릿느릿 무겁게 앞으로 나아갔다. 정거장과 갈림길에 도착할 때마다 차장이 불러 대던 지명은 격전이 벌

86 오늘날의 핸드백처럼 여자들이 자질구레한 물건을 넣어 가지고 다니던 자루.

어졌던 곳이요, 전투지의 이름이었다. 전에는 그런 이름을 들으면 스칼렛의 마음속에서 무서운 기억들이 술렁였겠지만, 지금은 아무런 생각도 떠오르지 않았다.

레트의 전갈은 이러했다.

〈윌크스 부인 아픔. 곧 집으로 돌아오기 바람.〉

기차가 애틀랜타에 도착했을 때는 해 질 녘이었고, 안개처럼 가벼운 빗발 속으로 도시의 형체가 부옇게 드러났다. 거리의 가스등이 안개 속의 노란 얼룩처럼 침침하게 빛났다. 레트는 승용 마차를 타고 나와 역에서 기다렸다. 그의 얼굴을 보자 그녀는 전보를 받았을 때보다 더욱 겁이 났다. 스칼렛은 이렇게 무표정한 그의 얼굴을 본 적이 없었다.

「혹시 멜라니가 ──」 그녀가 소리쳤다.

「아냐. 아직 살아 있어.」 레트는 마차를 타도록 그녀를 부축해 주었다.

「윌크스 부인 댁으로 가야 하는데, 가능한 한 빨리 가도록 해.」 그가 마부에게 명령했다.

「멜라니한테 무슨 일이 있었나요? 난 몸이 아픈 줄 몰랐는데요. 지난 주일에는 아무렇지도 않은 듯 보였어요. 사고라도 생겼나요? 오, 레트, 당신의 전보 내용처럼 심각하지야 ──」

「오래 못 가겠어.」 레트가 말했는데, 그의 목소리는 얼굴이나 마찬가지로 무감각했다. 「당신이 보고 싶다더군.」

「멜리는 안 돼요! 오, 멜리는 안 돼요! 어디가 아픈가요?」

「유산을 했어.」

「유 ── 유 ── 유산을 하다니 ── 하지만, 레트, 멜리는 ──」 스칼렛이 말을 더듬었다. 이런 얘기를 더구나 그의 입을 통해서 듣다니 놀라움에 숨이 막힐 지경이었다.

「그녀가 아이를 낳으리라는 걸 당신은 몰랐어?」

스칼렛은 머리조차 흔들 기력이 없었다.

「아, 글쎄, 몰랐겠지. 멜리가 누구한테도 얘기하지 않았을 테니까. 멜리는 깜짝 놀라게 해줄 속셈이었거든. 하지만 난 알았어.」

「당신은 알았다고요? 하지만 분명히 멜리가 당신한테 얘기를 하지는 않았을 텐데요!」

「나한테야 얘기할 필요가 없었지. 난 알았으니까. 그녀는 지난 두 달 동안 무척 행복해했고 — 그래서 난 그녀의 행복감이 의미하는 바가 따로 없으리라고 짐작했어.」

「하지만, 레트, 아이를 또 가지면 죽는다고 의사 선생님이 말했어요!」

「그대로 된 셈이야.」 레트가 말했다. 그러고는 마부에게, 「정말 더 빨리 못 가겠어?」

「하지만, 레트, 멜리가 죽으면 안 돼요! 나는 — 난 죽지 않았고 — 나는 —」

「그녀에게는 당신 같은 힘이 없어. 그 여자는 힘이라곤 가져 본 적이 전혀 없었지. 마음 이외에는 아무것도 없는 여자였으니까.」

납작하고 작은 집 앞에서 마차가 한 차례 흔들리더니 멈추었고, 레트는 그녀가 내리도록 손을 잡아 주었다. 겁이 나고 벌벌 떨리며, 갑자기 외로운 기분의 엄습을 받은 그녀는 레트의 팔을 움켜잡았다.

「안으로 들어가실 거예요, 레트?」

「아니.」 다시 마차를 타며 그가 말했다.

그녀는 앞 층계를 달려 올라가서, 포치를 가로지르고는, 문을 벌컥 열었다. 그곳 노란 등불을 밝힌 방에는 애슐리와 피티 고모와 인디아가 앉아 있었다. 스칼렛은 생각했다. 〈인디아가 무엇 하러 왔을까? 멜라니는 인디아더러 다시는 이 집에 발도 들여놓지 말라고 했는데.〉 세 사람은 그녀를 보고 몸을 일으켰는데, 피티 고모는 떨리는 입술을 진정시키려고 깨물었으며, 슬픔에 젖은 인디아는 증오를 잊은 눈으로 그녀를 빤히 쳐다보았다. 애슐리는 몽유병자처럼 멍청한 표정이었고, 그녀에게로 와서 팔을 잡고 얘기를 할 때는 말투도 몽유병자 같았다.

「아내가 당신을 찾았어요.」 그가 말했다. 「아내가 당신을 찾았어요.」

「지금 만나 봐도 될까요?」 스칼렛은 문이 닫힌 멜라니의 방을 향해 돌아섰다.

「안 돼요. 지금은 미드 박사님이 안에 계세요. 당신이 와줘서 기뻐요, 스칼렛.」

「난 최대한 서둘러 왔어요.」 스칼렛은 둥근 모자와 소매 없는 외투를 벗었다. 「기차가 —. 정말로 멜리가 그런지 —. 얘기해 봐요, 훨씬 좋아졌겠죠. 안 그래요, 애슐리? 나한테 얘기를 하세요! 그런 눈으로 쳐다보지 말고요! 멜리가 정말로 —」

「아내가 자꾸만 당신을 찾았어요.」 애슐리가 말하고는 그녀의 눈을 들여다보았다. 그리고 그의 눈에서 스칼렛은 그녀가 알고 싶은 의문에 대한 답을 찾아냈다. 잠깐 동안 그녀의 심장이 우뚝 멈추었고, 그러더니 불안감보다는 훨씬 강렬하고, 슬픔보다도 훨씬 강한 어떤 미묘한 두려움이 가슴속에서 뛰기 시작했다. 그럴 리가 없어, 두려움을 억누르려고 애쓰며 열띤 마음으로 스칼렛은 생각했다. 의사들도 실수를 하니까. 나는 그것이 진실이라고는 믿지 않겠어. 나는 그것이 진실이라고 믿을 수는 없어. 그렇게 믿었다가는 난 비명이라도 지를 거야. 난 무슨 다른 생각을 해야만 돼.

「난 안 믿어요!」 어디 반박을 하려면 해보라고 도전을 하는 듯 세 사람의 앙상한 얼굴을 둘러보며 그녀가 격렬하게 말했다. 「그리고 멜라니는 왜 나한테 얘기를 하지 않았나요? 그런 줄 알았더라면 난 절대로 매리에타에 가지 않았을 텐데요!」

애슐리의 눈이 되살아나며 고통을 드러냈다.

「아내는 아무에게도, 스칼렛, 특히 당신에게는 얘기하지 않았어요. 아내는 당신이 알면 야단을 칠까 봐 걱정했으니까요. 아내는 석 달 — 안전하고 확실하다고 생각될 때까지 기다렸다가 당신을 놀라게 해주고, 의사들이 얼마나 잘못 알았느냐는 얘기를 웃으면서 하고 싶었죠. 아내는 굉장히 행복해했어요. 아내가 아기라면 어느 정도로 — 딸아이를 얼마나 두고 싶어 했는지 당신도 잘 알잖아요. 그리고 만사가 제대로 잘 진행되었는데 — 그러다가 아무런 이유도 없이 —」

문이 조용히 열리고 미드 박사가 멜라니의 방에서 복도로 나오더니 다시 문을 닫았다. 그는 허연 수염을 가슴으로 쓸어내리고는 잠깐 동안 서서 생각에 잠겼다가, 갑자기 얼어붙은 듯 꼼짝도 하지 않는 네 사람을 쳐다보았다. 그의 시선은 마지막으로 스칼렛에게 머물렀다. 의사가 그녀에게로 오는 사이에 스칼렛은 그의 눈에 슬픔이 담겼음을 보았고, 겁에 질린 그녀의 마음에서 죄의식이 마구 넘치게 만드는 그런 경멸과 반발의 표정도 함께 보았다.

「그래, 결국 왔군요.」 그가 말했다.

그녀가 미처 대답도 하기 전에 애슐리가 닫힌 문을 향해 가려고 했다.

「당신은 아직 아니에요.」 의사가 말했다. 「부인은 스칼렛과 얘기하겠다는군요.」

「의사 선생님.」 그의 소매에 손을 얹으며 인디아가 말했다. 비록 별다른 어조가 담기지 않았어도, 그녀의 목소리는 어휘보다 훨씬 웅변적이었다. 「나도 멜리를 잠깐 만나게 해줘요. 난 아침부터 여기서 기다렸지만, 멜라니는 ―. 나도 잠깐 만나게 해주세요. 난 내가 ― 무슨 문제에 대해서 ― 내가 잘못이었다는 얘기를 하고 싶은데 ― 그 얘기를 꼭 해야만 된다고요.」

부탁을 하는 동안 그녀는 애슐리나 스칼렛을 쳐다보지 않았지만, 미드 박사는 싸늘한 눈초리를 스칼렛에게 던졌다.

「그렇게 하도록 해보겠어요, 미스 인디아.」 그가 짤막하게 말했다. 「하지만 당신이 잘못이었다는 얘기나 하느라고 멜라니의 힘을 다 기진하게 하지는 않겠다고 약속해야만 해요. 멜라니는 당신이 잘못이었다는 걸 알고, 당신이 사과하는 말을 들으면 걱정만 할 뿐이죠.」

피티가 우물쭈물 입을 열었다. 「부탁이에요, 미드 박사 ―」

「미스 피티, 당신은 들어가 봤자 비명을 지르고 기절이나 할 거잖아요.」

피티는 작고 통통한 몸집을 꼿꼿하게 세우고는 의사를 빤히 마주 쳐다보았다. 그녀의 눈에서는 눈물이 나오지 않았고, 온몸으로 위엄을 갖추었다.

「글쎄요, 그렇다면 좋습니다. 좀 기다렸다가 만나도록 하세요.」 의사가 훨씬 상냥하게 말했다. 「이리 와요, 스칼렛.」

그들은 발돋움을 하고 문이 닫힌 방으로 복도를 내려갔고, 의사는 스칼렛의 어깨를 꽉 움켜잡았다.

「자, 이것 봐요.」 의사가 짤막하게 귀엣말을 했다. 「신경질을 부리거나, 임종하는 마당이니까 당신이 고백을 한다거나, 무슨 허튼수작을 벌였다가는, 하느님의 이름으로 내가 맹세컨대, 당신 목을 비틀어 버리겠어요! 그렇게 순진한 척하며 날 빤히 쳐다보지 말아요. 내 얘기가 무슨 뜻인지는 당신도 알 테니까요. 미스 멜리가 편히 숨을 거두게 해야 하니까, 애슐리에 관한 어떤 쓸데없는 소리를 해서 당신 양심이나 홀가분해지려고 했다가는 큰일 날 줄 알아요. 난 지금까지 여자를 해친 적이 한 번도 없었지만, 지금 당신이 무슨 소리를 했다가는 — 나한테 단단히 혼나야 할 거요.」

그는 미처 스칼렛이 대답도 하기 전에 문을 열고는 그녀를 방으로 밀어 넣은 다음 닫았다. 검정 호두나무로 값싸게 치장한 자그마한 방은 등잔을 신문지로 가려 조명이 어두컴컴했다. 여학생의 방처럼 자그마하고 깔끔한 멜라니의 침실에는 좁다랗고 등받이가 나지막한 작은 침대를 들여놓았고, 수수한 작은 그물 커튼을 한 바퀴 말아서 뒤로 축 늘어뜨렸고, 방바닥에는 빛이 바랬지만 깨끗한 넝마 융단을 깔아서, 스칼렛의 침실을 가득 채운 으리으리하고 높다란 가구나, 벽에 걸린 분홍빛 능라 휘장 그리고 장미 무늬가 현란한 융단을 깐 마룻바닥과는 대조를 이루었다.

이불을 덮고 누운 멜라니는, 자그마한 몸집이 납작하게 쪼그라들어서, 어린 계집아이처럼 보였다. 얼굴 양쪽으로는 땋아 내린 검은 머리 두 가닥이 늘어졌고, 감은 눈이 두 개의 보랏빛 동그라미 속으로 푹 꺼졌다. 그녀의 모습을 보자 스칼렛은 몸을 문에 기대고는 제자리에 얼어붙었다. 방 안이 침침했어도 멜라니의 얼굴이 왁스처럼 누런빛임을 스칼렛은 당장 알아챘다. 그 얼굴에서는 생명의 피가 고갈되었고, 코는 바싹 야윈 앙상한 인상을 주었다. 방금 전까지만 해도 스칼렛은 미드 박사가 잘못 알았기를 바랐었다. 하지만 이제는 분명해졌다. 전쟁 동안 병원에서 이런 앙상한 표정의 얼굴을 워낙 많이 보아 왔기 때문에 그것이 어떤 필연적인 징조인지를 스칼렛은 당연히 알았다.

멜라니는 곧 죽을 몸이었지만, 잠깐 동안 스칼렛의 마음은 그런 사실을 받아들이기를 거부했다. 멜라니가 죽어서는 안 된다. 그녀가 죽는다는 것은 불가능했다. 스칼렛이 이토록 멜라니를 필요로 하는데 하느님이 그녀가 죽도록 그냥 내버려 둘 리가 없었다. 그녀가 멜라니를 필요로 하리라는 생각이 지금까지는 스칼렛의 머리에 떠오른 적이 없었다. 하지만 이제는 진실이 왈칵 몰려들어 그녀의 가슴 가장 깊은 속까지 스며들었다. 스칼렛은 자신에게 의지하면서도 멜라니에게 의지했으며, 그러면서도 그런 사실을 전혀 깨닫지 못했었다. 이제는 멜라니가 죽음을 눈앞에 두었고, 멜라니가 없으면 그녀 또한 살아가지 못하리라고 스칼렛은 깨달았다. 그녀는 전율감으로 가슴을 죄며, 발돋움을 하고 방을 가로질러, 말없이 멜라니에게로 다가가며, 멜라니가 그녀에게는 칼이요 방패였으며, 위안이요 힘이었음을 깨달았다.

〈난 멜리를 꼭 껴안아야 되겠어! 난 그녀가 멀리 가지 못하게 붙잡아야 해!〉 그녀는 생각했고, 치마를 바스락거리며 침대 옆에 주저앉았다. 황급히 그녀는 이불 위로 축 늘어진 멜리의 손을 움켜잡았고, 싸늘한 촉감에 다시금 겁이 났다.

「나예요, 멜리.」 그녀가 말했다.

멜라니가 눈을 가늘게 떴고, 그러더니 정말로 스칼렛이 찾아와서 안심이라는 듯 다시 감았다. 잠깐 침묵을 지킨 다음 그녀는 심호흡을 하더니 나지막이 말했다.

「약속하겠어요?」

「오, 뭐든지 다요!」

「보우 — 내 아이를 돌봐 줘요.」

목구멍이 치밀어 올라와 막히는 기분을 느끼며 스칼렛은 겨우 머리를 끄덕이고, 그러겠다는 뜻으로 잡고 있던 멜라니의 손을 부드럽게 꼭 쥐었다.

「아이를 주겠어요.」 그녀는 지극히 희미하게 미소를 지었다. 「난 전에도 애를 스칼렛에게 주었었는데 — 기억해요? — 아이가 태어나기 전이었죠.」

기억하느냐고? 어떻게 그때를 조금이라도 잊겠는가? 마치 끔찍했던 그날이 되돌아오기라도 한 듯 생생하게 그녀는 9월 한낮의 숨 막히는 열기를 느꼈고, 양키들의 공포를 기억했고, 후퇴하는 병사들의 터벅거리는 발소리가 귓전에 들려왔고, 혹시 그녀가 죽으면 아기를 데리고 가달라고 애원하는 멜라니의 목소리가 생각났으며 — 그때 멜라니가 얼마나 미웠고, 차라리 그녀가 죽기를 바랐었던 순간까지도 기억났다.

〈내가 멜리를 죽게 했어.〉 미신적인 고뇌를 느끼며 그녀는 생각했다. 〈그녀가 죽기를 내가 너무나 자주 바랐기 때문에 하느님이 내 소원을 듣고는 나한테 벌을 내리셨어.〉

「오, 멜리, 그런 소리 하지 말아요! 이번만큼은 이겨 내리라고 잘 알면서 —」

「아니에요. 약속해요.」

스칼렛은 침을 꿀꺽 삼켰다.

「내가 약속하리라는 건 잘 알잖아요. 난 보우를 내 친아들처럼 키우겠어요.」

「대학도 보내고요?」 멜라니가 굴곡이 없고 힘도 없는 목소리로 물었다.

「오, 그럼요! 대학교도 보내고, 하버드에를 보내고, 유럽에도 보내고, 원하는 대로 무엇이나 다 해주고 — 그리고 — 그리고 — 망아지에다 — 음악 교습에다 —. 오, 제발! 멜리, 힘을 내봐요! 힘을 내라고요!」

다시금 침묵이 흘렀고, 멜라니의 얼굴에는 말을 이어 가기 위해 힘을 모으려고 안간힘을 쓰는 표정이 역력했다.

「애슐리.」 그녀가 말했다. 「애슐리와 스칼렛은 —」 그녀의 목소리가 힘이 빠지더니 잠잠해졌다.

애슐리의 이름이 나오자 스칼렛은 마음속이 화강암처럼 싸늘해지면서 심장이 멎었다. 멜라니는 처음부터 알았던 모양이었다. 스칼렛은 이불에 머리를 파묻었고, 잔인한 손이 붙잡고는 놓아주지를 않는 듯 흐느낌이 목구멍에서 걸려 올라오지를 못했다. 멜라니는 알았다. 스칼렛은 이제 부끄러움도 넘어선 단계였고, 오랜 세월에 걸쳐서 이토록 착한 여자의 마음을 그녀가 아프게 했다는 격렬한 가책 이외에는 어떤 감정도 느끼지 못했다. 멜라니는 알았고 — 그러면서도 끝까지 친구로서의 의리를 지켰다. 오, 지난 세월을 다시 살 기회만 생긴다면! 그녀는 절대로 다시는 애슐리와 시선을 마주치지 않으리라.

「오, 하느님.」 그녀는 빨리 기도를 드렸다. 〈제발 멜리가 살아나게 해주소서! 저는 그녀에게 보답을 하겠나이다. 그녀에게 아주 잘해 주겠나이다. 하느님께서 만일 멜리로 하여금 건강을 회복하게만 해주신다면 나는 죽을 때까지 다시는 애슐리에게 절대로 얘기도 하지 않겠나이다.〉

「애슐리.」 멜라니가 힘없이 다시 말했고, 스칼렛의 수그린 머리를 만지려고 손가락을 뻗었다. 그녀의 엄지와 검지는 겨우 아기만큼밖에 안 되는 힘으로 스칼렛의 머리카락을 끌어당겼다. 스칼렛은 그것이 무슨 의미인지를 알았는데, 멜라니는 그녀가 얼굴을 들기를 바랐다. 하지만 스칼렛은 그러고 싶지가 않았고, 멜라니와 시선이 마주치고는 진실을 아는 그녀의 눈에 담긴 표정을 직면하기가 싫었다.

「애슐리.」 멜라니가 다시금 나지막이 말했고, 스칼렛은 잔뜩 몸을 도사렸다. 최후 심판의 날을 맞아 하느님의 얼굴을 마주 보고 자신이 받아야 할 형벌을 당신의 눈에서 읽어 낸다고 하더라도 지금처럼 암담하지는 않을 듯싶었다. 그녀는 영혼이 위축되었지만, 머리를 들었다.

그녀는 변함없이 사랑하려는 검은 눈, 푹 꺼지고 죽음이 서려 피로를 느끼는 눈과, 숨을 쉬려고 피곤하게 고통과 싸우는 입, 한결같이 부드러운 입을 보았을 따름이었다. 거기에는 아무런 꾸중도, 아무런 비난이나 두려움도 없었고, 할 말을 다 끝낼 기운이 없을까 봐 걱정된다는 초조함뿐이었다.

잠깐 동안 스칼렛은 갑자기 정신이 멍해지며 안도감조차도 느끼지 못했다. 그리고 멜라니의 손을 꼭 잡고 잠시 더 기다리는 사이에, 하느님에 대해서 느끼는 따스한 고마움이 홍수처럼 그녀를 휩쓸었고, 어린 시절 이후 처음으로 그녀는 이기적이 아닌 겸손한 기도를 드렸다.

〈감사합니다, 하느님. 그런 은혜를 받을 만한 자격이 저한테 없다는 건 알지만, 어쨌든 멜리가 알지 못하게 해주셔서 하느님께 감사합니다.〉

「애슐리가 어쨌다는 얘긴가요, 멜리?」

「스칼렛이 — 그이를 돌봐 주지 않겠어요?」

「오, 그러죠.」

「그이는 걸핏하면 — 감기에 잘 걸려요.」

잠깐 침묵이 흘렀다.

「그이 사업도 — 돌봐 주고요 — 알겠죠?」

「그래요, 알아요. 그렇게 하겠어요.」

그녀는 굉장히 힘이 드는 듯싶었다.

「애슐리는 — 현실적이 아니에요.」

멜라니로 하여금 남편에 대한 그런 의리 없는 말을 하게 만든 힘은 오직 죽음뿐이었다.

「그이를 돌봐 줘요, 스칼렛. 하지만 — 절대로 — 그이가 눈치를 채지 못하게 해요.」

「난 애슐리를 돌봐 주고 사업도 돌봐 주겠지만, 절대로 눈치채지 못하게 하겠어요. 난 그저 제안하는 정도로만 그치겠어요.」

멜라니는 겨우 자그마한 미소를 지었지만, 스칼렛과 시선이 마주치는 순간의 미소에는 승리감이 감돌았다. 그들의 눈길은 너무나도 험난한 세상으로부터 애슐리를 보호하는 임무가 한 여자에게서 다른 여자에게로 인계되었으며, 애슐리가 남자로서 간직해야 할 자존심을 지켜 주려면 그들의 약속이 절대로 알려지지 않아야 한다는 다짐을 주고받았다.

스칼렛의 약속과 더불어 마음이 편해지기라도 한 듯 이제는 그녀의 피곤한 얼굴에서 투쟁하려는 기운이 자취를 감추었다.

「스칼렛은 정말로 총명하고 — 정말로 용감하고 — 항상 나한테 정말로 잘해 주고 —」

멜라니의 말을 듣자 그녀는 흐느낌이 목구멍을 타고 마구 올라와서, 손으로 입을 틀어막아야만 했다. 이제 그녀는 어린아이처럼 엉엉 울음을 터뜨리며 〈난 나쁜 여자였어요! 난 멜리한테 너무나 나쁜 짓을 했어요! 난 멜리를 위해서 해준 일이 하나도 없어요! 그것은 다 애슐리를 위해서였어요〉라는 소리를 외치고 싶은 심정이었다.

그녀는 자제력을 되찾으려고 엄지손가락을 이빨로 꽉 깨물며 벌떡 몸을 일으켰다. 레트의 말이 다시금 그녀의 머리에 떠올랐다. 〈그 여자는 틀림없이 당신을 좋아해. 그건 당신이 짊어져야 할 십자가야.〉 그렇다, 이제는 십자가가 더 무거워졌다. 멜라니에게서 애슐리를 빼앗으려고 온갖 수단을 다 동원했다는 것만도 상당히 나쁜 일이었다. 하지만 이제는 그것도 모자라다는 듯, 지금까지 줄곧 맹목적으로 그녀를 믿어 왔던 멜라니가 죽음에 임박해서도 똑같은 사랑과 믿음을 베풀었다. 그렇다, 그녀는 얘기할 용기가 없었다. 그녀는 〈기운을 차리려고 힘을 내봐요〉라는 소리조차 다시 입 밖에 꺼내지 못했다. 그녀는 멜라니로 하여금 투쟁도 하지 않고, 눈물도 흘리지 않고, 슬픔도 느끼지 않고, 그냥 편히 가게 해줘야만 했다.

문이 살그머니 열리고는 미드 박사가 문간에 서서 단호하게 손짓해 불렀다. 스칼렛은 눈물을 억지로 삼키며 침대 위로 허리를 숙이고, 멜라니의 손을 잡아 뺨에 갖다 댔다.

「잘 자요.」 그녀가 말했고, 그녀의 목소리는 스스로 예상했던 것보다 훨씬 차분했다.

「약속해요.」 이제는 아주 부드러워진 목소리로 멜라니가 나지막이 말했다.

「무엇이라도 다 약속할게요.」

「버틀러 선장님 — 그분한테 상냥하게 해드려요. 그분은 — 스칼렛을 진심으로 사랑해요.」

〈레트가?〉 스칼렛은 어리둥절해서 생각했는데, 이런 말이 그녀에게는 아무 의미도 없었다.

「그래요, 정말 그래요.」 스칼렛이 기계적으로 말하고는, 가볍게 멜리의 손에다 입을 맞추고는, 손을 침대에 다시 내려놓았다.

「여자들에게 어서 들어오라고 말을 전해요.」 그녀가 문을 지나 나가려니까 의사가 속삭였다.

그녀는 바스락 소리가 나지 않도록 치마를 옆구리에 바싹 여미어 붙이고는, 눈물이 글썽거리는 눈으로, 의사를 따라 방으로 들어가는 인디아와 피티를 보았다. 그들이 들어간 다음에 문이 닫혔고, 집 안은 고요했다. 어디를 봐도 애쉴리가 눈에 띄지 않았다. 벌을 받느라고 구석에 가서 선 못된 아이처럼 벽에다 머리를 기대고 스칼렛은 아픈 목을 문질렀다.

문 저쪽에서 멜라니가 떠나려는 참이었고, 그토록 여러 해 동안 의식도 못 하면서 스칼렛이 의지했던 힘이 그녀와 더불어 가버릴 터였다. 어째서, 오, 어째서 그녀는 지금까지 자기가 멜라니를 얼마나 사랑하고 필요로 했는지를 깨닫지 못했을까? 하지만 자그마하고 하찮아 보이던 멜라니가 힘의 첨탑이리라는 생각을 과연 누가 했겠는가? 낯선 사람들 앞에서는 울음이라도 터뜨릴 정도로 수줍어하고, 자신의 의사를 내세우기 위해 언성을 높이지도 못할 정도로 소심하고, 노부인들이 못마땅하게 생각할까 봐 늘 조바심하던 멜라니, 거위조차도 소리를 질러 쫓아 버릴 용기가 없었던 멜라니가? 그러면서도 —.

스칼렛의 마음은 여러 해를 거슬러 올라가서, 푸른 군복을 입은 시체 위로 회색 연기가 피어오르고, 멜라니가 찰스의 군도를 손에 들고 층계 꼭대기에 섰던, 적막하고도 무더운 타라 농장의 한낮이 생각났다. 스칼렛은 그때 〈얼마나 웃기는 일인가! 멜리는 저 칼을 들어 올리지도 못할 텐데!〉라고 생각했던 것도 기억났다. 하지만 지금 그녀는, 만일 꼭 그래야만 할 필요가 있었다면 멜라니가 층계를 달려 내려와 양키를 죽였거나 — 아니면 자신이 죽임을 당했으리라는 사실을 알았다.

그렇다, 그때 멜라니는 자그마한 손에 칼을 들고, 당장이라도 그녀를 위해 싸울 각오로 그곳에 섰었다. 그리고 이제, 슬픈 마음으로 돌이켜 보니, 멜라니는 손에 칼을 들고 언제나 그녀의 곁에 서서, 그녀의 그림자라도 되는 듯 겸손하게 지키고 서서, 그녀를 사랑했고, 맹목적이고도 강렬한 의리로써 그녀를 위해 싸웠고, 양키들과 불과 굶주림과 가난과 소문과 심지어는 사랑하는 친척과도 싸워 주었다는 사실을 깨달았다.

스칼렛은 그녀를 세상으로부터 막아 주려고 번득이던 검이 영원히 칼집에 꽂혀 뽑히지 않으리라는 생각을 하니, 용기와 자신감이 저절로 사라졌다.

〈나한테 친구였던 여자라고는 멜리 한 사람뿐이었어.〉 그녀는 허망하게 생각했다. 〈어머니 이외에는 나를 정말로 사랑했던 유일한 여자였지. 멜라니는 사실 어머니 같기도 했어. 멜리를 아는 모든 사람은 그녀의 치마폭에 매달렸으니까.〉

스칼렛은 문이 닫힌 방에 병들어 누운 사람이 엘렌이고, 마치 그녀가 두 번째로 세상을 떠나는 듯한 기분이 얼핏 들었다. 갑자기 그녀는 다시 타라 농장으로 돌아갔고, 세상 사람들이 그녀의 귓전에서 아우성을 쳤으며, 나약하고 착하고 온순한 자들의 무서운 힘이 곁에 없다면 그녀가 삶과 맞설 용기를 내지 못한다고 깨닫고는 마음이 참담해졌다.

그녀는 겁에 질려 어찌할 바를 모르고 거실에서 서성거렸고, 벽난로에서 너풀거리는 불빛은 그녀 둘레의 벽에 높다랗고 희미한 그림자를 던졌다. 집 안은 쥐 죽은 듯 고요했고, 싸늘하고도 보드라운 빗발처럼 정적은 그녀를 촉촉하게 적셨다. 애슐리! 애슐리는 어디로 갔을까?

그녀는 추워서 불을 찾는 동물처럼 그를 찾으려고 응접실로 갔지만, 애슐리는 그곳에도 없었다. 스칼렛은 그를 찾아야만 했다. 스칼렛은 멜라니의 힘이 무엇인지를 깨달았고, 그녀가 그 힘에 의존한다는 사실도 깨닫기는 했지만, 그런 발견은 깨닫는 순간에 곧 상실했고, 그래도 그녀에게는 아직 애슐리가 남았다. 애슐리는 강하고, 현명하고, 마음의 위안이 되었다. 애슐리와 그의 사랑에서 그녀는 슬픔을 잊게 해주고, 두려움을 몰아낼 용기를 주고, 나약한 그녀가 의지할 힘을 얻었다.

애슐리가 그의 방에 있으리라고 짐작한 그녀는 발돋움을 하고 복도를 내려가서, 문을 두드렸다. 대답이 없기에 그녀는 문을 밀어 열었다. 애슐리는 화장대 앞에 서서 멜라니가 꿰맨 장갑 한 켤레를 물끄러미 내려다보았다. 우선 그는 한 짝을 집어 들더니 마치 생전 처음 보기라도 하는 듯 찬찬히 들여다보았다. 그러더니 유리로 만든 장갑인 듯 조심스럽게 내려놓고는, 다른 짝을 집었다.

그녀는 떨리는 목소리로 〈애슐리!〉라고 불렀으며, 그는 천천히 돌아서서 스칼렛을 쳐다보았다. 졸린 듯 초연한 인상이 사라진 그의 회색 눈은 이제 감정을 숨길 줄 몰랐다. 그의 눈에서 그녀는 자신의 두려움과 같은 두려움을, 그녀보다도 나약한 무기력함을, 그녀가 여태까지 알지 못했던 그런 정도로 심한 당혹을 보았다. 복도에서 그녀를 사로잡았던 공포감은 그의 얼굴을 보자 더욱 깊어졌다. 스칼렛은 그에게로 갔다.

「나 무서워요.」 그녀가 말했다. 「오, 애슐리, 나를 안아 줘요. 난 너무나 무서워요!」

애슐리는 전혀 그녀에게로 다가오지 않았고, 두 손으로 장갑을 잔뜩 움켜쥔 채 멍하니 쳐다보기만 했다. 스칼렛은 그의 손에 팔을 얹고 나지막이 말했다. 「왜 그래요?」

그의 눈은 무엇인지를 찾아내려고 열심히, 필사적으로 그녀를 살펴보았지만, 찾지 못했다. 마침내 입을 열었을 때, 그의 목소리는 제 목소리가 아니었다.

「난 당신이 있었으면 했어요.」 그가 말했다. 「난 달려 나가 당신을 찾아보려 했고 — 위로를 받으려는 어린아이처럼 달려 나가려 했는데 — 이제 보니 당신은 나보다도 더 겁이 나서 도망쳐 온 어린아이로군요.」

「당신이 그럴 리가 — 당신은 겁이 났을 리가 없어요.」 그녀가 소리쳤다. 「지금까지 당신은 아무것도 두려워하지 않았어요. 하지만 나는 —. 당신은 항상 워낙 강해서 —」

「만일 내가 조금이라도 강했던 적이 있다면 그건 아내가 내 뒤에서 지켜 주었기 때문이에요.」 그가 울먹이는 목소리로 말하고는, 장갑을 내려다보며, 손가락들을 하나씩 폈다. 「그리고 — 그리고 — 내가 지금까지 간직했던 모든 힘이 지금은 아내와 더불어 사라지는 중이에요.」

그의 나지막한 목소리에 담긴 미칠 듯한 절망의 어조는 그녀로 하여금 애슐리의 팔에서 손을 내리고 뒷걸음질을 치게 만들 정도로 처절했다. 그리고 그들 사이에 자리 잡은 무거운 침묵 속에서 그녀는 평생 처음으로 애슐리의 참된 면모를 이해하게 되었다는 기분이 들었다.

「저 —」 그녀는 천천히 말했다. 「글쎄요, 애슐리, 당신은 멜리를 사랑하는군요, 안 그래요?」

그는 말을 하기가 힘이 드는 듯싶었다.

「지금까지 현실 세계에서 살아 숨 쉬고, 죽지 않는 내 꿈은 오직 그녀 한 사람뿐이었어요.」

〈꿈이라고!〉 해묵은 불안감이 술렁이며 그녀는 생각했다.

〈애슐리는 항상 꿈밖에 몰라! 현실 감각은 없고 말이야!〉

무겁고도 조금쯤은 비통한 마음으로 그녀가 말했다. 「당신은 정말로 한심한 바보였어요, 애슐리. 당신은 왜 나 같은 것 백만 명보다 멜리가 훌륭하다는 사실을 깨닫지 못했나요?」

「스칼렛, 제발! 의사 선생님의 얘기를 들은 후에 내가 얼마나 고민했는지 당신이 알기만 한다면 —」

「당신이 고민했다고요! 당신 생각에는 그럼 내가 —. 오, 애슐리, 당신이 사랑하던 여자는 내가 아니라 멜리였다는 사실을 당신은 벌써 오래전에 아셨어야 해요! 왜 그렇게 못 하셨나요? 그러면 사정이 무척, 정말로 달라졌을 텐데 — 오, 당신은 명예니 희생이니 하는 얘기 따위로 나한테 애를 먹이는 대신 진실을 깨달았어야 해요! 오래전에 만일 당신이 진심을 애기했더라면, 나는 — 나는 죽고 싶을 정도로 고민했겠지만, 그래도 어떻게 해서든지 견뎌 냈을 거예요. 하지만 당신은 지금까지, 멜리가 죽을 때까지 기다려서야 진실을 깨닫게 되었고, 이제는 너무 늦어서 어쩔 도리가 없어요. 오, 애슐리, 그런 건 여자들이 아니라 — 남자들이 알아서 해야 하잖아요! 당신은 처음부터 멜리를 사랑했고, 나를 원했던 건 다만 — 레트가 워틀링이라는 여자를 원하는 그런 식으로만 원했다고 분명히 깨달았어야 해요!」

스칼렛의 말에 그는 흠칫했지만, 그녀와 시선이 마주친 애슐리의 눈은 아직도 침묵과 위안을 갈망했다. 애슐리의 얼굴에 나타난 모든 표정이 그녀의 말에 담긴 진실을 시인했다. 자신에 대해서 내리는 애슐리의 형벌이 그녀가 자행할 어떤 형벌보다도 훨씬 가혹하리라는 암시가 그의 축 늘어진 어깨에서 역력히 드러났다. 애슐리는 말없이 그녀 앞에 서서, 마치 그것이 그를 이해해 주는 손길이라도 된다는 듯 장갑을 잔뜩 움켜쥐기만 했고, 그러자 그녀가 한 말에 뒤이은 적막 속에서, 스칼렛의 마음에서는 분노가 사라지고 대신 경멸이 뒤섞인 연민이 머리를 들었다. 그녀는 양심의 가책으로 질식할 지경이었다. 그녀는 애슐리를 돌봐 주겠다고 멜라니에게 약속했으면서도 — 패배하고 무방비 상태인 남자에게 발길질을 하는 셈이었다.

〈그리고 멜리에게 약속을 하자마자 난 그에게 뼈아프고 못된 말을 했는데, 그런 말은 할 필요도 없었고, 어느 누구라고 해도 그런 말은 할 필요가 없었겠지. 애슐리는 진실을 알고, 바로 그 진실 때문에 죽고 싶은 심정일 테니까.〉 그녀는 쓸쓸하게 생각했다. 〈애슐리는 성장하지 못한 거야. 그는 나처럼 어린아이여서, 그녀를 잃는다는 두려움으로 병이 날 지경이지. 멜리는 어떤 일이 벌어질지를 미리 알았고, 멜리는 애슐리를 나보다 훨씬 잘 알았어. 그렇기 때문에 그녀는 애슐리와 보우를 나에게 돌봐 달라고 단숨에 얘기해 버린 거야. 도대체 애슐리가 어떻게 견뎌 낸다는 말인가? 난 견딜 수 있어. 난 무엇이라도 다 견디어 내니까. 난 정말로 많은 장애물을 극복해야 했지. 하지만 애슐리는 그럴 능력이 없고 — 애슐리는 멜리가 없으면 아무것도 이겨 낼 힘이 없어.〉

「날 용서하세요, 애슐리.」 두 팔을 내밀며 그녀가 부드럽게 말했다. 「당신이 얼마나 괴로워하는지 난 알아요. 하지만 멜리가 아무것도 모른다는 사실을 잊지 마시고 — 멜리는 전혀 의심조차 하지 않았는데 — 하느님은 우리들에게 은혜를 베푸신 셈이죠.」

애슐리는 재빨리 그녀에게로 와서 무작정 끌어안았다. 그녀는 위안을 주려고 따스한 뺨을 그의 뺨에 갖다 대기 위해 발돋움을 했고, 한 손으로는 그의 목덜미를 쓰다듬었다.

「울지 말아요, 애슐리. 멜리는 당신이 용감해지기를 바라니까요. 멜리는 잠시 후에 당신을 보려고 할 테니까, 당신은 용감해야만 해요. 당신이 울었다는 걸 멜리가 알아서는 안 돼요. 그러면 멜리가 걱정할 테니까요.」

애슐리는 숨을 쉬기도 힘들 정도로 그녀를 꽉 껴안았고, 목이 멘 그의 음성이 귓전에서 들려왔다.

「난 어떻게 해야 하나요? 난 — 그녀가 없으면 못 살아요!」

「나도 마찬가지예요.」 멜라니 없이 보내야 할 오랜 세월을 상상하고는, 두려움을 떨쳐 버리려고 부르르 몸을 떨면서 그녀는 생각했다. 하지만 그녀는 각오를 단단히 했다. 애슐리는 그녀에게 의지했고, 멜라니도 그녀에게 의지했다. 타라 농장에서 지친 몸으로 술에 취해 전에도 언젠가 생각했듯이, 스칼렛은 생각했다. 〈짐을 질 만큼 어깨가 튼튼한 사람이라야 짐을 지게 마련이야.〉 그렇다, 그녀의 어깨는 튼튼했고, 애슐리의 어깨는 그렇지 못했다. 그녀는 짐을 걸머지려고 어깨를 활짝 폈고, 마음은 전혀 그렇지 못했어도 겉으로는 차분한 태도를 보이며, 들뜬 감정이나 열망이나 걱정을 보이지 않으며, 오직 냉정한 부드러움만을 느끼며, 그의 축축한 뺨에다 입을 맞추었다.

「어떻게 해서든 — 우린 헤쳐 나갈 거예요.」 그녀가 말했다.

복도로 통하는 문이 갑자기 왈칵 열렸고, 미드 박사가 다급하고 날카로운 목소리로 불렀다.

「애슐리! 얼른요!」

〈하느님 맙소사! 멜리가 갔구나!〉 스칼렛은 생각했다. 〈그리고 애슐리는 그녀에게 작별 인사도 못 했어! 하지만 어쩌면 —.〉

「서둘러요!」 얼빠진 사람처럼 멍하니 서서 머뭇거리는 애슐리를 밀어내며 그녀가 큰 소리로 외쳤다. 「어서요!」

그녀는 문을 당겨 열고는 빨리 나가라고 그에게 손짓했다. 그녀의 말에 얼핏 정신을 차린 그는 장갑을 그대로 움켜쥔 채 복도로 달려 나갔다. 그녀는 잠깐 빠른 발소리를, 그러고는 문이 닫히는 소리를 들었다.

그녀는 또다시 〈하느님!〉 하고 부르짖고는, 천천히 침대로 가서 걸터앉아, 머리를 두 손에 파묻었다. 그녀는 갑자기 피곤해졌는데, 이토록 지치기는 지금이 평생 처음이었다. 문이 닫히는 소리와 더불어 그녀를 붙잡고 휘두르던 긴장감이, 그녀에게 힘을 주던 긴장감이 갑자기 탁 풀렸다. 그녀는 육체가 지치고 감정이 고갈된 기분을 느꼈다. 이제 그녀는 슬픔이나 회한, 두려움이나 놀라움을 전혀 느끼지 못했다. 그녀는 지쳤고, 마음은 벽난로 선반 위에 놓인 시계처럼 기계적으로, 둔탁하게, 재깍거리며 멀어져 갔다.

멍한 속에서도 한 가지 생각이 머리를 들었다. 애슐리는 그녀를 사랑하지 않았고, 정말로 그녀를 사랑했던 적이 전혀 없었으며, 그런 사실을 깨달았어도 그녀의 마음이 아프지 않았다. 마음이 아팠어야 당연한 일이었다. 그녀는 눈앞이 캄캄하고, 상심을 하고, 이런 숙명에 대해서 당장이라도 울부짖어야 옳았다. 스칼렛은 참으로 오랫동안 그의 사랑에 의지해 왔었다. 그토록 많은 암담한 곤경에 처했을 때는 그의 사랑이 스칼렛에게 지탱할 힘을 주었다. 그렇지만 진실은 밝혀졌다. 애슐리는 그녀를 사랑하지 않았고, 그래도 스칼렛은 개의치 않았다. 그녀는 애슐리를 사랑하지 않았기 때문에 개의치 않았다. 스칼렛은 그를 사랑하지 않았고, 따라서 그가 무슨 말이나 행동을 하더라도 그녀의 마음을 아프게 하지 않았다.

그녀는 침대에 누워 피곤한 머리를 베개에 얹었다. 〈하지만 나는 애슐리를 사랑해. 나는 오래전부터 그를 사랑했어. 사랑은 단숨에 냉담해지지는 않아〉라고 자신에게 말해 봐도 소용이 없는 일이었고, 그런 관념과 싸움을 벌이려고 해도 소용이 없는 일이었다.

어쨌든 그녀의 사랑은 변할 수가 있었고, 사실상 변했다.

〈애슐리는 상상의 세계 이외에는 전혀 현실적으로 존재하지 않았어.〉 그녀는 나른하게 생각했다. 〈나는 스스로 상상해 낸 무엇인가를, 멜리처럼 죽어 버린 무엇인가를 사랑했어. 난 예쁜 옷을 한 벌 지어 놓고는 그 옷을 사랑하게 되었지. 그리고 그토록 미남이고, 그토록 특이한 애슐리라는 인물이 말을 타고 나타나자, 난 내가 만든 옷을 그에게 입혔고, 그의 몸에 맞건 말건 억지로 입혔어. 그리고 난 그의 참된 모습을 보려고 하지도 않았지. 난 예쁜 옷을 계속해서 사랑했고 — 내 사랑의 대상은 전혀 애슐리가 아니었어.〉

그녀는 이제야 기나긴 세월을 돌이켜 볼 안목이 생겼고, 햇살이 눈부신 타라 농장에 서서, 은빛 투구처럼 금발 머리를 반짝이며 말을 타고 오던 젊은이 때문에 흥분한 마음으로, 꽃무늬를 박은 초록빛 디미티 차림인 자신의 모습을 회상했다. 스칼렛은 애슐리라는 인물이 그녀의 어린 시절 환상에 지나지 않았으며, 그에 대한 사랑이 현실적으로는 그녀가 제럴드를 졸라 얻어 낸 남록색 귀고리에 대한 응석이 섞인 욕망보다 조금도 의미가 깊지 않았음을 이제는 분명히 깨달았다. 그러했던 까닭은, 돈을 제외한 모든 대상은 그녀가 실제로 소유한 다음에는 항상 가치를 상실했듯이, 일단 그녀가 소유하고 난 다음에는 귀고리도 가치를 상실했기 때문이었다. 그래서, 만일 아득하게 멀어진 지난날에 그녀가 애슐리와 결혼하지 않겠다고 당당하게 거절하는 만족감을 누렸기만 했다면, 애슐리도 역시 하찮은 존재가 되어 버렸을 터였다. 만일 스칼렛이 한 번이라도 그를 마음대로 휘어잡았고, 그가 다른 청년들처럼 몸이 달아서, 그녀에게 치근덕거리고, 질투를 하고, 심술을 부리고, 애걸하는 꼴을 보았더라면, 새로운 남자를 만났을 때마다 그녀를 사로잡았던 미친 듯한 열정도 수그러졌겠고, 가벼운 바람과 햇빛을 만나 사라지는 안개처럼 열광은 삽시간에 날아가 버렸으리라.

〈나는 얼마나 한심한 바보였던가.〉 그녀는 씁쓸하게 생각했다. 〈그래서 난 이제 대가를 치러야 해. 내가 그토록 자주 바랐던 상황이 벌어졌어. 난 애슐리를 차지하고 싶어서 멜리가 죽기를 바랐었지. 그리고 이제 그녀는 죽었고 난 애슐리를 차지하게 되었지만, 난 그를 원하지 않아. 애슐리는 그놈의 거지 같은 명예를 따지면서 혹시 내가 레트와 이혼하고 자기와 결혼하지 않겠느냐고 묻겠지. 애슐리하고 결혼을 해? 은쟁반에다 받쳐 갖다 준다고 해도 나는 그를 받아들이지 않으리라! 하지만, 어쨌든 나는 죽을 때까지 그를 내 목에 걸고 다녀야 하리라. 죽을 때까지 나는 그를 돌봐 줘야 하고, 그가 굶어 죽지 않고 사람들이 그의 감정을 해치지 않도록 신경을 써야 하리라. 그는 내 치마폭에 매달리는 또 하나의 어린아이에 지나지 않다. 나는 연인을 잃고 아이만 하나 더 얻는 셈이다. 그리고 만일 멜라니에게 약속만 하지 않았더라면 나는 — 나는 그를 다시는 만나지 못하더라도 전혀 개의치 않았으리라.〉

제62장

바깥에서 수군거리는 목소리를 듣고 문으로 간 스칼렛은 겁에 질린 채 뒤쪽 현관에 둘러선 흑인들을 보았는데, 딜시는 그녀의 품에 안긴 채 잠든 보우의 무거운 체중으로 팔이 축 늘어졌고, 피터 아저씨는 눈물을 흘렸고, 쿠키는 넓적한 얼굴에 흐르는 눈물을 앞치마로 닦아 냈다. 세 사람은 이제 어떻게 해야 하느냐고 멍청하게 묻는 듯 그녀를 쳐다보았다. 그녀는 거실로 통하는 복도의 위쪽을 올려다보았고, 말없이 서로 손을 잡고 선 인디아와 피티 고모가 눈에 띄었는데, 오랜만에 인디아는 목이 뻣뻣한 건방진 표정이 아니었다. 흑인들이나 마찬가지로 그들은 무슨 지시를 기다리며 애원하는 눈으로 그녀를 쳐다보았다. 그녀는 거실로 들어갔고, 두 여자가 가까이 다가왔다.

「오, 스칼렛, 어쩌면 ―」 어린애처럼 통통한 입술을 떨며 피티 고모가 말문을 열었다.

「나한테 말을 시키면 소리를 지르겠어요.」 스칼렛이 말했다. 신경이 지나치게 예민해진 그녀는 목소리가 날카로웠고, 두 손은 옆구리에서 불끈 주먹을 쥐었다. 이제는 멜라니 얘기를 나눠야 하고, 죽음에 따른 불가피한 조처를 취해야 한다는 생각을 하니, 그녀는 다시 목이 꽉 메었다. 「난 두 사람 다 아무 말도 하지 않기를 바라요.」

그녀의 목소리에 담긴 위압적인 어조에 그들은 기분이 상하고 무기력한 표정으로 물러섰다. 〈난 그들 앞에서 눈물을 보이면 안 돼.〉 그녀는 생각했다. 〈만일 지금 내가 견디지 못하고 울음을 터뜨렸다가는 그들도 울기 시작하겠고, 그러면 검둥이들도 따라서 울부짖기 시작하고, 우린 다 함께 미쳐 버리겠지. 난 마음을 진정시켜야만 해. 내가 해야 할 일이 굉장히 많으니까. 장의사를 만나 장례식을 준비하고, 집 안을 깨끗이 정리하고, 내 목에 매달려 울어 댈 문상객들과 얘기를 나누기 위해 여기서 자리를 지켜야 해. 애슐리는 그런 일을 못 하고, 피티와 인디아도 그런 일을 할 줄 몰라. 그건 내가 해야 할 일이야. 오, 얼마나 힘겨운 일인가! 항상 힘겨운 짐뿐인데, 그건 다 남들의 짐이었지!〉

그녀는 기분이 상해서 당황한 표정을 짓는 인디아와 피티의 얼굴을 보고는 후회했다. 멜라니는 자신을 사랑했던 사람들에게 스칼렛이 그토록 매정하게 대하는 꼴을 보았더라면 좋아하지 않았으리라.

「화를 내서 미안해요.」 말을 꺼내기가 힘들어하는 어조로 그녀가 말했다. 「그냥 난 — 화를 내서 미안해요, 고모님. 나 잠깐 포치로 나가겠어요. 혼자서 생각하고 싶어요. 나중에 내가 돌아온 다음에 우린 —」

그녀는 피티 고모를 토닥거려 주고는, 한순간이라도 방에서 더 머물렀다가는 자제력이 무너지리라는 기분을 느끼며, 고모의 옆을 지나 재빨리 옆문으로 갔다. 그녀는 혼자 남고 싶었다. 그리고 울지 않으면 가슴이 터질 것만 같았다.

그녀는 컴컴한 포치로 나가서 문을 닫았고, 축축한 밤공기가 얼굴에 서늘하게 느껴졌다. 비는 그쳤고, 처마에서 가끔 떨어지는 빗방울 이외에는 아무 소리도 나지 않았다. 세상은 두꺼운 안개, 죽어 가는 한 해[年]의 냄새를 숨결에 머금은 약간 쌀쌀한 안개로 감싸였다. 길 건너편은 한 집만 빼고는 집들이 불을 밝히지 않아 캄캄했고, 길거리로 흘러나오는 창문의 등잔 불빛은 안개와 힘없는 투쟁을 벌이며 황금빛 가루를 공중에 뿌렸다. 마치 온 세상이 꼼짝도 않는 회색 연기의 담요로 감싸인 듯싶었다. 그리고 온 세상이 고요했다.

그녀는 포치 기둥에 머리를 기대고는 울려고 했지만, 눈물이 나오지를 않았다. 이것은 눈물도 흘리지도 못할 정도로 벅찬 재앙이었다. 온몸이 후들후들 떨렸다. 그녀의 마음속에서는, 그녀의 인생을 지탱해 온 난공불락의 두 아성이 전쟁을 벌이는 굉음이 아직도 진동했고, 먼지를 일으키며 천둥처럼 그녀의 귓전에서 울렸다. 그녀는 잠깐 동안 제자리에 서서, 그녀의 옛 주문을 불러 보려고 했다. 〈난 이런 문제는 내일, 지금보다 견디기 쉬울 때 생각하겠어.〉 하지만 주문은 그것이 지녔던 잠재력을 상실했다. 지금 그녀는 두 가지 문제를 염두에 두어야 했으니 — 하나는 멜라니에 대한 문제로서, 그녀가 얼마나 멜라니를 사랑하고 필요로 했느냐를 고려해야 했고, 그리고 애슐리에 대해서는, 그녀로 하여금 그의 참된 모습을 보지 않겠다고 거부하게 만들었던 그의 고집스러운 맹목성을 따져 봐야 했다. 그리고 스칼렛은 그들을 생각하면 내일이 아니라 그녀의 삶에서 마지막 내일이 닥칠 때까지도 마찬가지로 괴로우리라고 믿었다.

〈난 지금은 저 안으로 다시 들어가 그들과 얘기하고 싶지가 않아.〉 그녀는 생각했다. 〈나는 오늘 밤은 애슐리와 대면하고 그를 위로할 용기가 나지 않아. 오늘 밤에는 안 돼! 내일 아침에 일찍 와서, 내가 해야 할 일을 처리하고, 내가 해야 할 위로의 말을 해야지. 하지만 오늘 밤에는 안 돼! 난 그럴 힘이 없으니까. 난 집으로 가겠어.〉

집은 겨우 다섯 골목밖에 안 떨어졌다. 그녀는 흐느껴 우는 피터 아저씨가 마차에 마구를 채우도록 기다리고 싶지도 않았고, 미드 박사가 집까지 태워다 주기를 기다리고 싶지도 않았다. 그녀는 피터 아저씨의 눈물도 보기가 싫었고, 미드 박사의 말 없는 비난도 견딜 마음이 아니었다. 그녀는 둥근 모자를 안 쓰고 외투도 걸치지 않은 채, 컴컴한 앞 층계를 재빨리 내려가, 안개 낀 밤의 어둠 속으로 들어섰다. 그녀는 모퉁이를 돌아 복숭아나무 거리를 향해 긴 언덕길을 올라가기 시작했고, 아직도 축축하게 젖은 세계 속에서 걸었으며, 그녀의 발짝조차도 꿈속에서처럼 소리가 없었다.

언덕길을 올라가려니까 가슴은 나오지 않는 눈물로 답답했고, 어떤 비현실적인 기분이, 그러니까 바로 이렇게 침침하고 싸늘한 곳에서, 똑같은 배경 속의 상황을 전에 언제인가 — 그것도 한 번이 아니라 여러 차례 그녀가 겪었다는 기분이 엄습했다. 얼마나 한심한 일인가, 그녀는 발걸음을 재촉하며 불안하게 생각했다. 신경이 장난을 치는 모양이었다. 하지만 그 기분은 집요하게 계속되어서, 그녀의 머릿속으로 야금야금 스며들었다. 그녀는 불안하게 주위를 둘러보았고, 괴이하면서도 친숙한 기분이 점점 강렬해졌으며, 그녀는 위험한 기미를 감지한 동물처럼 머리를 번쩍 들었다. 그저 내가 지쳤기 때문에 이럴 뿐이야, 그녀는 자신을 안심시키려고 했다. 그리고 오늘 밤은 참으로 묘하고, 안개가 너무나 짙었다. 난 여태까지 이렇게 심한 안개는 본 적이 없는데, 예외가 있다면 — 예외가!

그러자 그녀는 깨달았고, 전율이 그녀의 마음을 휘어잡았다. 이제야 그녀는 깨달았다. 백 번이나 되풀이된 악몽 속에서 그녀는 이런 안개 속에 갇혀서, 싸늘하게 뒤덮는 짙은 안개 속에서, 그녀를 움켜잡으려고 덤비는 유령과 그림자가 우글거리는 곳에서, 아무런 이정표도 없고 으스스한 곳에서 한없이 도망쳤었다. 그녀는 지금 또다시 꿈을 꾸는가, 아니면 이것은 그녀의 꿈이 현실로 나타난 것일까?

순간적으로 현실이 그녀에게서 사라졌고, 스칼렛은 길을 잃었다. 어느 때보다도 강렬하고 오래된 악몽의 기분이 그녀를 사로잡았고, 심장이 마구 뛰기 시작했다. 그녀는 또다시 죽음과 정적의 한가운데, 그러니까 다시금 타라 농장에 섰다. 소중했던 것들이 모두 세상에서 사라졌고, 삶은 폐허로 바뀌었으며, 그녀의 마음속에서는 전율이 찬 바람처럼 울부짖었다. 안개 속에 숨어 안개 자체가 되어 버린 공포가 그녀에게 손을 내밀었다. 그래서 그녀는 달리기 시작했다. 꿈속에서 백 번은 달렸듯이 그녀는 또 달렸고, 형언하기 어려운 두려움에 쫓겨, 희뿌연 안개 속 어디엔가 숨겨진 안전한 곳을 찾으려고, 어딘지도 모르며 스칼렛은 맹목적으로 도망쳤다.

머리를 수그리고, 가슴은 마구 방망이질을 하고, 밤공기를 입술에 축축하게 느끼며, 무시무시하게 늘어진 나무들 밑으로 그녀는 침침한 길거리를 달려 올라갔다. 어디에서인가, 축축한 적막감이 깔린 삭막한 땅 어디엔가, 안식처가 나타나리라! 축축한 치맛자락이 싸늘하게 발목에 감기고, 숨통은 터질 지경이고, 끈을 바싹 죈 코르셋은 갈빗대를 가슴에 대고 눌렀는데, 그녀는 숨을 헐떡이며 끝없는 언덕길을 달려 올라갔다.

그러자 그녀의 눈앞에 불빛이, 한 줄기의 빛이, 희미하고 깜박거리기는 해도 현실의 불빛이 나타났다. 악몽에서는 전혀 어떤 불빛도 없었고, 오직 희뿌연 안개뿐이었다. 그녀의 마음은 불빛을 붙잡고 매달렸다. 불빛이란 안식처와, 사람들과, 현실을 의미했다. 갑자기 그녀는 달리기를 멈추었고, 두 주먹을 불끈 쥐고는 전율을 극복하려고 애쓰며, 이곳은 꿈과 유령들의 잿빛 세계가 아니라 애틀랜타의 복숭아나무 거리라는 암시를 전달하는 가스등의 행렬을 뚫어지라고 응시했다.

그녀는 숨을 몰아쉬며 마차 승강단에 주저앉아, 그녀의 손에서 미끄러져 빠져나가는 밧줄 같은 신경들을 정신없이 움켜잡으려고 했다.

〈난 도망을 — 미친 사람처럼 도망을 쳤어!〉 가슴이 두근거려 속이 울렁거리고, 두려움이 가라앉아 몸이 떨리는 가운데 그녀는 생각했다. 〈하지만 나는 어디로 도망을 치려고 그랬을까?〉

그녀는 이제 숨을 쉬기가 훨씬 편해졌고, 손을 옆구리에 대고 앉아 복숭아나무 거리를 올려다보았다. 저곳, 언덕길 꼭대기에서 그녀의 집이 기다렸다. 집에는 창문마다 불빛을, 마치 집에서 빛나는 찬란함을 가려 버리려는 안개에 도전이라도 하려는 듯, 일부러 불을 밝힌 듯싶었다. 집! 그것은 현실이었다! 그녀는 고마움을 느끼며, 갈망하며, 희미하게 드러난 집의 육중한 모습을 보았고, 차분함 같은 무엇이 그녀의 마음을 감쌌다.

집! 그녀가 가고 싶었던 곳은 그곳이었다. 그녀가 달려가던 곳은 그곳이었다. 레트가 기다리는 집으로!

이런 인식은 마치 그녀에게서 쇠사슬을 벗겨 버리는 듯싶었고, 그녀가 타라 농장으로 비틀거리며 돌아가서 세상이 끝장났음을 깨달았던 그날 밤 이후로 그녀의 꿈에 출몰하던 공포도 그와 더불어 사라졌다. 타라 농장으로 가는 길의 끝에서 그녀는 안식처가 사라졌음을 깨달았었으며 — 엘렌이라는 형태로 구현되었던 모든 힘과 모든 지혜, 모든 부드러운 애정, 모든 이해심이, 그녀의 어린 시절을 지켜 주던 보루가 한꺼번에 사라졌음을 그녀는 깨달았었다. 그리고, 비록 그날 밤 이후로 그녀가 물질적으로 안정된 삶을 확보하기는 했더라도, 꿈속에서 그녀는 여전히 겁에 질린 어린아이여서, 잃어버린 세계의 잃어버린 안식처를 한없이 찾아다녔다.

그녀가 꿈속에서 찾아다니던 안식처, 안개 속에 숨어서 아무리 찾아도 그녀의 눈에 띄지 않았던 따스하고 안전한 곳이 어딘지를 그녀는 이제야 알게 되었다. 그것은 애슐리가 아니었고 — 오, 전혀 애슐리가 아니었다! 그에게는 도깨비불만큼의 따스함도 없었고, 그는 수렁만큼도 안전하지 않았다. 안식처는 레트, 힘찬 두 팔로 그녀를 안아 주고, 피곤한 머리를 듬직한 그의 가슴팍에 얹기만 하면, 조롱이 섞인 웃음으로 골칫거리들을 적절히 수습해 주는 레트였다. 그리고 스칼렛이나 마찬가지로 명예니, 희생이니, 또는 인간 본성에 대한 숭고한 신념 따위를 들먹이지 않고 진리를 진리 그대로 보았기 때문에 그는 그녀를 완전히 이해했고, 레트는 그녀를 사랑했다! 아무리 거꾸로 뒤집어 비꼬는 말을 늘어놓기는 했더라도 왜 그녀는 레트가 자기를 사랑한다는 사실을 깨닫지 못했었던가? 멜라니는 알았고, 그래서 마지막 숨을 넘기며 그녀는 〈그분한테 상냥하게 해드려요〉라고 말하지 않았던가.

〈오.〉 그녀는 생각했다. 〈애슐리만 바보 같은 장님이 아니었어. 난 알았어야 해.〉

오래전부터 그녀는 철벽같은 레트의 사랑에 등을 돌려 댔었고, 멜라니의 사랑이나 마찬가지로 그의 사랑을 당연하게 생각했으며, 그녀는 오직 자신에게서만 힘을 얻는다고 혼자 잘난 체해 왔다. 그리고 오늘 저녁에 그녀는, 삶에 대한 그녀의 처절한 투쟁에서 멜라니가 그녀의 곁에 나란히 서서 싸워 왔음을 깨달았듯이, 지금 그녀는 레트가 뒤에 버티고 서서 그녀를 사랑하고, 그녀를 이해하고, 당장이라도 도와주려고 늘 기다려 주었음을 깨달았다. 자선 무도회에서 초조해하는 그녀의 눈빛을 읽고는 그녀로 하여금 릴 춤을 이끌게 했던 레트, 상복의 굴레를 벗어나도록 도와주었던 레트, 애틀랜타가 함락되던 밤에 불길과 폭발 속에서 그녀를 이끌어 냈던 레트, 그녀가 사업을 시작하도록 돈을 꾸어 주었던 레트, 꿈을 꾸다가 겁에 질려 비명을 지르며 잠이 깬 그녀를 위로하던 레트, 그렇다, 머리가 돌아 버릴 지경으로 한 여자를 사랑하지 않고서는 어떤 남자도 그런 일들을 해내지 못했으리라!

가로수에서 빗물이 뚝뚝 떨어졌지만 스칼렛은 축축함을 느끼지도 않았다. 안개가 주변에서 소용돌이를 일으켰지만 그녀는 신경도 쓰지 않았다. 얼굴이 거무튀튀하고, 이빨이 새하얗게 번득이고, 검은 눈이 초롱초롱한 레트를 생각하자 온몸이 떨렸기 때문이었다.

〈난 그이를 사랑해.〉 그녀는 생각했고, 언제나 그러듯이 선물을 받는 어린아이처럼 그녀는 별로 신기해하지도 않으면서 진실을 받아들였다. 얼마나 오랫동안 내가 그이를 사랑했는지는 모르겠지만, 사랑한다는 것만큼은 진실이야. 그리고 애슐리가 아니었더라면 난 벌써 오래전에 진실을 깨달았겠지. 난 애슐리가 앞을 가로막았었기 때문에 전혀 세상을 보지 못했어.

스칼렛은 그를 망나니요, 불한당이요, 체면이나 명예를 무시했던 — 적어도 애슐리의 관점에서 본 명예는 아랑곳하지도 않았던 그를 사랑했다. 〈애슐리의 거지 같은 명예 의식!〉 그녀는 생각했다. 〈애슐리의 명예는 항상 나를 실망시켰어. 비록 식구들은 그가 멜라니와 결혼하리라고 예상했었는데도 자꾸 나를 만나러 찾아오던 시초부터 그랬지. 레트는 단 한 번도, 심지어는 내 목을 비틀어 버려야 마땅했던, 멜리의 파티가 열린 끔찍한 날 밤에도 나를 실망시키지는 않았어. 애틀랜타가 함락되던 밤, 길에다 나를 버리고 갔을 때까지도 그이는 내가 안전하리라고 알았어. 그이는 내가 어떻게 해서든지 극복하리라고 믿었어. 심지어는 양키 부대까지 찾아가서 레트로부터 돈을 얻으려고 했을 때 그에 대한 대가를 치르게 하려는 척 행동했을 때도 마찬가지야. 그이는 나를 건드리지도 않았겠지. 그이는 그냥 나를 시험해 본 데 지나지 않아. 그이는 처음부터 줄곧 나를 사랑해 왔고, 난 그이한테 정말로 야비하게 굴었어. 언제나 난 그이의 기분을 상해 주었고, 그이는 워낙 자존심이 강했기 때문에 그런 내색을 안 했지. 그리고 보니가 죽었을 때는 ─. 오, 내가 어쩌면 그렇게 행동했을까?〉

그녀는 꼿꼿하게 몸을 일으켰고, 언덕길 위에서 기다리는 집을 쳐다보았다. 반 시간 전에 스칼렛은 세상의 모든 것을, 돈 이외에는 삶의 의욕을 자아내는 모든 것을, 엘렌과 제럴드와 보니와 어멈과 멜라니와 애슐리를 상실했다고 생각했었다. 스칼렛은 그것들을 다 상실한 다음에야 비로소 자기가 레트를 사랑한다는 사실을 ─ 그녀처럼 강하고 물불을 가리지 않았으며, 정열적이고 속된 인간이기 때문에 그를 사랑한다는 사실을 깨달았다.

〈난 그이한테 다 얘기할 테야.〉 그녀는 생각했다. 〈그이는 이해하겠지. 그이는 항상 이해하니까. 난 내가 얼마나 바보

같았으며, 내가 얼마나 그이를 사랑하고, 그래서 보답을 다 하리라는 얘기를 레트에게 해주겠어.〉

갑자기 그녀는 힘이 났고 행복감을 느꼈다. 그녀는 어둠이나 안개가 무섭지 않았고, 다시는 그것들을 두려워하지 않으리라고 깨닫고는, 마음속으로 노래를 불렀다. 앞으로는 어떤 안개가 그녀를 둘러싸더라도, 그녀는 안식처가 어딘지를 알았다. 그녀는 활기차게 집을 향해 올라가기 시작했고, 가는 길이 아주 멀게 느껴졌다. 너무나, 너무나 멀었다. 그녀는 치마를 무릎까지 치켜들고는 가벼운 발걸음으로 달리기 시작했다. 하지만 이번에는 두려워서 도망치는 뜀박질이 아니었다. 길의 끝에 가면 레트의 품이 기다렸기 때문에 그녀는 달려갔다.

제63장

앞문이 조금 열려 있었고, 스칼렛은 숨이 턱에 차서 복도로 달려 들어가, 샹들리에의 무지갯빛 광채 밑에서 잠시 걸음을 멈추었다. 아무리 휘황찬란하기는 했어도 집 안에는, 잠이 들어 고요해진 정적이 아니라, 조금쯤 불길하게 느껴지기도 하는 침묵, 지치고 긴장한 침묵이 깔렸다. 그녀는 레트가 응접실이나 서재에는 없으리라고 한눈에 알아챘으며, 그래서 마음이 철렁 내려앉았다. 혹시 그이가 집에 없으면 — 저녁 식탁에 모습을 보이지 않았던 수많은 밤에 그가 시간을 보내려고 찾아갔던 벨의 집이나 어디론가 외출해서, 만일 레트가 없다면 어쩌나? 스칼렛은 그런 경우는 계산에 넣지 않았었다.

그를 찾으려고 층계를 올라가려던 스칼렛은 닫힌 식당의 문이 얼핏 눈에 띄었다. 닫힌 문을 보자 그녀는 지난여름 동안 레트가 그곳에 혼자 앉아서 잔뜩 취해, 일꾼 돼지가 잠자리에 들라고 애걸할 때까지 술을 마시던 수많은 밤을 기억하고는, 수치심으로 약간 마음이 움찔했다. 레트의 밤술은 그녀의 탓이었고, 스칼렛은 그런 잘못을 이제부터 시정할 생각이었다. 이제부터는 모두가 달라지겠고 — 하지만, 하느님께 비오니, 오늘 밤에는 그이가 너무 취하지 않았기만을 스칼렛은 바랐다. 만일 너무 취한 상태라면 그이는 내 말을 믿지 않고, 나를 비웃고, 그러면 내 마음이 아프리라.

스칼렛은 식당 문을 소리 없이 조금 열고는 안을 들여다보았다. 그는 탁자를 앞에 놓고 의자에 축 늘어져 앉았는데, 술병은 뚜껑이 닫힌 채였고, 술잔에도 손을 대지 않았다. 그이가 맑은 정신이라니, 천만다행이다! 그녀는 레트에게로 달려가지 않으려고 자제하며 문을 당겨 열었다. 하지만 그녀를 올려다본 그의 눈초리에 담긴 무엇 때문에 스칼렛은 문간에서 우뚝 멈춰 섰고, 입술에서 말이 떨어지지를 않았다.

그는 피로한 기색이 역력한 검은 눈으로 스칼렛을 빤히 쳐다보았는데, 눈에서 뛰노는 광채가 전혀 없었다. 그녀의 머리가 어깨로 마구 헝클어져 내려오고, 숨이 차서 가슴이 들먹거리고, 치마는 무릎까지 흙탕물이 튀어 오른 스칼렛을 보고도 레트는 놀라거나 의아해서 표정이 달라지지도 않았고, 놀리느라고 입술이 일그러지지도 않았다. 의자에 푹 눌러앉은 그는 요즈음 굵어지기 시작한 허리춤에서 양복이 잔뜩 구겨졌고, 멋진 몸매가 망가지고 힘찬 얼굴이 흉해지는 조짐이 그의 온몸에서 뚜렷하게 드러났다. 술과 방탕한 생활이 동전 조각처럼 윤곽이 선명하던 그의 옆얼굴에 영향을 끼쳐서, 이제는 새로 찍어 낸 금화에 새겨진 젊은 이교도 군주의 머리가 아니라, 오랫동안 사용해서 닳아 빠진 동전의 지치고 퇴폐적인 카이사르가 되었다. 그는 머리를 들어 가슴에 손을 얹고는, 문간에 선 그녀를 말없이 쳐다보았고, 그가 보여 준 친절에 가까운 태도에 스칼렛은 갑자기 겁이 났다.

「이리 와서 앉지그래.」 그가 말했다. 「어때, 윌크스 부인은 죽었나?」

그녀는 머리를 끄덕이고 머뭇거리며 그에게로 다가가면서, 그의 얼굴에 나타난 낯선 표정을 파악하려고 불안하게 살펴보았다. 몸을 일으키지도 않고 그는 발로 의자를 하나 뒤로 밀어냈고, 스칼렛은 그가 내준 의자에 주저앉았다. 스칼렛은 그가 멜라니 얘기를 그토록 빨리 꺼내지 않았더라면 좋았겠다고 생각했다. 그녀는 지금 멜라니 얘기를 하며, 지난 한 시간 동안의 고뇌를 되새기고 싶지 않았다. 멜라니 얘기라면 나중에라도, 평생 동안 두고두고 해도 되었다. 하지만 〈나는 당신을 사랑해요〉라며 외치고 싶은 거센 욕망에 쫓긴 지금, 그녀에게는 마음속 얘기를 레트에게 할 만한 시간이 오직 오늘 밤, 지금 시간뿐인 듯싶었다. 하지만 그의 얼굴에 나타난 무엇 때문에 그녀는 주춤했고, 멜라니의 몸에서 아직 체온도 가시기 전에 사랑을 얘기하기가 갑자기 부끄럽게 생각되었다.

「어쨌든 하느님께 그녀의 명복을 빌고 싶구먼.」 그가 무겁게 말했다. 「내가 지금까지 알았던 사람들 가운데 철저하게 선량했던 인간은 그녀뿐이었으니까.」

「오, 레트!」 그의 말이 지금까지 멜라니가 그녀에게 해주었던 온갖 착한 일을 참으로 생생하게 상기시켰기 때문에 스칼렛이 비참하게 소리쳤다. 「왜 당신도 나하고 같이 들어가시지 않고 그랬어요? 끔찍한 일이었고 — 난 당신이 정말로 필요했는데요!」

「난 견디지 못했겠지.」 그가 간단히 말했고, 잠깐 동안 그는 말이 없었다. 그러더니 그는 얘기하기가 힘이 드는 듯 부드럽게 덧붙여 말했다. 「아주 훌륭한 귀부인이었어.」

음울한 그의 시선이 스칼렛을 꿰뚫고 지나갔으며, 레트의 눈에는 후퇴하는 군대에 합류하려고 떠나겠다는 얘기를 했을 때, 애틀랜타가 함락되던 밤 불길의 빛 속에서 보았던 바로 그 표정이 — 한 남자가 자신을 철저히 이해하고, 그러면서도 상상하지 못했던 의리와 감정을 자신에게서 발견하고, 그런 발견에 대해 은근히 자신을 조롱하는 기분이 들 때의 놀라움이 드러났다.

레트의 침울한 눈은, 마치 방을 가로질러 소리 없이 문으로 가는 멜라니의 뒷모습이 보인다는 듯, 스칼렛의 어깨 너머를 쳐다보았다. 그의 얼굴에 나타난 이별의 표정에는 슬픔도 없었고 고통도 없었으며, 자신에 대한 명상적인 경이감뿐이었고, 그러더니 어린 시절 이후로 줄곧 죽어 있었던 감정이 통렬하게 동요를 일으키는 듯, 그는 또다시 〈아주 훌륭한 귀부인이었어〉라고 말했다.

스칼렛은 몸이 떨렸고, 그녀의 마음속에서는 광채가, 화려한 따스함이, 그녀로 하여금 발에 날개라도 달린 듯 집으로 달려오게 했던 찬란함이 어느덧 사라졌다. 그녀는 세상에서 그가 존경했던 유일한 사람에게 작별을 고하는 동안 레트의 마음속에서 어떤 생각이 오갔는지를 반쯤 파악했고, 이제는 더 이상 그녀 혼자만의 아픔이 아닌 무서운 상실감으로 다시금 마음이 삭막해졌다. 스칼렛은 그가 느끼는 감정을 완전히 이해하거나 분석할 능력은 없었지만, 그녀 역시 마지막 다정한 손길을 나누는 동안 부드럽게 그녀의 몸에 닿으며 바스락거리던 치맛자락의 감촉이 느껴지는 듯싶었다. 그녀는 레트의 눈을 통해서 한 여자가 아니라 하나의 전설이 — 남부를 위해 전쟁 동안 집을 지켰으며, 패배한 남부인들이 돌아왔을 때 사랑의 품으로 자랑스럽게 받아 주었던 여인들, 상냥하고 겸손하면서도 불굴의 의지력을 지닌 여자들이 죽어 가는 모습을 보았다.

그는 다시 시선을 그녀에게로 돌렸고, 그의 목소리도 달라졌다. 이제는 가볍고 차가운 목소리였다.

「결국 여자가 죽었구먼. 그러니까 당신한테는 잘된 일이야, 안 그래?」

「오, 당신 어쩌면 그런 소리를 하나요?」 어느새 눈물을 글썽거리며 마음이 찔끔해서 그녀가 소리쳤다. 「내가 멜리를 얼마나 사랑했는지는 당신도 알잖아요!」

「아니지, 난 잘 모르겠는데. 백인 쓰레기들에게 그토록 지극정성이었던 당신이 드디어 그녀의 진가를 알아주다니 지극히 놀랍고, 그건 당신에게 점수를 줄 만한 일이야.」

「당신 무슨 얘기를 그렇게 해요? 물론 난 그녀의 미덕을 알았어요! 당신은 그렇지 않았지만요. 당신은 멜리를 나만큼 알지 못했어요! 그 여자를 ― 그녀가 얼마나 훌륭한지를 이해할 능력이 당신한테는 없었고 ―」

「정말이야? 어쩌면 그랬는지도 모르지.」

「멜리는 자기 자신 이외에는 누구나 다 아꼈고 ― 그래요, 그녀의 마지막 말은 당신에 관한 얘기였어요.」

그녀에게로 시선을 돌린 그의 눈에서는 순수한 감정이 섬광처럼 번득였다.

「뭐라고 했는데?」

「오, 지금은 그런 얘기를 하고 싶지 않아요, 레트.」

「얘기해.」

목소리는 냉정했지만 그녀의 손목을 쥔 레트의 손은 아플 정도였다. 그녀는 얘기하고 싶지 않았고, 자신의 사랑이라는 화제로 대화를 발전시키려고 그녀가 뜻했던 방법은 이것이 아니었지만, 레트의 손은 다급했다.

「멜리가 말하기를 ― 그녀는 이런 말을 했어요 ―. 〈버틀러 선장님한테 상냥하게 해드려요. 그분은 스칼렛을 진심으로 사랑해요.〉」

레트는 그녀를 물끄러미 쳐다보고는 손목을 놓아주었다. 그는 눈을 감았고, 검은 얼굴에는 멍한 표정만 남았다. 갑자기 그는 몸을 일으켜 창문으로 가더니 커튼을 열고는, 마치 바깥에는 눈앞을 가로막는 안개 말고도 또 무엇인가 보인다는 듯 열심히 밖을 내다보았다.

「다른 얘기는 없었고?」 머리를 돌리지도 않고 그가 물었다.

「나더러 어린 보우를 돌봐 달라는 부탁도 하기에, 친아들처럼 보살피겠다고 약속했어요.」

「그리고 또?」

「멜리가 — 애슐리를 — 애슐리도 돌봐 달라고 부탁했어요.」

그는 잠깐 동안 침묵을 지키더니 나지막이 웃었다.

「본마누라의 허락을 받아 두는 편이 좋겠지, 안 그래?」

「그거 무슨 소리예요?」

그는 시선을 돌렸고, 그의 얼굴에 조롱하는 기미가 전혀 없어서 스칼렛은 당황한 중에서도 놀랐다. 또한 그의 얼굴은 별로 우습지도 않은 희극의 마지막 장면을 구경하는 관객 이상의 흥미도 드러내지 않았다.

「내가 한 말의 의미는 상당히 분명하리라는 생각이 드는데. 미스 멜리는 죽었어. 당신은 나하고 이혼하고 싶은 온갖 증거를 분명하게 제시했고, 당신의 평판이 나빠질 대로 나빠진 처지니까 이혼해 봤자 피해를 받을 일도 없겠지. 그리고 당신에게는 종교 따위는 전혀 믿지도 않으니까 교회[87]도 문제가 되지 않겠고. 그렇다면 — 미스 멜리의 동의를 받아 애슐리와의 꿈이 실현되는 거야.」

87 천주교는 이혼을 인정하지 않는다.

「이혼이라고요?」 그녀가 소리쳤다. 「안 돼요! 안 돼요!」 잠깐 동안 갈팡질팡하는 마음으로 그녀는 벌떡 일어나 그에게로 달려가 팔을 잡았다. 「오, 당신 얘기는 다 틀렸어요! 정말로 터무니없는 얘기예요. 난 이혼을 원하지 않고, 난 ─」 스칼렛은 다른 할 말이 생각나지 않아서 입을 다물었다.

레트는 그녀의 턱을 손으로 받치고는, 불빛을 향해 그녀의 얼굴을 말없이 돌리더니, 잠깐 동안 찬찬히 눈을 들여다보았다. 진심을 담은 눈으로 스칼렛은 그를 올려다보았고, 말을 꺼내려고 애쓰는 그녀의 입술이 파르르 떨렸다. 하지만 화답하는 어떤 감정을, 희망이나 기쁨이 넘치는 어떤 빛을 그의 얼굴에서 찾으려 했던 스칼렛은 아무 말도 나오지 않았다. 틀림없이 레트도 이제는 알았으리라! 하지만 미칠 듯 갈구하던 그녀의 눈이 찾아낸 표정이라고는 너무나 자주 그녀로 하여금 좌절감을 느끼게 했던 유유하고, 거무튀튀하고, 멍청한 얼굴이 전부였다. 레트는 그녀의 턱을 놓아주었고, 몸을 돌려 다시 그의 의자로 가더니 피곤한 듯 또다시 아무렇게나 주저앉아, 턱을 가슴에 대고 초연하고도 골몰하는 표정으로, 시커먼 눈썹 밑으로 그녀를 올려다보았다.

스칼렛은 의자까지 그를 따라가서 두 손을 비틀며 레트의 앞에 섰다.

「당신은 잘못 알았어요.」 그녀는 겨우 다시 말문을 열었다. 「레트, 오늘 밤에, 난 진실을 알게 된 다음, 당신에게 얘기하려고 집까지 줄곧 뛰어왔어요. 오, 여보, 나는 ─」

「당신 지쳤어.」 여전히 그녀를 지켜보며 레트가 말했다. 「가서 잠이나 자라고.」

「하지만 난 꼭 당신한테 얘기해야 돼요!」

「스칼렛.」 그가 침통하게 말했다. 「난 듣고 싶지 않아 ─

무슨 얘기라도.」

「하지만 내가 무슨 얘기를 하려는지 당신은 모르잖아요!」

「우리 귀여운 아가씨, 당신 마음은 얼굴에 빤히 나타난다고. 무엇인가 당신에게, 누군가 당신으로 하여금, 불쌍하신 윌크스 선생님은 아무리 당신이라고 해도 씹어 먹기가 어려운 사해(死海)의 과일[88]이라는 사실을 깨닫게 한 모양이야. 그리고 바로 그런 현실이 새롭고도 매혹적인 나의 면모를 당신 눈앞에 갑자기 보여 주었겠지.」 그는 가벼운 한숨을 쉬었다. 「그리고 그런 얘기는 자꾸 해봤자 아무 소용도 없어.」

그녀는 놀라서 숨을 몰아쉬었다. 물론 레트는 그녀의 마음을 언제나 쉽게 읽어 냈다. 그런 점을 지금까지는 못마땅하게 생각해 왔었지만, 지나치게 빤한 자신의 마음에 대한 첫 충격이 가라앉은 지금, 그녀는 오히려 기쁨과 안도감이 부풀어 올랐다. 레트는 알았고, 그는 이해했고, 따라서 그녀의 목적을 달성하기가 기적적으로 쉬워졌다. 그런 얘기는 해봤자 소용도 없다니! 물론 그녀가 오랫동안 무정했었기 때문에 그는 한이 맺혔고, 물론 레트는 그녀의 갑작스럽게 변한 태도를 믿지 못했다. 그녀는 상냥한 마음으로 그에게 정을 주어야 했고, 푸짐하게 사랑을 쏟아 납득시켜야 했는데, 그것은 얼마나 즐거운 일인가!

「여보, 난 당신한테 다 얘기를 하겠어요.」 의자의 팔걸이에 두 손을 얹고 그에게로 몸을 기울이며 스칼렛이 말했다. 「난 무척 많은 잘못을 저질렀고, 정말로 멍청한 바보여서 —」

「스칼렛, 이런 짓은 집어치우지그래. 내 앞에서 비굴한 꼴

88 소돔은 지금의 사해 속에 매몰되었는데, 사해의 과일은 소돔의 사과를 뜻하고, 이 사과는 겉으로 보기에는 훌륭하지만, 나무에서 따면 당장 연기와 재로 변한다고 했다.

을 보이지 말라고. 난 그러면 참지 못하니까. 우리들의 결혼 생활에서 그나마 추억거리로 삼을 약간의 존엄성, 약간의 침묵을 남겨 놓기로 해. 종말이나마 소중히 아끼기로 하자고.」

그녀는 얼른 허리를 폈다. 종말을 아끼기로 하자니? 〈종말〉이란 무슨 의미일까? 종말이라니? 이것은 그들의 처음, 그들의 시작이었다.

「하지만 난 얘기를 해야겠어요.」 그가 손으로 입을 막아 말을 못 하게 할까 봐 걱정이라도 되는 듯 그녀는 서둘러 얘기를 시작했다. 「오, 레트, 난 당신을 정말로 사랑해요, 여보! 난 오래전부터 분명히 당신을 사랑했는데, 너무나 어리석어서 그런 사실을 알지 못했어요. 레트, 당신은 내 말을 믿어야 해요!」

레트는 그의 앞에 선 그녀를 잠깐 동안 쳐다보았는데, 그의 오랜 응시는 그녀의 마음 깊은 곳까지 이르렀다. 스칼렛은 그의 눈에서 믿기는 하지만 별로 흥미가 없다고 하는 표정을 읽었다. 오, 그이는 하필이면 지금 순간에 심술을 부리려고 하는가? 그녀를 괴롭히고, 앙갚음을 하려고?

「아, 난 당신 말을 믿어.」 레트가 마침내 말했다. 「하지만 애슐리 윌크스는 어쩌고?」

「애슐리라고요!」 짜증 난다는 듯한 시늉을 하며 그녀가 말했다. 「난 — 난 벌써 오래전부터 그에게 관심을 두지 않았다고 믿어요. 그건 — 뭐랄까, 어릴 적부터 내가 떨쳐 버리지 못했던 일종의 버릇이나 마찬가지였어요. 레트, 난 그가 정말로 어떤 사람인지를 조금이라도 알았더라면 관심조차 가지지 않았을 거예요. 진리가 어떻고 명예가 어떻고 잔뜩 떠들어 대기는 해도 그는 워낙 무기력하고 기백이 없는 남자였고 —」

「아냐.」 레트가 말했다. 「만일 그의 참된 모습을 꼭 보고 싶다면, 그를 똑바로 보도록 해. 그는 자신에게 어울리지 않는 세계에 붙잡힌 포로가 되어, 이미 사라진 세계의 법칙에 의해서 살아가려고 최선을 다하는 신사일 따름이야.」

「오, 레트, 우리 애슐리 얘기는 하지 말아요! 이제 와서 애슐리가 무슨 상관인가요? 진실을 알게 되어 당신은 기쁘지 않나요? 그러니까 내가 이제 —」

피곤한 그의 눈과 시선이 마주치자 그녀는 첫 애인을 만났을 때의 소녀처럼 부끄러워서, 당황해서 말문이 막혔다. 그녀가 얘기를 하도록 보다 편하게 해준다면 얼마나 좋을까! 그녀가 고마워하며 그의 무르팍으로 파고들어, 그의 가슴팍에 머리를 기대라고 두 팔을 내밀어 준다면 얼마나 좋으랴. 레트의 입술에 그녀의 입술이 닿기만 한다면, 온갖 두서없는 얘기보다 훨씬 더 잘 납득시킬 수 있으리라. 하지만 그를 쳐다보던 그녀는 레트가 그저 심술을 부리고 싶어서 자기를 멀리하지는 않음을 깨달았다. 그는 기진맥진해서, 그녀가 하는 어떤 얘기도 전혀 중요하지 않다는 듯한 얼굴이었다.

「기쁘냐고?」 그가 물었다. 「전에는 당신한테서 이런 얘기를 들었다면 난 단식을 하면서 하느님께 감사 기도를 드렸겠지. 하지만 이제는 의미가 없어.」

「의미가 없다고요? 그게 무슨 소리예요? 물론 이건 중요한 얘기라고요! 레트, 당신은 관심을 잃지는 않으셨겠죠, 안 그래요? 당신은 틀림없이 관심을 잃지는 않았어요. 멜리가 그렇다고 말했으니까요.」

「글쎄, 그녀가 생각하는 관점에서라면 미스 멜리의 말이 옳았겠지. 하지만 스칼렛, 꺼질 줄 모르는 지극한 사랑도 때로는 김이 빠진다는 생각이 어렴풋하게나마 머리에 떠오른 적은 없었어?」

그녀는 입을 벌린 채 말문이 막혀 그를 쳐다보았다.

「내 사랑은 김이 빠졌어.」 그가 말을 이었다. 「애슐리 윌크스 때문에, 그리고 당신이 원한다는 생각이 들면 무엇이나 불독처럼 물고 늘어지게 만드는 당신의 광적인 집요함 때문에…… 내 사랑은 김이 빠졌어.」

「하지만 사랑이란 닳아 없어지지는 않아요.」

「애슐리에 대한 당신의 사랑은 그랬잖아.」

「하지만 난 애슐리를 진심으로 사랑했던 적이 전혀 없어요!」

「그렇다면 당신은 — 오늘 밤에 이르기까지 확실히 멋진 연기를 해낸 셈이야. 스칼렛, 난 당신을 야단치거나, 비난하거나, 꾸짖는 게 아냐. 그럴 시기는 지났어. 그러니까 당신한테서 변명이나 설명을 듣지 않게 해줬으면 좋겠구먼. 만일 내 말을 가로막지 않고 몇 분 동안만 얘기를 들어 주겠다면, 내가 무슨 소리를 하고 싶은지 설명하겠어. 하기야 하느님의 이름으로 맹세컨대, 설명 따위는 전혀 필요도 없겠지만 말이야. 진리는 워낙 뻔하니까.」

당황하고 창백한 얼굴에 강한 가스등 불빛을 받으며 그녀는 자리에 앉았다. 스칼렛은 그녀가 그토록 잘 알았던 — 그리고 그토록 알지 못했던 — 그의 눈을 들여다보면서, 처음에는 아무런 의미도 전달하지 못하는 목소리, 무척 조용한 목소리에 귀를 기울였다. 이런 식으로, 한 사람의 인간으로서 다른 사람에게 얘기하듯이, 다른 사람들이 보통 얘기를 나눌 때처럼, 아무런 경박함이나 조롱이나 아리송한 말장난도 보이지 않고 레트가 그녀에게 얘기하기는 지금이 처음이었다.

「남자로서는 한 여자를 그보다 더 사랑하기가 불가능할

정도로 내가 당신을 사랑했다는 생각을 당신은 단 한순간이라도 해봤어? 마침내 당신을 얻게 될 때까지 오랫동안 내가 당신을 사랑했었다는 걸 아느냐고? 전쟁 동안 난 멀리 떠나서 당신을 잊어보려 했지만, 뜻대로 되지를 않아서 항상 돌아올 수밖에 없었어. 전쟁이 끝난 다음에 난 체포되리라는 위험을 무릅쓰고 당신을 찾으려고 돌아왔어. 어찌나 당신을 사랑했는지 난 그때 프랭크 케네디가 죽지 않았더라면 내 손으로라도 죽여 없애고 싶은 심정이었지. 난 당신을 사랑했지만, 그런 마음을 당신이 깨닫게 하기가 힘들었어. 당신은 당신을 사랑하는 사람들에게 정말로 무자비해, 스칼렛. 당신은 그들의 사랑을 볼모로 잡아서 채찍처럼 휘두르니까.」

그가 한 얘기 중에는 레트가 그녀를 사랑했다는 한마디만이 뜻있는 말이었다. 그의 목소리에서 희미하게 되울리는 정열의 메아리 때문에 기쁨과 흥분감이 다시 그녀의 마음속으로 스며들었다. 그녀는 거의 숨도 쉬지 않으면서 가만히 앉아 귀를 기울였고, 기다렸다.

「당신과 결혼했을 때 난 당신이 나를 사랑하지 않는다고 확인했어. 당신도 알다시피 난 애슐리에 관해서 잘 알았으니까. 하지만 어리석기만 했던 나는 당신의 관심을 내가 끌게 되리라고 믿었지. 웃고 싶다면 웃어도 좋지만, 난 당신을 보살펴 주고, 귀여워하고, 당신이 원하면 무엇이나 다 주고 싶었어. 나는 당신과 결혼해서 당신을 보호하고, 당신을 행복하게 해줄 모든 것을 — 내가 보니에게 그랬듯이, 마음대로 당신이 누리게 할 생각이었지. 당신은 워낙 힘겨운 투쟁을 치렀으니까 말이야, 스칼렛. 당신이 어떤 역경을 겪었는지는 누구보다도 내가 잘 알았고, 난 당신이 그런 투쟁을 중단하고 대신 내게 싸움을 맡겨 주기를 바랐어. 난 당신이 용감하고, 겁에 질리고, 고집불통인 어린아이나 마찬가지였기 때문에 — 당신이 아이답게 놀기를 바랐지. 난 당신이 지금도 어린아이라고 생각해. 어린아이가 아니고서야 아무도 그렇게까지 고집불통이고 그토록 무감각할 수가 없지.」

그의 목소리는 차분하고 피곤했지만, 그녀에게 어떤 희미한 추억을 불러일으키는 요소가 담겼다. 그녀는 이와 비슷한 목소리를 전에 언제인가, 그녀 삶에서의 어떤 다른 위기에 들었던 기억이 났다. 하지만 그것은 어디에서였던가? 감정도 없이, 동요도 없이, 희망도 없이 자신의 세계와 맞서려는 남자의 목소리.

그렇다 — 그렇다 — 그것은 바람이 심하던 타라 농장의 겨울날 과수원에서, 어떤 절망적인 고뇌보다도 더 심한 절망감을 노출시키던 어조로, 피곤하고 차분한 태도로, 삶과 그림자 연극 얘기를 했던 애슐리였다. 그때 애슐리의 목소리가 그녀로서는 이해하기 어려운 대상들에 대한 두려움으로 오싹하게 만들었듯이, 지금은 레트의 목소리가 그녀의 가슴을 철렁하게 했다. 그가 하는 말보다도 그의 목소리, 그의 태도가 스칼렛을 더욱 불안하게 했고, 얼마 전에 그녀가 느꼈던 유쾌한 흥분감이 분위기에 어울리지 않았음을 깨닫게 했다. 무엇인가가 잘못되었고, 그것도 크게 잘못되었다. 그것이 무엇인지를 알지 못했지만, 시커먼 그의 얼굴에 시선을 고정시킨 채, 그녀는 자신의 두려움을 몰아낼 말을 듣게 되기를 바라며 절망적으로 귀를 기울였다.

「우리 두 사람이 서로 잘 어울리는 상대라고 난 확신했지. 어찌나 확신했었는지 나는 당신이 진짜로 어떤 인간인지를 — 나처럼 단단하고, 탐욕스럽고, 무자비한 인간이라고 빤히 알면서도 당신을 사랑했던 유일한 남자가 바로 나였어. 난 당신을 사랑했고, 그래서 도박을 한 셈이야. 난 애슐리가 당신 마음속에서 사라지리라고 믿었지. 하지만 ―」 그는 머리를 저었다. 「나는 내가 아는 온갖 방법을 다 시도했지만 하나도 성공을 거두지 못했어. 난 당신을 정말로 사랑했어, 스칼렛. 만일 당신이 나한테 용납만 해주었다면, 난 한 여자를 사랑한 어떤 남자보다도 훨씬 부드럽고 다정하게 당신을 사랑했겠지. 하지만 당신이 나를 나약하다고 생각하며 내 사랑을 약점으로 삼아 나를 불리하게 몰아대리라고 예상했기 때문에, 난 당신이 내 진심을 알게 하고 싶지가 않았어. 그리고 언제나 ― 언제나 애슐리가 문제였어. 그게 날 미치게 했지. 내가 아니라 내 자리에 애슐리가 앉았기를 당신이 상상하는 줄 알면서 저녁마다 식탁을 가운데 놓고 당신과 마주 앉으면 난 견디기가 힘들었어. 그리고 당신을 품에 안으면 자꾸 내 머리에는 ― 글쎄, 그것도 이제는 상관이 없어졌지. 그게 왜 마음이 아팠는지 이제는 의아한 생각이 드는구먼. 그랬기 때문에 난 벨한테로 달려가고는 했어. 비록 무식한 갈보이기는 하더라도 ― 나를 훌륭한 신사라고 생각해서, 존경하고, 철저히 사랑하는 여자하고 같이 있으면, 어떤 저속한 위안을 받게 마련이야. 그건 내 허영심을 만족시켜 주었으니까. 당신은 나한테 위안이 되었던 적이 별로 없어.」

「오, 레트 ―」 벨의 이름이 화제에 올랐다는 자체가 비참하게 느껴진 그녀가 입을 열었지만, 레트는 조용하라고 손을 저으며 얘기를 계속했다.

「그러다가, 내가 당신을 안고 위층으로 올라갔던 밤에 ― 난 생각하기를 ― 난 혹시 내가 착각이라도 하지 않았는지, 혹시 당신이 날 사랑하지 않는다고 하지나 않으려는지 겁이 나서, 이튿날 아침 당신 얼굴을 보기가 두려웠어. 난 당신이 비웃을까 봐 겁이 나서 밖으로 나가 취해 버렸지. 그리고 집으로 돌아왔을 때 난 벌벌 떨었고, 만일 당신이 조금이라도 나한테 반응을 보였다면, 무슨 암시를 보여 주기만 했더라면, 난 꿇어 엎드려 당신 발에 입이라도 맞추었겠지. 하지만 당신은 그러지 않았어.」

「오, 하지만 레트, 그때 난 당신을 원했지만, 당신은 정말 야비하게 굴었어요! 난 진심으로 당신을 원했단 말이에요! 내 생각엔 — 그래요, 내가 당신에게 마음이 끌린다고 처음으로 알았던 순간이 아마 그때였던 듯싶어요. 애슐리는 — 그때부터 난 애슐리에 대해서는 전혀 즐거운 마음이 없어졌지만, 당신이 어찌나 야비하게 대해 주는지 난 —」

「아, 그랬겠지.」 그가 말했다. 「보아하니 우린 마음이 엇갈렸던 모양이야, 안 그래? 하지만 그것도 이젠 상관없는 일이지. 내가 이런 얘기를 하는 까닭은 당신이 조금도 궁금하게 생각하지 않도록 해주려는 마음에서야. 다 내 잘못이었지만, 당신이 아팠을 때, 난 당신 방문 밖에 서서 나를 불러 주기만 바랐는데, 당신은 그러지 않았고, 그래서 난 내가 얼마나 멍청한 바보인지를, 그리고 정말로 다 끝났다고 판단했지.」

레트가 말을 멈추고는, 애슐리가 자주 그랬듯이, 그녀 너머로, 그녀를 지나서, 스칼렛이 보지 못하는 무엇인가를 쳐다보았다. 그리고 그녀는 그의 침울한 얼굴을 물끄러미 쳐다보기만 했다.

「그렇기는 해도 그때는 보니가 태어났고, 그래서 따지고 보면 완전히 끝장은 아니라는 생각이 들었어. 난 보니가 당신이라고, 전쟁과 가난을 겪어 변모하기 전의 어린 소녀로 되돌아간 당신이라고 즐겨 생각했지. 보니는 퍽 의지력이 강하고, 무척 용감하고 명랑하고 기백이 넘쳐서, 그렇게도 당신과 비슷했고, 난 — 당신을 귀여워해 주고 싶었던 마음 그대로 애를 귀여워해 주고 응석을 받아 주었어. 하지만 보니는 당신과 달라서 — 아이는 날 사랑했지. 당신이 원하지 않던 사랑을 대신 애한테 줄 희망이 생겨서 난 축복이라고 여겼어. ……그러다 아이가 죽었을 때, 모든 것이 사라져 버리고 말았지.」

갑자기 스칼렛은 그가 불쌍해졌고, 그녀 자신의 슬픔과 그가 하는 말이 의미하는 바에 대한 그녀의 두려움을 한꺼번에 휩쓸어 버릴 만큼 철저하게 가엾은 마음이 들었다. 그녀가 경멸의 감정을 동시에 느끼지 않으면서 사람을 가엾게 여긴 경우로는 지금이 평생 처음이었는데, 그것은 그녀가 어떤 다른 인간을 이해하며 접근하기도 지금이 처음이기 때문이었다. 그리고 그녀 자신과 너무나도 비슷한 그의 민감한 폐쇄성, 코웃음을 당할까 봐 두려워서 사랑을 시인하지 못하게 만드는 집요한 그의 자존심을 스칼렛은 이해하기에 이르렀다.

「아, 여보.」 레트가 팔을 내밀어 그녀를 무릎으로 끌어당기기를 바라고 앞으로 나서며 그녀가 말했다. 「여보, 난 정말로 미안하게 생각하고, 그래서 당신에게 모두 보상하겠어요! 우리는 이제 진실을 알았으니까 아주 행복해질 테고 — 레트 — 나를 보세요, 레트! 그래요 — 보니 같지야 않겠지만 — 우린 아이들을 다시 낳고 —」

「고맙지만 안 되겠어.」 빵 한 조각을 거부하듯 레트가 말했다. 「난 세 번씩이나 마음의 상처를 입는 모험은 하지 않을 테니까.」

「레트, 그런 소리 하지 마세요! 오, 무슨 말을 해야 당신이 이해할까요? 얼마나 미안한지를 내가 얘기했고 —」

「여보, 당신은 정말로 어린애 같아. 당신은 〈미안하다〉는 말 한마디로 오랜 세월 동안의 온갖 잘못과 아픔이 아물고, 마음속에서 지워지고, 옛 상처에서 독기가 가시리라고 생각하는 모양이지만 ―. 내 손수건을 받아, 스칼렛. 평생 어떤 위기를 맞았을 때도 당신이 손수건을 쓰는 걸 난 한 번도 본 적이 없지만 말이야.」

스칼렛은 손수건을 받아 코를 풀고는 자리에 앉았다. 레트가 그녀를 안아 주지 않으리라는 사실이 분명해졌다. 그녀를 사랑했다는 어떤 얘기도 아무 의미가 없다는 사실도 분명해지기 시작했다. 그것은 이미 오래전 옛날 얘기였고, 레트는 마치 그것이 자신에게 전혀 존재하지 않았던 사건처럼 생각했다. 그것은 무서운 일이었다. 그는 깊은 생각에 잠긴 눈으로, 거의 상냥하다고까지 할 만한 표정으로, 그녀를 쳐다보았다.

「당신 몇 살이지, 우리 귀여운 아가씨? 나한테 통 얘기하지 않으려고 했지만.」

「스물여덟이요.」 손수건으로 입이 틀어막혀 둔한 목소리로 그녀가 대답했다.

「그렇게 많은 나이는 아니구먼. 그건 온 세계를 얻는 대가로 자신의 영혼을 잃기에는 젊은 나이야, 안 그래? 그렇게 겁에 질린 표정은 짓지 마. 난 당신이 애슐리와 불륜을 맺었기 때문에 지옥의 불 속에 떨어지리라는 얘기를 하지는 않았으니까. 난 그저 상징적으로 얘기할 따름이야. 내가 처음 당신을 알았을 때부터 당신은 두 가지를 원했어. 온 세상 사람들더러 나가 죽으라고 큰소리를 칠 만큼 부자가 되겠다는 소망 그리고 애슐리. 그래, 당신은 그만하면 부자이고, 세상 사람들에게 큰소리도 쳤고, 원한다면 애슐리도 손에 넣게 되었어. 하지만 이제는 그런 정도로는 충분하지 않을 듯싶어.」

그녀는 겁이 났는데, 지옥의 불 때문은 아니었다. 그녀는 이런 생각을 했다. 〈하지만 레트는 나의 영혼이고, 난 그를 상실하게 되었어. 그리고 만일 내가 그를 잃는다면 다른 무엇도 아무런 의미가 없어! 그래, 친구들이나 돈이나, 아무것도 필요가 없지. 만일 그이만 갖게 된다면, 난 다시 가난해지더라도 개의치 않을 테야. 그래, 난 다시 춥게 살고, 심지어 굶주리더라도 개의치 않겠어. 하지만 그의 마음이 정말로 그렇지는 않겠지 ―. 아, 레트가 그럴 리는 없어!〉

그녀는 눈을 닦고 절망적으로 말했다.

「레트, 만일 당신이 한때 나를 그토록 사랑했었다면 틀림없이 무엇인가 나에 대한 감정이 남았을 텐데요!」

「내가 보기에는 겨우 두 가지만 남았는데, 두 가지 다 당신이 가장 증오하는 것들이지 ― 묘한 너그러움과 연민.」

연민! 너그러움! 〈오, 하느님 맙소사.〉 그녀는 절망적으로 생각했다. 무엇이라도 다 좋지만 연민과 너그러움만은. 어느 누구에 대해서도 그녀가 이 두 가지 감정을 느낄 때마다 그녀의 감정에는 경멸이 뒤따랐다. 레트도 그녀를 경멸한다는 뜻일까? 그것만 아니라면 무엇이라도 다 좋았다. 전쟁 무렵의 독설적인 냉정함, 그녀를 안고 층계를 올라가던 밤에 그를 휘몰았던 술 취한 광기, 그녀의 몸에 멍이 들 정도로 힘차게 움켜잡던 손가락, 쓰라린 사랑을 마음속 깊이 품어 왔었음을 이제야 비로소 깨닫게 만든 가시 돋친 말. 그의 얼굴에 너무나 뚜렷하게 드러난 비인간적인 너그러움만 아니라면 무엇이라도 좋았다.

「그렇다면 ― 그렇다면 당신 얘기는, 그런 감정을 모두 내가 파괴했고 ― 당신은 더 이상 나를 사랑하지 않는다는 뜻인가요?」

「맞았어.」

「하지만 —」 어떤 욕구를 말로 표현하면 그것이 충족되리라고 굳게 믿는 어린애처럼 그녀는 집요하게 말했다. 「하지만 난 당신을 사랑해요!」

「그렇다면 당신은 운이 없군.」

혹시 그의 말에 비웃음이 담겼나 확인하려고 얼른 머리를 들고 올려다보았지만, 전혀 그렇지 않았다. 그는 단순히 한 가지 사실을 진술했을 따름이었다. 하지만 진실을 그녀는 아직도 믿으려 하지 않았고 — 믿어지지가 않았다. 그녀는 필사적인 집념에 불타는 눈으로 그를 비스듬히 올려다보았고, 그녀의 보드라운 뺨에서 턱까지 갑자기 굳어 버린 곡선은 제럴드의 완고한 턱을 연상시켰다.

「바보 같은 짓 말아요, 레트! 내 힘으로 —」

그는 무섭다는 듯 한 손을 번쩍 들었고, 그의 시커먼 눈썹이 늘 그렇듯이 비꼬는 표정으로 초승달을 그리며 올라갔다.

「그렇게 의미심장한 표정은 짓지 마, 스칼렛! 당신이 무서워지니까. 보아하니 당신은 태풍 같은 애정의 방향을 애슐리한테서 나에게로 돌리려는 모양인데, 난 내 마음의 평화와 자유를 잃게 될까 봐 겁이 나는구먼. 아냐, 스칼렛, 난 불운했던 애슐리가 쫓기듯 그렇게 쫓기지는 않겠어. 더구나 난 멀리 떠날 테니까 말이야.」

그녀는 떨리는 턱을 진정시키려고 이를 악물었다. 멀리 떠난다고? 아냐, 그것만큼은 절대로 안 된다! 레트가 없이 어떻게 살아간다는 말인가? 모든 사람이, 그녀에게 소중했던 모든 사람이 레트 이외에는 다 떠나갔다. 레트는 가면 안 된다. 하지만 어떻게 그를 잡는다는 말인가? 그의 냉정한 마음, 무관심한 태도 앞에서 그녀는 무기력했다.

「난 떠나겠어. 난 당신이 매리에타에서 돌아오면 얘기를 할 작정이었지.」

「당신이 날 버리겠다는 말인가요?」

「연극에 나오는 소박맞은 아내 티는 내지 마, 스칼렛. 그런 역은 당신한테 안 어울리니까. 그렇다면 당신은 이혼이나 심지어 별거까지도 원하지 않는다는 뜻인가? 글쎄, 정 그렇다면, 난 소문을 막아 줄 정도로는 가끔 돌아오겠어.」

「소문 따윈 상관없어요!」 그녀가 험악하게 말했다. 「내가 원하는 건 당신이에요. 날 데리고 가주세요!」

「안 돼.」 그가 말했고, 그의 목소리에는 단호한 결심이 뚜렷했다. 순간적으로 그녀는 어린애처럼 마구 울어 버리고 싶은 심정이었다. 그녀는 마룻바닥으로 몸을 던지고, 욕설을 퍼붓고, 소리를 지르고, 발버둥을 칠 수도 있었다. 하지만 조금쯤 남은 자존심과 상식 때문에 그녀는 뻣뻣하게 굳어 버렸다. 그녀는 생각했다. 만일 내가 그랬다가는 레트가 웃기만 하거나 나를 멀거니 쳐다보기만 할지도 모른다. 나는 울부짖어서도 안 되고 애걸해서도 안 된다. 레트의 경멸을 살지 모르는 어떤 짓도 해서는 안 된다. 비록 — 비록 나를 사랑하지 않더라도 그는 나를 존경해야 한다.

스칼렛은 턱을 들고 겨우 물었다.

「어디로 가시겠어요?」

감탄하는 듯 희미한 광채를 눈에 띤 채 그가 대답했다.

「봐서 영국으로 가거나, 아니면 파리로 갈지도 몰라. 어쩌면 찰스턴으로 가서 가족과 화해하도록 노력하게 될지도 모르겠고.」

「하지만 당신은 그들을 미워하잖아요! 난 당신이 그들을 비웃는 소리를 워낙 자주 —」

그는 머리를 저었다.

「지금도 비웃기는 하지만 — 난 방황의 끝에 다다랐어, 스칼렛. 난 나이가 마흔다섯인데 — 그쯤 되면 남자는 가족 간의 유대라든가, 명예와 안정된 삶, 깊이 박힌 뿌리들이랄까, 젊은 시절에는 무척이나 가볍게 버렸던 어떤 것들을 소중하다고 생각하기 시작하게 마련이야 —. 오, 아니지! 난 지금까지 내가 했던 무엇도 후회하거나 철회할 생각은 없어. 난 굉장히 좋은 시절을 보냈고 — 어찌나 좋은 시절이었는지 진저리가 나서 이제는 무언가 다른 대상을 원하게 되었지. 그래, 난 내 얼룩[89] 이상은 아무것도 바꿀 생각이 없어. 하지만 난 품위를 지키는 삶에서 오는 철저한 권태 — 내가 아니라 다른 사람들의 품위 말씀이야, 우리 귀여운 아가씨 — 고상한 양반들이 살아가는 삶이 마련해 주는 차분한 존엄성, 사라져 버린 시절의 쾌적한 우아함 따위, 과거에 내가 알았던 관념들과 표면적으로 유사한 어떤 분위기를 원해. 그런 시절을 살아가는 동안 난 그때의 느긋한 매혹을 의식하지 못했고 —」

또다시 스칼렛의 마음은 바람이 심하게 불던 날 타라의 과수원으로 되돌아갔고, 레트의 눈에서는 그때 애슐리의 눈에 담겼던 표정이 나타났다. 레트가 아니라 애슐리가 얘기하듯, 그녀의 귓전에는 애슐리가 했던 말이 생생하게 들려왔다. 그녀는 토막토막 기억 속에서 되살아난 그의 말을 앵무새처럼 되풀이했다. 「옛 삶에서는 찬란함이 넘쳤고 — 희랍의 완벽함과 완전성과 조화가 존재했었죠.」

레트가 날카롭게 말했다. 「왜 그 말을 했지? 내가 하려던

89 하권 제52장 1600면 각주 65번과 제58장 1742면 13행에서 얘기한 표범의 비유 참조.

얘기가 그거야.」

「그건 언젠가 오래전에 애슐리가 — 옛 시절에 대해서 했던 말이에요.」

그는 고개를 설레설레 흔들었고, 그의 눈에서는 광채가 사라졌다.

「말끝마다 애슐리로구먼.」 그가 말했고, 잠깐 동안 침묵이 흘렀다.

「스칼렛, 당신도 나이가 마흔다섯이 되면 아마 내 얘기가 무슨 뜻인지 알게 되겠고, 그때쯤이면 아마 당신도 가짜 품위와 겉치레 예절과 값싼 감정에 신물이 나겠지. 하지만 그것도 나로서는 잘 모를 일이야. 내 생각에 당신은 항상 황금 자체보다도 번쩍거리는 광채에 더 마음이 끌릴 듯싶으니까 말이야. 어쨌든 난 결과를 보기 위해 그토록 오랫동안 기다려 줄 입장이 아냐. 기다리고 싶은 마음도 없고. 난 흥미가 없어졌으니까. 난 옛 시절이 조금쯤은 아직 흔적이 남았을 만한 옛 도시나 옛 나라로 사냥을 가겠어. 난 그 정도로 감상적이니까 말이야. 애틀랜타는 나에겐 지나치게 새롭고, 지나치게 싱싱해.」

「그만해요.」 스칼렛이 불쑥 말했다. 그녀는 레트가 한 말을 거의 하나도 듣지 못했다. 분명히 그녀의 마음은 레트의 얘기를 귀담아들으려고 하지 않았다. 스칼렛은 사랑이 전혀 담기지 않은 그의 음성을 더 이상 듣고 견뎌 낼 인내심이 자신에게 없음을 알았다.

그는 말을 멈추고 어리둥절한 표정으로 그녀를 쳐다보았다.

「좋아, 당신도 내 뜻을 알겠지, 안 그래?」 몸을 일으키며 그가 말했다.

그녀는 손바닥을 위로 보이며 두 손을 그에게 내밀어 해묵은 애원의 시늉을 했고, 그녀의 속마음이 또다시 얼굴에 나타났다.

「아니에요.」 그녀가 소리쳤다. 「내가 이해하는 건 당신이 나를 사랑하지 않아서 멀리 가버린다는 사실뿐이에요! 오, 여보, 만일 당신이 가버린다면 난 어쩌란 말이에요?」

궁극적으로는 진실보다 상냥한 거짓말이 훨씬 너그러운 처사인지 어쩐지 따져 보려는 듯 그는 잠깐 주저했다. 그러더니 그는 머리를 저었다.

「스칼렛, 난 깨진 조각들을 주워 인내심을 가지고 짜 맞춰 풀로 붙이고는, 누덕누덕 기운 전체가 새것만큼이나 훌륭하다고 자신을 납득시키는 그런 못난 인간은 절대로 아냐. 깨진 물건은 이미 깨졌으니까 — 난 그것을 꿰어 맞춰 놓고 죽을 때까지 갈라진 곳들을 보면서 참아 내기보다는 차라리 그것이 가장 훌륭했을 때의 모습을 그냥 기억만 하고 싶어. 혹시, 내가 보다 젊었더라면 —」 그는 한숨을 쉬었다. 「하지만 상처를 씻고 새 출발을 한다는 그런 감상적인 소리를 믿기에는 난 워낙 나이가 많아. 난 점잖은 환멸 속에서 살아가기 위해 끝없는 거짓말을 계속하는 부담을 걸머지기에는 나이가 너무 많지. 난 당신과 같이 살면서 당신에게 거짓말을 하고 싶지는 않고, 나 자신에게 거짓말을 할 생각은 더더구나 없어. 지금도 난 당신에게 거짓말을 할 생각이 없고. 난 당신이 앞으로 무엇을 하고 어디로 갈지 걱정스럽다는 얘기를 하고 싶지만, 그럴 수가 없어.」

그는 짧게 숨을 들이마시고는 부드럽고도 가볍게 말했다.

「우리 귀여운 아가씨, 그건 내가 알 바가 아니란 말씀이야.」

스칼렛은 층계를 올라가는 그를 말없이 지켜보면서, 목구멍을 타고 올라오는 아픔으로 숨이 막힐 것 같았다. 위층 복도에서 사라져 가는 그의 발소리와 더불어, 세상에서 그녀에게 마지막으로 소중했던 존재가 사라졌다. 스칼렛은 이제 어떤 감정이나 이성의 호소로도 그의 냉정한 두뇌가 일단 내린 결정을 돌이키지 못하리라는 사실을 알았다. 그녀는 이제, 비록 어떤 얘기는 비록 상냥한 태도로 했더라도, 그가 한 말이 모두 진심이었음을 알았다. 그녀는 애슐리에게서 찾으려 했었지만 전혀 발견하지 못했던 온갖 요소를 — 강인하고, 물러설 줄 모르고, 무자비한 무엇인지를 레트에게서 인식했기 때문에 그것이 사실임을 알았다.

그녀는 사랑했던 두 남자를 전혀 이해하지 못했고, 그랬기 때문에 그들을 잃었다. 이제 그녀는 만일 조금이라도 애슐리를 이해했더라면 절대로 그를 사랑하지 않았겠으며, 레트를 조금이라도 이해했더라면 그를 절대로 잃지 않았으리라고 어렴풋이 깨달았다. 그녀는 세상의 어느 누구라도 자기가 정말로 이해한 적이 있었을까 막연히 의아한 생각이 들었다.

그녀의 마음속에는 이제 자비롭고 멍한 상태가, 잘린 신경조직이 외과 의사의 수술칼에 찔려 충격을 받아 짤막한 한순간 무감각했다가 고통이 시작되듯, 곧 날카로운 아픔으로 변하리라고 오랜 경험을 통해 그녀가 잘 알았던 그런 무딘 상태가 찾아왔다.

〈난 지금은 그 생각을 하지 않겠어.〉 옛 주문을 읊듯이 그녀는 음울하게 생각했다. 〈지금 그이를 잃는다는 생각을 하면 난 미쳐 버리고 말겠지. 그러니까 내일 생각하겠어.〉

〈하지만 말이야.〉 주문을 밀쳐 버리고 아픔을 느끼기 시작하며 그녀의 마음이 외쳤다. 〈난 그이를 보내면 안 돼! 틀림없이 무슨 방법을 찾아내야 해!〉

「지금은 그 생각을 하지 않을 테야.」 비참한 마음을 뒷전으로 밀어내려고 애쓰며, 솟구쳐 오르는 고통의 파도를 막아줄 어떤 보루를 찾으려고 애쓰며, 그녀는 소리 내어 다시 말했다. 「난 — 그래, 난 내일 타라 농장으로 가겠어.」 그러자 답답한 기분이 슬그머니 걷혔다.

언젠가 그녀는 두려움과 패배감에 쫓겨 타라 농장으로 돌아갔었고, 승리를 위한 무장을 하고 힘차게 그곳의 피난처로부터 나왔다. 한 번 해냈던 일이라면 — 하느님께 비나니, 다시 해내리라! 어떻게 해야 할지 방법은 알지 못했다. 그녀는 지금은 생각하고 싶지도 않았다. 그녀가 원했던 바라고는 고통을 느낄 여유가 마련된 곳, 상처를 되새길 조용한 곳, 투쟁을 준비할 안식처가 전부였다. 그녀는 타라를 생각했고, 부드럽고도 시원한 손길이 그녀의 마음을 살그머니 어루만지는 기분이 들었다. 그녀는 붉은 빛깔로 변하는 나뭇잎들 사이로 그녀를 반가이 맞으며 반짝이는 하얀 집이 눈에 선했고, 하느님의 은총처럼 그녀에게로 쏟아지는 시골 석양의 조용한 적막감을 느꼈고, 양털처럼 새하얀 무늬가 박힌 광활하고 푸른 대지에 내리는 이슬을 느꼈고, 붉은 흙의 싱싱한 빛깔과, 굽이치는 언덕을 뒤덮은 음울하고 시커먼 송림의 아름다움이 눈에 선했다.

그녀는 이런 장면을 머릿속에서 그려 보고는 힘을 얻어 막연한 안도감을 느꼈고, 아픔과 미칠 듯한 회한이 조금쯤은 밀려났다. 그녀는 타라 농장으로 뻗어 나간 시커먼 삼나무길, 재스민 숲이 늘어선 강둑, 하얀 벽과 생생한 대조를 이루던 푸른 빛깔, 펄럭거리는 하얀 커튼 따위 자질구레한 단편들을 회상했다. 그리고 어멈이 그곳에서 기다렸다. 갑자기 스칼렛은 어렸을 때처럼 절망적으로 어멈을 원했고, 머리를 기댔던 널찍한 가슴과 머리를 쓰다듬어 주던 검고 울퉁불퉁한 손이 그리워졌다. 어멈, 옛 시절과의 마지막 유대.

정면에서 밀어닥치는 패배까지도 인정하지 않았던 오하라 집안의 사람들이 지닌 정신을 살려 그녀는 턱을 치켜들었다. 그녀는 레트를 되찾으리라. 그럴 능력이 자신에게 있음을 그녀는 알았다. 스칼렛 오하라는 일단 마음만 먹으면 얻지 못했던 남자가 한 명도 없었다.

「그런 건 모두 내일 타라에 가서 생각하겠어. 그때는 버틸 힘이 생길 테니까. 내일 난 그이를 되찾을 무슨 방법을 생각해 내야지. 어쨌든 내일도 또 다른 하루가 아닌가.」

역자 해설

작은 여인의 크나큰 이야기

어느 출판 단체의 호의로 역자는 10여 년 전에 작가 마거릿 미첼Margaret Mitchell의 삶과 작품에서 배경을 이루는 곳들을 순례할 기회를 얻었는데, 『바람과 함께 사라지다*Gone with the Wind*』에서 남북 전쟁 이전에 애슐리 윌크스가 살았던 열두 참나무 집의 원형이라는 저택에서 안내원으로부터 이런 설명을 들었다.

「침대나 식탁 같은 가구가 생각보다 작아서 놀라는 분들이 많은데, 당시에는 영양 상태도 좋지 않고 그래서 사람들이 지금보다 체구가 훨씬 작았기 때문입니다.」

마거릿 미첼 역시 체구가 참으로 아담한 여성이었고, 소설의 주인공인 스칼렛 오하라Scarlett O'Hara도 마찬가지였다. 하지만 두 작은 여성이 탄생시킨 소설 『바람과 함께 사라지다』는 단순히 물질적인 방대함에서뿐 아니라 구상과 전개의 규모에서도 독자들을 압도하게 만든다.

『바람과 함께 사라지다』는 〈완전한 남부의 귀부인〉이라는 이상을 막연히 추구하면서도 전통에 반발하는 한 여성이 남자들의 전쟁이 남긴 폐허 속에서 꿋꿋하게 살아가며 자신의 세계를 고집하는 과정을 통해, 하나의 집요한 기둥 줄거리를 따라가며 수많은 주인공과 사건을 섭렵하는 길고도 웅대한 작품이다. 여주인공 스칼렛이 겨우 28년의 삶을 거치는 시간적 공간에서 펼치는 격렬하고도 파괴적인 시대의 모험과 투쟁의 얘기는 역사 소설의 묘미를 한껏 살렸으며, 특히 전쟁 막바지의 처절한 전투와 주변 묘사는 가히 절정을 이룬다. 그래서 때로는 자칫 줄거리 전개로부터 벗어난 사족처럼 여겨지기까지 하는 패전 상황의 재현이 숨차게 박진하다.

마거릿 미첼은 남부인으로서의 철저히 배타적인 관점을 통해 미국의 남북 전쟁을 독자들에게 제시하고, 침략자로서의 북부인들이 저지른 범죄에 대해서는 조금도 관용을 보이지 않는다. 그녀는 지나칠 정도의 지방색을 띠는 편견을 그대로 드러내며 일방적인 서술을 펼쳐 나가지만, 그런 편견을 정당화하고 뒷받침하는 역사적인 근거가 부족하다는 인상은 주지 않는다. 특히 〈백인이 돌봐 주고 보살피지 않으면 생존하지 못하는 흑인〉이라는 관념이나 큐 클럭스 클랜KKK 폭력의 미화 작업에서처럼, 불행히도 대집단의 움직임이나 개개인의 행동에 대한 작가의 비판적 관찰력의 한계성이 때로는 피상적이라는 느낌을 주기도 하지만, 미첼의 왕성한 정력은 힘차고 극적인 분위기를 증폭시켜서, 편견의 불균형까지도 기둥 줄거리의 비극적 요소가 필요로 하는 오묘한 분위기와 상극을 이루며 조화를 빚어낸다.

작가가 다루는 소재에 내포된 심오하고 광범위한 갖가지 의미를 마음대로 구사하는 능력과 그녀의 이상주의를 일관되게 설득하는 집념에 크게 힘입어서, 소설은 완숙한 인간성을 추구하는 기법이 〈평범〉을 확실하게 능가하는 수준에 도달한다. 미첼은 주인공들을 감상적이거나 낭만적으로 그리지도 않았고, 그렇다고 해서 나쁘게만 묘사하지도 않았다.

그래서 마지막 장에서도 감상적인 끝막음을 하려는 듯하다가는 다시 그런 암시를 비껴 나기도 한다.

보다 정확히 옮기자면 〈바람과 함께 사라진〉에 가까울 듯싶은 『바람과 함께 사라지다』는 멋진 제목이 암시하듯 향수 어린 분위기를 자아내면서 줄거리를 다채롭게 전개하는데, 가장 큰 매력을 꼽는다면 개성이 두드러진 주인공, 그러니까 지극히 이기적인 여주인공 스칼렛 오하라와, 그녀로서는 제대로 〈임자〉를 만났다고 할 레트 버틀러Rhett Butler의 인물 설정이 되겠다. 역자의 개인적인 견해를 묻는다면, 스칼렛은 성격 탓에 만인으로부터 미움을 받는 못된 철부지 악녀이면서도 얄미운 매력이 참으로 끈질기게 독자를 사로잡는다. 인생에서 늘 남들보다 앞서가는 듯싶으면서도 사실은 항상 한 박자 늦어 계속해서 궁지로 몰리던 그녀는 또 다른 악인 레트와 만나 엇갈리고 굴곡진 감정의 대결을 벌이며 작품상의 긴박감을 촉진시킨다.

남부를 무대로 한 전쟁 소설치고 『바람과 함께 사라지다』는 상당히 사실적인 작품이다. 기회주의자인 남부의 미녀를 주인공으로 삼는다는 설정만 해도 상당히 파격적인 시도이지만, 작가는 주인공들을 워낙 철저하게 파악하기 때문에 함정을 피할 샛길까지 마련한다. 돈을 벌기 위해서라면 영혼까지도 팔아 치울 각오가 선 스칼렛은 필연적으로 자신의 행복을 파괴하고, 우리는 이러한 인물의 파괴 과정에서 한 인간의 참된 모습을 본다.

남북 전쟁을 다룬 보다 〈문학적〉인 작품들의 특징인 섬세한 주제의 제시도 미첼의 작품에서는 찾아보기 힘들고, 스타크 영Stark Young의 『그토록 붉은 장미*So Red the Rose*』 같은 소설에서 발견되는 현실 의식도 별로 없고, 윌리엄 포크너

William Faulkner나 로버트 펜 워런Robert Penn Warren 같은 남부 작가들의 복합적인 상상력의 기교도 거의 없다. 하지만 바로 섬세한 기교와 자아의식의 결여가 미첼 작품의 장점이기도 하다. 그것은 남북 전쟁뿐 아니라 전후의 재편입 기간을 함께 서사시적으로 서술하는 이 소설에 제시된 사회가 본질적으로 자아의식이 결여된 시대였기 때문인데, 전통을 섬기는 삶이란 항상 내적인 분석과는 상반되게 마련이다.

그리고 미첼 소설에서 자아의식과 내적인 분석이 결여된 또 하나의 이유는 이토록 방대한 작품에서라면 민속 설화나 서사시처럼 대범하고 초연한 서술 형태가 적절하기 때문이다. 문학 비평가 로버트 드레이크Robert Drake가 「20년 후의 타라Tara Twenty Years After」라는 논문에서 밝힌 견해에 의하면, 이 소설은 사람들에게 벌어지는 갖가지 사건을 서술하는 〈이야기〉체여서, 분석이나 〈연구〉를 내세우는 수많은 현대 소설에서처럼 〈사람들이 사건에 종속〉되지 않는다.

『바람과 함께 사라지다』에서 가장 중요한 갈등은 작가 도널드 데이비드슨Donald Davidson이 전통과 반전통이라고 이름을 지어 붙인 두 명제 사이의 갈등이다. 전통 갈등은 여러 가지 형태로 나타나서, 소설 전체를 관통하며 하나의 초점을 이루는 통일된 주요 주제를 이룬다. 물론 전통은 오하라 집안과 윌크스 집안, 그리고 다른 카운티 집안들의 형태로 제시된다.

옛 질서, 즉 전통적인 삶은 애슐리 윌크스와 그의 아내 멜라니 해밀턴을 의미한다. 윌크스 집안은 시집을 구입해 읽고, 유럽 여행을 하고, 가까운 친척끼리 결혼한다. 그들이 사는 농장 〈열두 참나무 집〉은 낭만주의자들이 상상하던 전통적 남부의 총체적인 결합이다. 하지만 전쟁과 패배를 거친 다음, 전쟁 자체보다도 더욱 어려운 평화의 시절이 찾아오자, 그들은 남들에게 의지해서 겨우 목숨을 부지한다. 멜라니는 물론 스칼렛의 어머니 엘렌 오하라와 마찬가지로 남부의 우아한 이상형 여성이고 위대한 귀부인 상의 구현이지만, 놀라운 강인함도 지닌 여자다. 그녀는 비록 굶어 죽는 한이 있어도 원칙을 양보하지는 않는다.

전통과 반전통 사이의 갈등은 스칼렛 오하라의 개성(인물 구성)에서 가장 두드러지게 표출된다. 스칼렛 갈등은 처음부터 나타나기 시작해서 점점 심해지다가, 열두 참나무 집의 황폐한 밭에서 절정에 다다르고, 작품의 끝에서는 대립 구도의 방향이 완전히 뒤집힌다. 일반적인 개념의 〈날카로운 이성〉을 소유한 스칼렛은 남부의 귀부인답게 그녀의 현실적인 예리한 감각을 의도적으로 숨긴다. 겉으로 보기에 그녀는 해안 지역 귀족 출신인 어머니 그대로이지만, 레트는 그녀의 몸속에 흐르는 참된 혈통은 가난한 아일랜드 농민의 피라고 지적한다.

철저한 현실주의자인 스칼렛은 애슐리와 멜라니, 심지어는 레트까지도 목숨을 바쳐 싸우려는 남부의 〈대의명분〉에 전혀 관심이 없어 보인다. 그녀는 오직 생존을 위해서만 어떤 대가를 치르더라도 투쟁을 벌이겠다는 각오를 한다. 열두 참나무 집의 폐허에서 벌어지는 인상적인 장면에서 그녀는 절대로 다시는 굶지 않겠다고 엄숙하게 맹세한다. 그리고 타라 농장의 세금을 낼 돈을 마련하기 위해서 레트의 정부가 되겠다는 생각을 하는 순간 그녀는 교회와 결별한다. 그녀는 교회가 간음을 금한다는 사실을 알지만, 타라를 위해서라면 교회 따위는 아랑곳하지 않겠다고 결심한다. 그리고 재편입 기간 동안에 스칼렛은 사업에 뛰어들면서 남부 귀부인의 교양과 자질을 코웃음 친다.

그렇지만 피상적인 면에서 그녀는 변함없이 남부인이다. 그녀는 카펫배거 부유층과 친교를 맺으면서도 한편으로는 푸른 군복의 장병들에게 일부러 무례한 언동을 한다. 그리고 그녀는 타라 농장을 구하기 위해서라면 무슨 짓이라도 기꺼이 하지만, 농장이 그녀에게 뜻하는 바가 무엇인지는 소설의 마지막 부분에 가서야 터득한다. 그녀는 남부의 전통이 의미하는 바가 무엇인지를 깨닫지 못하면서 전통으로부터 힘을 얻으려고 하지만, 타라로 돌아가려는 결심을 할 때까지는 전통의 요구에 응하려고 하지 않는다.

스칼렛의 성격은 별로 섬세하지도 않고 복잡하지도 않은데, 서사시적인 작품의 여주인공이라면 그런 성격이 꽤 적절하다고 하겠다. 스칼렛의 성격 내부에서 벌어지는 갈등은 단순성(반전통)과 복합성(전통), 그리고 애슐리에 대한 〈낭만적인 사랑〉과 레트에 대한 〈현실적인 이끌림〉의 갈등이라고 하겠다. 하지만 소설이 전개됨에 따라 그녀는 조금씩 통찰력을 얻게 되고, 결국 멜라니가 죽을 때쯤에는 그녀가 원하는 바가 정말로 무엇인지를 깨닫게 되지만, 각성의 순간에 바로 그 대상을 상실하고 만다.

〈살아 있는 전통〉을 상징하는 멜라니의 죽음에 임해서, 스칼렛은 그녀가 애슐리로부터 구하려고 했던 사랑이 〈죽어 버린 전통〉에 지나지 않음을 마침내 깨닫는다. 멜라니가 임종을 앞두고 스칼렛에게 깨우쳐 주었듯이, 참된 생명력을 지닌 인물은 레트뿐이었다. 하지만 때는 이미 너무 늦어 버렸다. 삶의 복합성을 이제야 터득하기 시작한 스칼렛은 정말로 새 출발을 하면 과거를 씻어 버릴 수가 있으리라고 믿는다. 역설적인 얘기지만, 어느 때보다도 현실에 가까워진 지금, 스칼렛은 〈이상적인〉 애슐리에게서 추구하던 〈현실〉이었던 레트를 결국 잃게 된다. 하지만 레트의 상실을 통해 그녀는 영혼의 성장과 성숙을 얻게 된다.

그래서 소설의 종결부에 이르면 스칼렛은 멜라니를 잃고 혼자 남는다. 그녀는 또한 지금까지 전혀 참된 사랑을 하지 않았음을 인식함으로써 애슐리도 상실하고, 레트의 사랑을 무의식적으로 의식하면서도 너무 늦은 다음에야 맞사랑을 하기에 이르러 레트 또한 상실한다. 하지만 그녀에게는 무엇인가 남았으니, 그것은 타라 농장과 타라가 그녀에게 의미하는 모든 가치, 즉 〈옛 시절과의 마지막 유대〉다. 그녀는 입버릇처럼 내일도 또 다른 하루, 그러니까 〈오늘만 날이냐〉라고 되뇌며 살아 나갈 결심을 한다. 하지만 그녀의 입버릇이 이번에는 복잡한 상황을 피하려는 욕구를 정당화시키지는 못한다. 그녀는 이제 의식적으로 타라 농장으로 돌아가고, 무의식적으로는 타라에서 그녀가 옛날부터 사랑했던 전통의 삶으로 돌아가기로 결심한다. 레트나 마찬가지로 그녀는 전통적인 삶으로 귀환하려는 작정이다. 그런 방법으로 그녀는 슬픔을 잊을 돌파구와 위안을 찾게 된다.

한 전통 사회의 붕괴를 서사시적으로 다룬 『바람과 함께 사라지다』에서 〈벌어지는〉 사건은 일단 그런 식으로 요약이 되겠다. 그리고 사건을 서술하는 방법과 각도는 본질상으로 일방적이라고 하겠다. 양키들은 흉악한 악당으로 묘사되고, 그들 때문에 오하라 농장의 감독이었다가 가난뱅이 백인 에미 슬래터리와 결혼하는 조너스 윌커슨은 한때 그의 주인이었던 사람들의 주인 노릇을 하려고 덤빈다. 이런 면에서 『바람과 함께 사라지다』는 베르길리우스Vergilius의 『아이네이스*Aeneis*』와 비슷하다. 그리고 『아이네이스』에서와 마찬가지로 이 작품은 외형만 파괴해서는 전통 사회를 무너뜨리지 못한다는 점을 극적으로 강조하다. 그런 사회의 힘은 궁극적으로 외형적인 구조가 아니라 〈심성〉에서 연유하기 때문이다.

남북 전쟁을 소재로 다룬 소설들 가운데 『바람과 함께 사라지다』처럼 폭넓은 작품은 없으리라. 〈깊이〉와 〈예술성〉이 결여되었다고는 하지만, 『바람과 함께 사라지다』는 다채로우면서도 통일된 주제를 제시하는 활력과 선명한 서술 방법으로 독자에게 보상한다. 줄기차고, 힘차고, 소박한 서술이 드러내는 갈등은 서술 기법 자체만큼이나 오래된 것이다. 『바람과 함께 사라지다』의 갈등은 이 작품 이전에 훨씬 훌륭하게 제시된 적이 여러 차례였고, 틀림없이 앞으로도 계속해서 제시되리라. 하지만 이 작품에서처럼 흥분과 자극을 불러일으키지는 못할 듯싶다.

에스파냐 태생으로 미국의 시인이며 철학자인 조지 산타야나George Santayana는 〈상상력은 역사나 전통이나 인간적 사회 체제를 바탕으로 삼아야지, 제멋대로 이루어지는 개별적인 성장(盛裝)은 별로 의미가 없으며, 하찮은 노래나 마찬가지로 당장 유행에 뒤떨어지고 만다〉고 했다.

조지아 주의 전통 속에서 자란 미첼은 주인공들과 줄거리 구성을 남북 전쟁과 재편입 기간의 남부라는 바탕에 심어 놓았다. 조지아 전통에 뿌리를 박은 인상 깊은 장면과 일화를 몇 가지 꼽는다면, 아름다운 열두 참나무 집에서 열리는 카운티 바비큐 파티, 남부 동맹이 전시에 주최한 자선 바자의 경쾌한 분위기, 불길이 치솟아 오르던 무서운 애틀랜타의 공방전, 폐허가 된 농장을 줄지어 지나가는 누더기 차림의 남군 병사들이 이룬 끝없는 행렬, 흑인들을 구제하려는 노예해방청을 업고 카펫배거들이 자행하는 폭력과 무자비한 통치, KKK단의 야간 기습, 불럭 주지사와 재편입 정권에 대한 그들의 승리를 들겠다. 그리고 바비큐 파티 날 스칼렛이 애슐리하고 벌이는 장면이나, 죽어 가는 말이 끄는 마차를 타고 남군과 북군 사이에서 스칼렛이 타라로 돌아가는 필사적인 장면도 인상적이다. 이런 장면들은 미첼의 서술 기교가 얼마나 훌륭하며, 교묘한 전개의 고전적 기법을 얼마나 잘 숙달했는지를 보여 준다. 미첼의 이러한 놀라운 서술 기법이 광범위한 독자층을 사로잡는 데 성공했다.

〈우리 시대의 문화에 등장하는 포괄적이고 서정적인 소설의 낭만적 전통을 직접 이어받았다〉고 비평가 엘리너 밴 앨런Eleanor Van Alen이 평가한 『바람과 함께 사라지다』는, 전반부에서의 노예 문화 서술에 이어, 후반부에서는 미국 역사가 클로드 보워스Claude Bowers가 〈비극의 시대〉라고 일컫는 상황을 묘사하며 공포와 폐허로부터 일어서는 애틀랜타를 힘차게 조명한다.

유명한 문학 평론가 앨프리드 카진Alfred Kazin은 미첼이 부각시킨 남부의 부활을 이렇게 해석했다.

> 케네스 로버츠(Kenneth Roberts, 영화로도 제작된 『북서로 가는 길*Northwest Passage*』 등의 작품을 남긴 소설가이며 미국 시베리아 원정군 정보 장교이기도 했음)가 독립 전쟁 당시의 애국자들을 〈오합지졸〉이라고 불렀다거나 마거릿 미첼이 남북 전쟁에서 북군이 전혀 승리를 거두지 못한 듯 서술했다고 한들 무슨 상관인가? 이제는 패배한 대의명분들이 역사 소설을 통해 되살아나고, 남부의 연애 소설을 열심히 읽어 대는 북부와 서부의 수백만 독자를 위시한 수많은 독자는 남부가 패배했다는 사실은 전혀 따지

지도 않는다. 남부나 북부, 서부나 동부는 하나가 되어, 현대의 세계와는 다른 영웅적이고 찬란한 거미줄을 엮어 놓는다.(1942년에 펴낸 『고향에서*On Native Grounds*』, 511면 참조)

프랑스 작품을 많이 번역한 작가 맬컴 카울리Malcolm Cowley는 『바람과 함께 사라지다』를 〈농장 전설의 백과사전〉이라고 지칭했다. 수백 명의 다른 소설가들이 같은 전설을 엮어 내는 데 힘을 보태었지만, 그들은 저마다 한 부분을 제시하기가 고작이었다. 그리고 이른바 〈남부파 작가〉들로는 로버트 펜 워런, 윌리엄 포크너, 카슨 매컬러스Carson McCullers, 윌리엄 스타이런William Styron 등 많기는 하지만, 그들이 다루었던 온갖 일화와 등장인물과 무대 배경을 미첼은 이 한 작품에다 집대성한다.

그리고 비록 그런 전설이 부분적으로 거짓되고, 부분적으로는 우스꽝스럽고, 오늘날 남부의 삶에 일반적으로 악영향을 끼쳤다고는 해도, 미첼은 새로운 각도에서 과거의 전설을 묘사하고 낭만성에 상당히 많은 사실주의를 배합함으로써 새로운 힘을 부여한다. 미첼은 놀라울 정도로 대담하게 글을 써나가며, 보다 경험이 많은 작가라면 찰스 디킨스나 도스또예프스끼와 비교되어 불리한 평을 들을까 봐 겁이 나서 건드리지도 못하고 주저할 여러 큼직한 소재에 무턱대고 덤벼들기도 한다. 미첼은 어떤 비교도 두려워하지 않았고, 어떤 감정의 서술도 서슴지 않았다. 물론 『바람과 함께 사라지다』는 위대한 고전 문학 작품의 범주에는 들어가지 못하겠지만, 자질구레하고 감상적이고 잡다한 얘기를 엮어 나가면서도 과거의 위대한 작가들을 연상시키는 그런 소박한 용기를 한껏 과시한다. 그것은 상황과 등장인물의 설정에서 더욱 두드러진다.

미첼은 작품에 제시한 시대와 인물들 그리고 북부 조지아의 붉은 언덕이 굽이치는 대지를 잘 알고, 옷에서부터 예의범절이라든가 온갖 자질구레한 면에 이르기까지 치밀한 지식을 동원했다. 타라는 사람들이 일을 하는 농장이며, 영화의 세트로 등장하는 하얀 저택이 아니다. 애틀랜타도 생동하는 하나의 도시로 묘사되었으며, 리치먼드와 찰스턴과 뉴올리언스의 멋진 요소만 뽑아다 엮어 놓은 환상의 도시가 아니다. 예쁘게 가꾼 그림보다는 가능한 한 사실적인 역사와 사건의 제시를 작가가 중요시했기 때문이다.

주인공의 설정에서도 그렇다. 스칼렛과 짝을 이루게 되는 레트 버틀러는 본디 찰스턴 상류 사회 출신이지만 도덕성이 남들의 눈살을 찌푸리게 하는 남자로, 독설적인 면에서는 어느 누구보다도 뛰어난 이성적인 인물이다. 미첼은 레트와 애슐리를 대비시켜 그들이 지켜보는 가운데 파괴되는 사회의 미덕을 간접적으로 평가한다. 이런 수법을 동원함으로써 그녀는 스스로 생각하기에 감상적이라고 여겨지는 주제를 다루면서도 감상주의로 흐르지 않도록 방지하려고 노력했던 듯싶다. 보다 위대한 작가였다면 그런 두려움은 없었을 듯싶다. 똘스또이는 『전쟁과 평화』에서 앙드레 공이 황제에 대해서 보이는 열띤 흠모를 서술하는 대목에서 조금도 주저한 흔적이 없다.

그리고 미첼은 이렇게 기나긴 얘기를 이끌어 나가는 동안 여주인공의 지성적인 한계성뿐 아니라 감정의 결핍 때문에도 조금쯤은 애를 먹은 흔적이 보인다. 스칼렛은 전쟁을 겪으면서도 전쟁의 비극이나 공포에 별로 반응을 보이지 않는

다. 그리고 스칼렛은 워낙 어리석은 여자여서 자신의 생존보다 더 큰 갖가지 문제가 전쟁과 결부된다는 사실을 미처 깨닫지 못한다.

『푸른 열매*Green Fruit*』 등의 작품을 남긴 작가 존 P. 비숍 John P. Bishop은 이렇게 분석했다.

> 『바람과 함께 사라지다』는 뛰어나지도 않고 별로 건전하지도 못하지만, 탁월한 대하소설이다. 역사적인 배경은 놀랄 만큼 치밀한 의식 속에서 잘 다루었다. 그러나 도덕적인 문제를 다룬 시각은 훨씬 덜 선명하다. 예를 들면 이런 문제들이 제시된다. 붕괴되는 과정의 사회에서는 어떤 조건하에서 인간의 생존이 가능할까? 스칼렛은 그냥 살아남기만 한다면 삶이 제시하는 어떤 조건이라도 다 받아들이려고 한다. 미첼은 여주인공의 그러한 집념을 용납하는 듯싶다. 그러면서도 작가는 자신의 뜻과 어긋나는 조건을 따르면서 생존하기를 거부하는 인식을 바탕으로 삼아 문명이 이루어진다는 점도 암시한다.

이제는 역사 소설로서의 『바람과 함께 사라지다』를 살펴보기로 하자.

훌륭한 역사 소설을 읽고 나면 독자는 로버트 펜 워런의 『모두가 왕의 부하*All the King's Men*』에서처럼 역사의 의미를 깨쳐야 하는가? 아니면 포크너의 『압살롬, 압살롬*Absalom, Absalom!*』에서처럼 역사의 신비는 그대로 밝혀지지 않고 저마다 간직하는 다른 개념으로 남아야 하는가?

역사 소설은 어느 정도의 역사성을 지녀야 할까? 사상은 어느 정도까지 반영되어야 하는가? 허구적인 〈얘기〉는 어느 만큼이어야 하는가? 역사 소설에서는 이런 관점들도 대두된다. 현대의 많은 소설가들은 무엇보다도 사상을 내세우라고 한다. 직설적이고 연대기적인 서술은 별로 염두에도 없다. 하지만 『바람과 함께 사라지다』에서는 사상 따위는 거들떠보지도 않는다. 그런 주제는 상징과 신화를 추구하는 현학적인 작가들에게 양보한 것이다. 예를 들면 윌리엄 스타이런의 『냇 터너의 고백*The Confessions of Nat Turner*』은 역사성보다 사상성에 더 큰 비중을 둔 작품이다.

현대 작가들은 역사를 일부러 왜곡하거나 창조하는 행위도 예술성과 철학적 사상의 제시를 위해서 동원하는 정당한 수단이라고 믿는다. 작가의 집필 시기가 1980년이건 아니면 남북 전쟁 직후이건 간에, 누가 남북 전쟁에 관한 소설을 쓴다고 하면, 그 전쟁 소설의 주인공들은 남부인이건 북부인이건 모두 비극의 주인공이 될 가능성을 지닐 정도로 인간적이어야 한다. 그런 위대성을 성취한 역사 소설은 별로 많지 않다. 『냇 터너의 고백』처럼 훌륭한 역사 소설은 사변적인 요소도 내포한다. 하지만 사상의 제시에도 한계는 두어야 한다. 어느 작품이 역사적인 사실에서도 오류를 범할 뿐 아니라 인간의 심성도 잘못 제시한다면, 그것은 나쁜 작품이라고 하겠는데, 그런 기준의 역사 소설로서는 『바람과 함께 사라지다』가 〈나쁜 작품〉의 계열에 들어간다고 에머리 대학 교수인 플로이드 왓킨스Floyd Watkins가 『때와 곳*In Time and Place*』이라는 저서에서 밝혔다.

왓킨스 교수의 주장은 이러하다.

이 작품은 지나치게 남부를 의식하는 하찮은 낭만적인 영혼들의 갈증을 풀어 주는 듯한 신화를 창조하지만, 역사를 과장 선전하고, 인간의 악과 그 악을 행하는 자들의 의미가 지니는 깊이와 복합성을 파악하지 못한다. 『바람과 함께 사라지다』는 윌리엄 D. 하우얼스William D. Howells가 〈통속 문학〉이라고 이름 지은 그런 작품이다. (이 작품에 대해서) 혐오하고 개탄해야 할 점은 대중의 환상에만 호소한다는 것인데, 그런 태도를 고치기 위해서 조금이라도 노력을 기울이기는커녕 오히려 모든 요소를 증폭시키기만 한다.

하지만 『바람과 함께 사라지다』가 그토록 많은 찬사와 인기를 누렸던 까닭은 바로 그런 사변적인 요소의 배제 때문이었는지도 모른다. 루이스 크로넌버거Louis Kronenberger는 1936년 7월 4일 자 『뉴요커*New Yorker*』 잡지에서 『바람과 함께 사라지다』가 인기를 얻은 이유를 이렇게 설명했다.

> 『바람과 함께 사라지다』는 순수한 도피주의 소설의 걸작이라고 극구 칭찬을 받을 만하다. 이 작품은 축적했다가 주기적으로 제거해야 할 필요가 생기는 모든 거짓된 감정과 고민을 배설하는 기능을 한다.

어렸을 때 미첼은 이런 식으로 소설을 정의했다고 한다. 〈중요한 것은 이야기다. 훌륭한 줄거리만 마련된다면 문체는 상관도 없다.〉 그래서인지 그녀는 이 작품이 태어나던 당시에 한참 유행하던 〈의식의 흐름〉 따위에는 신경도 쓰지 않았다. 인간의 사변적인 면을 결점으로 간주하는 미첼의 시각은 애슐리의 인물 설정에서도 드러난다. 애슐리의 자아의식과 현실에서 소외된 의식 세계는 비극을 잉태한다.

같은 해 출판된 포크너의 『압살롬, 압살롬!』과의 경쟁에서 결국 『바람과 함께 사라지다』가 퓰리처상을 받았다는 사실은 어떻게 보면 〈사상〉과 〈이야기〉의 싸움에서 〈이야기〉가 승리했다는 의미가 된다. 포크너와 미첼의 작품은 다 같이 역사를 다루지만, 〈심오한 인간성〉은 포크너의 작품에서만 발견된다. 스칼렛의 결혼이나 야망, 그리고 레트 버틀러의 무자비한 측면은 비극성이 결여된 평면적 설정이었다. 그러나 문학은 사상의 설득이 아닌 예술이라는 현대의 개념이 심사 위원들의 판단에 작용했을지도 모른다.

『바람과 함께 사라지다』의 평면적 설정은 타라 농장의 묘사에서도 두드러진다. 타라의 낙원에는 악이 존재하지 않는다. 양키들이 쳐들어오고, 그래서 모든 악이 외부로부터 들어오게 된다. 감상적인 옛 시절은 바람과 함께 사라지고, 아무리 울고 탄식해도 그 시절은 돌아오지 않는다.

『바람과 함께 사라지다』에는 또한 입체적 인간성이 두드러진 주인공도 없다. 나약한 애슐리와 지나치게 완벽한 멜라니만이 일관된 개성을 지닌 등장인물인데, 낭만적이고 판에 박은 듯한 주인공들은 위대하고 숭고한 갈등이라고는 전혀 겪지 않는다. 미첼은 스칼렛이 섬기는 기사도 시절의 환상을 풍자의 대상으로 삼지만, 스칼렛과 애슐리 같은 주인공을 창조하고 그들을 매혹적으로 묘사함으로써 미첼 자신도 그들의 감상주의에 희생된다. 이런 구성과 인물 설정에서는 물론 참된 사실주의를 기대하기는 불가능하다. 애슐리는 〈어린 소녀가 꿈꾸는 완벽한 기사〉다. 따라서 월터 스콧Sir Walter Scott의 세계를 꿈꾸던 모든 여자의 마음은 스칼렛과 더불어 제물이 된다.

패배의 역설은 주로 레트 버틀러를 통해 전달된다. 애국자가 아닌 레트는 패배를 예언한다. 그는 하청업자들이 남부 동맹에 어떤 피해를 끼치는지도 안다. 하지만 레트는 애국적 감상주의를 제거할 능력이 없고, 그래서 결국 패주하는 남군에 입대한다. 레트는 어니스트 헤밍웨이Ernest Hemingway의 세계에서 흔히 등장하는 지극히 거친 주인공들과 맞먹을 정도로 강인한 남자지만 이렇듯 우스꽝스러울 만큼 감상주의에 빠지기도 한다. 그는 남부의 어떤 대의명분을 진정으로 믿기 때문이 아니라 단순히 〈기분〉 때문에 전쟁터로 간다.

『바람과 함께 사라지다』의 주요한 결점이라면 지나치게 단순화한 지방색이다. 남부 소설에서는 이런 경향이 항상 지나치게 두드러졌다. 예를 들면 역시 퓰리처상 수상작인 하퍼 리Harper Lee의 『앵무새 죽이기*To Kill a Mockingbird*』에서는 착한 흑인과 착한 백인 개방주의자를 나쁜 백인과 대립시킨다. 하지만 두 작품 다 지나치게 피상적으로 〈편〉을 들기 때문에, 세월이 지나면 두 작가가 모두 다른 편으로 넘어갈지도 모른다는 인상을 준다.

작품 『바람과 함께 사라지다』와 작가 마거릿 미첼이 주장하는 가장 중요한 명제는, 양키는 악하고 남부인은 선하다는 논리다. 양키는 불을 지르고 약탈을 일삼는 군인이고, 남부인은 전선을 찾아가 위문을 하는 선량한 사람이다. 『바람과 함께 사라지다』의 스캘라웩은 가증스러운 악인이다. 북부의 병사들이 애틀랜타로 진주하자 혼혈아가 늘어나고, 북부의 어머니는 아기를 〈깜둥이〉에게 맡기기를 거부하고, 흑인들은 그들을 위해 싸워 준 그들을 보면 〈소름이 끼친다〉고 말한다. 스칼렛의 집을 찾아온 양키들은 타구를 빤히 보이는 곳에 아무리 많이 놓아두더라도 융단에다 침을 뱉을 정도로 예의범절이 엉망이다. 말하자면 『바람과 함께 사라지다』에서는 착하고 훌륭한 사람은 모두 남부 한쪽을 위해서만 싸우고, 북부에는 못된 인간만 존재한다는 인상을 준다.

『바람과 함께 사라지다』에서 가장 실감이 나지 않는 주인공은 멜라니 윌크스다. 선량하고 착하고 아름다운 온갖 요소가 멜라니에게 부여된다. 멜라니의 결점이라면 〈엉덩이가 작아서〉 아기를 낳으려면 굉장히 고생한다는 정도다. 하지만 타라에서 악을 상징하는 양키 병사와 맞서게 되었을 때 그녀는 강철 같은 여인으로 변한다. 멜라니는 굶주린 병사들을 위해 음식을 남겨 두려고 자기는 굶는다. 그녀는 필연적인 운명에 스칼렛보다도 용감히 맞선다. 멜라니는 워낙 결점이 없기 때문에 어떤 중요한 인간적인 자질도 지니지 못한다. 하지만 그녀는 단순히 완전한 여성의 이상적 상징에서 그치는 주인공이 아니다. 미첼은 멜라니를 북부의 악과 대결하는 남부의 선을 상징하는 여인으로 삼았다. 멜라니는 여자란 어떠해야 한다고 미첼이 믿었던 모든 양상의 종합이었다. 하지만 그녀는 지나치게 완벽해서 훌륭한 소설의 건전한 바탕을 이루지는 못한다. 그녀에게는 악의 요소가 전혀 없다. 그녀는 죄를 전혀 범하지 않는다.

『바람과 함께 사라지다』는 애국적인 편견과 지나친 중용과 감상주의와 통속성이 배합된 작품이다. 하지만 이 작품을 그렇게 간단하게만 얘기하기도 어렵다. 『바람과 함께 사라지다』는 통속성과 감상주의와 완벽한 주인공들 그리고 선명하게 구분된 선과 악의 개념을 제시할 뿐 아니라 흑인에 대한 인종 차별도 언급하고, 시어도어 드라이저Theodore Dreiser식으로 정치와 역사에 관해 산만한 서론을 앞에 내세우기도 하며, 실감이 안 나는 대화와, 심하게 과장된 흑인의 방언도 흠집을 낸다. 어떤 면에서는 그런 요소들이 모두 이 작품의 결점이라고 하겠지만, 지금까지 미국의 출판 사상 가장 많은 부수의 판매 기록을 이 소설이 수립한 이유는 분명하다. 『애틀랜타의 마거릿 미첼*Margaret Mitchell of Atlanta*』의 저자 피니스 파Finis Farr의 말을 들어 보자.

『바람과 함께 사라지다』는 단순히 즐거움만 제공하는 이상의 어떤 가치를 제공한다. 이 작품은 생명력이 넘쳐흐르고, 여주인공은 에이해브 선장과 허클베리 핀에게 활력을 부여한 생명력으로부터 창조되었다. 『런던 옵저버*London Observer*』는 지난 50년 동안 탄생한 소설의 주인공들을 검토한 결과, 스칼렛 오하라를 셜록 홈스, 조지 배빗, 피터 팬의 수준에 포함시켰다.

안정효

마거릿 미첼 연보

1900년 **출생** 11월 8일, 조지아 주 애틀랜타에서 5대째 살아온 집안에 마거릿 머너린 미첼 마시Margaret Munnerlyn Mitchell Marsh 태어남. 천주교도인 아일랜드 혈통의 어머니 메이벨 스티븐스Maybelle Stephens는 조지아 주에서 여성 선거권 운동을 발기하는 데 기여했고, 아버지 유진 미첼Eugene Mitchell은 변호사로 애틀랜타 역사 학회의 회장 직을 역임함.

1907년 **7세** 초등학교 입학. 어릴 적부터 방대한 양의 독서를 하며, 남북 전쟁과 재편입 시기에 관한 얘기를 자주 들음. 외할아버지가 남북 전쟁에서 장교로 싸우고, 참전했던 퇴역 군인들이 아직 많이 생존해서, 애틀랜타 공방전 등의 얘기를 생생하게 접함. 복숭아나무 거리에 살 때는 문학 작품뿐 아니라 남북 전쟁 당시의 인물들에 관한 전기도 탐독함. 단편소설과 희곡을 쓰기도 하고, 작품 구성과 개요를 공책에 적어 보관하기 시작.

1914년 **14세** 애틀랜타의 워싱턴 전문 학교에 입학. 학교를 다닌 4년 동안 기숙사 학교를 다니는 네 처녀를 주인공으로 삼은 장편소설 『네 여자』, 그리고 언니가 강간을 당했다는 얘기를 듣고 강간범을 살해하는 소녀를 주인공으로 삼은 「어린 여동생」이라는 단편을 씀. 이들 두 원고는 지금 모두 행방불명임.

1918년 **18세** 워싱턴 전문 학교를 졸업하고 의사가 되기 위해 스미스 대학에 입학.

1919년 19세 이해에 창궐한 인플루엔자로 어머니 사망. 6월에 학업을 포기하고 애틀랜타로 돌아와 아버지와 오빠 스티븐스Stephens를 위해 가사를 돌봄.

1921년 21세 딸이 사교계의 여왕으로 군림하기를 바랐던 아버지의 소망에 따라 사교계에 데뷔.

1922년 22세 베리언 업쇼Berrien Upshaw와 결혼하지만 곧 파탄을 맞음. 연말부터 『애틀랜타 저널*Atlanta Journal*』에 페기 미첼Peggy Mitchell이라는 필명으로 글을 씀. 페기는 마거릿의 애칭임. 특히 많은 인터뷰 기사를 써서 실력을 인정받음.

1923년 23세 1920년대를 무대로 사춘기에 관한 장편소설 집필 시작. 혼혈 청년에 대한 남부 백인 처녀의 사랑을 그린 중편소설 「로파 카마진」 완성. 이 원고들 역시 나중에 행방불명이 됨.

1924년 24세 10월 26일 첫 남편과 정식으로 이혼.

1925년 25세 7월 4일 첫 번째 결혼식에서 들러리를 섰던 조지아 전력회사의 광고국장인 존 마시John Marsh와 결혼. 미첼은 후에 『바람과 함께 사라지다*Gone with the Wind*』를 이 남편에게 바침.

1926년 26세 발목 상처 때문에 부득이 『애틀랜타 저널』의 직장을 포기함. 1년 동안 조사 연구를 거치고 많은 양의 독서를 한 다음 『바람과 함께 사라지다』에 착수해 3년에 걸쳐 집필. 집필 기간 동안 자주 애틀랜타 주변의 폐허를 돌아보고 전쟁 당시의 얘기를 들음.

1932년 32세 완성된 『바람과 함께 사라지다』의 원고가 출판될 가망성이 없으리라고 생각해서 봉투에 담아 벽장 속에 처박아 둠.

1935년 35세 4월 맥밀란 출판사에서 일하는 친구의 끈질긴 권고에 못 이겨 『바람과 함께 사라지다』의 원고를 부사장인 해럴드 레이섬Harold Latham에게 보임. 7월, 편집자는 원고의 출판을 결정. 그 후 1년 동안 미첼은 원고를 고쳐 쓰고, 편집하고, 역사적인 사실의 고증을 보완함.

1936년 36세 6월 30일 『바람과 함께 사라지다』 출판. 캐나다에서도 동시 판매를 해서 하루에 10만 부까지 판매 부수를 돌파해 가며 출판 3주일 내에 17만 부, 4개월에 70만 부, 그리고 6개월 만에 1백만 부가 팔려 나감.

1937년 37세 해마다 수여되는 미국 도서 판매 협회상에 이어서 퓰리처상 수상. 판매 부수는 계속 올라가서 세계적인 선풍을 일으켜 브라질, 불가리아, 칠레, 중국, 쿠바, 체코슬로바키아, 덴마크, 핀란드, 프랑스, 독일, 영국, 그리스, 헝가리, 이스라엘, 이탈리아, 일본, 라트비아, 노르웨이, 폴란드, 루마니아, 에스파냐, 스웨덴, 유고슬라비아 등 각국에서 번역 출판되고, 점자 책과 음반까지 나옴. 이 무렵부터 미첼은 자신이 〈GWTW(『바람과 함께 사라지다』의 머리글자) 뒤처리〉라고 부르던 골치 아픈 문제들에 얽힘. 국제 판권 처리, 계약상의 의견 차이, 해적판과 표절, 수천 통씩 밀려드는 편지와 전화, 미첼 행세를 하는 사기꾼, 헛소문, 글을 써달라거나 출연해 달라는 부탁이 죽을 때까지 그녀를 괴롭힘. 할리우드의 데이비드 셀즈닉 영화사에 『바람과 함께 사라지다』의 영화화권을 5만 달러에 넘김.

1939년 39세 스미스 대학에서 명예 석사 학위를 받음. 빅터 플레밍이 감독하고 클라크 게이블, 비비언 리, 올리비아 드 하빌랜드, 레슬리 하워드가 주연한 영화 「바람과 함께 사라지다」가 개봉되어 그해 아카데미상을 10개 부문에서 휩쓺. 이 영화는 1981년 미국 영화사상 최고의 작품으로 뽑힘.

1941년 41세 제2차 세계 대전 기간 동안 전쟁을 위한 정부 지원 활동에 참여하며 병든 아버지를 간호함.

1945년 45세 아버지가 심장 마비를 일으킴.

1949년 49세 〈다시는 작품을 쓰지 않겠다고 선언했다는 기사의 내용을 정정해 달라〉고 『하퍼*Harper's Magazine*』 잡지에 요구함. 하지만 8월 11일 차에 치여 심한 부상을 입고 닷새 후 사망함. 유해는 애틀랜타의 오클랜드 묘지에 묻힘. 그녀가 사망했을 때까지 『바람과 함께 사라지다』는 40개국에서 8백만 부가 팔리고, 미국에서만도 2백만 부가 팔림.

열린책들 세계문학 150 **바람과 함께 사라지다** 하

옮긴이 안정효 1941년 서울에서 태어났다. 서강대학교 영문학과를 졸업한 뒤 「코리아 헤럴드」 기자, 한국 브리태니커 편집부장 등을 역임했다. 지은 책으로 『하얀 전쟁』, 『은마는 오지 않는다』, 『헐리우드 키드의 생애』 외 다수의 소설 작품과 『안정효의 오역 사전』, 『걸어가는 그림자』, 『인생 4계』, 『글쓰기 만보』 등이 있다. 니코스 카잔차키스의 『최후의 유혹』, 『영혼의 자서전』, 『오디세이아』, 『전쟁과 신부』, 가브리엘 가르시아 마르케스의 『백 년 동안의 고독』, 버트런드 러셀의 『권력』, 알렉스 헤일리의 『뿌리』, 조르지 아마두의 『가브리엘라, 정향과 계피』, 저지 코진스키의 『잃어버린 나』 등 150권가량의 작품을 번역했으며, 제1회 한국번역문학상과 제3회 김유정 문학상(『악부전』)을 수상했다.

지은이 마거릿 미첼 **옮긴이** 안정효 **발행인** 홍예빈
발행처 주식회사 열린책들 **주소** 경기도 파주시 문발로 253 파주출판도시
전화 031-955-4000 **팩스** 031-955-4004
홈페이지 www.openbooks.co.kr **이메일** literature@openbooks.co.kr

ISBN 978-89-329-1150-2 04840 ISBN 978-89-329-1499-2 (세트)
발행일 2010년 12월 30일 세계문학판 1쇄 2025년 7월 5일 세계문학판 15쇄

이 도서의 국립중앙도서관 출판예정도서목록(CIP)은 서지정보유통지원시스템 홈페이지(http://seoji.nl.go.kr)와 국가자료공동목록시스템(http://www.nl.go.kr/kolisnet)에서 이용하실 수 있습니다.(CIP제어번호: CIP2010004582)

열린책들 세계문학
Open Books World Literature

001 죄와 벌 전2권
표도르 도스또예프스끼 장편소설 | 홍대화 옮김 | 각 408, 512면

죄와 벌의 심리 과정을 따라가며 혁명 사상의 실제적 문제를 제시하는 명작

- 고려대학교 선정 〈교양 명저 60선〉
- 미국 대학 위원회 선정 SAT 추천 도서

003 최초의 인간
알베르 카뮈 장편소설 | 김화영 옮김 | 392면

20세기 문학의 정점을 이룬 알베르 카뮈 최후의 육성

- 1957년 노벨 문학상 수상 작가

004 소설 전2권
제임스 미치너 장편소설 | 윤희기 옮김 | 각 280, 368면

〈소설이란 무엇인가〉라는 주제를 작가, 편집자, 비평가, 독자의 입장에서 풀어 나간 작품

- 〈이달의 청소년도서〉 선정
- 한국 간행물 윤리 위원회 선정 〈청소년 권장 도서〉

006 개를 데리고 다니는 부인
안똔 체호프 소설선집 | 오종우 옮김 | 368면

삶의 진실과 인간의 참모습을 웃음과 울음으로 드러내는 위대한 작품

- 1993년 서울대학교 선정 〈동서 고전 200선〉
- 2002년 노벨 연구소가 선정한 〈세계문학 100선〉

007 우주 만화
이탈로 칼비노 단편집 | 김운찬 옮김 | 416면

25편 단편 속 신비로운 존재 〈크프우프크〉를 통해 환상적으로 창조된 우스꽝스러운 우주

008 댈러웨이 부인
버지니아 울프 장편소설 | 최애리 옮김 | 296면

난해한 〈의식의 흐름〉 기법과 〈내적 독백〉을 시도한 영국 모더니즘 소설의 고전

- 2005년 『타임』지 선정 〈100대 영문 소설〉, 〈20세기 100선〉
- 2009년 『뉴스위크』 선정 〈세계 100대 명저〉

009 어머니
막심 고리끼 장편소설 | 최윤락 옮김 | 544면

혁명의 교과서이자 인간다운 삶의 권리를 일깨우는 영원한 고전

- 1912년 그리보예도프상
- 2006년 이고르 수히흐 교수 〈러시아 문학 20세기의 책 20권〉
- 서울대학교 권장 도서 100선

010 변신
프란츠 카프카 중단편집 | 홍성광 옮김 | 464면

어디에도 안주하지 못하는 인간의 모습을 초현실적으로 그려 낸 카프카의 주옥같은 단편들

- 서울대학교 권장 도서 100선

011 전도서에 바치는 장미
로저 젤라즈니 중단편집 | 김상훈 옮김 | 432면

신화와 SF의 융합, 흥미롭고 지적인 중단편 소설집

012 대위의 딸
알렉산드르 뿌쉬낀 장편소설 | 석영중 옮김 | 240면

역사적 대사건을 가정 소설과 연애 소설의 형식에 녹여 내어 조망한 산문 예술의 정점

- 2000년 한국 백상 출판 문화상 번역상

013 바다의 침묵
베르코르 소설선집 | 이상해 옮김 | 256면

전쟁과 이데올로기에 가려진 인간성에 대하여 고찰한 레지스탕스 문학의 백미

014 원수들, 사랑 이야기
아이작 싱어 장편소설 | 김진준 옮김 | 320면

유대인 학살에서 살아남은 네 남녀의 사랑과 상처를 그린 소설

- 1978년 노벨 문학상 수상 작가

015 백치 전2권
표도르 도스또예프스끼 장편소설 | 김근식 옮김 | 각 504, 528면

백치 미쉬낀을 통해 구현하는 완전한 아름다움과 순수한 인간의 형상

- 피터 박스올 〈죽기 전에 읽어야 할 1001권의 책〉

017 1984년
조지 오웰 장편소설 | 박경서 옮김 | 392면

감시하고 통제하는 전체주의의 권력 앞에 무력해지는 인간의 삶

- 2009년 『뉴스위크』 선정 〈세계 100대 명저〉
- 『타임』지가 뽑은 〈20세기 100선〉

019 이상한 나라의 앨리스
루이스 캐럴 환상동화 | 머빈 피크 그림 | 최용준 옮김 | 336면

시공을 초월하며 상상력과 호기심의 한계를 허무는 루이스 캐럴의 환상 동화

- 2003년 BBC 〈영국인들이 가장 사랑하는 소설 100편〉
- 2004년 〈한국 문인이 선호하는 세계 명작 소설 100선〉

020 베네치아에서의 죽음
토마스 만 중단편집 | 홍성광 옮김 | 432면

삶과 죽음, 예술과 일상이라는 양극의 주제를 다룬 걸작

- 1929년 노벨 문학상 수상 작가
- 피터 박스올 〈죽기 전에 읽어야 할 1001권의 책〉

021 그리스인 조르바
니코스 카잔차키스 장편소설 | 이윤기 옮김 | 488면

카잔차키스가 그려 낸 자유인 조르바의 영혼의 투쟁

- 2002년 노벨 연구소가 선정한 〈세계문학 100선〉
- 2004년 〈한국 문인이 선호하는 세계 명작 소설 100선〉
- 2005년 동아일보 선정 〈21세기 신고전 50선〉
- 피터 박스올 〈죽기 전에 읽어야 할 1001권의 책〉

022 벚꽃 동산
안똔 체호프 희곡선집 | 오종우 옮김 | 336면

거창한 사상보다는 삶의 사소함을 객관적인 문체로 그린, 가장 완숙한 체호프의 작품

- 2006년 이고르 수히흐 교수 〈러시아 문학 20세기의 책 20권〉
- 미국 대학 위원회 선정 SAT 추천 도서
- 서울대학교 권장 도서 100선

023 연애 소설 읽는 노인
루이스 세풀베다 장편소설 | 정창 옮김 | 192면

담백하고 섬세한 문체와 간결한 내용에 인간의 탐욕과 자연의 거대함을 담은 환경 소설

- 1989년 티그레 후안상
- 1998년 전 세계 베스트셀러 8위

024 젊은 사자들 전2권
어윈 쇼 장편소설 | 정영문 옮김 | 각 416, 408면

인간의 어리석음, 광기, 우스꽝스러움을 탁월하게 포착한 전쟁 소설이자 심리 소설

- 1945년 오 헨리 문학상
- 1970년 플레이보이상

026 젊은 베르테르의 슬픔
요한 볼프강 폰 괴테 장편소설 | 김인순 옮김 | 240면

사랑의 열병을 앓는 전 세계 젊은이들의 영혼을 울린 감성 문학의 고전

- 2003년 크리스티아네 취른트 〈사람이 읽어야 할 모든 것, 책〉
- 피터 박스올 〈죽기 전에 읽어야 할 1001권의 책〉

027 시라노
에드몽 로스탕 희곡 | 이상해 옮김 | 256면

명랑한 영웅주의, 감미로운 연애 감정, 기발하고 화려한 시구들이 돋보이는 명작

- 미국 대학 위원회 선정 SAT 추천 도서

028 전망 좋은 방
E. M. 포스터 장편소설 | 고정아 옮김 | 352면

영국 사회의 계층 간 갈등과 가치관의 충돌을 날카롭게 포착한 걸작

- 1998년 랜덤하우스 모던 라이브러리 선정 〈최고의 영문 소설 100〉
- 피터 박스올 〈죽기 전에 읽어야 할 1001권의 책〉

029 까라마조프 씨네 형제들 전3권
표도르 도스또예프스끼 장편소설 | 이대우 옮김 | 각 496, 496, 460면

많은 인물군과 에피소드를 통해 심오한 사상과 예술적 깊이를 보여 주는 도스또예프스끼 40년 창작의 결산

- 국립중앙도서관 선정 청소년 권장 도서 50선
- 서울대학교 권장 도서 100선
- 서머싯 몸 선정 세계 10대 소설

032 프랑스 중위의 여자 전2권
존 파울즈 장편소설 | 김석희 옮김 | 각 344면

자유에 대한 정열이 고갈된 20세기에 대한 탁월한 우화

- 1969년 실버펜상
- 2005년 『타임』지 선정 〈100대 영문 소설〉

034 소립자
미셸 우엘벡 장편소설 | 이세욱 옮김 | 448면

성(性) 풍속의 변천 과정을 중심으로 전개되는 두 형제의 쓸쓸한 삶을 다룬 작품

- 1998년 「타임스 리터러리 서플러먼트」 선정 〈올해의 책〉
- 2002년 국제 IMPAC 더블린 문학상
- 1998년 『리르』 선정 〈올해 최고의 책〉

035 영혼의 자서전 전2권
니코스 카잔차키스 자서전 | 안정효 옮김 | 각 352, 408면

카잔차키스 자신의 삶의 여정을 아름답게 묘사한 자전적 소설

037 우리들
예브게니 자먀찐 장편소설 | 석영중 옮김 | 320면

인간이 인간일 수 있음을 방해하는 모든 제도를 거부하는, 디스토피아 소설의 효시

- 2006년 이고르 수히흐 교수 〈러시아 문학 20세기의 책 20권〉
- 피터 박스올 〈죽기 전에 읽어야 할 1001권의 책〉

038 뉴욕 3부작
폴 오스터 장편소설 | 황보석 옮김 | 480면

추리 소설의 형식을 빌려 장르의 관습을 뒤엎어 버린, 가장 미국적인 소설

- 피터 박스올 〈죽기 전에 읽어야 할 1001권의 책〉

039 닥터 지바고 전2권
보리스 파스테르나크 장편소설 | 홍대화 옮김 | 각 480, 592면

장엄한 시대의 증언으로 러시아 문학의 지평을 넓힌 해빙기 문학의 정수

- 1958년 노벨 문학상
- 미국 대학 위원회 선정 SAT 추천 도서
- 『타임』지가 뽑은 〈20세기 100선〉

041 고리오 영감
오노레 드 발자크 장편소설 | 임희근 옮김 | 456면

〈인간 희극〉 시리즈의 으뜸으로, 이후 방대한 소설 세계를 열어 주는 발자크의 대표작

- 2002년 노벨 연구소가 선정한 〈세계문학 100선〉
- 연세대학교 권장 도서 200권

042 뿌리 전2권
알렉스 헤일리 장편소설 | 안정효 옮김 | 각 400, 448면

10여 년간의 철저한 자료 조사로 재구성된 르포르타주 문학의 걸작

- 1977년 퓰리처상
- 1977년 전미 도서상
- 2004년 〈한국 문인이 선호하는 세계 명작 소설 100선〉
- 2005년 헨리 포드사 선정 〈75년간 미국을 뒤바꾼 75가지〉

044 백년보다 긴 하루
친기즈 아이뜨마또프 장편소설 | 황보석 옮김 | 560면

꿈꾸는 듯한 현실과 현실 같은 상상이 절묘하게 어우러진, 소비에트 문화권 최고의 스테디셀러

- 1983년 소비에트 문학상
- 1994년 오스트리아 유럽 문학상

045 최후의 세계
크리스토프 란스마이어 장편소설 | 장희권 옮김 | 264면

신화적 인물과 모티프를 현대적 관심사들과 결합시킨 지적 신화 소설

- 1988년 프랑크푸르트 도서전 선정 〈올해의 책〉
- 1988년 안톤 빌트간스상
- 1992년 독일 바이에른 주 학술원 대문학상
- 피터 박스올 〈죽기 전에 읽어야 할 1001권의 책〉

046 추운 나라에서 돌아온 스파이
존 르카레 장편소설 | 김석희 옮김 | 368면

20세기 냉전이 낳은 존 르카레 최고의 스릴러

- 1963년 서머싯 몸상
- 1963년 영국 추리작가 협회상
- 1963년 미국 추리작가 협회상
- 2005년 『타임』지 선정 〈100대 영문 소설〉

047 산도칸 – 몸프라쳄의 호랑이
에밀리오 살가리 장편소설 | 유향란 옮김 | 428면

말레이시아 해를 배경으로 펼쳐지는 해적 산도칸과 그의 친구 야네스의 활약상

- 피터 박스올 〈죽기 전에 읽어야 할 1001권의 책〉

048 기적의 시대
보리슬라프 페키치 장편소설 | 이윤기 옮김 | 560면

예수가 행한 기적의 이면을 인간의 입장에서 조명한 기막힌 패러디

- 1965년 유고슬라비아 문학상

049 그리고 죽음
짐 크레이스 장편소설 | 김석희 옮김 | 224면

성장과 소멸, 삶과 죽음이 자연과 인간에게 주는 의미를 성찰하게 하는 걸작

- 1999년 전미 비평가 협회상
- 1999년 「가디언」 선정 〈올해의 책〉

050 세설 전2권
다니자키 준이치로 장편소설 | 송태욱 옮김 | 각 480면

몰락한 오사카 상류층의 네 자매의 결혼 이야기를 통해 당시의 풍속을 잔잔하게 그린 작품

052 세상이 끝날 때까지 아직 10억 년
스뜨루가츠끼 형제 장편소설 | 석영중 옮김 | 224면

반유토피아 문학의 전통을 계승한 정치 풍자로 판금 조치를 당하기도 한 문제작

- 1988년 〈이달의 청소년 도서〉 선정

053 동물 농장
조지 오웰 장편소설 | 박경서 옮김 | 208면

스딸린 통치의 역사를 동물 우화에 빗댄 정치 알레고리 소설의 고전

- 2008년 영국 플레이닷컴 선정 〈역사상 가장 위대한 소설 10〉
- 2009년 『뉴스위크』 선정 〈세계 100대 명저〉

054 캉디드 혹은 낙관주의
볼테르 장편소설 | 이봉지 옮김 | 232면

해학과 풍자를 통해 작가 자신의 철학을 고스란히 담아 낸 철학적 콩트의 정수

- 1993년 서울대학교 선정 〈동서 고전 200선〉
- 미국 대학 위원회 선정 SAT 추천 도서

055 도적 떼
프리드리히 폰 실러 희곡 | 김인순 옮김 | 264면

〈형제의 반목〉이라는 모티프를 이용하여 자유와 반항을 설득력 있게 묘사한 비극

- 1993년 서울대학교 선정 〈동서 고전 200선〉
- 고려대학교 선정 〈교양 명저 60선〉

056 플로베르의 앵무새
줄리언 반스 장편소설 | 신재실 옮김 | 320면

예술 작품을 둘러싸고 벌어지는 인간 사회의 다양한 양상을 날카롭게 통찰한 작품

- 1986년 메디치상
- 1986년 E. M. 포스터상
- 1987년 구텐베르크상

057 악령 전3권

표도르 도스또예프스끼 장편소설 | 박혜경 옮김 | 각 328, 408, 528면

실제 사건에 심리적, 형이상학적 색채를 가미한 위대한 비극

- 1966년 동아일보 선정 〈한국 명사들의 추천 도서〉
- 피터 박스올 〈죽기 전에 읽어야 할 1001권의 책〉

060 의심스러운 싸움

존 스타인벡 장편소설 | 윤희기 옮김 | 340면

1930년대 대공황기 캘리포니아 농장 지대의 파업을 극적으로 그린 소설

- 1937년 캘리포니아 커먼웰스 클럽 금상
- 1962년 노벨 문학상 수상 작가

061 몽유병자들 전2권

헤르만 브로흐 장편소설 | 김경연 옮김 | 각 568, 544면

현대 문명의 병폐와 가치의 붕괴를 상징적, 비판적으로 해석한 박물 소설이자 모든 문학적 표현 수단의 총체

063 몰타의 매

대실 해밋 장편소설 | 고정아 옮김 | 304면

하드보일드 소설의 창시자 대실 해밋의 세계 최초 탐정 소설

- 2009년 『뉴스위크』 선정 〈세계 100대 명저〉
- 뉴욕 추리 전문 서점 블랙 오키드 선정 〈최고의 추리 소설 10〉

064 마야꼬프스끼 선집

블라지미르 마야꼬프스끼 선집 | 석영중 옮김 | 384면

20세기 러시아의 위대한 혁명 시인 마야꼬프스끼의 대표적인 시와 산문 모음집

065 드라큘라 전2권

브램 스토커 장편소설 | 이세욱 옮김 | 각 340, 344면

공포와 성(性)을 결합시킨 환상 문학의 고전

- 2003년 크리스티아네 취른트 〈사람이 읽어야 할 모든 것, 책〉
- 피터 박스올 〈죽기 전에 읽어야 할 1001권의 책〉

067 서부 전선 이상 없다

에리히 마리아 레마르크 장편소설 | 홍성광 옮김 | 336면

지극히 평범한 한 인간을 통해 전쟁의 본질을 보여 주는, 가장 위대한 전쟁 소설

- 미국 대학 위원회 선정 SAT 추천 도서
- 『타임』지가 뽑은 〈20세기 100선〉
- 피터 박스올 〈죽기 전에 읽어야 할 1001권의 책〉

068 적과 흑 전2권

스탕달 장편소설 | 임미경 옮김 | 각 432, 368면

〈출세〉를 향한 젊은이의 성공과 좌절을 통해 부조리한 사회 구조를 고발한 작품

- 2002년 노벨 연구소가 선정한 〈세계문학 100선〉
- 국립중앙도서관 선정 청소년 권장 도서 50선
- 서울대학교 권장 도서 100선

070 지상에서 영원으로 전3권

제임스 존스 장편소설 | 이종인 옮김 | 각 396, 380, 496면

제2차 세계 대전을 배경으로 두 쌍의 연인을 통해 하와이 주둔 미군 부대의 실상을 폭로한 자연주의 소설

- 1952년 전미 도서상
- 1998년 랜덤하우스 모던 라이브러리 선정 〈최고의 영문 소설 100〉

073 파우스트

요한 볼프강 폰 괴테 희곡 | 김인순 옮김 | 568면

진리를 찾는 파우스트를 통해 인간사의 모든 문제를 상징적으로 표현한 고전 중의 고전

- 2002년 노벨 연구소가 선정한 〈세계문학 100선〉
- 2003년 국립중앙도서관 선정 〈고전 100선〉
- 미국 대학 위원회 선정 SAT 추천 도서
- 서울대학교 권장 도서 100선
- 『뉴스위크』 선정 〈세상을 움직인 100권의 책〉

074 쾌걸 조로

존스턴 매컬리 장편소설 | 김훈 옮김 | 316면

마스크 뒤에 정체를 감추고 폭압에 맞서 싸우는 쾌걸 조로의 가슴 시원한 활약

075 거장과 마르가리따 전2권

미하일 불가꼬프 장편소설 | 홍대화 옮김 | 각 364, 328면

스딸린 치하의 소비에트 사회를 풍자하는 서늘한 공포와 유쾌한 웃음의 묘미

- 2006년 이고르 수히흐 교수 〈러시아 문학 20세기의 책 20권〉
- 피터 박스올 〈죽기 전에 읽어야 할 1001권의 책〉

077 순수의 시대

이디스 워튼 장편소설 | 고정아 옮김 | 448면

사랑과 결혼의 의미를 찾는 세 남녀의 이야기를 세밀하게 그려 낸 연애 소설의 고전

- 1998년 랜덤하우스 모던 라이브러리 선정 〈최고의 영문 소설 100〉
- 2009년 『뉴스위크』 선정 〈세계 100대 명저〉

078 검의 대가

아르투로 페레스 레베르테 장편소설 | 김수진 옮김 | 384면

1868년 마드리드, 역사적인 음모와 계략 그리고 화려한 검술이 엮어 내는 지적 미스터리

- 1993년 『리르』지 선정 〈10대 외국 소설가〉
- 1997년 코레오 그룹상
- 2000년 『뉴욕 타임스』 선정 〈올해의 포켓북〉

079 예브게니 오네긴

알렉산드르 뿌쉬낀 운문소설 | 석영중 옮김 | 328면

패러디의 소설이자 소설의 패러디. 러시아가 낳은 위대한 시인 뿌쉬낀의 장편 운문 소설

- 고려대학교 선정 〈교양 명저 60선〉
- 연세대학교 권장 도서 200권

080 장미의 이름 전2권

움베르토 에코 장편소설 | 이윤기 옮김 | 각 440, 448면

에코의 해박한 인류학적 지식과 기호학 이론이 녹아 있는 중세 추리 소설

- 1981년 스트레가상
- 1982년 메디치상
- 『타임』지가 뽑은 〈20세기 100선〉

082 향수

파트리크 쥐스킨트 장편소설 | 강명순 옮김 | 384면

지상 최고의 향수를 만들려는 한 악마적 천재의 기상천외한 이야기

- 2003년 BBC 「빅리드」 조사 〈영국인들이 가장 사랑하는 소설 100편〉
- 2008년 서울대학교 대출 도서 순위 20

083 여자를 안다는 것

아모스 오즈 장편소설 | 최창모 옮김 | 280면

현대 히브리 문학의 대표적 작가이자 평화 운동가인 아모스 오즈의 대표작

084 나는 고양이로소이다

나쓰메 소세키 장편소설 | 김난주 옮김 | 544면

고양이의 눈에 비친 인간들의 우스꽝스럽고도 서글픈 초상

085 웃는 남자 전2권

빅토르 위고 장편소설 | 이형식 옮김 | 각 472, 496면

17세기 영국 사회에 대한 묘사와 역사에 대한 통찰력이 돋보이는 위고의 최고 걸작

087 아웃 오브 아프리카

카렌 블릭센 장편소설 | 민승남 옮김 | 480면

아프리카에 바치는, 아프리카인과 나눈 사랑과 교감 그리고 우정과 깨달음의 기록

- 피터 박스올 〈죽기 전에 읽어야 할 1001권의 책〉

088 무엇을 할 것인가 전2권

니꼴라이 체르니셰프스끼 장편소설 | 서정록 옮김 | 각 360, 404면

젊은 지식인들에게 〈혁명의 교과서〉로 추앙받은 사회주의 이상 소설

090 도나 플로르와 그녀의 두 남편 전2권

조르지 아마두 장편소설 | 오숙은 옮김 | 각 408, 308면

브라질의 국민 작가 아마두의 관능적이고도 익살이 넘치는 대표작

092 미사고의 숲

로버트 홀드스톡 장편소설 | 김상훈 옮김 | 424면

신화의 원형과 〈숲〉으로 상징되는 집단 무의식의 본질을 유려한 문체로 형상화한 걸작

- 1985년 세계 환상 문학상 대상
- 2003년 프랑스 환상 문학상 특별상

093 신곡 전3권

단테 알리기에리 장편서사시 | 김운찬 옮김 | 각 292, 296, 328면

총 1만 4233행으로 기록된, 단테의 일주일 동안의 저승 여행 이야기

- 2009년 『뉴스위크』 선정 〈세계 100대 명저〉
- 서울대학교 권장 도서 100선

096 교수

샬럿 브론테 장편소설 | 배미영 옮김 | 368면

권위와 위선을 거부하고 자립해 가는 인간들의 모순된 내면 심리에 대한 탁월한 묘사

097 노름꾼

표도르 도스또예프스끼 장편소설 | 이재필 옮김 | 320면

잡지의 실패, 형과 아내의 죽음, 빚……. 파국으로 치닫는 악몽 같은 이야기로 승화한 작가의 회상

098 하워즈 엔드

E. M. 포스터 장편소설 | 고정아 옮김 | 512면

정교한 플롯과 다채로운 인물 묘사가 돋보이는 E. M. 포스터의 역작

- 1998년 랜덤하우스 모던 라이브러리 선정 〈최고의 영문 소설 100〉
- 2004년 〈한국 문인이 선호하는 세계 명작 소설 100선〉

099 최후의 유혹 전2권

니코스 카잔차키스 장편소설 | 안정효 옮김 | 각 408면

예수뿐 아니라 그의 주변 인물들에게까지 생생한 살과 영혼을 부여한 소설

- 피터 박스올 〈죽기 전에 읽어야 할 1001권의 책〉

101 키리냐가

마이크 레스닉 장편소설 | 최용준 옮김 | 464면

모든 문제에 대한 해답이 존재했던, 잃어버린 유토피아에 관한 우화

- 1989년 휴고상

102 바스커빌가의 개

아서 코넌 도일 장편소설 | 조영학 옮김 | 264면

가장 매력적인 탐정 〈셜록 홈스〉를 창조해 낸 코넌 도일 최고의 장편소설

- 『히치콕 매거진』 선정 〈세계 10대 추리 소설〉
- 피터 박스올 〈죽기 전에 읽어야 할 1001권의 책〉

103 버마 시절

조지 오웰 장편소설 | 박경서 옮김 | 408면

〈인도 제국주의 경찰〉이라는 실제 경험을 바탕으로 완성한 조지 오웰의 첫 장편, 그 식민지의 기록

104 10 1/2장으로 쓴 세계 역사

줄리언 반스 장편소설 | 신재실 옮김 | 464면

패러디, 다큐멘터리, 에세이 등 다양한 형식을 통한 세계 역사의 포스트모더니즘적 전복

105 죽음의 집의 기록

표도르 도스또예프스끼 장편소설 | 이덕형 옮김 | 528면

도스또예프스끼의 실제 경험이 가장 많이 반영된 다큐멘터리적 소설

- 1955년 시카고 대학 그레이트 북스
- 피터 박스올 〈죽기 전에 읽어야 할 1001권의 책〉

106 소유 전2권

수전 바이어트 장편소설 | 윤희기 옮김 | 각 440, 488면

우연히 발견된 편지의 비밀을 좇으며 알아 가는 빅토리아 시대의 사랑, 그리고 현실의 사랑

- 1990년 부커상
- 1990년 영국 최고 영예 지도자상인 커맨더(CBE) 훈장
- 2005년 『타임』지 선정 〈100대 영문 소설〉

108 미성년 전2권

표도르 도스또예프스끼 장편소설 | 이상룡 옮김 | 각 512, 544면

불행한 운명을 타고난 한 청년이 이상과 현실 사이에서 방황하는 모습을 그린 성장 소설

110 성 앙투안느의 유혹

귀스타브 플로베르 희곡소설 | 김용은 옮김 | 584면

〈낭만주의적 구도자〉 귀스타브 플로베르가 스스로 밝힌 〈평생의 작품〉

111 밤으로의 긴 여로

유진 오닐 희곡 | 강유나 옮김 | 240면

치솟는 애증과 한없는 연민의 다른 이름, 〈가족〉에 대한 유진 오닐의 자전적 고백

- 1936년 노벨 문학상 수상 작가
- 1957년 퓰리처상
- 미국 대학 위원회 선정 SAT 추천 도서
- 『타임』지가 뽑은 〈20세기 100선〉

112 마법사 전2권

존 파울즈 장편소설 | 정영문 옮김 | 각 512, 552면

중층적 책략과 거미줄처럼 깔린 복선, 다양한 상징이 어우러진 거대한 환상의 숲

- 2003년 BBC 「빅리드」 조사 〈영국인들이 가장 사랑하는 소설 100편〉
- 『타임』지 선정 〈100대 영문 소설〉

114 스쩨빤치꼬보 마을 사람들

표도르 도스또예프스끼 장편소설 | 변현태 옮김 | 416면

작가의 시베리아 유형 직후에 발표된 작품. 유쾌한 희극적 기법과 언어의 기막힌 패러디

115 플랑드르 거장의 그림

아르투로 페레스 레베르테 장편소설 | 정창 옮김 | 512면

그림에 감추어진 문장으로 과거를 추적해 가는 미스터리이자 역사 추리 소설

- 1993년 프랑스 추리 소설 대상
- 1993년 『리르』지 선정 〈10대 외국인 소설가〉

116 분신

표도르 도스또예프스끼 장편소설 | 석영중 옮김 | 288면

〈의식의 분열〉이라는 도스또예프스끼 창작의 가장 중요한 테마를 예고한 작품

117 가난한 사람들

표도르 도스또예프스끼 장편소설 | 석영중 옮김 | 256면

보잘것없는 하급 관리와 욕심 많은 지주의 아내가 되는 가엾은 처녀가 주고받은 편지

118 인형의 집

헨리크 입센 희곡 | 김창화 옮김 | 272면

누군가의 아내 혹은 어머니가 아닌, 한 〈인간〉으로서의 여성의 깨달음을 그린 화제작

- 미국 대학 위원회 선정 SAT 추천 도서
- 『뉴스위크』 선정 〈세상을 움직인 100권의 책〉

119 영원한 남편

표도르 도스또예프스끼 장편소설 | 정명자 외 옮김 | 448면

도스또예프스끼의 심화된 예술 세계를 보여 주는 단편 모음집

120 알코올

기욤 아폴리네르 시집 | 황현산 옮김 | 352면

파격적인 시풍과 유려한 내재율을 자랑하는 기욤 아폴리네르의 첫 시집

121 지하로부터의 수기

표도르 도스또예프스끼 장편소설 | 계동준 옮김 | 256면

선악의 충돌, 환경과 윤리의 갈등, 인간의 번민과 그리스도를 통한 구원에 관한 이야기들

122 어느 작가의 오후

페터 한트케 중편소설 | 홍성광 옮김 | 160면

세계적 작가 페터 한트케가 소설의 형식으로 써 내려간 독특한 〈작가론〉, 한트케식 글쓰기의 표본

123 아저씨의 꿈

표도르 도스또예프스끼 장편소설 | 박종소 옮김 | 312면

과장의 기법과 희화적 색채를 드러낸 도스또예프스끼의 풍자 드라마 혹은 사회 비판적 소설

124 네또츠까 네즈바노바

표도르 도스또예프스끼 장편소설 | 박재만 옮김 | 316면

네또츠까 네즈바노바라는 한 여성의 일대기를 다룬 도스또예프스끼 최초의 장편이자 미완성작

125 곤두박질

마이클 프레인 장편소설 | 최용준 옮김 | 528면

해박한 미술사적 지식을 토대로 한 예술 소설이자 역사적 배경 속에서 벌어지는 사회심리 코미디

- 1999년 「타임스 리터러리 서플러먼트」 선정 〈올해의 책〉
- 1999년 휫브레드상

126 백야 외
표도르 도스또예프스끼 소설선집 | 석영중 외 옮김 | 408면

도스또예프스끼의 유토피아적 사회주의 사상이 나타난 단편 모음으로, 뻬뜨로빠블로프스끄 감옥에 수감된 동안의 삶의 환희 등이 엿보이는 작품

127 살라미나의 병사들
하비에르 세르카스 장편소설 | 김창민 옮김 | 304면

1939년 프랑스 국경 숲 집단 총살에서 살아남은 작가이자 팔랑헤당의 핵심 멤버였던 산체스 마사스를 추적하는, 탐정 소설 형식을 띤 이야기

- 2001년 스페인 살람보상, 『케 레에르』지 독자상, 바르셀로나 시의 상
- 2004년 영국 「인디펜던트」 외국 소설상

128 뻬쩨르부르그 연대기 외
표도르 도스또예프스끼 소설선집 | 이항재 옮김 | 296면

새로운 테마와 방법으로 고심한 흔적이 나타나는, 당대 사회에 대한 날카로운 관찰자적 시각을 가지고 간결하고 세련된 문체를 사용한 작품

129 상처받은 사람들 전2권
표도르 도스또예프스끼 장편소설 | 윤우섭 옮김 | 각 296, 392면

19세기 중엽 뻬쩨르부르그 상류 사회의 이중적 삶과 하층민의 고통, 그로 인한 비극적 갈등과 모순을 그린 작품

131 악어 외
표도르 도스또예프스끼 소설선집 | 박혜경 외 옮김 | 312면

도스또예프스끼의 중기 단편. 점차 완숙해져 가는 작가의 예술적 · 사상적 세계관이 돋보이는 작품

132 허클베리 핀의 모험
마크 트웨인 장편소설 | 윤교찬 옮김 | 416면

모험 소설의 대가, 미국의 셰익스피어라 불리는 마크 트웨인의 대표작

- 미국 대학 위원회 선정 SAT 추천 도서
- 서울대학교 권장 도서 100선

133 부활 전2권
레프 똘스또이 장편소설 | 이대우 옮김 | 각 308, 416면

똘스또이의 세계관이 담긴 거대한 사상서, 끝없는 용서와 사랑으로 부활하는 인간성에 대한 이야기

- 2003년 국립중앙도서관 선정 〈고전 100선〉
- 2004년 〈한국 문인이 선호하는 세계 명작 소설 100선〉

135 보물섬
로버트 루이스 스티븐슨 장편소설 | 최용준 옮김 | 360면

백 년이 넘게 전 세계 독자들의 사랑을 받아 온 해양 모험 소설의 고전

- 2003년 BBC 「빅리드」 조사 〈영국인들이 가장 사랑하는 소설 100편〉
- 미국 대학 위원회 선정 SAT 추천 도서

136 천일야화 전6권
앙투안 갈랑 | 임호경 옮김 | 각 336, 328, 372, 392, 344, 320면

마법과 흥미진진한 모험 속에서 아랍의 문화와 관습은 물론 아랍인들의 세계관과 기질을 재미있게 전하는 앙투안 갈랑의 〈천일야화〉 완역판

- 2003년 국립중앙도서관 선정 〈고전 100선〉

142 아버지와 아들
이반 뚜르게네프 장편소설 | 이상원 옮김 | 328면

격변기 러시아의 세대 갈등. 〈보수〉와 〈진보〉가 대립하는 시대상을 묘사하여 논쟁을 불러일으킨 작품

- 1993년 서울대학교 선정 〈동서 고전 200선〉
- 미국 대학 위원회 선정 SAT 추천 도서

143 오만과 편견
제인 오스틴 장편소설 | 원유경 옮김 | 480면

오만과 편견에서 비롯된 모든 갈등과 모순은 결혼으로 해결된다. 셰익스피어에 버금가는 작가 제인 오스틴의 대표작

- 1954년 서머싯 몸이 추천한 세계 10대 소설
- 2002년 노벨 연구소가 선정한 〈세계 문학 100선〉
- 미국 대학 위원회 선정 SAT 추천 도서

144 천로 역정
존 버니언 우화소설 | 이동일 옮김 | 432면

좁은 문을 지나 천국에 이르는 순례자의 여정. 침례교 설교자 존 버니언의 대표작인 종교적 우화소설

- 1945년 호레이스 십 선정 〈세계를 움직인 책 10권〉
- 2003년 국립중앙도서관 선정 〈고전 100선〉
- 2004년 〈한국 문인이 선호하는 세계 명작 소설 100선〉

145 대주교에게 죽음이 오다
윌라 캐더 장편소설 | 윤명옥 옮김 | 352면

웅대한 자연환경과 함께 뉴멕시코 선교사들의 삶을 그린, 퓰리처상 수상 작가 윌라 캐더의 아름다운 신화적 소설

- 2005년 『타임』지 선정 〈100대 영문 소설〉
- 2009년 『뉴스위크』 선정 〈세계 100대 명저〉
- 미국 대학 위원회 선정 SAT 추천 도서

146 권력과 영광
그레이엄 그린 장편소설 | 김연수 옮김 | 384면

군사 혁명 시절의 멕시코, 범법자이자 도망자를 자처한 어느 사제의 이야기. 불구가 된 세상이 신의 대리인에게 내리는 가혹한 형벌, 혹은 놀라운 축복!

- 2005년 『타임』지 선정 〈100대 영문 소설〉

147 80일간의 세계 일주
쥘 베른 장편소설 | 고정아 옮김 | 352면

공상 과학 소설의 고전! 지금까지 전 세계에 가장 많은 번역 작품을 남긴 쥘 베른. 그가 그려 낸 80일 동안의 세계 일주

- 미국 대학 위원회 선정 SAT 추천 도서

148 바람과 함께 사라지다 전3권
마거릿 미첼 장편소설 | 안정효 옮김 | 각 616, 640, 640면

미국 문학사상 최고의 이야기꾼 마거릿 미첼의 대표작. 전쟁의 폐허 속에서 살아가는 여성의 이야기

- 1937년 퓰리처상
- 2009년 『뉴스위크』 선정 〈세계 100대 명저〉

151 기탄잘리
라빈드라나트 타고르 시집 | 장경렬 옮김 | 224면

먼 곳을 가깝게 하고 낯선 이를 형제로 만드는 타고르 시의 힘! 나그네, 연인…… 〈님〉을 그리는 가난한 마음들이 바치는 노래의 화환

- 1913년 노벨 문학상
- 2003년 국립중앙도서관 선정 〈고전 100선〉

152 도리언 그레이의 초상
오스카 와일드 장편소설 | 윤희기 옮김 | 384면

예술과 삶의 관계를 해명한 오스카 와일드의 유일한 장편소설

- 1996년 동아일보 선정 〈한국 명사들의 추천 도서〉
- 미국 대학 위원회 선정 SAT 추천 도서

153 레우코와의 대화
체사레 파베세 희곡소설 | 김운찬 옮김 | 280면

이탈리아 신사실주의 문학을 대표하는 파베세의 급진적인 신화 해석

154 햄릿
윌리엄 셰익스피어 희곡 | 박우수 옮김 | 256면

삶과 죽음, 도덕과 양심, 의지와 운명 등 다양한 문제를 동반한 존재 탐구의 여정

- 2002년 노벨 연구소가 선정한 〈세계문학 100선〉
- 미국 대학 위원회 선정 SAT 추천 도서

155 맥베스
윌리엄 셰익스피어 희곡 | 권오숙 옮김 | 176면

모순과 역설을 통해 인간 내면의 온갖 가치 충돌을 그려 낸, 셰익스피어 4대 비극의 마지막 작품

- 2002년 노벨 연구소가 선정한 〈세계문학 100선〉
- 미국 대학 위원회 선정 SAT 추천 도서

156 아들과 연인 전2권
D. H. 로런스 장편소설 | 최희섭 옮김 | 각 464, 432면

19세기 말에서 20세기 초 영국 사회 하층 계급의 삶을 생생하게 묘사한 로런스의 자전적 소설!

- 2002년 노벨 연구소가 선정한 〈세계문학 100선〉
- 2009년 『뉴스위크』 선정 〈세계 100대 명저〉

158 그리고 아무 말도 하지 않았다
하인리히 뵐 장편소설 | 홍성광 옮김 | 272면

〈전후 독일에서 쓰인 최고의 책〉이라고 극찬받은 작품. 섬세하게 묘사된 전후의 내면 풍경

- 1972년 노벨 문학상 수상 작가

159 미덕의 불운
싸드 장편소설 | 이형식 옮김 | 248면

신앙 깊고 정숙한 미덕의 화신 쥐스띤느에게 가해지는 잔혹한 운명. 〈싸디즘〉의 유래가 된 문제작

160 프랑켄슈타인
메리 W. 셸리 장편소설 | 오숙은 옮김 | 320면

공포 소설, 공상 과학 소설의 고전. 과학의 발전과 실험이 불러올지도 모를 끔찍한 재앙에 대한 경고

- 2009년 『뉴스위크』 선정 〈세계 100대 명저〉
- 미국 대학 위원회 선정 SAT 추천 도서

161 위대한 개츠비
프랜시스 스콧 피츠제럴드 장편소설 | 한애경 옮김 | 280면

개츠비, 닉, 톰이라는 세 캐릭터를 통해 시대적 불안을 뛰어나게 묘사한 고전

- 2005년 『타임』지 선정 〈100대 영문 소설〉
- 미국 대학 위원회 선정 SAT 추천 도서

162 아Q정전
루쉰 중단편집 | 김태성 옮김 | 320면

현대 중국의 문학과 인문 정신의 출발을 상징하는 루쉰의 소설집

- 1996년 「뉴욕 타임스」 선정 〈20세기에 가장 큰 영향을 끼친 그레이트 북스〉

163 로빈슨 크루소
대니얼 디포 장편소설 | 류경희 옮김 | 456면

최초의 본격 소설이자 근대 소설의 효시. 국적과 시대와 세대를 불문한 여행기 문학의 대표작

- 2003년 국립중앙도서관 선정 〈고전 100선〉
- 미국 대학 위원회 선정 SAT 추천 도서

164 타임머신
허버트 조지 웰스 소설선집 | 김석희 옮김 | 304면

SF의 거인 허버트 조지 웰스가 그려 낸 인류의 미래 그 잔혹한 기적!

- 2003년 크리스티아네 취른트 〈사람이 읽어야 할 모든 것, 책〉
- 피터 박스올 〈죽기 전에 읽어야 할 1001권의 책〉

165 제인 에어 전2권
샬럿 브론테 장편소설 | 이미선 옮김 | 각 392, 384면

가난한 고아 가정 교사 제인 에어와 부유하지만 불행한 로체스터의 사랑을 주제로 한 연애 소설

- 미국 대학 위원회 선정 SAT 추천 도서
- 피터 박스올 〈죽기 전에 읽어야 할 1001권의 책〉

167 풀잎
월트 휘트먼 시집 | 허현숙 옮김 | 280면

자유시의 선구자 월트 휘트먼. 40년간 수정과 증보를 거듭한 시집 『풀잎』의 초판 완역본

- 2002년 노벨 연구소가 선정한 〈세계문학 100선〉
- 2009년 『뉴스위크』 선정 〈세계 100대 명저〉

168 표류자들의 집

기예르모 로살레스 장편소설 | 최유정 옮김 | 216면

쿠바와 미국, 그 어느 땅에도 뿌리박기를 거부한 작가 기예르모 로살레스. 그가 생전에 남긴 단 한 권의 책

• 1987년 황금 문학상

169 배빗

싱클레어 루이스 장편소설 | 이종인 옮김 | 520면

일반 명사가 된 한 남자의 이야기. 미국의 중산 계급에 대한 풍자와 뛰어난 환경 묘사에 성공한 루이스의 최고 걸작!

• 1930년 노벨 문학상

170 이토록 긴 편지

마리아마 바 장편소설 | 백선희 옮김 | 192면

50대 여성 라마툴라이가 친구 아이사투에게 쓴 편지. 일부다처제를 둘러싼 두 여인의 고통과 선택, 새로운 삶에서의 번민을 담아낸 작품

• 1980년 노마상

171 느릅나무 아래 욕망

유진 오닐 희곡 | 손동호 옮김 | 168면

욕정과 물욕, 근친상간과 유아 살해, 욕망에서 비롯된 인간사 갈등의 극단점. 그러나 그 속에서도 아직 꺾이지 않는 사랑에 대한 이야기

• 1936년 노벨 문학상 수상 작가

172 이방인

알베르 카뮈 장편소설 | 김예령 옮김 | 208면

인간의 부조리를 성찰한 작가 알베르 카뮈의 처녀작. 죽음, 자유, 반항, 진실의 심연을 들여다본다

• 1957년 노벨 문학상 수상 작가
• 2002년 노벨 연구소가 선정한 〈세계 문학 100대 작품〉

173 미라마르

나기브 마푸즈 장편소설 | 허진 옮김 | 288면

아랍 문학계의 큰 별, 나기브 마푸즈가 파고든 두 차례의 혁명, 그 이후

• 1988년 노벨 문학상 수상 작가
• 피터 박스올 〈죽기 전에 읽어야 할 1001권의 책〉

174 지킬 박사와 하이드 씨

로버트 루이스 스티븐슨 소설선집 | 조영학 옮김 | 320면

인간 내면의 근원을 탐구한 탁월한 심리 묘사가 스티븐슨. 그가 선사하는 다섯 가지 기이한 이야기

• 2004년 〈한국 문인이 선호하는 세계 명작 소설 100선〉

175 루진

이반 뚜르게네프 장편소설 | 이항재 옮김 | 264면

한 〈잉여 인간〉의 삶과 죽음을 러시아 문단의 거인 뚜르게네프의 사실적 시선을 통해 엿본다

176 피그말리온

조지 버나드 쇼 희곡 | 김소임 옮김 | 256면

20세기 영국 사회의 허위와 모순에 대한 신랄한 풍자. 셰익스피어 이후 가장 위대한 극작가 조지 버나드 쇼의 대표작

• 1925년 노벨 문학상 수상 작가

177 목로주점 전2권

에밀 졸라 장편소설 | 유기환 옮김 | 각 336면

노동자의 언어로 쓰인 최초의 노동 소설. 19세기를 살아간 노동자의 고달픈 삶, 그 몰락의 연대기

• 피터 박스올 〈죽기 전에 읽어야 할 1001권의 책〉

179 엠마 전2권

제인 오스틴 장편소설 | 이미애 옮김 | 각 336, 360면

호기심과 오해가 빚어낸 사건들 속에서 완성되는 철부지 엠마의 좌충우돌 성장기

• 2007년 데보라 G. 펠터 〈여성의 삶을 바꾼 책 50권〉

181 비숍 살인 사건

S. S. 밴 다인 장편소설 | 최인자 옮김 | 464면

추리 소설의 황금시대를 장식한 S. S. 밴 다인의, 시와 문학을 접목시킨 연쇄 살인 사건

182 우신예찬

에라스무스 풍자문 | 김남우 옮김 | 296면

자유로운 세계주의자 에라스무스, 그의 눈에 비친 〈웃지 않을 수 없는〉 시대의 모습

183 하자르 사전

밀로라드 파비치 장편소설 | 신현철 옮김 | 488면

지중해에 실제로 존재했던 하자르 제국에 대한, 역사와 환상이 교묘하게 뒤섞인 역사 미스터리 사전 소설

184 테스 전2권

토머스 하디 장편소설 | 김문숙 옮김 | 각 392, 336면

옹졸한 인습 속에서도 강인한 생명력과 자연의 회복력을 지닌 순수한 대지의 딸 테스의 삶과 죽음

• 미국 대학 위원회 선정 SAT 추천 도서

186 투명 인간

허버트 조지 웰스 장편소설 | 김석희 옮김 | 288면

SF의 거장 허버트 조지 웰스의 빛나는 상상력. 보이지 않는 인간이 보여 주는, 소외된 인간의 고독

• 미국 대학 위원회 선정 SAT 추천 도서

187 93년 전2권

빅토르 위고 장편소설 | 이형식 옮김 | 각 288, 360면

프랑스 대혁명 당시 가장 치열했던 방데 전투의 종말. 그리고 그곳에서, 사상과 인간성 간의 전쟁이 다시 시작된다

189 젊은 예술가의 초상
제임스 조이스 장편소설 | 성은애 옮김 | 384면

20세기 가장 혁명적인 문학가 제임스 조이스의 자전적 소설. 감수성을 억압하는 사회를 거부하고 예술의 길을 택한 한 소년의 성장기

190 소네트집
윌리엄 셰익스피어 연작시집 | 박우수 옮김 | 200면

아름다운 언어로 사랑과 고통을 그려 낸 소네트 문학의 최고 걸작

- 2009년 『뉴스위크』 선정 〈세계 100대 명저〉

191 메뚜기의 날
너새니얼 웨스트 장편소설 | 김진준 옮김 | 280면

할리우드 뒷골목의 하류 인생들! 그들의 적나라한 모습에서 헛된 꿈에 부푼 인간들의 모습을 본다

- 2009년 『뉴스위크』 선정 〈세계 100대 명저〉

192 나사의 회전
헨리 제임스 중편소설 | 이승은 옮김 | 256면

모호한 암시와 뒤에 숨겨진 반전. 현대 심리 소설의 아버지 헨리 제임스의 대표작

- 미국 대학 위원회 선정 SAT 추천 도서
- 1955년 시카고 대학 〈그레이트 북스〉

193 오셀로
윌리엄 셰익스피어 희곡 | 권오숙 옮김 | 216면

인간의 사랑과 질투, 그리고 의심이라는 감정이 빚어내는 비극

194 소송
프란츠 카프카 장편소설 | 김재혁 옮김 | 376면

난데없는 소송과 운명적 소용돌이에 희생당하는 한 인간을 통해 카프카의 문학적 천재성을 본다

- 2002년 노벨 연구소가 선정한 〈세계 문학 100선〉
- 2005년 『타임』지 선정 〈100대 영문 소설〉

195 나의 안토니아
윌라 캐더 장편소설 | 전경자 옮김 | 368면

유토피아를 꿈꾸며 고향을 떠나온 이민자들의 삶. 황량한 초원에서 펼쳐진 그들의 아름다운 순간들

- 2007년 데보라 G. 펠터 〈여성의 삶을 바꾼 책 50권〉

196 자성록
마르쿠스 아우렐리우스 명상록 | 박민수 옮김 | 240면

로마 황제라는 화려함 뒤에 권력보다는 철학과 인간을 사랑했던 고독한 영웅이 있었다. 그의 성찰의 시간들을 엿본다

197 오레스테이아
아이스킬로스 비극 | 두행숙 옮김 | 336면

오레스테스를 중심으로 벌어지는 잔혹한 복수극을 통해 정의란 무엇인지에 대한 질문을 던진다

198 노인과 바다
어니스트 헤밍웨이 소설선집 | 이종인 옮김 | 320면

한 노인과 거대한 물고기의 사투를 통해 삶과 죽음에 대한 고민과 패배하지 않는 인간의 굳건한 의지를 그려 낸다

- 1952년 퓰리처상 수상작
- 1952년 노벨 문학상 수상 작가

199 무기여 잘 있거라
어니스트 헤밍웨이 장편소설 | 이종인 옮김 | 464면

체험에 뿌리를 내린 크나큰 비극. 미국 문학의 거장 헤밍웨이가 〈잃어버린 세대〉의 모습을 담는다

- 『타임』지가 뽑은 〈20세기 100선〉
- 미국 대학 위원회 선정 SAT 추천 도서

200 서푼짜리 오페라
베르톨트 브레히트 희곡선집 | 이은희 옮김 | 320면

이데올로기 속에 갇힌 인간의 모습을 그려 낸 「서푼짜리 오페라」와 「억척어멈과 자식들」을 만난다

- 「뉴욕 타임스」 선정 〈20세기 최고의 책 100선〉

201 리어 왕
윌리엄 셰익스피어 희곡 | 박우수 옮김 | 224면

자신의 정체성을 아는 자 누구인가? 오이디푸스의 후예 리어, 눈 있으되 보지 못하는 자의 고통

- 미국 대학 위원회 선정 SAT 추천 도서
- 2002년 노벨 연구소가 선정한 〈세계문학 100선〉

202 주홍 글자
너새니얼 호손 장편소설 | 곽영미 옮김 | 360면

미국 문학의 시대를 연 호손의 대표작. 가장 통속적인 곳에서 피어난 가장 숭고한 이야기

- 미국 대학 위원회 선정 SAT 추천 도서
- 서울대학교 선정 〈동서 고전 200선〉

203 모히칸족의 최후
제임스 페니모어 쿠퍼 장편소설 | 이나경 옮김 | 512면

자연과 문명, 인디언과 백인, 신화와 역사의 경계를 넘나드는 모히칸 전사의 최후 전투 기록

- 미국 대학 위원회 선정 SAT 추천 도서

204 곤충 극장
카렐 차페크 희곡선집 | 김선형 옮김 | 360면

양차 대전 사이 유럽을 살아간 휴머니스트 카렐 차페크의 치열한 고민, 그러나 위트 넘치는 기록들

205 누구를 위하여 종은 울리나 전2권
어니스트 헤밍웨이 장편소설 | 이종인 옮김 | 각 416, 400면

허무주의에서 평화를 위한 필사의 투쟁으로, 연대를 통한 실천 의식을 역설한 헤밍웨이의 역작

- 1953년 노벨 문학상 수상 작가
- 뉴스위크 선정 세계 100대 명저
- 르몽드 선정 〈20세기 최고의 책〉

207 타르튀프

몰리에르 희곡선집 | 신은영 옮김 | 416면

최고의 희극 배우이자 가장 위대한 극작가 몰리에르. 조롱과 웃음기로 무장한 투쟁의 궤적

- 1955년 시카고 대학 〈그레이트 북스〉
- 서울대학교 선정 〈동서 고전 200선〉

208 유토피아

토머스 모어 소설 | 전경자 옮김 | 288면

르네상스 시대의 휴머니즘과 종교적 관용, 성 평등을 주장한 근대 소설의 효시이자 사회사상사적 명저

- 『뉴스위크』 선정 세상을 움직인 100권의 책
- 스탠포드 대학 선정 〈세계의 결정적 책 15권〉

209 인간과 초인

조지 버나드 쇼 희곡 | 이후지 옮김 | 320면

니체의 초인 사상에 큰 영향을 받은 버나드 쇼의 인생관과 예술론이 흥미로운 설정과 희극적인 요소와 함께 펼쳐진다

- 1925년 노벨 문학상 수상
- 시카고 대학 그레이트 북스

210 페드르와 이폴리트

장 라신 희곡 | 신정아 옮김 | 200면

프랑스 신고전주의 희곡의 대가 라신의 대표작이자 정념을 다룬 비극의 정수

- 서울대학교 선정 〈동서 고전 200선〉
- 시카고 대학 그레이트 북스

211 말테의 수기

라이너 마리아 릴케 장편소설 | 안문영 옮김 | 320면

고독과 고난에 대한 기록, 20세기 초 독일어로 발표된 최초의 현대 소설이자 릴케의 유일한 장편소설

- 국립중앙도서관 선정 청소년 권장도서 50선
- 서울대학교 선정 〈동서 고전 200선〉

212 등대로

버지니아 울프 장편소설 | 최애리 옮김 | 328면

삶과 죽음, 세월을 바라보는 깊은 눈. 무수한 인상의 단면들을 아름답게 이어 간 울프의 자전적 소설

- 2002년 노벨 연구소가 선정한 〈세계문학 100선〉
- 2005년 『타임』지 선정 〈100대 영문 소설〉

213 개의 심장

미하일 불가꼬프 중편소설집 | 정연호 옮김 | 352면

혁명의 모순과 과학의 맹점을 파고든 〈불가꼬프적〉 상상력의 정수

214 모비 딕 전2권

허먼 멜빌 장편소설 | 강수정 옮김 | 각 464, 488면

고래에 관한 모든 것, 전율적인 모험, 자연과 인간에 대한 심오한 통찰을 담은 멜빌의 독보적 걸작

- 1954년 서머싯 몸이 추천한 〈세계 10대 소설〉
- 2002년 노벨 연구소가 선정한 〈세계문학 100선〉

216 더블린 사람들

제임스 조이스 단편소설집 | 이강훈 옮김 | 336면

마비된 도시 더블린에 갇힌 욕망과 환멸, 20세기 문학사를 새롭게 쓴 선구적 작가 제임스 조이스 문학의 출발점

- 2008년 〈하버드 서점이 뽑은 잘 팔리는 책 20〉
- 2004년 〈한국 문인이 선호하는 세계 명작 소설 100선〉

217 마의 산 전3권

토마스 만 장편소설 | 윤순식 옮김 | 각 496, 488, 512면

20세기 독일 문학의 거장 토마스 만 작품의 정수! 죽음이 지배하는 알프스의 호화 요양원 〈베르크호프〉에서 생(生)의 아름다움과 환희를 되묻다

220 비극의 탄생

프리드리히 니체 | 김남우 옮김 | 320면

아폴론과 디오뉘소스라는 두 가지 원리로 희랍 비극의 근원을 분석하고 서양 문화의 심층 구조를 드러낸다. 20세기 문학, 철학, 예술에 심대한 영향을 끼친 책

221 위대한 유산 전2권

찰스 디킨스 장편소설 | 류경희 옮김 | 각 432, 448면

세상만사를 꿰뚫어보는 깊은 통찰과 풍부한 서사, 유쾌한 해학이 담긴 19세기 대문호 찰스 디킨스의 작품

- 2002년 노벨 연구소가 선정한 〈세계문학 100선〉
- 2007년 영국 독자들이 뽑은 가장 귀중한 책

223 사람은 무엇으로 사는가

레프 똘스또이 소설선집 | 윤새라 옮김 | 464면

1852년부터 1907년까지, 13편을 선정해 60년에 이르는 똘스또이 작품 세계의 궤적을 담아낸 단편선

224 자살 클럽

로버트 루이스 스티븐슨 소설선집 | 임종기 옮김 | 272면

인간 내면에 도사린 본질적 탐욕과 이중성, 죄의식과 두려움을 다룬 기묘하고 환상적인 단편선

225 채털리 부인의 연인 전2권

데이비드 허버트 로런스 장편소설 | 이미선 옮김 | 각 336, 328면

20세기 문학계를 뒤흔든 D. H. 로런스의 문제작. 현대 산업 사회에 대한 비판과 인간성 회복에의 염원이 담긴 작품

- 르몽드 선정 〈20세기 최고의 책〉
- 피터 박스올 〈죽기 전에 읽어야 할 1001권의 책〉
- 2004년 〈한국 문인이 선호하는 세계 명작 소설 100선〉

227 데미안

헤르만 헤세 장편소설 | 김인순 옮김 | 264면

혼돈과 자아 상실의 시대를 살아가는 젊은이들에게 시대의 지성 헤르만 헤세가 바치는 작품

- 1946년 노벨 문학상 수상 작가
- 2004년 〈한국 문인이 선호하는 세계 명작 소설 100선〉

228 두이노의 비가

라이너 마리아 릴케 시선집 | 손재준 옮김 | 504면

삶 속에서 죽음을 노래한 시인 릴케의 대표 시집 중 엄선한 170여 편의 주요 작품을 소개한 시 선집

- 동아일보 선정 〈세계를 움직인 100권의 책〉
- 고려대학교 선정 〈교양 명저 60선〉

229 페스트

알베르 카뮈 장편소설 | 최윤주 옮김 | 432면

죽음 앞에 선 인간의 고뇌와 역할에 대한 진지한 성찰이 담긴 〈제2차 세계 대전 이후 최대의 걸작〉

- 1957년 노벨 문학상 수상 작가
- 서울대학교 선정 권장 도서 100선
- 국립중앙도서관 선정 청소년 권장 도서 50선

230 여인의 초상 전2권

헨리 제임스 장편소설 | 정상준 옮김 | 각 520, 544면

자유로운 이상을 가진 한 여인의 이야기. 헨리 제임스의 심리적 사실주의를 대표하는 걸작

- 2004년 〈한국 문인이 선호하는 세계 명작 소설 100선〉
- 미국 대학 위원회 선정 SAT 추천 도서
- 서울대학교 선정 〈동서 고전 200선〉

232 성

프란츠 카프카 장편소설 | 이재황 옮김 | 560면

독일인이 뽑은 20세기 최고의 작가 카프카의 3대 장편소설 중 하나

- 2002년 노벨 연구소가 선정한 〈세계 문학 100선〉
- 피터 박스올 〈죽기 전에 읽어야 할 1001권의 책〉

233 차라투스트라는 이렇게 말했다

프리드리히 니체 산문시 | 김인순 옮김 | 464면

니체 철학의 가장 중심적인 사상들을 생동하는 문학적 언어로 녹여 낸 작품

- 국립중앙도서관 선정 고전 100선
- 동아일보 선정 〈세계를 움직이는 100권의 책〉

234 노래의 책

하인리히 하이네 시집 | 이재영 옮김 | 384면

독일을 대표하는 서정 시인이자 혁명적 저널리스트인 하이네의 시집. 실패한 사랑의 슬픔과 인습의 굴레에서 벗어나고자 했던 고아한 시성(詩聖)의 노래

235 변신 이야기

오비디우스 서사시 | 이종인 옮김 | 632면

라틴 문학의 전성기를 대표하는 시인 오비디우스가 그리스 로마 신화를 응집한 역작

- 2002년 노벨 연구소가 선정한 〈세계문학 100선〉
- 서울대학교 권장 도서 100선
- 연세대학교 권장 도서 200선

236 안나 카레니나 전2권

레프 톨스토이 장편소설 | 이명현 옮김 | 각 800, 736면

사랑과 결혼, 가정 등 일상적인 소재를 통해 당대 러시아의 혼란한 사회상과 개인의 내면을 생생하게 묘사한, 톨스토이의 모든 고민을 집대성한 대표작

- 「가디언」 선정 역대 최고의 소설 100선
- 서울대학교 권장 도서 100선

238 이반 일리치의 죽음 · 광인의 수기

레프 톨스토이 장편소설 | 석영중 · 정지원 옮김 | 232면

죽음 앞에 선 인간 실존에 대한 톨스토이의 깊은 성찰이 담긴 걸작

- 시카고 대학 그레이트 북스
- 피터 박스올 〈죽기 전에 읽어야 할 1001권의 책〉

239 수레바퀴 아래서

헤르만 헤세 장편소설 | 강명순 옮김 | 232면

모순적인 교육 제도에 짓눌린 안타까운 청춘의 이야기. 헤세의 사춘기 시절 체험이 담긴 자전적 성장 소설

- 1946년 노벨 문학상 수상 작가
- 서울대학교 선정 동서 고전 200선

240 피터 팬

J. M. 배리 장편소설 | 최용준 옮김 | 272면

영원히 어른이 되고 싶지 않은 소년 피터팬. 신비의 섬 네버랜드에서 펼쳐지는 짜릿한 대모험

- 「가디언」 선정 〈모두가 읽어야 할 소설 1000선〉

241 정글 북

러디어드 키플링 중단편집 | 오숙은 옮김 | 272면

늑대 품에서 자란 소년 모글리. 대지가 살아 숨 쉬는 일곱 개의 빛나는 중단편들

- 1907년 노벨 문학상 수상 작가
- BBC 선정 아동 고전 소설

242 한여름 밤의 꿈

윌리엄 셰익스피어 희곡 | 박우수 옮김 | 160면

셰익스피어의 대표 낭만 희극. 꿈과 현실을 넘나드는 한바탕의 마법 같은 이야기

- 미국 대학 위원회 선정 SAT 추천 도서

243 좁은 문

앙드레 지드 | 김화영 옮김 | 264면

지상보다 천상의 행복을 사랑한 여인과, 그 여인을 사랑한 한 남자의 이야기. 현대 프랑스 문학의 거장 앙드레 지드의 대표작

- 1947년 노벨 문학상 수상 작가
- 2003년 국립중앙도서관 선정 〈고전 100선〉

244 모리스
E. M. 포스터 장편소설 | 고정아 옮김 | 408면
영국 중산층의 한 젊은이가 자신의 성적 정체성을 찾아가는 과정을 그린 소설

245 브라운 신부의 순진
길버트 키스 체스터턴 단편집 | 이상원 옮김 | 336면
추리 문학계의 전설로 손꼽히는 매력적인 성직자 탐정 브라운 신부의 놀라운 활약상. 추리 문학의 거장 체스터턴의 대표 단편집

246 각성
케이트 쇼팽 장편소설 | 한애경 옮김 | 272면
오롯이 〈자기 자신〉으로 살기 원했던 한 여성의 이야기. 선구적 페미니즘 작가 케이트 쇼팽의 대표작

247 뷔히너 전집
게오르크 뷔히너 지음 | 박종대 옮김 | 400면
독일 현대극의 선구자가 된 천재 작가 게오르크 뷔히너. 「당통의 죽음」, 「보이체크」 등 그가 남긴 모든 문학 작품을 한 권에 수록한 전집

248 디미트리오스의 가면
에릭 앰블러 장편소설 | 최용준 옮김 | 424면
〈스파이 소설의 최고 걸작〉으로 평가받는, 현대 스파이 소설의 아버지 에릭 앰블러의 대표작

249 베르가모의 페스트 외
옌스 페테르 야콥센 중단편 전집 | 박종대 옮김 | 208면
페스트가 이탈리아 북부를 휩쓸자 절망에 빠진 시민들은 타락하기 시작한다. 덴마크 작가 야콥센의 걸작 중단편집

250 폭풍우
윌리엄 셰익스피어 희곡 | 박우수 옮김 | 176면
폭풍우로 외딴 섬에 난파한 기묘한 인연의 사람들. 사랑과 복수, 용서가 뒤섞인 환상적인 이야기

251 어센든, 영국 정보부 요원
서머싯 몸 연작 소설집 | 이민아 옮김 | 416면
서머싯 몸이 자신의 실제 스파이 경험을 토대로 쓴 연작 소설집. 현대 스파이 소설의 원조이자 고전이 된 걸작

252 기나긴 이별
레이먼드 챈들러 장편소설 | 김진준 옮김 | 600면
하드보일드 소설의 대표 고전. 레이먼드 챈들러가 창조한 전설적인 탐정 필립 말로의 활약을 담은 대표작
- 1955년 에드거상 수상작

253 인도로 가는 길
E. M. 포스터 장편소설 | 민승남 옮김 | 552면
인도인과 영국인은 친구가 될 수 있을까. 영국 식민 통치의 모순을 파헤친 E. M. 포스터의 대표작
- 『타임』 선정 〈현대 100대 영문 소설〉
- 모던 라이브러리 선정 〈20세기 영문 소설 100선〉
- 1924년 제임스 테이트 블랙 기념상 수상
- 1925년 페미나상 수상

254 올랜도
버지니아 울프 장편소설 | 이미애 옮김 | 376면
남성에서 여성이 되어 수백 년을 살아온 한 시인의 놀라운 일대기. 버지니아 울프의 걸작 환상 소설
- 피터 박스올 〈죽기 전에 읽어야 할 1001권의 책〉
- BBC 선정 〈우리 세계를 형성한 100권의 소설〉

255 시지프 신화
알베르 카뮈 지음 | 박언주 옮김 | 264면
카뮈의 부조리 사상의 정수를 담은 대표 철학 에세이. 철학적인 명징함과 문학적 감수성을 두루 갖춘 걸작
- 1967년 노벨 문학상 수상 작가
- 고려대학교 선정 교양 명저 60선

256 조지 오웰 산문선
조지 오웰 지음 | 허진 옮김 | 424면
조지 오웰의 명징한 통찰과 사유를 보여 주는 빼어난 에세이들을 엄선한 선집

257 로미오와 줄리엣
윌리엄 셰익스피어 희곡 | 도해자 옮김 | 200면
증오 속에서 태어나 죽음을 넘어서는 불멸의 사랑. 셰익스피어가 창조한 가장 유명한 사랑의 비극

258 수용소군도 전6권
알렉산드르 솔제니친 기록문학 | 김학수 옮김 | 각 460면 내외
20세기 최고의 고발 문학이자 세계적인 휴먼 다큐멘터리
- 1970년 노벨 문학상
- 『타임』지가 뽑은 〈20세기 100선〉

264 스웨덴 기사
레오 페루츠 장편소설 | 강명순 옮김 | 336면
운명처럼 얽혀 신분이 뒤바뀐 도둑과 귀족의 파란만장한 이야기. 독일어권 문학의 거장 레오 페루츠의 걸작 환상 소설

265 유리 열쇠
대실 해밋 장편소설 | 홍성영 옮김 | 328면
대실 해밋이 자신의 최고 걸작으로 꼽은 작품. 인간의 욕망과 비정한 정치의 이면을 드러내는 하드보일드 범죄 소설

266 로드 짐
조지프 콘래드 장편소설 | 최용준 옮김 | 608면

침몰하는 배와 승객을 버리고 도망친 한 선원의 파멸과 방황, 모험을 그린 걸작. 영국 문학의 거장 조지프 콘래드의 대표 장편소설

- 모던 라이브러리 선정 〈20세기 영문 소설 100선〉
- 르몽드 선정 〈20세기 최고의 책〉

267 푸코의 진자 전3권
움베르토 에코 장편소설 | 이윤기 옮김 | 각 392, 384, 416면

광신과 음모론의 극한을 보여 주는 이야기. 에코의 가장 〈백과사전적〉이고 야심적인 소설

270 공포로의 여행
에릭 앰블러 장편소설 | 최용준 옮김 | 376면

전쟁 중 한 엔지니어의 생사를 둘러싸고 벌어지는 각국의 숨 막히는 첩보전. 현대 스파이 소설의 아버지 에릭 앰블러의 걸작

271 심판의 날의 거장
레오 페루츠 장편소설 | 신동화 옮김 | 264면

유명 배우의 의문의 죽음, 그리고 수수께끼의 연쇄 자살 사건의 비밀. 독일어권 문학의 거장 레오 페루츠의 대표작

272 에드거 앨런 포 단편선
에드거 앨런 포 지음 | 김석희 옮김 | 392면

환상 문학과 미스터리 문학의 선구자 에드거 앨런 포의 대표 작품 12편을 엄선한 단편집

- 미국 대학 위원회 선정 SAT 추천 도서
- 2002년 노벨 연구소가 선정한 〈세계문학 100선〉
- 2004년 〈한국 문인이 선호하는 세계 명작 소설 100선〉

273 수전노 외
몰리에르 희곡선집 | 신정아 옮김 | 424면

천재 극작가이자 희극 배우 몰리에르, 고전 희극을 완성한 그의 대표적 문제작들

- 고려대학교 선정 〈교양 명저 60선〉
- 클리프턴 패디먼 〈일생의 독서 계획〉

274 모파상 단편선
기 드 모파상 지음 | 임미경 옮김 | 400면

세계문학사상 가장 위대한 단편 작가 중 하나인 기 드 모파상. 속되고도 아름다운 삶의 면면을 날카롭게 포착하는 그의 걸작 단편들

275 평범한 인생
카렐 차페크 장편소설 | 송순섭 옮김 | 280면

죽음을 앞두고 진정한 자신들을 만난 한 남자의 이야기. 체코 문학의 길을 낸 20세기 최고의 이야기꾼 차페크의 걸작

276 마음
나쓰메 소세키 장편소설 | 양윤옥 옮김 | 344면

정교한 언어로 길어 올린 인간 내면의 연약한 심연. 일본의 국민 작가 나쓰메 소세키 문학의 정수

- 서울대학교 권장 도서 100선
- 피터 박스올 〈죽기 전에 읽어야 할 1001권의 책〉

277 인간 실격·사양
다자이 오사무 소설집 | 김난주 옮김 | 336면

일본 데카당스 문학의 기수 다자이 오사무. 그가 생의 마지막 불꽃을 태워 완성한 두 편의 대표작

278 작은 아씨들 전2권
루이자 메이 올컷 장편소설 | 허진 옮김 | 각 408, 464면

세상의 모든 딸들을 위한 걸작. 저마다 다른 개성으로 빛나는 네 자매의 성장 소설

- 『타임』지 선정 〈100대 영문 소설〉
- 미국 전국 교육 협회 선정 〈교사를 위한 100대 도서〉

280 고함과 분노
윌리엄 포크너 장편소설 | 윤교찬 옮김 | 520면

현대 미국 문학의 거장이자 노벨 문학상 수상 작가 윌리엄 포크너의 가장 강렬한 대표작

- 1949년 노벨 문학상 수상 작가
- 미국 대학 위원회 선정 SAT 추천 도서

281 신화의 시대
토머스 불핀치 신화집 | 박중서 옮김 | 664면

서양 문화의 근간이 되는 그리스 로마 신화를 집대성한 최고의 역작

- 서울대학교 권장 도서 100선
- 한국 문인이 선호하는 세계 명작 소설 100선

282 셜록 홈스의 모험
아서 코넌 도일 단편집 | 오숙은 옮김 | 456면

세계에서 가장 유명한 탐정 셜록 홈스 이야기의 정수를 담은 단편집. 문학사상 가장 위대한 추리 단편집으로 손꼽히는 역작

283 자기만의 방
버지니아 울프 지음 | 공경희 옮김 | 216면

선구적 페미니스트 버지니아 울프가 여성과 문학의 문제를 논한 에세이. 페미니즘의 가장 유명한 고전이 된 걸작

284 지상의 양식·새 양식
앙드레 지드 지음 | 최애영 옮김 | 360면

노벨 문학상 수상 작가 앙드레 지드의 대표작. 생의 쾌락을 향한 열정과 열광을 노래한 영원한 〈탈주와 해방의 참고서〉

285 전염병 일지

대니얼 디포 지음 | 서정은 옮김 | 368면

대니얼 디포의 대표작으로, 1655년 영국을 덮친 페스트를 생생하게 그린다. 18세기 인본주의 서사의 전범으로 꼽히는 작품

286 오이디푸스왕 외

소포클레스 비극 | 장시은 옮김 | 368면

고대 그리스 비극 3대 작가 소포클레스가 남긴 위대한 걸작으로, 고대 그리스어 원전을 충실하게 옮겼다. 운명의 희생자로 주저앉지 않으려는 인간의 이야기

287 리처드 2세

윌리엄 셰익스피어 희곡 | 박우수 옮김 | 208면

왕권은 절대적인 것인가 아니면 힘에서 나오는 것인가. 셰익스피어의 희곡 중에서도 특히 언어의 아름다움이 돋보이는 작품으로, 왕권의 권위와 정통성, 국민의 충성과 반역, 개인의 욕망과 책임 등에 대해 질문하고 탐구한다

288 아내 · 세 자매

안톤 체호프 선집 | 오종우 옮김 | 240면

안톤 체호프의 대표 희곡과 숨은 명작 단편소설을 엮은 선집. 사람답게 사는 법을 질문하며 자유의 의미를 깨닫게 하는 무척 체호프다운 작품들

289 폭풍의 언덕

에밀리 브론테 장편소설 | 전승희 옮김 | 592면

인간 실존과 계급적 대립의 문제를 탐구한 영문학 3대 비극

- 「가디언」 선정 100대 영미 소설
- 「업저버」 선정 가장 위대한 책 100선
- 미국 대학 위원회 선정 SAT 추천 도서

290 조반니의 방

제임스 볼드윈 장편소설 | 김지현 옮김 | 320면

성 소수자의 내면을 적나라하고 날카롭게 그려 내는 동시에 파리를 중심으로 하는 동성애자들의 문화를 사실적으로 담아 낸 퀴어 문학의 기념비적 작품

- 1957년 전미 도서상 최종 후보
- BBC 선정 〈세계를 빛어낸 소설 100〉, 〈가장 크게 영감을 불어넣은 소설 100〉
- 피터 박스올 선정 〈죽기 전에 읽어야 할 책 1001〉

291 의무론

마르쿠스 툴리우스 키케로 지음 | 김남우 옮김 | 312면

로마 최고의 저술가 키케로의 대표작. 인간다운 삶을 추구하는 〈훌륭함〉과 〈의무〉를 논하며 〈공동체〉의 가치를 사유하는 책으로 서구 지성사에 커다란 영향을 미친 불멸의 고전

292 밤에 돌다리 밑에서

레오 페루츠 지음 | 신동화 옮김 | 360면

독일어권 환상 소설의 거장 레오 페루츠 문학 세계의 완성판. 옛 프라하궁과 유대인 도시를 배경으로 꿈, 유령, 마법 등의 요소를 더해 역사와 환상이 뒤섞인 삶의 희비극을 보여 주는 작품

293 한낮의 열기

엘리자베스 보엔 장편소설 | 정연희 옮김 | 576면

20세기 최고의 여성 문학가 엘리자베스 보엔의 대표작 국내 초역. 2차 세계 대전 당시 런던의 풍경과 분위기, 사람들의 관계와 내면의 심리를 세밀하고 격렬하게 탐구한 지적이고 섬세한 누아르

294 아바나의 우리 사람

그레이엄 그린 장편소설 | 최용준 옮김 | 392면

쿠바 혁명 직전, 혼란스러운 도시 아바나에서 평범한 중년 남성이 가짜 비밀 정보 요원으로 활동하게 된다. 냉전 시대의 정치적 혼란과 불안감을 그려 낸 스파이 스릴러